ERIC VAN LUSTBADER

Die Miko

ROMAN

巫女

ERIC VAN LUSTBADER

Die Miko

ROMAN

巫女

ERSCHIENEN BEI HESTIA

Aus dem Amerikanischen übertragen
von Claus Fischer

Titel der Originalausgabe
THE MIKO

2. Auflage 1986

Printed in Germany

ISBN 3-7770-0314-X
Umschlaggestaltung: Atelier 14, München
Satz: Werksatz GmbH, Wolfersdorf
Druck und Bindung: May + Co, Darmstadt

Für Victoria
mit Liebe... in allen Lebenslagen

Für meinen Vater,
die personifizierte Enzyklopädie,
mit tiefem Respekt

Dank und Anerkennung

Keine Figur in *Miko* weist irgendwelche Ähnlichkeiten mit wirklichen Menschen, lebend oder tot, auf; ausgenommen Gestalten der Historie, die als solche gekennzeichnet sind. Obwohl das MIHI tatsächlich existiert und seine Rolle bei der wirtschaftlichen Entwicklung Japans nach dem 2. Weltkrieg korrekt wiedergegeben ist, sind bestimmte spezifische Ereignisse in seiner Gründerzeit ebenso wie die beschriebenen Minister ausschließlich der Phantasie des Autors entsprungen.

Dank und Anerkennung schulde ich folgenden Personen:

Roni Neuer und Herb Libertson von der Ronin Gallery;
Richard Bush von der Asia Society in Washington, D. C., weil er mir das Rätsel des Wu-Shing offenbart hat;
Charlotte Brenneis, Assistentin des Präsidenten der Asia Society in New York City;
Nancy Lerner;
Allen im Grill & Gar, Kapalua, dafür, daß sie mir die Arbeit so angenehm gemacht haben;
HM, für seine hilfreiche Lektoratsarbeit;
VSL, für Lektoratsarbeit und ständigen Zuspruch;
vor allem aber Tomomi Seki von der Ronin Gallery für Übersetzungen und Ratschläge in allen Fragen japanischer Sitten und Gebräuche, nicht nur bei *Miko*, sondern auch bei *Ninja*.

Dōmo arigatō, Seki-san.

Tsugi-no ma-no tomoshi
mo kiete
yo-samu kana

Das Licht im Zimmer nebenan
ist ebenfalls erloschen, und nun –
die Kälte der Nacht

–Siki (1867–1902)

MRS. DARLING.
George, wir müssen Nana behalten.
Ich will dir sagen, warum.
Mein Liebster,
als ich gestern dieses Zimmer betreten habe,
bemerkte ich ein Gesicht am Fenster.

–J.M. Barrie, *Peter Pan*

Inhalt

Nara, Japan

Frühling, Gegenwart

Masashigi Kusunoki bereitete Tee zu. Er kniete auf einer *tatami*-Binsenmatte, sein Kimono, hellgrau wie Schiefer, umfloß ihn, als wäre er das Auge eines großen, dunklen Strudels.

Er goß siedendheißes Wasser in eine irdene Schale und griff nach dem Bambusbesen neben seinem Knie, um die blaßgrüne Flüssigkeit abzukühlen, als eine Gestalt die offene Tür verdunkelte. Tsutsumu, der Ankömmling, verbeugte sich vor dem *sensei*, dessen *dojo* er zu betreten gedachte. Hinter seinem geneigten Körper erstreckte sich der polierte Holzboden des *dojo*, glänzend und makellos.

Kusunoki kniete mit dem Rücken zur Tür. Sein Gesicht war dem *shoji*-Wandschirm und dem großen Fenster zugewandt, durch das er die voll erblühten Kirschbäume sehen konnte – Wolken, die beschlossen hatten, auf Erden zu wandeln, die dichtbewaldeten Hänge des Yoshino hinaufzumarschieren, ihre schrägen Zweige so grün wie das Hügelland dahinter, die Stämme bewachsen mit altem Moos. Der Zederngeruch war jetzt sehr stark, wie fast immer in diesem Teil von Nara, mit Ausnahme der wenigen Winterwochen, wenn das ganze Land unter einer dichten Schneedecke lag.

Kusunoki konnte sich nicht satt sehen an diesem Panorama. Es war getränkt mit japanischer Geschichte. Hier hatte Minamoto no Yoshitsune den Schutz des festungsartigen Berglands gesucht, um sich gegen den Verrat des Shoguns, seines Bruders, zur Wehr zu setzen; hier hatte der große verbannte Kaiser Go-Daigo seine Truppen gesammelt und seine Rückkehr aus dem Exil auf den Thron eingeleitet; und hier hatte sich endlich aus Buddhismus und Shintoismus der Shugendo entwickelt, die Lebensform der Bergasketen. Dort draußen erhob sich der Omine, und auf seinen Hängen versammelten sich die *yamabushi*, die wandernden, der Selbstkasteiung ergebenen Anhänger jener synkretistischen Religion.

Kusunoki senkte die Augen auf den Tee, dessen Farbe sich mit dem aufsteigenden Schaum erhellte, und er sah alles, was es jenseits dieser dünnen Glasscheibe zu sehen gab.

Hinter ihm stand Tsutsumu, im Begriff, den *sensei* auf seine Gegenwart hinzuweisen, aber der Anblick des Knienden lähmte ihm die Zunge. Lange Zeit löste er den Blick nicht von der Gestalt auf der *tatami*, und während er sie anstarrte, verloren seine Muskeln ihre Gelöstheit. Er war aufmerksam gewesen – jetzt war er bereit. Sein Verstand beschäftigte sich mit den vielen Wegen zum Sieg, indes seine Augen die vollkommene Ruhe des anderen tranken. Die Hände müssen sich bewegen, sagte sich Tsutsumu, denn ich weiß, daß er den Tee zubereitet... und doch könnte er, nach allem, was ich sehe, genausogut eine Statue sein.

Er wußte, die Zeit war gekommen, und er richtete sich auf, ohne die Erlaubnis dazu abzuwarten.

Er entfaltete sich wie ein Segel vor dem Wind und trat über die Schwelle. Mit zwei raschen, lautlosen Schritten war er so nah, daß er zuschlagen konnte. Sein Körper spannte sich unter dem ersten Ansturm flammender Energie.

In diesem Moment drehte sich Kusunoki um, hielt ihm die Schale mit heißem Tee entgegen und sagte: »Es ist immer eine Ehre, einen so gelehrigen Schüler in mein Studierzimmer einladen zu dürfen.«

Seine Augen verschränkten sich mit denen Tsutsumus, und der Student fühlte sich, als wäre er gegen eine unsichtbare, undurchdringliche Mauer gerannt. Die ganze Energie, die er so lange in sich aufgestaut hatte und die endlich freigesetzt worden war, wurde erstickt und niedergedrückt, bis sie sich in nichts auflöste.

Tsutsumu erschauerte unwillkürlich. Er blinzelte wie eine Eule bei Tageslicht. Er fühlte sich außerordentlich verwundbar ohne die Kraft, die ihm genommen worden war.

Der *sensei* lächelte freundlich. »Komm«, sagte er, und Tsutsumu sah, daß ganz plötzlich noch eine zweite Schale aufgetaucht war. »Laß uns zusammen Tee trinken... als Zeichen des Respekts und unserer gegenseitigen guten Absichten.«

Der Student lächelte verlegen und nahm unbeholfen Kusunoki gegenüber auf der *tatami* Platz. Zwischen den beiden Binsenmatten verlief ein schmaler Abstand, der weit mehr als eine innenarchitektonische oder ästhetische Abgrenzung darstellte. Es war die räumliche Distanz zwischen Gastgeber und Gast, die stets beachtet wurde.

Tsutsumu griff nach der Schale und nahm sie vorsichtig in beide Hände, wie es sich gehörte. Die Wärme des Tees übertrug sich auf seine Handflächen. Er verbeugte sich vor dem *sensei*, führte den geschwungenen Rand der Schale an die Lippen und trank das bittere Gebräu. Der Tee war sehr gut, und für einen Moment schloß er die Augen, vergaß, wo er war, und sogar, wer er war, jedenfalls bis zu einem gewissen Grad. Er spürte den Geschmack der Erde Japans und damit alles Japanische: Geschichte und Legende, Ehre und Mut und – nicht ohne Zögern – das Gewicht des *kami*. Vor allem aber die Pflicht. *Giri*.

»Sage mir«, begann Kusunoki die Unterhaltung, »was versuchen wir im Fall einer Auseinandersetzung als erstes abzuschätzen?«

»Unseren Gegner«, antwortete Tsutsumu umgehend. »Der Austausch von Position und Intention sagt uns, wo wir stehen und wie wir vorgehen müssen.«

»In der Tat«, bemerkte Kusunoki, als handelte es sich um ein völlig neues Konzept für ihn, das es erst von allen Seiten zu betrachten galt. »Wir denken also an den Sieg.«

»Nein«, sagte der Student. »Wir achten lediglich darauf, daß wir nicht besiegt werden.«

Der *sensei* betrachtete ihn mit harten, schwarzen Augen, die einem Falken geraubt worden zu sein schienen. »Gut«, bestätigte er. »Sehr gut, in der Tat. Wir setzen die Niederlage also mit dem Ende des Lebens gleich.«

Der Student nickte. »Wenn die Hand die Hand berührt, befinden wir uns auf tödlichem Grund, hat Sun Tsu geschrieben. Wir müssen kämpfen, immer.«

Jetzt gestattete Kusunoki sich ein Lächeln. »Aber Sun Tsu hat ebenfalls geschrieben: ›Den Feind jedoch ohne Waffengewalt zu unterwerfen, ist die höchste Kunst von allen. Nicht den Feind selbst, seine Strategie gilt es zu attackieren.‹«

»Verzeiht, *sensei*, aber mir will scheinen, daß Sun Tsu diese Worte ausschließlich auf den Krieg gemünzt hatte.«

»Nun«, sagte Kusunoki leichthin, »sprechen wir nicht ebenfalls über einen Kriegszustand?«

Tsutsumu spürte, wie sein Herz aus dem Takt geriet, und nur mit großer Mühe vermochte er ruhig zu bleiben. »Krieg? Verzeiht mir, *sensei*, aber das verstehe ich nicht.«

»Es gibt viele Gesichter, die der Krieg annehmen kann... viele Masken. Ist dem nicht so?«

»Durchaus, *sensei*«, sagte Tsutsumu mit zugeschnürter Kehle.

»Man kann natürlich auch fragen, wie will man hier einen Krieg führen –« Kusunokis Arm beschrieb einen Bogen durch die Luft, zeichnete eine Wolke, die das Wunder und den Frieden der durch das Fenster sichtbaren bewaldeten Hänge miteinbezog, während seine großen, schwarzen Augen Tsutsumu fixierten und der Student spürte, wie ein kleiner Muskel an der Innenseite seines Oberschenkels zu zittern begann. »Dennoch ist der Krieg zu dieser unbezwingbaren Festung der Natur gekommen... deshalb müssen wir uns entsprechend verhalten.«

Jetzt hatte Tsutsumu wirklich Angst. Dies war keine der gewöhnlichen Einladungen, bei einer Schale Tee zu Füßen des *sensei* zu sitzen, um über weltliche Belange zu sprechen, wie sie der tägliche Unterricht gemeinhin zum Inhalt hatte.

»Es gibt sicherlich einen Verräter hier in Yoshino«, sagte Kusunoki.

»Was?«

»Ja, es stimmt.« Kusunoki nickte traurig. »Du bist der erste, mit dem ich darüber spreche. Ich habe dich in der Klasse beobachtet. Du bist schnell, schnell und intelligent. Deshalb wirst du in dieser Sache mit mir zusammenarbeiten. Du wirst für mich unter den Studenten spionieren. Du wirst jetzt sofort damit anfangen. Hast du irgend etwas Ungewöhnliches bemerkt, das uns helfen könnte, den Spion zu identifizieren?«

Tsutsumus Verstand raste. Er begriff, was für eine ungeheure Möglichkeit ihm hier geboten wurde, und seine Dankbarkeit kannte keine Grenzen. Er hatte das Gefühl, von einer riesigen Last befreit worden zu sein. Nun mußte er das Beste aus diesem Eröffnungszug machen. »Wie mir scheint, erinnere ich mich da an etwas«, erwiderte er. »Ja, ja. Es gibt etwas. Diese *Frau*« – er gebrauchte eine ausgesprochen wenig schmeichelhafte Bezeichnung – »ist noch spät in den Abendstunden hier gesehen worden.«

»Was hat sie gemacht?« Es war nicht notwendig, sie beim Namen zu nennen. Zu dem *dojo* gehörte nur eine Frau, wobei die Schüler mit der Wahl des *sensei* ganz und gar nicht einverstanden waren, obwohl niemand es gewagt hätte, in seiner Gegenwart darüber zu sprechen. Er wußte es dennoch.

Tsutsumu zuckte mit den Schultern. »Wer weiß, *sensei*? Mit Sicherheit hat sie nicht geübt.«

»Ich verstehe.« Kusunoki schien in Gedanken versunken.

Tsutsumu wollte seinen Vorteil noch weiter ausbauen. »Natürlich ist in letzter Zeit ohnehin viel über sie geredet worden; sehr viel.«

»Sie ist nicht beliebt.«

»Nein, *sensei*«, bestätigte Tsutsumu, »die meisten Studenten sind der Ansicht, sie gehöre nicht in die Heiligkeit dieses *dojo*. Es widerspricht der Tradition, meinen sie. Zu dieser Art von... ah... Ausbildung sollten Frauen nicht zugelassen werden, glauben sie.« Der Student senkte den Kopf, als widerstrebe es ihm fortzufahren. »Vergeben Sie mir, *sensei*, aber es geht das Gerücht um, daß ihre Anwesenheit hier der Grund dafür war, daß Sie Ihre hohe Stellung im *ryu* von Gyokku aufgegeben haben. Man sagt, sie sei dort zu Ihnen gekommen, und daß Sie ihretwegen mit dem Rat der *jonin* gesprochen haben, um über ihren Eintritt in den *ryu* abstimmen zu lassen. Und man sagt, Sie hätten in Ihrem eigenen Rat nicht genug Stimmen erhalten, deswegen seien Sie gegangen...« Er hob den Kopf. »Alles wegen ihr.«

Unbesiegbarkeit liegt in der Verteidigung, dachte Kusunoki, der Angriff enthält nur die Möglichkeit zum Sieg. Seinem Schüler antwortete er: »Es stimmt, daß ich einst *jonin* im *ryu* von Gyokku war; soviel ist allgemein bekannt. Aber die Gründe für meinen Abschied kenne ich allein, niemand sonst, nicht einmal die anderen Mitglieder des Rats. Mein Ururgroßvater war einer der Gründer von Gyokku; es hat mich viel Nachdenken gekostet, diese Entscheidung zu treffen. Und sehr viel Zeit.«

»Ich verstehe, *sensei*«, sagte Tsutsumu und meinte, nie eine größere Lüge gehört zu haben.

»Gut.« Kusunoki nickte. »Damit hatte ich gerechnet.« Die schwarzen Augen schlossen sich für einen Moment, und der Student stieß einen unhörbaren Seufzer der Erleichterung aus. Er spürte einen Schweißtropfen gleich einem Insekt sein Rückgrat hinunterkriechen und vermochte sich nur unter größter Anstrengung stillzuhalten. »Vielleicht habe ich mich doch in ihr getäuscht«, sagte der *sensei*. »Wenn es sich bei deinen Vermutungen tatsächlich um die Wahrheit handeln sollte, dann müssen wir uns ihrer rasch und erbarmungslos entledigen.«

Tsutsumus Kopf fuhr herum, als er das Wort »wir« vernahm. »Ja, *sensei*«, sagte er und dachte, *sachte, sachte jetzt*, denn er wußte, daß er dem Ziel nah war und den in ihm aufsteigenden Jubel unterdrücken mußte. »Es wird mir eine Ehre sein, Ihnen in jeder nur denkbaren Weise behilflich zu sein. Deswegen vor allem anderen bin ich zu Ihnen gekommen, und mein Entschluß ist nicht ins Wanken geraten.«

Kusunoki nickte. »Ganz wie ich vermutet hatte. Es gibt selbst in diesen Tagen nur wenige, denen man noch vertrauen kann. Wenn ich dich nun um deine Meinung bitte... wenn ich dich bitte, etwas für mich zu tun... dann muß deine Einwilligung aus freiem Willen und in treuem Glauben erfolgen.«

Tsutsumu vermochte seine Begeisterung kaum im Zaum zu halten; nach außen hin blieb er indessen ungerührt. »Sie brauchen mich bloß zu fragen«, sagte er.

»*Muhon-nin*«, sagte Kusunoki und lehnte sich vorwärts, »mehr sage ich nicht.«

Das Wort *Verräter* war kaum bis zu Tsutsumus Gehirnzellen vorgedrungen, als er plötzlich einen entsetzlichen Schmerz verspürte und sah, wie die Hand des *sensei* ihn direkt unterhalb des Schlüsselbeins berührte. Es war keiner von den Schlägen, deren Technik er sich bereits angeeignet hatte, und während er noch verwirrt auf die Handstellung starrte, trat er bereits dem Tod gegenüber, rosarote Speichelbläschen auf den zitternden Lippen.

Kusunoki sah zu, wie das Leben gleich einer unsichtbaren Rauchwolke aus Tsutsumus Körper entwich, und zog dann die Hand zurück. Ohne die Stütze begann der Körper zu schwanken und kippte schließlich zur Seite. Der rosa Schaum spritzte auf die Matte unter seinen Knien.

Auf dem *shoji* hinter dem *sensei* zeigte sich ein Schatten, und dann trat eine Gestalt in den Raum. Kusunoki vernahm das Geräusch nackter Füße und fragte: »Hast du alles gehört?«

»Ja. Sie hatten die ganze Zeit recht. Er war der Verräter.« Die Stimme war hell und angenehm moduliert. Eine Frauenstimme.

Die Frau trug einen dunkelbraunen Kimono, bedruckt mit Goldregenpfeifern in schwarzen Kreisen. Ihr glänzend schwarzes Haar war zu einem straffen Knoten gebunden.

Kusunoki drehte sich nicht zu ihr um, als sie sich lautlos näherte. Statt dessen starrte er auf ein Rollbild aus Reispapier, das in der Bildernische der schmucklosen Wand hing. Genau darunter stand eine schlanke Steingutvase mit einer vollendet geformten Tageslilie darin. Wie jeden Morgen war er auch heute zur Stunde der Dämmerung draußen in der Wildnis spazierengegangen, die Hänge hinaufgeschlendert, über Lichtungen, noch feucht und dunkel von der ausklingenden Nacht, vorbei an reißenden Bächen, deren Säume verbrämt waren mit den letzten silbernen Dornen des Mondlichts, auf der Suche nach dieser einen vollkommenen Blume, die den ganzen Tag über ihre Aura des Friedens und der Beschaulichkeit ausstrahlen würde. Vorsichtig hatte er sie gepflückt und sich zurück in den Hof seines *dojo* begeben.

Auf der Bilderrolle stand in fließenden Schriftzeichen der Ausspruch eines Zen-Meisters aus dem 18. Jahrhundert: *Felsen und Wind/ nur sie bleiben/ Generation um Generation.*

»Aber warum haben Sie ihm erlaubt, Ihnen so nahe zu kommen?« fragte die Frau.

Kusunoki bedachte sie mit einem Lächeln und sagte: »Ich habe ihm den Luxus erlaubt, sich selbst die Kehle durchzuschneiden. Das ist alles.« Er sah zu, wie sie sich auf die Knie niederließ, wobei ihm nicht entging, daß sie eine Stelle in der Nähe seiner rechten Hand und nicht direkt vor ihm erwählte. »Oft zwingen einen die Zeitläufe dazu, mit seinen Feinden vertrauter zu werden als mit seinen Freunden. Dies ist eine notwendige Lektion des Lebens. Ich bitte dich, mir gut zuzuhören. Freunde haben Verpflichtungen zur Folge, und Verpflichtungen verwirren das Leben. Du darfst nie vergessen – Verwirrung ist die Mutter der Verzweiflung.«

»Aber was wäre das Leben ohne Verpflichtungen?«

Kusunoki lächelte. »Das ist ein Geheimnis, dem vielleicht nicht einmal ein *sensei* auf die Spur kommt.« Nickend deutete er auf die vor ihm liegende Gestalt. »Nun müssen wir die Quelle finden, der dieser *muhon-nin* entsprungen ist.«

»Ist das so wichtig? Sie haben ihn ausgeschaltet. Wir sollten einfach wieder an die Arbeit gehen.«

»Noch bist du nicht in alles eingeweiht, was hier vorgeht«, sagte Kusunoki ernst. »Die Kriegskünste sind nur ein Teil des Ganzen. Es ist lebenswichtig, daß wir die Quelle dieser Infiltration ausfindig machen.«

»Dann hätten Sie ihn nicht so schnell töten dürfen.«

Der *sensei* schloß die Augen. »Ach, unbesonnene Jugend! Er war ein Fachmann. Eines Tages wirst du begreifen, daß man mit solchen Menschen nur wertvolle Zeit verschwendet. Je schneller und wirksamer man sich ihrer entledigt, desto besser. Sie sind gefährlich, ausgesprochen erregbar... und sie packen niemals aus. Deswegen müssen wir die Sache weiterverfolgen.« Er faltete die Hände in seinem Schoß. »Wir müssen die Quelle aufspüren... *seine* Quelle.« Er senkte die Lider. »Laß uns jetzt Tee trinken. Das heiße Wasser wartet.«

Gehorsam trat sie an ihm vorbei, ergiff die Teekanne und füllte die Schalen, während der Himmel verblaßte und purpurrote Wolken die terrassenförmigen Berge verdunkelten.

Vorsichtig trug sie die winzigen Tassen auf einem schwarzlackierten Tablett zu Kusunokis *tatami*. Das Bild auf dem Tablett zeigte einen Schwarm goldener Reiher, die sich aus einem rasch dahinströmenden Fluß erhoben. Sie setzte das Tablett ab und fächelte den Teeschalen mit geübten Bewegungen Kühlung zu. Ihr *wa* – ihre innere Harmonie – war sehr stark, und Kusunoki spürte, wie er in ihr aufging. In diesem Moment war er sehr stolz auf das, was er mitgeschaffen hatte.

Sechs-, sieben-, achtmal wandte die Frau den Bambusbesen hin und her, bis sich blasser grüner Schaum auf dem Tee zeigte. Beim zehnten Schlag ließen ihre schlanken Finger den Besen fallen und fuhren mit derselben Bewegung in den weitgeschnittenen Ärmel ihres Kimonos. Gleich darauf kam die Hand wieder zum Vorschein, und eine kurze, vollkommen geformte Stahlklinge blitzte auf, bevor sie sich in Kusunokis Hals bohrte. Entweder besaß die Frau eine außergewöhnliche Kraft, oder die Klinge war hervorragend geschliffen, denn der Stahl drang beinahe mühelos durch Fleisch und Knochen, bevor er die Wirbelsäule durchtrennte. In einer grotesk wirkenden Bewegung kippte der Kopf nach vorn und hing nur noch an einem dünnen Hautlappen, als wäre der *sensei* tief ins Gebet versenkt.

Dann schoß eine Fontäne zinnoberroten Bluts aus den verletzten Arterien und bespritzte die *tatami*, auf der sie beide knieten. Der

Oberkörper des *sensei* wand sich in spasmischen Zuckungen, die Beine ineinander verschlungen, während er vorwärtszuspringen versuchte wie ein Frosch.

Die Frau rührte sich nicht vom Fleck. Ihre Augen verharrten auf der Gestalt ihres Lehrers. Als er auf die Seite sank und seine Beine ein letztes Mal zuckten, spürte sie einen leisen Schmerz in ihrem Inneren. Doch dann trat freudige Erregung an die Stelle des Kummers.

Es funktioniert, dachte sie, während ihr Herz gegen die Rippen hämmerte. *Jaho*. Ohne *jaho*, davon war sie überzeugt, hätte sie ihr Vorhaben niemals vor ihm zu verheimlichen gewußt.

Sie betrachtete die Leiche und dachte, ich bin kein Verräter wie Tsutsumu, aber ich mußte mich beweisen. Ich mußte es wissen. Und deswegen mußte ich mich mit dem Besten messen. Sie stand auf und bewegte sich gleich einem Geist über die *tatami*, wobei sie den großen Blutlachen auswich, die bereits auf die anderen *tatami* überzugreifen begannen.

Du *warst* der Beste, dachte sie, während sie auf ihren Mentor hinabstarrte. Jetzt bin ich es. Sie bückte sich und wischte das Blut – *sein* Blut – von ihrer Waffe. Die Klinge hinterließ eine lange Spur auf seinem Kimono.

Das letzte, was sie tat, war ein Akt der Huldigung. Sie zog Kusunoki aus und faltete sein kostbares Gewand ehrfurchtsvoll zusammen, als wäre es eine Flagge. Anschließend verstaute sie es in einer Tasche ihres Kimonos.

Kurz darauf war sie fort; und mit ihrem Verschwinden kam der Regen.

Erstes Buch

SHIH

(Kraft, Einfluß, Autorität, Energie)

New York/Tokio/Hokkaido

Frühling/Gegenwart

Schlaftrunken bemerkte Justine Tomkin den nachtschwarzen Schatten, der das Sonnenlicht zerteilte wie eine Damaszener Klinge.

Ihr Mund öffnete sich weit, und sie versuchte zu schreien, als sie das Gesicht sah und Saigo erkannte: Bilder von Blut und Gemetzel, eine tödliche Jagd, zu erschreckend, um daran zu denken. Der einstmals so friedliche Raum in ihrem Elternhaus, voll mit Erinnerungen an ihre Kinderzeit – der Teddybär, dem ein Auge fehlte, die Stoffgiraffe –, war auf einmal von Grabgeruch erfüllt.

Ihr markerschütternder Schrei wurde durch seine Handbewegung erstickt, ohne daß er sie berührte. Er beugte sich über ihre liegende Gestalt, und während etwas in ihr noch schrie: *Wach auf! Wach auf!*, begann er bereits, seinen Bann auf sie zu legen. Die eisige Bedrohung in seinen Augen, die so tot waren wie Steine, ergriff Besitz von ihrem Herz.

Sie spürte, wie das Entsetzen sich darin ausbreitete und zu winden begann gleich einer Handvoll Würmer. Ein unheiliger Bund wurde geschlossen, den zu beeinflussen sie nicht die Macht hatte. Jetzt war sie ein Teil von ihm, wie ein Sklave würde sie seinen Befehlen gehorchen und seinen Feind für ihn hinschlachten.

Sie spürte den kühlen Griff des schweren *katana* in den gekrümmten Fingern, als sie sich bückte und es vom Boden aufhob. Sie schwang es, genau wie Saigo das getan hätte, wäre er nicht tot gewesen.

Und vor ihr stand Nicholas, das Gesicht abgewandt, der Rücken bloß und verwundbar. Sie hob das *katana*, dessen Schatten bereits das Sonnenlicht auf seinem Rückgrat spaltete. *Nicholas, meine einzige, meine große Liebe*. Ihr Geist wurde von einem wilden, wahnsinnigen Sturm heimgesucht, und der letzte Gedanke, bevor ihre Hand zum tödlichen Stoß hinabfuhr, war nicht ihr eigener: *Ninja, Verräter, deine Todesstunde ist gekommen!*...

Justine erwachte mit einem Ruck. Sie war schweißgebadet, ihr

Herz hämmerte. Mit halbgeschlossenen Augen streckte sie die Hand aus, ertastete die Leere neben sich in dem großen Doppelbett und wurde neuerlich von Angst gepackt. Aber es war nicht das Grauen vor dem immer wiederkehrenden Alptraum, das sich in ihr aufbäumte. Dies war eine neue Angst, und Justine drehte sich zur Seite, wo normalerweise Nicholas gelegen hätte, griff nach seinem Kopfkissen und preßte es gegen die Brüste, als könnte diese Geste ihn zurückbringen in ihre Arme... und nach Amerika.

Denn Nicholas befand sich auf der anderen Seite des Pazifik, und Justine war jetzt ganz sicher: die Furcht, die sie empfand, galt ihm. Was ging in Japan vor? Was tat er in diesem Augenblick? Und was für eine Gefahr zog sich um ihn zusammen?

Sie richtete sich auf und griff nach dem Telefon.

*

»Ladys und Gentlemen, in wenigen Minuten landen wir auf dem Flughafen Tokio-Narita. Bitte richten Sie die Lehnen Ihrer Sitze auf, und stellen Sie das Rauchen ein. Schieben Sie das Handgepäck unter den Vordersitz, und schnallen Sie sich an. Willkommen in Japan.«

Während die unsichtbare Stewardeß ihre kurze Ansprache auf japanisch wiederholte, öffnete Nicholas Linnear die Augen. Er hatte von Justine geträumt und dachte an gestern, als sie den Wagen genommen hatten, um, wie sie es so oft taten, dem gehetzten Leben innerhalb der Stahl- und Rauchglasschluchten von Manhattan zu entfliehen. Vor ihrem Haus in West Bay Bridge hatten sie Schuhe und Socken abgestreift und waren trotz der niedrigen Temperaturen im weißen Sand spazierengegangen.

Sie waren zur See hinuntergelaufen, hatten sich dem salzigen Wind entgegengestemmt und sich schließlich leidenschaftlich umarmt. »Ach, Nick«, hatte Justine geflüstert, »ich glaube, ich bin noch nie in meinem Leben so glücklich gewesen. Seit ich dich kenne, habe ich vergessen, was es heißt, traurig zu sein.«

Nur zu gut wußte sie, daß er sie vor den vielen Dämonen errettet hatte, die ihr Leben bevölkerten, ihren Ängsten und Sorgen. Sie hatte den Kopf an seine Schulter gelehnt, seinen Hals mit den Lippen berührt. »Ich wünschte, du müßtest nicht verreisen. Ich wünschte, wir könnten für immer hier in der Brandung stehenbleiben.«

»Dann wären wir binnen kürzester Zeit blaugefroren.« Er lachte, denn er wollte sich nicht von ihrer plötzlichen Melancholie anstecken lassen. »Wie auch immer, findest du es nicht auch gut, daß wir beide bis zur Hochzeit so viel zu tun haben? Auf diese Weise hat keiner die Zeit, kalte Füße zu kriegen und in letzter Minute auszusteigen.« Auch dies war nur ein Scherz gewesen, aber sie hatte den Kopf gehoben und ihn mit ihren ungewöhnlich intelligenten und doch seltsam naiven Augen angeblickt, deren Anziehungskraft er schon bei ihrer ersten Begegnung fast auf der Stelle erlegen war.

»Träumst du je davon?« hatte er gefragt. »Findest du dich noch manchmal in jenem Haus wieder, das *dai-katana* in den Händen und Saigo in deiner Seele?«

»Du hast alles von mir genommen, seinen hypnotischen Einfluß, alles, was er getan hat«, war ihre Antwort gewesen. »Das hast du mir doch versprochen, oder?«

Er nickte. »Und ich habe auch Wort gehalten.«

»Na also.« Sie hatte seine Hand genommen und ihn von den kalten Wellen fortgeführt, den Strand hinauf, über die Hochwassermarke, wo Seegras und vom Wasser glattgewaschene Holzstücke den Sand bedeckten.

»Justine«, hatte er ernst nachgehakt, »ich wollte nur wissen, ob dieser Zwischenfall in dir –«, er hatte innegehalten, nach einem entsprechenden Äquivalent für den japanischen Gedanken gesucht, » – je irgendwelche Echos ausgelöst hat. Immerhin hatte Saigo dich darauf programmiert, mich mit meinem eigenen Schwert zu töten. Du sprichst nie darüber.«

»Warum sollte ich auch?« Ihre Augen verdunkelten sich mit dem Tageslicht, verhüllten all ihre zarten Farben. »Es gibt nichts zu sagen.«

Eine Zeitlang gingen sie schweigend nebeneinanderher, in den Ohren das rhythmische Rauschen der See. Justine blickte auf das Meer hinaus, als könne sie in den Wellen ihre Zukunft lesen. »Ich habe immer gewußt, daß das Leben gefährlich ist. Aber bis zu dem Moment, da ich dich getroffen habe, gab es keinen Grund, irgendeinen Gedanken darauf zu verschwenden. Es ist ja kein Geheimnis, daß ich mal genauso selbstzerstörerisch war wie meine Schwester.« Ihre Augen lösten sich von der glitzernden Kimm. Sie betrachtete ihre Hände. »Ich wünschte mir nichts sehnlicher, als daß es nie geschehen wäre. Aber es ist geschehen. Er hat sich meiner bemächtigt. Es war wie damals, als ich noch ein Kind war und Pocken hatte, so schlimm, daß ich beinahe gestorben wäre. Es hat Narben hinterlassen, aber ich habe überlebt. Ich werde auch diesmal überleben.« Sie hob den Kopf. »Ich *muß* überleben, nicht wahr, denn was würde sonst aus uns?«

Nicholas starrte ihr in die Augen. Verheimlichte sie ihm etwas? Er vermochte es nicht zu sagen, und er wußte auch nicht, warum es ihn beunruhigen sollte.

Sie lachte plötzlich, und ihr Gesicht wurde wieder zu dem eines Schulmädchens, unschuldig und sorglos. »Morgen bist du nicht mehr hier bei mir«, sagte sie, »also laß uns das Hier und Jetzt genießen.« Sie küßte ihn zärtlich. »Ist das nicht ausgesprochen japanisch gedacht?«

Er lachte. »Ja, ich glaube, das ist es.«

Ihre langen Künstlerfinger zeichneten die Umrisse seines Kinns nach und legten sich endlich auf das zarte Fleisch seiner Lippen. »Du bedeutest mir mehr, als mir je ein Mensch bedeutet hat.«

»Justine –«

»Selbst wenn du bis ans Ende der Welt reisen würdest, ich würde dich aufspüren. Das klingt albern, wie aus dem Mund eines kleinen Mädchens, aber ich meine es ernst.«

Zu seinem Erstaunen merkte er, daß dem wirklich so war. Und in diesem Moment sah er etwas in ihren Augen, das er dort noch nie gesehen hatte. Es war die Entschlossenheit eines weiblichen Samurai, wie seine Mutter und seine Tante welche gewesen waren.

Er lächelte. »Ich werde ja nicht lange fort sein. Hoffentlich nicht mehr als einen Monat. Ich sorge dafür, daß du mir nicht nachzureisen brauchst.«

Ihr Gesicht war noch immer ernst. »Ich scherze nicht, Nick. Japan *ist* das Ende der Welt, soweit es mich angeht. Das Land ist mir schrecklich fremd. In Europa bin ich vielleicht auch eine Fremde, aber irgendwie kann ich mich dort immer noch auf meine Wurzeln besinnen, habe ich das Gefühl, zumindest teilweise dort zu Hause zu sein. Japan hingegen ist so undurchdringlich wie ein Stein. Es jagt mir Angst ein.«

»Ich bin ein halber Japaner«, sagte er leichthin. »Jage ich dir auch Angst ein?«

»Ich glaube schon, zumindest früher manchmal. Jetzt allerdings nicht mehr so stark.« Sie schlang die Arme um ihn. »Ach, Nick, alles wäre so wunderbar, wenn du nur nicht fort müßtest.«

Wortlos hielt er sie fest. Er wollte ihr sagen, daß er sie nie allein lassen würde, aber das wäre eine Lüge gewesen, denn in weniger als vierundzwanzig Stunden würde er genau das tun, wenn er in das Flugzeug nach Tokio stieg. Darüber hinaus verbot ihm das Asiatische seines Wesens, allzu viele Worte zu machen. Auch sein Vater hatte Geheimnisse vor der Frau gehabt, die ihm teurer als alles auf der Welt gewesen war.

Die 747-SP neigte sich jetzt in einem großen Bogen nach links, durchschnitt die Wolkendecke, bis unter ihnen blaßgrüne Felder, zerteilt von perfekt ausgerichteten Gräben, auftauchten. Dann, in einiger Entfernung, der schneebedeckte Gipfel des Fudschijama, majestätisch und unwandelbar.

Schließlich stießen sie in die Smogschicht, die wie ein stetig größer werdendes Leichentuch über der von wimmelndem Leben erfüllten Metropole lag.

»Um Himmels willen«, sagte der stämmige, muskulöse Mann neben Nicholas und reckte den Hals, um besser sehen zu können. »Ich hätte meine gottverdammte Gasmaske mitnehmen sollen.« Ein kurzer Wurstfinger stieß auf das Perspex-Fenster zu. »Die haben da draußen eine Inversionsschicht, die schlimmer ist als über dem San Fernando Valley.«

Der Mann hatte kurzgeschnittenes Haar, grau wie der Lauf eines Revolvers. Er trug einen leichten, konservativ geschnittenen Anzug, handgefertigt und auf einen Geschäftsmann zugeschnitten. Er hieß Raphael Tomkin, hatte sich aus dem Nichts zum millionenschweren Industriemagnaten emporgearbeitet und war Nicholas Linnears Arbeitgeber. Er war es gewesen, den Saigo für Geld hatte ermorden sollen; und obwohl Nicholas ihn beschützt und Saigo besiegt hatte, war er es auch gewesen, daran zweifelte Nicholas nicht eine Sekunde, der den Befehl gegeben hatte, Detective Lieutenant Lew Croaker, Nicks besten Freund, zu töten.

Nicholas betrachtete Tomkins Profil, ohne es sich anmerken zu lassen. Tomkin schien nicht nur stark und mächtig zu sein, er war es auch. Sein *Wa* besaß eine große Kraft, Beweis für seine innere Entschlossenheit und Festigkeit.

Diese Tatsache war für Nicholas von höchstem Interesse, denn er hatte sich und dem *kami* seines toten Freundes geschworen, Zugang zum Inneren dieses Mannes zu gewinnen und, wußte er erst darüber Bescheid, die Saat seiner langsamen Zerstörung zu säen.

Er erinnerte sich daran, wie er erfahren hatte, daß Croakers Tod bei einem Autounfall in der Nähe von Key West in Wirklichkeit auf Tomkins Befehl zurückgegangen war. Nur Nicholas hatte gewußt, daß Croaker in Key West dem einzigen handfesten Hinweis in der Mordsache Angela Didion nachging. Das hochbezahlte Mannequin war lange Zeit Raphael Tomkins Geliebte gewesen.

Um Tomkin in die Falle zu locken, bediente Nicholas sich einer alten, wohlbekannten Taktik von Ieyasu Tokugawa, dem größten unter allen Shogunen Japans. Die Familie Tokugawa hatte das Land mehr als tausend Jahre regiert, die Traditionen am Leben erhalten und einen Schild gegen den schädlichen Einfluß des Westens dargestellt. *Wenn du deinen Feind kennenlernen willst,* lautete eine seiner Regeln, *mußt du sein Freund werden. Bist du erst sein Freund, wird er alle Schranken fallen lassen. Dann kannst du dir überlegen, wie du ihn am besten vernichtest.*

Sein Racheschwur hatte Nick – Justines leidenschaftlichem Protest zum Trotz – dazu veranlaßt, den Job anzunehmen, den Tomkin ihm vor einem Jahr offeriert hatte. Und vom ersten Tag an seinem neuen Arbeitsplatz waren alle ihre gemeinsamen Anstrengungen auf den gegenwärtigen Moment ausgerichtet gewesen. Tomkin beabsichtigte, eine seiner Firmen mit einer aus der Unternehmensgruppe von Sato Petrochemical zu verschmelzen. Jedes Geschäft mit den Japanern war ein Fall für sich, aber eine dermaßen komplizierte Fusion zweier hochentwickelter Gesellschaften forderte selbst die letzten Kraftreserven. Tomkin hatte zugeben müssen, daß er dringend Hilfe brauchte. Und wer, wenn nicht Nicholas Linnear, selbst halber Japaner und aufgewachsen in Japan, konnte ihm die benötigte Unterstützung geben?

Die Räder des Fahrwerks berührten das Rollfeld, dann hatten sie aufgesetzt. Der Kapitän schaltete die vier mächtigen Düsentriebwerke auf Gegenschub.

Während sie die Sicherheitsgurte ablegten und nach den Mänteln im Gepäcknetz über ihren Köpfen griffen, stellte Nicholas neuerlich fest, daß etwas mit Tomkin vorgegangen war seit jenem Tag, an dem er seinen Schwur geleistet hatte. Im Lauf der Zeit, in der er mehr über Raphael Tomkin in Erfahrung gebracht, sein Vertrauen und damit auch seine Freundschaft gewonnen hatte – ein Geschenk, das ein Industrieller dieser Größenordnung nur selten macht –, hatte Nicholas auch gelernt, Tomkin so zu sehen, wie er wirklich war.

Und ganz zweifellos war er nicht das Ungeheuer, für das seine Töchter, Justine und Gelda, ihn hielten. Anfangs hatte er noch versucht, Justine diese neuen Erkenntnisse zu vermitteln, aber die Diskussionen darüber hatten unweigerlich in heftigen Auseinandersetzungen geendet, und schließlich hatte er es aufgegeben, sie von der Liebe ihres Vaters überzeugen zu wollen. Es hatte zuviel böses Blut zwischen den beiden gegeben, als daß sie ihre Meinung über ihn jemals ändern konnte. Sie hielt ihn schlicht und einfach für ein Ungeheuer.

In einer Hinsicht lag sie damit auch völlig richtig, dachte Nicholas, als sie das Flugzeug verließen. Niemand erreichte eine derartige Position, indem er seinen Feinden die andere Wange hinhielt oder darauf verzichtete, über Leichen zu gehen. Kaputte Karrieren, Bankrotte, zerstörte Ehen, das war die Art Schutt, die ein Mann wie Raphael Tomkin bei seinem Aufstieg hinter sich ließ.

Er war gerissen und absolut rücksichtslos. Er hatte Dinge getan, die Nicholas nie in den Sinn gekommen wären. Und doch schien es eine ganz andere Sache, kaltblütig einen Mord in Auftrag zu geben, mit olympischer Geringschätzung ein Lebenslicht auszublasen. Die tiefe und aufrichtige Liebe zu seinen Töchtern allein schon hätte ihn von einem dermaßen psychotischen Entschluß abhalten müssen.

Und doch hatte alles Beweismaterial, auf das Croaker gestoßen war, direkt zu Raphael Tomkin geführt. Er mußte seinem Leibwächter den Befehl gegeben haben, Angela Didions Leben ein Ende zu setzen. Warum? Welcher Dämon hatte ihn zu einer solchen Verzweiflungstat getrieben?

Nicholas wußte es noch immer nicht, aber er beabsichtigte es herauszufinden, bevor er seine Rache an diesem mächtigen Mann in die Tat umsetzte. Vielleicht würde die Suche nach der Wahrheit den Zeitpunkt der Vergeltung hinausschieben, aber das besaß keine große Bedeutung für ihn. Schon mit der Muttermilch hatte er eine wahrhaft unendliche Geduld eingesogen. Zeit war für ihn wie der Wind; ungesehen strich sie an ihm vorbei, voller Geheimnisse, die sich jedoch alle enthüllten, wenn der richtige Moment gekommen war.

Deswegen hatte er es sich zunächst zur Aufgabe gemacht, seinen Feind zu verstehen, jede Ecke, jeden Winkel von Tomkins Leben zu erforschen, erst das Fleisch und dann die Knochen abzustreifen, bis die Seele dieses Mannes entblößt vor ihm lag. Denn nur wenn er verstand, warum es zu dem Mord gekommen war, würde Nicholas Erlösung finden, für sich und für das, was er letzten Endes tun mußte.

Wenn es ihm nicht gelang, Tomkin zu verstehen, wenn er sich lediglich kopfüber den blutroten Pfad der Rache hinunterstürzte, dann war er um kein Deut besser als sein Feind. Dazu war er nicht fähig, und genau das hatte Saigo, sein Cousin, auch gewußt und, indem er es gegen ihn ausspielte, den Tod seiner Freunde verursacht. Denn Saigo in seinem Wahn hatte keine derartigen Bedenken gehabt, wenn es um Mord ging. Er hatte gelernt, Leben zu zerstören, erst durch *Ka-aku na ninjutsu* und später durch das gefürchtete *Kobudera*. Aber irgendwann, irgendwo auf seinem Weg hatten die Mächte, die er zu zähmen versuchte, von ihm Besitz ergriffen und ihn für ihre eigenen bösen Absichten mißbraucht. Saigo hatte die Macht besessen, nur um sich von ihr besitzen zu lassen. Am Ende war seine Seele zu schwach gewesen, und sein Verstand hatte sich verwirrt.

Nicholas holte tief Luft und schüttelte den Kopf, um die Vergangenheit aus seinen Gedanken zu löschen. Saigo war seit einem Jahr tot.

Aber nun war Nicholas wieder in Japan, und so stürzte die Vergangenheit sich auf ihn wie eine Horde von *kami*, die in sein Ohr schnatterten und alle gleichzeitig nach Aufmerksamkeit verlangten. So viele Erinnerungen, so viele Gefühle. Cheong, der Colonel; Itami, seine Tante, der er schließlich doch würde gegenübertreten müssen. Und natürlich Yukio, die traurige, dem Untergang geweihte Yukio. Die wunderschöne Yukio, die ihn in tiefste Verwirrung gestürzt hatte, als sie sich zum erstenmal auf der *keiretsu*-Party begegnet waren. Ja, ihr erstes Zusammentreffen war aufgeladen gewesen mit erotischen Versprechungen. Ihr warmer, fester Oberschenkel zwischen seinen Beinen, während sie durch den von Kerzen erhellten Raum tanzten und sich dabei tief in die Augen sahen.

Obwohl sie den Tod gefunden hatte, von Saigos Hand, suchte ihr *kami* ihn immer noch heim. Und obwohl er Justine von Herzen liebte, tanzte er im Geist noch immer diesen ersten Tanz mit Yukio in einer geheimen, glutvollen Welt, wo der Tod keine Macht besaß.

Und jetzt setzte er den Fuß zum erstenmal seit über zehn Jahren wieder auf heimatliche Erde. Es schien Jahrhunderte her zu sein, doch die Zeit zählte nicht mehr. Näher zu dir, Yukio, näher zu uns und unserer Vergangenheit. Tanz, Yukio. Ich halte dich fest, und solange ich bei dir bin, kann nichts sich zwischen uns schieben, kann dir nichts mehr widerfahren.

»Guten Tag, Gentlemen.« Eine junge Japanerin verbeugte sich vor ihnen. »Sato Petrochemicals heißt Sie willkommen in Japan.«

Neben ihr stand ein junger Japaner in einem dunklen Anzug, die Augen hinter einer Sonnenbrille verborgen. Er streckte die Hand aus und nahm ihre Gepäckscheine entgegen. Sie hatten gerade den Zoll passiert. »Junior wird sich um Ihr Gepäck kümmern«, sagte die Japanerin mit einem liebreizenden Lächeln. »Würden Sie mir bitte folgen?«

Nicholas verbarg seine Überraschung angesichts der Tatsache, daß sie von einer Frau abgeholt wurden. Natürlich würde er es Tomkin nicht sagen, aber das war kein gutes Vorzeichen für die kommenden Verhandlungen. Je bedeutender der Abgesandte der Firma, der einen abholte, desto höher der Status, den diese Firma einem zubilligte. Und in Japan standen Frauen sehr tief auf der Leiter der Führungskräfte.

Geschickt führte sie ihre Gäste durch das Gewimmel in der Flughafenhalle. Als sie endlich in den schwachen Sonnenschein vor der Halle traten und zu der wartenden Limousine gingen, war Tomkin außer Atem und ziemlich gereizt. Die junge Frau hielt ihnen die Tür zum Fond auf. »Ich bin Miss Yoshida, Mr. Satos Assistentin«, sagte sie. »Bitte verzeihen Sie mir die Unhöflichkeit, daß ich mich nicht früher vorgestellt habe, aber ich hielt es für vernünftig, uns alle so schnell wie möglich aus dem Tumult da drinnen herauszuführen.«

Nicholas lächelte innerlich über ihre etwas unbeholfene Ausdrucksweise. Als sie sich erneut verbeugte, erwiderte er diese Geste automatisch und murmelte: »Von Unhöflichkeit kann überhaupt keine Rede sein, Miss Yoshida. Sowohl Mr. Tomkin als auch ich wissen Ihre Rücksichtnahme zu schätzen.« All dies in akzentfreiem Japanisch.

Wenn sie überhaupt erstaunt war, daß er ihre Sprache beherrschte, so ließ sie es sich jedenfalls nicht anmerken. Die Augen in ihrem faltenlosen Gesicht waren wie Glas. »Würden Sie sich bitte die Bequemlichkeiten des Wagens zunutze machen«, sagte sie.

»Himmel, etwas Komfort wäre jetzt tatsächlich nicht schlecht«, brummte Tomkin, während er den Kopf einzog und in die schwarze Limousine kletterte. »Diese Reise war wie ein Tritt in die Eier.«

Nicholas lachte und tat so, als handele es sich um einen geheimnisvollen *gaijin*-Scherz, um Miss Yoshida von ihrer Verlegenheit zu erlösen. Sie stimmte ein und gab ein leises, melodisches Lachen von sich. Als sie sich setzte, raschelte ihr streng geschnittener Anzug aus grüner Rohseide, und ihre Türkisohrringe funkelten.

»Es muß ein gutes Gefühl sein, wieder Heimatboden zu betreten, Linnear-san«, sagte sie.

Er lächelte, ohne darauf einzugehen, daß sie offensichtlich genau über ihn ins Bild gesetzt worden war. »Die Jahre sind dahingeschmolzen«, sagte er. »Jetzt, wo ich wieder da bin, scheint es, als wären nur Momente seit meiner Abreise vergangen.«

Miss Yoshida wandte das liebliche Gesicht ab und blickte aus dem Fenster. Junior erschien vor dem Terminal mit ihrem Gepäck. Für eine Sekunde wurde Miss Yoshidas Tonfall weniger förmlich, als sie leise sagte: »Sollten Sie den Wunsch haben, Joss-Stäbchen anzuzünden, wird Ihnen ein Wagen zur Verfügung stehen.« Ihre Augen suchten seinen Blick.

Er verbarg seine Überraschung. Jetzt hatte er ein ziemlich deutliches Bild davon, wie weit Miss Yoshida tatsächlich mit seinem Leben vertraut war. Schließlich hatte sie nicht nur gesagt, daß Sato ihm ein Transportmittel zur Verfügung stellen würde, sollte er den Gräbern seiner Eltern einen Besuch abstatten wollen, sondern auch, daß er vielleicht den Wunsch haben mochte, Joss-Stäbchen auf dem Stein seiner Mutter abzubrennen. Nur wenige Menschen wußten, daß Cheong mindestens zur Hälfte Chinese gewesen war; »Joss-Stäbchen«, war ein rein chinesischer Ausdruck, obwohl auch die dem Buddhismus verhafteten Japaner Weihrauch auf den Gräbern ihrer Familienangehörigen und Freunde verbrannten.

Miss Yoshida senkte die Augen. »Ich weiß, daß ich kein Recht habe, Ihnen dieses Angebot zu unterbreiten, aber wenn Sie es angenehmer fänden, auf einer solchen Reise Begleitung zu haben, würde ich mich zu Ihrer Verfügung halten.«

»Das ist außerordentlich liebenswürdig von Ihnen«, erwiderte Nicholas, ohne den nahenden Junior ganz aus den Augen zu lassen, »aber ich würde es mir nie verzeihen, Ihnen solche Unannehmlichkeiten bereitet zu haben.«

»Es bedeutet keinerlei Beschwerlichkeit für mich«, sagte sie. »Mein Mann und mein Kind liegen nicht weit davon entfernt begraben. Ich würde so oder so hinfahren.«

Wieder begegneten sich ihre Blicke, aber er vermochte nicht zu sagen, ob sie die Wahrheit sprach oder lediglich eine typisch japanische Lüge benutzte, damit es ihm leichter fiel, ihr Angebot zu akzeptieren.

»Es wäre mir eine große Ehre, Miss Yoshida.«

Junior steuerte den Wagen durch den dichten Verkehr, der bereits im Randgebiet der Stadt beängstigend war. Tomkin beugte sich vor und starrte durch die graugefärbten Scheiben auf den Wald aus Stahl und Glas, der sich an die grünen Felder der Bauern anschloß. »Himmel«, sagte er, »genau wie in New York. Wann hören die endlich auf, die ganze Welt zuzubetonieren? Ich fliege fünfzehntausend Kilometer, und dann komme ich mir vor, als wäre ich immer noch zu Hause.« Mit einem plötzlichen Ruck ließ er sich zurückfallen. Ein Schmunzeln trat auf sein Gesicht. »Mal abgesehen davon, daß wir beide hier die größten Lebewesen weit und breit sind, wie, Nick?«

Nicholas bedachte seinen Arbeitgeber mit der Andeutung eines Nickens, ehe er sich an Miss Yoshida auf dem Beifahrersitz wandte. »*Gaijin* sind oft ruppig, ohne es wirklich zu wollen, nicht wahr?« Er zuckte mit den Schultern. »Na ja, was kann man von verwöhnten Kindern schon anderes erwarten.«

Miss Yoshida bedeckte ihre schöngeschwungenen Lippen mit der Hand, aber das Funkeln ihrer Augen verriet ihre Erheiterung.

»Was, zum Teufel, habt ihr zwei da zu plappern?« knurrte Tomkin, der sich ausgeschlossen fühlte.

»Ich habe die Dame nur darüber informiert, daß es nicht nur die Körpergröße ist, die bei den ausländischen Teufeln ungewöhnliche Ausmaße hat«, log Nicholas.

Aber er hatte die richtige Saite angeschlagen. »Hah!« brüllte Tomkin amüsiert. »Sie sind ja ganz schön direkt! Sehr gut, Nicky.«

Eine knappe Stunde später traten die drei im zweiundfünfzigsten Stockwerk des dreieckigen Shinjuku-Suiryu-Gebäudes aus dem Fahrstuhl. Ganz Tokio lag wie ein schimmernder, jedoch leicht eingetrübter Edelstein mit zahllosen Facetten zu ihren Füßen. Wolkenkratzer, so weit das Auge reichte, viele davon erst in den letzten Jahren entstanden.

Tomkin schnitt eine Grimasse, nahm Nicholas beiseite und flüsterte: »Immer wenn ich hierher komme, habe ich wieder den Geschmack von Lebertran im Mund. Als ich noch ein Kind war, hat mein Vater mir jeden Morgen zwei Löffel voll davon eingeflößt.«

Miss Yoshida führte sie durch eine holzgetäfelte Tür, deren Knöpfe mit dem Firmenzeichen der Sato Petrochemicals geschmückt waren. Über einen taubengrauen Teppich ging es einen indirekt erleuchteten Korridor hinunter, der sich zu beiden Seiten in Dutzende von Büroräumen öffnete. Das Rattern von Fernschreibern und elektrischen Schreibmaschinen begleitete ihre Schritte.

Miss Yoshida verharrte vor einer weiteren Flügeltür, deren Griffe aus kaum bearbeitetem Schmiedeeisen bestanden.

»Mr. Sato wußte, daß Sie eine anstrengende Reise haben würden«, sagte Miss Yoshida. »Ein Flug wie dieser ermüdet selbst die stärksten Naturen. Junior ist daher mit Ihrem Gepäck gleich zum Okura weitergefahren. Er wird Sie zu Ihren Zimmern begleiten.« Sie lächelte. »Wenn Sie mir bitte folgen wollen.«

Tomkins wütende Stimme hielt sie zurück. »Was, zum Teufel, soll das heißen?« Seine Augen funkelten aggressiv. »Ich bin nicht um die halbe Welt geflogen, um mir den Hintern in irgendeinem Sitzbad anbrennen zu lassen, während der große Mister Sato seinen Geschäften nachgeht.« Er klopfte auf seinen Attaché aus schwarzem Krokodilleder. »Ich bin hier, um eine Fusion in die Wege zu leiten«, schnaubte er. »Alles andere kann warten, soweit es mich betrifft.«

Miss Yoshidas Gesicht verriet keine ihrer Gefühlsregungen. »Mr. Tomkin«, begann sie, »lassen Sie mich Ihnen versichern –«

»Sato!« Tomkins schrille Stimme übertönte ihre beherrschte Äußerung. »Ich will Sato jetzt sofort sehen. Er kann mich nicht wie einen gottverdammten Funktionär behandeln. Raphael Tomkin wartet auf niemand.«

»Bitte, glauben Sie mir, Mr. Tomkin, niemand will es Ihnen gegenüber an Respekt mangeln lassen«, sagte Miss Yoshida in einem Versuch, mit diesem völlig irrationalen Ausbruch fertig zu werden. »Meine Aufgabe besteht darin, Ihnen zu Diensten zu sein, Ihnen zu helfen, daß Sie sich entspannen, damit Ihre geistige Verfassung wieder die angemessene Form –«

»Ich brauche weder Sie noch irgend jemand sonst, damit er mir sagt, in welcher geistigen Verfassung ich mich befinde!« donnerte Tomkin und trat einen Schritt auf sie zu. »Sie schaffen mir jetzt umgehend diesen Sato her oder –«

Nicholas drängte sich zwischen die beiden. Er konnte sehen, daß Miss Yoshida unter ihrer kunstvollen Schminke aschfahl geworden war. Ihre Hände zitterten.

»Was soll das, Nick?«

Nicholas ignorierte Tomkin und baute sich zwischen Miss Yoshida und seinem Arbeitgeber auf. Gleichzeitig zwang er sich zu einem Lächeln.

»Bitte, entschuldigen Sie das Benehmen des *gaijin*«, sagte er auf japanisch. »Der Flug war lang und für einen Mann seines Alters anstrengender, als er zugeben will. Haben Sie Geduld mit ihm, bitte.«

Miss Yoshida warf Tomkin einen vorsichtigen Blick zu, ehe sie sich verbeugte und bei Nicholas bedankte. »Sato-san wird Sie in Kürze empfangen«, sagte sie. »Ihm war nur daran gelegen, daß Sie sich ein wenig entspannen können, bevor die harten Verhandlungen ihren Anfang nehmen.«

»Ich verstehe völlig, Yoshida-san«, erwiderte Nicholas höflich und drängte Tomkin mit seinem breiten Rücken ein Stück zurück. »Und was den *gaijin* betrifft, überlassen Sie den ruhig mir.«

Miss Yoshida verbeugte sich erneut, Erleichterung malte sich auf ihrem Gesicht. »Danke, Linnear-san.« Sie drückte sich an ihnen vorbei und eilte den Gang hinunter.

Tomkin war puterrot angelaufen. Er hob einen seiner kurzen Wurstfinger und fauchte: »Sie schulden mir eine Erklärung, Nick, und ich hoffe, sie ist hieb- und stichfest, sonst –«

»Seien Sie endlich still!«

Nicholas hatte nicht besonders laut gesprochen, aber etwas in seinem Tonfall schien Tomkin zu beeindrucken. Sein Mund klappte zu.

»Sie haben schon genug Unheil angerichtet«, sagte Nicholas und versuchte, wie vorher schon Miss Yoshida, seine Gefühle unter Kontrolle zu halten.

»Unheil? Was soll das –«

»Sie haben unserem Ansehen bei der Frau ungeheuer geschadet. Wir können uns glücklich preisen, wenn sie nicht sofort zu Sato rennt, um ihn von dem Affront zu berichten.«

Nicholas schob sich an Tomkin vorbei. Er betrat einen kleinen, schwach beleuchteten Raum mit einem Boden aus Zederndielen. Die eine Wand wurde von geräumigen Schränken aus Metall eingenommen. Er öffnete einen davon. Der Schrank enthielt einen Bademantel aus Frottee, einen Kamm, eine Bürste und ein ganzes Arsenal von Toilettenartikeln. Rechter Hand führte eine offene Tür zu einem verspiegelten Raum mit Waschbecken, Urinierschüsseln und Toilettenkabinen.

Nicholas hörte das Geräusch tröpfelnden Wassers. Zur Linken mußten sich die Bäder befinden. Die Luft war feucht und warm. Nicholas begann sich auszuziehen.

Tomkin folgte ihm. Stocksteif stand er in der Mitte des Raums und starrte Nicholas an. Schließlich stieß er hervor: »Hören Sie zu, Sie Bastard, versuchen Sie das nie wieder bei mir!« Seine Stimme war heiser vor aufgestauter Wut. »Haben Sie mich verstanden?«

»Ziehen Sie sich aus.« Nicholas faltete seine Hosen zusammen und hängte sie über einen Metallbügel. Er war jetzt nackt, frei von allen Schalen, die ihm von der zivilisierten Welt aufgezwungen worden waren. Er besaß eine angeborene animalische Ausstrahlung, die beinahe furchteinflößend wirkte.

»Ich verlange eine anständige Antwort, verdammt noch mal!« Tomkins Stimme war höher geworden, eine Folge nicht nur seines Ärgers, sondern auch einer plötzlichen Furcht vor dem Mann, der ihm da gegenüberstand.

Nicholas sagte: »Sie haben mich zu einem bestimmten Zweck engagiert. Erlauben Sie mir freundlicherweise, meine Arbeit ohne Störungen zu erledigen.« In seiner Stimme schwang kein Zorn mehr mit; er hatte sich wieder in der Hand.

»Ihre Arbeit dient vor allem dem Zweck, mich nicht zu beleidigen«, sagte Tomkin in etwas normalerem Tonfall, während er sich darum bemühte, seinen rasenden Puls zu beruhigen.

»Wir sind hier in Japan«, entgegnete Nicholas schlicht. »Ich bin dabei, Ihnen zu helfen, daß Sie nicht mehr wie jemand aus dem Westen denken.«

»Sie meinen schon wieder Ihren berühmten Gesichtsverlust.« Tomkin schnaubte und deutete mit dem Daumen auf die Tür in seinem Rücken. »Das war doch nur ein Mädchen. Ist mir doch scheißegal, was die von mir denkt.«

»Tatsächlich ist sie aber Seiichi Satos persönliche Assistentin«, widersprach Nicholas besänftigend. »Und als solche ist sie ein Teil von Sato selbst, was sie alles andere als unwichtig macht.«

»Sie meinen, ich sollte vor ihr katzbuckeln? Nachdem Sato nicht einmal die Höflichkeit besaß, uns persönlich zu empfangen?«

»Sie sind doch schon oft hier gewesen«, sagte Nicholas. »Es erstaunt mich, daß Sie absolut nichts über die japanischen Sitten und Gebräuche gelernt haben.« Mit einer Geste umfaßte er die Räumlichkeiten. »Diese Behandlung wird nur den höchsten Würdenträgern zuteil. Haben Sie eine Ahnung, was eine derartige japanische Badeanlage so hoch über der Erde kosten muß, bei den Preisen in Tokio?«

Nicholas seufzte. »Hören Sie auf, mit Ihrem westlichen Ego zu denken, und versuchen Sie es statt dessen mal mit ein bißchen Einfühlungsvermögen. Damit kommen Sie hier ein ganzes Stück weiter.« Er griff in den Schrank und holte ein flauschiges weißes Handtuch heraus, verziert mit den Zeichen der Sato Petrochemicals, drei miteinander verschränkten, dunkelblauen Rädern.

Tomkin war einen Moment lang still. Dann grunzte er und begann abrupt, sich auszuziehen. Als er ebenfalls nackt war, holte er ein Handtuch heraus und wollte den Schlüssel des Schranks abziehen.

»Schließen Sie nicht ab«, sagte Nicholas.

»Warum nicht?«

Sie starrten sich einen Moment lang an, dann nickte Tomkin. »Gesichtsverlust, wie?«

Nicholas grinste und öffnete die Holztür neben den Schränken. »Kommen Sie«, sagte er.

Sie betraten eine etwa zwölf Quadratmeter große Kammer. Der Boden bestand aus den gleichen Zederndielen wie der Umkleideraum, aber die Wände waren mit glänzenden blauen Kacheln bedeckt. An der Decke prangte ein Mosaik aus kleineren Kacheln, das wiederum das Firmenzeichen darstellte. Die Kammer bestand fast zur Gänze aus zwei enormen Badewannen, die mit heißem Wasser gefüllt waren. Zwei junge Frauen standen wartend im aufsteigenden Dampf.

Ohne Zaudern trat Nicholas vor sie hin und gestattete ihnen, seinen Körper mit brühheißem Wasser zu übergießen, ehe sie ihn mit großen Schwämmen einzuseifen begannen. Nachdem er einen Moment lang nur zugesehen hatte, folgte Tomkin seinem Beispiel.

»Das verstehe ich«, sagte er und gestattete der Frau, ihn zu waschen. »Erst läßt man sich säubern, und dann entspannt man sich in der Hitze.«

Sie wurden sorgfältig abgespült, dann drückten die beiden Frauen ihnen Shampoo in die Hand, und sie gingen hinüber zu den dampfenden Wannen.

Hier war das Wasser noch heißer, so daß Tomkin zusammenzuckte. In die Wände der Wannen waren kleine Nischen eingelassen, so daß im Sitzen nur noch ihre Köpfe aus dem Wasser schauten. Tomkins Gesicht glühte, dicke Schweißperlen rannen ihm über Stirn und Wangen. Jede Bewegung steigerte die Hitze ins kaum noch Erträgliche. Nicholas hatte die Augen geschlossen, sein Körper war ganz entspannt. Es gab kein anderes Geräusch als das leise, hypnotische Plätschern der kleinen Wellen, die von ihren Körpern verursacht wurden. Kondenswasser lief die Kachelwände hinunter.

Tomkin lehnte den Kopf zurück und starrte zu den drei verschränkten Rädern hoch. »Als ich noch ein Kind war«, erinnerte er sich, »habe ich es gehaßt zu baden. Aber inzwischen weiß ich, was es heißt, sauber zu bleiben, und ich meine nicht nur, was die Hände betrifft.« Er seufzte und schloß wohlig die Augen.

Nicholas betrachtete ihn und dachte an seinen toten Freund. Lew Croaker war so sicher gewesen, daß Tomkin den Auftrag zu Angela Didions Beseitigung gegeben hatte. Diese Besessenheit hatte geradezu etwas Japanisches gehabt, denn sie war Croakers blinder Hingabe an den Buchstaben des Gesetzes entsprungen. »Nick«, hatte er einmal gesagt, »es ist mir schnurzpiepegal, was Angela Didion getan hat oder in welchem Ruf sie stand. Sie war ein menschliches Wesen, so wie jeder von uns. Was ich tue... Tja, ich denke, es ist etwas, worauf sie ein Anrecht hat. Wenn ihr keine Gerechtigkeit widerfährt, dann verdient niemand dergleichen.«

Was Croaker als Gerechtigkeit bezeichnet hatte, kannte Nicholas als Ehre. Croaker hatte gewußt, worin seine Pflicht bestand, und er war gestorben, als er sie zu erfüllen versuchte. Es war der Tod eines Samurai gewesen.

»Nick, Sie und Craig Allonge kommen doch ganz gut miteinander aus, nicht wahr?« meinte Tomkin, wobei er Bezug nahm auf den Leiter der Buchhaltung seiner Firma. »Sie wissen, daß ich große Stücke auf ihn halte. Außer mir weiß er mehr über Tomkin Industries als jeder andere auf der Welt. Er kennt sie in- und auswendig.« Falls er auf etwas Bestimmtes hinauswollte, verfolgte er seinen Weg nicht weiter. Statt dessen schien er auf eine Tangente auszuweichen. »Craig geht es zur Zeit nicht besonders gut. Er ist zu Hause ausgezogen. Seine Frau und er können sich nicht mehr in die Augen sehen, seit sie ihm von ihrem Liebhaber erzählt hat.«

Tomkin bewegte sich unwillkürlich und schnappte nach Luft wegen der sengenden Hitze. »Eine üble Situation. Craig hat mir erzählt, daß er in ein Hotel in der Stadt ziehen wollte, aber das konnte ich nicht zulassen. Er wohnt bei mir, bis er weiß, wie es weitergehen soll. Ich habe ihm erklärt, daß ich ihm bei der Scheidung helfen werde, wenn er will. Ich bin auch bereit, die Eheberatung zu bezahlen, wenn er glaubt, daß es irgendeine Chance für eine Versöhnung gibt.«

Wie unberechenbar doch die Menschen im Westen sind, dachte Nicholas. In der einen Minute plustern sie sich auf, unempfänglich für jegliche Form zivilisierten Benehmens, und in der nächsten zeigen sie überraschend viel Verständnis und Anteilnahme. »Ich werde sehen, was ich tun kann, sobald wir wieder zu Hause sind«, sagte er.

Tomkin wandte den Kopf, um Nicholas anzublicken, und als er wieder zu sprechen begann, klang seine Stimme unüberhörbar weicher. »Nicky«, sagte er, »werden Sie meine Tochter heiraten?«

Obwohl er bereits halb träumte, vernahm Nicholas einen Anflug von Verzweiflung in Tomkins Stimme, der ihn verwunderte. »Ja«, antwortete er. »Natürlich. Sobald wir wieder in den Staaten sind.«

»Haben Sie schon mit Justine darüber gesprochen?«

Nick lächelte. »Sie meinen, ob ich ihr schon einen Antrag gemacht habe? Ja.« Er hörte Tomkin tief ausatmen und öffnete die Augen. »Haben wir Ihren Segen?«

Tomkins Gesicht verdüsterte sich, und er gab ein rauhes Bellen von sich, das Nicholas nach einiger Zeit als gequältes Lachen erkannte. »O ja, was immer Ihnen das auch nützen mag. Aber erzählen Sie Justine nichts davon. Womöglich beschließt sie, Ihnen das Jawort zu verweigern, nur um mir eins auszuwischen.«

»Ich glaube, die Zeiten sind vorbei.«

»Da tauschen Sie sich mal lieber nicht. Zwischen meiner Tochter und mir werden die Dinge nie wieder ins Lot kommen. Dazu ist die Bitterkeit auf ihrer Seite zu groß. Sie denkt, ich hätte zuviel in ihrem Leben herumgepfuscht. Zu Recht oder zu Unrecht, ich weiß nicht mal, was von beidem zutrifft.«

Zeit für einen Stimmungswechsel, dachte Nicholas und kletterte langsam aus der Wanne. Tomkin folgte ihm, und sie traten durch eine weitere Tür in eine Sauna. Sie saßen auf sechseckigen Fliesen, während eine lange, vertikale Rohrleitung hustete und keuchte und eimerweise Wasser ausspie, das gurgelnd im Abfluß verschwand. Dann schoß der Dampf fauchend aus dem offenen Ende der Leitung, und es wurde unmöglich, sich zu unterhalten.

Genau fünf Minuten, nachdem sie den Raum betreten hatten, erklang eine warnende Glocke. Obwohl die beiden Männer relativ nah beieinander saßen, konnten sie einander nicht mehr sehen. Die Rohrleitung, die längs der gekachelten Wand zu ihrer Linken verlief, jaulte wie eine verdammte Seele auf dem Weg ins Fegefeuer und prustete eine neue Dampfwolke, heiß und feucht, in den Raum.

Nicholas berührte Tomkins fleischige Schulter. Sie verließen die Sauna durch eine Tür auf der entgegengesetzten Seite.

Jetzt befanden sie sich in einem großen, nur unzureichend erhellten Raum, der schwach nach Birken, Kampfer und Menthol roch. Vier lange Lattentische standen parallel zu den vier Wänden, zwei darunter von dunklen Klumpen okkupiert, die Nicholas schnell als menschliche Körper zu identifizieren vermochte. Neben jedem der beiden Tische stand eine junge Frau.

»Gentlemen.« Rechts von ihnen richtete sich eine männliche Gestalt auf und verbeugte sich leicht auf ihrem Tisch. »Ich bin überzeugt, jetzt fühlen Sie sich ausgeglichener als in dem Moment, als Sie durch diese Tür getreten sind.«

»Sato«, sagte Tomkin. »Sie haben vielleicht –« Aber als er den Druck von Nicks Hand auf dem Arm spürte, unterbrach er sich mitten im Satz. »Das ist vielleicht ein Art, uns zu begrüßen. Im Okura wäre es uns nicht halb so gut ergangen.«

»O nein, dem Okura können wir nicht das Wasser reichen«, entgegnete Sato, bedankte sich jedoch mit einem Nicken für das Kompliment. »Linnear-san«, sagte er dann, »welch eine Ehre, Sie endlich kennenzulernen. Ich habe schon viel von Ihnen gehört.« Er ließ sich wieder mit dem Rücken auf den Tisch sinken. »Sagen Sie mir, freut es Sie, wieder daheim zu sein?«

»Meine Heimat ist inzwischen Amerika, Sato-san«, antwortete Nicholas vorsichtig. »Vieles hat sich verändert in Japan, seit ich fortgegangen bin, aber ich nehme an, noch mehr ist gleichgeblieben.«

»Sie haben Ihre Berufung verfehlt, Linnear-san«, sagte Sato. »Sie hätten Politiker werden sollen.«

Nicholas fragte sich, wer auf dem Tisch an der entgegengesetzten Wand lag.

»Bitte, legen Sie sich doch hin, Gentlemen«, fuhr Sato fort. »Sie haben Ihren Kurs in Entspannung noch nicht abgeschlossen.«

Sie gehorchten seiner Aufforderung, und sogleich tauchten zwei weitere junge Damen aus dem Halbdunkel auf. Nicholas spürte, wie Öl auf seinem Rücken verrieben wurde, dann begannen erfahrene Hände, seine Muskeln zu kneten.

»Vielleicht fragen Sie sich bereits, warum es sich bei diesen Mädchen nicht um Japanerinnen handelt, Linnear-san. Glauben Sie nicht, ich sei unpatriotisch, im Gegenteil. Ich bin allerdings auch realistisch. Diese Mädchen stammen aus Taiwan.« Sato lachte vergnügt in sich hinein. »Sie sind blind, Linnear-san, wären Sie darauf gekommen? Man behauptet allgemein, ihr Leiden verleihe ihren Händen mehr Gefühl. Ich neige auch zu dieser Ansicht. Seit meinem ersten Aufenthalt in Taiwan, 1956, habe ich davon geträumt, taiwanische Masseusen nach Japan zu importieren. Was halten Sie davon, Linnear-san?«

»Umwerfend«, grunzte Nicholas.

»Ich war gezwungen, zehn Tage in Taiwan zu bleiben, während wir einen komplizierten Geschäftsabschluß aushandelten. Ich versichere Ihnen beiden, die einzigen Aktiva jenes Landes sind seine Küche und die blinden Masseusen.«

Eine Zeitlang hörte man nur noch das leise, träge Klatschen von Fleisch auf Fleisch, akzentuiert von dem Kampfergeruch des Muskelöls, der das allgemeine Gefühl von Schläfrigkeit noch verstärkte.

Nicholas beschäftigte sich wieder mit dem mysteriösen vierten Mann. Er war wohlvertraut mit den verschlungenen Seitenwegen der japanischen Geschäftsstruktur, so verschieden von der des Abendlands. Er wußte, daß es, obwohl Sato der Präsident dieser Firmengruppe war, noch viele andere verantwortliche Männer gab, und daß die meisten wirklich mächtigen japanischen Geschäftsleute Außenseiter und sogar vielen ihrer eigenen Landsleute nie vor Augen oder zu Gehör kamen. War dies einer jener Männer? Wenn das zutraf, so hatte Tomkin Nicholas durchaus zu Recht während des langen Flugs auf die extreme Umsicht hingewiesen, die sie bei den anstehenden Verhandlungen walten lassen mußten. »Dieser Deal mit Sato Petrochemicals ist möglicherweise der größte, den ich je auf die Beine gestellt habe, Nick«, hatte er gesagt. »Die Fusion meiner Sphinx-Silikon-Abteilung mit Satos Nippon Memory Chip-*kobun* wird für Tomkin Industries in den nächsten zwanzig Jahren unerhörte Profite abwerfen. Sie kennen doch die Mentalität amerikanischer Fabrikanten; sie sind so gottverdammt schwer von Begriff. Deswegen habe ich vor zweieinhalb Jahren Sphinx ins Leben gerufen. Ich hatte es satt, von diesen Idioten abhängig zu sein. Ihretwegen war ich immer drei bis sechs Monate hinter meinem Zeitplan zurück, und bis ich endlich ihre Lieferung bekommen hatte, waren die Japse längst mit etwas Besserem auf dem Markt. Wie in allen anderen Fällen auch, haben sie einfach unsere Grundentwürfe genommen und das Produkt dann besser und weit billiger hergestellt. Den Deutschen sind sie auf diese Weise bei den 35-mm-Kameras zuvorgekommen, den Europäern insgesamt bei den Personenwagen, und bei uns werden sie dasselbe mit den Computerchips machen, wenn wir nicht endlich aufwachen. Sie, Nick, wissen besser als jeder andere, wie gottverdammt schwer es für eine ausländische Firma ist, bei den Japanern einen Fuß in die Tür zu bekommen. Aber jetzt verfüge ich über etwas, das sie haben wollen, so sehr haben wollen, daß sie mir einundfünfzig Prozent von meinem eigenen Unternehmen lassen. Das ist unerhört für die Zustände dort. Ich meine, selbst IBM haben sie praktisch bis auf die Unterhose ausgezogen, als die ihre Filiale in Tokio eröffnen wollten.«

Nicholas konnte sich gut daran erinnern. Nach dem Zweiten Weltkrieg war in Japan das allmächtige Ministerium für Industrie und Internationalen Handel ins Leben gerufen worden, um die Wirtschaft des Landes wieder auf eine solide Grundlage zu stellen. In den fünfziger Jahren unternahm Sahashi Shigeru, dem dieses Ministerium unterstand, jeden nur denkbaren Versuch, um die massive Invasion amerikanischen Kapitals aufzuhalten und die Invasoren langfristig zu entmutigen.

Andererseits sah er sehr wohl den weltweiten Markt, der sich in überschaubarer Zeit für die Computerindustrie auftun würde. Damals besaß Japan nicht die geringsten technologischen Voraussetzungen, um selbst Computer bauen zu können. Und so benutzte Shigeru IBM und ihre Absicht, sich den japanischen Markt zu erschließen, als Grundstein, um eine nationale Computerindustrie ins Leben zu rufen.

Das Ministerium für Industrie und Internationalen Handel, im Volksmund kurz MIHI genannt, hatte bereits harte Beschränkungen über alle ausländischen Unternehmen verhängt und war dank seiner Machtvollkommenheit sogar in der Lage, jeden nichtjapanischen Anteilseigner ohne dessen Zustimmung aus dem Geschäft zu drängen.

Shigeru gestattete die Gründung von IBM Japan, aber kaum hatte sich die flügge Firma etabliert, zeigte er ihr, worauf sie sich eingelassen hatte. Erwähnenswert in diesem Zusammenhang war noch, daß IBM sich im Besitz all jener Patente befand, die Japan brauchte, um seiner heimischen Industrie auf die Sprünge zu helfen.

Im Verlauf einer mittlerweile schon historischen Konferenz hatte Shigeru den IBM-Managern erklärt: »Wir werden alles nur Denkbare unternehmen, um den Erfolg Ihrer Geschäfte hier zu verhindern, es sei denn, Sie lassen alle IBM-Patente in Lizenz von japanischen Firmen herstellen und verlangen dafür nicht mehr als fünf Prozent Umsatzbeteiligung. Nicht daß Sie glauben, wir hätten Ihnen gegenüber einen Neid- oder Minderwertigkeitskomplex; wir brauchen lediglich Zeit und Geld, um mit Ihnen konkurrieren zu können.«

Die Amerikaner waren wie vor den Kopf geschlagen, denn jetzt blieb ihnen nur noch die Wahl des geringeren Übels. Entweder mußten sie IBM Japan wieder schließen und damit auf einen wichtigen Teil ihres weltweiten Expansionsplans verzichten, oder sie mußten sich der totalen Kontrolle durch das Ministerium unterwerfen.

Sie beschlossen zu kapitulieren, und noch Jahre später wurde Shigeru nicht müde, in den Einzelheiten seiner triumphalen Verhandlungen zu schwelgen.

»Aus diesem Fiasko habe ich meine Lehren gezogen«, hatte Tomkin gesagt. »Ich bin nicht so gierig, daß ich mit dem Fuß in die Falle trete, ehe ich weiß, was zum Teufel überhaupt los ist. Ich werde die Japse benutzen, nicht sie mich! Nicht einen Dollar investiere ich in eine japanische Firma, ehe alle Verträge unterschrieben sind. Ich habe die Patente, das ist ein Vorteil, aber in Amerika kann ich diesen neuartigen Chip nicht herstellen, ohne daß die anfallenden Kosten jeden möglichen Gewinn verschlingen. Sato dagegen kontrolliert den sechstgrößten Konzern Japans. Er kann das Ding so billig produzieren, daß für uns alle eine goldene Nase dabei abfällt.«

Lachend hatte er ergänzt: »Golden und groß, Nick, sehr groß. Ob Sie es glauben oder nicht, in zwei Jahren machen wir damit hundert Millionen Dollar netto. Ja, Sie haben ganz richtig gehört. Einhundert Millionen!«

Satos Stimme riß Nicholas aus seinen Überlegungen. »Sicher sind Sie noch müde von der langen Reise«, sagte er, »und es ist schon spät, aber trotzdem –«, er stand von seinem Tisch auf und deutete eine förmliche Verbeugung an, »wir haben Montag, und die Vorbereitungen können nicht warten. Sind Sie nicht auch dieser Meinung, Tomkin-san?«

»Unbedingt, je schneller wir anfangen, desto besser.« Obwohl Tomkin nicht weit von Nicholas entfernt stand, klang seine Stimme seltsam gedämpft.

»Exzellent«, sagte Sato knapp mit einem Nicken seines kugelrunden Kopfes. »Dann bis gleich.«

Als Sato und der vierte Mann gegangen waren, schüttelte Tomkin den Kopf. »Dieser andere Bursche da bereitet mir Kopfzerbrechen«, sagte er. »Sie kennen doch die japanische Industrie. Gott allein weiß, wer hier die Fäden zieht, und es würde mich gar nicht überraschen, wenn selbst Er hin und wieder den Überblick verliert.« Er zuckte mit den mächtigen Schultern. »Na, wer immer es war, er muß ganz weit oben stehen, sonst hätten sie ihn nicht in Satos Allerheiligstes hereingelassen.«

*

Seiichi Satos Büro war fast gänzlich nach westlichem Muster gestaltet – komfortable Sofas und Sessel, ein niedriger schwarzer Tisch, dessen Chinalacküberzug mit dem Firmenzeichen in der Mitte der Platte prunkte, dahinter – näher an der Fensterfront mit dem überwältigenden Blick auf Tokio – ein Rosenholzschreibtisch mit Messingornamenten. Kostbare Drucke von Künstlern aus dem 20. Jahrhundert hingen an den Wänden, deren Farbton harmonisch auf den hochflorigen, champagnerfarbenen Teppich abgestimmt war.

Doch als Nicholas neben Tomkin durch den großen Raum schritt, bemerkte er eine halboffene Tür, hinter der er eine *tokonama* erkannte – eine Nische, in der traditionell jeden Tag ein schlichtes Arrangement frischer Blumen aufgestellt wurde.

Mit raschen Schritten voller Selbstvertrauen trat Seiichi Sato um seinen Schreibtisch herum. Wie Nicholas angenommen hatte, war er nicht übermäßig groß, aber muskulös, vor allem um Schultern und Oberarme herum. Das Gesicht war von Pockennarben entstellt, gewann aber durch die innere Kraft, die aus seinen Augen leuchtete. Er schien von ungewöhnlicher Willensstärke zu sein.

Lächelnd streckte der Japaner die Hand zu einer eher abendländischen Begrüßung aus. »Kommen Sie«, sagte er, »nehmen Sie Platz. Das Sofa bietet dem müden Reisenden mehr Bequemlichkeit als ein harter Stuhl.« Über seine Schulter konnte Nicholas den Gipfel des Fudschijama sehen.

Als sie sich gesetzt hatten, gab Sato ein kleines Geräusch von sich, kaum lauter als ein Räuspern, aber im Nu erschien eine Gestalt in der halboffenen Tür zur *tokonama*.

Der Mann war ziemlich groß und dünn wie eine Eisenbahnschiene. Er hatte etwas, das an die See erinnerte; beständig und gewaltig. Er mochte vielleicht zehn Jahre älter sein als Sato, in den Sechzigern, war aber schwer genauer zu schätzen. Sein Haar war kurzgeschnitten, der graue Schnurrbart wies gelbe Nikotinspuren auf.

Er näherte sich ihnen in ruckartigen, beinahe schlafwandlerischen Schritten, als hätte er seine Muskeln nicht ganz unter Kontrolle. Als er nur noch etwa anderthalb Meter entfernt war, sah Nicholas, daß etwas mit seinem rechten Auge nicht stimmte, denn die Lider waren in halbgeschlossener Stellung erstarrt, und der glitzernde Augapfel dahinter war eingetrübt und milchig wie ein beschädigter Achat.

»Gestatten Sie mir, Ihnen Mr. Tanzan Nangi vorzustellen.«

Der einäugige Mann verbeugte sich, und Nicholas erwiderte die Verbeugung. Der Neuankömmling trug einen dunkelgrauen Anzug mit kaum sichtbaren Nadelstreifen, ein strahlend weißes Hemd und einen schlichten grauen Schlips. Nicholas identifizierte ihn sofort als einen Geschäftsmann der alten Schule: konservativ und jeden ausländischen Konkurrenten gegenüber von höchstem Mißtrauen, möglicherweise nicht unähnlich Sahashi Shigeru vom MIHI.

»Nangi-san ist der Vorsitzende der Daimyo Development Bank.«

Mehr brauchte Sato nicht zu sagen. Sowohl Nicholas als auch Tomkin wußten, daß praktisch alle Herstellerfirmen in Japan letzten Endes der einen oder anderen Bank gehörten, denn dort residierte schließlich das große Geld. Sato Petrochemicals gehörte also der Daimyo Development Bank.

Miss Yoshida brachte ein Tablett herein, auf dem eine dampfende Porzellankanne und vier zerbrechliche Schalen standen. Vorsichtig kniete sie am einen Ende des Tisches nieder und bereitete gemessen den Tee zu.

Nicholas beobachtete sie, registrierte ihre Handfertigkeit, die Stärke, die sie geschickt verbarg, die Grazie, mit der ihre Finger sich des Siebs und des Bambusbesens bedienten. Nachdem alle Männer bedient worden waren, stand sie auf und verließ lautlos den Raum. Zu keinem Zeitpunkt hatte sie einem der Anwesenden direkt ins Gesicht gesehen.

Nicholas spürte Nangis kaltes Starren und wußte, daß er einer ersten Beurteilung unterzogen wurde. Er hegte keinen Zweifel daran, daß der Bankier genau über ihn informiert war; und wenn er wirklich so konservativ sein sollte, wie er wirkte, dann würde das Urteil nicht zu Nicks Gunsten ausfallen: halb japanisch und halb englisch, was für jemand wie Nangi nur bedeuten konnte, daß Nicholas ein *gaijin* war.

Gemeinsam, wie es die Tradition verlangte, hoben sie die Teeschalen und tranken einen Schluck blaßgrünen Tee. Amüsiert bemerkte Nicholas, daß Tomkin leicht zusammenzuckte, als er das bittere Gebräu auf seinem Gaumen schmeckte.

Nangi, der den Oberkörper so steif hielt, wie er die Beine bewegte, entnahm einem Platinetui eine Zigarette, zündete sie mit einem passend gestalteten Feuerzeug an und inhalierte tief. Er stieß den Rauch durch die Nasenlöcher aus und wandte den Kopf. Ehe er etwas sagen konnte, das kaum schmeichelhaft für die Absichten der Besucher sein würde, ergriff Sato das Wort und sagte: »Mr. Tomkin, Sie und Mr. Linnear sind gerade erst hier eingetroffen. Mr. Greydon, Ihr Anwalt, wird nicht vor elf Uhr fünfzehn morgen früh erwartet. Vielleicht sollten wir uns deshalb jetzt darauf beschränken, lediglich die groben Umrisse der Fusion zu besprechen. Für die Details haben wir dann immer noch Zeit genug. Ich –«

»Die Prozentverteilung, wie Sie sie, bezogen auf den japanischen Markt, vorgesehen haben, ist für Nippon Memory absolut unakzeptabel«, unterbrach Nangi ihn. »Ihr Vorschlag erfüllt den Tatbestand eines versuchten Raubüberfalls, schlicht und einfach.«

»Wenn man sich das revolutionäre Konzept des neuen Mikrochips anschaut, den Sphinx in diese Fusion einbringt«, sagte Nicholas, bevor Tomkin den Mund öffnen konnte, »so kann man wohl kaum behaupten, daß es sich bei einer Aufteilung von 51 zu 49 um einen hohen Preis handelt. Denken Sie doch nur an den enormen –«

»Ich bin Bankier, Mr. Linnear.« Nangis Stimme war so kalt wie sein Blick, der von keinem Wimpernschlag gemildert wurde. »Obwohl zu unserem Konzern eine Menge verschiedenartiger Unternehmen gehören, einschließlich Treuhand- und Versicherungsgesellschaften, Import-, Export- und Immobilien-Firmen und nicht zuletzt die Sato Petrochemicals, haben sie alle zwei Faktoren gemeinsam.« Er sog an seiner Zigarette, wohl wissend, daß die allgemeine Aufmerksamkeit ihm allein galt. »Erstens: sie sind alle angewiesen auf das Geld, das die Daimyo Development Bank für sie macht. Zweitens: für jede von ihnen ist Rentabilität das oberste Gebot. Solange sie sich an dieses Gebot halten, geht es ihnen gut.«

»Und Rentabilität in höchstem Maß ist genau das, was bei dieser Fusion für Sie herausspringt, Nangi-san«, sagte Nicholas.

»Ich sehe keinen Zugewinn an barem Kapital, und ich verstehe nichts von Computer-Chips«, sagte Nangi knapp, als sei das Thema damit für ihn erledigt.

»Damit man begreifen kann, von welcher ungeheuren Wichtigkeit das ist, was wir Ihnen anzubieten haben, muß man sich einen gewissen Überblick verschaffen«, sagte Nicholas ruhig. »Der Computer Memory Chip ist ein winziges Scheibchen aus Silikon, das – mir fällt gerade keine zutreffendere Terminologie ein – aus mikroskopischen *bins* besteht, in denen Informations-*bits* gespeichert sind. Der gebräuchlichste Chip zum Beispiel, ein 64k RAM, enthält 64 000 *bins* auf einem Raum, der in etwa der Größe ihrer Fingerspitze entspricht.«

Nangi schlug die Beine übereinander und fuhr fort zu rauchen, als wäre er auf einer Party. Er sagte nichts. »Diese Chips werden besonders häufig verwandt, weil sie sehr schnell sind, und wenn ein Computer arbeitet, ist Schnelligkeit von elementarer Wichtigkeit. Das Problem beim RAM ist, daß er sein gesamtes Gedächtnis verliert, wenn der Strom abgeschaltet wird, und man ihn von Grund auf neu programmieren muß. Deswegen wurden die ROM-Chips erfunden, die sich nicht löschen lassen. Das heißt, ihre *bins* sind entweder voll oder leer, und zwar permament. Das ist ihr Nachteil. Will man sie wieder programmieren, muß man sie aus dem Computer herausnehmen. Jahrelang haben die Computertechniker daher von einem unlöschbaren RAM geträumt: einem schnellen, leicht wieder zu programmierenden Chip, der sein Gedächtnis nicht verliert, wenn der Strom abgestellt wird.«

Nicholas warf einen Blick in die Runde, bevor er fortfuhr; niemand wirkte gelangweilt. »Kürzlich ist es der Industrie gelungen, das Problem zumindest teilweise zu lösen, und zwar mit der Entwicklung der E-quadrierten PROMs – nämlich Memory-Chips, die sich elektronisch löschen und programmieren lassen, deren einziger Nachteil indes darin besteht, daß sie einfach zu langsam sind, um die RAMs im Herz eines Computers zu ersetzen. Xicor, einer unserer Konkurrenten, ist sogar noch einen Schritt weitergegangen. Dort hat man angefangen, einen RAM mit einem E-PROM zu kombinieren, so daß der RAM alle schnellen Kalkulationen durchführen kann und sein Gedächtnis anschließend auf den E-PROM überträgt, bevor der Strom abgeschaltet wird. Aber die so entstandenen Kombinate sind schwerfällig, teuer und immer noch nicht voll funktionsfähig. Außerdem können *disc-* oder *tape*-Speichersysteme, mechanische Umschalter oder simple RAMs mit Batteriebetrieb fast das gleiche leisten wie diese von Xicor entwickelten Tandem-Chips.«

Nicholas legte die Hände zusammen und konzentrierte sich ganz auf den Bankier. »In anderen Worten, Nangi-san, der heißbegehrte unlöschbare RAM, der der gesamten Computerindustrie ein völlig neues Gesicht geben würde, existierte noch immer nicht. Bis jetzt.« Seine Augen leuchteten auf. »Sphinx nämlich hat ihn. Sato-san hat seine eigenen Techniker darauf angesetzt, und sie haben alle Daten überprüft und bestätigt. Es gibt nicht die geringsten Zweifel mehr. Wir haben ihn, und wir offerieren Ihnen das kostbare Stück auf der Basis absoluter Exklusivität.«

Nicholas zuckte betrübt mit den Schultern. »Natürlich kann selbst eine derart monumentale Entdeckung nicht auf alle Zeit exklusiv bleiben; es wird mit Sicherheit Imitationen geben. Aber bis dahin wird Sphinx-Sato allen anderen um genau die Nasenlängen voraus sein, derer es bedarf, um sich eine Führungsposition auf dem Markt zu sichern. Unsere Fabriken werden sich bereits vor Aufträgen nicht mehr retten können, wenn die anderen Herstellerfirmen immer noch an den elektronischen Problemen herumrätseln.«

»Da haben Sie Ihre Rentabilitätsbasis«, sagte Tomkin. »Innerhalb von zwei Jahren sollten wir einen kombinierten Nettoprofit von 150 Millionen Dollar erwirtschaftet haben. Das sind –«

»36 Milliarden 660 Millionen Yen«, sagte Nangi. »Versuchen Sie nicht, mir irgend etwas über Geld beibringen zu wollen, Mr. Tomkin. All das liegt aber in der Zukunft, und es sind Ihre Zahlen, nicht unsere. Ihre astronomische Höhe erscheint mir nicht unproblematisch.«

Tomkin hatte offenbar die Nase voll. »Hören Sie, Sato«, sagte er und ignorierte den Bankier einfach. »Ich bin hier, um mit Ihnen ein Geschäft abzuschließen, nicht um mir diesen Unsinn anzuhören. Das klingt ja wie aus dem Mund des Handelsministers persönlich.«

»Nangi-san war einmal stellvertretender Leiter des MIHI«, antwortete Sato mit einem schmalen Lächeln, »genau gesagt, bis vor sieben Jahren, als er Mitbegründer der Daimyo wurde und mir half, Sato Petrochemicals auf die Beine zu stellen.«

»Wie schön für ihn«, schnappte Tomkin wütend. »Aber Sie können ihm vielleicht klarmachen, daß ich nicht irgendein ausländischer Teufel bin, der versucht, das wirtschaftliche Gleichgewicht Japans auszuhöhlen. Jeder von uns hat etwas, das der andere haben will – und braucht. Ich habe die Ware, und Sie haben die Möglichkeiten, sie zum richtigen Preis herzustellen. Dabei verdienen wir alle.« Er starrte in das maskenhafte Gesicht des Bankiers. »Kapiert, Nangi-san?«

»Bis jetzt habe ich lediglich kapiert«, sagte Nangi eisig, »daß Sie hierher kommen und einen beträchtlichen Teil des Grundbesitzes unserer Unternehmensgruppe in Misawa haben wollen, den wir bereits für die Expansion unserer Niwa Mineral Mining vorgesehen hatten. Sie wollen, daß wir dieses Land aufgeben; immer erwartet ihr, daß wir unser Land aufgeben.« Seine Augen glitzerten, hart wie Feuerstein. »Und wofür? Für die Technologie der Zukunft. Aber ich frage Sie ganz direkt: Wird diese ›neue Technologie‹ uns das Problem der großen Landknappheit abnehmen? Wird sie Japan unabhängiger von den ölreichen Nationen machen, die uns auszubluten versuchen? Wird es uns von unserer widerwärtigen Verpflichtung befreien, den Vereinigten Staaten als Bollwerk gegen die Ausbreitung des Kommunismus im Fernen Osten zu dienen?«

Er richtete sich noch höher auf, eine Natter, bereit zum Zustoßen. »Die Zeiten haben sich geändert, Mr. Tomkin. Wir sind nicht länger bereit, uns all Ihren Forderungen bedingungslos zu beugen.«

Tomkin schüttelte den Kopf. »Ich überreiche Ihnen den Schlüssel zu Millionen von Dollars, und Sie predigen mir Ihre reaktionäre Politik. Ich bin kein Politiker, ich bin Geschäftsmann. Und wenn Sie nicht mitziehen, dann muß ich eben woandershin gehen, zu Mitsubishi meinetwegen oder Toshiba.«

»Sie müssen versuchen zu verstehen«, wandte Sato ruhig ein, »daß wir uns, historisch gesehen, in einer schwierigen Lage befinden. Japan besitzt nicht annähernd die gleiche Landfülle, den gleichen Ellbogenfreiraum wie die Vereinigten Staaten. Daher herrscht hier auch eine völlig andere Einstellung gegenüber ausländischen Firmen, die ein Stück vom japanischen Kuchen abhaben wollen.«

»Aber das ist es ja gerade«, sagte Tomkin ärgerlich, »der japanische Kuchen interessiert mich gar nicht. Im letzten Jahr haben die drei größten US-Supercomputer-Firmen von fünfundsechzig Einheiten nur zwei nach Japan verkauft. Der *Weltmarkt* ist es, an dem ich interessiert bin. Und Ihnen sollte es genauso gehen. Ihr seid alle so damit beschäftigt, überall Sicherungen einzubauen, daß ihr überhaupt nicht mehr seht, was um euch vorgeht. Und diese Sicherungen sind nichts anderes als Barrieren für den internationalen Handel. Ich finde, es ist höchste Zeit, daß Japan aus seinem globalen Säuglingsalter herauskommt und in seine Verantwortung als Nation dieser Welt hineinwächst.«

Nangi wirkte völlig ungerührt. »Wenn, wie Sie vorschlagen, diese Sicherungen überstürzt aufgehoben würden, wären die Folgen für die japanische Wirtschaft katastrophal. Und darüber hinaus würden die amerikanischen Exporte in dieses Land um kaum mehr als etwa achthundert Millionen Dollar steigen. Sogar Sie, Mr. Tomkin, können sehen, daß es sich dabei nur um einen winzigen Tropfen in dem großen Eimer der massiven Außenhandelsdefizite Ihres Landes handeln würde. Die Amerikaner kaufen nun einmal lieber bei uns als umgekehrt. Dabei setzen wir Ihren Käufern ja keineswegs das Messer an die Kehle; niemand zwingt sie, unsere Produkte zu erwerben. Die einfache – und für Sie traurige – Tatsache ist doch, daß wir die Dinge besser und billiger herstellen. Die Amerikaner vertrauen unserem Know-how mehr als ihren eigenen Firmen.«

Aber Tomkin war mit seinen Argumenten noch lange nicht am Ende. »Im Augenblick«, sagte er sanft, »gehört Sato Petrochemicals noch nicht einmal zu den sechs größten japanischen Computerherstellern. Nach meinem Verständnis suchen Sie aber ein Entree zu diesem erlauchten Zirkel. Der von Sphinx entwickelte unlöschbare RAM ist Ihr Schlüssel. Meine Quellen haben mir berichtet, daß MIHI ein Projekt in Auftrag gegeben hat, das erst 1990 fertiggestellt sein soll: eine Maschine, die zehn Millionen Vorgänge in einer einzigen Sekunde bewältigt, womit sie etwa hundertmal schneller wäre als der Supercomputer, den Cray Research derzeit auf dem Markt hat. MIHI hat 200 Millionen Dollar pro Jahr für die Entwicklung des Projekts bereitgestellt.«

Er hielt inne. Keiner der Japaner ergriff das Wort, und Tomkin wußte, daß er einen Treffer erzielt hatte.

»Außerdem«, fuhr er fort, »wissen wir noch von einem anderen ministeriell geförderten Projekt, der Entwicklung eines Supercomputers mit der Fähigkeit, die menschliche Stimme zu verstehen, was ihn unglaublich einfach in der Benutzung machen würde.« Er legte die Fingerspitzen aneinander. »Lassen Sie mich jetzt zum springenden Punkt kommen, und der wäre, daß unser unlöschbarer RAM Sato in beiden Fällen die Trumpfkarte in die Hand geben würde. MIHI wäre gezwungen, Sie um Ihre Hilfe zu ersuchen, und das wiederum heißt, daß aus den großen Sechs hierzulande die großen Sieben würden.«

Er sah jedem der Anwesenden nacheinander ins Gesicht. Nangi schwieg, was in Tomkins Augen einen großen Schritt nach vorn bedeutete.

»Angebote und Gegenvorschläge sollten nie in überstürzter Eile erfolgen«, sagte Sato. »Oft wird ein Krieg wegen der Impulsivität einer unbeherrschten Natur verloren. Wie Sun Tsu uns so weise sagte: ›Wenn der Schnabelhieb des Falken das Rückgrat seiner Beute bricht, dann liegt seine Stärke im richtigen Zeitpunkt‹.«

Er stand auf und verbeugte sich. Nicholas und Tomkin taten es ihm automatisch nach. »Morgen nachmittag werden wir dieses Gespräch im größeren Kreis fortsetzen. Mein Wagen wird Sie um vierzehn Uhr vom Okura abholen. Ich hoffe, Sie finden vorher noch die Zeit, sich ein wenig das Sehenswerte unserer herrlichen Stadt anzuschauen.«

Sato verbeugte sich ein weiteres Mal, dann ergriff er Nangis Arm und führte ihn aus dem Raum, ehe ein weiteres Wort fallen konnte.

*

»Dieser gottverdammte Hurensohn Nangi!« Tomkin stapfte in seinem Hotelzimmer auf und ab wie ein gefangener Löwe. »Warum haben mich meine Leute nicht auf den vorbereitet? Die reinste Tretmine, der Kerl, und dazu auch noch der frühere stellvertretende Handelsminister! Glauben Sie, er wird die Fusion tatsächlich verhindern?«

Nicholas beobachtete Tomkin schweigend, sah zu, wie er auf und ab stapfte. Schließlich sagte er ruhig: »Geduld, Tomkin. Wir waren uns doch einig, daß die Verhandlungen viel Geduld von uns verlangen würden, möglicherweise mehr, als Sie haben.«

»Blödsinn!« Tomkin baute sich vor Nicholas auf. Seine Augen waren schmal. »Meinen Sie, die tricksen mich aus?«

Nicholas nickte. »Zumindest werden sie es versuchen. Wir dürfen uns nicht irritieren lassen, von niemand.«

»Sie meinen Nangi, wie? Wir sind der Hühnerstall, und er ist der Fuchs, den sie uns hineingesetzt haben. So in etwa?«

»Genau. Sie warten ab, was dabei herauskommt. Ich nehme an, sie wollten testen, wie wichtig Ihnen dieses Geschäft tatsächlich ist, damit sie morgen oder am Montag eine bessere Verhandlungsposition haben.«

»Ich kriege sie trotzdem klein, verlassen Sie sich drauf«, meinte Tomkin.

»Zum Beispiel, indem Sie mit voneinander abweichenden Gewinnspannen arbeiten?« fragte Nicholas sardonisch. »Mir haben Sie gesagt, der Anteil von Sphinx würde sich auf hundert Millionen Dollar belaufen, aber nach dem, was Sie Sato eben erzählt haben, müssen sich Sphinx und Sato 150 Millionen teilen.«

»Ach, auf fünfzig Millionen mehr oder weniger kommt's dabei doch nicht an«, sagte Tomkin und massierte sich die Schläfen mit den Fingerspitzen. Er verzog das Gesicht. »Gottverdammte Migräne. Mein Arzt sagt, sie wäre ein Produkt der Welt, in der ich lebe.« Er lächelte kläglich. »Wissen Sie, was er mir verschrieben hat? Einen Dauerurlaub in Palm Springs. Er will, daß ich am Rand eines Swimmingpools verrotte wie eine von diesen Dreckspalmen. Aber wer weiß, wahrscheinlich hat er sogar recht.«

Erschöpft ließ Tomkin sich auf das Sofa sinken, öffnete den Kühlschrank daneben und goß sich ein Glas Scotch ein. »Haben Sie schon mit Justine telefoniert?«

Nicholas schüttelte den Kopf. »Es war ihr gar nicht recht, daß ich Sie überhaupt auf dieser Reise begleitet habe.«

»Na ja, das ist doch nur normal. Ich bin sicher, sie vermißt Sie.«

Nicholas sah zu, wie Tomkin sich seinen zweiten Scotch on the rocks zu Gemüte führte, und fragte sich, ob das wohl ein geeignetes Mittel gegen die Migräne sein mochte. »Es ist nicht nur das«, sagte er langsam. »Saigo hat damals versucht, sie mit *saiminjutsu* zu beeinflussen, eine auch unter *ninja* wenig bekannte Kunstfertigkeit.«

»Eine Art Hypnose, oder?«

»Gewissermaßen ja, nach abendländischem Verständnis. Aber die Beeinflussung ging weit über normale Hypnose hinaus. Sie hat versucht, mich umzubringen. Es war zwar Saigo, der diesen Drang in ihr ausgelöst hatte... aber trotzdem.« Er schüttelte den Kopf. »Meine Therapie hat den Bann des *saiminjutsu* gebrochen, aber die tiefe Schuld, die sie empfand, konnte auch ich ihr nicht nehmen.«

»Sie macht sich Vorwürfe? Aber es war doch gar nicht ihre Schuld!«

»Was glauben Sie, wie oft ich ihr das schon versichert habe!«

Tomkin ließ die Eiswürfel in seinem Drink kreisen. »Justine ist härter, als es den Anschein hat. Glauben Sie mir, ich kenne sie. Sie wird drüber wegkommen.«

Nicholas dachte daran, wie heftig Justine auf seine Ankündigung, für ihren Vater zu arbeiten, reagiert hatte. »Mein Vater manipuliert alles und jeden«, hatte sie immer wieder gesagt, »er wird auch dein Leben, unser Leben verändern. Er ist ein Mistkerl ohne Herz, ohne Gewissen. Er hat sich noch nie um jemand anderen als sich selbst gekümmert, um mich nicht und schon gar nicht um Gelda; nicht einmal um meine Mutter.« Sie konnte oder wollte nicht sehen, daß er sich in erster Linie deswegen immer wieder in ihr Leben einmischte, weil es ihr an Erfahrung mangelte, um die richtige Entscheidung aus eigener Kraft treffen zu können. Immer verbissener hatte sie Nicks Entschluß abgelehnt, bis sie sich wenige Tage vor seiner Abreise endlich damit abzufinden schien. »Schließlich ist es ja nur für kurze Zeit, nicht wahr?« hatte sie zum Abschied gesagt.

Tomkin räusperte sich. »Ich habe gehört, Sato heiratet bald. Haben Sie eine Ahnung, wen?«

»Wie bitte?« fragte Nicholas und drängte die Gedanken an Justine in eine ferne Nische seines Gehirns.

»Ich fragte, wen Sato wohl heiraten wird?«

Nicholas entsann sich, in der Post eine Einladung zur Hochzeit gesehen zu haben. »Eine Frau namens Akiko Ofuda. Sagt Ihnen der Name irgendwas?«

Tomkin schüttelte den Kopf.

»Sie ist jedenfalls zur Zeit mit das Wichtigste im Leben Ihres potentiellen Partners«, erklärte Nicholas. »Ich glaube, Sie sollten sich um ein paar neue Informationen kümmern.«

*

Mit großer Mühe drehte Tanzan Nangi sich um und kehrte dem Fenster den Rücken zu. Hinter ihm verschwanden die schneebedeckten Hänge des Fudschijama rasch in dichtem goldfarbenem Dunst. Tokio summte zu seinen Füßen wie eine riesige *patchinko*-Maschine.

»Er gefällt mir nicht«, sagte er mit einer Stimme, die an das Geräusch von Kreide auf einer Schiefertafel erinnerte.

»Tomkin?«

Nangi zog eine Augenbraue hoch, während er sich eine Zigarette aus seinem Etui nahm. »Du weißt ganz genau, wen ich meine.«

Sato bedachte ihn mit einem wohlwollenden Lächeln. »Natürlich gefällt er dir nicht, mein Freund. Deswegen hast du ja auch Miss Yoshida – eine *Frau* – damit beauftragt, ihn vom Flugplatz abzuholen. Welcher von deinen japanischen Geschäftsfreunden wäre wohl auf eine derartige Beleidigung verfallen? Keiner, das versichere ich dir!«

»Du hast diesen *kobun* immer so geführt, wie es dir richtig erschien. Ich neide dir deinen Erfolg nicht, wie du sehr wohl weißt. Aber was diese *iteki* betrifft, so habe ich wirklich keinen vernünftigen Grund gesehen, warum wir wertvolle Arbeitskraft verschwenden sollen, indem wir einen leitenden Angestellten zu ihrer Bequemlichkeit abstellen.«

»O ja«, sagte Sato. »Tomkin ist ein *gaijin*, und Nicholas Linnear ist in deinen Augen noch etwas viel Schlimmeres. In seinen Adern fließt nur zur Hälfte asiatisches Blut, und dabei ist noch nicht einmal befriedigend geklärt, wieviel davon japanischen Ursprungs ist.«

»Willst du damit sagen, ich wäre ein Rassist?« erkundigte sich Nangi gereizt.

»Ganz und gar nicht.« Sato lehnte sich in seinem Drehsessel zurück. »Lediglich ein Patriot.« Er zuckte mit den Schultern. »Ich frage mich nur, was Cheong Linnears Abstammung für uns für eine Rolle spielt.«

»Sie könnte ein mögliches Druckmittel darstellen.« Ein dunkles Licht schimmerte in Nangis starren dreieckigen Augen. »Wir werden jede Waffe in unserem Arsenal brauchen, um diese unverschämten *iteki* in die Knie zu zwingen.« Seine Schultern zuckten in den unpassendsten Momenten, als hätten sie einen eigenen Willen. »Oder glaubst du etwa, es bedeutet mir auch nur *soviel*, daß sein Vater Colonel Linnear war, der ›rundäugige Retter Japans‹?« Abscheu verzerrte sein Gesicht. »Wie könnte irgendein *iteki* Mitgefühl für uns haben, Seiichi, kannst du mir das sagen?«

»Setz dich, alter Freund«, sagte Sato und löste seinen Blick vom Gesicht des älteren Mannes, um ihm seine Würde nicht zu nehmen.

Nangi bewegte sich schwerfällig auf einen Stuhl rechts von Sato zu und setzte sich ungelenk, wobei er seine dünnen Gesäßbacken dicht an die Lehne preßte.

Sato betrachtete Nangi nachdenklich. In Japan gab es kaum ein wirkliches Privatleben. Seit Jahrhunderten lebten die Menschen wie Tiere zusammengepfercht, weil der Platz nicht ausreichte. Die Baumaterialien – Ölpapier und Holz –, die von den häufigen und mörderischen Erdbeben auf der Insel sowie den immer wieder auftretenden Wirbelstürmen diktiert wurden, um einen raschen Wiederaufbau zu gewährleisten, gestatten keine wirkliche Abgeschiedenheit.

Diese Faktoren hatten den Fluß der japanischen Gesellschaft über die Dekaden in bestimmte Ufer gelenkt. Da echte physische Zurückgezogenheit nach abendländischem Muster unmöglich war, hatten die Japaner eine Art innere Abgeschiedenheit entwickelt, die sich nach außen hin in Höflichkeit und strenger Förmlichkeit äußerte – dem einzigen Bollwerk gegen das Chaos ringsumher.

Sato blätterte in den Unterlagen, die sie über Tomkin Industries zusammengetragen hatten, um Nangi nicht länger ins Gesicht sehen zu müssen. Dann sagte er: »Was Tomkin betrifft, so sollten wir ihn nicht unterschätzen, Nangi-san.«

Nangi blickte auf, als er den müden Unterton in der Stimme des jüngeren Mannes vernahm. »Wieso?«

»Seine ungeschlachte, barbarische Art kann nicht verbergen, daß sich darunter ein scharfer Verstand verbirgt. Er hatte völlig recht, als er sagte, daß wir vom Ausland abhängig sind, wenn wir überleben wollen.«

Nangi machte eine wegwerfende Handbewegung. »Das war doch nur im Dunkeln herumgestochert. Dieser Mann ist ein Tier, mehr nicht.«

Sato seufzte tief. »Und trotzdem stimmt, was er sagt. Warum sonst schlagen wir uns schon so lange mit *Tenchi* herum, obwohl wir finanziell fast ausgeblutet sind? Es ist lebenswichtig für die Zukunft unseres Landes. Vom Zweiten Weltkrieg haben wir uns wieder erholt –« Sato schüttelte den Kopf, » – aber wenn *Tenchi* fehlschlägt, oder wenn man uns – was Buddha verhüten möge – auf die Schliche kommt, dann, so fürchte ich, wird von unserer geliebten Insel nichts mehr übrigbleiben als atomare Asche.«

*

»Tsutsumu ist tot.« Die Stimme klang flach und kalt, ohne jedes Gefühl.

»Vorher oder nachher?« Die zweite Stimme war schwerer und hatte einen starken ausländischen Akzent. »Nur darauf kommt es an.«

»Vorher.«

Der Mann, dem die erste Stimme gehörte, vernahm einen unterdrückten Fluch in einer Sprache, die er nicht verstand, gefolgt von der Frage: »Sind Sie sicher? Absolut sicher?«

»Ich habe sogar seinen After einer genauen Durchsuchung unterzogen. Er hatte nichts bei sich.« Es gab eine kurze Pause. »Wollen Sie, daß ich mich zurückziehe?« Die Stimme war noch immer bar jeden Ausdrucks, als hätte sie sich alle Emotionen mühsam abgewöhnt.

»Mit Sicherheit nicht. Bleiben Sie, wo Sie sind. Jeder plötzliche Schritt Ihrerseits würde lediglich Mißtrauen erwecken, und diese Leute sind nicht zu unterschätzen. Es sind Fanatiker; außerordentlich gefährliche Fanatiker.«

»Ja... ich weiß.«

»Sie haben Ihre Befehle; halten Sie sich daran. In den nächsten Tagen wird im *dojo* ein ziemliches Durcheinander herrschen. Selbst die brauchen ein paar Tage, um sich wieder zu sammeln. Noch haben sie keinen Nachfolger für Kusunoki gewählt, oder?«

»Ich bin nicht zu allen Konferenzen zugelassen, aber zumindest hat es bisher noch keine derartige Ankündigung gegeben. Trotzdem ist die Luft im *dojo* zum Schneiden dick.«

»Gut. Genau der richtige Zeitpunkt, um etwas herumzustochern. Gehen Sie so dicht ran, wie Sie wagen können. Nutzen Sie die Verwirrung, um zuzuschlagen; unsere Taktik ist in einer solchen Atmosphäre besonders wirksam.«

»Kusunokis Tod hat sie in Alarmstimmung versetzt. Sie sehen überall Gespenster und in jedem Schatten einen Feind.«

»Dann rate ich Ihnen zu besonderer Verwegenheit.«

»Die Gefahr ist gewachsen.«

»Und ist Ihre Hingabe an die Ziele des Vaterlandes damit geschrumpft?«

»Ich werde immer treu zur Sache stehen, Sie wissen das.«

»Gut. Dann ist dieses Gespräch jetzt beendet.«

Über dem verkratzten grauen Metallschreibtisch ging eine Lampe an und warf kaltes, fluoreszierendes Licht auf das Gesicht des Mannes, der bisher im Dunkel gesessen hatte. Der Mann hatte schwarze Augen und slawisch hoch angesetzte Wangenknochen, sein Blick ließ auf Intelligenz und Willensstärke schließen.

Seine Hand zog sich vom Telefon zurück. Sein Verstand raste. Die Ermordung des *sensei* gefiel ihm nicht; er wußte um die Macht Kusunokis und wunderte sich, daß es überhaupt jemand gelungen war, den *sensei* zu übertrumpfen. Er wandte sich dem tragbaren, doch sehr leistungsfähigen 512K-Computer-Terminal auf dem Schreibtisch zu und überprüfte noch einmal das ursprünglich von ihm eingegebene Programm.

Sein Grunzen in dem ansonsten stillen Raum zeugte von seiner Zufriedenheit. Mühsam erhob er sich und ging schleppend zur Tür, die so dick und undurchdringlich wie die eines Banktresors war. Er tippte die Kombination ein und verließ den Raum.

*

Nicholas verließ das Hotel, eine atemberaubende, glitzernde Stadt innerhalb der Stadt, und nahm die U-Bahn – leise und blitzsauber – in den Asakusa-Distrikt, in dem sich der große, vielbesuchte Tempel von Kannon, der buddhistischen Göttin des Mitleids, befand.

Beim großen Erdbeben des Jahres 1923 war auch dieser Tempel unter dem Ansturm der schutzsuchenden Gläubigen zusammengebrochen, doch heute trug er, wie der Rest der Stadt, keinerlei Narben mehr aus jener Zeit.

Menschenmassen drängten sich vor den Toren von Kaminarimon, warfen ihre spitzen Schatten auf die zinnoberrote Vorderseite des zweistöckigen Gebäudes. Eine gigantische Laterne aus schwarzem und scharlachrotem Reispapier schwang zwischen den beiden rotgesichtigen Holzstatuen der Götter des Winds und des Donners, den Wächtern von Kannon, die, obwohl sie ihre Diener einst in der Flammenhölle des Krieges nicht zu schützen vermocht hatten, noch immer leidenschaftlich geliebt und verehrt wurde.

Um dem Gedränge auszuweichen, nahm Nicholas die steingepflasterte Nakamise-dori, die zu beiden Seiten von Konditoreien und Andenkenläden mit überquellenden Verkaufstischen gesäumt wurde.

Aus einem Impuls heraus wandte er sich in eine der Seitenstraßen und schlenderte gemächlich durch das abendliche Halbdunkel. Vor einem winzigen Geschäft, dessen Auslage in endlosen Reihen leicht öliger Buchsbaumkämme unter Glas bestand, blieb er abrupt stehen.

Er erinnerte sich daran, wie Yukio sich das Haar mit einem solchen Kamm gekämmt hatte, langsam und mit rhythmischen Bewegungen. Wie weich und lang und glänzend waren diese kräftigen, üppigen Strähnen gewesen. Einmal hatte er sie gefragt, ob alle Asiatinnen so wunderschönes Haar besäßen, und sie hatte gelacht und ihn verlegen von sich geschoben.

»Nur die, die sich so was leisten können«, hatte sie, noch immer lachend, geantwortet und ihm den handgeschnitzten, kostbaren Kamm gezeigt. »Nimm ihn mal in die Hand.«

»Klebrig«, hatte er sofort gesagt.

»Aber er bringt dein Haar niemals durcheinander, Nicholas. Das Buchsbaumholz wird über dreißig Jahre lang behandelt, damit es absolut trocken ist, bevor die Kämme daraus geschnitzt werden. Die Leute in dem Geschäft in Asakusa, wo ich den hier gekauft habe, brauchen eine zwanzigjährige Ausbildung, ehe sie sich dann zehn oder zwölf Stunden am Tag hinsetzen dürfen – unbeweglich bis auf die Hände –, um diese perfekten Geräte herzustellen.«

Nicholas war damals genauso fasziniert gewesen wie heute. Einem neuerlichen Impuls folgend, betrat er das Geschäft und kaufte einen Kamm für Justine. Während er darauf wartete, daß die Verkäuferin das Buchsbaumholz noch einmal eingeölt hatte, ehe sie die Ware in drei Schichten kostbarsten Reispapiers wickelte und in einer Zedernholzschachtel verstaute, musterte er die ausgestellten Kämme. Er war Yukio jetzt ganz nah, sah die ebenholzfarbenen Kaskaden ihres Haars auf den schneeweißen Kimono fallen, dessen purpurfarbener Saum über ihren Körper rann wie frisches Blut.

Er beugte sich vor, legte ihr die Hände auf die zarten Schultern, drehte sie um und hob sie zu sich hoch. Er hörte das leise Rascheln von Seide, ähnlich dem Geräusch von Kirschblüten im Aprilwind, wenn, wie es schien, die alten Götter Japans wiederkehrten und die duftende Luft mit ihrer ätherischen Gegenwart erfüllten. Er spürte ihre Haut unter seinen Fingern, spürte ihren Duft, spürte sogar ihre Blicke und war auf einmal wieder achtzehn wie damals, 1963, als er sie, noch unschuldig und unerfahren, kennengelernt hatte. Wieder hielt sie ihn gefangen in jenem zärtlichen Zauber, unter dem die glühende Intensität sexuellen Erlebens loderte.

Wie es sich zwischen ihnen eingebürgert hatte, war immer sie es, die den ersten Schritt tat, sich mit den Fingerspitzen über den Körper fuhr und den Saum des Kimonos von ihren Schultern gleiten ließ, bis er die inneren Rundungen ihrer Brüste mit den bereits harten Warzen sehen ließ. Nicholas blieb der Atem in der Kehle stekken, und sein Bauch verkrampfte sich schmerzhaft.

Der weiche weiße Kimono glitt ihre Arme hinunter, der rote Saum flackerte wie eine Flamme. Und dann war sie nackt, Streifen von Licht und Schatten lagen auf ihrem Körper, enthüllten und verbargen gleichermaßen die Formen, die ihn mit Begehren und Angst erfüllten. Sie drängte sich an ihn, ließ ihre Hand zwischen seine Beine schlüpfen und streichelte ihn sacht.

»Ist das alles, woran du denken kannst?« fragte er heiser.

»Es ist alles, was ich habe«, sagte sie mit einem Stöhnen und führte ihn.

Allmählich kehrte Nicholas in die Gegenwart zurück, während sein Blick sich auf die leere Stelle in der Auslage konzentrierte, an der eben noch das Stück Buchsbaumholz gelegen hatte. Yukio war verschwunden, genau wie der Kamm im Glaskasten.

Er fragte sich, was aus Yukios Kamm geworden war. Hatte sie ihn in der Stunde ihres Todes getragen? Oder hatte vielleicht ein kleines Kind das kostbare Stück in ihrer Habe gefunden und pflegte damit heute sein eigenes Haar?

Nicholas merkte, daß er den Tränen nahe war. Obwohl er sich geschworen hatte, niemals mehr an den Moment zu denken, in dem sein teuflischer Cousin mit der Nachricht von Yukios Tod zu ihm gekommen war, ließ die Erinnerung sich nicht verscheuchen. Sein Herz brach zum zweitenmal; in dieser Minute spürte er ihren Verlust so schneidend wie vor einem Jahr. Vielleicht handelte es sich um eine Wunde, die niemals heilen würde.

Benommen unterschrieb er die American-Express-Quittung und nahm das erlesen verpackte Schächtelchen entgegen. Es war, als stünde Yukio neben ihm, zurückgekehrt aus dem Reich der Toten. Mit einem Ruck befand er sich wieder in der Realität, allein vor der Ladentheke des kleinen Geschäfts. Die Verkäuferin betrachtete ihn mit einem argwöhnischen Gesichtsausdruck, unsicher, ob sie über seine eigenartige Miene lächeln oder die Stirn runzeln sollte.

Nicholas verließ das Geschäft und begab sich zum Sensoji-Tempel.

Die vom Zwielicht und Weihrauch erfüllte Tempelhalle mit dem kalten Steinboden und der hohen geschwungenen Decke beherbergte Relikte und Echos der Geschichte, die ihn mit ihrem lautlosen Raunen an unvergessene Ereignisse aus seiner eigenen Vergangenheit gemahnten. Er machte auf dem Absatz kehrt und verließ den Tempel.

Nun hatte er genug vom alten Japan und dem Netz der Erinnerungen, das es über ihn warf. Er sehnte sich nach dem Funkeln des neuen Tokio, dem kühnen Höhenflug der häßlichen Wolkenkratzer mit ihren modernen, galerieartigen Foyers, dem geschäftigen Durcheinander der jungen Japaner, die in ihren breitschultrigen Jacketts, den locker fallenden Hemden und hochhüftigen Hosen den Schick und die Eleganz des zwanzigsten Jahrhunderts versinnbildlichten.

Er nahm die U-Bahn nach Roppongi, wo sich das Ishibashi-Gebäude mit dem *Jan Jan*-Nachtclub im obersten Stockwerk befand. Mit dem gläsernen Außenfahrstuhl fuhr er bis ganz nach oben, wo hinter den eisenbeschlagenen Portalen des *Jan Jan* wilde Rockmusik hämmerte. Es war bereits nach Mitternacht, und das Lokal platzte aus allen Nähten. Rauchschwaden hingen in der Luft, Kellnerinnen bewegten sich schnell und geschickt zwischen den Tanzenden.

Die Tanzfläche wurde von drei Reihen moderner Plexiglastische eingefaßt, an denen mit dunkelblauem Samt bezogene Bänke standen. Langsam bewegte sich Nicholas durch die auf und nieder hüpfende Menge. Seine Augen schweiften über den See junger, stark geschminkter Gesichter, registrierten Lachen und selbstversunkene Trance, verschlungene Arme und zuckende Oberkörper, Derwische der Nacht. Über allem lag eine betäubende Aura ewiger Jugend, die dem Gedanken an Sterblichkeit keinen Platz einräumte.

Einen Moment lang fragte sich Nicholas, was er hier suchte. Dann dachte er an Justine und wußte, daß er es hier nicht finden würde.

*

Als Akiko Ofuda Nicholas durch die hohen Türen des *Jan Jan* treten sah, wandte sie rasch den Kopf ab und zog sich in den Schatten zurück. Ihr Herz schlug rascher. Verwirrt überlegte sie, woher er so plötzlich aufgetaucht sein mochte. Wußte er etwas? *Konnte* er etwas wissen?

Nein, das war nicht möglich, beruhigte sie sich wieder. Es war zu früh. Sein Besuch hier mußte reiner Zufall sein. Ein Scherz der Götter. Sie erhob sich von ihrem Tisch in der zweiten Reihe und schritt langsam um die von Lichtblitzen überzuckte Tanzfläche herum. Dabei behielt sie ihn die ganze Zeit im Auge, beobachtete ihn aus dem Verborgenen, doch sorgfältig, sah das kräftige Kinn und die leicht asiatischen, nach oben gezogenen Augen, das schwarze Haar, die breiten Schultern, die schmalen Hüften des Tänzers und die muskulösen Beine des Sportlers.

Akiko merkte auf einmal, daß sie sich danach sehnte, ihn auszuziehen, um die langen, kräftigen Muskeln an seinem Körper besser bewundern zu können. Davon abgesehen aber war schwer zu sagen, was sie fühlte, als sie ihn hier zum erstenmal sah. So viele völlig verschiedene Emotionen tobten in ihr.

Wie sehr sie ihn haßte! Die Wucht dieses Gefühls drohte sie erneut zu überwältigen. Daß sie ihm so plötzlich, so unvorhergesehen begegnete, entfachte die volle Intensität der Gefühle, die sie so lange im geheimen gehegt hatte. Selbst während ihre Augen die sichtbaren Anzeichen seiner Kraft verschlangen, zitterte sie vor Zorn.

Doch während sie sich so durch den Club bewegte, mit Nicholas

Schritt hielt, spürte sie, wie sie von einer seltsamen Erregung durchdrungen wurde, und sie dachte, was muß ich für ein ungeheures *karma* haben, daß ich gleich von Anfang an ihm gegenüber diesen zusätzlichen Vorteil besitze! Dennoch lechzte sie nach dem Augenblick, in dem er sie zum erstenmal sehen würde. Unbewußt fuhr ihre Hand an ihre Wange, strich über das zarte, doch straffe Fleisch dort. Ihr Puls hämmerte, indes sie sich in den Anblick des so vertrauten Fremden vertiefte.

O ja, es war ein geradezu genialer Einfall gewesen, Sato vorzuschlagen, daß er die *gaijin* zu ihrer Hochzeit einlud. »Besonders diesen Linnear«, hatte sie ihm spät eines Nachts ins Ohr geflüstert. »Wir alle kennen die Geschichte seiner Familie. Denk doch nur, was du an Gesicht gewinnen wirst, wenn du ihn bei einem solchen Ereignis vorzeigen kannst.«

Ja, ja, Nicholas, summte sie lautlos vor sich hin, während sie ihm unbemerkt folgte. Sie war wie berauscht, die Kehle wurde ihr eng, und die Muskeln in ihren Schenkeln begannen zu zittern, so sehr, so unwiderstehlich fühlte sie sich zu ihm hingezogen. Aber sie bot ihre ganze Übung auf, um sich davon abzuhalten, in einer einzigen Minute ekstatischer Vorfreude alles zu zerstören, wofür sie so lange gearbeitet hatte.

Sie löste sich aus seinem Bannkreis und ging schneller, wobei sie die Blicke der anderen Gäste ignorierte, die Begierde der Männer genauso wie die Eifersucht der Frauen; gegen dergleichen war sie gefeit. Die Zeit war gekommen, Yoki abzuholen. Sato würde bald zu Hause sein, zurück vom Kriegspfad.

*

Während sie durch das Zentrum von Tokio fuhren, unterwegs zum Stadtrand, warf Akiko ihrer Beifahrerin ununterbrochen kurze Seitenblicke aus den Augenwinkeln zu. Yoki ist ein herrliches Geschöpf, dachte sie, ich habe eine gute Entscheidung getroffen. Sie hatte Yoki erst vor ein paar Wochen gefunden und, als sie ihrer Wahl sicher war, in ein Gespräch verwickelt. Diese Unterhaltung hatte zu einer seltsamen – zumindest sah Akiko es so – Freundschaft geführt. Ihre Grenzen waren die erste und die letzte Stunde der Nacht, wenigstens soweit es Yoki betraf, innerhalb derer sie beide sich in nächtliche Paradiesvögel verwandelten.

Einmal hatte Akiko ihre neue Freundin gefragt, womit sie tagsüber beschäftigt sei. »Ach, gelegentlich arbeite ich als Vertreterin«, hatte Yoki geantwortet. »Sie wissen schon, Klinken putzen. Parfüm und Kosmetik. Ansonsten sehe ich viel fern. Nicht nur Filme, sondern auch das Bildungsprogramm – da lerne ich Kalligraphie, Ikebana, sogar die Teezeremonie.«

In einem Land, dessen Bevölkerung zu dreiundneunzig Prozent mindestens einmal am Tag den Fernseher anschaltete, war diese Tatsache vielleicht keine Überraschung. Trotzdem fröstelte Akiko bei dem Gedanken, daß ihr Vaterland seine Bürger hauptsächlich mittels Fernlehrgängen erzog. Sie hatte die Teezeremonie von ihrer Mutter gelernt, und sie erinnerte sich daran, wie sie das Gesicht der alten Frau dabei beobachtet und dem Ton ihrer Stimme gelauscht hatte, versunken in den Anblick der Bewegungen des Kimonos und bemüht, sich jedes noch so kleine Detail zu merken.

Konnten die Sendungen einer elektronischen Kathodenstrahlröhre den gleichen Effekt haben? Ganz bestimmt nicht, dessen war sie sicher, und gleichzeitig entsetzte sie der Gedanke an die vielen Frauen, die auf so unpersönliche Weise erzogen wurden. Nach außen hin allerdings ließ sie sich ihr Mißfallen nicht anmerken. Yoki war wichtig für sie – zumindest während der nächsten Stunden.

Die Limousine bog in die kiesbedeckte Auffahrt zu Satos Haus, nördlich vom Ueno-Park in Taito-Ku. Das zweistöckige Gebäude war für Tokioer Verhältnisse ungewöhnlich groß. Zwei Stockwerke hoch, war es fast ausschließlich aus Bambus und Zypressenholz gebaut; Tonschindeln in drei Schichten bedeckten das Dach. Eine große Einbuchtung am anderen Ende des Hauses enthielt einen seit über hundert Jahren gepflegten Farngarten, dessen Wedel den schützenden, zweieinhalb Meter hohen Zaun längst überwachsen hatten und sich nun über die Straße selbst breiteten.

Der Fahrer der Limousine stieg aus und öffnete Akiko den Schlag. Die junge Frau stieg aus und führte ihren Schützling ins Haus.

*

Seiichi Sato schlürfte heißen Sake aus einer winzigen Porzellanschale und war in Betrachtung der Leere versunken. Er tat dies, gelegentlich, in Momenten aufreibendsten Stresses, um seinen Verstand zu klären. Hauptsächlich jedoch verfiel er auf diese Art der Meditation, wenn er ungeduldig war. In einem Land, in dem Geduld nicht nur eine Tugend, sondern ein Lebensstil war, mußte Sato sich in dieser Einstellung üben, als wäre er gewissermaßen ein Fremder in seiner eigenen Kultur. Dennoch hatte er emsig, ja, sogar besessen daran gearbeitet, und er wußte, daß er seiner Geduld all das verdankte, was ihm heute lieb und teuer war.

Nur mit einem weißen Baumwollkimono angetan, kniete er im Sechs-*tatami*-Zimmer, wie nach japanischem Brauch die Größe der Räume anhand der Binsenmatten, die auf dem Boden Platz fanden, benannt wurden. Er wirkte ruhig und gefaßt, seine kühlen Augen starrten auf einen Punkt, der sich außerhalb der Grenzen der physischen Welt befand.

Als ein leises Klopfen an der *fusuma* ertönte, blinzelte er, sonst aber bewegte er sich nicht. Dann entspannte er sich und gestattete einem heftigen Gefühl der Vorfreude, ihn einzuhüllen wie ein Mantel an einem kalten Winterabend.

Er streckte die Hand aus und schob die Papiertür einen Zentimeter weit nach rechts. Er nahm nichts anderes wahr als Akikos rechtes Auge und spürte schon, wie sich sein Puls beschleunigte und sein heißer Atem ihm die Kehle zu verbrennen drohte.

»Du bist spät dran.« Seine Stimme war belegt, während sie ihr Ritual begannen. »Ich dachte schon, du würdest nicht kommen.«

Akiko hörte, wie belegt seine Stimme war, und unterdrückte ein Lächeln. »Ich komme immer«, flüsterte sie. »Ich kann nicht anders.«

»Es steht dir frei zu gehen, wenn du willst.« Satos Herz zog sich zusammen, während er diese Worte sagte.

»Ich gebe dir meine Liebe aus freien Stücken, und dadurch bin ich gebunden. Ich werde dich nie verlassen.«

Sie hatten dieses Spiel über die Monate entwickelt, um die Erregung und Intimität während der von genauen Regeln beherrschten Zeit der Brautwerbung zu steigern.

Sato beugte den Kopf und schob die *fusuma* weiter auf, während er sich gleichzeitig auf Knie und Schienbeine zurücksinken ließ, damit sie eintreten konnte. Als Akiko in den Raum glitt, entflammte tief in Sato ein helles Feuer, denn sie war in der Tat von außerordentlicher Schönheit. Trotz ihres ritualisierten Dialogs wußte er, daß *er* für alle Zeit an sie gebunden war, mit Leib und Seele.

Eine Zeitlang knieten sie einander gegenüber, wobei Sato seine großen Hände ausgestreckt hielt, die Innenflächen nach oben gekehrt, und Akiko die ihren darauf ruhen ließ. Sie verschränkten die Blicke, sahen einander in die Augen und noch tiefer. Sato, in Betrachtung des Karmas versunken, das sie zueinander geführt hatte, spürte, wie sich ihr innerstes Wesen regte und aufstieg, hoch über die Dächer und die rauschenden Kronen von Zypressen und Kiefern.

»Woran denkst du?« Ihre Lippen formten ein Lächeln, und er konnte ihre weißen, ebenmäßigen Zähne sehen. »Du bist so feierlich heute abend.« Sie lachte, das Licht spielte auf ihrem Hals, und in einer Mulde lag ein dünner Schatten wie eine dunkle Träne.

Er sagte nichts, und nachdem sie seine granitartige Miene einen Moment lang betrachtet hatte, traf sie Anstalten aufzustehen. »Ich werde –« Doch seine Finger schlossen sich um ihr Handgelenk und zwangen sie, sich niederzukauern wie ein kleiner Vogel. Ihre Lippen öffneten sich. »Sato-san.«

Langsam drückte er sie wieder auf die Knie hinunter, ehe er sich selbst aufrichtete. Das Material seines Kimonos warf Falten, als er die Schultern straffte, und Akiko wurde sich abrupt seiner Kraft, mehr noch, seiner Macht bewußt.

»Diese Nacht ist etwas Besonderes«, sagte er heiser. »In unserem ganzen Leben werden wir nur eine wie sie erfahren.« Er hielt einen Moment inne, wie um seine Gedanken zu sammeln. »So nah sind wir unserer Hochzeit... und doch werde ich dich bis Samstag nicht mehr sehen, wenn unser beider Leben wahrhaftig miteinander verbunden wird, gemäß den Gesetzen des Amida Buddah.« Seine Augen blickten ihr forschend ins Gesicht. »Bedeutet dir das gar nichts?«

»Ich habe den ganzen Tag an nichts anderes gedacht.«

»Dann bleib.« In diesem Moment lockerte sich sein Griff, und ihr Arm sank in ihren Schoß. Ihre vollkommenen, lackierten Fingernägel schoben sich übereinander, als sie die Hände faltete, und auf jedem lag ein glitzernder Lichtreflex. »Schick in dieser ganz besonderen Nacht mein Geschenk wieder fort.«

Ihr Gesicht, so unbewegt wie eine Maske aus Porzellan, gab nichts von ihren inneren Gefühlen preis.

Er war verwirrt. »Du mußt doch wissen, daß ich nur dich begehre.«

Akiko wandte den Blick ab, als hätte er sie geschlagen. »Dann haßt du das Geschenk, das ich dir mitgebracht habe; du haßt alle Geschenke, die ich dir seit –«

»Nein!« Lautlos schalt sich Sato wegen der Falle, in die er getreten war.

»Ich habe dich entehrt mit meinem Wunsch, dir zu gefallen.« Akiko rang die Hände wie ein bekümmertes Kind.

Sato beugte sich vor. »Jedes dieser Geschenke habe ich geliebt und den Gedanken dahinter in Ehren gehalten.« Er hatte seine Stimme wieder in der Gewalt, seine Gefühle allerdings nicht. »In dem, was du mir gebracht hast, lag eine hohe Auszeichnung für mich, weiß ich doch –« Seine Augen senkten sich auf die Matte zwischen ihnen. »Weiß ich doch, daß du nie... mit einem Mann zusammengewesen bist, meine Wünsche aber verstanden hast –«, er holte tief Atem, »– und mir auch auf diesem Gebiet Freude bereiten wolltest.«

Ihr Kopf sank herab. »Es ist meine Pflicht. Ich –«

Erneut streckte er die Hand aus, bedeckte ihre Finger. »Aber heute abend stehen wir so dicht davor, vereint zu sein. Dich zu sehen und –«

»Was du da verlangst –« Ihr Kopf schnellte hoch. »Und was wird aus unserer Hochzeitsnacht? Sollen wir uns über alle Traditionen lustig machen? Willst du den Weg in den Schmutz ziehen, für den wir uns entschieden haben?«

Sato spürte, wie sich ihre Nägel in seine mit Schwielen bedeckte Hand gruben und wußte, daß sie recht hatte.

*

Akiko stand am *naga-hibachi* und kochte, brachte aber nur wenig Konzentration auf. Normalerweise hätten die Dienstboten diese Arbeit verrichtet, aber es war schon spät, und das Gericht aus Buchweizennudeln und Sojasauce gehörte zu ihrem Geschenk.

Als sie fertig war, servierte sie die Speisen und sorgte für Nachschub an heißem Sake. Sie merkte, daß Sato und Yoki sich leise und innig unterhielten. Sie hatte das Mädchen gut vorbereitet. Yoki wußte, was sie zu erwarten hatte und was von ihr erwartet wurde.

Akiko verließ das Zimmer, aber nicht das Haus. Statt dessen begab sie sich in einen kleineren Zwei-*tatami*-Raum zur Linken. Sie schloß die Tür sorgfältig, dann bewegte sie sich auf den Knien über die Binsenmatten bis zu dem *shoji*, der diesen Raum von dem, in dem sich Sato und Yoki aufhielten, abschirmte.

Durch einen Riß beobachtete sie Sato und ihre Freundin. Sie hatten fertiggegessen, und auch der Sake neigte sich dem Ende zu. Sie schienen sich sehr nah zu sein. Sato saß mit dem Rücken zum Riß. Er streckte den Arm aus und schob Yokis Kimono von ihrer weichen, weißen Schulter. Akiko hielt den Atem an, als sie sah, wie herrlich geformt der Oberkörper ihrer Freundin war.

Satos Augen senkten sich auf Yokis Brüste. Der braungraue Kimono lag wie ein Paar Flügel auf der Matte neben ihr, verhüllte aber noch immer den größten Teil ihrer Schenkel. Dann beugte Sato sich vor, und Yoki warf mit einem leisen Schrei den Kopf in den Nacken. Ihre Finger streichelten seine Ohren, während seine Zunge mit heißen kleinen Schlägen ihre Brustwarzen liebkoste.

Akiko verschränkte die Arme vor den eigenen Brüsten, deren steife Warzen wie Feuer brannten. Ihr Mund war trocken, und sie lechzte nach einem Schluck Sake, um ihren Durst zu stillen.

Beinahe hätte sie sich Sato heute abend hingegeben. Das hatte sie erschreckt wie ein Blitz aus heiterem Himmel. Die ganzen vergangenen Wochen war es relativ einfach gewesen, ihn auf Distanz zu halten; die Lust, die seine Augen eintrübte, hatte ihren Abscheu erweckt. Aber dieser Abend war etwas anderes gewesen.

Yoki war jetzt vollkommen nackt. Satos offener Mund saugte und leckte mit solcher Inbrunst an ihrem Fleisch, daß Akiko spürte, wie ihr eigener Körper sich erhitzte, als wäre sie es, die er mit seiner Liebe bedachte.

Warum? Was war heute anders gewesen? Während sie auf das erotische Ballett starrte, das sich auf der anderen Seite des *shoji* abspielte, durchforschte Akiko ihr Gehirn nach dem Anlaß für ihre

Gefühle. Auf einmal hämmerte in ihrem Blut wieder der wilde, primitive Rhythmus aggressiver Rockmusik, voller Zorn und Lust. Sie sah einen Raum, blau vor Zigarettenrauch, und in diesem Raum, diesem Dschungel folgte sie einem Tiger, dessen animalische Kraft sie in ihren Bann schlug.

Erneut, wie schon im Nachtclub, fuhren ihre Finger hoch und berührten das gerötete Fleisch ihrer Wange, als wollte sie sichergehen, daß es noch da war. Es war gar nicht so lange her, das durfte sie nie vergessen. Sich selbst noch fremd, mußte sie lernen, ihre eigene beste Freundin zu werden. Sie war noch nie dazu in der Lage gewesen... vorher. Anläßlich ihrer Wiedergeburt hatte sie geschworen, daß sie es versuchen würde. Aber zuerst mußten die unerledigten Dinge zu Ende gebracht werden. Und das betraf Nicholas Linnear. O ja, und wie es das tat!

Akikos Augen öffneten sich weit. Sato und Yoki lagen verschlungen auf dem Boden. Die Falten ihrer Kimonos glitten über die Wölbungen ihres zuckenden Fleisches wie Wellen über einen Strand, gleichzeitig enthüllend und verbergend.

Akiko sah Satos Erektion, groß und gerötet von den Liebkosungen seiner Partnerin. Yokis Augen waren geschlossen, die Lider flatterten vor Vergnügen, und ihre weichen Brüste wölbten sich in Satos schwielige Handflächen, als sein Kopf tiefer und tiefer glitt, bis seine geöffneten Lippen die Innenseiten ihrer glühenden Schenkel berührten.

Unwillkürlich beugte Akiko sich weiter vor, und als sie sah, wie seine Zunge das zarte Fleisch dort unten liebkoste, entfuhr ihr ein leiser Seufzer. Warmer Schweiß rann kitzelnd wie der Schwanz einer Schlange ihr Rückgrat hinunter, benetzte den Kimono, eine Spur ihrer Lust. Ihre Hände wanderten in kreisförmigen Bewegungen über die eigenen, gespreizten Schenkel, hoben den Kimono an und stießen endlich auf nacktes Fleisch.

Nun spürte sie statt ihrer Fingerspitzen Satos hin und her huschende Zunge, während sie sah, wie er Yokis feuchte Schenkel umschmeichelte, die Hände hinter ihre Knie schob und ihre Beine anhob.

Yokis Schenkel, Akikos Schenkel. Es gab keinen Unterschied in der Berührung. Was ihr angetan worden war, hatte die Seidigkeit ihres Fleisches nicht beeinträchtigt. Aber, das wußte sie, sollte Sato sehen, was ihn an der intimsten, verborgensten Stelle erwartete, würde er vielleicht die Hochzeit absagen, und das konnte sie sich nicht leisten. Hinterher... nun, hinterher würde er keine andere Wahl haben, als sie zu nehmen, wie sie war.

Satos Mund bewegte sich nach oben, bedeckte das gekräuselte schwarze Haar über Yokis Schambein. Akiko konnte sehen, wie die

Hüften ihrer Freundin vor Erregung zitterten und ihr Orgasmus sich ankündigte. Sato grub das Gesicht in die Feuchtigkeit und die Hitze, und Yoki warf den Kopf zurück, ihre Lippen öffneten sich, entblößten die Zähne, an ihrem Hals spannten sich die dünnen Sehnen und traten hervor wie Stricke. Ihre Hüften zuckten unkontrolliert.

Die ganze Zeit über eroberten Akikos geschickte Finger die Knospe zwischen den eigenen Beinen, streichelten sie in sanften, kreisenden Bewegungen, imitierten die leidenschaftlichen Bewegungen von Satos Kopf. Sie spürte ihn, aber das war nicht genug; sie brauchte mehr. Die Empfindungen berührten sie wie Regentropfen, doch sie sehnte sich nach einer Sturmflut, die sie mitriß und Hals über Kopf in die Arme der Ekstase spülte.

Die Sturmflut aber blieb aus, und sie verstärkte den Druck der Finger, stieß tiefer in die weichen Hautfalten, zog sie auseinander, rieb ihre Klitoris heftiger und heftiger.

Satos Kopf fuhr hoch. Seine Brust hob und senkte sich wie die eines Stiers. Seine mächtige Gestalt kauerte über dem schmalen weiblichen Körper, und dann zog Yoki ihn an sich, rieb sich an ihm, bis sie nicht mehr anders konnte, als sich aufzubäumen. Ihre Hüften lösten sich vom Boden, ihr Keuchen wurde lauter und lauter, und die Hügel ihrer Brüste vibrierten unter der Wucht der Empfindungen, die ihren Körper erschütterten, als Satos mächtige Erektion tief in sie eindrang.

Wie Akiko sich danach sehnte zu spüren, was Yoki spürte: die Stöße, mit denen Sato ihren sich unkontrolliert windenden Unterkörper zu bändigen versuchte, ihre von der Reibung erhitzten Hüften, den warmen salzigen Schweiß, der von Satos angespannten Muskeln troff und über die geriffelte Haut seiner Partnerin floß.

Yoki stieß einen Schrei aus, ihre Arme umklammerten Sato, zogen ihn auf sich herab, so daß es für Akiko aussah, als würde sie unter seiner Körperfülle begraben. Das rhythmische Grunzen wurde schneller und die Bewegungen ihrer Hüften ungleichmäßig und abgehackt. Yoki seufzte und schrie vor Ekstase, ihr Gesicht war angespannt, verzerrt. Ihre Handballen hämmerten gegen Satos muskulöse Hinterbacken, drängten ihn, tiefer und tiefer in sie hineinzustoßen.

»Weiter, weiter, weiter...« Yokis Stimme hatte fast etwas Hysterisches. Was immer es war, Akiko lechzte danach, so wie sie nach Erlösung von der Spannung lechzte, die ihre Schenkel und ihren Bauch verkrampfte. Ihre Muskeln waren verknotet, und wie stets bei diesen Sitzungen wurden die Schmerzen immer wütender. Sie biß sich auf die Unterlippe, um nicht laut schreien zu müssen. Ihr Herz hämmerte, drohte seinen Käfig aus Knochen und Blutgefäßen zu sprengen und in ihrer zusammengezogenen Kehle zu explodieren wie eine traurige Sonne.

Bitte, stöhnte sie stumm. Bitte, bitte, bitte! Obwohl sie anfangs mehr gefühlt hatte als je zuvor, obwohl sie geglaubt hatte, daß sie diesmal vielleicht in den Genuß der Erlösung gelangen würde, verlief der Abend nun doch wie alle anderen.

Die Geräusche des Paars im Nebenzimmer wurden ihr auf einmal zuviel. Sie stürzte nach hinten, schlug mit der Schulter auf den Boden unter der Binsenmatte. Ihre Augen verdrehten sich in den Höhlen, und sie vernahm einen scharfen Windstoß, so kurz, daß sie nicht sicher war, überhaupt etwas gehört zu haben. Schmerz und eine grauenvolle Sehnsucht versetzten sie auf eine schwarze Ebene. Sie hörte Sun Hsiungs Stimme sagen: »Es gibt einen Weg – und wenn du geduldig bist, werde ich ihn dir zeigen –, die äußere Erscheinung deines Feindes so genau zu prüfen, daß es dir möglich wird, in sein innerstes Wesen zu blicken.«

Dann verlor sie das Bewußtsein.

*

Kurz vor sechs Uhr morgens wurde Nicholas von seiner inneren Uhr geweckt. Er duschte kurz, erst mit kochendheißem, dann mit eiskaltem Wasser, und setzte sich anschließend im Lotussitz auf den Boden, um zu meditieren.

Ein diskretes Klopfen an der Tür holte ihn wieder in die Wirklichkeit zurück. Seine Augen fixierten die Silhouetten der durch das große Fenster sichtbaren Wolkenkratzer von Tokio, und er stand auf. Der Zimmerkellner brachte ihm sein Frühstück, bestehend aus grünem Tee und Reiskuchen. Nachdem er gegessen hatte, zog er einen leichten Anzug an, warf sich eine kleine schwarze Tasche über die Schulter und verließ das Hotel. Es war kurz nach zehn.

Er ging zwei Blocks nach Osten und wandte sich dann nach Süden, bis er sich in Toranomon-cho wiederfand. Vorbei an dem kleinen, makellos gepflegten Park von Sakura-dori gelangte er nach Sanchome, dem dritten der namentlich benannten Gebiete von Toranomon. In Tokio gab es keine Straßennamen, eine Besonderheit, die fast alle ausländischen Besucher verwirrte. Statt dessen war die riesige Stadt zunächst in Ku oder Bezirke aufgeteilt, dann in Zonen wie Ginza und schließlich in Cho. In den Cho gab es dann Chome und Blockbezeichnungen.

Am eigenwillig geformten dreizehnten Block fand Nicholas, was er suchte. Das Gebäude überblickte einen kleinen, ehemaligen Tempel und, gleich dahinter, den Hügel von Atago.

Er trat ein und fuhr aus seinen Straßenkleidern. Er griff in die schwarze Tragetasche und holte eine weitgeschnittene, weiße Baumwollhose heraus. Er zog sie an und verschnürte sie um die Hüfte. Darüber streifte er eine locker fallende Jacke aus dem gleichen Material, die wiederum einen eigenen Gürtel aus schwarzer Baumwolle besaß. Schließlich schlüpfte er in den *hakama*, den traditionellen schwarzen Rock, der nur von denen getragen werden durfte, die einen Meistergrad in *kendo, kyudo, sumo* und den schwarzen *aikido*-Gürtel besaßen. Auch dieser wurde tief über der Hüfte verschnürt, um dem Körper ein Gefühl für sein Zentrum zu geben, was seit der Zeit der Samurai von großer Wichtigkeit war.

Solcherart in sein *gi* gekleidet, stieg Nicholas eine hochglanzgebohnerte Holztreppe hinauf. Im Geist vernahm er das Klick-Klack-Klick hölzerner *bokken*, die gegeneinander schlugen.

Und plötzlich war es wieder letztes Jahr im Sommer. Er und Lew Croaker befanden sich in einem New Yorker *dojo*, und er beobachtete den Ausdruck in den Augen seines Freundes, der zum erstenmal Zeuge eines *kenjutsu*-Kampfes wurde.

Nicholas war nie der Mensch gewesen, der schnell Freundschaften schloß, hauptsächlich weil dieser Begriff im Fernen Osten weit mehr umfaßte als im Westen. Für ihn – wie für alle Japaner – bedeutete Freundschaft die Verpflichtung, die Ehre des Freundes hochzuhalten, Bande aus Eisen, die kaum ein Abendländer zu verstehen vermochte. Aber Lew Croaker hatte das Wort in seinem vollen Umfang begriffen und sich Nicholas erwählt, um sein Freund zu sein.

Sie hatten sich versprochen, daß sie zusammen vor Montauk Haie jagen würden, sobald Croaker aus Key West zurückgekehrt und der Mord an Angela Didion aufgeklärt war. Nun würden sie dieses Versprechen nie mehr einlösen können. Croaker war tot, Nicholas vermißte ihn mit einer Heftigkeit, die an körperlichen Schmerz grenzte.

Er wußte, daß er sich in Gedanken eigentlich auf das vorbereiten sollte, was ihn am Ende der Treppe erwartete, aber er konnte die Erinnerung an den Freund nicht aus seinem Kopf vertreiben. Zu schmerzlich war ihre letzte Begegnung gewesen, voll von angedeuteten Gefühlen, wie sie vielleicht zwei japanische Freunde einander gezeigt hätten.

Sie waren im *Michita* gewesen, dem japanischen Restaurant, das Nicholas häufig besuchte. Ihre Schuhe standen nebeneinander vor der Schwelle des *tatami*-Raums, Croakers schwere Arbeitsschuhe neben Nicks federleichten Tretern. Sie knieten einander gegenüber, zwischen sich winzige Steingutschalen mit dampfendem Tee und heißem Sake. *Sushi* und *tonkatsu* waren bereits bestellt.

»Um wieviel Uhr fliegst du?« fragte Nicholas.

»Ich nehme die Maschine um Mitternacht«, antwortete Croaker mit einem schiefen Grinsen. »Einen billigeren Flug gibt's nicht.«

Sie hatten gewußt, daß es sich nicht um eine Preisfrage drehte, sondern daß er Key West im Schutz der Dunkelheit erreichen wollte.

»Nick –«

Das Essen kam, und Croaker wartete, bis sie wieder allein waren. »Es ist nicht viel, aber ich habe ein paar Wertpapiere, Aktien und so, in einem Schließfach.« Er schob einen kleinen Schlüssel in einem braunen Plastikschächtelchen über den niedrigen Tisch. »Kümmere dich darum, falls...« Er griff nach seinen Eßstäbchen und schob die rohen Thunfischstücke auf seinem Teller hin und her. »Na ja, falls da unten nicht alles so klappt, wie ich es mir vorstelle.«

Nicholas nahm den Schlüssel; er fühlte sich geehrt. Sie begannen zu essen, und die Atmosphäre war nicht mehr so düster. Als sie fertig waren und noch mehr Sake bestellt hatten, sagte Nicholas: »Versprich mir eins, Lew. Ich kenne deine Gefühle Tomkin gegenüber. Ich denke, es handelt sich um einen blinden Fleck –«

»Ich weiß, was ich weiß, Nick. Er ist ein gottverdammter Hai, der alles auffrißt, was ihm in den Weg kommt. Ich habe vor, ihn zu stoppen, und diese Spur ist meine einzige Chance.«

»Ich meine ja nur, laß dich nicht von deiner... Leidenschaft an der Nase herumführen. Nimm dir Zeit, wenn du da bist, sieh dich sorgfältig um, nimm die Lage genau in Augenschein.«

»Willst du mir sagen, wie ich meinen Job zu erledigen habe?«

»Sei nicht so empfindlich. Ich will damit nur sagen, das Leben teilt sich nicht nur in Schwarz und Weiß, der größte Teil besteht aus Grautönen. Tomkin ist nicht der Fürst der Finsternis; das ist nur die Rolle, die du ihm zugeteilt hast. Es wäre ja immerhin möglich, daß er Angela Didion *nicht* ermordet hat.«

»Glaubst du daran?«

»Ich nehme nicht an, daß es eine Rolle spielt, was *ich* glaube.«

Inzwischen wußte Nicholas nicht mehr, ob das noch stimmte, denn nun war er in die Geschichte hineingezogen worden. Er hatte Croakers plötzlichen Tod im fernen Key West akzeptiert; deswegen war er ja jetzt hier in Japan. *Giri*.

»Mach's gut, Nick.« Im vielfarbigen Licht der Straße vor dem Restaurant hatte Croakers Gesicht sich zu einem Grinsen verzogen. Er hatte die Hand ausgestreckt, es sich dann aber anders überlegt und statt dessen eine Verbeugung angedeutet. Nicholas hatte die Geste erwidert, und beide hatten laut in die Dunkelheit gelacht, als wollten sie jeden Anflug von Sorge Lüge strafen.

Ihre letzten gemeinsamen Momente waren so beiläufig verlaufen, als trennten sie sich nur für kurze Zeit. Trotz des Schlüssels, den Croaker Nicholas gegeben hatte, glaubte keiner von ihnen beiden, daß Lew in Florida tatsächlich etwas zustoßen würde. Und jetzt erschien es Nicholas, als hätten sie viel zuwenig Zeit gehabt, um zu genießen, was ihnen gegeben worden war. Für jemand wie Nicholas, der so beschützt, so zurückgezogen in sich selbst lebte, handelte es sich in der Tat um höchst seltsame Begebenheiten.

Er schüttelte den Kopf und erreichte die oberste Stufe der Treppe, überzeugter denn je, daß der Weg, den er eingeschlagen hatte, der richtige war. Er konnte den Mord an seinem Freund nicht ungerächt lassen. *Giri* verpflichtete ihn; es war, wie vor ihm schon alle anderen erkannt hatten, stärker als das Leben selbst.

Der *sensei* des *dojo* saß auf dem *kamiza* – dem Schiedsrichterstuhl – an der *aikido*-Matte, die aus einer Reihe von Reisstroh-*tatami* bestand. Er war ein Mann in der Mitte der Jahre, mit ernstem Gesichtsausdruck, einem breiten Mund und den Augen einer Katze. Er hatte kräftige, runde Schultern, eine schmale Taille und praktisch kein einziges Haar auf dem Kopf.

Er hieß Kenzo. Nicholas hatte den Namen – sowie einen Empfehlungsbrief – von Fukashigi, seinem *sensei* in New York. »Er ist ziemlich hart«, hatte Fukashigi gesagt, »aber ich kenne niemand sonst, der mit deiner etwas unkonventionellen Art des *bujutsu* zurechtkommen würde.« Er wußte, daß Nicholas ein *ninja* war, genauso wie er wußte, daß es eine Menge Unterdisziplinen gab, in denen Nicholas sein *sensei* sein konnte. »Kenzo wird nicht wissen, was du bist, Nicholas, aber er wird die Bandbreite deiner Kenntnisse verstehen und mit dir arbeiten.«

Hinter Kenzo sah Nicholas ein Podium, flankiert von zwei *dai-katana* aus dem 17. Jahrhundert – den längsten und tödlichsten aller Samuraischwerter –, einer Zeremonientrommel und, an der Wand zwischen ihnen, eine Reispapierrolle, auf der stand:

Alle Dinge erscheinen, aber wir können das Tor, durch das sie kommen, nicht sehen. Alle Menschen sind stolz auf das Wissen, etwas zu wissen, doch tatsächlich wissen sie nichts. Nur die, die sich auf das verlassen, was man durch Wissen nicht wissen kann, besitzen echtes Wissen. Nicholas erkannte die Worte von Laotse.

Barfuß betrat er die *tatami* und verbeugte sich vor dem *sensei*. Dann präsentierte er Fukashigis Brief.

Kenzo schien sehr lange für die Lektüre zu brauchen, wobei er nicht ein einziges Mal zu Nicholas aufsah. Endlich faltete er den Bogen wieder zusammen und schob ihn in das Kuvert zurück. Dann legte er die Hände auf die Matte und vollführte die *zarei*, eine Verbeugung in sitzender Haltung. Nick nahm im Lotussitz Platz und erwiderte die Begrüßung.

Der Schlag erfolgte genau in dem Moment, da er mit dem Scheitel die Matte berührte. Er nahm lediglich den Anflug einer verwischten Bewegung am Rand seines Gesichtsfelds wahr, und wenn er auch nur einen Sekundenbruchteil ins Nachdenken geraten wäre, hätte der kurze Stock ihn bewußtlos geschlagen.

Statt dessen flog sein rechter Arm instinktiv in die Höhe, während sein Oberkörper nach rechts schwang, außer Reichweite der Attacke.

Der Stock traf die Leitkante seines Unterarms, sprang ab und wirbelte durch die Luft, doch Kenzo hatte sich bereits nach links geworfen, um Nicholas zuvorzukommen. Mit einem heftigen *shomen uchi*, einer Geraden direkt gegen den Kopf, versuchte er Nicholas auf die Matte zu bringen.

Um ein besseres Ziel zu haben, hatte Kenzo Nicks rechtes Handgelenk ergriffen, und Nicholas konterte mit einem *yonkyo*, einer Drehung desselben Handgelenks, so daß seine Finger wiederum den linken Unterarm des *sensei* umklammerten. Er grub seinen Daumen tief in das Nervenzentrum, das an der Innenseite des Arms verlief. Aber statt sich dem Druck zu entziehen, was es Nicholas erlaubt hätte, den nun ausgestreckten Arm auf eine Linie mit seinem eigenen zu bringen, beugte sich Kenzo dem lähmenden Griff, opferte einen Arm, um den Kampf nicht zu verlieren.

Von irgendwoher erschien ein zweiter Stock und sauste hart auf Nicholas' Schulter herunter. Nicholas ließ von dem *yonkyo* ab, versuchte indes keinen zweiten Lähmungsgriff, wie Kenzo es erwartet hatte, sondern griff mit einem *atemi* an, einem Schlag aus der *aikido*-Disziplin, den vorher bereits der *sensei* ausprobiert hatte.

Er rammte die Spitzen der versteiften Finger in die Gegend unterhalb von Kenzos Schlüsselbein, wo sie nach den dort verlaufenden Nervensträngen gruben. Der *sensei* riß den Kopf mit einem spastischen Zucken hoch und nach hinten, und Nicholas fiel zu Boden.

Im nächsten Moment war der kurze Stock zwischen ihren angespannten Körpern, hämmerte gegen Nicks Brustkorb. Nicholas preßte sich dichter an seinen Gegner, denn er erkannte, daß Kenzo mit dem Stock direkt auf die Muskeln über dem Herzen abzielte, ein Treffer, den er auf keinen Fall zulassen durfte.

Er versuchte zwei Rückenschläge, ehe er sich wieder auf einen Lähmungsgriff verlegte. Doch nichts klappte, und langsam näherte sich der hölzerne Stock seiner linken Brustseite. Die Kraft begann ihn zu verlassen. Er spürte seine Mitte jetzt als etwas, das nicht mehr zu ihm gehörte, weit fort und beinahe nutzlos.

Er verfluchte sich selbst, denn er wußte, daß er verlieren würde. Der Mangel an Schlaf und der Zeitunterschied hatten sich verschworen, um seine Konzentration zu untergraben. Die Reserven, die er noch besaß, schmolzen unter den ständig wiederholten *tambo*-Angriffen dahin. Das Blut summte in seinen Ohren und brachte die ersten verräterischen Anzeichen der beginnenden Orientierungslosigkeit mit sich. Als nächstes würde er seine physische Koordination verlieren, es sei denn, es gelang ihm, dies zu verhindern.

Da fiel ihm plötzlich eine *kendo*-Lektion ein, und er konzentrierte sich ganz darauf, die Kontrolle über Kenzos Stock zu erlangen.

Statt sich noch länger zu verteidigen, ließ er Kenzo los und warf sich den *tambo*-Attacken entgegen. Er packte den schlüpfrigen Zylinder, bog ihn nach links unten, löste den Zugriff des *sensei* und unterband so den Energiefluß lang genug, um einen mörderischen Leberhaken zu plazieren.

Kenzo ließ sich auf die Knie zurückfallen, und Nicholas warf sich hinterher, prallte jedoch gegen die schwielige Faust des *sensei* wie gegen eine Steinmauer. Schmerz durchzuckte ihn, und er knirschte mit den Zähnen, blieb jedoch an seinem Gegner, zog ihn zu sich heran und nach unten und benutzte so Kenzos Schwung, um ihn zu Boden zu werfen.

Im selben Moment, in dem die Schulter des *sensei* die Matte berührte, ließ Nicholas los. Sein Oberkörper war in Schweiß gebadet, sein Herz hämmerte, und bei jedem Atemzug brannten seine Muskeln und Sehnen vor Schmerz.

Er dachte daran, wie nahe er der Niederlage gewesen war.

*

Ichiro Kagami war verdrießlicher Stimmung. Normalerweise hatte er sich stets in der Hand, eine Eigenschaft, aufgrund derer ihm bei Petrochemicals der Posten des stellvertretenden Präsidenten der Finanzbuchhaltung übertragen worden war. Aber heute sah er sich nicht in der Lage, auch nur einen klaren Gedanken bezüglich der bevorstehenden Vertragsverhandlungen zwischen seinem Konzern und der amerikanischen Mikrochip-Firma zu fassen.

Nachdem er fast eine Stunde lang aus dem Fenster auf den nebligen Regen gestarrt hatte, war er mit seiner Geduld am Ende. Er schwang sich auf seinem Drehstuhl herum und trug seiner Sekretärin über die Gegensprechanlage auf, alle Termine bis zum Mittagessen abzusagen. Er ließ sie wissen, wo er zu finden sei, für den Fall, daß Sato schnell in Kontakt mit ihm treten müsse. Dann stand er auf und verließ mit ausdruckslosem Gesicht sein Büro.

Die gedämpfte Beleuchtung, die lieblichen *yukio-e*-Drucke an den Wänden vermochten ihn nicht aufzuheitern. Er gelangte an die eisenbeschlagene Tür und stieß sie auf. Im Umkleideraum begann er sich auszuziehen.

Alles hätte sich bestens entwickelt, sagte sich Kagami, wäre da nicht sein Bruder, Toshiro. Eigentlich war es ja nur sein Schwager, um der Wahrheit die Ehre zu geben. Aber Kagamis Frau war *heramochi*, und im Augenblick zahlte sie ihm heim, was ihr von seiner Mutter angetan worden war. Sie hielt den Daumen auf den Geldbeutel. Und zwar etwas zu fest, wie er fand, als er nackt über die Holzlatten ins Bad ging.

Während eine junge Frau ihn wusch, das flache Gesicht schweißüberströmt vor Hitze und Anstrengung, dachte Kagami über seine

Ehe nach. Es war nicht so, daß seine Frau ihm seine *geisha* übelgenommen hätte. Schließlich zahlte sie die monatlichen Rechnungen immer ohne ein Wort des Protests. Davon abgesehen jedoch raffte sie alles mit solcher Habgier an sich, daß er öfter und öfter nach Amitsu ging, wo seine Lieblingsfrauen residierten.

Und doch machte ihm Toshiro noch mehr als seine Frau zu schaffen, überlegte Kagami, während er sich vom einen Bad zum nächsten begab. Er setzte sich in die Wanne und atmete den Dampf ein, der von der Wasseroberfläche aufstieg. Das Wasser war so heiß, daß seine Glieder zu brennen begannen, wenn er sie auch nur um einen Millimeterbruchteil bewegte.

Toshiro war ein Bauer, und als solcher weit wohlhabender als Kagami selbst. Natürlich kam er nicht in den Genuß der Überfülle an Sonderleistungen, mit denen Sato Petrochemicals ihre Angestellten bedachte. Aber trotzdem – am Jahresende schwoll Toshiros Bankkonto zu unnatürlichen Proportionen an. Und es war ein bohrender Stachel in Kagamis Fleisch, daß er zumindest teilweise hinter seinem Schwager zurückstand.

Es war geradezu idiotisch, vor allem, wenn man bedachte, daß nur noch rund dreißig Prozent Japans landwirtschaftlich genutzt wurden, und das zudem von Tag zu Tag weniger. Dennoch besaßen die Bauern immer noch dieselbe politische Macht wie kurz nach dem Zweiten Weltkrieg, als über siebzig Prozent der Bevölkerung auf diese Weise ihren Lebensunterhalt bestritten. Das lag großenteils daran, daß es nie eine Umschichtung der Wählerstimmen gegeben hatte, und die Liberaldemokratische Partei, die seit jenen Tagen fast ununterbrochen an der Macht gewesen war, tat, was sie konnte, um die Bauern bei der Stange zu halten. Das hieß, sie subventionierte sie, wo es nur eben ging.

In *Time* hatte Kagami gelesen, daß eine amerikanische Farm im Durchschnitt hundertachtzig Hektar groß war. Ein japanischer Bauer besaß dagegen im Schnitt nur einen einzigen Hektar. Was konnte man damit schon für einen Profit erwirtschaften?

Und dann gab es zu allem Überfluß auch noch das Reisproblem. Die japanischen Bauern ernteten weit mehr Reis, als das Land je konsumieren konnte, was dazu führte, daß die Regierung die Überschüsse aufkaufte und vernichtete. Mehr als zwanzig Milliarden Dollar gab sie jedes Jahr für solche und ähnliche Maßnahmen aus. Steuergeld, wie Kagami klar war. Und jetzt besaß Toshiro auch noch die Frechheit, mit dem Hut in der Hand zu ihm zu kommen und um ein Darlehen zu bitten.

Kagami wußte, daß Toshiro ein Verschwender war. Er gab jeden Yen aus, den er verdiente, und mehr. Es hieß oft, die Japaner seien eine sparsame Nation; wenn man Toshiro beobachtete, wäre man kaum darauf gekommen. Frauen – er war Witwer – und Glücksspiele verschlangen seine ganze Zeit. Den Hof ließ er von Tagelöhnern bewirtschaften, die sich mehr als pflichtvergessen zeigten.

Natürlich stand es außer Frage, daß er Toshiro das Geld geben würde. Kagamis Frau hatte in dieser Hinsicht keinen Zweifel gelassen. »Dir bleibt keine andere Wahl«, hatte sie nach Toshiros Aufbruch gestern abend gesagt. »Er ist dein Bruder. Du mußt an die Familienbande denken. An die Pflicht.« Ihre Augen blitzten. »Schlimm genug, daß ich dich an solche einfachen Dinge erinnern muß.«

Dabei hatte es nicht den geringsten Sinn, ihr zu erklären, daß sie im umgekehrten Fall nicht einen Yen von Toshiro bekommen hätten, denn er kümmerte sich um niemand als sich selbst.

Mit einem Seufzer stieg Kagami aus der Wanne und ging tropfend durch den kurzen Korridor in die Sauna. Er wollte völlig entspannt sein, bevor er sich massieren ließ. Ächzend setzte er sich auf den Holzrost. Die Dampfpfeife zu seiner Linken zischte und hustete. Der Raum füllte sich mit undurchdringlichem Nebel. Die Hitze stieg, und Kagami begann zu schwitzen. Er hatte vergessen, sich unter der Dusche abzukühlen, bevor er in die Sauna gekommen war. Auch dafür gebührte Toshiro sein inniger Dank.

Vielleicht war es sogar besser so. Er legte die Hände auf den Bauch. In letzter Zeit hatte er zuviel Fett angesetzt. Etwas Extraschweiß konnte ihm wohl nicht schaden. Endlich war er vollkommen entspannt.

Die Tür wurde geöffnet. Kagami ließ die Augen geschlossen, aber er merkte, daß die Hitze vorübergehend abklang, die schwülfeuchte Luft für einen Moment dünner wurde. Gleich darauf war er wieder von wirbelnden Dampfwolken eingehüllt.

Er verschwendete keinen Gedanken daran, wer den Raum betreten haben könnte. Den ganzen Tag über und manchmal bis in die Nacht hinein wurden die Bäder von Mitgliedern des gehobenen Managements frequentiert, die meistens nicht einmal miteinander redeten.

Kagami spürte, daß jemand anwesend war, als hätte sich ein Schatten auf ihn gelegt. Er öffnete die Augen, ohne sagen zu können, warum. Vielleicht war es eine Vorahnung gewesen, oder eine winzige Veränderung der Atmosphäre.

Auf der anderen Seite des Raums sah er eine Gestalt, deren Konturen vom Dampf verwischt wurden. Nebel schien um sie herumzufließen und veränderte die Silhouette vor seinen Augen.

Die Gestalt stand einen Moment lang still, dann bewegte sie sich auf seltsam gleitende Weise vorwärts. Sie schien zu fließen, als hätte sie keine Knochen oder harten Muskeln. Kagami wischte sich den

Schweiß aus den Augen. Er verspürte den absurden Drang, sich zu kneifen, um sicherzugehen, daß er nicht träumte, eingelullt von der Hitze und dem Frieden ringsumher.

Inzwischen konnte er die Gestalt genauer erkennen, und er hatte den Eindruck, daß es sich um eine Frau handelte. Aber das war unmöglich, rief er sich selbst zur Besinnung. Nicht einmal die blinden Mädchen aus Taiwan hatten Zutritt zur Sauna.

Kagami starrte der Erscheinung mit offenem Mund entgegen. Was sich da vor seinen Augen aus dem Nebel schälte, war ganz unzweifelhaft ein Busch weiblichen Schamhaars, an dessen Locken Wassertropfen hingen wie Perlen an Seegras. Das ist ja unglaublich, dachte er ungehalten. Was für ein Bruch der Etikette. Ich muß mich unbedingt bei Sato-san beschweren.

Die nackten Hüften schwangen vor und zurück, während sich die Frau ihm näherte, und Kagami spürte ein Kribbeln im Unterleib. Das Ganze hatte etwas zutiefst Sexuelles, verstärkt noch durch die Tatsache, daß der Körper sich nicht im mindesten zur Schau stellte. Die Sexualität schien aus sich selbst heraus zu existieren, verstärkt durch den heißfeuchten Dampf, so daß Kagami ganz gegen seinen Willen spürte, wie das Blut in seinen Lenden zusammenströmte und sein Glied sich verräterisch bewegte.

Dabei bebte er innerlich die ganze Zeit vor Zorn, denn seine Erregung wurde von dem zwar nicht vertrauten, doch unmißverständlichen Gefühl begleitet, zur Begierde verführt zu werden, ohne es zu wollen.

Allmählich konnte er auch den Oberkörper erkennen, die hochangesetzten, konisch geformten Brüste, die harten und erigierten Nippel, den flachen, sanft geschwungenen Bauch.

Er vermochte seine Erektion nun nicht länger zu verbergen, und so legte er die Hände zwischen die Schenkel und versuchte, seiner Verlegenheit Herr zu werden. In diesem Moment spürte er zum erstenmal die Gefahr. Die Frau blieb vor ihm stehen und spreizte die Beine. Glitzernde Wasserperlen rannen von den Locken ihres Schamhaars auf die festen Fleischsäulen ihrer Oberschenkel. Kagami spürte, wie alles in ihm danach strebte, einen bestimmten Punkt zwischen ihren Beinen genauer in Augenschein zu nehmen.

Er keuchte und drohte an seinem eigenen Speichel zu ersticken. Es war ihm unmöglich, nicht auf die Innenseite ihrer Schenkel zu starren, mit herabhängendem Unterkiefer, während seine Erektion langsam wieder dahinwelkte. Verblüffung malte sich auf seinem Gesicht. Er hob den Blick zum Gesicht der Frau, sah jedoch nur ein Paar dunkler, geheimnisvoller Augen hinter einem ausgebreiteten Fächer aus Rot, Gold und Schwarz.

»Wer –« fragte er, auf einmal seiner Stimme wieder mächtig.

Doch jetzt bewegte sich der Fächer, sank herab und enthüllte das Lächeln auf dem Gesicht der Frau – einem wunderschönen Gesicht. So vollkommen geformt, so jugendlich, daß Kagami unwillkürlich ein Seufzer der Bewunderung entfuhr. Dann erkannte er mit einem Schlag, wer sie war, und vor seinem geistigen Auge verwandelte sich das ovale Gesicht mit den hohen Wangenknochen in die buntbemalte Maske eines Dämons.

»Sie –!« Der Schrei stieg aus seinem Mund wie ein Geysir.

Der Fächer fuhr auf ihn zu und drehte sich in der letzten Sekunde, geschwungen von Meisterhand. Die Kante drang durch schweißüberströmte Haut und warmes Fleisch, kratzte schmerzhaft über den Wangenknochen.

Kagami kam gar nicht auf den Gedanken zurückzuweichen. Der Schlag war so geschickt angesetzt, die Kante so rasiermesserscharf, daß er kaum gemerkt hatte, was geschehen war.

Er dachte nur daran, seine Genitalien zu schützen, und daher bot er keinen ernsthaften Widerstand. Der große goldene Fächer stieß wieder zu – und wieder – und wieder. Kagami schrie jedesmal, wenn er getroffen wurde, aber er weigerte sich standhaft, die Hände von seinem Unterleib zu nehmen.

Der Oberkörper der Frau floß auf ihn zu wie Rauch im linden Wind eines wolkenlosen Sommertages. Ihre Gegenwart schien den Raum zu füllen, löschte alles Licht aus, nahm ihm alle Luft.

Kagami schrumpfte vor ihr zusammen, zitternd und eingefallen. Schmerzen blitzten in seinem Körper auf wie Leuchtspurgeschosse. Er war entsetzt über all das Blut um ihn herum, das Hämmern seines Herzens in seinen Ohren und darüber, wie klein sein Glied unter dem Schutzschirm seiner gekrümmten Hände geworden war.

Wieder stieß der Fächer mit einem leise pfeifenden Geräusch zu. Kagamis Augen traten aus den Höhlen, und sein Mund öffnete sich weit. Er spürte den schneidenden Biß der Stahlkante an seiner Luftröhre und gleich darauf am Atlaswirbel im Nacken.

Sein Gehirn schien zu explodieren, als er endlich begriff, welchem Ziel diese Angriffe tatsächlich galten. Seine Hände flogen hoch, versuchten die Schläge aufzufangen. Ein Fächer? dachte er verzweifelt. Ein Fächer? Sein Kopf schnellte vor und zurück, und er versuchte, an den schlüpfrigen Kacheln der Wand hochzuklettern. Alles, dachte er verschwommen, ich tue alles, um am Leben zu bleiben. Ich will nicht sterben! Rette mich!

Er versuchte, sich zu wehren, drosch wild mit den Fäusten um sich, doch er war außer Übung. Das gespenstische Bild dessen, was er an der Innenseite ihrer Schenkel gesehen hatte, erhob sich mit ihm, und er verzweifelte. Er wußte, was sie war, obwohl Logik und Tradition ihm sagten, daß es nicht sein konnte.

Ja, Kagami wußte, was ihn in seiner Gewalt hatte. Er wußte, daß er sich mitten in einem Alptraum befand, aus dem er nie wieder erwachen würde. Dennoch kämpfte er weiter, denn Hoffnung war das einzige, was ihm noch blieb, und eine Zeitlang gab sie ihm neue Kraft. Er klammerte sich ans Leben.

Dann schlugen die Stahlkanten des Fächers ein weiteres Mal zu, und das bißchen Sauerstoff, das noch den Weg durch seine gequälte Luftröhre gefunden hatte, blieb aus. Das Blut schäumte ziellos durch die Adern, die Lungen bäumten sich auf, Kohlendioxyd füllte ihre Flügel und drang durch poröse Fibern in den gesamten Körper.

Kagamis Lider flatterten. Er sah dieses entsetzliche Gesicht vor sich, seine kraftlosen Finger rutschten über das schweißglänzende Fleisch der Frau. Sein Verstand wehrte sich noch, wollte weiterkämpfen, wollte nicht begreifen, daß der Körper, zu dem er gehörte, bereits in einen tiefen, traumlosen Schlummer fiel.

Mit letzter Kraft starrte Kagami in das Gesicht, konzentrierte seinen ganzen bitteren Haß darauf, als handelte es sich um eine greifbare Waffe. Und tatsächlich war es ein Zorn von solcher Intensität, daß er die sterbenden Muskeln noch einmal aktivierte. Seine Finger formten sich zu Krallen, wollten zustoßen.

Doch es war eine fruchtlose Geste, denn sein Unterleib zog sich auf einmal zusammen, die Augen verdrehten sich nach innen und blendeten ihn. Nur das Weiße blieb, unfähig zu sehen, und blickte mit leerem Starren auf die dampfenden Kacheln, den treibenden Nebel, die kleinen Blutbäche, die einander labyrinthisch umkreisten, während sie langsam dem Abfluß in der Mitte des ansonsten leeren Raums zuströmten.

*

Nangi stand auf und kehrte dem Konferenztisch mit steifen, unkoordinierten Schritten den Rücken. Es war das Zeichen für eine Unterbrechung der Verhandlungen.

Während Tomkin sich schwerfällig erhob und den Raum verließ, schlenderte Nicholas zu einem der hohen Fenster, die auf Shinjuku hinausgingen. Regen stäubte auf den See aus Regenschirmen hinunter, zupfte die letzten Kirschblüten von den Bäumen und streute sie in die Abwasserkanäle an den Gehsteigen.

Erschöpft starrte Nicholas auf die nebelbedeckte Stadt. Während der letzten dreieinhalb Stunden hatten sie einander wie Todfeinde auf dem Schlachtfeld gegenübergestanden: Sato, Nangi, Suzuran, ihr Anwalt, Masuto Ishii, Satos Vizepräsident für Konzernstrategie und rechte Hand, sowie drei Abteilungsleiter auf der einen Seite und Tomkin, Greydon, der Anwalt von Tomkin Industries, und er selbst auf der anderen. Jetzt hatte der Feierabend begonnen, und ganze

Horden von Menschen eilten durch die hellerleuchteten Seitenstraßen von Tokio nach Hause oder zu Dinnerverabredungen.

Doch hier oben in den geräumigen Büros von Sato Petrochemicals bewegte sich überhaupt nichts. Nicholas unterdrückte einen Seufzer. Manchmal fand sogar er es entsetzlich schwierig, mit den Japanern zu verhandeln. Ihr scheinbares Widerstreben, zu einer Entscheidung zu gelangen, stellte die Nerven auf eine Zerreißprobe, obwohl es ganz offensichtlich nur eine Verhandlungstaktik war. Geduld war eine Sache, aber Nicholas hegte die Überzeugung, daß Sato und Nangi noch in Wochen, vielleicht Monaten auf denselben Punkten herumreiten würden, die sie bereits in den ersten Minuten auf den Tisch gebracht hatten.

Vor etwa einer Stunde hatte es scheinbar Aussicht auf einen Durchbruch gegeben, als die drei Abteilungsleiter, Oito, Vizepräsident der Akquisitionsabteilung, Kagami, Vizepräsident der Finanzbuchhaltung, und Sosuro, Vizepräsident der Abteilung Forschung und Entwicklung, aufgestanden waren und sich unter formellen Entschuldigungen und zahlreichen Verbeugungen zurückgezogen hatten.

Nicholas war das unauffällige Handzeichen nicht entgangen, mit dem Sato sie vom Tisch gewiesen hatte, und er hatte geglaubt, aufatmen zu können, da die Verhandlungen jetzt offenbar eine Ebene erreichten, die in den Augen der Japaner eine Beschränkung auf die Hauptfiguren nötig werden ließ.

Tatsächlich aber hatte sich lediglich eine weitere endlose Diskussion über dieselben Meinungsverschiedenheiten und Punkte wie vorher angeschlossen. Einer dieser Punkte war die Profitverteilung zwischen Sphinx und Nippon Memory. Den anderen empfand Nicholas als etwas irritierender, da er vor Verhandlungsbeginn nicht einmal gewußt hatte, daß er überhaupt debattiert werden würde.

Dabei ging es um den Ort, an dem die neue Sphinx-Nippon Memory-Chip-Fabrik gebaut werden sollte. Anscheinend hatte Tomkin fast achtzehn Monate damit zugebracht, Kostenschätzungen mit Konstruktionszeitplänen zu vergleichen, Wetteranalysen durchführen zu lassen, Produktions- und Verschiffungsmöglichkeiten zu studieren, und alles war darauf hinausgelaufen, die Fabrik in Misawa zu bauen, auf einem Grundstück, das dem *keiretsu*, Satos Konzern, gehörte. Der einzige Nachbar der Fabrik in diesem kleinen Ort im äußersten Nordwesten von Honshu, der Hauptinsel Japans, wäre ein Stützpunkt der US-Army gewesen.

Allerdings war, wie Sato schon bei der Eröffnungsverhandlung angedeutet hatte, dieses Stück Land bereits für die Expansion der Niwa Mining vorgesehen, die ebenfalls zum *keiretsu* gehörte.

Gerade bei diesem Thema war es hin und her gegangen, ohne daß die eine oder andere Seite an Boden gewonnen oder verloren hätte. Es ist zum Wahnsinnigwerden, dachte Nicholas jetzt. Unter anderen Umständen hätten sie Sato und Nangi aussitzen können; die Geduld dazu besaß er.

Aber sie operierten unter Zeitdruck. Auf der Fahrt vom Hotel zu Satos Büros hatte Tomkin, der nach einer Nacht mit Migräne und Anfällen von Diarrhöe blaß und krank aussah, Nicholas gebeten, die Verhandlungen zu einem schnellen Ende zu bringen. »Wie Sie das schaffen, ist mir egal, nur schnell muß es gehen«, hatte er gesagt. »Wir haben keine Zeit für Ihr kleines japanisches Geduldsspiel. In spätestens einer Woche müssen die Verträge unterschrieben sein. Ich habe Verpflichtungen, die ich nicht ignorieren kann... Von dieser Fusion hängen Unsummen von Geld ab... Kredite, die fällig werden... Zahlungen, die nicht mehr hinausgezögert werden können... Vor allem Zahlungen... Schulden, die zurückgezahlt werden müssen. Sie lassen mich doch nicht im Stich, Nicholas, oder? Nicht jetzt. Immerhin sind Sie fast mein Schwiegersohn.«

Nicholas wandte dem regennassen Fenster den Rücken zu. Tomkin war zurückgekehrt und trat dicht an ihn heran. »Jetzt oder nie, Nick«, flüsterte er. »Wir können es uns nicht leisten, noch mehr Zeit zu vertrödeln, das wissen Sie doch. Sie haben die Berichte gesehen, Herr im Himmel. Die fressen uns bei lebendigem Leib, wenn wir wieder zu Hause sind.«

»Dann überlassen wir ihnen eben Misawa. Wir können doch auch woanders –«

»Nein!« Tomkins Stimme war scharf. »Misawa ist nicht verhandlungsfähig – unter keinen Umständen, verstanden?«

Nicholas musterte seinen Boß genau. »Ist mit Ihnen alles in Ordnung? Vielleicht sollten wir einen Arzt –«

Tomkin verzog das Gesicht. »Eine Grippe, das ist alles. Kein Grund zur Besorgnis.«

Nicholas bedachte ihn mit einem langen Blick, dann nickte er knapp. »Okay, setzen Sie sich an den Tisch. Ich bin in einer Minute bei Ihnen. Ich möchte gern als letzter Platz nehmen. Dann halten Sie den Mund und überlassen mir das Reden.«

»Was wollen Sie denen sagen?«

»Haben Sie nichts übrig für Überraschungen?«

»Nicht, wenn es um Millionen Dollar geht«, murmelte Tomkin, tat aber, wie geheißen.

Strategie. Nicholas kehrte zum Meister zurück, zu Musashi. Er hatte gelernt, daß man, wenn man in der Schlacht zum Schwert greift, wenn man springt, zuschlägt, trifft, sogar nur das Schwert des Feindes pariert, mit derselben Bewegung dem Gegner immer auch zugleich eine Wunde zufügen muß.

Er holte dreimal tief Atem. Dann drehte er sich um und kehrte an den Konferenztisch zurück, wo die anderen fünf Männer ihn geduldig erwarteten.

Er musterte Nangi, der gerade dabei war, die Asche seiner Zigarette am Rand eines Keramikaschenbechers abzuklopfen wie ein Dirigent, der sein Orchester zur Aufmerksamkeit ruft.

»Vielleicht sind wir für heute soweit gelangt, wie es unter diesen Umständen möglich ist«, sagte er mit neutralem Tonfall.

Sofort schüttelte Sato den Kopf. »Nach meiner Erfahrung sind Verhandlungen oft äußerst schwierig. Manche Seitenwege scheinen lange verschlossen, bis sie sich ganz plötzlich auftun. Ich denke, wir sollten weitermachen.«

Nicholas beobachtete diese Scharade nicht ohne Interesse. Es war nicht zum erstenmal, daß er der Bär-und-Dachs-Strategie begegnete. Er selbst hatte bei manchen Verhandlungen den Dachs – den nachgiebigen Gesprächspartner – mit absoluter Perfektion gespielt.

Bevor Tomkin Gelegenheit hatte, etwas zu sagen, meldete sich Nicholas zu Wort. »Soweit ich es überblicken kann, stecken wir in einer Sackgasse. Ich stimme daher mit Nangi-san überein. Zum gegenwärtigen Zeitpunkt sind weitere Diskussionen wohl für keinen von uns besonders erfolgversprechend.«

»Sie wollen die Verhandlungen abbrechen?« fragte Sato ungläubig und so überrascht, daß er ganz vergaß, die höfliche Anredeform zu wählen.

Nicholas nickte. »Es sei denn, Sie könnten einen etwas konstruktiveren Vorschlag machen. Ansonsten würde ich sagen, daß es am besten wäre, wenn sich die Gemüter erst mal wieder ein wenig abkühlen.« Es kam ihm darauf an, die Rollen zu vertauschen, sich mit dem Bären zu solidarisieren und den Dachs zurückzustoßen.

»Nach meiner Meinung«, sagte Sato ruhig, »würde eine Unterbrechung nur dazu führen, daß sich die jeweiligen Positionen verhärten. Wenn wir uns dann das nächste Mal treffen, werden unsere Standpunkte noch weiter auseinanderklaffen.«

»Ich glaube, niemand von uns will eine Konfrontation«, sagte Nicholas. »Schließlich sitzen wir an diesem Tisch, um für uns alle den größtmöglichen Gewinn zu erzielen. Wir sind uns mittlerweile darüber im klaren, daß die Zeit bei der Gründung der Sphinx-Sato-Gesellschaft eine entscheidende Rolle spielt. Sphinx ist eine relativ kleine Firma mit einem enormen Wachstumspotential. Aber die drei oder vier amerikanischen Computergiganten würden gern die Hälfte ihres Nettoverdienstes der letzten fünf Jahre dafür hingegeben, hinter das Geheimnis unseres Chips zu kommen. Ich kann nicht sagen, wie lange unsere Forschungsabteilungen in Connecticut und Silicone Valley dieses Geheimnis noch wahren können.«

»Wenn Sie Sicherheitsprobleme haben, werden Sie wohl kaum erwarten, daß wir auch nur einen Finger rühren, um Ihnen zu helfen«, sagte Ishii und schnappte nach dem Köder. »Nicht nach den Skandalen der letzten beiden Jahre.« Er bezog sich auf die Mitarbeiter einer Reihe der prominentesten japanischen Computerfirmen, die dabei erwischt worden waren, wie sie in Silicone Valley Industriespionage betrieben hatten.

»Sie haben mich völlig mißverstanden«, sagte Nicholas bewußt grob in Tonfall und Wortwahl. »Ich wollte damit sagen, wenn schon in Amerika versucht wird, unser Geheimnis auszuspionieren, dann ist es nur vernünftig, anzunehmen, daß sich hier die gleiche Situation entwickeln wird. Abgesehen von dem Grundstück in Misawa, das ideal für die neue Fabrik wäre, haben wir aber nur noch einen anderen ebenso geeigneten Standort, nämlich mitten im Industriegebiet von Keiyo in Chiba.«

Ishii nickte. Er war ein großer, kräftiger Mann mit wachen, hellbraunen Augen, kurzgeschnittenem Haar und ebenmäßigen, wenn auch etwas ungeschlachten Zügen. Arme und Brust waren so muskulös, daß die Anzugjacke an diesen Stellen beträchtlich spannte. »Da hätten wir ja schon das perfekte Grundstück.«

Nangi lächelte dünn, denn es gefiel ihm, wie der *gaijin* sich selbst in die Ecke manövriert hatte. »Ishii-san hat vollkommen recht. Wie Sie wissen, ist Keiyo auf Land errichtet, das dem Meer in der Bucht von Tokio abgewonnen wurde. Es liegt also dicht am Zentrum der Stadt und den Hauptbüros von Sato Petrochemicals. Die logistischen Probleme der Verschiffung und Lagerung wären außerordentlich vereinfacht.«

Nangi lehnte sich zurück, höchst zufrieden mit dem Verlauf der Verhandlung. Doch nur Nicholas vermochte diese Gefühlsregung anhand winziger Veränderungen in dem ansonsten absolut gesammelten Gesicht erkennen. Er ließ eine kurze Pause verstreichen, ehe er sich vorbeugte und sich speziell an Nangi wandte. »Aber gerade das bereitet mir ja solche Sorgen«, sagte er, »Keiyos Nähe zu Tokio. Das und die Tatsache, daß unser Werk praktisch umzingelt wäre von unseren größeren und sehr viel mächtigeren Konkurrenten. Sato-san könnte gar nicht soviel Personal beschäftigen, wie er brauchen würde, um die unvermeidlichen Sicherheitsprobleme zu bewältigen, ganz abgesehen davon, daß die Kosten und die zusätzlichen Aktivitäten den Interessen der neuen Firma alles andere als dienlich wären. Wohingegen wir, wenn wir das Werk in Misawa errichteten, als Nachbarn lediglich Niwa und den Stützunkt der US-Army hätten, die in meinen Augen beide keine große Bedrohung für unsere Sphinx T-PRAK-Geheimnisse darstellen würden.«

Er blätterte kurz in den Papieren, die vor ihm lagen. »Und,

Gentlemen, was nun das Land betrifft, das der Niwa Mining auf diese Weise verlorenginge, so habe ich mit Mr. Tomkin gesprochen, und er war damit einverstanden – zumal es sich bei der Niwa Mining nach unserer Fusion ja praktisch um eine Schwesterfirma handelt, deren Wohlergehen uns mithin genauso am Herzen liegt wie Ihnen –, den Ankauf eines neuen Grundstücks zu finanzieren, damit die Pläne zur umgehenden Expansion dieses Konzernflügels nicht die geringste Verzögerung erfahren.«

Er breitete die Hände aus und sah, wie die Gesichter der Japaner von Ehrfurcht ergriffen wurden. »Sagen Sie selbst, was könnte fairer sein als dieses –«

Ein Tumult vor der Tür ließ ihn innehalten. Stimmengewirr drang in den Konferenzraum. Schließlich setzte sich eine weibliche Stimme, näher als die tieferen männlichen Stimmen, gegen das Durcheinander durch. Ihre Tonlage ließ erkennen, daß sie dicht an der Grenze zur Hysterie stand.

Gleich darauf flog die Tür auf, und Miss Yoshida stürzte herein. Ihre sonst stets tadellose Frisur hatte sich teilweise aufgelöst, schwarze Haarsträhnen hingen ihr über Ohren und Augen. Ihr Gesicht war verkniffen, und die Wangen hatten alle Farbe verloren.

Sie beugte sich über Satos Schulter und flüsterte ihm etwas ins Ohr. Zuerst schenkte Nangi, der immer noch an Nicks Bemerkungen zu kauen hatte, ihr keine Aufmerksamkeit. Er war viel zu erbost. Aber als Miss Yoshida mit ihrem geflüsterten Bericht fortfuhr und Satos Haut immer durchsichtiger zu werden schien, hörte er auf, Nicholas anzustarren und streifte sie mit einem vernichtenden Blick.

Schließlich beendete Miss Yoshida ihren Bericht, und Sato sagte zu Ishii: »Bitte, informieren Sie Koten darüber, daß wir ihn brauchen.« Dann beugte er sich zur anderen Seite und flüsterte Nangi etwas ins Ohr. Der Körper des alten Mannes versteifte sich.

»Bitte, entschuldigen Sie uns jetzt, Gentlemen«, sagte Nangi. »Die Konferenz ist für heute beendet. Bitte verabreden Sie mit Miss Yoshida einen Termin für unsere nächste Sitzung.«

Sato legte ihm die Hand auf den Arm. »Wenn es Ihnen nichts ausmacht, Nangi-san, dann möchte ich gern, daß Linnear-san uns begleitet.«

»Was–?« rief Nangi und beging damit einen für seine Begriffe ungeheuren Bruch mit der eisernen japanischen Tradition, niemals in Gegenwart von Fremden zu streiten. Doch er hatte sich schnell wieder in der Hand und nickte knapp.

»Bitte, Linnear-san«, sagte Sato erklärend, »es hat eine furchtbare Tragödie gegeben. Ich habe von Ihren großen Talenten gehört.« Als Nicholas protestieren wollte, hob er die rechte Hand. »Es ist wirklich nicht nötig, daß Sie Ihr Licht unter den Scheffel stellen.« Die

Hand sank herab, schmiegte sich flach an den Konferenztisch. »Aber bevor wir uns auf den Weg machen, muß ich Ihre Zusicherung haben, daß Sie alles, was Sie sehen oder hören, absolut für sich behalten.«

Nicholas verstand, welches große Privileg ihm zuteil wurde, und nickte, doch Tomkin meldete sich abrupt zu Wort. »Kein Angehöriger meines Unternehmens gibt ein derart einseitiges Versprechen«, sagte er. »Was Sie da verlangen, könnte sich letztendlich schädigend auf Tomkin Industries auswirken. Er kann Ihnen die Zusage nicht geben.«

»Doch, ich kann«, sagte Nicholas, »und ich tue es auch. Sie haben mein Wort, Sato-san, daß ich keinem Außenstehenden gegenüber etwas von den Vorgängen hier verlauten lassen werde.«

»Schließt das auch die Polizei mit ein?«

»Was, zum Teufel, soll das?« brüllte Tomkin. »Was versucht ihr beide da abzuziehen?« Er stand auf. »Kommen Sie, Nick, verschwinden wir hier.«

Nicholas machte keine Anstalten aufzustehen. Er starrte Sato in die Augen. »Sie verlangen eine ganze Menge.« Seine Stimme war leise, aber bis in den letzten Winkel des Raums zu verstehen. Alle Anwesenden hielten den Atem an, sogar Tomkin.

»*Hai.*« Sato nickte. »Ja, aber nicht mehr, als jeder Geschäftsmann von seinem Partner verlangen würde. Es handelt sich gewissermaßen um Familieninterna, verstehen Sie?«

»*Hai.*« Nicholas nickte ebenfalls. »Sie haben mein Wort, und es schließt alle ein.«

»Ich will damit nichts zu tun haben«, begann Tomkin. »Nick, wenn Sie glauben –« Doch als Nicholas ihn ansah, verstummte er und ließ sich wortlos wieder auf seinen Stuhl sinken, so mächtig war die Willenskraft hinter diesen dunklen Augen.

Nicholas wandte sich wieder an Sato. »Tomkin-san ist ebenfalls mit eingeschlossen.«

Sato verbeugte sich. »Gut.« Er stand auf. »Bitte folgen Sie mir.«

Beim Fahrstuhl stießen Ishii und ein weiterer Japaner zu ihnen. Der zweite Mann besaß geradezu enorme Ausmaße. Er trug *montsuki* und *hakama*, und sein Haar war zu einem komplizierten *ichomage* frisiert, was ihn als *yokozuna* auswies – als Großmeister des Sumo-Ringkampfes. Sato stellte ihn als Koten vor. Ganz zweifellos handelte es sich um einen Leibwächter.

Vor der Tür zur Sauna blieben sie stehen. Der Dampf war inzwischen abgestellt worden, aber Sato schlug dennoch vor, die Sakkos auszuziehen. Miss Yoshida legte sich eins nach dem anderen sorgfältig über den linken Arm. Sie blieb draußen vor der Tür stehen, ein seltsamer Wachtposten mit glasigen Augen. Sonst war niemand in der Nähe.

»Himmelherrgott«, sagte Tomkin, als er den halb auf der Kachelbank liegenden Leichnam sah.

»Passen Sie auf, daß Sie nicht in das Blut treten«, sagte Sato, und sie blieben am äußersten Rand des Saunabodens stehen. »Kagami-san ist erst wenige Minuten, bevor Miss Yoshida unsere Konferenz unterbrochen hat, gefunden worden.«

Nangi, der, auf seinen Spazierstock gestützt, leicht hin und her schwankte, sagte gar nichts.

»Sehen Sie seine Wange?« fragte Sato. »Die linke?«

Tomkin musterte Sato; er hatte von dem blutigen Durcheinander auf dem Boden zu seinen Füßen genug. »Sie scheinen ja nicht sonderlich betroffen zu sein.«

Sato sagte: »Er ist tot, Tomkin-san. Karma. Es gibt nichts, was ich tun könnte, um ihn wieder zum Leben zu erwecken. Aber er war viele Jahre bei uns, und ich werde ihn vermissen. Bei uns trauert man nicht in aller Öffentlichkeit, sondern verschließt den Kummer in seinem Innern.«

Tomkin zuckte mit den Schultern und schob die Hände in die Hosentaschen. Sato sah Nicholas an. »Linnear-san?« Seine Stimme war leise.

Nicholas hatte sich nicht mehr bewegt, seit er in den Raum getreten und der Leiche ansichtig geworden war. Die linke Wange des Opfers war ihm sofort aufgefallen.

»Es sieht wie ein Schriftzeichen aus. *Kanji.*« Satos Stimme hallte in dem gekachelten Raum nach.

»Ich sehe nichts als Blut«, meinte Nangi knapp. »Er muß mindestens ein Dutzend Schnitte abbekommen haben.«

Wortlos bewegte sich Nicholas vorsichtig über den nassen Boden auf die Leiche zu. Überall waren kleine, zähflüssige, rosafarbene Tümpel, aber er wich ihnen geschickt aus. Tomkin hatte schon einmal gesehen, wie Nicholas sich so bewegte, und zwar in jener Nacht, in der Saigo in sein Bürogebäude gekommen war, um ihn zu töten.

Mit einer plötzlichen Bewegung zog Nicholas ein Taschentuch hervor und wischte ein paar halbgetrocknete Blutstropfen von Kagamis linker Wange.

Pfeifend entwich der Atem durch Nangis halbgeöffnete Lippen. »Es ist tatsächlich ein Schriftzeichen. Tinte.«

»Was bedeutet es?« fragte Tomkin.

»*Wu-Shing*«, antwortete Nicholas. Er traute seinen Augen nicht. Das Blut hämmerte hinter seinen Schläfen wie ein Hammer auf einen Amboß. Er hatte das Gefühl, aus der Realität zu gleiten.

»Das ist Chinesisch, soweit ich weiß«, sagte Sato. »Sehr altes Chinesisch sogar. Aber ohne das Schriftzeichen gesehen zu haben, weiß ich nicht, was es heißt.«

Nicholas drehte sich mit bleichem Gesicht zu ihm um. »*Wu-Shing*«, sagte er langsam, »sind eine Reihe ritueller Bestrafungen im chinesischen Strafrecht.«

Schweigend ließ Sato seinen Blick von Nicholas zu der blutleeren Leiche seines Mitarbeiters und Freundes wandern. »Das ist doch noch nicht alles, oder?«

Nicholas schüttelte den Kopf. Seine Augen blickten traurig. Er hatte nie gedacht, daß er diese Worte je in seinem Leben würde sagen müssen. Noch einmal betrachtete er das Zeichen, eingeritzt in menschliches Fleisch, das ihn auf schreckliche Weise zu verspotten schien. »Es handelt sich um *Mo*«, sagte er, »was soviel heißt wie eine Tätowierung im Gesicht. Und es ist die erste der rituellen Verstümmelungen, die einem im Tenshin Shoden Katori beigebracht werden.« Sein Herz drohte zu brechen, als er sich wieder den anderen zuwandte. Er vermochte das glühende Schriftzeichen nicht länger zu betrachten. »Das ist das *ninja ryu*, oder die *ninjutsu*-Schule, aus der ich kam.«

*

Nicholas war gerade auf dem Weg zu Tomkins Zimmer, als der Anruf durchgestellt wurde. Justines Stimme, dünn und fern, erweckte den Eindruck, als hätte er sie schon seit Wochen nicht mehr gesehen. »Du fehlst mir so, Nick. West Bay Bridge ist ohne dich nicht mehr dasselbe. Ich wäre so gern jetzt bei dir in diesem fremden Land.«

»Japan ist kein fremdes Land«, sagte er, ohne nachzudenken. »Es ist viel zu sehr wie zu Hause.«

»Selbst jetzt noch? Nach all der Zeit?«

Zu spät hörte er den Schrecken in ihrer Stimme, aber er vermochte nichts dagegen zu tun. »Meine Seele ist japanisch«, sagte er, »das habe ich dir schon bei unserer allerersten Begegnung gesagt. Äußerlich bin ich möglicherweise der Sohn meines Vaters. Aber in meinem Inneren wohnt noch immer der *kami* meiner Mutter.«

Eine Zeitlang herrschte Schweigen, nur unterbrochen von Störgeräuschen und ihrem unregelmäßigen Atem am anderen Ende der langen Leitung.

»Du willst dableiben, nicht wahr?« Ihre Stimme war so winzig wie die eines Kindes.

Er lachte. »Für immer? Du meine Güte, nein. Wer hat dir denn das in den Kopf gesetzt?«

»Bitte, laß mich zu dir kommen, Nick. Ich kann noch heute abend eine Maschine kriegen. Ich verspreche dir, ich stehe dir nicht im Weg. Ich möchte nur in deiner Nähe sein. Dich wieder in den Armen halten.«

»Justine«, sagte er so sanft wie möglich, »das geht doch nicht. Hier ist viel zuviel zu tun. Wir hätten überhaupt keine Zeit füreinander.«

»Nicht einmal nachts?«

»Wir arbeiten hier nicht nur von neun bis fünf.«

»Ich glaube, als du nichts getan hast, warst du mir lieber.«

»Aber jetzt bin ich glücklicher, Justine.«

»Nick, bitte, laß mich zu dir fliegen. Ich werde –«

»Das kommt überhaupt nicht in Frage. Ich bin bald wieder bei dir, glaub mir.«

Die Störgeräusche in der Leitung wurden lauter, als würde der *kami* langsam ungeduldig.

»Die Wahrheit ist, daß ich Angst habe, Nick. Ich habe immer wieder den gleichen Traum... eine Art Vorahnung. Ich habe Angst, daß dir etwas Schreckliches zustößt. Und ich bin hier allein –« Ihre Stimme erstarb ganz plötzlich. »Und dann ist niemand mehr da.«

»Justine«, sagte er ruhig, »es ist alles in Ordnung, und so wird es auch bleiben. Sobald ich wieder bei dir bin, heiraten wir. Nichts kann das noch verhindern.« Schweigen. Er verdrängte den Gedanken an den Mord. »Justine?«

»Ich hab's gehört.« Ihre Stimme war so leise, daß er sie kaum verstehen konnte.

»Ich liebe dich«, sagte er und legte auf.

*

»Nick, was, zum Teufel, geht hier vor?« Tomkin stand mit grauem Gesicht im Türrahmen zwischen Schlafzimmer und Bad. »Ich fliege nach Tokio, um über eine simple geschäftliche Fusion zu sprechen, und plötzlich haben wir es mit einem unheimlichen Ritualmord zu tun. Wenn ich an so was interessiert gewesen wäre, hätte ich auch nach Südkalifornien fahren können.«

Nicholas honorierte diesen Anflug von Humor mit einem dünnen Lächeln und setzte sich auf eine Kante des riesigen Betts. Sie befanden sich wieder im *Okura*. Es war später Abend, und keiner von ihnen hatte seit dem Frühstück etwas zu sich genommen, wobei Tomkins Frühstück ohnehin nur aus Tee und Toast bestanden hatte.

»Warum gehen wir nicht erst mal zum Essen?« fragte Nick. »Reden können wir hinterher.«

»Den Teufel werden wir«, sagte Tomkin, während er auf unsicheren Füßen ins Schlafzimmer kam. »Sie scheinen noch eine ganze Menge mehr über dieses chinesische Dingsbums da zu wissen, als Sie vorhin gesagt haben.«

»*Wu-Shing*.«

»Genau. Sie sind der Experte. Geben Sie mir eine Erklärung.«

Nicholas fuhr sich mit den Fingern durchs Haar. »Traditionsgemäß gibt es fünf Strafen, jede eine Reaktion auf eine verschieden schwere Beleidung. Jede Strafe ist also schwerer als die vorangegangene.«

»Und was hat das mit Sato Petrochemicals zu tun?«

»Keine Ahnung.«

Einen Moment blickte Tomkin schweigend auf den jüngeren Mann hinunter, dann ging er langsam zu seinem Schrank und zog eine verblichene Blue jeans und ein ebenfalls blaues Arbeitshemd an. Er schlüpfte in ein Paar blitzblank geputzter schwarzer Mokassins und sagte: »Ich nehme an, Sie sind hungrig wie ein Bär, oder?«

Nicholas blickte auf. »Sie nicht?«

»Ehrlich gesagt, wird mir schon übel, wenn ich nur an Essen denke.« Ehe Tomkin weitersprechen konnte, klingelte das Telefon. Er hob ab, lauschte und gab schließlich eine knappe Zustimmung, ehe er den Hörer wieder auf die Gabel legte. »Das war Greydon. Er hat gefragt, ob er nach Misawa fahren darf, um seinen Sohn zu besuchen. Offenbar ist sein Junge dort stationiert und fliegt eine von diesen neuen F-20. Greydon scheint sich Sorgen um ihn zu machen.«

»Kann ich gut verstehen«, meinte Nicholas. »Misawa liegt immerhin nur 375 Luftmeilen von Wladiwostock und der Pazifikküste der Sowjetunion entfernt.«

Tomkin zuckte mit den Schultern. »Na und? Deswegen macht sich doch keiner in die Hosen.«

»Diese F-20 können jederzeit mit Nuklearwaffen bestückt werden«, sagte Nicholas, »und die Russen machen sich ziemliche Sorgen deswegen. Daher haben sie ihre militärische Präsenz auf den Kurilen während des letzten Jahres auch in alarmierendem Umfang verstärkt.«

»Den Kurilen?«

»Eine Inselkette noch, nördlich von Hokkaido, der nördlichsten Insel Japans. 1976 wurden dort die olympischen Winterspiele abgehalten. Gewissermaßen bilden sie das Bindeglied zwischen dem Südosten Rußlands und Japan. Bis 1945 waren sie japanisches Territorium, dann wurden sie von den Sowjets besetzt. Widerrechtlich, wie die Japaner sagen. Angeblich sind zur Zeit über vierzigtausend russische Soldaten mit modernster Ausrüstung auf den Kurilen stationiert.«

»Sie scheinen aber eine Menge darüber zu wissen.«

»Es betrifft Japan, Tomkin«, sagte Nicholas schlicht, »also betrifft es auch mich. Die Lage ist ernst. Greydon hat allen Grund, besorgt zu sein. Ich hoffe, Sie haben ihm das Wochenende freigegeben. Morgen steht bloß die Hochzeit auf dem Programm; die Verhandlungen werden nicht vor Montag wieder aufgenommen.«

»Er bucht gerade seinen Flug«, sagte Tomkin ironisch. »Findet das Ihre Zustimmung?«

»Falls Greydons Sohn etwas zustoßen sollte, werden Sie froh sein, daß Sie ihm die zwei Tage freigegeben haben.«

Das Telefon klingelte erneut, aber keiner der beiden Männer traf Anstalten, den Hörer abzunehmen. Kurz darauf verstummte es wieder, dafür begann das winzige rote Lämpchen am Sockel des Apparats zu blinken.

Nach einer Weile sagte Tomkin: »Manchmal habe ich den Eindruck, genauso geworden zu sein wie mein Vater. Vor ein paar Jahren hätte ich das nie für möglich gehalten. Ich habe ihn gehaßt, Nick. Aber manchmal habe ich ihn auch geliebt... schließlich war er mein Vater. Wie auch immer, Sie erinnern sich doch bestimmt an Chris? Justine muß Ihnen von dem Burschen erzählt haben. Er war ihr letzter Freund, bevor sie Ihre Bekanntschaft gemacht hat. Er war der mieseste Kerl, den man sich vorstellen kann, andererseits aber auch sexy wie die Hölle. Er hat sie verführt und dazu gebracht, daß sie nach San Francisco zog. Damals hat sie noch ihren richtigen Namen, Tomkin, benutzt. Von mir bekam sie eine monatliche Unterstützung, eine ziemlich großzügige sogar, und sie hat jeden Penny davon genommen.«

Tomkin holte tief Atem. »Sie müssen da unten gerammelt haben wie die Karnickel; die ganze Beziehung bestand nur aus Sex. Dachte ich jedenfalls. Justine wollte mehr Geld, dann noch mehr. Schließlich habe ich ein paar Detektive engagiert, um herauszufinden, was, zum Teufel, dort unten vorging. Zwei Wochen später habe ich den Firmen-Jet genommen und bin nach Frisco geflogen, um meiner geliebten Tochter das gesamte Beweismaterial vorzulegen. Noch am selben Nachmittag habe ich sie wieder mit nach Hause genommen, bevor Chris in ihre Wohnung zurückgekommen war.«

Tomkin atmete unregelmäßig, als die alten Gefühle wieder in ihm zu toben begannen. »Dieser Scheißkerl benutzte mein Geld –«, er hielt abrupt inne, die Augen geweitet und fieberglänzend, » – *Justines* Geld, um einen laufenden Kokaindeal zu finanzieren. Er war selbst süchtig, und davon abgesehen... Er ist ihr nicht einen einzigen Tag ihrer Beziehung treu gewesen.« Er gab einen Laut des Abscheus von sich. »Und trotzdem hat sie mich gehaßt, weil ich mich einmischen mußte. Ist das nicht wirklich zum Lachen?«

Tomkin blickte Nicholas unverwandt an. »So, und jetzt sind Sie an der Reihe. Sie knabbern doch an irgend etwas herum. Ich finde, Sie sollten mir sagen, was es ist, weil ich nämlich das komische Gefühl nicht loswerde, daß es etwas mit diesem Wo-Ching oder wie Sie das nennen zu tun hat.«

»Tomkin –«

»Nick, Sie haben mir gegenüber eine gewisse Verpflichtung. Sie müssen mir sagen, was Sie wissen. Alles.«

Nicholas seufzte. »Ich hatte gehofft, ich würde es Ihnen ersparen können.«

»Warum denn, um Himmels willen? Ich habe doch wohl das Recht zu erfahren, ob ich meinen Kopf auf den Hackblock lege.«

Nicholas nickte. »Ja, das haben Sie. Aber die schlichte Wahrheit ist, daß ich Ihnen nichts Bestimmtes sagen kann, keine knallharten Fakten oder Zahlen wie über den sowjetischen Aufmarsch auf den Kurilen. Hier handelt es sich, wie so oft in Japan, in erster Linie um Legenden.«

»Legenden?« Tomkin lachte unbehaglich. »Was soll das werden, der Anfang eines Vampirfilms?«

»Nein«, entgegnete Nick kurz. »Genau das soll es nicht werden.«

Tomkin hob abwehrend die Hand. »Gut, gut.« Er setzte sich auf den Bettrand. »Ich verspreche, daß ich ein braver Junge bin und einfach zuhöre, okay?«

Nicholas betrachtete ihn einen Moment lang nachdenklich, ehe er zu erzählen begann. »Im Tenshin Shoden Katori-*ryu*, wo ich mein Ninjutsu-Training absolvierte und wo auch *Wu-Shing* gelehrt wurde, erzählte man sich die folgende Legende – und glaubte sie auch. In der Frühzeit, als nur die Ainu auf den japanischen Inseln lebten und sich die Zivilisation noch nicht südöstlich von China ausgebreitet hatte, steckte *ninjutsu* auf dem asiatischen Kontinent in den Kinderschuhen. Diese Disziplin war noch viel zu jung, als daß es schon *sensei* – echte Meister – oder *jonin* – die Ältesten in den *ryus* – gegeben haben könnte, da die etwas differenzierteren Schulen des *ninjutsu* gerade erst ins Leben gerufen worden waren. Die Rituale spielten eine viel größere Rolle als heute, ebenso der Aberglaube. Daher wurde jede Abweichung von der reinen Lehre in Bausch und Bogen verdammt.«

Nicholas hielt inne, um sich ein Glas Wasser zu holen, das er zur Hälfte leerte, ehe er fortfuhr. »Der Legende zufolge gab es einen *sennin* – jemand, der mächtiger als alle anderen war. Er hieß Hsing, was auf *kanji* viele Bedeutungen haben kann. In seinem Fall bedeutete es ›Form‹. Man munkelte, daß Hsing sich nur in der Dunkelheit fortbewegte, daß sie seine einzige Geliebte gewesen sei. Seine Ergebenheit seiner Berufung gegenüber hatte zur Folge, daß er absolut keusch lebte. Anders als seine Landsmänner nahm er auch nur einen Schüler an, einen seltsamen Jungen mit wildem Haar, der aus den Steppen weit im Norden stammte, wo die Mongolen lebten. Dieser Schüler Hsings, so hieß es, konnte keinen zivilisierten Dialekt sprechen und auch nicht Mandarin lesen. Dennoch unterhielt er sich fließend mit Hsing. Niemand wußte, wie. Die anderen *sennin* begannen allmählich zu argwöhnen, daß Hsing seine Ninjutsu-Kenntnisse langsam ausweitete, daß er mit den dunkleren, unbekannten Aspekten experimentierte, die von den anderen gemieden wurden. Seine Macht wurde größer und größer, und schließlich stellten sich alle anderen *sennin* aus Furcht – oder Neid – gegen ihn und vernichteten ihn.«

Nicks Augen leuchteten, während er die Geheimnisse des alten Asien in dem modernen Hotelzimmer wiedererstehen ließ. »Die *sennin*«, fuhr er fort, »gaben sich damit zufrieden, den Schüler mit den wilden Haaren zu vertreiben, wobei sie ihm spöttisch nachbrüllten, er solle zurückkehren in die Steppe im Norden, aus der er gekommen war. Doch sie hatten nicht mit Hsings Macht gerechnet. Offenbar war sein Tod zu spät eingetreten, denn er hatte aus seinem Schüler bereits einen *akuma*, einen bösen Geist, einen Dämon mit *jit suryoku* – übermenschlichen Kräften – gemacht.«

»Also bitte, Nick. Das ist doch –«

»Sie wollten diese Geschichte hören, Tomkin, jetzt müssen Sie auch so höflich sein, das Ende abzuwarten.«

»Aber das sind doch Ammenmärchen.«

»Hsing hatte seinem Schüler alles beigebracht, was er über *jaho* wußte«, fuhr Nicholas fort, ohne auf Tomkins Einwurf zu achten. »Eine Art von Zauber, könnte man sagen. Saigo, zum Beispiel, hatte *kobudera* studiert – das ist *jaho*. Ihre Tochter hat er mit *saiminjutsu* beeinflußt – das ist ebenfalls eine Form von *jaho*.«

Tomkin nickte. »Okay, das kann ich akzeptieren. Aber wo besteht da die Verbindung zu dem Mord an Kagami?«

Nicholas holte tief Luft. »Die einzigen bisher bekannten Todesfälle in Zusammenhang mit den ersten vier *Wu-Shing* – die fünfte rituelle Strafe ist der Tod selbst – haben mit Hsings Zerstörung zu tun, denn sein Schüler begann in Kaifeng einen seiner Verfolger nach dem anderen auf genau diese Weise zu ermorden. Auf blutige, entsetzliche, pervers-poetische Weise widerfuhr so den Mördern seines *sennin* Gerechtigkeit.

Er war ein *maho-zukai* geworden. Ein Hexenmeister.«

*

Akiko Ofuda trug einen schneeweißen Kimono, der in Handarbeit mit schwerem Brokat bestickt worden war. Darüber trug sie ein leichtes Seidenkleid, das genau die Farbe der letzten Kirschblüten hatte, die über ihrem Kopf in der milden Frühlingsbrise seufzten.

Ihr Haar war unter einer glänzenden Perücke verborgen, deren zahlreiche Locken und Knoten von einem *tsunokakushi*, einem zeremoniellen weißen Hut mit breiter Krempe, gekrönt wurden. Im Volksmund hieß dieser Hut ›Hörnerversteck‹, und er diente dazu, alles zu bedecken, was schlecht und böse an einer Frau war.

Die Klarheit und Größe von Akikos Augen wurden durch das zarte Make-up noch betont. Ihr Gesicht war sehr weiß, die Lippen leuchteten zinnoberrot. Sie trug keine Ohrringe und keinerlei anderen Schmuck. In der rechten Hand hielt sie einen geschlossenen Fächer.

Der Samstagmorgen war strahlend und klar, die Märzkälte fast völlig verschwunden. Die großen roten Tore aus Kampferholz – *torii* –, Symbole für eine geheiligte Stätte des Shintoismus, erhoben sich über die Köpfe der immer noch eintreffenden Hochzeitsgäste, deren Zahl sich nach letzten Schätzungen auf über fünfhundert belaufen sollte.

Am Fuß der steilen Hänge hingen die letzten Fetzen Morgennebel, schmückten die Stämme der Zedern und Tannen und verbargen den saphirfarbenen Glanz des Sees tief unten. Im Rücken der Gäste ballte sich undeutlich die verschachtelte Silhouette Tokios zusammen.

Die vier Gebäude des Tempels waren hufeisenförmig angeordnet; ihre von Zedernbalken gestützten, schrägen Dächer mit den aufstrebenden Rippen zerteilten das Sonnenlicht in Schatten und Helligkeit.

Seiichi Sato löste die Augen von dem wunderschönen Gesicht seiner Braut und ließ sie über die Gästeschar schweifen, die ein leises Raunen umgab. Eine große Anzahl führender Geschäftsleute hatte sich eingefunden, und immer, wenn Sato ein Gesicht erkannte, rezitierte er für sich Namen und Stellung des Mannes, ehe er ihm einen Platz in einer imaginären Pyramide vor seinem inneren Auge zuwies. Das Gebäude, das sich auf diese Weise formte, war von großer Bedeutung für ihn. Was er mit dieser Eheschließung an Gesicht gewann, würde dem *keiretsu*, wie er die Firmengruppe bei sich nannte, in der Zukunft beträchtliches Prestige einbringen. Akikos Eltern waren zwar tot, der Name Ofuda gehörte aber noch immer zu den angesehensten Japans, da seine Ursprünge bis in die Zeit von Ieyasu Tokugawa zurückreichten.

Jener erste Ofuda – sein Name lautete Tatsunosuke – war ein großer Daimyo gewesen, ein Feldherr von genialer taktischer Begabung, dessen Fähigkeiten auf dem Schlachtfeld wiederholt von Ieyasu in Anspruch genommen worden waren.

Es schmerzte Sato, daß Akiko ihre Eltern nie gekannt hatte, daß sie nicht einmal Verwandte besaß, abgesehen von einer schwerkranken Tante, die sie gelegentlich in Kyushu besuchte. Kurz blitzte Gotaros breites, lächelndes Gesicht vor Sato auf. Er wußte sehr wohl, welchen Schmerz eine zur Hälfte amputierte Familie mit sich brachte.

Wie begeistert Gotaro von diesem Tag gewesen wäre! Sein strahlendes Lachen hätte den Morgennebel vertrieben und die Vögel zum

Singen gebracht. Rasch fuhr sich Sato mit der Hand über die Augen. Warum tust du dir das an? fragte er sich lautlos. Muß das sein? Gotaro ist fort.

Kare wa gaikoku ni itte i masu, hatte Satos Mutter gesagt, als er mit der Nachricht zu ihr gekommen war. Er ist von uns gegangen. Erst hatte sie ihren Mann verloren, dann den ältesten Sohn. Sie starb, bevor der Krieg zu Ende war.

Nein, ermahnte Sato sich jetzt. Sei nicht so wie deine Mutter. *Kare wa shinde shimai mashita*. Versuch, Gotaros *kami* zu verscheuchen. Er ist tot, fort. Sato wandte sich an Masuto Ishii und sprach mit ihm über Geschäftsdinge.

Nicht weit von ihm entfernt stand Tanzan Nangi, stocksteif und unbewegt. Er stützte sich auf einen Gehstock, dessen Griff aus einem weißen Jadedrachen bestand. Er umklammerte den Griff so fest, daß seine Handknöchel noch bleicher hervortraten als die Jade. Das lange Stehen bereitete ihm große Schmerzen, aber er bewegte sich nicht. Es war seine Pflicht gewesen, als einer der ersten hier zu erscheinen, und da sonst niemand saß, konnte er sich auch nicht hinsetzen.

Außerdem gedachte er nicht, diesen Priestern gegenüber sein Gesicht zu verlieren. Ihm wäre es natürlich lieber gewesen, Sato hätte sich in einer christlichen Kirche trauen lassen. Die Gewänder, die Sakramente und die leisen lateinischen Litaneien, die er verstehen, auf die er antworten konnte, hätten ihm mehr Behagen bereitet als die geheimnisvollen Riten des Shintoismus.

Nangi befand sich in Begleitung eines jüngeren Mannes, seinem Nachfolger im Handelsministerium, den er schon lange vor seinem Ausscheiden aus dem MIHI protegiert hatte. Während die anderen Gäste ihn oder sein Protegé in ein Gespräch zu ziehen versuchten, während er lächelte und sprach, hielt er mit seinem einen Auge Ausschau nach den *gaijin*. Er beabsichtigte, jede ihrer Bewegungen vom Moment ihres Eintreffens an zu überwachen. Aus der Beobachtung des Gegners konnte man außerordentlich viel lernen.

Auch Akiko hielt mit einem Auge Ausschau nach den *gaijin*, allerdings nur nach einem von ihnen: Nicholas. Sie fühlte ihren Puls rasen, ihr Herz schlug so heftig, daß sie glaubte, man müsse es durch den Kimono sehen können. Sie zwang sich, Sato ihre Aufmerksamkeit zuzuwenden.

Plötzlich ging ein Rascheln durch die versammelten Gäste, unhörbar fast, doch Akiko, deren Sinne bis zum Zerreißen gespannt waren, suchte sofort nach der Ursache. Ein starres Lächeln hing wie gefroren an ihren zinnoberroten Lippen.

»Ah«, sagte Sato, »da sind ja endlich Tomkin und Linnear.«

Langsam, wie in einem Traum, den sie zahllose Male durchlebt hatte, hob Akiko die rechte Hand und spreizte den goldenen Fächer vor ihrem Gesicht, so daß nur die Augen sichtbar blieben.

Sachte, dachte sie, sachte. Laß ihn nicht zuviel erkennen. Noch nicht. Laß ihm Zeit näher zu kommen. Komm her, Nicholas. Tritt näher und fang an, dein Leben zu zerstören.

Sie konnte die beiden *gaijin* jetzt ebenfalls erkennen, einer breiter als der andere, aber beide groß, größer als die anderen Gäste.

Während die *gaijin* sich einen Weg durch die Menge bahnten, versuchte Akiko nach und nach, auch Nicks Gesichtszüge zu erkennen. Tomkin trug einen schwarzen Nadelstreifenanzug mit weißem Hemd und einer roten Krawatte. Nicholas hatte sich für einen weniger konservativen Anzug aus seegrünem Leinen, ein graues Hemd und einen dunkelblauen Schlips entschieden.

Kurz darauf waren sie so nah, daß Akiko sehen konnte, wie ein unvermittelter Windstoß Nicholas eine Locke in die Stirn wehte. Sein Gesicht wurde von einem Sonnenstrahl erfaßt und leuchtete auf, als wäre plötzlich eine auf ihn gerichtete Linse scharf eingestellt worden. Er hob die Hand und schob die Locke zurück, ein Schattenstreifen legte sich auf seine starken, selbstsicheren Züge.

Nicht mehr lang, flüsterte Akiko sich zu. Der Augenblick der Wahrheit stand kurz bevor.

Die winzige Spitze ihrer Zunge kam zum Vorschein und befeuchtete ihre Lippen, während sie die Lässigkeit registrierte, mit der er sich bewegte. Vor ihrem inneren Auge verwandelte er sich in einen großen Tiger, den Beherrscher der Erde, der durch einen dichten Urwald schlich, leise und gefährlich und jeden Augenblick zum tödlichen Sprung auf ein weniger starkes Beutetier bereit.

Jetzt. Der Moment war gekommen. Akiko wartete, bis Nicholas den Blick hob und seine Aufmerksamkeit von Sato zu ihr verlagerte. Verständlich, daß er neugierig war; er hatte sie noch nie gesehen, und natürlich wollte er wissen, was für eine Frau Sato zu heiraten gedachte.

Sie spürte die Intensität seines Blicks. Ihre Augen begegneten sich, und einen Herzschlag lang fühlte Akiko sich herausgelöst aus Zeit und Raum.

Sie ließ den Fächer sinken und stellte ihr Gesicht zur Schau.

*

Als Nicholas aus der Limousine stieg, die ihn und Tomkin zu der Tempelanlage gebracht hatte, war er von der natürlichen Schönheit der Szenerie zutiefst beeindruckt. Es überraschte ihn nicht im mindesten, daß die Priester diesen Fleck für ihren Tempel ausgesucht hatten. Das Wesen des Shintoismus bestand darin, die Seele auf die Natur einzustimmen, auf die Strömungen des Lebens. *Karma*. Jedes

Leben war Teil eines weit umfassenderen Strangs, in dem alles Leben, menschliches, tierisches, pflanzliches und mineralisches, seine Rolle spielte.

Nicholas Linnears Seele dehnte sich aus, und sein Herz erhob sich in die Lüfte, als er seinen Fuß auf die lehmige, mit Kiefernnadeln bedeckte Erde setzte. Der Wind war frisch, und der Tag erwärmte sich bereits. Bald würde der Nebel über dem See und zwischen den Bäumen sich auflösen.

Er hörte die Schwingen, die sich über seinem Kopf auf den Wind legten, das Rascheln der großen Zweige, hörte, wie sich der Bambus hin und her neigte. Das Summen von Insekten hing in der Luft, und eine leichte Brise spielte mit seinen Jackenschößen.

Dann spürte er endlich die Unruhe in der wartenden Menge. Sie war nur sehr schwach, und er bezweifelte, daß Tomkin etwas davon merkte. Aber Nicholas wußte Bescheid. Die *gaijin* waren da. Nangi hatte dafür gesorgt, daß viele hier auch ihn nicht als Japaner betrachteten.

Während er sich einen Weg zum Brautpaar bahnte, einem der Gäste nach dem anderen ins Gesicht blickte, fragte er sich, was sie insgeheim wohl von Colonel Linnear, seinem Vater, halten mochten. Waren sie stolz auf seinen Einsatz beim Wiederaufbau Japans nach dem Krieg? Oder schmähten sie sein Andenken, weil es sich um einen ausländischen Teufel handelte, der sich auf ihrem Heimatboden zu schaffen gemacht hatte?

»Himmel, diese Kerle sind so verdammt klein«, flüsterte Tomkin ihm aus dem Mundwinkel zu. »Ich komme mir vor wie ein Elefant im Porzellanladen.«

Nicholas entdeckte Sato. Er stand nicht weit entfernt in Gesellschaft von Koten, dem riesigen *sumo*-Ringer, der im Anzug geradezu grotesk aussah. Und neben Sato stand eine schlanke, elegante Frau im traditionellen Brautgewand. Nicholas versuchte, sie genauer zu betrachten, aber sie hielt sich einen geöffneten Fächer vor das Gesicht, wie bei solchen Zeremonien üblich. Der *tsunokakushi* ließ kaum etwas von Haar und Stirnpartie erkennen.

Sie waren inzwischen schon fast am Ziel angelangt. Zur Rechten konnte Nicholas den düster blickenden Nangi ausmachen, umgeben von einem Schwarm ebenso düster blickender Männer in dunklen Anzügen. Es hatte den Anschein, als wären die leitenden Beamten aus sechs oder sieben Ministerien anwesend.

Ein paar Schritte vor Sato und seiner Braut blieben Tomkin und Nicholas stehen. Nicholas betrachtete Akiko und fragte sich, was für Gesichtszüge sich wohl hinter dem goldenen Fächer verbergen mochten. Da sank der Fächer wie in Beantwortung seiner Frage auf einmal herab, und sein Atem stockte. Wie von einer unsichtbaren

Hand gestoßen, stolperte er einen Schritt zurück. Seine Augen wurden groß, und sein Mund öffnete sich.

»Nein!«

Es war ein Flüstern, daß ihm wie ein Schrei erschien. Das Blut rauschte in seinen Ohren, und der Schlag seines Herzens fügte ihm Schmerz zu. Tränen erschienen in seinen Augenwinkeln, zitterten unter der ungeheuren Intensität seiner Emotionen.

Die Vergangenheit erhob sich wie ein verwunschener Dämon und trat ihm entgegen. Aber die Toten standen nicht wieder auf. Ihre Körper waren zur letzten Ruhe gebettet und wurden von den Elementen zersetzt: Erde, Luft, Feuer, Wasser.

Saigo hatte sie ermordet, weil sie zu Nicholas gehörte, mit Leib und Seele, und niemals sein werden konnte. Er hatte sie in der Meerenge von Shimonoseki ertränkt, wo die *kami* des Heike-Clans menschliche Gesichter auf den Rücken der Krabben radierten.

Und doch – dort stand sie, nicht mal einen Meter von ihm entfernt. Es war unmöglich, aber wahr.

Yukio.

Die Marianeninseln, Nordpazifik

Frühling 1944

Wenn Tanzan Nangi sich an den Krieg erinnerte, stand ihm immer besonders lebhaft der rote Himmel vor Augen. Sobald die Sonne über den leise atmenden Weiten des Pazifik aufging, schien es auf der ganzen Welt keine zarte Farbe mehr zu geben. Nur flammendes Orange und grelles Zinnober, die das Erwachen eines gräßlichen Seeungeheuers in seinem Bett jenseits der Kimm anzukündigen schienen. Und zur ständigen Begleitmusik der dröhnenden Dieselmotoren, den Vibrationen der mächtigen Schrauben des Flugzeugträgers auf dem Weg nach Südwesten, vorbei an den kleinen schwarzen Buckeln der Bonininseln, wichen die langen Nächte nur widerwillig den von blendendem Licht erfüllten Tagen.

Sie waren nur rund tausend Seemeilen von Tokio entfernt, und trotzdem war das Wetter hier so völlig anders. Die Männer verbrachten die meiste Zeit mit Spekulationen über ihren möglichen Bestimmungsort. Sie gehörten nicht zur regulären Flotte und hatten auch keinen Begleitschutz. Ausgelaufen waren sie zudem noch mitten in der Nacht, als im ganzen Hafen nur noch einige wenige nackte Glühbirnen gebrannt und scharf konturierte Schatten auf das sacht geriffelte Wasser geworfen hatten.

Sie fuhren unter versiegelter Order, soviel hatte Kapitän Noguchi ihnen gesagt, doch anstatt die Gerüchte damit zum Verstummen zu bringen, hatte er sie nur noch mehr angeheizt.

Gotaro Sato war es gewesen, der als erster mit großer Bestimmtheit behauptet hatte, ihr Ziel seien die Marianen. Die meisten anderen Männer fanden diesen Gedanken völlig abwegig. Die Marianen lagen viel zu nah bei Japan, als daß es dort je zu Kämpfen kommen könnte.

Nangi hingegen gefiel die Idee, sie regte seine Phantasie an, und als die Männer auseinandergingen, gesellte er sich zu Gotaro, einem Bär von einem Mann mit rundem Gesicht und Stiernacken. Er hatte große, aufgeweckte Augen, die wenig verrieten, aber – alles andere als gefühllos – immer wieder nur so sprühten vor guter Laune.

In jenen dunklen Tagen, mitten in den letzten Kriegsmonaten, gab es allerdings nicht viel Anlaß zur Heiterkeit. Die Alliierten hatten bereits zwei lange, von heftigen Kämpfen begleitete Feldzüge gewonnen, den ersten Ende 1943 zur Eroberung der Salomonen, den zweiten auf Neuguinea. Jedermann wußte, daß ihr Vormarsch unaufhaltsam war, und die Männer blickten zu ihren Führern auf und warteten auf eine neue, überlegene Strategie, die in letzter Minute das Kriegsglück ändern konnte.

Sie gingen an Deck. Gotaro zündete sich eine Zigarette an, wobei er die Flamme mit den gewölbten Händen vor der Seebrise schützte. Düster und unheildrohend erstreckte sich der Pazifik um den Transporter, und Nangi spürte, wie ihm – nicht zum erstenmal – ein kalter Schauder den Rücken hinunterlief. Er war ein tapferer Mann, und der Gedanke an einen Tod auf dem Schlachtfeld – das stolze Ende eines *samurai* – schreckte ihn nicht. Doch hier draußen, nur umgeben von den Tiefen der See und so weit entfernt von jeglichem Festland, fand sein Magen nie zur Ruhe.

»Es sind die Marianen«, sagte Gotaro und starrte nach Süden, die Richtung, in der sie unterwegs waren, »und ich sage dir auch, warum. Wenn die Amerikaner noch nicht dort sind, dann werden sie es zumindest bald sein. Wir haben dort einen Luftwaffenstützpunkt, und die Inseln sind nicht mehr als fünfzehnhundert Seemeilen von zu Hause entfernt.« Er wandte den Kopf ab, als ein plötzlicher Windstoß ihm durch das kurze Haar fuhr. »Kannst du dir ein besseres Ziel für die Alliierten vorstellen, wenn sie einen Ort suchen, an dem sie ihre eigenen Flugzeuge stationieren und auftanken können, bevor sie Bombenangriffe auf Japan fliegen?«

Diesmal war von guter Laune und Humor nichts zu spüren, als er sich vorbeugte und die Ellbogen auf die Metallverstrebungen der Reling stützte. Tief unten rieb sich die See zischend am Leib des Schiffs.

Ohne es zu wollen, spürte Nangi, wie er von schrecklicher Verzweiflung ergriffen wurde. »Dann kann es also keinen Zweifel mehr geben. Der Krieg ist verloren, egal, was das Oberkommando uns erzählt.«

Gotaro blickte ihn an, seine hellen Augen leuchteten aus dem Schatten, den die Deckaufbauten des mächtigen Flugzeugträgers warfen. »Hab Vertrauen«, sagte er.

Zuerst glaubte Nangi, den anderen nicht richtig verstanden zu haben. »Vertrauen?« fragte er nach einer kurzen Pause. Und als Gotaro nickte, fuhr er fort: »Vertrauen in wen? Unseren Kaiser? Das Oberkommando? Die *zaibatsu,* die Industriebarone? Sag mir, vor welcher unserer zahlreichen überkommenen Ikonen soll ich mich heute nacht verbeugen? Aus Gier sind wir in diesen unseligen Krieg eingetreten, getrieben vom blinden Ehrgeiz der *zaibatsu*, die unsere Regierung davon überzeugt haben, daß Japan für ihr Imperium nicht groß genug wäre. ›Expandieren, die Grenzen ausdehnen, das Reich vergrößern‹ rieten sie, und der Krieg schien ein hervorragender Vorwand zu sein, uns den Raum zu schaffen, den wir schon so lange in Asien gesucht hatten. Aber, Gotaro-san, beantworte mir eine Frage: Haben sie versucht, sich ein Bild davon zu verschaffen, wer unsere Feinde sein werden, bevor sie den Angriff auf Pearl Harbor befahlen?«

Er schüttelte den Kopf. »O nein. Nicht ein einziger Tintenstrich wurde zu Papier gebracht, nicht eine Sekunde auf die einfachsten Recherchen verschwendet.« Er lächelte grimmig. »Geschichte, Gotaro. Wenn sie auch nur ein bißchen von amerikanischer Geschichte gekannt oder verstanden hätten, dann wären sie vielleicht in der Lage gewesen, die Reaktion auf ihren Angriff vorauszusehen.« Nangi senkte den Blick, die Heftigkeit verschwand aus seiner Stimme. »Was wird nun aus uns, jetzt, wo wir am Ende sind?«

»Hab Vertrauen«, sagte Gotaro noch einmal. »Vertrauen zu Gott.«

Gott? Jetzt begann Nangi zu verstehen. »Du bist Christ, nicht wahr?«

Der große Mann nickte. »Meine Familie hat keine Ahnung davon. Ich glaube nicht, daß sie es verstehen würden.«

Nangi betrachtete ihn schweigend. Schließlich fragte er: »Aber warum?«

»Weil«, antwortete Gotaro leise, »das Wort Furcht für mich nun nicht mehr existiert.«

*

Um vier Uhr fünfzehn am Morgen des 13. März wurde Nangi in die Kabine des Kapitäns gerufen, um einen Einsatzbefehl entgegenzunehmen. Rasch ging er in seiner sauberen, frisch gebügelten Uniform die stillen, engen Gänge entlang und kletterte dann die Kajüttreppe hinauf. Daß unter allen Männern an Bord ausgerechnet er auserwählt worden war, schien ihm ein klares Zeichen seines Karmas zu sein. Obwohl er mit dem Krieg nicht einverstanden war, gehörte er seinem Vaterland doch mit Leib und Seele.

Leise klopfte er an die weißgestrichene Tür der Kapitänskajüte, bevor er eintrat. Er war überrascht, auch Gotaro anwesend zu sehen.

»Bitte setzen Sie sich, Major«, sagte Kapitän Noguchi, nachdem Höflichkeit und militärischer Disziplin Genüge getan war. Nangi nahm den Stuhl neben Gotaro.

»Sie kennen Major Sato«, sagte Noguchi in seinem kurzangebundenen Tonfall. Sein kugelrunder Kopf sprang auf und nieder. »Gut.« Ein Steward erschien und stellte ein Tablett mit Sake auf Noguchis Schreibtisch, ehe er sich wieder zurückzog.

»Wir schreiben Mitte März im, wie wir befürchten, letzten Jahr des Krieges.« Noguchi strahlte Ruhe aus, seine Augen bohrten sich erst in die Nangis, dann in die Gotaros, vergrößert durch die runden Linsen seiner stahlgerahmten Brille. Er war ein kräftig gebauter Mann, der Selbstvertrauen und Energie ausstrahlte.

»Der europäische Schriftsteller William Shakespeare schrieb, daß diese Tage die Iden seien, eine üble Zeit.« Noguchi lächelte. »Zumindest waren sie das für Julius Cäsar.« Er legte die langen Hände flach auf die Schreibtischplatte. »Und möglicherweise werden sie es auch für die Alliierten sein.«

Er besaß die Angewohnheit, seinem Gegenüber direkt ins Gesicht zu sehen, wenn er redete. Instinktiv spürte Nangi, daß darin die Ursache für das Vertrauen zu sehen war, das er seinen Männern einflößte.

»Noch vor Ende des Monats werden die Kirschblüten wieder die Hänge und Täler unseres Heimatlandes mit ihrem Schmelz überziehen.« Seine Augen leuchteten. »Der Feind hat die Absicht, diese Kirschblüten zu vernichten, so wie er unser aller Leben bedroht.« Seine Brust hob und senkte sich, als hätte er sich eine schwere und unangenehme Last von der Seele geschafft. »Genau in diesem Augenblick bereiten unsere Mechaniker zwei ganz besondere Kirschblüten für Sie beide vor. Ich sehe, Sie sind verwirrt. Lassen Sie mich erklären.«

Er erhob sich von seinem Schreibtisch und begann in der kleinen Kabine auf und ab zu gehen, als könne er seiner geballten Energie in sitzender Position nicht mehr Herr werden. »Wir haben exakt hundertfünfzig Flugzeuge an Bord. Alle, bis auf eins, sind Mitsubishi G4 M.2e-Bomber, denen der Feind unerklärlicherweise den Spitznamen ›Bettys‹ gegeben hat.«

Er drehte sich um und schlug mit der Faust auf den Tisch. »Doch mit dem Spott ist es jetzt vorbei! Jetzt haben wir nämlich die Oka!«

Er blickte die beiden Majore an. »Eine unserer Mitsubishis ist modifiziert worden. Unter ihrem Rumpf befindet sich ein weiteres, kleineres Flugzeug: ein einsitziger Hochdecker mit einer Länge von etwas mehr als sechs Metern und einer Spannweite von etwas über fünf Metern. Die Oka wird von einem Mitsubishi-Mutterflugzeug in die Luft getragen, und in einer Höhe von neuntausend Metern trennen sich die beiden Maschinen dann. Die Oka ist in der Lage, etwa fünfzig Meilen bei einer Fluggeschwindigkeit von knapp zweihundertdreißig Meilen zurückzulegen. Sobald sie sich ihrem Zielobjekt bis auf Sichtweite genähert hat, schaltet der Pilot ihre drei mit Festkraftstoff betriebenen Düsen zu. Die Maschine fliegt dann mit einer Geschwindigkeit von sechshundert Meilen in der Stunde.«

Noguchi baute sich jetzt direkt vor seinen beiden Untergebenen auf. Seine Wangen schienen gerötet vor Erregung. »Neun Sekunden lang wird die Oka eine Schubkraft von 1764 Pound haben. Eine ungeheure Beschleunigung und dann...« Er riß den Kopf hoch, und seine Augen verschwanden hinter den Brillengläsern, in denen sich das Licht der Schreibtischlampe spiegelte. »Dann werdet ihr das rächende Schwert des Kaisers sein und die Flanke eines amerikanischen Kriegsschiffs aufreißen.«

Nangi erinnerte sich an diesen Moment mit großer Klarheit. Noguchi fragte keinen von ihnen, ob sie verstanden hatten. Aber natürlich war es ihnen auch so klar. Die Oka war eine Raketenbombe, dazu noch bemannt, um größere Treffsicherheit zu erzielen.

»*Yamato-dama-shii*«, sagte Noguchi jetzt und nahm wieder am Schreibtisch Platz, »der japanische Geist wird unser Bollwerk gegen die materielle Überlegenheit des Feindes sein. Er und die Oka-Angriffe werden die vorrückenden Alliierten schnell demoralisieren. Und so werden wir ihren bevorstehenden Angriff auf die Philippinen zurückschlagen.«

Noguchi goß Sake in drei glänzende Porzellanschalen, reichte jedem von ihnen eine und hob dann die seine zu einem Toast. »Ein Mann hat nur einen Tod. Dieser Tod kann so schwer wiegen wie der Fudschijama oder so leicht wie eine Daunenfeder. Es hängt allein davon ab, wie er ihn in die Waagschale wirft.«

Sie nahmen alle gleichzeitig einen Schluck. Nangi sah, daß Gotaro Tränen in den Augen hatte.

Noguchi setzte seine Tasse ab. »Euch beiden wird das Privileg zuteil, diese neue und verheerende Waffe unter Kriegsbedingungen zu testen. Ihr seid die beiden ersten Rekruten in der Streitmacht, die als *Shimpu Tokubetsu Kogekitai* bekanntwerden wird, die Spezialeinheit Göttlicher Wind. Dies ist eure Gelegenheit, in die Fußstapfen von Major Oda zu treten, zur Wiedergeburt von *shimpu* zu werden – den göttlichen Winden von 1274 und 1281, die den eindringenden Mongolenhorden zum Verhängnis wurden und Nippon vor der Zerstörung bewahrt haben.«

Sowohl Nangi als auch Gotaro – wie eigentlich jeder in der Kaiserlichen Japanischen Marine – kannten die Geschichte des Piloten Oda, der seine Ki-43-Jagdmaschine in die Seite eines amerikanischen B-17-Bombers gesteuert und solcherart einen ganzen japanischen Konvoi gerettet hatte. Damals war er nur Sergeant gewesen, doch posthum hatte man ihn zweimal befördert.

»Major Sato«, sagte Noguchi jetzt, »Sie sind ausgewählt worden, um die erste Oka ihrem flammenden Schicksal entgegenzusteuern. Major Nangi, Sie werden das Mutterflugzeug fliegen.« Er warf einen Blick auf die vor ihm liegenden Papiere. »In diesem Augenblick befinden sich ein amerikanisches Schlachtschiff und ein Zerstörer, zweifellos nur die Vorhut einer größeren Einheit, auf dem Weg zu den Marianen. Der Zerstörer ist Ihr Ziel. Die Schiffe befinden sich momentan –«, wieder konsultierte er die vor ihm liegenden Kabel, »– dreihundertfünfzig Meilen südwestlich von Guam. Sobald Sie diese Kabine verlassen haben, begeben Sie sich auf direktem Weg an Deck. Ihre Maschinen sind startbereit. Um fünf Uhr dreißig heben Sie ab. Ich werde auf der Kommandobrücke sein, um Ihrem Start persönlich beizuwohnen.«

Er stand auf. Die Einsatzbesprechung war vorbei.

*

Die Morgenluft so kurz vor der Dämmerung war kalt, ein böiger Nordost fegte in unregelmäßigen Stößen heran. Nangi und Gotaro marschierten in ihrer Fliegermontur über die riesige Startfläche. Vor ihnen in der Dunkelheit türmte sich der zweimotorige Bomber auf, der mit seinem Känguruhbauch mißgestaltet wie ein Aussätziger wirkte.

»Ich habe mehr Flugstunden auf dem Buckel als du«, sagte Nangi. »Sie hätten mich für die Oka nehmen sollen.«

Gotaro lächelte. »Von deinem Schlag gibt's nicht mehr viele, Tanzan. Heutzutage schicken sie ja nur noch Rekruten ohne alle Erfahrung in die Luft.« Er schüttelte den Kopf. »Nein, mein Freund, sie haben genau die richtige Wahl getroffen.«

Dann blieb er auf einmal stehen und drehte sich um. Sein mächtiger Körper schützte Nangis Gesicht vor dem beißenden Wind. Er holte ein weißes, viereckiges Tuch aus der Tasche, das im Zwielicht schwach leuchtete. »Hier«, sagte er, »für dich. Ein *hachimaki.*« Er band es um Nangis Helm. »So. Mit diesem alten Symbol der Entschlossenheit und des Wagemuts siehst du genauso aus wie ein *kamikaze*, die andere Bedeutung von *shimpu.*«

Gotaro lachte, ehe er fortfuhr: »Ich habe gehört, daß man heutzutage in Tokio die selbstmörderischen Taxifahrer so nennt. *Kamikaze.* Eigentlich hätte ich dich in Noguchis Kabine schon so anreden sollen, aber das Wort wäre ihm sicher zu frivol erschienen. Dies ist ein ziemlich ernster Moment für ihn.«

Nangi sah seinem Freund in die Augen. »Und für dich auch. Gotaro-san, denn du weißt ja wohl, wie diese Mission ausgehen wird.«

»Ich habe Vertrauen«, sagte der große Mann, »und keine andere Sorge, als meinem Land zu dienen.«

»Sie sind verrückt, wenn sie glauben, daß die Oka den Amerikanern Angst einjagen wird. Nach meiner Einschätzung werden sie sich höchstens darüber lustig machen. Sie haben keine Ahnung von *seppuku*, dem Tod, den der Krieger sich eigenhändig gibt.«

»Um so schlimmer für sie«, sagte Gotaro, »denn dies war sicherlich ein Krieg der Irrungen und Mißverständnisse. Ich kann nicht daran denken, was uns widerfahren wird oder was danach kommt. Ich muß meine Pflicht tun. In allen anderen Dingen vertraue ich auf Gott.«

Der Morgen brach an. Gotaro legte Nangi die Hand auf die Schulter. »Hör zu, mein Freund, Kapitän Noguchi hatte recht. Wir alle lieben das Leben, denn auch das ist unsere Pflicht. Aber es gibt höhere Begriffe als das eigene Leben, das ist eine der wichtigsten Lehren des Christentums.«

Als sie die noch halb unter ihren Ölplanen versteckten Flugzeuge erreichten, wurden sie von den Mechanikern kurz, aber intensiv in die vorgenommenen Änderungen eingeweiht. Tatsächlich gab es gar nicht soviel zu sehen. Die zweimotorige Mitsubishi war entschlackt worden, um die wie ein Buckel an der falschen Stelle wirkende klobige Oka tragen zu können. Außerdem hatte man ihre Bedienung soweit vereinfacht, daß ein Pilot allein sie zufriedenstellend fliegen konnte.

Unter ihr hing die »Kirschblüte«. Als Nangi den Kopf hineinsteckte, war er innerlich entsetzt. Es schien nicht mehr als ein fliegender Sarg zu sein, praktisch ohne jede Ausrüstung. Es gab lediglich einen Steuermechanismus und ein Sprechgerät, um die Kommunikation mit dem Piloten der Mitsubishi zu ermöglichen.

Die Mechaniker erklärten, daß Gotaro bei Nangi in dem größeren Flugzeug sitzen würde, bis sie ihr Ziel ausmachen konnten. Dann würde er durch die umgearbeiteten Bombenklappen in das winzige Cockpit der Oka rutschen. Sie gingen alle Phasen ihrer Mission detailliert durch, und dann wiederholten die beiden Majore alle wichtigen Punkte noch einmal. Zu diesem Zeitpunkt war es fünf Uhr neunzehn.

Sie kletterten in die Mitsubishi.

*

Die See schien in Flammen zu stehen. Blutrot reflektierte ihre endlose, geriffelte Oberfläche das Licht der aufgehenden Sonne. Vorübergehend hatte der Himmel all sein Blau verloren, während die Helligkeit des Tages ihre grellen Ranken ausstreckte.

Für Nangi und Gotaro gab es nichts als das monotone Brummen der Zwillingsmotoren, die stete Vibration des Cockpits. Jetzt verstand Nangi auf einmal die verzweifelte Lage seines Landes. Er war an diese Maschine einigermaßen gewöhnt, doch die Abweichungen von ihrem normalen Flugverhalten waren beträchtlich. Die Mechaniker hatten sie regelrecht ausgeweidet. Natürlich waren alle Bordwaffen verschwunden; aber auch der größte Teil der inneren Isolierung fehlte. Nangi nahm an, daß einiges davon einfach herausgenommen werden mußte, um das Gewicht der mit zweitausendfünfhundert Pfund Explosivstoff beladenen Oka auszugleichen. Und doch kam er, je weiter er mit diesem »neuen« Flugzeug flog, zu der Überzeugung, daß noch weit mehr als nur das Allernotwendigste herausgenommen worden war. Er dachte an Gotaros Worte über den traurigen Zustand der japanischen Truppen. Offenbar traf dasselbe auch auf Ausrüstung und Material zu. Mit einem unwillkürlichen Schaudern nahm Nangi eine leichte Kurskorrektur vor.

Gotaro, der im Augenblick als Navigator fungierte, saß hinter ihm und studierte die Luftkarte des Nordpazifik. Er warf einen Blick auf seine Uhr, beugte sich vor, damit Nangi ihn bei dem infernalischen Dröhnen der Motoren überhaupt hören konnte und sagte: »In knapp zehn Minuten sollten wir Sichtkontakt haben, schätzungsweise zweihundertfünfzig Meilen südwestlich von Guam.« Er warf noch einen Blick auf seine Karte. »Das würde bedeuten, wir begegnen uns direkt über dem Marianengraben, angeblich die tiefste Kluft in der Erdoberfläche.«

»Ich weiß.« Nangi mußte schreien, um sich verständlich zu machen. »Ich versuche, gar nicht erst daran zu denken. Ich habe irgendwo gelesen, daß Wissenschaftler ihn auf eine Tiefe von über dreizehntausend Metern geschätzt haben.«

»Keine Sorge«, sagte Gotaro leichthin. »Auf dieser Mission kommen weder du noch ich mit Wasser in Kontakt.«

Weniger als sechs Minuten später berührte Gotaro Nangis Schulter und deutete nach Süden. Die jungfräuliche Haut des Pazifik schien friedlich und so glatt, fest und unnachgiebig, als wäre sie aus Metall. Dann bemerkte auch Nangi die beiden winzigen grauen Punkte. Er korrigierte den Kurs ein weiteres Mal geringfügig.

»Zeit«, sagte Gotaro dicht an seinem Ohr.

Nangi paßte die Fluggeschwindigkeit der neuen Lage an. »Warte!« rief er. Aber als er den Kopf wandte, war sein Freund bereits verschwunden. Nangi konnte sich vorstellen, wie er durch den behelfsmäßigen Schacht in das dunkle, enge, sargähnliche Cockpit rutschte.

»Da wäre ich.«

Nangi hörte Gotaros Stimme aus dem oberen Ende der Sprechröhre dringen. Er senkte die Landeklappen, und sie gingen in den Sturzflug. Er hielt Gotaro über jeden Schritt auf dem laufenden.

»Wir sind jetzt auf fünfunddreißigtausend Fuß. Ich kann das Ziel schon deutlicher sehen.«

»Der Zerstörer gehört mir«, sagte Gotaro. »Bring mich nur rechtzeitig hin, alles andere erledige ich dann schon.«

Nangi hielt das Flugzeug mit geübten Händen auf Kurs. Er dachte an das fest um seinen Helm gebundene *hachimaki* und sagte: »Satosan?«

»Ja, mein Freund?«

Aber was gab es jetzt schon noch zu sagen? »Neunundzwanzigtausend Fuß, fallend. Wir sind genau auf Zielebene.« Er hob die Hand, um den weißen, leise in der kalten Luft flatternden Stoff zu berühren.

»Achtundzwanzigtausend«, sagte Nangi und legte die Hand auf den Hebel, mit dem er die Oka ausklinken konnte.

Gotaro mußte etwas in seiner Stimme gehört haben, denn er sagte: »Nicht die Ruhe verlieren, mein Freund. Mach dir keine Sorgen.«

»Anders als du habe ich keinen Glauben, an den ich mich klammern kann.« Nangi versuchte, seine Gefühle im Zaum zu halten. Der Zeiger des Höhenmessers hatte den Sperrpunkt erreicht. Bald würde die Oka nur noch eine rasch hinabschwebende Blüte sein, die dem Busen des Pazifik entgegenfiel. »Es ist an der Zeit, Lebewohl zu sagen.«

Das Jaulen des Windes übertönte fast Gotaros Stimme, als sie jetzt aus dem Sprechrohr drang. »Heute in Blüte, morgen vom Winde verweht – so ist unser Blumendasein. Wie können wir annehmen, sein Duft sei von Ewigkeit?«

Nangi hatte Tränen in den Augen, als er den Hebel zog. »Auf Wiedersehen«, flüsterte er.

Einen Herzschlag später zündeten die Raketen. Die Mitsubishi legte sich auf die Seite, als wäre sie von feindlichem Feuer getroffen worden. Aber sie waren noch immer zu weit von ihrem Ziel entfernt, um für die Kanonen der Schiffe erreichbar zu sein, und am Himmel war weit und breit kein alliiertes Flugzeug zu sehen.

Dann richtete sich die Nase des Bombers beinahe senkrecht nach unten, während eine Tragflächenspitze noch immer in den Himmel wies, und mit einem plötzlichen Schaudern begriff Nangi, was passiert sein mußte. Der Wind jammerte in dem unverkleideten Rumpf, als er sich vorbeugte und ins Sprechrohr brüllte: »Gotaro! Gotaro!«

»Ich hänge fest. Ich klebe immer noch an deinem Bauch.«

»Die Raketen haben eine Fehlzündung. Ich kriege die Nase nicht wieder hoch!«

Verzweifelt versuchte er, die Maschine wieder auf Kurs zu bringen, aber es war sinnlos. Die Steuerung war nicht dafür gebaut, eine Schubkraft von 1764 Pound zu korrigieren.

Mit sechshundert Meilen in der Stunde rasten sie auf die flache

See zu. Dennoch gab Nangi die Hoffnung nicht auf und tat, was er konnte, um ihren mörderischen Sturzflug zu bremsen. Nach neun Sekunden schalteten sich die Raketen ab, doch ihre enorme Beschleunigung war nicht wieder auszugleichen.

»Komm wieder nach oben!« brüllte Nangi, während er am Steuerknüppel zerrte. »Ich möchte nicht, daß du da unten bist, wenn wir aufschlagen.«

Gotaro antwortete nicht, aber Nangi war zu beschäftigt, um seine Aufforderung zu wiederholen. Jetzt, wo die Raketen sich ausgebrannt hatten, schaffte er es vielleicht, die Maschine wieder in den Griff zu kriegen. Aber sie waren schon gefährlich dicht an der Wasseroberfläche, und die Sturzspirale ließ sie nicht mehr aus ihrem Sog. Die beiden Motoren des Bombers waren einfach zu schwach, um mit dem zusätzlichen Gewicht und dem von den Raketentriebwerken angerichteten Schaden fertig zu werden.

Das Flugzeuggerippe knatterte gefährlich, und Nangi befürchtete, daß sie jede Sekunde eine Tragfläche verlieren könnten. Wenn das geschah, dann gab es keine Chance mehr.

Also versuchte Nangi nicht länger, aus der Spirale auszubrechen, sondern lediglich den Winkel zu begradigen. Vielleicht hatten sie dann eine winzige Überlebenschance. Die Oka würde zwar glatt abrasiert werden, wenn sie aufschlugen, aber solange Gotaro nicht mehr im Cockpit saß, konnte das nur von Vorteil sein – die klobige Maschine würde die Wucht des Aufpralls mindern.

Himmel und Erde drehten sich vor der Windschutzscheibe, und der Rumpf des Flugzeugs ächzte. Sie waren jetzt sehr nah am Wasser, und Nangi hörte auf einmal ein hohes, dünnes Winseln über den anderen Geräuschen. Er begann zu schwitzen. Die nach oben gerichtete Tragfläche hatte sich noch immer nicht wieder ausrichten lassen und mußte nun einem unerträglichen Druck ausgesetzt sein. Es konnte nur noch Sekundenbruchteile dauern, bis sie abbrach und sie damit dem sicheren Tod auslieferte.

Nangi wollte nicht in diesem metallenen Sarg zerschmettert werden. Mit aller Kraft zerrte und riß er am Steuerknüppel. Er spürte eine Bewegung in seinem Rücken, dann legte sich ihm Gotaros große Hand auf die Schulter, und er dachte, daß sein Freund ziemlich lang gebraucht hatte. Er war wütend auf sich und Gotaro, weil die zusätzliche Angst ihn von seiner eigentlichen Aufgabe abgelenkt hatte.

Die See raste ihnen entgegen, und jetzt dachte er, daß es so oder so keine Rolle spielte. Wenn der Aufschlagwinkel sie nicht umbrachte, dann würde es mit Sicherheit der Sprengstoff in der Nase der Oka besorgen.

Sie waren nur noch knapp hundertfünfzig Meter vom Wasser entfernt, und sie fielen, fielen wie ein Stein. Der Meeresspiegel war auf einmal nicht mehr zweidimensional, er hatte kleine helle Hügel und dunkle Löcher, das dunkle Blau war fast schwarz, und das letzte, was Nangi durch den Kopf schoß, war, *wir befinden uns über dem Marianengraben, und wenn wir untergehen, werden wir ewig und ewig sinken.*

Dann bäumte sich der Pazifik auf und rammte sie so heftig, daß alle Luft aus Nangis Lungen entwich wie aus einem geplatzten Ballon. Er hörte den schrillen Aufschrei von tausend Dämonen, dann wurde er von einem Hitzeblitz eingehüllt, während seine winzige Welt explodierte und Schmerzen sich gleich Pfeilen in ihn bohrten, um ihn an ein Kreuz aus Qualen zu nageln.

*

Es mußte Gotaro gewesen sein, der ihn aus dem zerstörten, verbogenen Cockpit gezogen hatte, denn Nangi konnte sich nicht erinnern, aus eigener Kraft herausgeklettert zu sein. Noch Jahre später hatte er ständig wiederkehrende Alpträume von jenen kurzen, schrecklichen, chaotischen Momenten, keine wirklichen Bilder, nur vage Impressionen, das Gefühl zu ersticken, sich nicht bewegen zu können, Grauen.

Dann war der helle Himmel über ihm, ein rauher Wind streifte seine Wangen, und er spürte das Schaukeln von Wellen auf hoher See. Ein roter Schleier lag über allem. Der Schmerz bildete eine glühende Achse in seinem Kopf, und als er sich zu bewegen versuchte, geschah nichts.

»Nicht bewegen«, sagte jemand dicht bei ihm. »Lieg ruhig, Samurai.«

Ihm war schlecht, und er hatte das Gefühl zu verbrennen. Er mußte sich übergeben. Jemand hielt ihm den Kopf und wischte seinen Mund mit einem weißen Tuch ab. Ein dunkler Schatten ragte vor ihm auf, aber als seine Sehfähigkeit zurückkehrte, erkannte er, daß es sich um das Hinterteil der Mitsubishi handelte. Überrascht stellte er fest, daß er die Tiefe des Raums nicht mehr ganz wahrnehmen konnte.

»Du hast ein Auge verloren«, sagte Gotaro neben ihm. »Beweg dich nicht, deine Beine sehen ziemlich übel aus.«

Nangi schwieg einen Moment, um die Informationen zu verdauen. Endlich sagte er mühsam: »Sprengstoff.«

Gotaro lächelte. »Deswegen habe ich so lange gebraucht. Ich habe die Nase der Oka abmontiert und in ungefähr sechshundert Meter Höhe runtergeworfen. Hat einen ganz schönen Knall gegeben.«

»Ist mir gar nicht aufgefallen.«

Gotaro schüttelte den Kopf. »Dafür hattest du zuviel zu tun.« Sein

Lächeln linderte Nangis Schmerzen. »Du hast uns das Leben gerettet, weißt du. In dem Moment, in dem diese Raketen losgegangen sind, dachte ich schon, jetzt wäre alles aus. Ohne dich wären wir erledigt gewesen.«

Nangi schloß die Augen. Die wenigen Worte hatten ihn völlig erschöpft. Als er wieder erwachte, kniete Gotaro über ihm und machte sich an seinen Beinen zu schaffen.

»Was ist los?« fragte Nangi.

Gotaro hörte rasch mit seiner Tätigkeit auf. »Hab mir nur mal deine Wunden angesehen.« Seine Augen wichen Nangis Blick aus, schauten auf die See.

»Kein Land in Sicht.«

»Was?« fragte Gotaro. »Nein, scheint so. Ich hatte gedacht, wir wären vielleicht ganz in der Nähe der Marianen, aber jetzt bin ich davon nicht mehr so ganz überzeugt.«

»Noguchi wird uns früh genug finden.«

»Ja«, sagte Gotaro, »vermutlich wird er das.«

»Er wird wissen wollen, was schiefgegangen ist. Jeder verdammte Vizeadmiral und Admiral in der Kaiserlichen Marine wird das wissen wollen. Sie müssen uns einfach gesund und munter nach Hause schaffen.«

Gotaro sagte nichts. Seine Augen schweiften hin und her.

»Was ist das da hinten?« wollte Nangi wissen. Es fiel ihm schwer zu sprechen, und er war durstig.

»Sieht aus, als ob sich ein Sturm zusammenbraut«, meinte Gotaro geistesabwesend und blickte nach Nordwesten.

Nangi war noch immer naß, und der Wind, der durch die Risse und Löcher seiner Uniform drang, überzog seinen Körper mit einer Gänsehaut. Seine Blase war so voll, daß sie schmerzte. Mit einem Ächzen drehte er sich mühsam zur Seite und urinierte ungeschickt, wobei er hoffte, daß der Wind und die Bewegung seine Ausscheidungen rasch von ihnen forttreiben würden.

Gotaro hatte recht, irgend etwas stimmte nicht mit seinen Beinen. Er wollte sie bewegen, aber sie gehorchten nicht. Unter Schmerzen richtete er sich halb auf und tastete nach seinen Oberschenkeln. Er verspürte nichts; genausogut hätten sie aus Holz sein können.

Um sich von der beängstigenden Vorstellung, vielleicht für immer gelähmt zu sein, abzulenken, begann er sich umzusehen. Zum erstenmal ging ihm auf, worauf sie überhaupt trieben. Es war ein Teil des schwer beschädigten Vorderteils der Mitsubishi. In diesem Fall hatten sich die Änderungen zu ihrem Vorteil ausgewirkt. Die schweren Isolierungen gegen Feuer am Boden und in der Luft, die sie unweigerlich in die Tiefe gezogen hätten, waren abmontiert und durch leichte Abdeckungen ersetzt worden, in denen sich Luft gefangen hatte. Das wird Noguchi und die Admirale freuen, dachte Nangi ironisch. Selbst wenn sich ihre ›Kirschblüte‹ nicht abwerfen läßt.

Erschöpft ließ er sich wieder zurücksinken, aber er fand keine Ruhe. Seine Gedanken begannen zu wandern, und bald wußte er nicht mehr, ob er wachte oder schlief.

Auf einmal waren er und Gotaro nicht mehr allein, denn aus den bodenlosen Tiefen der See stieg ein gräßliches, dämonenhaftes Wesen zu ihnen auf. Rings um das Wesen türmten sich die Wellen hoch, als wäre ein unsichtbarer Sturm über sie hereingebrochen. Große schwarze Pyramiden standen auf und reckten ihre Kämme dem Himmel entgegen, ehe sie Nangi mit sich hinunterzogen in gewölbte Wellentäler, so endlos wie Tunnel.

Entsetzt klammerte er sich an die rauhe Oberfläche seines Floßes. Seine Brust schmerzte unter den hämmernden Schlägen seines Herzens, während er auf das wartete, was unweigerlich kommen mußte.

Dann brach es aus dem Wasser, ein grauenhaftes Geschöpf, entsprungen den lichtlosen Tiefen des Ozeans und so riesig, daß es die Sterne auslöschte, mit kaltglühenden Augen und klaffenden Fängen.

Nangi stieß einen entsetzten Schrei aus.

Gotaro schüttelte ihn. »Tanzan, Tanzan!« rief er drängend. »Wach auf! Wach schon auf!«

Nangi öffnete die Augen. Er war in Schweiß gebadet, der sich im schneidenden Wind rasch abkühlte und ihn frösteln ließ. Es dauerte ein paar Sekunden, bis er sein eines Auge auf Gotaros Gesicht fixiert hatte.

»Was ist los?«

»Wir stecken in Schwierigkeiten.«

»Der Feind?«

Gotaro schüttelte den Kopf. »Ich wünschte, ich hätte *irgend*ein menschliches Wesen zu Gesicht bekommen. Du verlierst viel Blut, Tanzan. Ich habe versucht, es zu stillen, aber trotzdem...« Seine Augen blickten traurig.

»Ich verstehe nicht«, sagte Nangi. »Muß ich sterben?«

In diesem Moment durchfuhr ein heftiger Ruck ihr behelfsmäßiges Floß. Offenbar war Gotaro auf den Stoß vorbereitet gewesen, denn er packte Nangis Arm mit einer Hand und hielt sich selbst mit der anderen fest. Dennoch hatte die Gewalt der Erschütterung ausgereicht, sie beide auf der harten Oberfläche der Flugzeugnase gegeneinander zu schleudern. Gotaros Gesicht war nur wenige Zentimeter von dem seines Freundes entfernt.

»Gib acht, da!«

Gotaros Stimme klang wie eine Totenglocke in Nangis Ohren, als seine Augen dem Blick seines Freundes folgten.

»Nein!« Seine Stimme war ein scharfes Bellen, dünn vor Entsetzen. Denn dort, auf ihrer Steuerbordseite, stach die große, schwarze dreieckige Flosse eines Hais aus dem Wasser. Und während Nangi sie noch fassungslos anstarrte, den bitteren Geschmack von Galle auf der Zunge, schwang die schwach gekrümmte Flosse herum und hielt direkt auf sie zu. Hoch ragte sie über der Wasseroberfläche auf. Und Nangi konnte sich die Ausmaße der Bestie darunter vorstellen. Zehn, fünfzehn Meter. Das aufgerissene Maul mit den scharfen, gebogenen Zähnen...

Beim nächsten Stoß kniff er die Augen zusammen, sein Magen drehte sich, und er erbrach das wenige, das noch in ihm war, über sich und Gotaro.

»Nein«, stöhnte er, »nein, nein.« Er war viel zu schwach, um zu schreien. Sein schlimmster Alptraum war Wirklichkeit geworden. Vor dem Tod fürchtete er sich nicht, aber das hier...

»Deswegen wollte ich deine Blutungen unbedingt zum Stillstand bringen«, sagte Gotaro. »Er hat uns vor einer Stunde aufgespürt, als du noch geblutet hast wie ein Wasserspeier. Ich dachte, wenn ich dem Einhalt gebieten könnte, würde er vielleicht die Lust verlieren und sich woanders sein Fressen suchen. Aber ich habe es nicht geschafft.«

Beim dritten Angriff des Hais brachen drei röhrenförmige Verbindungsstücke, die vom Absturz schon angeschlagen gewesen waren. Etwas, das sich mindestens drei Meter vor der heranschießenden Rückenflosse befand, biß sie unter der Oberfläche des unruhigen Wassers mittendurch.

Nangi begann erneut zu zittern, und diesmal vermochte auch Gotaros' menschliche Wärme ihn nicht wieder aufzurichten. Er klapperte mit den Zähnen, und aus der Höhle seines geröteten Auges rann Blut über seine Wange.

»Dieser Tod ist eines Kriegers nicht würdig«, flüsterte er. Der Wind bemächtigte sich seiner Worte, riß sie ihm vom Mund fort wie ein gehässiges Kind. Er ließ seinen Kopf an Gotaros Schulter sinken und brach endlich völlig zusammen. »Ich habe Angst, Sato-san. Nicht vor dem Tod selbst, aber vor der Gestalt, in der er zu uns kommt. Schon von frühester Kindheit an war das Meer das Schlimmste, das ich mir vorstellen konnte. Gegen diese Furcht bin ich einfach machtlos.«

»Selbst ein Krieger muß manchmal Furcht verspüren«, sagte Gotaro mit seiner tiefen, warmen Stimme. »So wie ein Samurai in die Schlacht ziehen muß, so begegnet er eines Tages auch seiner Nemesis.« Seine Arme schlossen sich fester um seinen Freund, während das Wrack schaukelte und in den Schweißnähten knirschte. Metall kreischte und verstummte wieder. Die See hob und senkte sich neben ihnen. Die Flosse des Hais zog davon und kehrte in einem engen Bogen wieder zurück.

»Diese Nemesis kann in vielen Gestalten, vielen Verkleidungen kommen«, fuhr Gotaro fort, als wäre überhaupt nichts geschehen. »Es kann sich um einen menschlichen Gegner aus Fleisch und Blut handeln, oder um einen rächenden *kami*. Oder sogar um einen Dämon.«

Der Himmel verdunkelte sich, es mußte Abend geworden sein. Die Nacht senkte sich herab und vergrößerte Nangis Angst.

»Die Welt ist voll von Dämonen«, sagte Gotaro, ohne die Augen von der sie umkreisenden Flosse zu wenden, »denn das Leben wird heimgesucht von Wesen, die es nicht auf dieselbe Weise wahrnehmen können wie wir. Und im gleichen Maß, in dem sich ihr Neid in Haß verwandelt, wächst ihre unheilvolle Macht.« Er streckte eine Hand aus und klammerte sich so fest er konnte an die Verschalung des Wracks. »Zumindest hat meine Großmutter es mir früher immer so erzählt, abends, vor dem Schlafengehen. Ich habe nie begriffen, ob sie mir damit Angst einjagen oder mich darauf vorbereiten wollte, daß man im Leben zum Kampf bereit sein muß. Bereit zum Kampf um das, was man haben will.«

Diesmal war der Angriff des Hais besonders heftig. Die Flugzeugnase lehnte sich ächzend auf die Seite, Wasser spülte über Nangis geschwächten Körper. Er spürte, wie sie zu rutschen begannen, hörte Gotaros Fingernägel auf Metall kratzen, als er verzweifelt Halt suchte. Dann richtete sich das Wrack wieder auf, und Gotaro zog Nangi an sich wie eine Mutter ihr kleines Kind. Das Metall stöhnte noch immer, als wollte es sich über die Behandlung, die ihm zuteil wurde, beklagen.

Gotaro tastete nach einem Riß, der sich unter ihnen geformt hatte. »Ich danke Gott, daß mein jüngerer Bruder, Seiichi, sich nun in ihrer Obhut befindet. Sie ist nun zwar schon sehr alt, aber auch außerordentlich weise. Ich glaube, sie ist die einzige, die ihn dank ihrer großen Willenskraft davon abhalten kann, daß er illegal in die Armee eintritt. Er ist noch nicht einmal sechzehn, und der Krieg würde ihn vernichten.«

Seine Stimme änderte sich, und er fügte hinzu: »Tanzan, du mußt mir versprechen, dich um Seiichi zu kümmern, wenn du wieder zu Hause bist. Meine Großmutter wohnt in Kioto, und zwar in Higashiyama-Ku, direkt am südlichen Rand des Maruyama-Parks.«

Nangi sah abwechselnd scharf und unscharf. Die Schmerzen in seinem Kopf machten jeden zusammenhängenden Gedanken zu einer qualvollen Anstrengung. »Ich weiß, wo es ist. Der Park.« Er konnte die Farne und die Kirschbäume sehen, jung und voller Leben, die vielen silbernen Blätter, die im warmen Sommerwind tuschelten.

»Der Herr ist mein Hirte, mir wird nichts mangeln.« Nangi hörte die fremdartige Litanei wie aus weiter Ferne, dabei spürte er die Vibrationen von Gotaros Brustkorb durch seinen Körper laufen, als wären sie aus demselben Fleisch und Blut, und sein Entsetzen ließ nach, weil er wußte, daß dieser große, starke Mann bei ihm war. Irgendwie, dachte er, irgendwie werden wir es schaffen durchzuhalten, bis Noguchi uns findet.

»Bete für mich, mein Freund.«

Und plötzlich war Gotaro nicht länger neben ihm. Nangi spürte, wie der kalte Wind erbarmungslos an ihm zerrte. Allein schaukelte er auf dem treibenden Wrack. Er vernahm ein leises Plätschern und drehte den Kopf hin und her, um etwas zu sehen. Sein verbliebenes Auge begann zu brennen. Das Licht reichte gerade noch aus, um den Schaum zu sehen, den Gotaro mit seinen kräftigen Schwimmstößen auf dem Weg fort vom Wrack schlug.

»Komm zurück!« schrie Nangi. »Sato-san, bitte komm zurück!«

Er rang nach Luft, seine Atemstöße brannten wie Feuer. Er sah die große gekrümmte Rückenflosse durchs Wasser schießen. Angst und Schrecken steckten in seiner Kehle, als wären sie greifbar, und er fühlte sich gleichzeitig angezogen und abgestoßen. Er stieß einen Schrei aus, doch niemand hörte ihn.

Etwas packte Gotaro unterhalb der Wasseroberfläche, hob ihn halb aus dem Meer und drehte ihn einmal um sich selbst, ehe er in der Tiefe verschwand.

Nangi begann zu weinen, alles verschwamm ihm vor den Augen, während er immer wieder ohnmächtig mit den Fäusten auf seine unempfindlichen Oberschenkel einschlug und der Wind in seinen Ohren heulte wie die Schreie der Verdammten.

Nach einer langen, langen Zeit begann er zu einem Gott zu beten, den er weder kannte noch begriff, an den er sich jetzt jedoch wandte, um Trost zu erflehen und ein Leben nach dem Tod.

Zweites Buch

軍形

CHUN HSING

(Die Armee formiert sich)

Washington/New York/Tokio/Key West

Frühling, Gegenwart

C. Gordon Minck, Chef der Roten Station, hatte seinen hydraulischen Stuhl ganz ausgefahren und saß nun schwindelerregende zwei Meter fünfzig über dem Boden. Nichts stand zwischen ihm und dem Fall auf den harten Parkettboden, und genauso mochte er es; die besten und kreativsten Gedanken kamen ihm, wenn er in einer gewissen Gefahr schwebte.

Sein Büro war das einzige in dem sechs Block vom Weißen Haus entfernt gelegenen Gebäude, das keinen Teppichboden besaß. Minck wollte jedes Geräusch ungedämpft hören, denn er behauptete, das fördere den sechsten Sinn – »Intuition ist alles«, wie er immer sagte. Während die anderen Stationsleiter mehr und mehr Zeit vor ihren Computeranlagen verbrachten, widmete Minck ihnen weniger und weniger.

Und der Unterschied war nicht zu übersehen. Die anderen verwandelten sich langsam in graue Würmer, selbst wenn sie inzwischen die Gefahren erkannt und ihren Platz direkt vor den Schirmen an fügsame Assistenten übergeben hatten. Es schien ihnen offenbar keine allzu großen Kopfschmerzen zu bereiten, daß sie diese Assistenten alle sechs Monate auswechseln mußten, ebensowenig wie sie sich um die ständig steigenden Kosten scherten, die ihre Unterbringung in einem Hochsicherheitssanatorium, nur einen Steinwurf vom Zoo entfernt, verschlang. Es handelte sich dabei um ein über zweihundert Jahre altes Gebäude, das als nationale Sehenswürdigkeit galt, weswegen das Smithsonian-Institut auch jedes Jahr versuchte, es der Öffentlichkeit zugänglich zu machen, ohne zu ahnen, welchem Zweck es wirklich diente. Allerdings wurde das Ansinnen des Instituts auch jedes Jahr abschlägig beschieden.

In Mincks Büro gab es keinen einzigen Computer-Terminal; sie waren strikt untersagt. Es gab allerdings eine Handvoll Printer, einen davon auch in seinem Zimmer. Zwei der Wände unter der sechs

Meter hohen Decke wurden von riesigen, rechteckigen Flächen beherrscht, die an Fenster erinnerten, und das mit Absicht. Es handelte sich um stabile Leinwände aus einer besonderen chemischen Zusammensetzung, die in der Lage waren, von der Rückseite aus projizierte Hologramme mit einer erstaunlichen Wirklichkeitsnähe wie einen Blick aufs wirkliche Leben wiederzugeben. Von Zeit zu Zeit wurden die Hologramme ausgewechselt, doch meistens stellten sie dieselben Motive wie im Moment dar, beides Ansichten aus Moskau. Das erste zeigte den Dserschinski-Platz, belebt von ein paar Fußgängern, und dahinter eine Seitenstraße mit einer schwarzen Sil-Limousine, die gerade durch eine dunkle Einfahrt in der abweisenden Fassade eines Gebäudes verschwand, das in der ganzen Welt als Lubjanka bekannt war – gleichzeitig Gefängnis und Hauptquartier des KGB.

Die zweite Wand zeigte den Platz aus einer anderen Perspektive, nämlich aus der Sicht eines Zelleninsassen der Lubjanka. Auf diese zweite Szenerie hatte Minck jetzt gerade seinen nachdenklichen Blick gerichtet. Einmal mehr öffnete er sich ganz nach innen, tauchte in seine Erinnerung, um eine Spur jenes Hasses, jener Furcht wiederzufinden, die er einst angesichts desselben Ausblicks empfunden hatte. Natürlich war sein Blickfeld nicht so großzügig bemessen gewesen.

Aber Minck erinnerte sich. Es war Winter gewesen damals, der Himmel bedeckt mit grauen, langgezogenen Wolken. Fast ununterbrochen brannten die Lichter in der riesigen Stadt, denn die Nacht, die aus den frostigen Steppen im Norden über sie herfiel, blieb jedesmal fast achtzehn Stunden. Und überall wurde der Lärm der Stadt von dem allgegenwärtigen Schnee gedämpft, der selbst die normalsten Geräusche seltsam und unwirklich erscheinen ließ, was Mincks Gefühl der Orientierungslosigkeit noch verstärkte. Wie er diesen verdammten Schnee haßte; seinetwegen war er mit Handschellen an den Gelenken in die Lubjanka gekommen. Der Schnee hatte die vereiste Stelle, auf der er ausgerutscht war, vor seinen Augen verborgen. Sonst wäre er ihnen zweifellos entkommen, denn ihr Verstand funktionierte mathematisch, sie waren bis zur Präzision gedrillt, aber wie allen KGB-Handlangern fehlte ihnen die Intuition.

Für Minck bedeutete Intuition dasselbe wie Freiheit. Und seine Intuition hätte ihn in jener eiskalten Nacht in Moskau gerettet. Wenn der Schnee nicht gewesen wäre. *Snyeg* nannten die Russen ihn, aber er haßte ihn in jeder Sprache.

Er starrte auf das Gebäude, das er als letztes in Moskau gesehen hatte, bevor er aus seiner Zelle zu den Verhören geschleppt worden war. Von da an hatte sein Zuhause aus einer dunklen Zelle bestanden, ein Meter achtzig im Quadrat, mit einer in die Wand gedübelten Holzpritsche und einem Loch im Boden für seine Ausscheidungen. Der Gestank war genauso betäubend gewesen wie die Kälte, eine Heizung gab es nicht.

In diesem Verließ hatte er sich an den Blick aus seiner Zelle geklammert, überzeugt, daß es sich um das letzte handelte, was er überhaupt auf Erden zu sehen bekommen würde. Er hatte sich den Platz im Sommer vorgestellt, im Frühling und im Herbst, und seinen Vorstellungen entsprechend veränderten sich auch die Hologramme von Jahreszeit zu Jahreszeit. Wenn er sie betrachtete, fühlte er wieder den Haß und das Grauen, die ihn beherrscht hatten, bevor ihm endlich die Flucht über die Grenze auf neutralen Boden gelungen war. Es war, als ginge er über eine trockene, mit staubiger Asche bedeckte Ebene, an deren Ende der Gegenstand dieses glühenden Hasses wartete: Protorow.

Minck schloß die Augen. Dann drückte er einen der Knöpfe, die in die linke Armstütze seines Sessels eingelassen waren.

»Tanja«, sagte er leise in den leeren Raum, »hol mir diesen Dr. Kidd – ich glaube, er heißt Timothy mit Vornamen – ans Telefon. Wenn er nicht in seinem Büro in der Park Avenue ist, versuch's im Mount Sinai-Hospital. Er muß seine Visite unterbrechen.«

»Unter welchem Decknamen soll ich mich melden?« Die Stimme, die aus dem verborgenen Lautsprechersystem drang, war heiser und hatte nur einen ganz schwachen ausländischen Akzent.

»Ach, heute sind wir mal aufrichtig. Sag, du wärst vom Amt für Internationale Exportzölle.«

»Wie Sie wünschen.«

»Da unsere Zeit langsam etwas knapp zu werden droht, möchte ich dich außerdem bitten, ARRTS zu bemühen und die Akte Linnear NMN Nicholas abzurufen.«

*

Es war Justines erster Arbeitstag, und ihr war so unwohl zumute wie der sprichwörtlichen Katze auf dem heißen Blechdach. Über drei Jahre hatte sie mehr oder weniger glücklich auf freiberuflicher Basis Werbekonzepte für mittelgroße Etats entwickelt. Sie war dabei zwar nicht reich geworden, hatte sich aber doch in einer unsicheren Branche einen festen Kundenstamm erarbeitet.

Natürlich hatte sie hin und wieder das Angebot erhalten, in einer Agentur anzuheuern, aber der Luxus, für sich allein arbeiten zu können, war immer stärker gewesen als die Sicherheit, die es bedeutet hätte, festangestellt zu sein.

Aber ihre Begegnung mit Rick Millar hatte das alles geändert. Vor gut sechs Wochen war Justine von Mary Kate Sims angerufen worden, die dringend einen Project-designer suchte. Mary Kate arbeitete für Millar, Soames & Robberts, eine neue Agentur, die hochangesehen war und sich dieses Ansehen noch höher bezahlen ließ. Zwei ihrer besten Designer lagen mit Grippe im Bett, und Mary Kate flehte Justine an, für sie bei dem American-Airlines-Projekt einzuspringen. Das Werbekonzept hätte eher gestern als heute auf dem Tisch liegen sollen, aber Mary Kate hatte Justine einen beträchtlichen Bonus versprochen, falls es ihr gelänge, den gesetzten Termin einzuhalten.

Justine hatte angenommen und eine Woche lang über achtzehn Stunden täglich an dem Projekt gearbeitet. Zehn Tage später war sie wieder bis über beide Ohren in vier eigene Entwürfe vertieft und hatte Mary Kate und ihre American-Airlines-Geschichte komplett vergessen. Bis der Anruf von Rick Millar, dem Chef der Agentur, gekommen war. Offenbar hatte American Airlines Justines Idee so gut gefallen, daß sie statt der ursprünglich nur für den Großraum New York geplanten Kampagne eine landesweite Aktion durchführen wollten. Millar, Soames & Robberts hatten einen ansehnlichen Bonus erhalten und dazu noch einen langfristigen Vertrag mit American.

Rick sagte, daß er natürlich schon von Justines Idee überzeugt gewesen sei, bevor American das Konzept zu Gesicht bekommen hatte, aber Justine wußte nicht, ob sie ihm das glauben sollte oder nicht. Auf alle Fälle verabredeten sie sich zum Mittagessen und trafen sich eine Woche später im *La Côte Basque*, einem hervorragenden französischen Restaurant, das schon mehrmals im *Gourmet* erwähnt worden war, ohne daß Justine dort bisher je gegessen hätte.

Doch das köstliche Essen war bei weitem nicht der denkwürdigste Aspekt des Treffens im *Côte Basque*, denn wie sich herausstellte, hatte Millar noch ganz andere Pläne mit ihr als ein simples Mittagessen.

»Justine«, begann er schon beim ersten Drink, »ich bin sowohl im Geschäft als auch privat auf Menschen ausgerichtet. Ich versuche eine Atmosphäre zu schaffen, die es meinen Mitarbeitern ermöglicht, volle Kraft voraus zu arbeiten. Mehr noch, bestimmten Einzelpersönlichkeiten erlaube ich es, alle Abteilungsgrenzen zu überschreiten, wenn ihre Talente dazu berechtigen.« Er nahm einen Schluck von seinem Drink. »Und ich glaube, Sie sind eine solche Persönlichkeit. Ein Job bei uns würde sich nicht wesentlich von Ihrer bisherigen freiberuflichen Tätigkeit unterscheiden, außer, daß sie wesentlich mehr verdienen und sehr viel schneller bekanntwerden würden.«

Justine stellte ihr Glas ab. Ihr Herz hämmerte. »Heißt das, Sie bieten mir einen Job an?«

Millar nickte.

»Sollte so was normalerweise nicht erst beim Grand Marnier Soufflé erfolgen?«

Er lachte. »Ich falle eben in jeder Beziehung aus dem Rahmen.«

Der Rest des Mittagessens verlief wie in einem Traum, an den Justine sich nur noch ungenau erinnern konnte, so aufgeregt war sie. Rick Millar war um die Vierzig und sah auf kalifornische Art gut aus. Er hatte hart gearbeitet, um es bis ganz nach oben zu schaffen, und sie wußte, daß man ein derartiges Angebot von einem solchen Mann nur einmal im Leben bekam.

So erschien sie bereits am nächsten Morgen bei Millar, Soames & Robberts, deren hochelegante Büros drei volle Stockwerke an der Madison Avenue einnahmen. Die Fenster reichten vom Boden bis zur Decke, und die technischen Abteilungen waren so perfekt ausgestattet, daß Justine auch die letzten Vorbehalte, die sie vielleicht noch hatte, über Bord warf. Jetzt konnte sie sich ganz auf Ideen konzentrieren, während andere ihre Skizzen ausführten.

Ihre Sekretärin hieß Min und sah mit ihrem grüngefärbten Haar wie eine verirrte Punkerin aus, doch stellte sich heraus, daß sie einen scharfen Verstand besaß und auch über das nötige Organisationstalent verfügte, um Justines noch etwas stiefmütterlich eingerichtetes Büro binnen weniger Tage zu einem Hort kreativer Eleganz zu machen.

Ihr erstes Telefongespräch von ihrem neuen Schreibtisch aus wollte sie mit Nicholas führen, wobei sie in ihrer Aufregung jedoch vergaß, daß es in Tokio mitten in der Nacht war. Als die Telefonistin im Hotel sie auf die Ortszeit hinwies, hinterließ Justine schweren Herzens eine Nachricht für Nicholas, wobei sie natürlich nicht ahnte, daß er gerade unterwegs war und durchs *Jan Jan* schlenderte.

Aber als sie den Hörer wieder auf die Gabel legte, spürte sie die Trauer wie einen scharfen Schmerz. Seine Abwesenheit war ihr nie so deutlich bewußt gewesen wie in diesem Moment, und mehr als alles andere wünschte sie sich seine baldige Rückkehr. Mit der Kraft der Verzweiflung hatte sie die Furcht bekämpft, die bei der Mitteilung, daß er für ihren Vater arbeiten würde, in ihr aufgestiegen war. Waren ihre Gefühle irrational oder begründet? Sobald es um ihren Vater ging, saß sie in der Falle ihrer eigenen Emotionen, das wußte sie. Alles an ihrem bisherigen Leben war von Raphael Tomkin geformt worden. Als Frau von Mitte Zwanzig hatte sie erleben müssen, wie er ein ums andere Mal ihre Liebesbeziehungen zerstörte, ohne daß sie die Ursache für das plötzliche Ende erkannte. Als Teenager war sie Zeuge gewesen, wie seine Grobheit und sein Egoismus ihrer Mutter die Luft zum Atmen entzogen hatten. Als Kind schließlich war sie ganz ohne Vater gewesen, weil seine Geschäfte ihm keine Zeit für ein Familienleben gelassen hatten.

Sie wollte nicht, daß Nicholas für ihren Vater arbeitete, und sie empfand es als qualvoll, allein zu sein.

Sie wußte, daß ihr die Narben von Saigos bösem Zauber ein Leben lang bleiben würden, obwohl Nicholas getan hatte, was er konnte, um ihr diesen Teufel auszutreiben. Sicher, Saigo hatte seine geheime Macht über sie verloren, die Erinnerung daran würde sie jedoch nie vergessen können. Manchmal schreckte sie mitten in der Nacht aus tiefstem Schlaf hoch und erwachte von einem Alptraum, während Nicholas neben ihr friedlich schlief.

Ich hätte ihn beinahe umgebracht, sagte sie immer wieder zu sich selbst, als gäbe es in ihr noch einen Fremden, dem sie all das erklären müßte. Wie konnte ich nur? Ich bin doch sonst nicht einmal fähig, einen Fisch zu töten, von einem anderen Menschen, meiner einzigen Liebe, ganz zu schweigen. Aber der Alptraum ging weiter und weiter. Hätte Nicholas sie nicht daran gehindert, hätte sie ihn getötet.

Sie saß allein in ihrem neuen Büro, und ein Schauder lief ihr über den Rücken. Ach, Nicholas, dachte sie. Wenn es mir nur gelungen wäre, dir zu zeigen, wie mein Vater wirklich ist. Ich will nicht, daß er dich mir wegnimmt.

Der Gedanke, daß ihr zukünftiger Ehemann sich langfristig an Tomkin Industries binden könnte, war mehr, als sie zu ertragen vermochte. Sie würde Himmel und Hölle in Bewegung setzen, um zu verhindern, daß ihr Vater wieder eine Rolle in ihrem Leben spielte.

Einsam, traurig und wütend wählte sie Mary Kates Nummer. Die Sekretärin teilte ihr mit, daß Mary in einer Sitzung sei, also hinterließ Justine auch hier eine Nachricht, in der Hoffnung, daß sie zusammen zu Mittag essen und feiern könnten. Dann bat sie Min herein, um mit ihrer Assistenz die ersten Projekte für Millar, Soames & Robberts in Angriff zu nehmen.

*

Nur unter Aufbietung seines ganzen Trainings gelang es Nicholas, seine wahren Empfindungen zu verbergen. Der Schock war so groß, so vollkommen unerwartet, daß er unwillkürlich einen Schritt zurücktrat. Sein Gesicht verschloß sich wie eine Maske aus Stahl, während die sanften Stimmen um ihn herum leiser und leiser wurden...

Und er war wieder in New York, hielt sein langes *dai-katana* in den Händen, die schimmernde Klinge gegen Saigo erhoben. Er unternahm einen Ausfall, und sein Cousin sagte: »Du glaubst, daß Yukio lebt, irgendwo, und genauso oft wie du an die alten Zeiten denkt. Aber dem ist nicht so, o nein!« Er lachte, während sie einander weiter umkreisten, Mordlust in den Augen. »Sie liegt auf dem Grund der Meerenge von Shimonoseki, mein geliebter Cousin, genau dort, wo ich sie ertränkt habe. Sie hat dich geliebt, mußt du wissen, mit jedem Atemzug, mit jedem Wort, das aus ihrem Mund kam. Es hat mich um den Verstand gebracht. Sie war die einzige Frau für mich... ohne sie gab es nur Männer.« Seine rotgeränderten Augen glichen glühenden Kohlen. Er war über und über mit Blut bedeckt. »Du bist schuld daran, daß ich sie getötet habe, Nicholas!«

Monatelang hatte Nicholas mit diesem Schmerz gelebt, eine schwarze Kapsel der Qual, die er nur selten nach außen hin zeigte. Und jetzt... Es war nicht etwa so, daß Akiko Ofuda nur wie Yukio ausgesehen hätte, eine Familienähnlichkeit, eine Laune der Natur. Nein, ihr Gesicht *war* das von Yukio. Was ihre Gestalt betraf, gut, da gab es Unterschiede, aber Nicholas hatte Yukio das letztemal im Winter 1963 gesehen, auf dieser langen, schrecklichen Reise nach Süden zu Kumamoto und Saigo. Und als er endlich nach Tokio zurückgekehrt war, allein und verwirrt, hatte sich alles verändert. Satsugai, Saigos Vater, war ermordet worden. Dann war der Colonel, Nicks Vater, gestorben. Kurz danach hatte Cheong, seine Mutter – mit ihrer Schwägerin, Itami, als Sekundantin – *seppuku* begangen.

Jetzt, während er den Blick nicht von Akiko Ofuda wenden konnte, überlegte Nicholas angestrengt, ob Saigo wohl mit einer Lüge auf den Lippen gestorben sein mochte. Möglich oder unmöglich? Er war nur wenige Schritte vom Tod entfernt gewesen, als er mit Nicholas gesprochen hatte. Was mochte das für jemand wie ihn bedeutet haben? Hatte es ihm endlich die Wahrheit diktiert oder wieder nur eine Lüge? Zweifellos das, was Nicholas in seinen Augen die größten Schmerzen bereitete. Die Wahrheit also oder eine weitere Erfindung?

Aber warum hatte Akiko ihn dann so angesehen? Woher dieses Interesse an ihm, wenn sie nicht Yukio war? Andererseits – Yukio hier an Satos Seite, als seine Braut... So oder so, es handelte sich um einen gar zu wilden Zufall, und Nicholas glaubte nicht an Zufälle als bestimmende Kraft der Natur.

Während der gesamten Zeremonie und als die traditionelle Sakeschale von Sato an Akiko weitergereicht wurde, war sein Verstand mit diesem bizarren Puzzle beschäftigt. Aber je mehr er darüber nachdachte, desto mehr schien er sich in diesem Gewirr von Fragen ohne Antworten zu verstricken. Er begriff, daß er nicht weiterkommen würde, ehe er nicht mit Akiko selbst gesprochen hatte, und doch hörte er nicht auf, die Möglichkeiten in Gedanken hin und her zu wenden: War sie es oder war sie es nicht? Seine Augen starrten sie an mit freudlosem Blick. Dieses Gesicht, dieses Gesicht. Es war, als hätte er sich in ein verwunschenes Haus verirrt und könnte nun den Ausgang nicht mehr finden. Er schien allen festen Grund unter den Füßen verloren zu haben.

War die Zeremonie lang oder kurz? Er wußte es nicht, verloren in seiner Unsicherheit; nur sein Körper verrichtete die Bewegungen, die von ihm erwartet wurden, automatisch wie ein Roboter.

Und immer wieder suchten ihre Augen seinen Blick, hielten ihn fest. Diese Augen, die er so leidenschaftlich geliebt hatte, zeigten nun keinerlei Gefühl mehr, weder Spott noch Liebe. Er wußte, daß er eine Gelegenheit finden mußte, mit ihr zu sprechen, aber er begriff auch, daß es schwer werden würde, sie allein zu sehen.

Kaum war die Zeremonie zu Ende, drängten die Gäste auf das Brautpaar zu, um ihm Glück zu wünschen. Andere schlenderten den schmalen, lehmigen Weg zum Seeufer hinunter, wo am Abend zuvor eine Reihe gestreifter Pavillonzelte aufgebaut worden waren.

Jetzt war die Zeit denkbar ungünstig. Nicholas beschloß, es fürs erste bei einem allgemein gehaltenen Glückwunsch für das Brautpaar zu belassen. Sato grinste und schüttelte Hände wie ein amerikanischer Senator nach seiner Wiederwahl.

Tomkin grunzte: »Jetzt fängt er gleich an, Zigarren zu verteilen.« Er wandte sich ab. »Gehen Sie zu dem Empfang, Nick. Ich fahre ins Hotel zurück, mein Magen ist immer noch nicht in Ordnung. Ich schicke Ihnen den Wagen wieder zurück.«

Allein begab sich Nicholas zum See hinunter. Vor ihm gingen Sato und Akiko, immer noch umringt von Gratulanten. Jetzt, wo die Zeremonie mit ihrer steifen Förmlichkeit vorüber war, hatte sich die Stimmung überall gelockert.

Einmal mehr traten die Hochzeit, die Gäste, das Lachen und die Gespräche in den Hintergrund, und Nicholas war in seiner privaten Welt mit Yukio und den Elementen. Der Sonnenschein, der Schatten, der Duft von Zedern, Tannen, Weihrauch und wilden Zitronen, all das existierte nur im Zusammenhang mit ihr. Wenn er ihr zusah, war es, als kehrten die Goldregenpfeifer zurück, nach einem langen harten Winter, wenn der Boden noch Frost ausstrahlte und sich Wärme nur am glühenden Herdfeuer fand.

Einstmals hatte Nicholas Yukio mit den verblaßten Blumenblättern verglichen, die am letzten der drei *hanami*-Tage fielen. Obwohl es viele gab, die behaupteten, daß die Kirschblüten am zweiten Tag, dem Höhepunkt des *hanami*, am schönsten seien, fühlten sich doch die meisten Japaner von den Blumen des dritten Tags am tiefsten angerührt. Denn an diesem dritten Tag geschah es, daß man das Unbeschreibliche an der Vergänglichkeit aller Schönheit wahrhaft zu verstehen begann.

Aber jetzt sah alles anders aus, seine ganze Welt war auf den Kopf gestellt. Wie konnte Yukio noch am Leben sein? Hatte Saigo ihm aus dem Grab einen letzten teuflischen Streich gespielt? Hatte er Nicholas all die Jahre von ihr ferngehalten, während sie lebte und wartete und...

*

Er hatte Alix Logan jetzt über fünf Monate beobachtet, war ihr durch die sonnenlichtüberfluteten Straßen von Key West gefolgt, in die kleinen Kleider- und Schmuckboutiquen und über die schmalen, flachen Strände. Er hatte sie sogar begleitet, wenn sie ihren Hund, einen riesigen, gescheckten Dobermann, abholte, auch wenn ihn angesichts des schmucken, schwarzweißen Schilds am Gatter immer ein leichter Schauer überlief: *Gold Coast-Hundeschule*, und darunter in kleineren Buchstaben: *Unsere Spezialität – Polizei- und Angriffstraining*. Und alles, was er während dieses Jobs bisher herausgefunden hatte, war, daß sie sich völlig unberechenbar verhielt.

Alix Logan war eine Wucht. Sie hatte die schlanke Figur eines Fotomodells, langes, kräftiges, honigfarbenes Haar, in das die Sonne Floridas inzwischen einige reizvolle Strähnen gebleicht hatte. Ihre Augen waren von intensivem Grün, wenn er sie bisher auch nur durch sein Nikon-7x20-Fernglas gesehen hatte.

Er war ihr so lange gefolgt, dieser Mann mit den breiten Schultern und dem wettergegerbten Cowboygesicht, daß er schon fast das Gefühl hatte, mit ihr zu leben. Er wußte, was sie gern aß, was für Kleider sie mochte und welche Männer ihr gefielen. Die beiden, die sie auf Schritt und Tritt begleiteten, gefielen ihr mit Sicherheit nicht. Einmal war er Zeuge gewesen, wie sie die Nerven verloren und einem von ihnen lauthals eine Szene gemacht hatte.

»Ich habe die Schnauze voll!« hatte sie ihn angeschrien. »Ich halte das nicht mehr aus. Ich hatte gedacht, hier unten würde alles in Ordnung kommen, aber das ist es nicht. Ich kann nicht arbeiten, ich kann nicht schlafen, ich kann nicht mal vögeln, ohne daß ich euren Atem auf dem Rücken spüre.« Ihr honigfarbenes Haar flatterte im salzigen Wind. »Bitte, bitte, bitte, laßt mich doch endlich in Ruhe!«

Der Bursche, groß wie ein Kleiderschrank, hatte die massigen Arme über der Brust verschränkt und angefangen, ein Lied aus einem Walt-Disney-Film zu pfeifen.

Ihr unsichtbarer Begleiter hatte all das von einem kleinen Boot aus verfolgt, in dem er gesessen und so getan hatte, als angelte er. Niemand kannte ihn hier; die wenigen, mit denen er zu tun hatte, nannten ihn Bristol oder »Tex« wegen seines Gesichts. Mit Tränen in den Augen hatte Alix Logan dem Kleiderschrank den Rücken gekehrt und war steifbeinig zum Landungssteg einer am Pier festgemachten Luxusyacht marschiert.

Er selbst hatte den Motor angelassen und war hinausgefahren auf die offene See. Draußen, weit fort von der Küste, hatte er schallend lachen müssen. Für jemand, der tot und begraben war, führte er ein bemerkenswert aufregendes Leben.

*

Während der ganzen Fahrt vom Hochzeitsempfang nach Hause spürte Akiko Ofuda Sato in der Limousine den Druck der Hand ihres Ehemannes, spürte die Hitze, die von seinem Körper ausging, die Wellen seines Begehrens so dicht an ihrer Seite. Sie entsann sich all der voyeuristischen Abende in seinem Haus, der in ihr aufgestauten Erregung und erwiderte den Druck, wobei ihre lackierten Nägel sacht über die Innenfläche seiner Hand kratzten.

Kaum waren sie zu Hause, begab sie sich umgehend ins Badezimmer, legte ihren Kimono ab und entledigte sich aller Unterwäsche. Als sie ganz nackt war, hüllte sie sich wieder in den Kimono, verschnürte den *obi* und überprüfte ihr Make-up im Spiegel. Sie trug noch etwas Lippenstift und Lidschatten auf.

Das Schlafzimmer war weit entfernt von dem Sechs-*tatami*-Zimmer, in dem Sato seine Geschenke erhalten hatte. Jenen Frauen war der Zutritt zu diesem Teil des Hauses nie gestattet worden. Schließlich gehörten sie nicht zur Familie.

Auf einem Piedestal nicht weit von dem großflächigen Bett hockte eine Statue von Ankoku Doji, finster blickend und im Lotussitz. Doji war der Gehilfe des Höllenfürsten, und diese spezielle Statue aus Kampferholz hatte bereits sieben Jahrhunderte überdauert.

Akiko haßte sie. Die Augen der Skulptur schienen ihr überallhin zu folgen, schienen zu wissen, was sie ihrem Eigentümer anzutun gedachte. Sobald sie sich hier erst richtig eingerichtet hatte, würde sie die Statue in einen anderen Raum verbannen, möglichst in einen, den sie selten betrat.

Sato hieß sie auf seinem *futon*, der zusammenrollbaren Schlafmatte, willkommen. Sie tranken heißen Sake und erfreuten sich mit kleinen Scherzen. Akiko achtete darauf, immer zu lachen, auch wenn sie kaum zuhörte.

Sie dachte daran, was Sun Hsiung ihr gesagt hatte, aber ihr blieb keine Wahl. Bald würde ihr geschworener Feind in sie eindringen, und der Gedanke erfüllte sie mit Entsetzen.

Sato berührte sie, und sie zuckte zusammen. Sie merkte, daß sie die Augen zusammengepreßt hatte, als könnte sie solcherart den Nachhall von Sun Hsiungs Worten in ihr zum Schweigen bringen.

»Du bist ein leeres Gefäß, das ich nun füllen werde«, hatte er gesagt. »Du bist aus freien Stücken zu mir gekommen, daran mußt du dich in den nächsten Tagen, Wochen und Monaten stets erinnern. Du wirst eine lange Zeit hier verbringen, und es ist nicht unvorstellbar, daß der Wunsch in dir entsteht, uns zu verlassen. Das aber wird dir nicht erlaubt sein. Solltest du auch nur den leisesten Verdacht hegen, daß du Mühsal, Schmerzen und harte Arbeit nicht zu ertragen vermagst, so mußt du auf der Stelle gehen. Jetzt ist die Zeit dazu, die einzige Zeit und Gelegenheit. Habe ich mich verständlich ausgedrückt?«

Und während Angst in ihrem Herzen aufstieg wie eiskaltes Wasser, hatte sie genickt und geantwortet: »Ja«, als legte sie das Ehegelöbnis ab.

Und so war es auch gewesen, dachte sie. Genauso.

Was ihr nun bevorstand, hatte nicht mehr mit Liebe zu tun als die Begegnung zweier Mikroorganismen. Die Gefühle, die sie in Wirklichkeit für Sato hegte, konnte sie nicht eher als am Tag ihrer Rache offenbaren. Ihre Nüstern weiteten sich abrupt, als sie Satos Geruch wahrnahm.

Seine Hände schoben den Kimono von ihren Schultern, und sie umfing ihren Oberkörper mit den Armen wie ein Schulmädchen, das von den frisch erblühten Brüsten in Verlegenheit versetzt wird.

Sato beugte sich vor und ließ die Lippen über ihren Hals gleiten. Akiko verschloß ihr Innerstes und fügte sich in das, was ihr bevorstand. Sie spürte seine Hände auf den Schultern, und sie zwang sich zu reagieren und schob seinen Kimono auseinander.

Er war lange vor ihr nackt, sein Fleisch warm unter ihren suchenden Fingern. Seine Haut war weich und rein und völlig unbehaart. Sie legte ihre Wange an seinen Bauch, hörte das Leben darin pulsieren wie die Brandung an einer fernen Küste, doch es bedeutete ihr nicht mehr, als wenn sie ihr Ohr an ein Baumloch gelegt hätte.

Er hob sie hoch, und dann lagen sie nebeneinander, Körper an Körper. Ihre Beine waren geschlossen, seine gespreizt. Dort unten schien ein zweites Herz zu existieren, das in einem ganz eigenen Rhythmus pulsierte. Sie fühlte seinen beharrlichen Druck, als es wuchs und sich gleich einer Schlange zwischen ihre Beine zwängte.

Sie griff hinunter und nahm sein Skrotum in die Hand. Er stöhnte, und sie hatte das Gefühl, seine Hoden zögen sich wie antwortend zusammen. Sie berührte die Wurzel seines Glieds.

Sacht begann Sato, sie auf den Rücken zu drehen. Nie zuvor war sie sich eines bestimmten Teils ihrer Anatomie so bewußt gewesen wie jetzt. Die Innenseite ihrer Schenkel brannte, als hätte sie sich gegen einen Ofen gepreßt, und das Fleisch dort trug eine Gänsehaut.

Wenn er zu schnell seinen Blick darauf warf, wenn seine Liebe nicht ausreichte, um ihn abzulenken, dann würde er sie mit Sicherheit zurückstoßen. Sie sah ihn, wie er sie aus seinem Haus warf, wie sie aus der Stadt verbannt wurde, wie es vor Jahrhunderten getan worden war, als der Shogun regierte und ihresgleichen nicht in das

Bett eines Samurais durfte, geschweige denn an seiner Seite vor den Hochzeitsaltar treten.

In diesem Moment, das war ihr klar, bestand nicht der geringste Unterschied zwischen ihr und ihrer Mutter, und diese Erkenntnis entsetzte sie dermaßen, daß sie zu zittern begann wie Espenlaub. Ihr Mann mißverstand ihre Furcht, hielt sie für Leidenschaft und stöhnte laut.

Sie spürte die weiche Seide ihres offenen Kimonos auf ihrer Haut wie eine zarte Liebkosung. Sato ragte über ihr auf, sein muskulöser Oberkörper tauchte ihre Brüste in den Schatten. Sie hob die Hände, ihre Finger tasteten sich an den Sehnen und Muskeln seiner Arme empor. Mit den Daumen drückte sie wie prüfend in das straffe Fleisch.

»Gefallen dir meine Arme?« fragte er flüsternd.

Ihre Augen, schwarze Jade, starrten zu ihm auf, ohne zu blinzeln, und gaben ihm die Antwort, die er sich wünschte.

»Ah, ja«, atmete er, »ah, ja.«

Sein Kopf sank herab, die offenen Lippen umschlossen eine ihrer Brustwarzen. Abwechselnd nahm er die eine, dann die andere Brust in den Mund, leckte und knabberte. Akiko empfand nichts. Seine Fingerspitzen drehten eine Warze hin und her, während er an der anderen leckte, und jetzt entfuhr ihr ein Keuchen, denn der Kontrast zwischen der Wärme seines Mundes und dem unsanften Kneten seiner Finger hatte fast etwas Schmerzhaftes. Sie wußte nicht, ob sie schreien oder weinen sollte. Sie tat keins von beiden, sondern biß sich lediglich auf die Unterlippe. Dann schob sie die Finger in den Mund und benetzte ihre Schamlippen mit Speichel.

Sie spürte, wie sie auf die Seite gedreht wurde. Satos erhitzter Körper preßte sich von hinten an sie. Seine rechte Hand hob ihr rechtes Bein und stieß an ihre geheimste Stelle vor. Wieder entfuhr ihr ein Keuchen, als sie ihn zwischen den Schenkeln in das Nest ihres Schamhaars eindringen fühlte.

Seine Finger zogen ihre Schamlippen auseinander, und sie dachte kurz an all seine Geschenke, die Gesten, mit denen er sie liebkost hatte. Dann öffnete sie sich ihm. Dick und heiß wie eine Eisenstange spürte sie ihn zwischen ihren Beinen.

Sie begann zu weinen. Sein Atem zischte in ihrem Ohr, und seine Arme schlossen sich fester um sie. Er umkreiste ihre Vagina, bis er es nicht mehr länger aushalten konnte und mit einem heftigen Keuchen und einem einzigen tiefen Stoß ganz in sie eindrang. Akikos Augen öffneten sich so weit, daß die Pupillen in einem See aus Weiß zu schwimmen schienen. In ihrer Brust breitete sich ein stechender Schmerz aus, so daß sie kaum noch atmen konnte. Sie spürte ein schreckliches Ziehen in ihren Lenden, einen heftigen Druck auf ihre Eingeweide, als wenn sie zuviel gegessen hätte.

Ihre Gefühle überwältigten sie, und sie stieß einen wilden Schrei aus. Sato deutete auch diesen Laut falsch und drang noch tiefer in sie ein, ehe er rhythmisch zu pumpen begann. Ihr Kopf schlug vor und zurück, das lange aufgelöste Haar schlug Sato ins Gesicht und entflammte ihn noch mehr.

Sie hatte das Gefühl, tot zu sein. Besessen von Kioki, dem *sensei* der Dunkelheit.

Wie Schiffe auf einem nächtlichen, sturmumtosten Meer, so schaukelten sie vor und zurück, Akiko in Satos Umarmung, hilflos ausgeliefert seiner grausamen Kraft. Schaum trat ihr auf die Lippen, Haß in ihr Herz. Doch sie mußte ihre Rolle weiterspielen, bis zum blutigen Ende, Freude spenden, ohne selbst welche zu empfinden. Immer noch weinend griff sie zwischen ihren Beinen nach seinem schwingenden Hodensack. Gleichzeitig zog sie ihre inneren Muskeln zusammen, bearbeitete den Kopf seines in ihrem schlüpfrigen Kanal eingeschlossenen Gliedes. Ihre Hüften führten rasche kreisende Korkenzieherbewegungen aus. Sie drückte den Hodensack leicht.

Sie hörte sein tiefes Stöhnen, fühlte seine Muskeln zittern und wußte, daß sein Orgasmus kurz bevorstand. Ich kann nicht zulassen, daß er in mir kommt, dachte sie wild. Morgen oder übermorgen vielleicht, aber nicht jetzt.

Mit einem leisen Schrei entzog sie sich ihm, drehte sich um und schob ihre Lippen über seinen feuchten, vibrierenden Schaft, neckte ihn mit zarten Zungenschlägen, bis sich seine Hände in ihrem Haar verkrampften und er sie flehend um Erlösung bat. Dann erst begann sie zu saugen, trieb ihn mit ihren Fingern der Vollendung entgegen. Mit der anderen Hand verbarg sie ihre Scham, als wollte sie die Blutung einer Wunde stillen, die Schenkel fest zusammengepreßt.

Im Moment seines Orgasmus hielt sie sich besonders fest, so wie ein Kind eine Wunde liebkost, um den Schmerz zu lindern.

Als ihr Mann eingeschlafen war, erhob sie sich leise vom Ehelager. Einen Moment lang blieb sie schweigend und hochaufgerichtet in ihrer Nacktheit neben dem Lager stehen und blickte auf Seiichi Sato hinab. Dem rätselhaften Ausdruck auf ihrem schönen Gesicht war nicht zu entnehmen, was sie empfand. Vielleicht stimmte es, was Sun Hsiung ihr einst erklärt hatte: »Niemand versteht alles, was er empfindet.« Aber wenn das zutraf, wie konnte sie dann all die geheimen Künste erlernt haben, die sie inzwischen genauso gut beherrschte wie einst Saigo?

Mit einem Kopfschütteln warf sie sich die blauschwarze Kaskade ihres gelösten Haars über die Schulter, ehe sie sich bückte und den vielfarbigen Kimono aufhob, den sie bereits bei der Hochzeitsgastbarkeit früher am Tag getragen hatte.

Nie zuvor hatte sie ihr Karma so intensiv verabscheut. Ihre Ausbildung hätte sie vor solchen Gefühlen schützen sollen, und es überraschte und verwirrte sie, daß sie sich von dem Geschehenen derart geschändet fühlte. Daß es notwendig gewesen war, schien überhaupt keine Rolle zu spielen. Wieder begann sie in lautloser Qual zu weinen.

Barfuß verließ sie das Schlafzimmer, durchschritt das dunkle Haus, bis sie an die *fusuma* gelangte, die zu dem Zen-Garten führte.

Hier draußen herrschte steter Frieden. Über den uralten Farnen funkelten die Sterne, und einen Moment lang stieg die Erinnerung an Nicholas in ihr auf, bis sie zu bersten drohte. Dort oben, Millionen Kilometer von allem Bekannten entfernt, konnte sie frei sein. In der endlosen Schwärze des Weltraums mochte sie endlich Ruhe finden vor den Stürmen, die in ihr tobten.

Aber das Gefühl hielt nur einen Herzschlag lang an, dann kehrte sie wieder zu den Wurzeln des Irdischen zurück. Sie senkte den Blick und vertiefte sich in die Würde des mit vollkommener Präzision angelegten Gartens. Weniger war hier mehr, wie es der einzigartigen japanischen Ästhetik entsprach.

Die Kiesel, die den Boden bedeckten, waren von Hand ausgewählt, nach Größe, Form und Farbe. Zweimal am Tag wurden sie mit höchster Sorgfalt geharkt, damit sie genau die Symmetrie wahrten, die der Gartenarchitekt so mühsam geschaffen hatte.

An drei verschiedenen Stellen des Gartens erhoben sich schwarze, spitzeckige Felsen. Im Kontrast zu den Kieselsteinen war jeder in sich einzigartig, seine Kanten und Kerben dienten dazu, die verschiedensten Stimmungen im Betrachter hervorzurufen.

Der Ort war gleichzeitig beruhigend und belebend.

Akiko wandte den Kopf und setzte sich auf eine kalte Steinbank, die Beine geschlossen und leicht angewinkelt. Ihre Hände lagen im Schoß, die Finger entspannt und ein wenig gekrümmt. Ihre Haltung war so feminin, daß sie mit keiner Andeutung verriet, welcher unvorstellbarer Ausbrüche koordinierter Energie dieser Körper fähig sein konnte.

Sie spürte einen sanften Wind, der ihr kühlend über die Wange strich. Der Schweiß an ihren Haarwurzeln trocknete, und die Symmetrie des Gartens beruhigte sie. Sie seufzte und schloß die Augen, als hätte sie einen großen Sturm unbeschadet überstanden. Der Kopf wurde ihr schwer, ihr Puls verlangsamte sich.

Während sie da so in der Stille des Gartens saß, kam ihr der frohe Gedanke, daß sie sich wenigstens nicht mit einer Schwiegermutter abfinden mußte. Denn wie alle japanischen Mütter hätte auch Satos Mutter im Haus das Regiment geführt. Aus diesem Grund wurden die Räume, in denen sich alles Leben abspielte, traditionell ja auch *omoya* genannt – Mutterhaus. Akiko schüttelte sich innerlich. Wie wäre es ihr je möglich gewesen, den Anweisungen einer *heramochi* zu folgen, dem Haushaltsvorstand, der allein das Recht besaß, den zum Reisausteilen dienenden Löffel zu halten. Nein. Es war viel besser, daß sie unter der Erde lag, begraben neben Satos Bruder, dem Kriegshelden.

Akiko stand auf und ließ den Kimono von den Schultern gleiten. Sie blickte zum Himmel empor, an dem sich das harte Blau des Firmaments mit dem rosafarbenen Widerschein der Neonboulevards Shinjuku und Ginza mischte, die niemals schliefen. Nackt trat sie auf die sauber geharkten Kiesel, die sich kalt und glatt unter ihren Füßen anfühlten.

Zwischen zwei der scharfkantigen schwarzen Felsen legte sie sich auf die Erde, zusammengerollt und schlangengleich, halb im Licht, halb im Schatten, und wurde eins mit ihrer Umgebung.

*

Es lag eine unübersehbare Ironie darin, Tanja gegen die Sowjets einzusetzen, eine elliptische Symmetrie, die auf Minck dieselbe Wirkung hatte, wie wenn er eins der riesigen Gemälde von Thomas Hart Benton betrachtete: ihre reine Existenz machte das Leben lebenswert.

Nach seiner Rückkehr aus Moskau hatte Minck das große Bedürfnis gehabt, sich wieder der vornehmeren, eleganteren und erhebenderen Aspekte des Lebens zu vergewissern. Während der Zeit seiner Gefangenschaft war dieser Teil seines Erinnerungsvermögens vollkommen ausgelöscht worden. Mit seiner Heimkehr nach Amerika hatte er die positiven Eigenschaften der menschlichen Rasse von Grund auf neu erlernen müssen.

Tanja trat ein. Minck starrte in ihre kühlen, blauen Augen. Groß und graugesprenkelt erwiderten sie seinen Blick ebenso direkt. Sie waren immer das erste, was er sah, wenn er Tanja betrachtete – sein ganz persönliches Fegefeuer.

Es waren die Augen von Michail. Die Augen ihres Bruders. Michail, der Dissident, war in erster Linie für Mincks Reise nach Moskau verantwortlich gewesen. Er hatte den Westen wissen lassen, daß er über Informationen verfüge, die für den amerikanischen Geheimdienst lebenswichtig seien. Der Computer hatte sich für Minck entschieden – sowohl weil er perfekt russisch sprach als auch wegen seiner physischen Ähnlichkeit mit dem slawischen Menschentypus –, und man hatte ihn nach Moskau geschickt, damit er Michail herausholte oder sich, falls das undurchführbar sein sollte, zumindest in Besitz der Informationen brachte.

Aber bei dem Versuch, seinen Auftrag in die Tat umzusetzen, war man ihm auf die Spur gekommen. Jemand in Michails Arbeitsgruppe hatte sie verraten, und ihr Rendezvous war im Rattern schwerer Maschinenpistolen untergegangen, noch ehe es begonnen hatte. Michail war von den Projektilen buchstäblich in Stücke gerissen worden. Grelle Scheinwerfer hatten Minck aus der Dunkelheit geholt, während die Blutflecken im Schnee unter immer neuen, lautlos herabrieselnden Schneemassen verschwunden waren. Acht Jahre lag das jetzt zurück, die Flucht durch die beißende Kälte, der Schnee, der ihn geblendet hatte, die vereiste Stelle auf der Straße, die starken Arme, die ihn gepackt und festgehalten hatten.

»Carroll?«

Tanja war die einzige, die wußte, wofür das C. stand, und die einzige, die den Namen zu benutzen gewagt hätte, wären mehr mit diesem Wissen gesegnet gewesen. Es war auch das einzige äußere Erkennungszeichen des tiefen inneren Bands zwischen ihnen. Sie warf einen Blick auf die Blätter, mit denen er sich beschäftigte. »Ist die Akte über Nicholas Linnear komplett?«

»Keine Akte über ein menschliches Wesen ist je komplett, egal, wie aktuell ihr Stand auch sein mag. Ich möchte, daß Sie das nie vergessen.« Der letzte Satz war völlig überflüssig gewesen, denn Tanja vergaß ohnehin nie etwas.

Minck schuldete ihr eine Menge. Als er aus der Lubjanka ausgebrochen war, das Blut eines Obristen an seinen zitternden Händen, verfolgt vom KGB und ganzen Einheiten der Miliz, die jeden Dissidenten in die Mangel nahmen, um seinen Aufenthaltsort in Erfahrung zu bringen, hatte Tanja sich seiner angenommen, ihn aus Moskau herausgebracht und schließlich auch aus Rußland.

Um so mehr hatte es ihn empört, daß die »Familie« – damals hatte es natürlich noch keine Rote Station gegeben – sie nach seiner Rückkehr von ihm getrennt hatte und in einer fensterlosen Zelle mit ihr genauso umgesprungen war wie das Komitet Gosudarstvennoj Bezopasnosti in Moskau. So schnell er konnte, hatte er diesem Treiben ein Ende gesetzt, auch wenn er dabei in Gefahr geraten war, sich selbst in Mißkredit zu bringen. Immerhin war das sein erster, noch unsicherer Schritt zurück in ein Leben gewesen, von dem er geglaubt hatte, es für immer verloren zu haben.

Aufgrund seiner Gefangenschaft und der Gehirnwäsche hatte er selbst eine Zeitlang unter Verdacht gestanden. Aber als er ihnen Michails Informationen übermittelt hatte, argwöhnten sie nicht länger, er könnte umgedreht worden sein. Dennoch hatte er ihnen bis heute verschwiegen, über wen er wirklich an diese Informationen gelangt war, nämlich über Tanja, lange nach Michails Tod im MPi-Feuer. Es war ihr Dank dafür gewesen, daß er sie bei seiner Flucht aus der Lubjanka mitgenommen hatte. Michail, viel zu klug, um irgend etwas zu Papier zu bringen, hatte sich allein auf ihr phänomenales Gedächtnis verlassen, um sein Wissen aufzubewahren.

Als Minck nach seinem kometenhaften Aufstieg in der »Familie« vor drei Jahren die Gründung der Roten Station vorgeschlagen hatte, die sich allein mit Rußland, seinen Satellitenstaaten und ihren weltweiten Winkelzügen beschäftigen sollte, waren ihm achtzehn Monate eingeräumt worden, um etwas zu schaffen, das seiner Präsentation entsprach. Er hatte indes nur achtzehn Wochen dazu gebraucht, und von jenem Moment an war ihm ein stetig wachsender Anteil am jährlichen Etat der »Familie« sicher gewesen. Er verhandelte für seine Sektion mit der Tüchtigkeit eines guten Anwalts, der einen Starfußballer gegenüber dem Clubpräsidium vertritt. Sein Vertrag war wasserdicht. Solange er lieferte. Und Minck lieferte.

Doch im Augenblick dachte er weder an den Etat, noch an Tanja oder die Familie. Tatsächlich war er in eine eigenartige Tagträumerei versunken, die sich in den letzten Monaten immer mehr zur Gewohnheit entwickelt hatte. Und im Rahmen dieser Träumerei kam er unweigerlich zu der Frage, wie es passieren konnte, daß ein hochintelligenter, hervorragend ausgebildeter Geheimdienstoffizier wie Carroll Gordon Minck sich auf einmal in einer derart aussichtslosen Lage wiederfand.

Minck war nämlich verliebt, und diese Tatsache entsetzte ihn, weil er nach seinem Alptraum in der Lubjanka geglaubt hatte, nie wieder ein solches Gefühl entwickeln zu können. Um bei den zahllosen Verhören unter Einfluß psychedelischer Drogen nicht über die »Familie« zu sprechen, hatte er sich ganz auf Kathy konzentriert; nichts war in ihm gewesen als Kathy und noch mal Kathy. Am Ende wußten die Russen genausoviel über sie wie er. Aber sie wußten nichts über seine »Familie«. Als er nach Amerika zurückkehrte, war seine Beziehung zu Kathy ein für allemal zerstört. Und natürlich war er zu jener Zeit auch davon überzeugt, nie wieder sexuelle Erfüllung finden zu können.

Dabei war es jetzt gerade erst zwei Wochen her, daß er sich ins Flugzeug gesetzt hatte, um heimlich übers Wochenende zu einer Frau zu fliegen. Und schlimmer noch, es erschien ihm wie zwei Jahre. Was für ein Idiot war er doch! Trotzdem konnte er genausowenig aufhören, sie zu lieben, wie er aufhören konnte, die Russen zu hassen.

Wie sehr er sich danach sehnte, mit Tanja darüber zu sprechen! Die Geheimnisse der Welt konnte er ihr ohne Bedenken ins Ohr flüstern, aber nicht seine eigenen. Nein. Davon durfte sie nichts wissen, denn es handelte sich ganz eindeutig um ein Zeichen von Schwäche seinerseits. Sie würde ihm mit ihrem festen slawischen Blick in die Augen sehen und ihm erklären, was er zu tun hatte. Und Minck wußte, was er zu tun hatte; wußte, daß er es schon vor Monaten hätte tun sollen. Die Frau, die er liebte, mußte sterben, aus Sicherheitsgründen. Jeder Tag, an dem sie noch lebte, barg ein höchst gefährliches, wandelndes Risiko.

Wie oft hatte er nicht schon während der letzten Monate zum Hörer gegriffen und begonnen, eine bestimmte kodifizierte Nummer zu wählen. Und wie oft war ihm der Liquidationsbefehl in der Kehle steckengeblieben, während sich auf seiner Zunge der Geschmack von Asche ausbreitete. Er konnte es nicht tun. Und doch wußte er, daß er es mußte.

»– rein hier.«

Er blickte auf. »Entschuldigung, ich war –«

»– in Gedanken«, vollendete Tanja. »Ja, ich hab's gesehen.« Ihre Augen, Michails Augen, musterten ihn scharf. »Ich glaube, es ist Zeit für den Pool.«

Er nickte mit einem Seufzer. Tanja sagte gern, daß man den Körper gut in Schuß halten mußte, wenn man einen funktionierenden Verstand haben wollte.

Sie schaltete ARRTS ein, das Automatische Regelzeit-Rapport-Telefon-System, das von jetzt an alle ein- und ausgehenden Gespräche überwachen und aufzeichnen würde. Dann fuhren sie mit dem Fahrstuhl drei Stockwerke nach oben und begaben sich in die Erholungssektion, wobei sie sich zwei elektronischen Leibesvisitationen unterziehen mußten.

Minck zog sich aus. Er hatte einen schlanken, harten Körper, der zehn Jahre jünger aussah, als er war. Von weitem schien es sich um einen absolut normalen Körper zu handeln; erst von nahem sah man die Narben, die gezackten Furchen, die Flecken unbehaarter, glänzender weißer Haut. Die Lubjanka hatte nicht mit sich spaßen lassen.

Mit einem flachen Sprung tauchte er in das riesige Becken, wobei die Oberfläche des Wassers kaum Wellen bildete. Tanja folgte ihm wenig später. Sie trug einen knappen Bikini, er eine Nylonbadehose. Auch Tanjas Körper war schlank und muskulös, was genau dem physischen Abbild ihres stahlhart zupackenden Verstands entsprach.

Sie schwammen zehnmal hintereinander von einem Ende des Bekkens zum anderen, wobei sie sich gegenseitig zu immer größeren Leistungen anspornten. Am Ende gewann Tanja, wie üblich, allerdings war ihr Vorsprung schon geringer als noch vor ein paar Monaten.

»Dicht dran«, sagte er schweratmend und wischte sich das Wasser vom Gesicht. »Verdammt dicht dran.«

Tanja lächelte. »Du hast härter trainiert als ich. In Zukunft muß ich daran denken.«

Er zog sich aus dem Wasser und setzte sich auf den Beckenrand.

Auch im Sitzen zeigte sein Bauch keine Falten, bemerkenswert für einen Mann von siebenundvierzig Jahren.

Tanja blieb im Pool, trat Wasser und wartete geduldig. Seit dem Telefongespräch mit Dr. Kidd in New York hatte er einen ausgesprochen nachdenklichen Gesichtsausdruck. Es war ihr nicht gestattet worden, das Gespräch mitzuhören, und Minck hatte sich bisher auch mit keiner Silbe dazu geäußert. Sie hoffte nur, daß es das einzige war, das ihn beschäftigte.

Unter anderen Umständen hätte sie sich zu einem Mann wie ihm außerordentlich hingezogen gefühlt. Er besaß jene seltene Eigenschaft, die sie bei einem Menschen am meisten bewunderte: seine äußere Erscheinung entsprach genau seinem Denken und Fühlen.

»Es geht um diesen verdammten Nicholas Linnear«, sagte er jetzt mit der für ihn charakteristischen Unmittelbarkeit. »Ich denke, früher oder später werden wir uns seiner annehmen müssen.«

Jetzt wußte sie, wie die Unterhaltung mit Dr. Kidd gelaufen war, aber sie ließ es sich nicht anmerken.

Mincks graue Augen ruhten nachdenklich auf ihrem Gesicht. »Ich glaube nicht eine Sekunde lang, daß ich diesen Bastard mögen werde; er ist unabhängiger, als ihm guttut... Und natürlich ist er ungeheuer gefährlich.«

»Ich habe die Akte gelesen«, sagte Tanja und zog sich ebenfalls aus dem Becken. »Er würde niemals von sich aus einen Angriff in Erwägung ziehen.«

»O nein«, pflichtete Minck ihr bei, »mit Sicherheit nicht. Und genau das ist unser Schlüssel zu ihm. Auf unserem Gebiet ist er ein unerfahrener Neuling. Wir müssen also darauf achten, daß er in unserer Reichweite bleibt, damit wir ihn einholen können, wenn er uns alles gegeben hat, was wir haben wollen.«

Er fuhr sich mit den Händen über die praktisch unbehaarten Oberschenkel. »Denn wenn wir zulassen, daß er sich auf sein eigenes Terrain zurückzieht, dann gnade uns Gott. Dann verlieren wir ihn, die Russen und vielleicht die ganze Erde.«

*

»Hallo«, meldete sich Nicholas verschlafen, als das Telefon klingelte.

»Nick... Nick, wo bist du denn gewesen? Ich habe den ganzen Tag über versucht, dich zu erreichen.«

Nick murmelte etwas Unverständliches in den Hörer. Seine Augen ließen sich nicht öffnen.

»Nick?«

Er war gefangen in einem Netz von Bildern. Er hatte von Yukio geträumt, einer Hochzeitszeremonie vor dem Grabmal des Tokugawa, einem schwarzen Drachen, der sich am Himmel drehte, grauen Regenpfeifern, die pfeilschnell nach einem Versteck suchten. Yukio in ihrem weißen Kimono mit dem purpurnen Saum, ihnen gegenüber ein buddhistischer Priester. Eintönige Gesänge, die ins Geäst der Fichten aufstiegen.

»Nick, bist du da?«

Er hatte ihre Hand genommen, während der Gesang anschwoll, lauter wurde, und dann hatte sie ihm das Gesicht zugewandt, den gelben Schädel einer Wasserleiche. Entsetzt war er zurückgewichen, dann hatte er gesehen, daß es Akiko war... Akiko oder Yukio. Welche von beiden?

»Entschuldige bitte, Justine. Sato hat gestern geheiratet, und der Empfang dauerte bis –«

»Laß dir deswegen keine grauen Haare wachsen«, sagte sie. »Ich habe phantastische Neuigkeiten für dich.« Erst jetzt hörte er die Aufregung in ihrer Stimme.

»Was denn für welche?«

»Ich habe mich mit Rick Millar getroffen. Er hat mir einen Traumjob offeriert, und ich habe angenommen. Ich war so aufgeregt, daß ich schon am Freitag angefangen habe!«

Nicholas fuhr sich mit der Hand durchs Haar. Vor dem Fenster zeichnete sich das Morgengrauen ab, doch ihm war, als hätte er kaum geschlafen. Die Erinnerung an Akikos Gesicht verfolgte ihn.

»Nick, hast du überhaupt verstanden, was ich gesagt habe?« Die freudige Erregung war aus ihrer Stimme verschwunden, und ein scharfer Unterton hatte sich eingeschlichen.

»Ich dachte, du wolltest nur für dich arbeiten, Justine«, sagte er, immer noch geistesabwesend. »Ich verstehe nicht, warum du dich an jemand anderen binden –«

»Herrgott, Nick!« unterbrach ihn Justine enttäuscht. »Fällt dir nichts anderes ein? Herzlichen Glückwunsch, das solltest du sagen. Ich freue mich für dich, Justine. Bringst du das so schwer über die Lippen?«

»Na ja, natürlich freue ich mich, aber ich dachte –«

»Du meine Güte, Nick«, brach es aus ihr hervor. »Fahr zur Hölle, ja?«

Sie legte auf, und als er versuchte, sie zurückzurufen, war ihr Apparat besetzt. Auch gut, dachte er traurig. Ich bin nicht gerade in der idealen Verfassung für eine erfolgreiche Entschuldigung.

Er lag im Bett, nackt auf den Laken, und fragte sich, in welcher Hinsicht ihn sein Erinnerungsvermögen wohl noch im Stich lassen mochte.

*

Pünktlich um neun Uhr morgens klopfte Miss Yoshida an Nicks Zimmertür. »Guten Morgen, Linnear-san«, sagte sie. »Sind Sie bereit zum Aufbruch?«

»*Hai*. Aber ich muß Ihnen gestehen, daß ich keine Zeit hatte, Räucherstäbchen –«

Sie nahm die Hand hinter dem Rücken hervor und zeigte ihm ein längliches Päckchen. »Ich habe mir die Freiheit genommen, Ihnen welche mitzubringen. Ich hoffe, Sie nehmen mir das nicht übel.«

»Ganz im Gegenteil«, sagte er. »Ich bin froh, daß Sie daran gedacht haben. *Domo arigato*, Yoshida-san.«

Es war Sonntag. Greydon besuchte seinen Sohn in Misawa, und Tomkin lag im Bett, um endlich seine Grippe auszukurieren. Die Zeit war günstig, um sich seiner familiären Verpflichtungen zu entledigen.

In einer großen Limousine mit getönten Scheiben fuhren sie aus der Stadt. Nicholas sah, daß Miss Yoshida ihr Make-up geändert hatte. Sie konnte jetzt durchaus für zwanzig durchgehen, und er stellte fest, daß er keine Ahnung hatte, wie alt sie in Wirklichkeit war.

Sie war sehr still, fast verschlossen. Sie saß auf der anderen Seite der Rückbank, und der freie Platz zwischen ihnen hätte genausogut eine unüberwindliche Mauer sein können.

Mehrmals stand Nicholas kurz davor, etwas zu sagen, nahm dann aber angesichts ihrer konzentrierten Miene doch wieder davon Abstand. Schließlich entspannte sich Miss Yoshida und blickte ihn an. Ihre Augen waren sehr groß. Sie hatte sich für die traditionelle japanische Aufmachung entschieden, und irgendwie schienen Kimono, Obi und *getas* – die Sandalen – sie noch mehr zu verändern, ihre Jugend zu betonen.

»Linnear-san«, begann sie, ehe sie innehielt und den Mund wieder schloß, als hätte sie noch nicht genug Mut aufgebracht für das, was sie sagen wollte. »Linnear-san, bitte vergeben Sie mir, was ich jetzt zu Ihnen sage, aber es verwirrt mich, daß Sie *anata* benutzen, wenn Sie mit mir sprechen. Ich bitte Sie, die angemessene Form zu wählen, nämlich *omae*.«

Nicholas dachte einen Moment über ihre Worte nach. Sie bezog sich darauf, daß in Japan Männer und Frauen aller Emanzipation zum Trotz immer noch verschiedene Formen der Anrede pflegten. Männer sprachen im Befehlston, Frauen baten.

Anata und *omae* hatte dieselbe Bedeutung, nämlich *Sie*. Männer, die mit ihresgleichen oder Untergebenen sprachen, benutzten *omae*. Frauen fielen automatisch in diese Kategorie. Wenn eine Frau mit einem Mann sprach, befleißigte sie sich immer des *anata*, der höflicheren Anredeform. Und falls ihr je gestattet wurde, in einer weniger ehrerbietigen Form zu sprechen, mußte sie unvermeidlich wenigstens *omae-san* benutzen.

Was immer man dazu auch sagen mochte, dachte Nicholas, dieser Unterschied führte automatisch zu einer gewissen Unterwürfigkeit im Denken der japanischen Frauen.

»Es würde mich glücklicher machen, Yoshida-san«, sagte er jetzt, »wenn wir beide die gleiche Form benutzen würden. Oder wollen Sie bestreiten, daß Ihnen in einem Gespräch die gleiche Höflichkeit gebührt wie mir?«

Miss Yoshida hatte den Kopf gesenkt, die Augen auf ihren Schoß gerichtet. Das einzige äußere Zeichen ihrer Aufgewühltheit gaben ihre Hände, die unaufhörlich miteinander rangen.

»Ich bitte Sie, Linnear-san, sich das noch einmal zu überlegen. Wenn Sie es wirklich von mir verlangen, steht es mir nicht zu, mich zu weigern. Aber bitte bedenken Sie die möglichen Folgen. Wie könnte ich Sato-san je einen derart unerhörten Bruch der sozialen Etikette erklären?«

»Wir leben nicht mehr in einer feudalistischen Vergangenheit, Yoshida-san«, sagte Nicholas so sanft wie möglich. »Ich bin sicher, Sato-san ist aufgeklärt genug, das genauso zu sehen.«

Sie hob den Kopf, und er bemerkte ein schwaches Funkeln in ihren Augenwinkeln, bei dem es sich um entstehende Tränen handeln konnte. »Als ich bei Sato Petrochemicals anfing, Linnear-san, war ich das Büromädchen. So lautete mein offizieller Titel, ganz egal, welche Funktionen ich ausübte. Eine der Qualifikationen, die ich als Büromädchen mitbringen mußte, war *yoshitanrei*.«

»Ein schönes Äußeres? Aber das ist doch bestimmt schon Jahre her. Ich kann mir nicht vorstellen, daß so was auch heute noch zutrifft.«

»Wie Sie meinen, Linnear-san«, sagte sie und senkte den Kopf in einer Geste der Fügsamkeit. Nachdrücklicher hätte sie überhaupt nicht argumentieren können.

»In Ordnung«, sagte Nicholas nach kurzem Überlegen. »Wir einigen uns auf einen Kompromiß. Die *anata*-Form benutzen wir nur, wenn wir miteinander allein sind. Niemand außer uns soll Zeuge dieser Blasphemie werden.«

Ein kleines Lächeln kräuselte Miss Yoshidas Lippen, und wieder nickte sie. »*Hai*. Damit bin ich einverstanden. Sie sind sehr großzügig.« Ihre Stimme war weich, fast ein Flüstern.

*

Mit gesenktem Kopf stand Nicholas vor den Grabsteinen seiner Eltern. So viele Erinnerungen, dachte er. So viele schreckliche Tode. Das rasche, harte Zucken der Schultern seiner Mutter, und schon tat das kurze *seppuku*-Schwert seine Arbeit. Und Itami, Cheongs Schwägerin, schwang pflichtschuldig das *katana*-Schwert, um dem Schmerz seiner Mutter für immer ein Ende zu bereiten.

»Sie war ein Kind der Ehre«, hatte Itami ihm erklärt.

Nicholas kniete nieder und entzündete die Räucherstäbchen, ohne daß ihm ein passendes Gebet eingefallen wäre. Statt dessen wurde er neuerlich von Erinnerungen überwältigt.

Er war wieder ein Jüngling und kletterte die steilen, bewaldeten Hügel von Yoshino hinauf, die von allen *jonin* im Tenshin Shoden Katori-*ryu* so sehr geliebt wurden. Einmal mehr erkannte er, daß es eine mystische Verbindung gab zwischen diesen Männern geheimer Disziplinen und dem Land, das sie zu ihrer Heimaterde erkoren hatten.

Neben ihm ging Akutagawa-san, angetan mit dem grauen, perlmuttartig schimmernden Kimono des *jonin sensei*, wohingegen Nicholas nur das schlichte graue *gi* des Schülers trug. Es war früher Morgen, und die Sonne ging auf, doch ihr Weg blieb in Schatten getaucht.

»Der Fehler, den wir alle haben, bevor wir hier eintreten«, sagte Akutagawa-san, »ist unsere Vorstellung von der Zivilisation. Geschichte, Ethik, Gesetz, sie alle hängen in ihrer Existenz von diesem einen entscheidenden Unterbau ab.«

Akutagawa-sans längliches, melancholisches Gesicht mit den breiten Lippen, der schmalen, scharfrückigen Nase und den Augen eines Mandarins war noch ernster als üblich. Er war genau wie Nicholas ein Außenseiter in einem *ryu* von lauter Außenseitern, denn die Legende der *ninja* wollte es, daß sie dem *hinin* entstammten, der untersten Schicht der japanischen Gesellschaft.

Akutagawa-san war Halbchinese, und jeder Neuankömmling unter den Jungen im *ryu* fragte sich zunächst, warum ihm gestattet worden war, Teil einer solchen geheimen Gesellschaft innerhalb der Gesellschaft zu werden. Aber diese Fragen wurden stets dann beantwortet, wenn die Schüler lernten, daß die Ursprünge des *akai ninjutsu* in China lagen.

»Tatsächlich aber«, fuhr Akutagawa-san fort, »gibt es so etwas wie Zivilisation überhaupt nicht. Vielmehr handelt es sich um einen Begriff, den die Chinesen entwickelt haben – oder, dem abendländischen Denken zufolge, die Griechen –, um ihren Versuchen, die anderen Völker der Welt zu beherrschen, eine gewisse moralische Rechtfertigung zu verleihen.«

Nicholas schüttelte den Kopf. »Das verstehe ich nicht. Wie sieht es denn dann mit den zahllosen Aspekten des japanischen Lebens aus, die uns von allen anderen Völkern unterscheiden: der Teezeremonie mit ihren vielen Bedeutungen, den Künsten des *ukiyo-e*, des *ikebana*, des *haiku*, unseren Vorstellungen von Ehre, den Pflichten der Kinder, *bushido* und *giri*? Alles was wir sind und darstellen?«

Akutagawa-san warf einen Blick auf das junge, offene Gesicht und seufzte. Er hatte einen Sohn besessen, der in der Mandschurei von den Russen getötet worden war. Jedes Jahr pilgerte er einmal nach China, um ihm nah zu sein.

»Das, wovon du sprichst, Nicholas, stellt die Akkreszenz einer Kultur dar und hat keinerlei Verbindung mit dem Wort Zivilisation, außer mit dem, was man heute fälschlicherweise unter Zivilisation versteht. Wäre eine Gesellschaft wirklich zivilisiert, dann bräuchte sie beispielsweise keine *samurai*; und ganz sicher würde sie sich nicht mit Kriegern, wie wir es sind, abfinden. Es bestünde einfach kein Bedarf dafür, verstehst du? Aber die Idee der Zivilisation ist der des Kommunismus sehr ähnlich. Herrlich als Gedanke, vermögen sie doch in der Realität nicht zu existieren. Sie sind einfach zu absolut für den Menschen.«

Akutagawa-san legte Nicholas eine Hand auf die Schulter, um ihn zum Stehenbleiben zu bewegen. Gemeinsam blickten sie über das teilweise verborgene Tal hin, in dem die Wipfel der Bäume sich aus dem Nebel erhoben wie die Steine auf einem *Go*-Brett.

»Für die meisten Menschen, Nicholas, besteht das Leben aus dem, was du hier siehst: dem Sichtbaren und dem Verborgenen; dem, was sich erlernen läßt, und dem, was für immer geheim bleibt. Aber für uns stellt das Leben sich anders dar. Wenn wir die Idee der Zivilisation ablegen, befreien wir uns selbst. Wir stürzen uns in den Nebel und lernen, auf dem Wind zu reiten, auf dem Wasser zu gehen, ein Versteck zu finden, wo es kein Versteck gibt, in der Dunkelheit zu sehen und mit verschlossenen Ohren zu hören. Du wirst lernen, daß ein einziger Atemzug ausreichend für Stunden sein kann, und du wirst lernen, wie man mit seinen Feinden umgeht. Doch nichts davon darf man auf die leichte Schulter nehmen. Ich bin sicher, du verstehst, was ich meine. Trotzdem kann es nicht oft genug wiederholt werden. Denn mit dem Wissen, wie man Leben nehmen kann, kommt über dich die Verantwortung eines Gottes. Kontrolle ist wichtig, wichtiger als alles andere. Ohne sie gibt es nur das Chaos.«

Nicholas schwieg; mit jeder Faser seines Wesens versuchte er zu begreifen, was Akutagawa-san sagte. Er nahm alles auf, verstaute es in seinem Gedächtnis und wußte, daß er bei der nötigen Geduld eines Tages alles verstehen würde.

Akutagawa-san ließ seine Blicke über die Landschaft schweifen und atmete die scharfen, klaren Gerüche der Natur ein, als handelte es sich um das Parfüm der talentiertesten Kurtisanen des Landes.

»Was du verstehen mußt – und zwar jetzt, bevor es zu spät ist, jetzt, wo du noch die Gelegenheit hast, dich anders zu entscheiden – ist, daß es sich bei *aka-i-ninjutsu* nur um eine einzige Disziplin einer ganzen Schule handelt. Und wie bei allen solchen Schulen gibt es auch negative Aspekte.« Seine schwarzen Augen bohrten sich in die von Nicholas. »Wenn du unseren Mantel anlegst, kannst du dadurch auch zur Zielscheibe für diese negativen Kräfte werden. Einer der Gründe, aus denen ich hier bin, ist, daß ich in einigen dieser Disziplinen den Rang eines *sennin* erworben habe. Hast du je von *kuji-kiri* gehört, dem Neun-Hände-Durchschneiden?«

Nicholas hätte beinahe aufgehört zu atmen. Kuji-kiri war die Disziplin, mittels derer Saigo ihn vor einem Jahr in Kumamoto geschlagen und entehrt hatte, bevor er mit Yukio verschwunden war, als hätten beide niemals existiert.

Seine Lippen waren trocken, und er mußte zweimal Anlauf nehmen, bevor er eine Antwort zustande brachte. »Ja«, flüsterte er heiser, »ich habe... davon gehört.«

Akutagawa-san nickte. Er wandte den Blick ab, um den inneren Kampf seines Schülers nicht mitansehen zu müssen und es ihm so zu ersparen, daß er sein Gesicht verlor.

»Fukashigi-san hat so was schon vermutet. Er ist der Meinung, du könntest dieses etwas unorthodoxe Training brauchen, um zu überleben. Und genau das lehren wir hier im Tenshin Shoden Katori-*ryu* – Überleben.«

Akutagawa-sans Kopf ruckte herum wie der eines Habichts, und seine an Feuersteine gemahnenden Augen fixierten Nicholas mit der Intensität einer physischen Berührung. Die geballte Elektrizität hinter diesem Blick setzte Nicks ganzen Körper unter Spannung.

»Du kennst jetzt die Gefahren, die Risiken«, fuhr Akutagawa-san fort. »Fukashigi-san hat großen Wert darauf gelegt, daß ich dir diese Warnungen zuteil werden lasse. Ich persönlich glaube nicht, daß du ihrer bedarfst.«

»Sie haben recht.« Nicholas atmete tief. »Ich möchte, daß Sie mich unterrichten, *sensei*. Ich habe keine Angst vor Kuji-kiri.«

»Nein«, sagte Akutagawa-san, »aber bald wirst du lernen, welche zu haben.«

*

Die beiden Gorillas mußten genauer bezeichnet werden. Sie waren niemals gleichzeitig hinter Alix Logan, sondern wechselten sich nach je zwölf Stunden ab. Der Fleischige hatte tagsüber Dienst, und Bristol nannte ihn in Gedanken Red. Der andere, drahtigere, mit dem langen Hals und der Adlernase, erhielt den Namen Blue.

Die erste Frage, die Bristol sich gestellt hatte, als er auf sie gestoßen war, lautete: Hatten sie den Wagen gefahren?

Es war vor einigen Monaten gewesen, in einer dunklen, regennassen Nacht. Der Sturm bog die hohen, dünnen Palmen von Key West fast bis auf den Boden. Bristol fuhr mit fünfundvierzig Meilen auf dem Highway in südlicher Richtung, als sie plötzlich mit ausgeschalteten Scheinwerfern hinter ihm auftauchten.

Er spürte, wie der Ford einen heftigen Satz nach vorn machte, fluchte und war froh, daß er seinen Sicherheitsgurt angelegt hatte. Sie fuhren dicht hinter ihm, und da sie wußten, daß er instinktiv in den Rückspiegel blicken würde, schalteten sie genau in diesem Moment das Fernlicht ein.

Als die Scheinwerfer des Wagens hinter ihm aufflammten, erkannte er, wie geschickt sie waren, erkannte auch aus langjähriger Erfahrung, daß er nicht genug Zeit hatte, um die Situation wieder unter Kontrolle zu bringen: er war nicht James Bond, und dies war kein Film. Also tat er das einzige, was ihm übrigblieb. Er konzentrierte sich auf sein Überleben.

Kurz bevor sie ihn erneut rammten, entriegelte er die Tür auf der Fahrerseite und öffnete sie einen Spaltbreit. Anschließend legte er den Sicherheitsgurt ab. Er machte sich jetzt keine Gedanken darüber, was sie tun oder wie sie es tun würden, er wußte nur, wenn er sich nicht ausschließlich auf sich selbst konzentrierte, würden sie ihn mit Sicherheit töten.

Als sie ihn das zweitemal rammten, erfolgte der Stoß genau im richtigen Winkel. Sie hatten so lange gewartet, bis beide Wagen durch eine Rechtskurve rasten. Hinter der niedrigen Leitplanke zur Linken fiel das Land steil ab, fünfundzwanzig Meter tief. Der Boden war hier nicht besonders fest, und der stete Regen der letzten Tage hatte ihn beinahe in eine Art elastischer Matte verwandelt.

Der Stoß war so heftig, daß das Heck des Wagens herumgeschleudert und Bristol das Lenkrad aus den Händen gerissen wurde. Die Zentrifugalkraft und die Wucht des Zusammenpralls warfen ihn aus dem Gleichgewicht, und die Dunkelheit der Nacht verstärkte das Gefühl plötzlicher und vollkommener Orientierungslosigkeit.

Automatisch tastete seine Hand nach der geöffneten Tür. Er mußte sich zwingen sitzen zu bleiben, dem grellen Kreischen des malträtierten Metalls zum Trotz. Der aus der Bahn geworfene Wagen schleuderte wild hin und her, und Bristol wußte, daß nichts ihn davor bewahren würde, von der Straße abzukommen und den Steilhang hinunterzustürzen.

Doch es hatte keinen Sinn auszusteigen, ehe der Ford die Böschung hinunterkippte. Die Scheinwerfer seiner Verfolger würden ihn erfassen, und ihr Fahrzeug würde ihn überrollen, während er hilflos auf der Erde lag.

Im nächsten Moment knallte das Vorderteil des Wagens gegen die Leitplanke. Wieder brüllte die gequälte Karosserie auf, die Leitplanke knickte unter dem Zusammenprall wie ein Bretterzaun, und Bristol beugte den Kopf vor, stemmte sich mit den Handballen gegen das Armaturenbrett und winkelte die Arme leicht nach außen, damit sie den Stoß dämpften.

Dann neigte sich die Nase des Fords nach unten, die Federung ächzte auf. Regen schlug durch das teilweise geöffnete Fenster herein und blendete Bristol. Einen Herzschlag lang fühlte er nichts als nackte Panik angesichts der Erkenntnis, daß seine Killer womöglich doch noch Erfolg haben könnten.

Der Wagen schoß bergab, als hätte er einen Tritt erhalten. Die Räder suchten Halt, fanden aber keinen. Bristol hatte längst den Fuß von Gas- und Bremspedal genommen. Obwohl es vielleicht besser gewesen wäre, den Schalthebel auf neutral zu schieben, ließ er den Gang eingelegt. Er beabsichtigte nicht, irgendeinen Hinweis darauf zurückzulassen, wie er sich gerettet hatte, denn mit Sicherheit würde das Wrack von Detektiven untersucht werden, falls die See es nicht mitsamt seinem Fahrer verschlang.

Er wollte für tot erklärt werden.

Der Wagen rutschte auf der nassen Erde dem Abgrund entgegen. Steine und Lehm schlugen gegen die Karosserie, der Motor heulte auf, und die Hinterräder sprangen so heftig über ein Hindernis, daß Bristol gegen den Türrahmen geschleudert wurde. Er hielt den Atem an; beinahe wäre er hinausgeschleudert worden.

Noch nicht. Er blieb, wo er war, und jetzt herrschte um ihn herum nur noch ein unheimliches Rascheln und Zischen. Wind pfiff durch das eine Spur geöffnete Fenster, und dann verlor der Ford zum erstenmal den Kontakt mit dem Boden, ehe er kurz darauf auf nackten Felsen geriet. Eine Seite setzte heftiger auf als die andere, und das Fahrzeug begann zu schaukeln. Bristol wußte, daß der Wagen sich früher oder später überschlagen würde, und dann hatte er nicht mehr die geringste Chance, lebend ins Freie zu gelangen.

Weit und breit gab es keine Aussicht auf Hilfe. Er raste in einem Metallsarg durch den Tunnel der Nacht, und er konnte sich allein auf seine Sinne verlassen, das Gefühl in seinem Bauch, seine Hände, seine Beine, sein Herz.

Jetzt oder nie.

Er zog die Beine an, rutschte auf dem Sitz herum, bis er auf dem Rücken lag, und stieß die hin und her schwingende Tür mit den Füßen auf.

In der nächsten Sekunde flog er durch die Luft, prallte mit einem heftigen Stoß auf die Erde und rollte noch zweimal um die eigene Achse. Ungläubig und benommen sah er zu, wie sein Wagen mit der Nase voran ins Wasser schoß und ohne eine Spur zu hinterlassen in der Tiefe versank.

Heute dachte Bristol nicht mehr oft an diese Nacht; er fragte sich nur gelegentlich, wer in dem anderen Wagen gesessen haben mochte. Zuerst war er sicher gewesen, daß es sich um Frank, Raphael Tomkins Mann, gehandelt haben mußte. Aber damals hatte er die Gorillas noch nicht gekannt. Jetzt war er nicht mehr ganz so sicher.

Er hatte den Abstecher nach Key West unternommen, um Alix Logan zu finden. Nun, da er herausgefunden hatte, daß sie bereits überwacht wurde, stellten sich ihm einige neue Fragen. Wer waren sie, diese beiden Burschen, die sie keine Sekunde aus den Augen ließen? Arbeiteten sie für Tomkin? Worin bestand die Verbindung zum Mord an Angela Didion? Es gab nur einen Weg für Bristol, an die Antworten zu gelangen: er mußte mit Alix Logan sprechen.

Matty, das Maul in New York, hatte ihm ihren Namen genannt. Bristol wußte, daß es bei dem Mord eine Zeugin gegeben hatte, und wenn er Tomkin festnageln wollte, mußte er sie aufspüren. Für eine geradezu unverschämt hohe Summe hatte sein Kontaktmann ihm Namen und Aufenthaltsort verraten. Aber wie sich zeigte, war jeder einzelne Penny davon gut angelegt, denn jetzt wußte Bristol, daß er dicht dran war. Er hatte Matty dem Maul geraten, für eine Weile aus der Stadt zu verschwinden; soviel schuldete er ihm.

Nachdem der bei dem Autoabsturz gebrochene Arm wieder geheilt war, hatte er sich in Key West auf die Lauer gelegt. Jedermann hielt ihn für tot, und er hatte alle Zeit der Welt. Er brauchte bloß zu warten. Bewegung und Ruhe. Dunkelheit und Licht. Das war alles, was für ihn existierte. Und Alix Logan.

Hin und wieder, während er Alix beobachtete, dachte er an Gelda, aber das war natürlich sinnlos. Er konnte sich nicht mit ihr in Verbindung setzen. Um sich ungestört und unerkannt in Alix Logans Nähe aufhalten zu können, mußte er tot bleiben. Jemand zu beschatten, war so schon schwierig genug; wenn bestimmte Leute einen auf Eis legen wollten, wurde es aber praktisch unmöglich.

Bristol. Wie oft hatte er diesen Namen während der langen Stunden des Wartens vor sich hingesagt. Sein richtiger Name verblaßte mehr und mehr, ähnlich einem alten Foto aus längst vergangenen Zeiten.

Er war »Tex« Bristol geworden, und so sah er sich jetzt auch, genau wie jeder andere, der ihn hier kannte. Es gab außer ihm nur noch eine Person auf der Welt, die wußte, daß er in jener Nacht nicht mit dem Wagen ertrunken war, und diese Person würde schweigen. Er hatte damals gerade noch genug Geld gehabt, um es bis nach San Antonio zu schaffen, wo Maria lebte. Er kannte Maria aus New York, wo sie vor langer Zeit auf verschiedenen Seiten des Gesetzes gestanden hatten. Jetzt war er nicht mehr so sicher, wer von ihnen wo stand.

Aber sie war klug und hart, und sie kannte eine Menge Leute. Sie hatte ihn verarztet und ihm alles besorgt, was er für seine neue Identität brauchte: Geburtsurkunde, Sozialversicherungskarte, Führerschein; sogar ein Paß war dabei, leicht abgenutzt, mit mehreren europäischen und asiatischen Ein- und Ausreisestempeln. Besonders die Stempel gefielen ihm, obwohl er nicht glaubte, daß er sie wirklich benötigte. Er hatte den Paß aber auf alle Fälle genommen, genauso wie die Dreißigtausend in bar.

Maria hatte ihm keine Fragen gestellt, und er hatte keine Erklärungen angeboten. Trotz allem schien sie sich fast zu freuen, ihn wiederzusehen. In New York hatte keiner von ihnen den anderen kleingekriegt, und da diese Erfahrung für beide neu gewesen war, hatten sie daraus gelernt. Jetzt schienen sie sich in gewisser Weise sogar zu mögen.

Als Bristol abreiste, wußte er, daß er ihr mehr schuldete, als er je zurückzahlen konnte.

*

»Genosse Direktor?«

Viktor Protorow, Leiter des Neunten Direktorats des KGB, hob den Kopf. Seine dunklen Augen blickten den jungen Leutnant, der soeben den schmucklos eingerichteten Raum betreten hatte, durchbohrend an. »Was gibt es?« fragte er brüsk.

Der junge Leutnant schien zu schrumpfen und näherte sich auf ein knappes Nicken zögernd dem Schreibtisch.

»Die neuesten Ausdrucke von Sachow IV, Genosse Direktor«, sagte der junge Leutnant und reichte Protorow einen Stapel Millimeterpapier.

Protorow warf einen flüchtigen Blick auf den Stapel. Der Leutnant entspannte sich unmerklich. »Und was, wenn überhaupt, steckt an Informationen für mich in diesem Haufen Papier, Leutnant?« fragte der KGB-Chef scharf.

»Ich weiß nicht, Genosse Direktor.«

»Aber, aber.« Protorow tippte mit einem seit längerer Zeit nicht mehr geschnittenen Fingernagel auf den Papierstapel. »Ich bitte Sie, Leutnant. Da kommt ein neuer Schub hochwertiger und höchst geheimer Ausdrucke von Sachow IV herein, den unsere Regierung öffentlich so gern einen ›digital gesteuerten Aufklärungssatelliten‹ nennt und der sich genau über dem Teil des Pazifischen Ozeans zwischen den Kurilen und Hokkaido befindet, auf den wir uns nun seit Monaten mit aller Energie konzentrieren, und Sie wollen behaupten, Sie hätten nicht mal einen Blick darauf geworfen? Wenn das stimmt, Leutnant, dann sind Sie entweder dumm oder unfähig.« Protorow lehnte sich auf seinem Stuhl zurück. »Und? Was von beidem sind Sie?«

Der junge Mann schwieg einen Moment. Er hatte zu schwitzen begonnen. »Sie bringen mich in eine Zwickmühle, Genosse. Wenn ich mit Ja antworte, ist meine Karriere im Direktorat beendet. Sage ich nein, dann ist klar, daß ich meinen Vorgesetzten absichtlich belogen habe.«

»Nun, Leutnant, sollte je der Tag kommen, an dem Sie in Gefangenschaft unserer kapitalistischen Feinde geraten, können Sie mit ziemlicher Sicherheit annehmen, daß man Sie dort noch in ganz andere Zwickmühlen bringt. Also, beantworten Sie meine Frage.«

Protorow beugte sich über die Daten, die Sachow IV nach Auswertung der Aufnahmen seiner superstarken Infrarot-Videoaufzeichnungsanlage errechnet hatte. »Ich höre«, hakte er nach. »Sie können sicher sein, daß die Amerikaner Ihnen nicht soviel Zeit zum Nachdenken lassen.«

»Das, was wir suchen, werden Sie in diesen Unterlagen nicht finden«, sagte der Leutnant schließlich, wobei alle Luft aus seinen Lungen auf einmal zu entweichen schien.

Protorow blickte ihn an, als wollte er ihn aufspießen. »Also *haben* Sie sich die optischen Daten hier angesehen.«

»Genosse Direktor, die Sicherheitsvorschriften verlangen, daß der O.D. alle als geheim klassifizierten Dokumente zuerst mir vorlegt, damit ich sie verifiziere.«

»Na gut«, brummte Protorow. »Ich hoffe, bei den Amerikanern ziehen Sie sich genauso geschickt aus der Affäre, sollte der Tag einmal kommen.«

»Ich habe mehr Angst vor Ihnen als vor den Amerikanern, Genosse.«

»Dann sollten Sie lernen, auch vor den Amerikanern Angst zu haben, Leutnant.« Protorow lehnte sich zurück. »Denn sie beabsichtigen, alles zu zerstören, was Ihnen und mir lieb und teuer ist.«

Dennoch war er nicht unzufrieden mit dem jungen Mann; er hatte sich auf die einzig mögliche Art aus der unangenehmen Zwickmühle befreit. Nachdem der Leutnant wieder gegangen war, nahm der KGB-Chef die Satellitenfotos noch einmal genau unter die Lupe, aber auch er gelangte zu keinem anderen Ergebnis als sein Untergebener. Keine Anomalität gleich welcher Art. Natürlich wußte er nicht genau, wonach er eigentlich suchte, wußte nur, wie es hieß: *Tenchi*, das japanische Wort für »Himmel und Erde«.

Tenchi hatte als simpler Routinebericht begonnen, einer von Dutzenden, die ihm täglich in Moskau auf den Schreibtisch flatterten. Im Gegensatz zu den anderen aber hatte *Tenchi* ihm keine Ruhe gelassen, und jetzt, da er sich hier in Hokkaido aufhielt und immer intensiver mit diesem Mischmasch aus Gerüchten, überprüfbaren Tatsachen und kühner Spekulation beschäftigte, war er wie gebannt davon.

Tenchi konnte der Schlüssel zu einem neuen Rußland werden.

Das alte Rußland krankte daran, daß es nicht ein einziges Land, sondern ein Amalgam aus vielen verschiedenen Rußlands war, die alle selbstsüchtig über ihren Teil des Vaterlands wachten. Ein Usbeke oder ein Kirgise hatte nicht das geringste Interesse an dem, was in Moskau vorging. Was interessierte es einen Weißrussen oder einen Aserbaidschani, wie viele Raketen die Amerikaner auf Wladiwostok gerichtet hatten?

Protorow aber kannte die Antwort auf die Probleme seines Landes.

Der erste Schritt bestand darin, daß all die verschiedenen Völker der Sowjetunion geeint werden mußten, denn wenn das geschah, konnte niemand mehr die UdSSR aufhalten. Keine Nation dieser Erde – auch kein Nationenverbund – konnte sich ihr dann noch entgegenstellen.

Aber Protorow hatte nicht die Geduld zu warten, bis er vielleicht im hohen Alter Ministerpräsident wurde und dann endlich seinen ersten Schritt in die Tat umzusetzen vermochte. Darüber hinaus war er intelligent genug, um zu wissen, daß er diese Chance eventuell niemals erhalten würde, und so hatte er seine eigene Vorstellung davon, wie er die Amtszeit des gegenwärtigen Ministerpräsidenten erheblich verkürzen konnte.

Tenchi mochte sich genau zu dem Vorwand auswachsen, den er brauchte, um die militanten Offiziere im KGB davon zu überzeugen, daß sie ihren Einfluß beträchtlich ausdehnten, und zwar sofort. Vorher aber mußten KGB und GRU, die beiden Geheimdienste, die ständig miteinander rivalisierten, unter einen Hut gebracht werden, und es konnte sein, daß der junge GRU-General Iwgeni Mironenko, den Protorow bereits seit sechs Jahren protegierte, ihm dabei sehr bald von großem Nutzen sein würde.

Ohne eine Einigung zwischen diesen beiden starken Kräften außerhalb des Kremls war sein Plan zum Scheitern verurteilt, ja, Rußland selbst war ohne sie verloren. Er benötigte nur noch ein Element, das mächtig genug war, sie alle in seine Hand zu bringen.

Und dieses eine Element war *Tenchi*.

Die Gegensprechanlage auf seinem Schreibtisch begann zu summen wie ein wütendes Insekt. Protorow drückte einen der zur Verfügung stehenden Knöpfe. »Ja?«

»Er ist soweit.«

»Gut. Bringt ihn herein.« Er löschte das Licht, Dunkelheit fiel über den Raum. Es gab keine Fenster, nur die fünfunddreißig Zentimeter dicke Stahltür.

Protorow lehnte sich zurück, widerstand dem Drang zu rauchen, und verschränkte die Finger, um seine ruhelosen Hände stillzuhalten.

Fast umgehend öffnete sich die schwere Tür mit einem pneumatischen Seufzer, und drei Leute betraten den Raum. Protorow wußte, ohne hinsehen zu müssen, wer die Schwelle überschritten hatte: der junge Leutnant, der Doktor und das Subjekt. Protorow und der Doktor, ein Experte für Neuropharmakologie, hatten das Subjekt jetzt drei Tage lang bearbeitet. Der Amerikaner war ausgesprochen halsstarrig, das mußte Protorow ihm lassen. Sein Widerstand war nicht gebrochen, und Protorow erwartete auch nicht, daß sie in dieser Hinsicht noch Erfolg haben würden. Er erwartete, daß der Amerikaner sterben würde.

In gewisser Weise verspürte Protorow fast so etwas wie Mitleid, als er das unartikulierte Brabbeln des Subjekts hörte, verursacht von der Vielzahl der Sera und Drogen, die ihm der Doktor in die Adern gespritzt hatte. So sollte ein Soldat nicht sterben müssen, gefangen vom Feind und mit Gewalt in eine rasend schnelle Abfolge von Tagen und Nächten gezwungen, so daß Wochen auf den Ablauf weniger Stunden komprimiert wurden und der Körper schließlich als Folge eines künstlich herbeigeführten Traumas in ein Stadium psychogenen Höhenschwindels fiel.

Die jammernden Tierlaute, die der Mann von sich gab, erfüllten Protorow mit Traurigkeit, und für einen Moment kehrten seine Gedanken zu dem Tag zurück, an dem er selbst zum erstenmal die Kälte verspürt hatte. »Die Kälte spüren« war die KGB-Umschreibung für das Töten eines menschlichen Wesens. Und dieses erste Mal war unauslöschlich in Protorows Gedächtnis gebrannt. Er hatte damals den Rang eines Leutnants bekleidet, gut ausgebildet vom KGB-Büro in der Nähe von Sewastopol, und sich für einen absoluten Pfundskerl gehalten, der es mit der ganzen Welt aufnehmen konnte. Er hatte die Kälte, die alle Menschen wieder auf ein normales Maß reduziert, noch nicht gespürt.

Dann war er nach Sibirien geschickt worden. Eine Reihe hochgeheimer Experimente mit dem Ziel, sich die sturmartigen Winde im Norden wirtschaftlich und militärisch nutzbar zu machen, war von den Amerikanern unterwandert worden.

In Werchojansk, dem kältesten Ort der Erde, hatte er den Infiltrator aus seinem Versteck gescheucht und zu Fuß über die tiefgefrorene Tundra gejagt. Sie waren beide absolut verrückt gewesen, denn in Werchojansk konnte nur die Kälte gewinnen. Der Mensch war ein Nichts, ein winziges Stäubchen in einer Ewigkeit aus Schnee und Eis. Der Schnee. Der Schnee. Immer und ewig der Schnee. Er blendete, lähmte, biß. Er war der Tod.

Hintereinander taumelten sie über die eisigen Felder, stolperten und rutschten, und als sie gemeinsam zu Boden gingen, staubte eine Fontäne aus Schnee um sie auf. Idiotischerweise hatte Protorow sich für einen Revolver mit Schalldämpfer entschieden, der sich jetzt als völlig nutzlos herausstellte, weil all die sorgfältig geölten Einzelteile längst festgefroren waren. Auch sein Messer ließ sich nicht mehr öffnen. So war ihm nichts anderes übriggeblieben, als seine Hände zu benutzen.

Fast eine halbe Stunde lang kämpften sie miteinander inmitten von Eis und Schnee. Die dicke Kleidung machte den Kampf Mann gegen Mann zu einem kraftraubenden, schwerfälligen Ballett, während die Kälte allmählich ihre Energie aufzehrte. Am Ende aber hatte Protorow die größere Ausdauer, und allein dieser Ausdauer verdankte er seinen Sieg.

Die geringe Befriedigung, die es ihm bereitet hatte, den Kopf des Amerikaners in den vom Blut rosa gefärbten Schnee zu pressen, bis er aufhörte zu atmen, rührte allein von der Tatsache her, daß er, Protorow, noch am Leben war. Minutenlang hatte er einfach nur dagehockt, mit heftig pumpender Brust, trockenem Mund, hämmerndem Puls und dem bitteren Geschmack von Galle auf der Zunge. Dann hatten auf einmal seine Gliedmaßen unkontrolliert zu zittern begonnen, und alle Wärme war aus seinem Körper gewichen. Fassungslos hatte er das zusammengekrümmte Ding angestarrt, auf dem er saß, und sich voll Erstaunen gesagt, *das war einmal ein menschliches Wesen*. Ein Staatsfeind, hatten sie ihm gesagt. Ja, hatte er sich ständig wiederholt, ein Feind. Ein Feind.

»... nicht mehr viel Zeit.«

Mit einem unsichtbaren Zusammenzucken kehrte Protorow wieder in die Gegenwart zurück. »Wie bitte?« Seine Stimme hatte einen scharfen Unterton, damit der Doktor das Gefühl bekam, es sei sein Fehler gewesen, daß Protorow ihn nicht verstanden hatte.

»Wir haben nicht mehr viel Zeit, Genosse.«

»Und wie sieht es mit den Ergebnissen aus?« wollte Protorow wissen. »Haben wir überhaupt irgendwelche?«

»Das Tonband hat jedes Wort aufgezeichnet«, sagte der Doktor, und Protorow dachte, und ich habe deine Nummer, Genosse.

»Ein Positives hat die ganze Sache«, meldete sich der junge Leutnant, der Protorow an sich selbst in früherer Zeit erinnerte, zu Wort. »Wir wissen jetzt, daß die Amerikaner in bezug auf *Tenchi* auch nicht weiter sind als wir. Tatsächlich würde ich sogar schätzen, daß wir ihnen um ein paar Punkte voraus sind.«

Protorow sann einen Moment über diese Worte nach. Der Leutnant hatte natürlich recht. »In Ordnung«, sagte er abschließend, »erledigen Sie das hier endgültig und liefern Sie die Leiche dann wieder in Honshu ab. Ich möchte, daß die Amerikaner sich ihres Fehlers umgehend bewußt werden.«

Als er wieder allein in dem fensterlosen Raum war, schaltete er als erstes die Klimaanlage ein, um den Geruch nach Drogen und Tod zu vertreiben. Dann knipste er die Lampe auf seinem Schreibtisch an und beschäftigte sich noch einmal mit den Ausdrucken von Sachow IV. Er war *Tenchi* näher als je zuvor. Er konnte es spüren. Seine Augen glitten über die zusammengefalteten Papierbögen. War das Geheimnis vielleicht doch schon darauf enthalten? Und wenn, warum vermochte er es dann nicht zu erkennen?

Mit einem mißfälligen Grunzen schob er den Stapel in den Papierwolf neben seinem Schreibtisch und schaltete ihn ein. Während das tiefe Wimmern der Maschine den Raum erfüllte, dachte Protorow darüber nach, warum Sachow IV nicht mit den gewünschten Ergebnissen aufwartete. Vermutlich lag es daran, daß er eben doch nur eine Maschine war.

Egal. Schließlich hatte Protorow ja immer noch seinen ganz persönlichen menschlichen Satelliten, und der funktionierte hervorragend.

*

»Jetzt«, erklang Akutagawa-sans Stimme aus dem Nebel, aus den Tiefen von Nicholas Linnears Erinnerung. »Jetzt werden wir anfangen.«

»Aber wie?« fragte Nicholas. »Ich kann nichts sehen.«

»Hast du in Kansatsus *ryu* nie Übungen mit Augenbinden absolvieren müssen?«

»Natürlich. Aber das war innerhalb des *dojo*-Geländes. Dort gab es keine Steine, Bäume oder Gestrüpp, ich war mit allem vertraut.«

»Dieser Nebel«, fuhr Akutagawa-san fort, als hätte Nicholas kein Wort gesagt, »ist wie die Dunkelheit, aber viel schwerer zu überwinden. In der Dunkelheit kann man sich an einem Mondstrahl, dem fernen Leuchten einer Laterne, ja sogar dem Funkeln der Sterne orientieren. Hier jedoch gibt es nichts als Nebel.«

»Ich kann nicht einmal Sie erkennen.«

»Aber du kannst mich hören.«

»Ja, sehr gut sogar. Sie klingen, als wären Sie in meinem linken Ohr, aber ich mißtraue der Akustik.«

»Du solltest der Akustik nie mißtrauen«, sagte Akutagawa-san. »Versuch lieber, sie zu verstehen, damit sie zu einer weiteren Waffe in deinem Arsenal wird.«

Nicholas antwortete nicht, sondern konzentrierte sich darauf, Orientierungspunkte im Tal von Yoshino zu finden. Endlich mußte er einsehen, daß er ohne die Anwesenheit seines Lehrers völlig verloren gewesen wäre.

»Du hast wahrscheinlich schon gehört, daß Kuji-kiri einen großen

Teil seiner Wirkung aus *jaho*, der Zauberei, bezieht. Glaubst du an Zauberei, Nicholas?«

»Ich glaube an das, was ist, *sensei*, und mißtraue dem, was nicht ist.«

Einen Moment lang herrschte Stille. »Das ist eine sehr weise Antwort aus dem Mund eines so jungen Mannes. Ich möchte, daß du mir jetzt genau zuhörst. In allen Menschen gibt es eine Schicht, die zwischen Bewußtem und Unbewußtem angesiedelt ist. Es ist ein Land, in dem die Phantasie regiert. Dort haben Tagträume ihren Ursprung, ebenso wie die namenlose Furcht des Alptraums. Dort entstehen auch unsere alltäglichen Ängste: die Angst, bei der Arbeit zu versagen, die Angst, entlassen zu werden, die Angst vor einer Zurückweisung in der Liebe, Eifersucht auf Kollegen. All diese Ängste werden ins Überdimensionale aufgeblasen, um unseren Organismus funktionsfähig zu halten, damit er uns bei unserem täglichen Kampf ums Überleben nicht im Stich läßt. Und doch geht es heutzutage ja nur noch selten um das reine Überleben, sondern eher darum, immer besser zu werden. An dieser Dimension zwischen Bewußtem und Unbewußtem ist allerdings nichts Mystisches, und auch mit Meditation hat sie nichts zu tun. Wir nennen sie *getsumei no michi*, den mondbeschienenen Pfad, und du weißt nun, daß es ihn gibt. Jetzt mußt du ihn finden und lernen, dich hineinsinken zu lassen. Ich kann dir dabei nicht helfen.«

»Aber wie werde ich *getsumei no michi* erkennen, *sensei*?«

»An zwei Dingen. Das eine ist, daß jede Sinneswahrnehmung dir schärfer und gewichtiger erscheinen wird.«

»Heißt das, ich werde besser hören?«

»Ja, aber nur in bestimmter Hinsicht. Du darfst Gewicht nicht mit Erweiterung verwechseln. Du wirst nicht, wie du dich ausdrückst, besser hören, sondern *anders*. Das zweite wird sein, daß du Licht wahrnimmst, selbst wenn es in deiner unmittelbaren Umgebung keins gibt.«

»Vergeben Sie mir, *sensei*, aber das verstehe ich nicht.«

»Es ist nicht nötig, Nicholas, daß du alles verstehst. Du darfst es nur nicht vergessen.«

Akutagawa-sans Stimme war leiser und leiser geworden, und auf einmal fürchtete Nicholas, ganz allein hier draußen im Tal zu sein. Bis zum *ryu* war es ein weiter Weg, und der Nebel hatte seinen sonst ganz verläßlichen Orientierungssinn empfindlich getrübt.

Panik stieg in ihm auf, aber er biß sich auf die Zunge und zeigte sie nicht. Er entsann sich Akutagawa-sans Hinweis darauf, daß aus derselben Dimension wie die Furcht auch die Tagträume gespeist wurden. Also nahm er im Lotussitz auf dem feuchten Boden Platz und schloß die Augen. Die Hände legte er mit den Handtellern nach unten auf die gekrümmten Knie.

Er öffnete sich dem ersten Bild, das aus den Tiefen des Unterbewußtseins an die Oberfläche stieg. Yukio. Instinktiv versuchte er das Bild wieder zu verdrängen. Nein, das schmerzt noch zu sehr, dachte er, ich möchte nicht über sie und ihren Verlust nachdenken.

Aber obwohl er es versuchte, stellte sich kein anderes Bild ein. Sein Tagtraum sollte sich um Yukio drehen, und so zwang er sich unter großer Willensanstrengung zur Entspannung und dachte an sie.

Da waren sie, die nachtschwarzen Haare, die von schweren Lidern bedeckten Augen voller sexueller Versprechungen. Er entsann sich ihrer ersten Begegnung beim Soldatenball, ihres festen, warmen Schenkels an seinem Bein, ihrer Scham, die sich an seinem Unterleib rieb, des boshaften Funkelns in ihren Augen, als sie da inmitten all der anderen Paare über die Tanzfläche glitten.

Er entsann sich des Abends danach, als sie, noch naß vom Bad, auf ihn zugekommen war, ihn umarmt und geküßt hatte. Er erinnerte sich daran, wie heiß ihre Zunge gewesen war, an den Pfirsichgeschmack ihres Mundes und die hitzige Vereinigung ihrer Körper im silbernen Schein des Mondes, an das Wasser schließlich, das von ihren Schultern sprühte in einer Kaskade von...

Licht!

Er hob den Kopf und öffnete die Augen. Und ganz plötzlich sah er Akutagawa-san neben sich stehen und ihn schweigend beobachten. Aber sah er ihn tatsächlich oder spürte er ihn nur? Er öffnete den Mund und fragte.

»Darauf kann ich dir keine Antwort geben, Nicholas, außer, daß es keine Rolle spielt. *Getsumei no michi* existiert, und wir benutzen ihn. Nur über einen wichtigen Aspekt will ich noch mit dir reden. Es handelt sich eher um eine Wahrnehmung des Körpers als des Ego. Nur deine nichtasiatische Seite versucht, sie zu verstehen. Deine japanische Seite hat dir erlaubt, dich von deinem Ego zu entfernen, etwas, was kein Abendländer tun würde, weil er zuviel Angst davor hat. Für seinen primitiven Verstand ist Loslösung von seinem Ego dasselbe wie Sterben. Der Abendländer versucht, wie wir wissen, den Tod zu verstehen, weil er sich vor ihm fürchtet. Er kann ihn nicht akzeptieren, so wie wir das tun, weil er keine Vorstellung von dem Begriff Karma hat und, wichtiger noch, nicht begreift, was wir längst wissen, nämlich daß der Tod ein Bestandteil des Lebens ist.«

Akutagawa-san begann sich zu bewegen, und es schien Nicholas, als schwebten seine Füße über der Erde. »Jetzt, da du den mondbeschienenen Pfad gefunden hast, ist es an der Zeit, die darin enthaltene Energie zu nutzen, um die Geister des Kuji-kiri zu beschwören. Doch ich muß dich warnen: schon bald wirst du von Alpträumen heimgesucht werden, deren Schrecken namenlos sind, und an deren Ende du vielleicht den Wunsch haben wirst, *seppuku* zu begehen.«

»Sie jagen mir keine Angst ein, *sensei*.«

Akutagawa-sans düsteres Gesicht erhellte sich nicht. »Das ist gut. Behalte diese Worte immer in Erinnerung, jetzt, da wir mit unserem Abstieg in die Mahlströme der Hölle beginnen.«

*

Ein naßkalter, regnerischer Montagmorgen holte alle Beteiligten wieder in die Realität zurück. Tomkin und Nicholas ließen sich von Satos Chauffeur durch den Smog kutschieren, der bereits am frühen Morgen den Himmel verdeckte. Tomkin hatte sich ein wenig erholt, sah aber immer noch etwas blaß aus. Als sie die Limousine vor Sato Petrochemicals verließen, packte er Nicks Arm und sagte leise: »Vergessen Sie nicht, Nick, wir haben nur noch diese Woche. Sie müssen die Fusion so schnell wie möglich unter Dach und Fach bringen.«

Miss Yoshida holte sie vom Fahrstuhl ab und geleitete sie zu Satos Büro. Alle Lichter brannten, denn in dieser Höhe war der Smog so dicht, daß man den Eindruck haben konnte, es sei mitten in der Nacht.

Nachdem sich alle gesetzt hatten – mit Ausnahme von Ishii, der an der Wand stehenblieb wie ein Wachtposten –, ergriff Sato das Wort. »Bevor wir unsere Verhandlungen wieder aufnehmen, möchte ich Ihnen gern erklären, warum ich unsere jeweiligen Anwälte gebeten habe, noch einen Moment draußen zu warten. Damit soll nicht etwa mangelnder Respekt gegenüber Greydon-san zum Ausdruck kommen, sondern sowohl Nangi-san als auch ich hielten es für vernünftiger, diesen Teil unserer Besprechung auf die Anwesenden zu beschränken.«

Er räusperte sich, während Nangi bedächtig eine Zigarette entzündete. »Die für morgen nachmittag angesetzte Konferenz muß leider verschoben werden, da Nangi-san und ich dem Begräbnis unseres loyalen Freundes, Kagami-san, beiwohnen müssen.« Er hielt einen Moment inne, als wüßte er nicht recht, wie er fortfahren sollte. »Es mag Ihnen zum augenblicklichen Zeitpunkt etwas viel verlangt erscheinen, aber wir haben natürlich in erster Linie das Bedürfnis nach Antworten auf einige drängende Fragen.«

Er beugte sich ein wenig vor, näher zu Nicholas und Tomkin. »Linnear-san, ich muß Ihnen gestehen, daß die Umstände von Kagami-sans Tod uns absolut rätselhaft sind. Wir haben keine Ahnung von diesem *Wu-Shing*, das Sie am Freitag erwähnten, und wir können uns auch nicht vorstellen, warum jemand hier bei uns einen Mord begehen sollte, wie es geschehen ist. Vielleicht ist Ihnen in der

Zwischenzeit ein Gedanke gekommen, der das Schicksal unseres armen Mitarbeiters und Freundes etwas erhellen könnte.«

Nicholas hatte indes während der letzten Tage weniger über den Mord an Kagami nachgedacht als vielmehr über Satos neue Frau – Akiko oder Yukio. Jetzt versuchte er, sich wieder den blutbespritzten Dampfraum in Erinnerung zu rufen, verschränkte die Hände und sagte: »Ich glaube, die in Kagami-sans Wange geritzte *Wu-Shing*-Tätowierung – aber auch noch eine Reihe anderer Anomalien – schließen eine einfache Erklärung, wie etwa den Angriff eines Verrückten, weitgehend aus.«

»Sie meinen, die Tat geschah mit Vorbedacht?« unterbrach Ishii ihn.

»So ist es«, sagte Nicholas. »Zum Beispiel hat der Mörder keine klar erkennbaren Fußabdrücke vor der Sauna hinterlassen, obwohl dort ständig alles mit Feuchtigkeit überzogen ist.«

Sato grunzte, nickte und stand auf, um sich einen Whisky einzuschenken. Er nahm einen langen Schluck, räusperte sich erneut und sagte: »Linnear-san, Sie erwähnten eine *Reihe* von Anomalitäten.«

»Warum warten Sie nicht auf die Polizei?«

Ein Amerikaner hätte auf diese Frage eine Antwort gegeben. Sato dagegen starrte Nicholas nur an. Seine Augen sagten, *genau deshalb haben wir Sie in die Interna von Sato Petrochemicals Einblick nehmen lassen, weil wir keine Polizei hier haben wollen.*

Nicholas hatte mit dieser Antwort gerechnet, die Frage aber stellen müssen, um sich seiner Gesprächspartner ganz sicher sein zu können. Jetzt sagte er: »Ich fürchte, Kagami-san hat keinen schnellen Tod gefunden.«

»Verzeihen Sie, was meinen Sie damit?« erkundigte sich Ishii.

»Er wurde viele Male getroffen, von einer Waffe mit einer scharfen Klinge.«

»Wissen Sie, um was für eine Waffe es sich dabei handeln könnte?« fragte Sato.

»Ich bin nicht sicher«, sagte Nicholas. »Es könnte jede Art von *shuriken* gewesen sein.«

Sato hatte seinen Drink bereits zur Hälfte getrunken; ansonsten ließ er mit nichts seine Erregung erkennen. »Linnear-san«, sagte er, »als Sie dieses *Wu-Shing* zum erstenmal ins Spiel gebracht haben, bezeichneten Sie es als eine Reihe von Bestrafungen. Können wir aus dem Schriftzeichen *Wu* ableiten, daß es sich dabei um fünf handelt?«

Nicholas nickte. »Ja, das stimmt. *Mo* ist die erste und daher die leichteste Bestrafung.«

»Was könnte denn eine härtere Strafe sein als der Tod?« wandte Nangi etwas ungehalten ein.

»Ich hatte mich auf *Mo* selbst bezogen«, entgegnete Nicholas. »Dabei handelt es sich nämlich lediglich um eine Tätowierung des Gesichts.«

»Dann ist es also durchaus ungewöhnlich, daß das Opfer auch noch umgebracht wird?«

»Ausgesprochen ungewöhnlich«, betonte Nicholas. Er saß ganz still, versuchte seinem gesamten Körper absolute Ruhe aufzuzwingen. Keiner der Anwesenden sollte Rückschlüsse auf seine innere Verfassung ziehen können. Denn der Gedanke, daß jemand aus seinem eigenen *ryu*, jemand, der in die geheimsten Wege des *aka-i-ninjutsu* eingeweiht war, eine solche Handlung begehen könnte, erschien ihm immer noch erschreckend und beunruhigend. Und doch hatte er den Beweis für das Undenkbare gesehen.

»Etwas verstehe ich daran nicht«, meldete sich Tomkin zu Wort. »Dieses Wo-Ching, oder wie man es ausspricht, ist doch Chinesisch, hatten Sie gesagt. Aber ich dachte, die chinesische und die japanische Kultur wären völlig verschieden und unverwechselbar. Ich dachte, nur wir ignoranten Ausländer würden immer sagen, eins sieht wie das andere aus?«

Das Telefon klingelte, und Ishii hob den Hörer ab. Er lauschte, sagte ein paar leise Worte, drückte einen Knopf und legte wieder auf. »Ein Anruf für Sie, Nangi-san«, sagte er. »Offenbar kann die Sache nicht warten.«

Nangi nickte. »Ich nehme ihn nebenan entgegen.« Er durchquerte das Büro und verschwand in dem Gang, der zu dem Zimmer mit der *tokanoma* führte, wo Nicholas ihn zum erstenmal erblickt hatte.

Der Raum barst fast vor Spannung, und Nicholas versuchte, mit Hilfe seines Trainings die Emotionen etwas zu besänftigen und das Interesse von Gebieten abzulenken, die er hier nur ungern diskutiert hätte.

»Warum eine derart alte chinesische Form der Bestrafung in einer vom Wesen her japanischen Kampfdisziplin gelehrt werden sollte, ist rasch erklärt«, begann er. »Es wird behauptet – und, wie ich glaube, nicht zu Unrecht –, daß *ninjutsu* seine Ursprünge im Nordosten Chinas hatte. Mit Sicherheit hat es bereits lange, bevor Japan zivilisiert wurde, existiert. Aber das trifft auf viele alte Gebräuche und Traditionen in Japan zu. Tatsächlich sind die Bindungen zwischen Japan und China enger, als eins der beiden Länder zuzugeben bereit ist, denn die Feindschaft zwischen ihnen ist sehr alt und bitter. Nichtsdestoweniger braucht man bloß etwas so Grundsätzliches wie die Sprache zu nehmen, um zu begreifen, was ich meine. Chinesisch und Japanisch sind nämlich buchstäblich austauschbar.«

Er hielt einen Moment inne, um abzuwarten, ob einer der anwesenden Japaner protestierte, doch nichts geschah.

»Bis zum fünften Jahrhundert gab es das Japanische als Schriftform noch nicht einmal. Statt dessen verließ man sich auf sogenannte *kataribe*, Leute, die von Geburt an zu professionellen Gedächtniskünstlern ausgebildet wurden und solcherart eine höchst detaillierte Geschichte des frühen Japan überlieferten. Doch ist das, wie wir heute wissen, ein typisches Merkmal primitiver Kulturen. Im fünften Jahrhundert wurden in Japan chinesische Schriftzeichen eingeführt, doch die Praxis, sich auf *kataribe* zu verlassen, war so tiefverwurzelt, daß sie noch gute dreihundert weitere Jahre aufrechterhalten wurde.«

»Aber es gibt doch Unterschiede in den beiden Sprachen«, warf Sato ein.

»O ja«, sagte Nicholas. »Die mußte es auch geben. Schon damals konnten die Japaner nicht gegen ihre Natur an. Das Problem mit dem Chinesischen ist seine Schwerfälligkeit. Es enthält viele tausend Schriftzeichen, und da es in erster Linie dazu diente, Vorgänge am Kaiserhof zu beschreiben, war es nicht unbedingt zur Alltagssprache geeignet. Die Japaner erarbeiteten sich daher eine Silbentabelle, *hiragana* genannt, einerseits um das chinesische *kanji* an ihre besonderen Lebensumstände anzupassen, andererseits um Dinge auszudrücken, die nur in Japan existierten und für die es daher keine chinesischen Schriftzeichen gab. Mitte des neunten Jahrhunderts waren sie damit im großen und ganzen fertig; zufälligerweise entwickelten genau zu dieser Zeit auch die osteuropäischen Länder das kyrillische Alphabet. Etwas später wurde eine weitere Silbentabelle entwickelt – *katakana* –, die für die Umgangssprache gedacht war. Und schließlich fanden auch noch fremdsprachliche Ausdrücke Eingang ins Japanische und bereicherten die *hiragana*. Vor allem ein seltsames Überbleibsel chinesischer Sitten und Gebräuche hatte schnell ins japanische Leben Eingang gefunden. Keine chinesische Frau benutzte jemals *kanji*, und daher galt es auch hier als nicht schicklich, wenn eine Japanerin sich in diesem Dialekt ausdrückte.«

*

Im Nebenzimmer saß Nangi an einem spiegelblank polierten Zedernholzschreibtisch, auf dem lediglich ein Telefonapparat stand, und lauschte der dünnen, verzerrten Stimme, die aus dem Hörer drang.

»Nangi-san«, sagte die Stimme, »hier spricht Anthony Chin.«

Chin war der Direktor der All-Asia Bank of Hongkong, in die Nangi sich vor beinahe sieben Jahren eingekauft hatte, als ihr infolge schlechten Managements und unglückseliger Marktströmungen in der Kronkolonie der Untergang drohte.

Nangi war nach Hongkong geflogen und hatte innerhalb von zehn Tagen einen Bürgschaftsvertrag erarbeitet, der seinem *keiretsu* bereits nach zwanzig Monaten maximalen Bargeldfluß zusicherte, während ihm nach den ersten anderthalb Jahren nur noch ein minimales Risiko blieb.

Im Frühling 1977 war es in der winzigen Kolonie zu einem Bauboom von unerhörten Ausmaßen gekommen, und Anthony Chin, der einen guten Riecher für Geschäfte besaß, hatte mit Nangis Zustimmung einen großen Teil des Stammkapitals von All-Asia in Grundbesitz investiert. Da sich die Grundstückspreise bereits 1980 vervierfacht hatten, war sowohl für Nangi als auch für den *keiretsu* ein hübsches Sümmchen abgefallen.

Doch bereits im Herbst 1979 hatte Chin auf weitere Expansion gedrängt. »Das muß einfach noch eine Weile so weitergehen«, hatte er gesagt, »es gibt keine Alternative. Auf der Insel oder am Hafen treten sie sich bereits gegenseitig auf die Füße. Es gibt Pläne, aus Sha Tin in den New Territories das Hongkong für die neue Mittelklasse zu machen. Ich habe Entwürfe für sechzehn verschiedene Hochhauskomplexe gesehen, alle nicht weiter als eine Meile von der Rennbahn entfernt. Wenn wir da jetzt einsteigen, haben wir unser Kapital innerhalb von zwei Jahren verdoppelt.«

Aber Nangi hatte zur Vorsicht geraten. Immerhin neigte sich Großbritanniens auf neunundneunzig Jahre befristeter Pachtvertrag für die New Territories allmählich dem Ende zu. Natürlich mißtraute jeder Bürger der Kolonie, Rotchinas Argument, daß Hongkong und Macao seine einzigen wirklichen Fenster zum Westen seien und es sich daher selbst um einen höchst lukrativen Devisenfluß bringen würde, wenn es den Pachtvertrag nicht verlängerte. Aber Nangi hatte schon öfter mit den chinesischen Kommunisten zu tun gehabt, und er wußte, wie ihr Verstand arbeitete. Es mochte durchaus ein Zeitpunkt kommen, dachte er, an dem sie etwas anderes mehr interessierte als ein lukrativer Devisenfluß.

Er hatte den Sturz Maos ebenso vorausgesehen wie später den der Viererbande. Es war ihm nicht einmal schwergefallen, denn er hatte im modernen China genau die gleichen Gegebenheiten erkannt, wie sie vor rund dreihundert Jahren in seinem eigenen Land zum Sturz des Shogun Tokugawa und zur Meiji-Restauration geführt hatten: um im zwanzigsten Jahrhundert überleben zu können, dieser schmerzlichen Erkenntnis hatte sich auch die chinesische Führung nicht verschließen können, mußte sich das Land nach Westen öffnen und den Isolationismus aufgeben, zu dem Mao China verpflichtet hatte.

Mehr aber als Devisen brauchte Rotchina zwei andere Elemente, um sich auf den Beinen halten zu können: Schwerindustrie und Kernkraft. Beides mußte in großem Umfang importiert werden; der Haken war nur, es gab nicht genug Geld dafür. So blieb lediglich ein anderer Weg, um ans Ziel zu gelangen: Tauschhandel. Und die einzige Ware, die China besaß und die es bei einer derart astronomischen Größenordnung ins Spiel bringen konnte, war Hongkong. Wenn China den Engländern glaubwürdig damit drohen konnte, sie hinauszuwerfen und damit alles zu zerströren, wofür sie so hart und soundso lang an der asiatischen Küste gearbeitet hatten, dann konnte es fast alles von Großbritannien bekommen.

Und Nangi hatte das Gefühl gehabt, daß die Chinesen in dieser Hinsicht bald schon den ersten Zug machen würden, etwa in Form einer öffentlichen Verlautbarung, derzufolge der ursprüngliche Pachtvertrag ein Dokument war, das für sie keine Gültigkeit mehr besaß. Im Anschluß daran würden sie unweigerlich verkünden, daß sie in absehbarer Zeit – ein konkretes Datum würde natürlich nicht genannt werden – daran dächten, die Kolonie wieder chinesischer Hoheit zu unterstellen.

Eine derartige Entwicklung, dessen war sich Nangi absolut sicher gewesen, würde für den Grundstücksmarkt einem Todesstoß gleichkommen. Welcher ausländische Investor hätte ein Interesse daran, sein Geld im politischen Treibsand versinken zu sehen? Das Resultat mußte unausweichlich im völligen Zusammenbruch des Immobilien- und Aktienmarktes bestehen.

Die Ereignisse hatten seine schlimmsten Befürchtungen sogar noch übertroffen. Im Spätherbst 1982 hatten die Chinesen ihre Pläne bekanntgemacht und Ihre Majestät, Königin Elisabeth, damit in höchste Alarmstimmung versetzt. Nangi mußte heute noch lächeln, wenn er an die plötzlich ausgebrochene Krisenstimmung dachte – und daran, wie gut es gewesen war, sich so vorsichtig zu verhalten, wie er es getan hatte. Jetzt, wo die Chinesen die Oberhand hatten, würden sie alles tun, um ihre Position so lang wie möglich auszunützen; die Engländer sollten leiden, bis sie sich ihrer aussichtslosen Lage völlig bewußt waren.

Die Gespräche zwischen den beiden Ländern waren ergebnislos abgebrochen worden. Und Hongkong hatte seinen Schwarzen Freitag erlebt. Von seinem höchsten Stand im Juni 1981 mit 1730 Punkten stürzte der Hang-Seng-Index – die Börse der Kronkolonie – auf knapp 740 im Dezember 1982. Anfang 1983 begannen die ersten kleineren Firmen Bankrott zu machen, gefolgt im zweiten und dritten Quartal desselben Jahres von zwei oder drei der größeren. Doch im Finanz- und Bankwesen stand die große Krise erst noch bevor.

Als Nangi jetzt Anthony Chins Anruf entgegennahm, dankte er Gott einmal mehr für seinen weisen Entschluß, sich mit übertriebenen Spekulationen zurückzuhalten. »Nun, wie stehen die Dinge im Ziergarten Rotchinas?« fragte er gut gelaunt.

»Nicht so gut«, antwortete Chin. »Ich fürchte, ich habe schlechte Nachrichten, Nangi-san.«

»Falls es sich schon wieder um einen Run auf die Banken handeln sollte, dann lassen Sie sich keine grauen Haare wachsen«, sagte Nangi beruhigend. »Das stehen wir schon durch. Sie wissen, wieviel Kapital wir haben.«

»Das ist es ja gerade«, sagte Chin. »Wir haben sehr viel weniger, als Sie glauben. Wir überleben nicht einmal eine winzige Panik.«

Nangis Herz begann schneller zu schlagen. »Wo ist das Geld?«

»Es steckt in sechs der Sha-Tin-Erschließungsprojekte«, sagte Anthony Chin kleinlaut. »Ich weiß, Sie hatten sich dagegen ausgesprochen, aber Sie waren nicht hier, und ich sah jeden einzelnen Tag, wieviel Geld wir machen könnten. Aber jetzt finden wir keine Mieter, und sogar –«

»Sie sind gefeuert«, sagte Nangi scharf. »Sie haben zehn Minuten, um das Gebäude zu verlassen. Wenn Sie danach noch da sind, lasse ich Sie von den Sicherheitsleuten festnehmen. Desgleichen, wenn Sie irgendwelche Akten anrühren oder manipulieren.«

Er legte auf und wählte rasch einen zweiten Anschluß in der Bank, nämlich den von Allan Su, Vizepräsident der All-Asia. »Mr. Su, hier spricht Tanzan Nangi. Bitte unterbrechen Sie mich nicht durch Fragen. Von diesem Moment an sind Sie der Präsident der All-Asia. Anthony Chin arbeitet nicht länger für mich. Bitte, sorgen Sie dafür, daß Ihre Sicherheitsleute ihn sofort auf die Straße setzen. Sie sollen darauf achten, daß er nichts aus seinem Büro mitnimmt. Und jetzt zum Geschäftlichen...«

*

Es war an der Zeit, daß er einen von den beiden Gorillas ausschaltete. Red oder Blue, welcher sollte es sein? Bristol überlegte nicht lange, während er in seinem Boot auf den jadegrünen Wellen schaukelte; Blue war der richtige.

Er saß zurückgelehnt in einem Regiestuhl aus Leinen und Metall, der schon bessere Tage gesehen hatte, die Angelleine ausgeworfen, und wartete darauf, daß der in fünf Meter Tiefe hängende Köder ruckte.

Nicht mehr als hundert Meter vom Hafen entfernt lag das lange, schlanke, zweischraubige Vergnügungsschiff vor Anker, an Bord Alix Logan, ein halbes Dutzend ihrer Freunde und der rote Gorilla, der sich redliche Mühe gab, nicht aufzufallen wie ein Hering auf einem Schokoladenpudding. Er hatte sich sogar seines Hemds entledigt, was in Bristols Augen ein Fehler gewesen war, denn dadurch konnte jeder sehen, wie wenig Sonne er seinem Oberkörper bisher gegönnt hatte. Bristol fragte sich, wie Alix ihn wohl ihren Freunden vorgestellt hatte.

Mehr aber als Red hatte er in den Monaten seiner Überwachung den blauen Gorilla hassen gelernt. Blue hatte eine Art, Alix anzusehen, die über streng berufliches Interesse hinausging. In seinem Blick lag fast schon die Attitüde eines Besitzers.

Für Red war sie lediglich ein Stück Fleisch, ein Auftrag wie viele andere, die er bereits ausgeführt hatte. Blue dagegen genoß es, sie anzublicken. Er hatte sogar Zutritt zu ihrer Wohnung. Natürlich nicht für die ganze Nacht, aber doch lang genug, so daß er alle Zimmer sorgfältig durchsuchen konnte, wenn sie nach Hause gekommen war. Anschließend schlenderte er dann über die Straße und bezog in dem Schnellrestaurant einen Block weiter auf einem roten Plastikhocker direkt an dem großen chromgerahmten Fenster Posten.

Die Leine straffte sich, die Spule begann sich zu drehen. Das Ende der Rute zitterte und bog sich. Ein heftiger Ruck durchlief die Rute bis zum Schaft. Bristol stemmte die Sohlen seiner hohen Stiefel gegen die Heckbrüstung und lehnte sich tief in die Stuhllehne. Ohne die Augen von den Geschehnissen auf der Vergnügungsyacht zu lassen, kämpfte er mit dem Fisch. Seine Muskeln spannten sich, und er spürte, wie ihm das Adrenalin ins Blut schoß. Er dachte an den Fisch, den Leibwächter namens Blue und daran, wie gut es trotz allem tat, am Leben zu sein – dem Grab entsprungen, das Tomkin ihm zugedacht hatte. Er spürte die Energie am anderen Ende der Leine, den Kampf, und überlegte, wie er seine Beute näher heranbringen und schließlich ins Boot schaffen konnte. Der Fisch war jetzt schon ziemlich nah. Hin und wieder konnte man den Schaum seines Kielwassers auf der Oberfläche sehen. Die Spule kreischte, während die Leine hinausschoß, und Bristol wußte, wenn er sie zu straff hielt, dann würde sie unter der enormen Spannung zerreißen.

Dann war die Leine auf einmal zu Ende, und er begann den Fisch einzuholen, wobei er die Rute in einem langen, weichen Bogen schwang. Langsam, mit großer Geduld holte er sich Zentimeter um Zentimeter seiner Leine zurück. Es würde ein langer Nachmittag werden hier draußen, und er hatte nichts anderes vor, es sei denn, der Skipper auf dem anderen Boot beschloß, die Anker zu lichten. Mit einem Auge war Bristol noch immer bei der Yacht und ihren Passagieren.

Der große Fisch begann zu ermüden, und Bristol holte die Leine jetzt etwas rascher ein, während er sah, wie sich Alix, groß und schlank, von den anderen entfernte und mit graziöser Eleganz das Deck überquerte. Der rote Gorilla, der gerade eine Bierdose an den Mund setzen wollte, wandte für einen Augenblick den Kopf. Als er nichts Verdächtiges bemerken konnte, widmete er sich wieder seinem Bier.

Alix erreichte die Aluminiumreling am Bug und stützte sich darauf, die Arme durchgedrückt, die Hände fest um das Geländer geschlossen. Sie blickte auf die See hinaus, dann fiel ihr Blick auf das Wasser, das sacht gegen das Schanzkleid schwappte. Etwas tief dort unten im klaren Wasser schien ihre ganze Aufmerksamkeit in Anspruch zu nehmen.

Mit einem letzten Aufflackern von Energie tauchte der Fisch am anderen Ende der Leine nach unten weg, und für einen Sekundenbruchteil war Bristol vollauf damit beschäftigt, seine Beute nicht zu verlieren.

Als er wieder aufblickte, war Alix verschwunden. Sein Kopf flog herum. Sie stand nicht mehr an Deck. Vielleicht war ihr die Sonne zuviel geworden.

Bristol hatte ein ungutes Gefühl in der Magengegend. Dieser starre Blick ihrer Augen. Als er Gelda zum erstenmal begegnet war, hatte sie genauso geschaut. Er suchte das Meer direkt vor dem Boot der Yacht ab. Da, eine bronzefarbene Schulter, blondes Haar fächerförmig ausgebreitet. Schwamm sie oder war sie drauf und dran zu ertrinken?

Der rote Gorilla warf einen Blick zum Bug hinüber, sah sie nicht mehr. Er stellte die Bierdose ab und stand auf. Sein Mund öffnete sich, und er sagte etwas zum Skipper. Der Kapitän schüttelte den Kopf und deutete nach vorn zur Reling.

Red machte einen Satz, und Bristol dachte, daß er sich beeilen sollte, denn Alix trieb von der Yacht fort, und sie unternahm nicht die geringste Anstrengung, in Reichweite des Boots zu bleiben, was bei einer derart starken Strömung soviel hieß wie »Ich will nicht mehr«.

Red sprintete über das Seitendeck, erblickte das blonde Haar und sprang über Bord. Binnen weniger Minuten brachten ihn seine kräftigen, geübten Schwimmstöße an ihre Seite. An Bord der Yacht machte der Skipper das aufblasbare Gummiboot los. Mehrere der sonnenölglänzenden Männer halfen ihm. Die Frauen schirmten die Augen zum Schutz gegen die Sonne mit der Hand ab und sahen zu.

Der Skipper ließ das Beiboot zu Wasser, und Red schwamm langsam, eine Handfläche unter Alix' Kinn geschoben, zurück zur Yacht.

Gerade in dem Moment, als sie den Körper der jungen Frau an Deck hoben, brach Bristols Fisch durch die Oberfläche. Es war ein Marlin, und wenn alles mit rechten Dingen zugegangen wäre, hätte er Bristol bei seinem Überlebenskampf aus dem Stuhl und über Bord ins Meer reißen müssen.

Doch Bristols Aufmerksamkeit war schon wieder der Yacht zugewandt, wo Alix Logans goldfarbener Körper inzwischen mit dem

Rücken nach unten auf den Planken lag. Das Haar, dunkel vor Nässe, klebte ihr wie Tang auf der linken Schulter. Der rote Gorilla führte eine Mund-zu-Mund-Beatmung durch, und als er fertig war, wälzte sie sich zur Seite, um einen Schwall Seewasser von sich zu geben. Jemand setzte ihr eine Baseballkappe auf, zum Schutz gegen die Sonne. Der Skipper legte ihr ein Handtuch um die Schultern, und Red brachte sie nach unten.

Bristol blickte über die Bordkante genau in das große, glitzernde Auge des Marlins. Der Fisch war jetzt ganz nah, und als Bristol sich über die Reling lehnte, den Landehaken in der Hand, sah er den Marlin auf einmal als das, was er wirklich war: kein Beutetier, keine Trophäe, die man ausgestopft an die Wand hängen konnte, sondern ein anderes Lebewesen.

Er dachte an den brennenden Wagen und seinen eigenen Kampf ums Überleben, und jetzt sah er, daß der Kampf des Marlins sich in nichts davon unterschied. Sie waren beide ritterliche Krieger, und dieses Geschöpf verdiente den Tod genausowenig wie er selbst.

Noch einmal traf sein Blick den des runden Auges, das so fremd und doch so voller Leben war. Er ließ den Landehaken fallen und griff in die Tasche, um sein Messer herauszuholen. Mit einem raschen Schnitt durchtrennte er die Leine knapp oberhalb des Angelhakens.

Einen kurzen Moment lang schien der Marlin nur so im Wasser zu liegen, dicht beim Boot dahinzutreiben, das eine Auge auf Bristol gerichtet. Dann schoß er mit einem Schlag seines mächtigen Schwanzes davon, tauchte noch einmal ins Sonnenlicht, ein langer, blauschwarzer Pfeil, ehe er in schaumiger Gischt auf immer versank.

*

Tengu war der Name, der sein *sensei* ihm, der Tradition folgend, gegeben hatte. Er war ein weiterer von Viktor Protorows Agenten innerhalb der Mauern des Tenshin Shoden Katori-*ryu*. Als solcher bewegte er sich auf schmalem Grat, und sogar sein Schlaf war nie so tief, daß er sich etwa durch ein unbewußtes Wort im Traum verraten hätte. Verraten, wie es Tsutsumu widerfahren war.

Der unerwartete und ungeklärte Tod von Masashigi Kusunoki, dem ehemaligen Oberhaupt dieses *ninja ryu*, hatte unter den Schülern eine Empörung ausgelöst, die noch immer anhielt.

Tengu entstammte einer großen Bauernfamilie in Kyushu und konnte sich noch an den Tag erinnern, an dem sein Vater gestorben war. Schweigend hatte sich die Familie wieder vereint, benahm sich fast wie ein einziges Wesen. Aber selbst diese beeindruckende Vorstellung von Zusammenhalt konnte keinem Vergleich mit dem zielstrebigen Willen standhalten, der offenbar alle Ebenen der Gesellschaft hier durchdrang. *Jonin, sensei, chunin* und *genin*, sie alle waren, genau wie die Schüler, in einem erschreckenden Ausmaß davon angesteckt.

Während dieser rasch dahinfliegenden Tage, die Tengu dazu zwangen, eine enorme psychische Energie zu entwickeln, um seine wahre Mission vor seinen Lehrern und Mitschülern zu verbergen, hatte er zahlreiche Ängste entwickelt. Aber keine davon war so stark und naheliegend wie die Furcht vor Phoenix.

Phoenix nämlich war nach Kusunoki der mächtigste der *jonin* hier. In Tengus Augen stellte er vielleicht sogar eine noch größere Gefahr als Kusunoki dar, nicht zuletzt deswegen, weil er um einiges jünger war.

Aus dieser Furcht heraus hatte er beschlossen, sich lieber von eigener Hand zu töten, falls Phoenix auf seine heimlichen Aktivitäten aufmerksam wurde, als der grausamen Rache eines solchen Meisters der Folter ausgesetzt zu sein. Tengu glaubte an *kami*, und für ihn war Phoenix schlimmer als jeder böse Geist. Allein schon der Anblick des wilden, auf Schulter und Rücken tätowierten Tigers ließ Tengu erschauern.

Deswegen verzichtete er auch darauf, Protorows Anweisung zu folgen und noch mehr Unruhe zu stiften, sondern ging seinem verräterischen Treiben nur mit angehaltenem Atem und in tiefster Dunkelheit nach.

*

Als Nangi wieder in den großen Konferenzraum zurückkehrte, war sein Gesicht vollkommen unbewegt. Für den Moment hatte er getan, was er tun konnte. Jetzt lag es an Allan Su und seiner Mannschaft, sich mit Anthony Chins Büchern zu beschäftigen und herauszufinden, wie es um All-Asia genau stand, ob es überhaupt noch eine lebensfähige Firma war. Su hatte geraten, Schalter und Türen zu schließen, bis die Ergebnisse der Revision vorlagen, aber Nangi wußte, wie schnell sich Gerüchte in der Kolonie verbreiteten, und hatte daher entschieden, daß die Bank offenbleiben sollte. Außerdem würde sowohl der englischsprachigen als auch der chinesischen Presse eine Erklärung zugehen, derzufolge Anthony Chin wegen Unterschlagung entlassen worden war. Nangi hatte nicht die geringsten Bedenken, die Karriere eines Mannes zu ruinieren, der seine Bank an den Rand des finanziellen Ruins gebracht hatte.

»Nebeln Sie Hongkong ein«, hatte er Su aufgetragen. »Wir müssen tun, was wir können, um Zeit zu gewinnen. Ich habe keine Lust, Kapital von hier in die Kolonie zu transferieren, um einem eventuellen Run zu begegnen. Vergessen Sie das nicht, Mr. Su, ich werfe schlechtem Geld kein gutes hinterher. Ihr Job und der aller anderen unter Ihnen liegt also allein in Ihrer Hand. Tun Sie Ihr Bestes, in Ihrem eigenen Interesse.«

Nangi blieb hinter dem Sofa stehen, auf dem Nicholas, Sato und Ishii saßen. Tomkin hatte sich ihnen gegenüber in einen riesigen Sessel fallen lassen.

»Linnear-san«, sagte der alte Bankier, holte eine Zigarette hervor und zündete sie an, »bevor ich ans Telefon gerufen wurde, hatten Sie gerade gesagt, daß es höchst ungewöhnlich sei, wenn dieses *Mo* gewissermaßen bis zum Tod des Opfers betrieben wird.«

Nicholas antwortete nicht. Sein Gesicht war blaß, und Nangi fragte sich, ob er vielleicht einen Nerv getroffen haben mochte, der ihm von Nutzen sein konnte, wenn die Verhandlungen mit den *gaijin* wieder aufgenommen wurden.

»Ich frage mich«, fuhr er fort, »ob Sie wohl so freundlich wären, mir mehr über den Sinn dieses *Wu-Shing* zu erzählen.«

Jetzt hatte Nicholas die Wahl. Er konnte sein Gesicht verlieren oder unter den Japanern eine Panik auslösen, die sich zu einer Gefahr für die anstehenden Verhandlungen auswachsen mochte. Und Tomkin hatte keinen Zweifel daran gelassen, daß die Fusion noch in dieser Woche unter Dach und Fach gebracht werden mußte. Im Hotel hatte Nicholas ihm ein wenig vom Geheimnis des *Wu-Shing* erzählt, ebenso wie vor ein paar Minuten den anderen Anwesenden, aber nur er wußte alles darüber, und die Einzelheiten waren so grauenvoll, daß er es, wenigstens für den Augenblick, vorzog, nicht daran zu denken. Doch Nangi, hartnäckig und intelligent wie er war, wollte seine Karten sehen und stand damit im Begriff, Tomkins ganze jahrelange Planung zunichte zu machen.

Fieberhaft suchte Nicholas nach einem Ausweg, als sein Kopf sich praktisch von selbst nach rechts wandte. *Haragei* – sein sechster Sinn – ließ ihm eine Warnung zukommen. Aber wovor? Tomkin! Irgend etwas stimmte nicht mit ihm.

Raphael Tomkins Augen, die sonst so voller List und Tücke waren, schienen in Flüssigkeit zu schwimmen, als wäre alle Farbe aus der Iris gelaufen und drohe nun, über das Unterlid zu treten und die Wange hinabzulaufen. Seine Pupillen waren geweitet, und er hatte Schwierigkeiten, einen bestimmten Punkt zu fixieren.

Nicholas berührte ihn, spürte die schwache Vibration seines Oberkörpers, arhythmisch, flatternd, ungewöhnlich.

»Rasch«, sagte Nicholas, »rufen Sie einen Arzt.«

»Es gibt einen im Haus«, sagte Sato und winkte Ishii, der schon halb auf dem Weg zur Tür war. »Der Firmenarzt; er ist sehr gut.«

Tomkin öffnete den Mund, brachte aber kein Wort heraus. Seine Hände griffen nach Nicks Jackett, rafften das Material mit klauenhaften Fingern zu wulstigen Falten zusammen. Furcht und Entsetzen hatten einen roten Schimmer über seine Augen geworfen.

»Schon gut«, beruhigte Nicholas. »Der Doktor ist gleich da.«

Tomkins Gesicht war fleckig und so nah, daß Nicholas seinen Pulsschlag gleich dem Stampfen einer wildgewordenen Maschine hören konnte. Er legte den Zeigefinger an die Unterseite von Tomkins Handgelenk. Nach einem Augenblick bewegte er den Finger weiter, dann noch weiter. Ungläubig starrte er seinen Arbeitgeber an. Er konnte keinen Puls finden!

Tomkins Mund klappte auf und zu. Nicholas brachte sein Ohr an die Lippen des anderen und lauschte. Tomkins Atem klang wie ein Blasebalg und roch säuerlich und süß nach Fäulnis.

»Greydon«, vernahm Nicholas zwischen den keuchenden Atemstößen. »Um... Himmels... willen... Holt... Grey...don. *Schnell*!«

*

Rosafarbenes Licht, das von der *kanzashi* in Miss Yoshidas Haar reflektiert wurde, verwandelte die nassen Steine auf dem Boden des Beckens in funkelnde Diamanten. Sie kniete gleich hinter der offenen *fusuma* im fünfzehnten Stock des Shinjuku-Suiryu-Gebäudes, in dem Sato Petrochemicals untergebracht waren. Der Raum war von einem hochbegabten Innenarchitekten entworfen und dann von einem *sensei* der Zimmergärtnerei ausgestaltet worden, um den leitenden Mitarbeitern der Firma inmitten des lärmenden Irrwitzes der Innenstadt von Tokio eine Freistatt der Ruhe und der friedlichen Kontemplation zu bieten.

Miss Yoshida, gekleidet in einen modischen dunkelroten Leinenanzug, betrachtete ihr Spiegelbild im Wasser und betrauerte ihr Schicksal, das sie so früh zur Witwe gemacht hatte. Vor sechs Jahren war ihr Mann von einem anfahrenden Lastwagen erfaßt worden, als er einem anderen Fußgänger den Vortritt gelassen und dabei einen Fuß aus Versehen auf die Straße gesetzt hatte. Sein Schädel war völlig zerquetscht worden, ohne daß er noch etwas davon gemerkt hätte. Nach seinem Tod war Miss Yoshida ganz allein mit ihrem einzigen Sohn, Kozo, zurückgeblieben, der zu jenem Zeitpunkt gerade seine ersten Unterrichtsstunden an einem Gymnasium absolvierte, das mit der renommierten Todai-Universität in Verbindung stand. Miss Yoshida und ihr Mann hatten lange und hart dafür gearbeitet – und einmal sogar Sato gebeten, seinen Einfluß geltend zu machen –, daß Kozo dort aufgenommen wurde. Und beide waren sie sehr enttäuscht über die unverhüllte Undankbarkeit des Jungen gewesen; was seine Eltern für ihn, für seine erfolgreiche Zukunft getan hatten, schien ihm völlig gleichgültig zu sein.

Miss Yoshida seufzte, die Schultern vorgebeugt, als hätte sie ein schweres Gewicht zu tragen.

Nach dem Tod ihres Mannes hatte sie die Einladung ihrer Schwiegermutter angenommen, bei ihr zu leben. Aber das war nur ein paar Monate gutgegangen, bis Miss Yoshida merkte, daß sie lediglich eine Form der Hölle gegen eine andere eingetauscht hatte. Sie nahm Kozo und ergriff die Flucht vor ihrer *heramochi*. Dann mietete sie sich in dem Stadtteil, der ihr schon als Kind so gut gefallen hatte, eine Wohnung, und da nun nur noch Kozo in ihrem Leben existierte, wurde sie eine *kyoiku mama*, eine Mutter, die gleichzeitig auch Lehrerin war. Ununterbrochen arbeitete sie mit ihrem Sohn, damit seine Noten besser und besser wurden und er eines Tages in ein Elite-*juku* hineinkam, eine der privaten Studiengruppen, die sich sonntags, an nationalen Feiertagen und während der Ferien zusammenfanden, um zusätzlich zu den 240 regulären Schultagen noch weiter zu lernen. Miss Yoshida wollte, daß Kozo Aufnahme in einem *juku* fand, weil sie das Niveau in seiner Klasse kannte. Da es den Schülern weder erlaubt war, eine Klasse zu wiederholen, noch eine zu überspringen, schnitten die Lehrer den Unterricht immer auf die etwas langsameren Schüler zu, und die, hatte Miss Yoshida entschieden, lagen im Niveau weit unter ihrem Sohn.

Dank ihres eigenen Eifers und der angeborenen Intelligenz ihres Sohnes wurde er bald aufgefordert, Mitglied eines besonders angesehenen *juku* zu werden, das einen Hörsaal in der Todai gemietet hatte.

Miss Yoshida freute sich über die Maßen, denn sie wollte, daß Kozo die beste Erziehung genoß, die es in Japan gab, damit ihm später im Geschäftsleben alle Türen offenstanden. Jedermann wußte, daß nur eine Handvoll Universitäten die Ausbildung gewährleisteten, die man als Garant für eine große Zukunft betrachten konnte.

Aus diesem Grund ignorierte sie Kozos Klagen, daß seine Lehrer im Gymnasium über seine Aktivitäten in dem *juku* alles andere als wohlwollend sprächen. Sie hatten den Eindruck, daß das *juku* ihre Autorität untergrabe, und sie waren eifersüchtig auf den neuen Einfluß, der sich stärker zeigte als der ihre. Dementsprechend machten sie ihm das Leben in der Klasse nicht gerade leichter.

»Unsinn«, beschied Miss Yoshida ihren Sohn, »du suchst nur nach einem Vorwand, um dich auf die faule Haut legen zu können. Weißt du, wieviel mich dein *juku* jeden Monat kostet?« Natürlich sagte sie es ihm nicht, aber insgeheim war sie froh, daß ihr Mann so sparsam gelebt hatte; auch im Tod vermochte er seine Familie noch zu ernähren.

Der Streß, dem Kozo ausgesetzt war, verstärkte sich noch, als die Zulassungsprüfungen zur Todai-Universität bevorstanden. Miss

Yoshida überließ ihm einen separaten Teil der Wohnung für seine Studien, wo er sich auf das, was als *shiken jigoku*, die Prüfungshölle, bekannt war, vorbereiten konnte. Wenn sie heute an diese Worte dachte, lief ihr ein Schauder über den Rücken.

Und dann, eines Morgens...

Miss Yoshida begann zu schluchzen. *Nein*! schrie eine Stimme in ihr. *Warum willst du dich daran erinnern? Warum willst du dich wieder und wieder quälen?*

Doch sie wußte sehr wohl, weswegen. Buße. Lautlos strömten ihr die Tränen über die Wangen und benetzten die Schultern ihres Leinensakkos sowie die Vorderseite ihrer Seidenbluse.

Ach, Buddha! Wie kann ich je den Moment vergessen, als ich an jenem Morgen in sein Zimmer trat und ihn erhängt vorfand, den Hals in dem zur Schlinge verdrehten Bettlaken, darunter der auf die Seite gestürzte Studierstuhl. Hin und her schwang er wie ein schreckliches Metronom, erwürgt von demselben Laken, das sich als Kind immer um seine Beine geschlungen hatte, während er schlafend im Bett lag, ein friedliches, geheimnisvolles Lächeln auf dem Gesicht.

Ach, mein armer Kozo!

Vom Augenblick seiner Geburt an hatte sie Kozo nach ihren Wünschen und Vorstellungen geformt, ohne je eine Vorstellung davon zu entwickeln, was für ein Mensch er gewesen war. Sie legte das Gesicht in die Hände und weinte bitterlich.

Und in dieser Stellung überraschte sie der Tod. Eine sanfte Hand legte sich ihr auf die Schulter, und die weiche Stimme einer Frau flüsterte ihr Zuspruch ins Ohr. Langsam richtete sie sich auf und hob den Kopf, um sich dem unerwarteten Quell der Tröstung zuzuwenden.

Ihr blieb gerade noch Zeit genug, den farbenprächtigen Kimono und das glänzende, blauschwarze Haar zu erblicken, ehe sie ein eigenartig hohes Pfeifen vernahm und die große geriffelte Klinge des *gunsen* ihr mit einem einzigen Schlag Knochen und Knorpel der Nasenwurzel zerschmetterte.

Miss Yoshida stieß einen gellenden Schrei aus, als ihre Nerven das Schocktrauma überwunden hatten und der Schmerz ihren Körper durchzuckte. Blut schoß aus der Wunde in ihrem Gesicht, sprudelte auf Bluse und Sakko. Sie kippte nach hinten, die Füße unter dem Gesäß begraben. Ihre Augen öffneten sich weit und blinzelten dann in rascher Folge, als sie die Gestalt vor sich erkannte und ihr Herz von eisigem Entsetzen zusammengepreßt wurde.

*

»Ich fürchte, das übersteigt meinen Horizont«, sagte der Arzt. Er war grauhaarig und glanzlos und wirkte zehn Jahre älter als zu dem

Zeitpunkt, da er das Büro betreten hatte. »Seine einzige Hoffnung besteht darin, daß wir ihn sofort in ein Krankenhaus bringen.« Er seufzte tief, schob die drahtgerahmte Brille auf die Stirn und rieb sich die Augen mit Daumen und Zeigefinger. »Bitte, entschuldigen Sie, ich leide an einer schon fast chronischen Nebenhöhlenentzündung.« Er holte ein kleines Plastikfläschchen aus der Tasche und spritzte sich etwas in die Nasenlöcher. »Mein Arzt sagt, ich müsse aufs Land ziehen, zu meinem eigenen Besten.« Die Plastikflasche verschwand wieder in der Hosentasche. »Die Luftverschmutzung, wissen Sie.«

Er war ein kleiner gebeugter Mann jenseits der mittleren Jahre und so dünn, daß man seine Schulterblätter durch den Stoff des zerknitterten Jacketts erkennen konnte. Er seufzte neuerlich und sagte: »Aber wenn Sie meine Meinung hören wollen, so glaube ich, daß ihm nicht mal das Krankenhaus noch helfen kann.« Seine freundlichen, intelligenten Augen musterten erst Nicholas, dann Sato und Nangi, ehe sie sich wieder dem auf der Couch liegenden Tomkin zuwandten. »Das Herz ist es nicht«, sagte er. »Ich weiß nicht, was es ist.«

»Während wir auf Sie gewartet haben, wollte ich seinen Puls fühlen«, sagte Nicholas. »Er hatte keinen.«

»Stimmt.« Die Augen des Doktors schlossen und öffneten sich hinter den dicken Brillengläsern wie die einer Eule. »Das ist ja gerade das Bemerkenswerte. Eigentlich müßte er tot sein. Wissen Sie, ob er irgendein bestimmtes Medikament nehmen mußte, Linnear-san?«

Nicholas erinnerte sich, in Tomkins Hotelsuite ein kleines Plastikdöschen auf dem Nachttisch stehen gesehen zu haben. »Ja, er hat Prednison genommen.«

Der Arzt taumelte rückwärts, und Nicholas streckte die Hand aus, um ihn festzuhalten. Mit leichenblassem Gesicht fragte der Doktor so leise, daß Nicholas sich vorbeugen mußte, um ihn verstehen zu können: »Sind Sie sicher, daß es Prednison war?«

»Ja, absolut.«

Der Arzt nahm die Brille ab. »Ich fürchte, dann brauchen wir nicht auf die Ambulanz zu hoffen«, sagte er. »Tomkin-san scheint an Takayasus Aortenbogensyndrom in seiner Endphase zu leiden, einer außerordentlich bösartigen und absolut tödlich verlaufenden Krankheit.«

*

Miss Yoshida hegte keinen Zweifel daran, daß sie starb. Dieser Umstand schien ihr nicht einmal allzu mißlich, denn er würde ihrem Leiden ein Ende setzen und ihre Scham angesichts der Tatsache bemänteln, daß sie zu feige war, das *wakazishi* ihres Mannes zu nehmen, den Stahl aus dem Futteral zu ziehen und sich in den Bauch zu stoßen.

Aber die Art, auf die sie sterben mußte – das war etwas ganz anderes. Sie krepierte wie ein Hund, ein armseliges Tier auf der Straße; getreten und geschlagen keuchte sie ihr Leben in kurzen, unregelmäßigen Stößen hinaus.

Dies war doch kein Tod für einen weiblichen Samurai, dachte sie, bereits halb betäubt von den schmerzhaften Schlägen des rasiermesserscharfen Stahlfächers.

Aber der Anblick der Gestalt über ihr – dieses angemalte Gesicht, schneeweiß mit orangeroten Schnörkeln, genauso wie im Kabuki-Theater die Dämonen dargestellt wurden – lähmte sie geradezu. Es war, als wäre sie einen langen Schacht hinabgestürzt, direkt ins Land der Legenden, als wäre Tokio mit seinen Horden gehetzter Menschen, den Abgasschwaden und grellen Neonlichtern wie vom Erdboden verschwunden. An ihre Stelle traten Holz- und Papierhäuser, die grünen, zitternden Bambushaine des lang entschwundenen Japan mit seinem Zauber, den Großtaten seiner Helden und dem Nebel des Geheimnisses, der alles verhüllte.

Dies war für Miss Yoshida die Essenz der Fratze, die sich über sie beugte und ihr die schrecklichste aller Strafen verhieß.

Aber ich bin ein Samurai! rief eine Stimme tief in ihrem Inneren. *Wenn ich schon sterben muß, gestattet mir wenigstens den ehrenvollen Tod auf dem Schlachtfeld*.

Und so stieß Miss Yoshida mit klauenartigen Krallen nach oben und zerfetzte sich erst die Nägel, dann die Fingerspitzen an dem tödlichen *gunsen*, der wieder und wieder auf sie zupfiff. Sie begann vor den Schlägen davonzukriechen, schützte sich mit Ellbogen und Unterarmen, während das Blut heiß und ungehindert über ihre Oberarme rann und in den feuchten Höhlen unter ihren Achseln verschwand.

Doch nun waren ihre Lippen in einer Kreuzung aus Grinsen und Knurren von den zusammengepreßten Zähnen zurückgezogen, Adrenalin schoß durch ihre Adern, und ihr Herz erhob sich aus dem grauen Schlummer und sang im Geist ihrer Samurai-Vorfahren, die ihr nun in das ruhmvolle Ende vorangingen.

*

Sato blickte den Arzt hilfesuchend an. »Gibt es denn gar nichts, was Sie tun könnten, Taki-san?« fragte er.

Der Arzt zuckte mit seinen mageren Schultern. »Ich kann ihm eine Spritze geben, damit er keine Schmerzen mehr empfindet. Das ist alles.«

»Aber im Krankenhaus gibt es doch sicher Möglichkeiten –«

Aber Taki schüttelte nur den Kopf. »Es ist fast vorüber, Sato-san. Er wird weit mehr leiden, wenn wir ihn jetzt bewegen. Und das Krankenhaus – nun, ich persönlich möchte dort lieber nicht sterben, wenn ich die Wahl hätte.«

Sato nickte, fügte sich in die Gegebenheiten. Nicholas kniete neben Tomkin nieder und betrachtete das bleiche, verkniffene Gesicht, das praktisch nur noch aus Falten zu bestehen schien. Justines Vater sah aus, als wäre er in den letzten zehn Minuten um zwanzig Jahre gealtert. Für Nicholas lag eine gewisse Ironie darin, daß er hier an der Seite dieses sterbenden Mannes kniete, desselben Mannes, den zu vernichten er sich geschworen hatte. Aber er wehrte sich nicht dagegen. Tomkins Karma war auch das seine. Nicholas akzeptierte diese Ereignisse, wie er alles andere im Leben akzeptierte, mit Gleichmut und Ruhe. So war es ihm gelungen, seinen sehnlichen Wunsch, mit Akiko zu sprechen, zu verdrängen, seine Verwirrung angesichts ihrer Ähnlichkeit mit Yukio zu überwinden, und so hatte er sich auch einigermaßen schnell von den schrecklichen Begleitumständen des Mordes an Kagami erholt.

Dennoch war er nicht ganz ohne Gefühle. Noch immer verspürte er den Haß in sich, der ihn in Tomkins Dienste getrieben hatte. Aber er empfand auch eine gewisse Hochachtung für den sterbenden Mann; Tomkin war loyal gewesen, er hatte Mumm besessen und seine Töchter über alles geliebt. Und jetzt lag er hier mit grauem, eingefallenem Gesicht, das an eine zu oft von Hand zu Hand gegangene Wachspuppe erinnerte.

Nicholas sagte sich, daß Justine hier sein sollte; wahrscheinlich wußte nur er allein, wieviel ihre Anwesenheit in diesem Moment Tomkin bedeutet hätte. Seine Familie war letzten Endes seine Achillesferse gewesen. Es schien eine grausame Ironie des Schicksals darin zu liegen, daß er hier, so fern von seiner Heimat, seinen Töchtern und allem, was er liebte, sterben sollte.

Nicholas sah, wie Tomkins Augen sich flatternd öffneten. Das Braun seiner Iris wirkte schmutzig, fast schieferfarben. Nur mühsam fand der Atem seinen Weg über die trockenen, halbgeöffneten Lippen.

»Ich habe Greydon gerufen«, sagte Nicholas. »Er ist gleich da.«

Aber in den Augen, die ziellos durch den Raum schweiften, stand kein Wiedererkennen. Vor dem Fenster hatte sich der Smog aufgelöst und der Nacht Platz gemacht; der abendliche Glanz zahlloser Neonfeuer bot Tokio mit seinem vielfarbigen Schild Schutz vor der Dunkelheit.

Tomkin wandte langsam den Kopf, und Nicholas folgte seinem Blick. Es gab nichts zu sehen, lediglich eine nackte Wand. Was immer Tomkin dort sah, es hielt seine gesamte Aufmerksamkeit gefangen.

Dann glitt ein Schatten über die Wand, und Tomkin erschauerte, als stünde der Schatten irgendwie mit ihm in Verbindung, und Nicholas sagte: »Doktor?«, wenn auch nur der Form halber; er erkannte den Tod, wenn er ihm begegnete.

»Mr. Linnear?«

Nicholas stand langsam auf und blickte in das besorgte Gesicht von Greydon, Tomkins Anwalt.

»Wie geht es ihm?«

»Fragen Sie den Arzt.« Nicholas fühlte sich auf einmal müde.

Taki kniete neben Tomkin nieder, setzte ihm das Stethoskop auf die Brust und lauschte intensiv. Nach einer Minute zog er sich die Stöpsel des Instruments aus den Ohren. »Er ist tot, fürchte ich.« Der Arzt stand auf und notierte etwas auf seinem Rezeptblock.

Greydon wischte sich das Gesicht mit einem Taschentuch ab. »Es kam so plötzlich«, sagte er. »Ich... ich hätte nie damit gerechnet, daß es schon so bald passieren könnte.«

»Sie wußten über sein Leiden Bescheid?« fragte Nicholas.

Greydon nickte zerstreut. »Ja. Dr. Kidd, sein Leibarzt, und ich, wir waren die einzigen.« Dann schien er sich zusammenzunehmen und blickte Nicholas an. »Tomkin hat mich wegen seines Testaments konsultiert, wissen Sie. Ich mußte es also wissen.« Er holte tief Luft. »Könnte ich wohl einen Whisky mit Soda haben?«

»Entschuldigen Sie«, sagte Sato. »Die Umstände...« Er trat rasch an die Bar, bereitete den Drink zu und reichte Greydon das Glas. Auch Nangi, der ziemlich blaß aussah, machte er etwas zu trinken.

Greydon nahm einen großen Schluck, dann berührte er Nicholas am Ellbogen. »Bitte, kommen Sie einen Moment mit«, sagte er leise.

Als sie außer Hörweite der anderen waren, blieb Nicholas stehen. »Worum geht es?« fragte er kurz angebunden. In Gedanken war er ganz woanders.

Greydon ließ den Deckel seines schwarzen, mit Eidechsenhaut verkleideten Diplomatenkoffers aufspringen. »Es gibt bestimmte Angelegenheiten, die jetzt –«

»Nein, nicht jetzt«, sagte Nicholas und legte Greydon die Hand auf den Arm. »Später gibt es noch genug Zeit für die Formalitäten.«

Der Anwalt blickte aus seiner halbgebückten Stellung zu ihm auf. »Es tut mir leid, Mr. Linnear, aber ich habe genaue Anweisungen. Mr. Tomkin war in diesem Punkt ganz eindeutig.« Seine rechte Hand verschwand in dem Attaché und holte einen großen braungelben Umschlag heraus. Auf der Vorderseite stand Nicks Name, der Verschluß war mit rotem Wachs versiegelt. Greydon reichte Nicholas das Kuvert. »Sofort nach seinem Tod, so wollte es Mr. Tomkin, soll ich Ihnen dieses Kuvert aushändigen, damit Sie seinen Inhalt in meiner Gegenwart lesen und – ebenfalls in meiner Gegenwart – unterschreiben.«

Nicholas warf einen Blick auf das Kuvert. »Was ist da drin?«

»Ein Kodizill.«

»Ein Zusatz?«

»Zu Mr. Tomkins Testament.« Greydons Gesicht hatte wieder einen besorgten Ausdruck angenommen. »Sie müssen es jetzt lesen, Mr. Linnear. Mr. Tomkin lag sehr viel daran.« Seine Augen waren groß und feucht. »Bitte.«

Nicholas drehte das Kuvert um und erbrach das Siegel. Er griff in den Umschlag und holte mehrere Bögen Papier heraus. Schon auf dem obersten konnte er Tomkins unverwechselbare riesige Handschrift erkennen. Er begann zu lesen.

Nicholas,
die letzten Ereignisse werden Dich zweifellos etwas verwirrt haben. Das ist nur natürlich. Trotzdem wüßte ich gern, was für Gefühle gerade in Dir vorherrschen. Im Moment weiß ich lediglich, daß ich sie von Deinem Gesicht kaum ablesen könnte, wäre ich jetzt bei Dir. In vieler Hinsicht bist Du für mich ein noch größeres Geheimnis gewesen als meine Töchter. Ich nehme an, das ist nur recht und billig, nachdem Du mir wie ein Sohn geworden bist.

Und auch in anderem Zusammenhang ist es nicht ganz unpassend. War es nicht Ödipus, der seinen Vater umbringen wollte? O ja, ich weiß Bescheid. Weil ich viel über Dich nachgedacht habe.

Ich habe in meinem Leben viele Dummheiten begangen, bei denen ich mich jetzt nicht länger aufhalten will. Ich hatte eine unstillbare Gier nach Macht, und um diese Gier zu stillen, habe ich Menschen, ja, sogar ganze Firmen zerstört. Aber am Ende, darin besteht die Ironie des Lebens, sind wir alle Narren, und warum sollte es mir anders ergehen?

Daß ich Dich getroffen habe, hat mein Leben verändert, das kann ich nicht bestreiten. Oh, nicht gleich zu Anfang, dazu war mein Wille zu stark. Aber ich kann mich noch an jene lange Nacht erinnern, in der wir beide auf Saigo gewartet haben. Du warst da, um mich zu beschützen, und doch habe ich mich in meiner Angst und Verzweiflung an ihn gewandt und versucht, Dich zu opfern, damit er mich am Leben läßt.

Erst später wurde mir klar, wie erbärmlich das gewesen ist. Und Du hattest es auch noch mitgehört, oder nicht? Na ja, jetzt spielt das alles keine Rolle mehr für mich. Außer daß ich nach jener Nacht anfing, Dich zu verstehen. Etwas in Dir, das ich noch immer nicht genau zu definieren vermag, ging auf mich über und breitete sich in mir aus wie Nebel. Ich bin froh, daß Du Dich entschlossen hast, für mich zu arbeiten, ebenso wie ich froh bin, daß Du meine Tochter heiraten wirst.

Es gibt möglicherweise eine Menge Gründe, aus denen Du die Absicht haben könntest, mich zu töten. Einer davon, und nicht der geringste, ist wahrscheinlich der Tod Deines Freundes Lewis Croaker. Er dachte, ich hätte Angela Didion ermordet; und Du dachtest, ich hätte ihn umbringen lassen.

Du irrst Dich... und Du hast recht.

Es tut mir leid, aber tiefer kann ich nicht ins Detail gehen. Ich habe vielleicht schon mehr gesagt, als ich dürfte. Nun zum Geschäft:

Unter den beiliegenden Papieren wirst Du ein juristisches Dokument finden, das Dir sechzig Prozent der Stimmanteile von Tomkin Industries überträgt. Damit kannst Du einen Sitz im Aufsichtsrat einnehmen; Du kannst sogar den Kurs des gesamten Unternehmens bestimmen. Obwohl Justine und Gelda auch je zwanzig Prozent erhalten, wird dieses Vorrecht allein in Deinen Händen liegen, so wie es immer in meinen lag. Unterschreib das Papier, und Du bist der Präsident von Tomkin Industries. Denk nicht zuviel darüber nach, folge einfach Deiner Nase. Aber Du sollst wissen, daß ich es mir genauso wünsche, wie ich es hier aufgeschrieben habe, mit aller Kraft des Herzens und der Seele, falls es letztere überhaupt gibt. Bald wirst Du Justine heiraten. Ich bin froh, daß ihr einander liebt. Niemand versteht besser als ich, wie kostbar ein solches Gefühl heutzutage ist. Du siehst, jetzt gehörst Du in jeder Hinsicht zur Familie.

Wenn Du unterschreibst, machst Du mich damit noch im nachhinein sehr glücklich. Ich weiß dann, daß die Firma in guten Händen ist. Aber so oder so, es gibt eine Sache, die Du sofort nach der Beerdigung erledigen mußt. Greydon, der zweifellos Gewehr bei Fuß steht, wird Dir sagen, worum es sich handelt.

Mach's gut, Nick. Sag meinen Mädchen, daß ich sie sehr lieb habe,

Raphael Tomkin

Datiert war der Brief vom 4. Juni 1983, und Greydon hatte ihn mit seiner Unterschrift beglaubigt.

Nicholas ließ sich auf die Armstütze von Satos Sessel sinken. Er war verzweifelt darum bemüht, die Fassung zu bewahren. Nichts in seinem Leben hatte ihn auf einen solchen Moment vorbereitet.

»Mr. Linnear?«

Langsam hob Nicholas den Kopf und merkte, daß Greydon sich schon seit geraumer Zeit um seine Aufmerksamkeit bemühte.

»Mr. Linnear, werden Sie das Dokument unterzeichnen?«

Es geschah einfach zuviel auf einmal. Nicholas fühlte sich hilflos, überwältigt. Der Abendländer in ihm wurde von Gefühlen hin und her gerissen, während der Japaner dieselben Gefühle zu unterdrükken versuchte. Doch nichts von seiner Rührung und seinem Wunsch zu trauern zeigte sich auf seinem Gesicht. Allein Nangi, scharfsinnig und hellwach, wie er war, mochte sehen, wie der Schmerz Nicks Augen verdunkelte.

»Mr. Linnear?«

Auf einmal verspürte Nicholas den Wunsch zu töten. Seine Muskeln zuckten, und sein Arm schien wie von selbst hochzuschießen.

»Ja?«

Greydon blinzelte erschrocken hinter seinen Brillengläsern. Schutzlos und ohne sich zu bewegen stand er da, und Nicholas dachte entsetzt, *du meine Güte, was tue ich denn*? Er war nicht mehr in Nara, nicht mehr innerhalb der kühlen Steinmauern des Tenshin Shoden Katori. Er war kein Schüler mehr, sondern selbst ein *sensei*. Er mußte wissen, wie man sich beherrschte.

Mühsam zwang er sich zur Entspannung, entzog seinem Körper das Adrenalin, das unverlangt in seine Adern geschossen war, als er innerlich die erste *ninjutsu*-Angriffsstellung eingenommen hatte. Er reichte Greydon die Papiere und sagte: »Bitte, lassen Sie mir etwas Zeit.« Dann ging er an den vier Japanern, die ihm nicht ins Gesicht zu sehen wagten und leise von den möglichen Folgen der Ereignisse sprachen, vorbei zu Tomkin, der auf dem Sofa lag wie auf einer Bahre. Er hatte einen bitteren Geschmack im Mund, und seine Augen brannten.

An dem Tag, an dem sein Vater, der Colonel, gestorben war, hatte der neue Gärtner der Linnears, ebenfalls ein alter Mann, angefangen, im Garten den Schnee zusammenzukehren. Und jetzt sah Nicholas wieder die dunklen Streifen, schwarz und weiß, ein melancholischer, winterlicher Anblick, den eine persönliche Tragödie in die Darstellung des Todes schlechthin verwandelt hatte.

Nicholas kniete nieder und neigte den Kopf, so wie man sich vor dem Oberhaupt einer Familie verbeugt. In diesem Augenblick schien ihm kein Unterschied zu bestehen zwischen dem Leichnam hier und jenem, den er, seine Mutter und Itami vor vielen Jahren mit soviel zeremoniellem Pomp zu Grabe getragen hatten. Außer daß der Schmerz in ihm, namenlos und scheinbar absolut, nun dadurch gemäßigt wurde, daß er wußte, wer er war.

Obwohl der Colonel den Osten mit verzehrender Leidenschaft geliebt hatte, war er ein *gaijin* gewesen, und darunter hatte Nicholas die ganze Zeit während seines Heranwachsens in Japan gelitten, denn die Japaner konnten ihm das gemischte Blut in seinen Adern nicht vergeben.

In Raphael Tomkin hatte Nicholas, wiewohl unbewußt, all die Merkmale erkannt, die dem Charakter seines Vaters zugeschrieben wurden. Er begriff jetzt, daß ein Teil seines Hasses auf Tomkin mehr dem galt, was sein Vater gewesen war, ja, was er selbst gegen seinen Willen darstellte. Er war ein Asiate, gefangen im Körper eines Abendländers. Karma. Nicholas erkannte, daß er nie in der Lage gewesen war, dies zu akzeptieren, daß er all die Jahre lang unbewußt versucht hatte, sich gegen sein Karma aufzulehnen.

Jetzt auf einmal war er fähig, sich damit abzufinden. Tomkins Tod hatte ihm den Weg gezeigt, und dafür würde er Justines Vater immer dankbar sein.

Nach einer Weile erhob er sich wieder. Sein Gesicht war ruhig, und sein Verstand hatte sich geklärt. Er trat auf Greydon zu, der noch immer geduldig die Dokumente in der Hand hielt. Noch einmal las er Tomkins Brief, fasziniert vom Scharfsinn des Verfassers. Offenbar hatte sich hinter der Schale des häßlichen Amerikaners weit mehr Verständnis verborgen, als nach außen hin zu erkennen war.

Als er zu dem Absatz über Angela Didion gelangte, hielt er inne. Hatte Croaker recht gehabt oder nicht? Wie konnte beides möglich sein? Schock auf Schock, Räder in Rädern. Tatsächlich war der Ton auf seltsame Weise geradezu fernöstlich gehalten, voller Anspielungen auf tiefere Strömungen und Entwicklungen, voll nahezu philosophischer Einsicht.

Unvermittelt blickte Nicholas auf, faltete den Brief zusammen und schob ihn in seine Jackentasche. »Was passiert, wenn ich nicht unterschreibe?« erkundigte er sich.

»Das steht alles im Testament«, antwortete Greydon. »Einzelheiten kann ich Ihnen leider nicht mitteilen, das wäre ein Vertrauensbruch. Ich kann nur soviel sagen, daß der Vorstand dann einen neuen Präsidenten wählen würde.«

»Aber wer wird das sein?« fragte Nicholas. »Kann man davon ausgehen, daß es sich um einen guten Mann handelt? Wird er die Firma so führen, wie Tomkin sich das gewünscht hat? Und was wird dann aus der geplanten Fusion?«

Greydon gestattete sich ein kleines Lächeln. »Was soll ich Ihnen darauf antworten, Mr. Linnear? Offensichtlich wollte Mr. Tomkin, daß Sie Ihre Entscheidung ohne dieses Wissen treffen. Nichtsdestoweniger lassen Ihre drei Fragen darauf schließen, daß Sie sich bereits entschieden haben.« Er holte einen Füller aus der Innentasche seines Sakkos und schraubte die Kappe ab. Die goldene Feder blitzte wie die Klinge eines Schwerts.

»Tomkin sagte, es gebe etwas, was ich tun müßte, falls ich unterschreibe. Sie wissen, worum es sich dabei handelt?«

Greydon nickte. »Das trifft zu. Als neuer Präsident von Tomkin

Industries ist es Ihre erste Aufgabe, sich mit einem Mann in Washington namens Gordon Minck in Verbindung zu setzen. Ich habe seine Privatnummer.«

»Wer ist das?«

»Ich habe keine Ahnung.« Der Füller schwebte noch immer wartend in der Luft. Nicholas nahm ihn, legte das Dokument auf Satos Schreibtisch und schrieb seinen Namen in die dafür vorgesehene Zeile.

Greydon nickte. »Gut.« Er schwenkte das Kodizill hin und her, bis die Tinte getrocknet war, dann faltete er es zusammen und verstaute es wieder in seinem Diplomatenkoffer. »Sobald das Testament verlesen worden ist, erhalten Sie eine Kopie.« Er streckte die Hand aus. »Viel Glück, Mr. Linnear. Jetzt muß ich die Firma ins Bild setzen und mich um die Beerdigungsformalitäten kümmern.«

»Nein«, sagte Nicholas, »das übernehme ich. Und bitte kein Wort der Firma gegenüber, bevor ich nicht mit Tomkins Töchtern gesprochen habe.«

»Natürlich, Mr. Linnear. Wie Sie wünschen.«

Greydon verließ das Büro. Nicholas trat auf die anderen Anwesenden zu, verbeugte sich förmlich und sagte: »Sato-san, Nangi-san, ich darf Ihnen mitteilen, daß ich zu Mr. Tomkins Nachfolger ernannt worden bin. Sein Unternehmen gehört nun mir.« Er hob den Kopf, um ihre Reaktion zu verfolgen, doch sie verbargen sorgfältig, was in ihnen vorging. Zuviel hatte sich heute schon ereignet.

Sato sprach als erster. »Meine Glückwünsche, Linnear-san. Ich bin untröstlich, daß Sie diese glückliche Fügung so traurigen Umständen verdanken.«

»Danke. Ich weiß Ihre Anteilnahme zu schätzen.«

Nachdem auch Nangi und Ishii ihrer Bekümmerung Ausdruck verliehen hatten, sagte Nicholas: »Unglückseligerweise muß ich jetzt umgehend in die Staaten zurückkehren. Wir können unsere Gespräche also erst später fortsetzen.«

»Karma«, sagte Sato.

»Ich beabsichtige jedoch nicht, mich gegen die geplante Fusion zu stellen«, fuhr Nicholas fort, »und deswegen werde ich so schnell wie möglich wiederkommen. Doch vorher muß ich Ihnen noch eine Information zukommen lassen, die Ihnen vielleicht etwas bizarr, aber nichtsdestoweniger nützlich erscheinen wird.«

Jetzt hatte er ihre ungeteilte Aufmerksamkeit. Gut, dachte er. Dann mal los.

»Eigentlich hatte ich beschlossen, jetzt noch nicht darüber zu sprechen, weil mir das Beweismaterial eher unzureichend vorkam. Außerdem dachte ich, ich könnte Ihnen in dieser Sache vielleicht doch noch von Nutzen sein. Aber nun haben sich die Bedingungen geändert. Wir haben ein gegenseitiges Übereinkommen getroffen, und ich möchte nicht, daß irgend etwas unsere Absichten durchkreuzt. Da ich bald schon nicht mehr hier sein werde, muß ich Nangi-sans Frage nun voll und ganz beantworten. Er wollte wissen, ob mir je zu Ohren gekommen sei, daß *Wu-Shing* mit tödlichen Folgen praktiziert worden wäre, und ich sagte, gesehen hätte ich es noch nie. Allerdings habe ich schon davon gehört.«

»In welchem Zusammenhang?« fragte Sato. »Sagen Sie uns, was wirklich mit Kagami-san passiert ist. Wir müssen Bescheid wissen.«

Jetzt berichtete Nicholas ihnen von der alten Legende, die er Tomkin in der Nacht vor Satos Hochzeit erzählt hatte. Die Gesichter der Anwesenden verfärbten sich.

»Ich denke, es ist an der Zeit, daß wir nach Hause gehen«, sagte Nangi endlich in das lähmende Schweigen.

Uniformierte Wärter hatten den Raum betreten und begannen, Raphael Tomkin in eine silbergraue Plastikplane zu hüllen.

Ishii verließ das Zimmer, gefolgt von Sato und dem Arzt. Nur Nangi wartete noch einen Moment. Sein Gesicht war so weiß wie die reispuderbestäubte Haut einer Geisha. Seine dunklen Augen musterten Nicholas nachdenklich.

»In drei Tagen«, sagte er, »erwacht die Kirschblüte zum Leben. Gleich einer himmlischen Wolke bringt sie für einen kurzen Moment das Paradies auf die Erde. Im Erblühen erfreut sie unser Herz; im Dahinwelken noch spendet sie uns Trost mit dem Reichtum der Erinnerung.«

»Ist das nicht immer so im Leben?«

Mit einem trockenen Rascheln legte sich die silbergraue Plastikplane über Raphael Tomkins Gesicht und hüllte es in ewiges Schweigen.

Kyoto/Tokio

Frühling 1945 – Herbst 1952

Als Tanzan Nangi aus dem Lazarett entlassen worden war, in dem er sich von seinen Wunden erholt hatte, während sein Land in dem verbissenen Kampf gegen die alliierten Gegner langsam in die Knie gezwungen wurde, versuchte er, nach Hause zurückzukehren.

Man schrieb den 11. März 1945, fast ein ganzes Jahr nach dem Tag, an dem er mit seinem behelfsmäßigen Floß entdeckt und gerettet worden war. Immer und immer wieder hatten sich die Chirurgen mit ihm beschäftigt, um den Schaden zu beheben, den seine Muskeln und Nerven bei dem Absturz genommen hatten. Auf einem Auge war er jetzt völlig blind, und die Ärzte hatten die Lider vernäht, damit sie aufhörten zu zucken.

Bei seinen Beinen hatte er mehr Glück gehabt. Drei lange Operationen waren nötig gewesen, bis er seine Gliedmaßen wieder hinlänglich benutzen konnte. Immerhin war ihm die Amputation, die zuerst unumgänglich geschienen hatte, erspart geblieben. Aber er hatte mühsam und unter großen Schmerzen wieder lernen müssen, einen Fuß vor den anderen zu setzen, eine Aufgabe, der er sich freudig unterzog, denn schließlich hatte Jesus Christus, zu dem er in den Stunden seiner Dunkelheit beten konnte, ihm das Leben gerettet.

Allerdings war es in jener Zeit für einen Zivilisten nicht leicht, von einem Ort zum anderen zu reisen. Jemand, der keine Uniform trug und sich auch nicht auf dem Weg zu einem der Mobilmachungszentren befand, konnte kaum auf einen Platz in einem öffentlichen Verkehrsmittel hoffen. Aber der Zusammenhalt unter den Menschen war groß, und so fand Nangi schließlich doch noch eine Mitfahrgelegenheit. Ein Bauer nahm ihn auf der Ladefläche seines ramponierten Lastwagens mit nach Tokio.

Der Himmel über der Stadt war schwarz, ein dichtes, beißend riechendes Leichentuch, das nichts mit den darüber hängenden Regenwolken zu tun hatte. Die Luft war voller Asche, die sich auf die

Atemwege legte, Gesicht und Hände bedeckte und Mund und Nasenlöcher verschmierte.

Unsicher erhob sich Nangi auf der Ladefläche des schaukelnden Lastwagens, als sie in die Stadt rollten. Es sah aus, als wäre kein Stein auf dem anderen geblieben. Tokio war völlig zerstört. Der scharfe Wind schmerzte, und Nangi mußte fortwährend blinzeln, um sein eines Auge frei von Asche zu halten. Nicht nur einzelne Gebäude und Blocks waren den Flammen zum Opfer gefallen, sondern ganze Stadtteile. Dort, wo Nangis Elternhaus gestanden hatte, waren jetzt Räumtrupps mit Schaufeln und Hacken an der Arbeit und versuchten aus den Trümmern zu retten, was zu retten war. Es hatte keine Überlebenden gegeben, sagte man Nangi. Das von den Winden angefachte Feuer hatte die halbe Stadt verzehrt.

Nun blieb ihm nichts anderes übrig, als nach Kyoto zu gehen. Das Versprechen, das er Gotaro gegeben hatte, lenkte seine Schritte. Er mußte sich um Seiichi, den jüngeren Bruder seines toten Kameraden, kümmern.

Die ehemalige Hauptstadt war von den Bombenangriffen, die Tokio in ein rauchendes, schwarzes Skelett verwandelt hatten, verschont geblieben, doch auch hier herrschten Hunger und Verzweiflung. Nangi hatte eine Scheibe schwarzes Brot, ein Glas Marmelade, etwas Butter und sechs *daikon* – weißen Rettich – organisiert. Damit wollte er den Bewohnern von Satos Haus die Unbequemlichkeiten erleichtern, die sein Besuch mit sich brachte.

Doch als er anklopfte, war nur eine alte Frau mit grauen Haaren und neugierigen Augen daheim. »Hai?« fragte sie abwehrend, und Nangi erinnerte sich wieder daran, was Gotaro über seine Großmutter erzählt hatte und wie schlecht es ihrer Familie in den letzten Jahren ergangen war. Er verbeugte sich höflich, überreichte ihr sein Essenspaket, erklärte, daß er Seite an Seite mit Gotaro gekämpft habe, und richtete ihr seine herzlichsten Grüße aus, da er es nicht fertigbrachte, ihr die Wahrheit zu sagen.

Sie schnüffelte, rümpfte die Nase und sagte: »Als Gotaro-chan noch hier lebte, war er nie besonders herzlich zu mir.« Dennoch freute sie sich ganz offensichtlich über seine Nachricht und gab mit einer angedeuteten Verbeugung die Tür frei.

Oba-chama – die Großmutter – kochte Tee, und sie nahmen einander gegenüber auf den Bodenmatten Platz und tranken das dünne Getränk, das eindeutig nicht zum erstenmal aufgebrüht worden war. Oba-chama redete, und Nangi hörte zu. Gelegentlich beantwortete er eine ihrer scharfen Fragen so gut er konnte, wobei er sich immer mit einer Notlüge aus der Affäre zog, wenn die Rede auf Gotaro kam.

»Der Krieg hat diese Familie zerstört«, sagte sie mit einem Seufzen, »genauso wie er dieses Land zerstört. Mein Schwiegersohn ist bereits unter der Erde, meine Tochter in einem Hospital, das sie nicht mehr verlassen wird. Japan wird nie wieder so sein wie früher, egal, was die Amerikaner uns auch antun.« Ihre Augen waren hart und glitzernd, und bei der Vorstellung, ihr Feind zu sein, empfand Nangi Unbehagen. »Aber es sind nicht die Amerikaner, die ich fürchte«, fuhr sie fort. »Denn jetzt sind auch die Russen noch in den Krieg eingetreten. Bis zum letzten Moment haben sie gewartet, bis selbst für ihre trägen Gehirne der Ausgang klar zutage lag. Jetzt sind sie mit großem Säbelrasseln aufmarschiert, und am Ende werden auch sie ein Stück von uns haben wollen.«

Ihre weißen Hände, deren Haut so durchscheinend war wie dünnes Porzellan, ergriffen eine der winzigen, henkellosen Schalen.

»Siehst du diese Schalen, Freund meines Enkels?«

Pflichtschuldigst warf Nangi einen Blick auf die Schale. Sie war hauchzart und exquisit geformt. »Herrlich«, sagte er.

Oba-chama schnüffelte wieder. »Ein Geschenk«, sagte sie, »von einem entfernten Verwandten. Diese Teeschalen sind alles, was von seiner Familie übriggeblieben ist. Die Bombardierung Tokios hat ihn fast um den Verstand gebracht. Er ist aufs Land geflohen und hat unterwegs bei mir Station gemacht. Als er sah, wie ruhig es hier ist, hat er mir die Schalen geschenkt, denn sie sollten nicht auch noch zerbrechen.« Oba-chama hielt die Schale mit Daumen und Zeigefinger ins Licht. »Stell dir das vor. In meinen Händen halte ich Porzellan aus der T'ang-Dynastie.«

Vorsichtig stellte sie die Schale ab und schloß für einen Moment die Augen. »Doch wozu noch von Porzellan, Kunst und Antiquitäten reden? Bald werden die Russen kommen, gemeinsam mit den Amerikanern, und dann geht es uns allen an den Kragen.«

Jemand klopfte heftig an die Tür. Oba-chama öffnete die Augen, entschuldigte sich und stand auf. Nangi blieb schweigend sitzen, ohne sich umzudrehen. Da sein Rücken der Tür zugewandt war, hörte er lediglich leises Stimmengemurmel, gefolgt von einem kurzen Schweigen, ehe neues Gemurmel ertönte. Dann wurde die Tür geschlossen, und Oba-chama erschien wieder in seinem Blickfeld.

Sie nahm ihm gegenüber Platz. Ihr Kopf war ein wenig gebeugt, die Augen lagen im Schatten. »Es gibt Neuigkeiten von Gotaro-chan«, sagte sie. Ihre Stimme war leicht wie Rauch, der Klang trieb davon, eine Muschel, durchscheinend und leer. »Er wird nicht nach Hause kommen.«

Zwischen ihnen tanzten Staubpartikelchen im Sonnenschein. Ihre falsche Lebendigkeit akzentuierte die Leere des Raums. Eine leise Verzweiflung ging von Oba-chama aus, obwohl sie tapfer um Haltung und innere Ruhe bemüht war.

In seiner Hilflosigkeit wußte Nangi nichts anderes zu tun, als aus einem Gedicht von Chiyo aus dem 18. Jahrhundert zu zitieren: »Der Jäger der Libelle, wohin mag er gegangen sein, frage ich mich...«

Plötzlich mußten sie beide weinen, und Oba-chama, entsetzt über ihren Mangel an guten Manieren, wandte sich rasch ab, so daß er nur ihre schmalen Schultern zucken sah. Und darüber ihr ergrautes Haupt.

Nach einiger Zeit fragte er ruhig: »Oba-chama, wo ist Seiichi-san? Er sollte hier bei Ihnen sein.«

Sie richtete sich auf, holte tief Luft und sagte: »Er ist auf einer Wallfahrt. Zum Mausoleum Jeyasu Tokugawa im Nikko-Park.«

Nangi verbeugte sich. »Dann werde ich mit Ihrer Erlaubnis, Oba-chama, losgehen und ihn zurückholen. Sein Platz ist hier; dies ist eine Zeit der Familie.«

Jetzt hob die alte Frau den Kopf ganz, und Nangi bemerkte zum erstenmal das schwache Nervenzittern, das ihn in ständiger Bewegung hielt. »Ich wäre sehr dankbar, wenn ich meinen anderen Enkel jetzt bei mir haben könnte.«

Nangi fand, daß es an der Zeit war, sie mit ihrem Kummer allein zu lassen. Er verbeugte sich, dankte ihr für die Gastfreundschaft in diesen ungastlichen Zeiten und kam mit einigen Schwierigkeiten wieder auf die Beine.

»Tanzan-san.« Es war das erste Mal, daß sie seinen Namen ausgesprochen hatte. »Wenn Sie mit Seiichi wiederkommen –«, sie hielt ihren Kopf sehr gerade; eine Haarsträhne war über das rechte Ohr heruntergerutscht und vibrierte leicht mit dem Zittern ihrer Nerven, »– dann werden Sie bei uns bleiben.« Ihre Stimme war fest. »Jeder junge Mann braucht ein Heim, in das er zurückkehren kann.«

*

Noch immer hing schwarzer Nebel über der ausgebrannten Stadt. Nangi überquerte den Fluß auf einer Steinbrücke und stieg dann hügelaufwärts zum Grabmal Tokugawas. Auch er selbst hatte schon viele Stunden hier verbracht, in Gedanken bei dem großen Shogun Jeyasu Tokugawa, mit dem das moderne Japan seinen Anfang genommen hatte. Unter seiner Ägide hatte der zweihundertjährige Friede begonnen und damit auch das Ende der Samurai, denn friedliche Zeiten brauchten keine Krieger.

Die beiden mächtigen Familien der Choshus und der Satsumas setzten dem Shogunat der Tokugawa schließlich ein Ende, aber die aus ihrer Herrschaft geborene Korruption der Behörden erregte eine solche öffentliche Empörung, daß sie wiederum von den Meiji-Oligarchen gestürzt wurden. Und damit begann die Restauration.

Die Regierungsform, die von den Oligarchen entwickelt wurde, orientierte sich weitgehend am Deutschland Bismarcks, da viele jener politischen Führer enge Verbindungen mit der deutschen Regierung hatten. Dieses Modell brachte den Meiji-Oligarchen zwei Vorteile: erstens unterstanden Ministerpräsident und Armee nicht dem Parlament, sondern dem Monarchen, und zweitens erforderte es eine enorme, unpolitische Bürokratie, die von den Oligarchen mit ihren Gefolgsleuten durchsetzt wurde, dem Volk gegenüber aber den Eindruck erweckte, als könnten nie wieder zwei Familien wie die Choshus und Satsumas alle Macht auf sich vereinigen. Allgemein fand der Gedanke großen Anklang, daß der Beamtenapparat jedem offenstand, der eine gute Ausbildung erhalten hatte, Fleiß bewies und beste Ergebnisse bei Prüfungen erzielte, die nicht unpersönlicher und daher unparteiischer sein konnten. Allerdings ließ es sich auf diese Weise nicht vermeiden, daß eines Tages die wirkliche Macht der Regierung in den Händen der Bürokratie lag, und zwar sowohl der zivilen als auch der militärischen.

Große Veränderungen standen bevor, und der Anblick des Mausoleums, das plötzlich zwischen den Bäumen auftauchte, machte Nangi wieder bewußt, wie sehr er sich danach sehnte, ein Teil dieser Veränderungen zu werden. Denn die Alternative hätte unweigerlich darin bestanden, in den Kriegsverbrecherprozessen, die bald von den Besatzungsmächten abgehalten werden würden, auf der Anklagebank zu sitzen.

Nangi blieb stehen und blickte sich um. Er war allein. Rasch verließ er den Weg und begab sich in den Schatten der Bäume. Auf einer winzigen Lichtung kniete er nieder, holte seine Uniform aus der Tasche, die er stets mitschleppte und in der sich all seine Besitztümer befanden, rollte sie zu einer Stoffkugel zusammen und riß ein Streichholz an. Es dauerte einige Zeit, bis die Uniform völlig verbrannt war. Endlich stand er wieder auf und verrieb die Asche mit den Schuhen, bis nur noch Staub übrigblieb.

Dann kehrte er auf den Weg zurück und ging weiter, um Seiichi Sato zu suchen und nach Hause zurückzubringen.

*

Seiichi hatte nicht die geringste Ähnlichkeit mit seinem großen Bruder. Weder war er ein Christ, noch besaß er diesen wilden Sinn für Humor, der Gotaro zu einem so angenehmen Gesellschafter gemacht hatte. Seiichi war ein rasch heranwachsender Junge, für den das Leben eine ausgesprochen ernste Angelegenheit zu sein schien.

Sato stand in der Tür zum Mausoleum, eine schwarze Silhouette im Zwielicht. Nangi stellte sich vor und sagte, daß Oba-chama ihn geschickt habe. Seiichi wandte den Blick ab und sagte mit der Intuition mancher junger Leute: »Sie sind gekommen, um mir mitzuteilen, daß Gotaro-san gefallen ist.«

»Er starb den Tod eines Samurai«, sagte Nangi.

»Das macht mich vielleicht glücklich, ihn wohl kaum«, antwortete Seiichi mit einem seltsamen Blick.

»Immerhin war er ein Japaner«, sagte Nangi. »Sein... Glaube an einen anderen Gott hat damit nichts zu tun.« Er senkte den Kopf. »Er hat mir das Leben gerettet.«

Sie kehrten zusammen zurück nach Kyoto und wurden Freunde. Wie Nangi herausfand, war Sato ein Mann von rascher Auffassungsgabe und offen für alles Neue. Das engste Band zwischen ihnen stellte indes ihrer beider unausgesprochener Wunsch dar, das Ende des Krieges zu überleben. Keiner von ihnen hatte Lust, sich nach Art der Kamikaze-Piloten für den Kaiser zu opfern. Vor allem Nangi, der sich dennoch als Patriot betrachtete, sah nach dem Krieg ein neues Japan erstehen, in dem er und sein Freund – zusammen unschlagbar – ganz an die Spitze gelangen konnten.

Und so begann er Seiichi, der gerade sein letztes Jahr an der Universität von Kyoto abschloß, bereits in einer neuen Disziplin auszubilden: *kanryodo*, der Weg des Bürokraten, gewissermaßen ein modernes japanisches *bushido*.

Wie gut er daran getan hatte, stellte sich heraus, als General MacArthurs SCAP, die Okkupationsbehörden, von 1945 an den Kampf gegen den japanischen Beamtenapparat aufnahmen, ohne ihn indes eliminieren zu können. Tatsächlich stärkten sie einen Zweig sogar ganz entscheidend: die Wirtschaftsministerien. Da sie die Militärbürokratie völlig zerstörten, schufen sie auf diese Weise Platz für die sich ständig vermehrenden Vertreter des wirtschaftlichen Wiederaufbaus.

Die mit großer Rigorosität betriebenen Kriegsverbrecherprozesse dezimierten die großen japanischen Familien, schwächten ihren Einfluß und schufen dadurch ein Machtvakuum, das wiederum von den Wirtschaftsministerien ausgefüllt wurde.

Kurz nachdem das Ministerium für Handel und Industrie von zweiundvierzig Mitgliedern gesäubert worden war – der bisher niedrigste Prozentsatz in irgendeinem Regierungszweig –, wurde Tanzan Nangi ins *kosan kyoku*, das Büro für Bodenschätze, berufen. Man schrieb den Juni 1946, und Shinzo Okuda, der gegenwärtige Vizeminister, war mehr als froh, auf Nangi zurückgreifen zu können. Er hatte die richtigen Schulen besucht, und, wichtiger noch, seine Weste war fleckenlos, was den Krieg anging. Er war weder Offizier gewesen, noch hatte er besondere Auszeichnungen erhalten, so daß das SCAP-Tribunal seine Aktivitäten auf diesem Gebiet schlicht übersah.

Er brauchte nicht lange, um seinen Weg zu machen. Da General MacArthur im Auftrag Washingtons nur eine indirekte Okkupation betrieb, das heißt, seinen Einfluß durch den bereits existierenden japanischen Regierungsapparat ausübte, gab es für die gewitzten Berufsbeamten immer noch den einen oder anderen Weg, die eigenen Interessen zu wahren. Sie folgten den amerikanischen Befehlen, solange die Besatzer hinsahen, taten aber genau das Gegenteil, kaum daß sie unbeobachtet waren.

Nangi brauchte nicht lange, um zu bemerken, daß es für die Zukunft der japanischen Bürokratie keinerlei Grenzen gab. Die verzweifelte Notwendigkeit eines wirtschaftlichen Wiederaufbaus führte dazu, daß immer neue Legionen von Beamten eingestellt wurden, da die Politiker aufgrund der SCAP-Verwaltung jeglichen Biß verloren hatten. Die Nationalversammlung war ein Rat alter Männer, die teilweise über zwanzig Jahre lang nicht mehr aktive Politik betrieben hatten. Die wahre Politik wurde in Nangis Ministerium gemacht und der Legislative nur noch zur Ratifizierung vorgelegt.

In seiner neuen Position war Nangi verantwortlich für die Durchführung zahlreicher Aktivitäten des Ministeriums, um die sich der Vizeminister nicht selbst kümmern konnte, weil ihm die Arbeit über den Kopf wuchs. Eine dieser Aktivitäten betraf die Montanindustrie.

Morozumi war eine der vielen gerade flügge gewordenen Firmen, die nun in seinen Zuständigkeitsbereich fielen. Während des Kriegs war sie der Rüstungsindustrie zugeordnet gewesen und hatte daher besonders unter den SCAP-Tribunalen zu leiden. Da sie aber zu gut produzierte, um gänzlich eliminiert zu werden, erhielt Nangis Ministerium den Auftrag, eine neue Führungsmannschaft zusammenzustellen. Diesem Auftrag kam Nangi mit besonderem Vergnügen nach, konnte er doch den kaum achtzehnjährigen Seiichi als Produktionsleiter einsetzen – eine Aufgabe, derer Seiichi sich mit Bravour entledigte, da er intelligent, gebildet und Älteren gegenüber von zuvorkommendem Wesen war.

Oba-chama hatte ihnen die Teeschalen aus der T'ang-Dynastie überlassen, und der Preis, den sie dafür erzielten, ermöglichte es ihnen, eine mittelgroße Wohnung in Tokio zu mieten. Sato wußte, daß sein Freund sich nur ungern von solchen Schätzen trennte – Nangi hatte sich auf den ersten Blick in die antiken Schalen verliebt –, aber sie hatten keine Wahl, und selbst in solchen Zeiten gab es noch Leute, die auf der Jagd nach Kostbarkeiten waren.

Kaum daß sie etwas Geld verdient hatten, schickte Nangi Seiichi nach Kyoto, um Oba-chama nach Tokio zu holen. Ihre Tochter war, kurz nachdem Nangi Sato wieder nach Hause geholt hatte, gestorben. Und obwohl sie ihr kleines Häuschen in Kyoto über alles liebte, gestaltete sich ihr hohes Alter doch mehr und mehr zu einem Problem für eine alleinlebende Frau.

Eines Abends Anfang 1949 kehrte Nangi etwas früher als gewöhnlich in die gemeinsame Wohnung zurück. Wie immer öffnete Oba-chama ihm die Tür. Trotz seiner Proteste begann sie sofort Tee zu kochen. Zusammen mit den winzigen Schalen brachte sie drei frisch zubereitete Reisküchlein ins Wohnzimmer, zu jener Zeit ein ganz besonderer Luxus.

Zerstreut sah Nangi zu, wie sie sich in die Teezeremonie versenkte und ihm seine Schale erst reichte, als der blaßgrüne Schaum genau die richtige Stärke hatte. Dann füllte sie ihre eigene Schale und nahm einen ersten, kostenden Schluck, ehe sie zu dem Schluß gelangte, daß dem Schweigen nun genügend Raum gelassen worden war.

»Wenn du Schmerzen in den Beinen hast, hole ich dir deine Tabletten«, sagte sie. Im Alter war sie etwas direkter geworden, und sie sah auch keine Schande mehr darin, Wunden zu lindern, die der Krieg geschlagen hatte.

»Meinen Beinen geht es weder besser noch schlechter, Oba-chama.«

Von draußen drangen Verkehrsgeräusche herein, nahmen zu und ebbten wieder ab, hauptsächlich von Militärkonvois unter Aufsicht der Besatzungsmächte.

»Was bekümmert dich denn dann, mein Sohn?«

Nangi sah auf. »Es ist das Ministerium. Ich arbeite sehr hart, und ich weiß, meine Ideen sind innovativ und zukunftsorientiert. Dennoch sehe ich keine Hoffnung auf Beförderung. Obi-san, der über ein Jahr jünger ist als ich und nicht halb so intelligent und versiert, hat man bereits zum Bürovorsteher ernannt.«

Nangi schloß sein gesundes Auge, um die Tränen zurückzuhalten, die sich darin gebildet hatten. »Es ist so unfair, Oba-chama. Ich arbeite länger als die meisten, finde Lösungen für Probleme, denen andere hilflos gegenüberstehen. Der Vizeminister kann sich immer auf mich verlassen, wenn er die Antwort auf irgendeine Frage sucht, aber er lädt mich nach der Arbeit nie zu einem Drink ein, und nie vertraut er sich mir an. Ich bin ein Ausgestoßener in meinem eigenen Büro.«

»Dieser Obi-san«, sagte seine Großmutter, die ihm gegenübersaß wie ein Buddha, »er war an derselben Universität wie dein Vizeminister, stimmt das?«

Nangi nickte. »An der Todai.«

»Und du, mein Junge, an welcher Universität warst du?«

»An der Keio, Oba-chama.«

»Ah.« Oba-chama nickte, als hätte er ihr das Buch der Weisheit gezeigt. »Da hast du die Erklärung. Du gehörst nicht zu ihrer Verbindung. Hast du die Geschichte, in der du doch nach Meinung meines Enkels ein solcher *sensei* bist, so schnell vergessen? Schon früher hatte die Berufung eines Samurai weniger mit seinem Können als mit seiner Beziehung zum Kaiserhof zu tun.« Sie nahm einen Schluck Tee. »Warum sollte es bei einem Bürokraten, dem Samurai von heute, anders sein? Glaubst du, der Einfluß der Barbaren könnte uns so sehr verändert haben?« Sie schnaubte verächtlich. »Mein Junge, du mußt lernen, innerhalb des Systems zu arbeiten.«

»Ich tue, was ich kann«, sagte Nangi mit einer gewissen Schärfe in der Stimme. »Aber ich kann nicht gegen die Strömung schwimmen. Keio ist keine bekannte Universität. Meines Wissens kommt nur noch ein einziger Mann im gesamten Ministerium von dort, und er hat es noch nicht sehr weit gebracht, so daß er mir nicht von geringstem Nutzen sein kann.«

»Ach, hör auf zu jammern, Nangi«, sagte Oba-chama scharf. »Du klingst wie ein Baby. Ich dulde ein derart beschämendes Schauspiel nicht in diesem Haus, ist das klar?«

Nangi wischte sich das Auge ab. »Ja, Oba-chama. Ich muß mich entschuldigen. Für einen Moment hatte ich das Gefühl, meine Enttäuschung nicht mehr ertragen zu können.«

Oba-chama schnaubte erneut, und Nangi zuckte zusammen, denn jetzt war er der Gegenstand ihrer Verachtung. »Was für eine Ahnung hast du von der Fähigkeit des Menschen, Schmerz, Enttäuschung und Leid zu ertragen? Du bist gerade erst neunundzwanzig. Wenn du mal in meinem Alter bist, dann hast du vielleicht den ersten Anflug einer Ahnung, obwohl ich es – Buddha möge dich davor bewahren – nicht hoffen will.«

Sie straffte die Schultern. »So, und nun tun wir, was getan werden muß. Offensichtlich kann dir *gakubatsu*, die erste und – zumindest was die Minister angeht – wohl auch stärkste Verbindung, die einem im Leben weiterhelfen kann, in diesem Fall nicht von Nutzen sein. Aber es gibt ja noch andere. *Zaibatsu* können wir wohl ebenfalls ausschließen, weil diese Verbindung auf Geld basiert, und davon hast du im Augenblick ziemlich wenig. Damit bleiben noch *keibatsu* und *kyodobatsu*. Was das erstere betrifft, so bist du nach eigener Aussage weder mit einem Minister noch mit einem Vizeminister blutsverwandt, und die Chancen, daß du irgendwann in nächster Zukunft in eine solche Familie einheiraten könntest, stehen ebenfalls gleich Null. Trifft das zu?«

»Ja, Oba-chama«, sagte Nangi leise.

»Heb den Kopf, Tanzan-chan«, sagte die alte Frau. »Ich möchte deine Augen sehen können, wenn ich mit dir spreche.«

Nangi gehorchte.

»Du tust, als wäre schon alles verloren, mein Junge. Doch das ist es nicht.« Ihr Ton war weicher geworden. »Du hast mir erklärt, wie scharf dein Verstand arbeitet, wenn es um die Belange des Ministeriums geht. Es ist an der Zeit, daß du diese Fähigkeit auch auf dein Privatleben anwendest. Wenn ich dich recht verstanden habe, muß jeder junge Beamte, um befördert zu werden, einen älteren haben, der ihn protegiert. Sag mir, mein Junge, wer ist dein *sempai*?«

»Bis jetzt habe ich noch keinen, Oba-chama.«

»Ah.« Die alte Frau setzte ihre Schale ab und faltete die Hände im Schoß. »Da haben wir das Problem bei der Wurzel. Du brauchst einen *sempai*.« Sie zog die Augenbrauen zusammen und dachte angestrengt nach. »Die ersten drei Verbindungen haben wir von der Liste gestrichen, aber was ist mit *kyodobatsu*? Gibt es zufälligerweise einen Vizeminister, der wie du aus Yamaguchi kommt?«

Nangi überlegte einen Moment. »Der einzige Beamte von höherem Status, auf den das zutrifft, ist Yoichiro Makita. Er ist in Yamaguchi geboren, nur ein paar Häuser weiter als ich.«

»Na also.«

»Oba-chama, Makita-san stand während des Krieges dem Munitionsministerium vor. Er sitzt heute als Kriegsverbrecher der ersten Garnitur im Gefängnis von Sumago.«

Jetzt lächelte Oba-chama. »Mein Junge, du warst in letzter Zeit so damit beschäftigt, dich für dein Ministerium zu schinden, daß du nicht einmal die Zeit gefunden hast, Zeitung zu lesen. Dein Makita-san ist erst kürzlich in den Schlagzeilen aufgetaucht. Du weißt ja wohl noch, daß er nicht nur Munitionsminister war, sondern auch in Tojos Kabinett saß.«

Nangi starrte sie verwundert an. Er hatte das Gefühl, aus einem Traum zu erwachen. Worauf wollte Oba-chama hinaus?

»1944, als die Amerikaner Saipan eingenommen haben, hat Makita-san öffentlich seiner Überzeugung Ausdruck gegeben, daß der Krieg für Japan vorüber sei und daß wir uns ergeben sollten. Tojo hat gekocht vor Wut, was man ihm nicht verdenken kann. Immerhin war damals das Wort ›Kapitulation‹ aus dem Sprachschatz gestrichen.«

»Aber Makita-san hatte recht.«

»O ja.« Sie nickte. »Und wie. Aber Tojo hat ihn ziemlich ins Gebet genommen. Kabinettsminister oder nicht, von diesem defätistischen Gerede wollte er kein Wort mehr hören. Und als Leiter der *kampeitai*, der Militärgeheimpolizei, hätte er Makita-san ohne viel Federlesens exekutieren lassen können. Aber das tat er nicht, denn wie es der Zufall wollte, hatte der Minister eine Reihe einflußreicher Freunde am Hof des Kaisers, in der Nationalversammlung und im Beamtenapparat, die stark genug waren, sogar Tojo die Hände zu binden.«

Oba-chama ergriff ihre Tasse und schenkte sich Tee nach. »Diese Tatsachen sind kürzlich erst ans Licht gekommen. Letzte Woche ist Makita-sans Status geändert worden. Er gilt jetzt als nicht verurteilter Kriegsverbrecher und steht gerade im Begriff, rehabilitiert zu werden.« Oba-chamas dunkle Augen musterten Nangi nachdenklich über den Rand der zerbrechlichen Schale hinweg. Sie schluckte und fügte hinzu: »Wie du weißt, mein Junge, hat Makita-san drei Kabinetten als Vizeminister für Handel und Industrie gedient und einem vierten sogar als Minister. Das wird ihn doch wohl mit Sicherheit zu einem *sempai* machen, oder?«

»*Hai*.«

Oba-chama lächelte bestrickend. »Nun iß deine Reisküchlein, mein Junge. Ich habe sie extra für dich gebacken.«

*

Das Sugamo-Gefängnis war ein deprimierender Ort. Dieser Eindruck hatte nichts mit der äußeren Beschaffenheit der Anlage zu tun, denn die war durch und durch gewöhnlich. Es war mehr die Gleichgültigkeit der Verwaltung, die Nangi entsetzte. Natürlich waren die *iteki* – die Barbaren, wie Oba-chama alle Ausländer nannte – überall präsent. Aber offenbar lag der Gefängnisalltag gänzlich in der Hand der Japaner, und der tägliche Horror, der damit einherging, die Kriegsgefangenen zu füttern, zu beobachten und vor allem zu bestrafen, war so unübersehbar in ihre Gesichter eingegraben, als handelte es sich um Tätowierungen auf dem Oberkörper eines Yakuza-Gangsters. Der Geruch von Niederlage und Verzweiflung hing schwer und klebrig in den überall von Gitterstäben begrenzten Gängen.

Weil Makita herabgestuft worden war und bald rehabilitiert werden sollte, konnten er und Nangi sich ohne das obligatorische Stahlnetz zwischen sich unterhalten.

Nangi hatte Yoichiro Makita erst einmal zuvor gesehen – auf einem Zeitungsfoto anläßlich seiner Ernennung zum Munitionsminister. Der Mann auf dem Foto war ein kräftiger, strahlender Mann gewesen, rundlich wie ein Chinese mit einem großflächigen Gesicht und breiten Schultern. Der Gefangene, der ihm jetzt gegenübersaß, war von gänzlich anderer Erscheinung. Sein Körper hatte soviel Gewicht verloren, daß die Haut kaum dicker wirkte als das Fleisch über den starken Knochen, und seine Farbe war so ungesund, als hätte er akute Gelbsucht.

Aber seltsamerweise hatte sein Gesicht nichts von seiner Fülle eingebüßt. Es war noch immer rund, fast aufgedunsen; allein die Augen lagen glanzlos zwischen fleischigen Falten tief in ihren Höhlen.

Nangi verbarg seine Bestürzung, so gut es ging. Er nannte seinen

Namen und begleitete die Vorstellung mit einer förmlichen Verbeugung.

Makita nickte geistesabwesend und sagte: »Schön, daß Sie gekommen sind«, als wüßte er genau, weswegen Nangi ihn besuchte. »Es ist Zeit für den Hofgang«, fügte er mit einer ziellosen Handbewegung hinzu. »Ich hoffe, es verursacht Ihnen nicht zu viele Unbequemlichkeiten, mich nach draußen zu begleiten.«

›Draußen‹ war im Sugamo ein schmaler Hofstreifen zwischen zwei strengen Ziegelbauten mit vergitterten Fenstern. Am einen Ende erhob sich eine Backsteinmauer, zu hoch, als daß ein menschliches Wesen sie hätte überklettern können. Auf ihrem Rist war scharfdorniger Stacheldraht gespannt. Am anderen Ende befand sich ein verglaster Wachturm. Der Asphaltboden, auf dem sie gingen, war hart und unnachgiebig.

»Bitte, entschuldigen Sie mein Schweigen«, sagte Makita. »Ich bin es nicht mehr gewohnt zu reden, außer mit mir selbst.« Er keuchte bei jedem Schritt wie ein alter Mann.

Nangi war auf einmal nicht mehr sicher, ob er den richtigen Weg eingeschlagen hatte. Sollte dieser ausgebrannte Mann wirklich sein *sempai* werden? Er schien seine besten Tage längst hinter sich zu haben. Nangi wollte sich gerade schon entschuldigen, sagen, es handele sich um einen Irrtum, und seinen Gesichtsverlust als Karma hinnehmen, als Makita sich ihm plötzlich zuwandte.

»Also, was an mir hat Sie dazu verleitet, mich hier im tiefsten Niemandsland aufzusuchen, junger Mann?«

»*Kanryodo*«, sagte Nangi automatisch, ohne nachzudenken. »Ich suche meinen Weg im neuen Japan.«

»Ach ja.« Makita sagte sonst nichts, er hob nur den Kopf und musterte Nangi zum erstenmal genauer. Dann gingen sie weiter.

»Für welches Ministerium arbeiten Sie?«

»Handel und Industrie, Makita-san, im Büro für Bodenschätze.«

»Aha.« Makita schien in Gedanken versunken, aber Nangi merkte, daß er nicht mehr der schlurfende alte Mann war, als der er den Hof betreten hatte. »Ich werde Ihnen sagen, was mich am meisten interessiert, Nangi-san. Das Augenmerk der Amerikaner liegt derzeit mehr auf dem weltweit sprießenden Kommunismus als auf uns als besiegtem Gegner. Anfangs haben sie sich geweigert, unserer Wirtschaft wieder auf die Beine zu helfen. Aber als sie merkten, daß sie damit die Gefahr einer kommunistischen Revolution heraufbeschworen, haben sie sich um hundertachtzig Grad gedreht und verlangt, daß der Staat die absolute Kontrolle über alle wirtschaftlichen Fragen erhält. Das ist gut für uns, die wir *kanryodo* praktizieren. Noch besser ist, daß sie uns von dem größten Stachel in unserem Fleisch, den *zaibatsu*, befreit haben. Wie Sie wissen, Nangi-san, waren diese großen Kartelle vor und während des Kriegs unsere größten Rivalen. Sooft sie konnten, haben sie uns Beamten die Flügel wirtschaftlicher Macht gestutzt. Das Japan von heute ist als Amerikas Bollwerk gegen die weitere Ausbreitung des Kommunismus in diesen Breiten konzipiert. Daher räumt SCAP der Lebensfähigkeit unseres Wirtschaftssystems jetzt höchste Priorität ein.« Makita blieb stehen und betrachtete Nangi. »Und wissen Sie, wie Amerika beabsichtigt, dieses Ziel zu erreichen?«

»Ich fürchte, nein, Makita-san.«

»Durch internationalen Handel, natürlich.« Wieder setzten sie sich in Bewegung, marschierten auf und ab unter den starren Blicken der Wachen. »Und aus diesem Grund scheint es mir offensichtlich, daß sich der Nutzen des Ministeriums für Handel und Industrie bald überlebt haben wird.«

Eine Zeitlang herrschte Schweigen. Der Wind schien an Stärke zugenommen zu haben, und das Barometer fiel. Ein Sturm zog auf. Nangi schluckte und sagte: »Im Augenblick ist das gesamte Ministerium in zwei Lager gespalten. Die einen glauben an *seisan fukko setsu*, den Wiederaufbau durch Produktion und Forcierung der Schwerindustrie; die anderen sehen sich als Advokaten von *tsuka kaikaku setsu*, der Kontrolle der Inflation und Stärkung der Leichtindustrie, die vor allem von unserem großen Pool an billigen Arbeitskräften profitieren könnte.«

Makita lachte. »Und welcher Seite neigen Sie zu, mein junger Advokat des *kanryodo*?«

»Keiner von beiden.«

»Ach ja?« Makita blieb erneut stehen und unterzog Nangi im stärker werdenden Zwielicht einer weiteren intensiven Musterung. »Erklären Sie sich bitte, junger Mann.«

Nangi holte tief Luft. »Mir will scheinen, daß wir uns zwar durchaus der Expansion unserer Schwerindustrie widmen müssen, und sei es auch nur wegen der größeren Qualität und des höheren Werts der fertigen Produkte. Deswegen aber eine Finanzreform zu unterlassen, wäre ein schwerwiegender Irrtum, denn wenn die Inflation außer Kontrolle gerät, ist es völlig egal, was für eine Art von Industrie wir aufbauen. Sie wird so oder so zusammenbrechen wie ein Haus bei einem Erdbeben.«

Makita straffte sich, und seine Augen begannen zu leuchten. »Eine interessante Theorie, Nangi-san. Ja. Aber um sie in die Tat umzusetzen, bräuchten wir ein Ministerium, dessen Befugnisse weiter reichten als die Ihres Hauses, der Handelskammer oder irgendeines derzeit existierenden Ministeriums, würden Sie mir da nicht zustimmen?« Nangi nickte. »Wir bräuchten ein Superministerium, dessen vornehmste Funktion darin bestünde, den internationalen Handel zu forcieren.« Makitas Kopf fuhr herum wie der eines riesigen Raubtiers. »Verstehen Sie das, Nangi-san?«

»*Hai. So desu.*«

»Warum?«

»Wegen der Amerikaner«, sagte Nangi sofort. »Wenn es ihnen plötzlich so verzweifelt wichtig ist, aus uns wieder ein lebensfähiges Land zu machen, um ihre Flanke im Fernen Osten zu beschützen, dann wird es ihr Außenhandel sein müssen, der uns auf die Beine hilft. Nichts anderes würde so schnelle oder so umfassende Ergebnisse zeitigen.«

»Genau, Nangi-san. Es sind die Amerikaner, die wir bei diesem Unternehmen zu unseren engsten, wenn auch ahnungslosen Verbündeten machen müssen. SCAP wird uns helfen, ein Ministerium zu schaffen, das in der Lage ist, *denka no hoto*, das Samuraischwert, zu schwingen. Dem Status, den man uns einräumen wird, muß sich dann Regierung genauso beugen wie Industrie.«

Auf einmal öffnete sich der Himmel, und wahre Regenmassen stürzten herab. Der Wind ließ nach. In Sekundenschnelle waren Nangi und Makita bis auf die Haut durchnäßt, aber keiner von beiden schien es zu bemerken.

Makita trat dicht an Nangi heran und sagte: »Wir stammen aus derselben Gegend, Nangi-san. Das ist soviel wert wie eine Blutsverwandtschaft. Nein, sogar noch mehr. Wenn ich Ihnen nicht vertrauen kann, dann kann ich niemand trauen, nicht einmal meiner Frau, denn ihre Cousine zweiten Grades hat vor etwas mehr als zwei Wochen meinen größten Rivalen geheiratet.« Er gab einen Laut des Ärgers von sich. »Soviel zum Thema Loyalität innerhalb der Familie.« Der Regen pladderte auf den Teerboden, durchtränkte ihr Schuhwerk und ließ es bei jedem Schritt vernehmlich quietschen. »Im Augenblick haben wir es vorrangig mit zwei Problemen zu tun. Das eine ist, daß ich, solange ich hier sitze, nicht so gut informiert bin, wie ich es sein könnte. Gehen Sie zurück an Ihre Arbeit im Ministerium, Nangi-san, und stellen Sie in Ihrer freien Zeit Dossiers über so viele Minister und Vizeminister zusammen, wie Sie können. Ich weiß, wo Sie arbeiten. Sie brauchen nur über den Flur zu gehen, und schon sind Sie im Zentralarchiv.« Er hielt einen Moment inne. »Das zweite Problem betrifft ausschließlich mich. Meine Rehabilitation liegt in den Händen eines äußerst schwierigen Mannes, eines britischen Colonels namens Linnear, der bei SCAP einen hohen Posten bekleidet. Es handelt sich um einen sehr gewissenhaften Burschen, und seine lästige Kleinigkeitskrämerei verzögert meine Freilassung.«

Makita lächelte. »Aber er wird mir dafür bezahlen, daß er die Zeit meiner Einkerkerung unnötig verlängert hat.« Für einen Moment legte er Nangi die Hand auf den Arm, eine unerwartete und ungewöhnliche Geste. »Ich versichere Ihnen, wenn ich endlich wieder in Freiheit bin, wird dieser *iteki* mir sämtliche Informationen geben, die wir noch benötigen, um unsere Dossiers zu vervollständigen. Und dann beginnt unser eigenes *mabiki*, Nangi-san, dann fangen wir an, Unkraut zu jäten.«

*

Die Handelskammer, die Makita erwähnt hatte, war eine faszinierende Einrichtung. Aufgrund der Bestimmungen des Potsdamer Abkommens, das Japan als Teil seiner Kapitulation akzeptiert hatte, durfte kein japanischer Privatmann internationalen Handel betreiben. Alles mußte über SCAP laufen.

Daher riefen die Besatzungsmächte eine japanische Organisation ins Leben, die sowohl für die Verteilung der von SCAP importierten Güter zuständig war, als auch die von örtlichen Herstellern produzierten und für den Export bestimmten Waren an SCAP weiterleitete. Mit dieser – Handelskammer genannten – Institution hatte Nangi bisher nie viel zu tun gehabt. Von nun an sollte sie in seinem Leben eine dominierende Rolle spielen.

Wie es das Schicksal wollte, hatte Ministerpräsident Toshida, dem das Ministerium für Handel und Industrie wegen seiner engen Verbindungen zu mehreren Kriegsministerien ein Dorn im Auge war, beschlossen, seinen Berater Torazo Oda an die Spitze der Handelskammer zu stellen – mit dem Ziel, das Handelsministerium nach und nach zu entmachten.

Diesen Plan konnten die mächtigen Minister im Handelsministerium natürlich ganz und gar nicht billigen, und so trafen sie sich am selben Tag, an dem Nangi Makita im Sugamo besuchte, zu einer eilig einberufenen Krisensitzung.

Die Minister meinten, Toshida und Oda zuvorkommen zu müssen, und zwar um jeden Preis. Daher beschlossen sie, einen ihrer eigenen Leute in die Handelskammer einzuschleusen, damit er Oda im Auge behielt und sie über jeden seiner Schritte informierte. Auf diese Weise würden sie ihm immer einen Zug voraus sein und konnten das Schlimmste verhüten.

Die Liste der Kandidaten für diesen Auftrag war nur kurz, weil die Voraussetzungen, die der geeignete Mann mitbringen mußte, nicht häufig zusammentrafen. Er sollte hochintelligent sein, von rascher Auffassungsgabe und ausgeprägtem Kombinationsvermögen. Damit Oda ihn nicht als möglichen Rivalen mit Argwohn betrachtete, durfte er nicht zu alt und auch nicht mit einer der üblichen *gakubatsu*-Verbindungen gesegnet sein. Kurz, der Kandidat mußte praktisch unbemerkt durch die Handelskammer wandeln können.

Am Schluß stand nur noch ein Name auf der Liste: Tanzan Nangi.

Als Nangi in das Büro von Vizeminister Hiroshi Shimada bestellt wurde, war er mitten in der Arbeit an dessen *mabiki*-Dossier. Tatsächlich hatte er gerade einige höchst interessante Einzelheiten über die Aktivitäten des neuernannten Vizeministers während des Krieges entdeckt, als er so unvermittelt unterbrochen wurde.

Mit ausdruckslosem Gesicht hörte er zu, wie Shimada ihm den Gedanken an seine Versetzung in die Handelskammer schmackhaft zu machen versuchte. Mit gespielter Ergebenheit übertünchte er seine Freude, denn der Posten erschien ihm fast wie ein Geschenk des Himmels. Er versprach hoch und heilig, Shimada und seinem Büro stets zu Diensten zu sein, doch innerlich wußte er, daß er nur Yoichiro Makita und keinem anderen dienen würde. *Kanryodo* war für ihn das oberste Gebot, ebenso wie für Makita, denn jeder erkannte im anderen das, was auch in ihm selbst lag: den Geist der Elitekrieger des Shoguns Tokugawa, den wahren Beamten-*samurai*.

Nangis nachfolgende Berufung zum Leiter der Handelssektion innerhalb der Kammer erschloß ihm neue Informationsquellen für seine Dossiers. Doch einen Tag nachdem Makita aus dem Gefängnis entlassen worden war und noch bevor er und Nangi Gelegenheit hatten, in dem Archiv der Missetaten zu schwelgen, wurde Nangi in das Büro von Torazo Oda gerufen. Was der Minister der Handelskammer mit ihm zu besprechen hatte, entpuppte sich als herber Schock.

Nachdem Oda ihm Tee aus einer Silberkanne eingeschenkt und Nangi das gänzlich unaromatische Gebräu gebührend gelobt hatte, erklärte der Minister, daß es sich um einen Import aus Amerika handele, eine Teesorte namens Lipton. »Die Bedeutung der Vereinigten Staaten kann nicht hoch genug eingeschätzt werden, Nangi-san«, fuhr er fort. »Es ist an der Zeit, daß wir Kimono und *geta* in den Schrank hängen und uns über etwas mehr als nur die Teezeremonie und unsere Gärten den Kopf zerbrechen.«

Oda war ein grobschlächtiger Mann, der an einen Sumoringer erinnerte. Er trug einen makellosen, handgefertigten Dreiteiler aus der Saville Row, und seine schwarzen Schuhe glänzten wie Spiegel. Er musterte Nangi prüfend, als versuchte er, die Reaktion seines Gegenübers abzuschätzen.

»Wir haben hier eine Aufgabe zu erfullen«, sagte er, »und seit es dem *gaijin* Joseph Dodge gelungen ist, unsere Inflation zum Stillstand zu bringen, können wir uns wieder ganz auf die Zukunft konzentrieren. Und unsere Zukunft, Nangi-san, das Seelenheil des neuen Japan, liegt nur auf einem Gebiet: dem internationalen Handel.« Er hielt einen Moment inne, um einen Schluck von dem ungenießbaren Tee zu nehmen. »Sagen Sie mal, Nangi-san, sprechen Sie eigentlich Englisch?«

»Nein, Sir.«

»Dann wird es höchste Zeit, daß Sie es lernen. Der Ministerpräsident hat eine Reihe von Kursen für Büropersonal ins Leben gerufen. Er empfiehlt jedem, daran teilzunehmen, und ich schließe mich diesen Empfehlungen an.«

»Ich werde mich sofort darum kümmern, Oda-san.«

»Gut.« Oda wirkte aufrichtig erfreut. »Meine Sekretärin wird Ihnen nachher beim Hinausgehen alles Informationsmaterial geben, das Sie benötigen.« Wieder nahm er einen Schluck Tee. »Internationaler Handel. Ein großes Ziel... und ein notwendiges. Es scheint mir jedoch, als müßten wir in dieser neuen Atmosphäre eines Hochgeschwindigkeitswachstums ein vollkommen neues Ministerium ins Leben rufen.« Er starrte Nangi durchdringend an. »Was halten Sie von diesem Gedanken, Nangi-san?«

»Ich... ich müßte noch etwas mehr darüber hören«, sagte Nangi, um seinen Schock zu verbergen.

Oda wedelte mit seiner fleischigen Hand durch die Luft. »Ach, Sie wissen schon, ein Ministerium, dessen vorrangige Aufgabe darin bestünde, den gesamten Außenhandel und die dafür benötigten Technologien zu kontrollieren. Es müßte die Macht haben, Firmen, deren Entwicklung der Regierung am Herzen liegt, mit Finanzspritzen zu versehen und bestimmten Industriezweigen Steuererleichterungen zu gewähren, damit sich ihr Wachstum schneller und gleitender vollzieht.« Oda musterte Nangi erneut mit einem scharfen Blick. »Klingt ein solches Ministerium vernünftig für Ihre Ohren, Nangi-san?«

Nangi steckte in der Klemme. War Oda ein Freund oder ein Feind? Es handelte sich um dieselbe Idee, die Makita gehabt hatte, und wenn Oda mit ihrer Theorie übereinstimmte, konnte er eine unschätzbare Hilfe sein. Wollte er Nangi jedoch aufs Glatteis locken, und Nangi verriet sich an einen verkappten Gegner, dann konnten er und Makita ihren Plan begraben, ehe er je das Tageslicht erblickt hatte.

Was sollte er tun? Vorsichtig sagte er: »Ich glaube, daß uns in dieser Hinsicht die Hände gebunden sind, bis die Besatzungsmächte unser Land verlassen haben. Allerdings ist mir zu Ohren gekommen, daß es in Korea gärt. Falls die Kommunisten dort ihre Drohungen, ihr Land wieder zur Gänze zu beanspruchen, in die Tat umsetzen sollten, glaube ich, daß die Amerikaner uns mit in den Konflikt hineinziehen werden.«

»Ach?« Odas Augen lagen halbverborgen unter herabgesunkenen Lidern, und bei der Deckenbeleuchtung war es unmöglich, sie deutlich zu erkennen. Nangi nahm sich vor, diesen Effekt nicht zu vergessen. »Wie das?«

»Ich glaube, sie werden keine andere Wahl haben, Oda-san. Sie werden zum Beispiel das übliche Kriegszubehör brauchen, Uniformen, Fahrzeuge, Fernmeldeausrüstung, Munition, Waffen und so weiter. Korea ist weit von Amerika entfernt, wir hingegen sind nah an Korea. Nach meiner Überzeugung werden sie unsere Wirtschaft in ihre Dienste stellen.«

»Das wäre ja ausgesprochen gut für uns.«

»Ja und nein«, erwiderte Nangi und wußte, daß er ein Risiko einging.

»Was soll das heißen?« Odas Miene war absolut undurchdringlich, und Nangi verfluchte die Beleuchtung.

»Nun, die Aufträge, die wir dann erhalten, sind natürlich gut für unsere Wirtschaft, weil wir einen großen Umsatz tätigen und auf außerordentlich hohe Profite hoffen können. Die Gefahr liegt indes in dem Tempo, das vonnöten sein wird. Unsere Firmen sind sämtlich mit zu wenig Kapital ausgestattet, und ich habe den Eindruck, daß schon eine sechsmonatige Verzögerung bei der Bezahlung ausreichen würde, um sie in den Bankrott zu treiben. Die Geschichte könnte uns buchstäblich ruinieren.«

»Noch etwas Tee?« Oda füllte seine Tasse nach. Nangi schüttelte den Kopf; in diesem Punkt hatte er bereits mehr als seine Pflicht erfüllt.

Oda rührte seinen Tee langsam mit einem Silberlöffel um. »Und wie würden Sie die negativen Aspekte dieser Situation umgehen, Nangi-san?«

»Mit dem neuen Ministerium, von dem Sie gesprochen haben«, antwortete Nangi und zwang sich dazu, nicht in Schweiß auszubrechen.

»Sind Sie sich darüber im klaren, junger Mann, daß Ihr eigener Vizeminister Shimada sich vehement gegen ein solches neues Ministerium stellen würde?«

»Er ist nicht mehr mein Vizeminister«, sagte Nangi und ging so der ihm gestellten Falle aus dem Weg.

»Ach, ja.« Oda stellte die Tasse ab. »Natürlich, stimmt ja. Das hatte ich einen Moment lang ganz vergessen.«

Da hatte Nangi seine Antwort, und sein Herz hüpfte vor Freude. Mühsam verbarg er seine große Erregung. »Die Minister im Ministerium für Handel und Industrie haben mich wohl für etwas zu übereifrig gehalten, wenn es um die Verteidigung ihrer Macht geht.«

»Wohl nicht ganz unverständlich, Nangi-san. Diejenigen, die am meisten Angst davor haben, ihre Macht zu verlieren, sind im allgemeinen auch besonders sensibel, wenn sie eine Bedrohung ihrer Sicherheit wittern.«

Er und Toshida denken daran, das Ministerium zu schließen,

schoß es Nangi durch den Kopf. Es war die einzig mögliche Erklärung für den Verlauf, den ihre Unterhaltung nahm.

»Wenn Sie an meiner Stelle wären, Nangi-san«, sagte Oda mit ausdrucksloser Stimme, »wen würden Sie dann zum Leiter dieses neuen Ministeriums für Internationalen Handel ernennen?«

Jetzt mußte Nangi eine Entscheidung treffen. Er mußte sich auf der Stelle darüber klarwerden, ob Oda ein Freund oder ein Feind war, denn wenn er die Frage erst beantwortet hatte, gab es kein Zurück mehr.

Er holte tief Luft und spürte seine Erleichterung, noch ehe er gesagt hatte: »Meine Wahl wäre Yoichiro Makita.«

Eine Zeitlang herrschte Schweigen, während Oda sich mit dem Silberlöffel gegen die geschürzten Lippen tippte. Endlich meinte er: »Vizeminister Shimada würde eine solche Entscheidung niemals gutheißen.«

»Ich glaube, er wäre von dem ganzen neuen Ministerium nicht sehr begeistert«, sagte Nangi.

»Ja, aber das ist etwas anderes, Nangi-san. Shimada und Makita sind erbitterte Feinde. Das neue Ministerium ins Leben zu rufen, ist eine Sache. Makita an seine Spitze zu stellen, eine ganz andere.«

»Dürfte ich mich erkundigen, Oda-san, ob Makita überhaupt Ihre Zustimmung fände?«

»Nun, das spielt keine so große Rolle, Nangi-san, wie Sie verstehen werden. Vielleicht ja, vielleicht nein.«

Das Zwielicht des späten Nachmittags füllte den Raum, und Nangi dachte an sein *makibi*-Dossier und das belastende Material, das er gegen Shimada zusammengetragen hatte. »Korrigieren Sie mich bitte, wenn ich mich irre, Oda-san, aber *kanryodo* ist doch nichts anderes als ein beständiger Ausleseprozeß, oder nicht?«

»Auf niederer Ebene, ja, natürlich«, sagte Oda. »Der scheidende Vizeminister bestimmt seinen Nachfolger, und alle anderen im Ministerium, die dieselbe Universitätsklasse besucht haben wie der neue Mann, nehmen ihren Hut, damit seine Autorität keinerlei Anfechtungen ausgesetzt ist.«

»Und doch«, meinte Nangi vorsichtig, »gibt es auch auf höherer Ebene gelegentlich Fälle von *mabiki*.«

»O ja, aber da müßte es sich schon um einen Skandal von größeren Dimensionen handeln. Früher konnte man so was ja vielleicht fabrizieren, aber heute bewegen wir uns alle unter den Adleraugen der Besatzer.«

»Wenn ich Sie richtig verstehe«, sagte Nangi, und sein Puls raste, während er sich langsam an den kritischen Punkt vortastete, »sprechen Sie von einem künstlich fabrizierten Skandal aus Rauch und Tannennadeln.«

»Poetisch ausgedrückt, Nangi-san, aber grundsätzlich richtig.«

»Ich schließe daraus«, fuhr Nangi fort und versuchte das Zittern zu unterdrücken, das sich seiner Stimme bemächtigen wollte, »daß die Besatzungsmächte uns keinerlei Schwierigkeiten bereiten würden, wenn es sich um einen echten Skandal handelte.«

In einem der angrenzenden Büros klingelte ein Telefon, für einen Moment erklangen mehrere gedämpfte Stimmen hinter geschlossenen Türen. Odas Augen glitzerten auf einmal wie dunkle Edelsteine.

Das Schweigen im Raum war so greifbar, daß Nangi das Gefühl hatte, in Decken gehüllt zu sein. Jetzt war jede Bewegung, jedes Wort, jeder Blick ein Schlüssel zum Ausgang dieser Unterhaltung.

»Das Wort Skandal, so will mir scheinen, Nangi-san, kann für jeden etwas anderes bedeuten. Ich glaube, man müßte zunächst zu einer eindeutigen Definition gelangen.«

Nangi verschränkte seine Augen mit denen des Ministers und sagte: »Nach meinem Verständnis wäre es dann ein Skandal, wenn als Ergebnis jemand bei unseren Feinden in Ungnade fiele.«

Oda schwieg einen Moment, dann griff er in eine Schublade neben seinem Stuhl und holte eine zur Hälfte mit einer bernsteinfarbenen Flüssigkeit gefüllte Flasche hervor. »Darf ich Ihnen einen Brandy anbieten?«

Nangi nickte zustimmend. Schweigend nahmen sie jeder einen Schluck. Von draußen drang das Geräusch einer Schreibmaschine herein.

Oda setzte sein Porzellanschälchen ab. »Mir scheint, Nangi-san, es war ausgesprochen großherzig von Shimada-san, Sie in meinen Einzugsbereich zu versetzen.«

»Vielleicht, aber es war auch sehr dumm«, antwortete Nangi mit uncharakteristischer Offenheit.

Oda zuckte mit den Schultern. »Man sagt, für die Chinesen sei es unvorstellbar, daß ein Ausländer ihre Sprache spricht, weswegen sie ihn einfach überhören, wenn er es doch kann. Vizeminister Shimada erinnert mich an die Chinesen.« Er schenkte sich und Nangi nach. »Er birst zwar nicht gerade vor Kompetenz, aber er hat viele Freunde und Verbündete.«

Nangi wußte, was der Minister indirekt anzudeuten versuchte. »Keiner von ihnen ist mächtig genug, um ihn vor den Konsequenzen seiner eigenen Fehler zu bewahren. Hiroshi Shimada hat sich als ausgesprochen raffgieriger Beamter erwiesen.«

»Nicht die amerikanische Art.«

»O nein«, sagte Nangi, der langsam Gefallen an dem Spiel zu finden begann. »Ganz und gar nicht.«

»Gut.« Oda rieb sich die Hände. »Vielleicht haben wir aus der Ekke ja sogar Unterstützung zu erwarten. Ich glaube, damit wäre ein für uns beide befriedigendes Ergebnis erreicht.«

»Entschuldigen Sie, Oda-san, aber ich glaube, ein Punkt wäre noch zu klären.«

Oda, schon im Begriff aufzustehen und Nangi zur Tür zu begleiten, hielt inne. Sein Gesicht war ausdruckslos. »Und was könnte das sein? Sie haben meine Erlaubnis fortzufahren.«

»Bei allem nötigen Respekt, Oda-san, doch meine Stellung bedarf noch der genaueren Beschreibung.«

Oda lachte und ließ sich wieder auf seinen Stuhl sinken. Sein großer Bauch schwabbelte. »Junger Mann, allmählich begreife ich, auf was ich mich bei Ihnen eingelassen habe.« Er schmunzelte. »Ich werde Sie nicht noch einmal unterschätzen. Wollen mal sehen –« Er legte den rechten Zeigefinger an die geschürzten Lippen. »Ganz offensichtlich sind Sie viel zu gerissen, um hier in der Handelskammer zu bleiben.«

Er überlegte einen Moment. »Ich denke, Sie werden meine Augen und Ohren im neuen Ministerium sein. Makita-san wird Sie zum Leiter des Sekretariats ernennen. Dort werden Sie alle Bewerber für einen Posten in dem neuen Ministerium einer genauen Prüfung unterziehen und nur jene beschäftigen, die loyal zu Makita-sans – und meiner – Politik stehen. Nach und nach werden wir das Gesicht des gesamten Beamtenapparats verändern. Schritt für Schritt werden wir uns jener entledigen, die gegen uns sind, die nicht begreifen, daß der internationale Handel Ziel Nummer eins unserer Politik sein muß. Das zweihundertjährige Shogunat Tokugawas wird wieder auferstehen!«

Nangi erkannte das kalte Feuer des Fanatikers in Odas Augen und dachte, Makita-san und ich müssen uns in acht nehmen. Er stand auf und verbeugte sich. »Danke, Oda-san.« Er wandte sich zur Tür, doch die Stimme des Ministers hielt ihn zurück.

»Nangi-san, Ihre Einschätzung von Vizeminister Shimada war durchaus korrekt. Er hat zweimal dumm gehandelt. Das erstemal, als er Ihre Intelligenz so sträflich unterschätzte. Und das zweitemal, als er ausgerechnet Sie damit beauftragte, mich auszuspionieren.«

*

Das Ministerium für Handel und Industrie verschwand nicht von einem Tag auf den anderen, aber die Schaffung des Ministeriums für Internationalen Handel und Industrie, kurz MIHI, läutete sein letztes Stündlein ein.

Nangi und Makita studierten Shimadas *mabiki*-Dossier, und Makita machte Oda offiziell mit Nangis Informationen vertraut, ganz wie geplant. Da es sich bei Shimada um einen Vizeminister handelte und alle Anzeichen auf einen großen Skandal hinwiesen, konnte Oda nicht anders, als das gesamte Beweismaterial an den Ministerpräsidenten weiterzureichen. Sechs Tage später wurde Shimada gezwungen, in aller Öffentlichkeit die Gründe für seinen Rücktritt darzulegen, und zwar in erster Linie auf Betreiben der Besatzungsmächte.

Weniger als vierundzwanzig Stunden darauf kniete Hiroshi Shimada in einem aschfarbenen Kimono auf einer Matte in seinem Wohnzimmer, preßte die Spitze seines *wakizashi* gegen seinen muskulösen Bauch und schlitzte ihn erst von links nach rechts und dann von unten nach oben auf. Seine Frau, Kaziko, wurde, ebenfalls tot, an seiner Seite gefunden, inmitten einer Lache bräunlich getrockneten Bluts.

»Ich frage mich, wie sehr Colonel Linnear Shimada wohl gehaßt haben mag.« Yoichiro Makita kniete auf der *tatami* in seinem Haus, während Nangi, der aufgrund seiner Kriegsverletzungen nicht knien konnte, ihm gegenüber an der Wand lehnte.

»Sie meinen den *gaijin*, der für Ihre Entlassung zuständig war? Was für eine Rolle spielt er dabei?«

Makita sah weit besser aus als bei Nangis Besuch im Gefängnis. Sein Körper war kräftiger geworden, und sein Gesicht hatte wieder seine alte Farbe. Er sagte: »Während der langen Wochen, die ich mit dem englischen Colonel verbracht habe, hat er mir eine Menge von sich verraten. Wenn auch weit weniger als andere *gaijin*. Er besitzt die Gabe der Geduld.«

»Das klingt, als bewunderten Sie ihn.«

Makita lächelte. »Ach nein, so würde ich das nicht ausdrücken, mit Sicherheit nicht. Aber immerhin... für einen *gaijin*...« Seine Stimme verlor sich, und sein Blick richtete sich nach innen.

»Sie glauben, er kannte Shimada persönlich?« erkundigte sich Nangi nach einer Weile. »So wie Sie?«

Makitas Augen zogen sich zusammen, und er war wieder bei Nangi im Zimmer. »Oh, bestimmt war da was zwischen ihnen, daran hege ich keine Zweifel. Colonel Linnear hat heftiger als jeder andere in MacArthurs Stab darum gekämpft, daß die Einzelheiten des Skandals publik gemacht werden.«

»Ganz wie ein *gaijin*.«

»Im Gegenteil, Nangi-san. Ganz wie ein Japaner.«

Nangi verlagerte sein Gewicht von einem Bein aufs andere, um die aufsteigenden Schmerzen zu beschwichtigen. »Das verstehe ich nicht.«

»Anders als die meisten *iteki* in SCAP, die keine Vorstellung davon besaßen, was für Folgen die von ihnen geplante öffentliche Demütigung Shimadas haben würde – denn sie sahen es nur als Enthüllung der Wahrheit –, wußte Linnear genau, welche Konsequenzen der Vizeminister ziehen mußte. O ja, Nangi-san, er wollte Shimada tot sehen, mindestens so sehr wie ich.«

»Was kann einem *iteki* ein japanisches Leben mehr oder weniger bedeuten?«

Offenbar glaubt er, jemand wie Colonel Linnear könnte den Tod eines Japaners nur deshalb herbeiführen wollen, weil er eben ein Barbar ist, dachte Makita. Nichtsdestoweniger sah er nicht den geringsten Anlaß, an Nangis Intelligenz zu zweifeln. Seine Voraussage, den Koreakrieg betreffend, war absolut richtig gewesen. Amerika hatte die Rüstungsindustrie in Japan unter Hochdruck gesetzt, und viele der Firmen, die sich nun in ihrer Produktion geradezu überschlugen, waren hoffnungslos unterkapitalisiert. Aus diesem Grund hatte SCAP der Bank of Japan gestattet, ihre Kredite an die zwölf großen Stadtbanken zu erhöhen, die das Geld wiederum an die bedürftigen Firmen weiterleiteten.

»Wie macht sich eigentlich unser Freund Sato-san?« erkundigte sich Makita.

»Ganz gut«, sagte Nangi und griff nach einem der Reisküchlein, die Oba-chama für sie gebacken hatte. Man schrieb den dritten Januar 1951, und Reiskuchen zählten zu den beliebtesten Neujahrsgeschenken. »Er ist inzwischen bis zum Vizepräsidenten seines *konzern* aufgestiegen und trägt die Verantwortung für den gesamten Kohleabbau.«

»Ich glaube, Oba-chama vermißt ihn«, meinte Makita nach einem kräftigen Schluck Tee, um die trockenen Küchlein hinunterzuspülen. »Sato-san macht sich einen soliden Namen und verdient eine Menge Geld, aber die ganze Zeit ist er oben im Norden, und Oba-chama sieht ihn nur selten. Es wäre etwas anderes, wenn seine Firma eine Niederlassung in Tokio hätte, aber dazu ist sie viel zu klein. Es würde sich kaum lohnen. Nur die Bank, die sie unterstützt, sitzt hier.«

In Nangis Hinterkopf schrillte eine Alarmglocke. Offenbar wollte Makita auf etwas Bestimmtes hinaus, und das hatte etwas mit Geld zu tun, denn um andere Belange drehte es sich bei Banken nicht. Einen Moment lang war sein Verstand wie leergefegt, und dann begriff er plötzlich. Natürlich, es ging Makita um die Gefahr, die darin lag, daß viele der Kriegsgüter produzierenden Firmen nicht mit genügend Kapital ausgestattet waren.

»Makita-san«, sagte er sanft, »kann ich auf Ihre Unterstützung zählen?«

»Aber mit Freuden. Sie brauchen nur zu fragen.«

»Makita-san, ich glaube, das Problem ist gelöst, wenn MIHI einfach die *zaibatsu* wieder aufleben läßt.«

»Aber sie waren unsere Feinde. Bei jeder Gelegenheit haben sie versucht, die Ministerien zu entmachten. Und außerdem haben die Besatzungsmächte die *zaibatsu* für immer verboten.«

»Ja«, bestätigte Nangi aufgeregt, »die alten *zaibatsu*. Ich spreche hingegen von etwas Neuem, *kin'yu keiretsu*, gewissermaßen Finanzfamilien. Als Fundament nehmen wir eine Bank, denn nur eine Bank besitzt genug Kapital, um ein derartiges Gebilde zu finanzieren. Mit diesem Kapital speisen wir bestimmte Firmen, sagen wir, Stahl, Elektronik, Bergbau und eine Import-Export-Firma. In Zeiten wirtschaftlicher Expansion, wie wir sie jetzt haben, wird diese Bank in der Lage sein, für ihre eigenen Firmen zu bürgen; in Zeiten der Rezession kann die Import-Export-Firma Rohmaterialien auf Kredit importieren und die Produkte der Unternehmensgruppe in Übersee auf den Markt bringen, wodurch wir kostenintensive Einlagerungen bei einem schrumpfenden heimatlichen Markt vermeiden.«

Makitas Augen leuchteten, und er rieb sich die Hände. »Rufen Sie Sato-san an, sofort. Wir beginnen mit der Bank, die seine Gesellschaft finanziert. Wir befördern ihn und holen ihn im gleichen Atemzug nach Hause zurück. Eine brillante Idee, Nangi-san. Brillant! Nächstes Jahr wird SCAP seine Arbeit einstellen, und MIHI kann tun und lassen, was immer es für nötig hält, um Japan in die vorderste Linie des internationalen Handels zu katapultieren.«

»Was ist mit der Kontrolle?« fragte Nangi. »Wir müssen dafür Sorge tragen, daß mit diesen neuen *keiretsu* nicht dasselbe geschieht wie mit den alten *zaibatsu*. Wir müssen sie fest an die Ministerien binden, als Teil ihrer Charta.«

Makita lächelte. »Das werden wir auch tun, Nangi-san. Weil MIHI die Politik bestimmt, und weil wir die totale Kontrolle über alle Handelsgesellschaften haben. Ohne Handelsgesellschaften ist ein *keiretsu* völlig nutzlos. Das wird jede Bank einsehen müssen. Ah, sogar der Ministerpräsident wird begreifen, was für Möglichkeiten in diesem neuen *keiretsu* stecken, denn sie ermöglichen es uns auf geradezu perfekte Weise, das verfügbare Kapital in die richtigen wirtschaftlichen Kanäle zu lenken. Vor allem langfristig gesehen, bietet der Plan jedem *keiretsu* die Möglichkeit, in aller Ruhe den Markt zu erkunden, zu durchdringen und dabei das bestmögliche Produkt zu entwickeln. Da es zur Gänze von der Bank finanziert wird, braucht es sich nicht dem Diktat des schnellen Profits zu unterwerfen, das kurzsichtige Aktionäre nur zu oft verhängen.«

Makita sprang auf. »Das müssen wir feiern, junger Freund! Morgen ist immer noch Zeit genug, mit Sato-san zu sprechen. Heute abend gehen wir in ein Lokal in *karyukai* und schlagen uns die Nacht um die Ohren. Ja, heute besuchen wir das Schloß, das keine Trauer kennt, in dem der Sake bis zum Morgen fließt und in dem wir auf Kissen liegen, die unendliche Sanftheit atmen und ewiges Vergnügen spenden.«

*

Der Ahorn an der Mauer hatte sein flammendes Herbstgewand angelegt. Nangi kniete in der Tür seines Hauses und blickte hinaus in den Garten. Lerchen stiegen in Schwärmen in den klaren Himmel. Kalte Oktoberwinde schüttelten die Büsche und Zierfarne.

Man schrieb das Jahr 1952, und Japan war wieder ein freies Land; die Besatzungsmächte hatten sich zerstreut wie die Lerchen am Himmel.

Hinter sich hörte Nangi die leisen Stimmen von Makita, Sato und seiner neuen Frau, Mariko, einem sanften Geschöpf, das an eine Puppe erinnerte, dessen Mut und Offenheit Nangi jedoch sehr bewunderte. Sie war g[illegible] für Sato und füllte eine Leere in ihm, die Nangi beinahe schon am ersten Tag in seinem Freund entdeckt hatte.

Vor mehr als einem Monat war Oba-chama gestorben, und Nangi betrauerte ihren Tod mehr als alle anderen. Makita hatte sie nur flüchtig gekannt, und Sato gewann Kraft aus seiner Liebe zu Mariko. Nangi indessen spürte auch jetzt noch den Schmerz, den er an ihrem Sterbebett zum erstenmal empfunden hatte. Sie war ihm nicht nur Mutter, sondern auch Beichtvater und *sensei* gewesen, wann immer er ihrer bedurft hatte.

Nangi wußte, daß am Ende alle Dinge wieder zu Staub werden mußten, denn aus Staub wurden sie geboren. Doch ohne Oba-chamas leuchtende Augen, ohne ihre zirpende Stimme schien nichts mehr in seinem Leben zu existieren, das ihn aufheiterte und seiner Seele die Bitterkeit nahm. Von nun an, das spürte er, gab es keinen Menschen mehr auf der Welt, dem er sich anvertrauen konnte, niemand, dessen Ratschluß ihm etwas bedeutete. Zwei Geschöpfe, die er über alles geliebt hatte – Gotaro und Oba-chama –, waren gestorben, damit hatte sich sein Karma besiegelt.

Der Garten leuchtete in zahllosen Farben gleich der Palette eines Malers. Stimmen umgaben Nangi wie *kami*. Sein Blick erhob sich über den vom Wind zerzausten Ahorn und richtete sich auf den abendlichen Himmel. Die Vögel waren verschwunden. Bald würde der Mond aufgehen und den kleinen Garten mit Silber überschütten. Und durch die offene Tür würde langsam die Kälte der Nacht hereinkriechen.

Drittes Buch

開闔

K'AI HO

(1. Eine Lücke; eine Gelegenheit bietet sich,
packen Sie sie beim Schopf.)
(2. Spione)

New York/Tokio/Key West/Yoshino/Maui

Frühling, Gegenwart

Sein Herz tat einen Sprung, als er sie sah. Sie löste sich aus dem Kordon der wogenden Menschenmenge und stürzte auf ihn zu, in seine Arme.

»Ach, Nick«, schluchzte sie an seiner Brust, »ich dachte schon, du kämst nie mehr nach Hause.«

Er hob ihren Kopf an, so daß er die Farben ihrer großen Augen in sich aufnehmen konnte. Er sah, daß sie geweint hatte.

»Justine.«

Sein Seufzer ließ sie wieder in Tränen ausbrechen, und er spürte die Feuchtigkeit auf ihren Wangen, als sie sich küßten. Es ist gut, wieder daheim zu sein, dachte er.

»Es tut mir leid wegen unseres letzten Telefongesprächs«, sagte sie. Leute drängten sich an ihnen vorbei, und er merkte, daß sie den Durchgang für die anderen Passagiere blockierten. Rasch schob er Justine beiseite.

»Mir auch«, sagte er. »Ich war in Gedanken woanders. Es gab soviel zu tun dort drüben und so wenig Zeit, um alles zu erledigen.«

Er stellte fest, daß sie etwas mit ihrem Haar angestellt hatte. Es war durcheinander und wild wie die Mähne eines Löwen. Hier und dort rief die Deckenbeleuchtung einen granatroten Schimmer auf den Locken hervor.

»Gefällt mir«, sagte er, den Arm immer noch um ihre Hüfte gelegt.

Sie hob den Kopf. »Was?«

»Dein Haar.«

Sie lächelte, während sie sich in Bewegung setzten und auf die Glastüren zugingen. »Hauptsache, du bist wieder zu Hause, gesund und munter.« Sie legte ihm den Kopf an die Schulter, und er wechselte seinen Koffer in die andere Hand.

Da er merkte, daß sie jetzt nicht über ihren Vater sprechen wollte, fragte er: »Gefällt es dir an deinem neuen Arbeitsplatz?«

»O ja«, sagte sie und stürzte sich sofort in eine ausführliche Beschreibung der drei wichtigsten Projekte, mit denen Rick Millar sie betraut hatte. Von einer Sekunde auf die nächste verwandelte sie sich wieder in das überschäumende kleine Mädchen, das sie manchmal sein konnte. Alle Schüchternheit und Zurückhaltung fielen von ihr ab, statt dessen schien sie vor Selbstvertrauen zu bersten. Nicholas fragte sich, wie es möglich war, daß ein Job sie in so kurzer Zeit dermaßen verändern konnte.

Aber als sie aufgehört hatte zu erzählen, kehrte ihre Befangenheit zurück. Sie konnte mehr mit ihren Augen ausdrücken als jeder andere Mensch, den er kannte, und als sie jetzt den Kopf hob und ihn anblickte, sah er die Scheu darin und das Flehen um Zustimmung.

Er hob sie hoch und lachte. »Aber natürlich finde ich das alles herrlich! Es wurde höchste Zeit, daß du endlich aus deinem Schnekkenhaus herauskommst.«

»Hör mal, Nick, ich muß aber nicht um jeden Preis –«

Er setzte sie ab. »Unsinn, Liebling, du sagst doch, es macht dir Spaß.«

Plötzlich wirkte sie so zerbrechlich und zart, daß er sie an sich preßte wie ein verlorenes Kind.

Draußen vor der Flughafenhalle wartete eine blitzende silberne Limousine auf sie. Nicholas blieb stehen, aber Justine zog ihn weiter.

»Na, komm schon«, sagte sie. »Ich habe beschlossen, einen Teil meines neuen Gehalts zum Fenster hinauszuwerfen. Laß mir doch das Vergnügen.«

Widerstrebend gab Nicholas sein Gepäck dem uniformierten Chauffeur, zog den Kopf ein und nahm neben Justine auf der komfortablen Rückbank Platz. Sie instruierte den Fahrer, und dann glitten sie hinaus in den langsam dahinkriechenden Verkehr zum Long Island Expressway.

»Ich stelle fest, daß Gelda beschlossen hat, sich ihren Vater nicht noch einmal anzusehen«, sagte Nicholas.

Justine wandte den Kopf ab.

»Dein Vater –«

»Fang nicht schon wieder damit an, Nick«, unterbrach sie ihn scharf und mit zornig funkelnden Augen. »Ich habe nicht eine Sekunde lang begriffen, wieso du für ihn gearbeitet hast. Ausgerechnet für meinen Vater! Er war ein abscheulicher Mensch.«

»Er hat seine Töchter geliebt.«

»Er wußte überhaupt nicht, wie man jemand liebt – nicht mal sich selbst.«

Nicholas schob seine Hände zwischen die Knie und verschränkte die Finger. Nicht gerade die beste Zeit, um es ihr zu erzählen, dachte er. Aber er konnte sich auch keine schlechtere vorstellen. Sie hatte ein Recht, es zu erfahren.

»Dein Vater hat mir die Firmenleitung übergeben«, sagte er. Einen Moment lang war nur das dumpfe Dröhnen des starken Motors zu hören.

»Das war kein sehr guter Witz, Nick«, meinte Justine.

Nicholas seufzte unhörbar und stählte sich für den aufziehenden Sturm. »Es ist kein Witz, Justine. Vor sechs Monaten hat er seinem Testament noch ein Kodizill hinzugefügt. Mit seinen sechzig Prozent der Stimmanteile bin ich der neue Präsident von Tomkin Industries. Bill Greydon war der Zeuge, und er war auch Zeuge, als ich den Zusatz in Tokio unterschrieben habe.«

»Du hast das Ding auch noch *unterschrieben*?« Justine preßte sich mit steifem Rücken in die entgegengesetzte Ecke. »Du hast dich damit einverstanden erklärt!« Ungläubig schüttelte sie den Kopf, während ihr für einen Moment die Worte im Hals steckenblieben. »Du lieber Gott, das ist doch verrückt!«

Sie hob die Hand vors Gesicht, als wollte sie sein Bild auslöschen. »O Gott, nein. Nein, das kann doch nicht sein.« Dann riß sie die Hand wieder von den Augen und starrte ihn an. Ihre Brust hob und senkte sich in rascher Folge.

»Und ich hatte schon gedacht, jetzt wäre endlich alles vorbei. Ich dachte, mit dem Tod meines Vaters hätte ich ein für allemal Ruhe vor ihm und seinem auf Blut und Leichen errichteten Imperium. Und jetzt –«, sie stieß ein Lachen aus, das an der Grenze zur Hysterie stand, »jetzt, wo ich endlich im Begriff bin, mein Leben halbwegs in die Reihe zu kriegen, erzählst du mir, daß ich neuerlich mit *Leib und Seele* an Tomkin Industries gebunden bin.«

»Ich sagte lediglich, daß ich den Zusatz unterzeichnet habe.«

»Und natürlich hat das überhaupt nichts mit mir zu tun«, rief sie. »Wir wollten in einem Monat heiraten, oder hat deine Rückkehr in die *Heimat* dein Gedächtnis so plötzlich getrübt?«

»Justine, um Himmels willen –«

»Nein, nein. Das betrifft mich genauso wie dich. Aber der Gedanke ist dir wahrscheinlich nicht einmal gekommen, oder?« Ihre Wangen brannten vor Wut und Enttäuschung. »Himmel, und ich dachte, du würdest nur vorübergehend für ihn arbeiten!«

Nicholas schloß die Augen und ließ den Kopf gegen die samtbezogene Kopfstütze sinken. »Es war ja auch nur als vorübergehende Tätigkeit gedacht, Justine.« Seine Stimme war sanft und leise. »Aber das Leben ist ein steter Fluß, manche Ereignisse zwingen uns, unsere Pläne zu ändern. Nichts ist beständig oder –«

»Komm mir jetzt bloß nicht mit deinem *karma*«, schnappte sie.

»Das kannst du bei deinen japanischen Freunden anbringen, aber nicht bei mir!«

»Justine, wir sind beide erschöpft. Ich habe lange über meine Entscheidung nachgedacht –«

»Aber nicht über mich, nicht über meine Gefühle!«

»Es gibt auf der Welt noch was anderes als das, was du willst, Justine«, sagte er ärgerlich.

Justine wurde blaß. »Jetzt hör mir mal zu«, sagte sie. »Ich habe mein halbes Leben damit verbracht, meinem Vater zuzuhören und zu gehorchen und danach einem ganzen Haufen von Männern zuzuhören und zu gehorchen, genau wie man das von einem braven kleinen Mädchen erwartet. Aber damit ist jetzt Schluß. Denn ab jetzt gibt es nur noch das auf der Welt, was *ich* will. Nie in meinem bisherigen Leben habe ich bekommen, was *ich* haben wollte. Ich habe mich nie getraut, danach zu fragen, weil mein Vater und meine Boyfriends mir ständig gesagt haben, wie ich mich benehmen soll, was ich tun soll und was ich nicht sagen soll. Jetzt geht es mal um mich, und nur um mich. Ich nehme mein Leben selbst in die Hand. Niemand anderer kann mich mehr beherrschen, mein Vater nicht und auch sonst niemand. Nicht einmal du, Nicholas.«

Sie beugte sich zu ihm. Ihre Haut hatte eine hektische Röte angenommen, die Lippen waren farblos und gespannt. »Endlich habe ich meine Freiheit erlangt, und niemand sperrt mich wieder in meinen Käfig. Ich lasse mich an keine Kette mehr legen, schon gar nicht an eine, die Tomkin Industries heißt.«

»Dann stecken wir in einer Sackgasse«, sagte Nicholas.

Aber Justine schüttelte den Kopf. »O nein, Nick. Das ist deine Beschreibung der Situation. Aber die Wahrheit sieht anders aus. Die Wahrheit ist: solange du mit der Firma meines Vaters zu tun hast, will ich dich nicht sehen, will ich nicht mit dir reden, ja will ich nicht einmal wissen, daß du überhaupt existierst.«

*

Im achtunddreißigsten Stock des Shinjuku-Suiru-Gebäudes betrat Masuto Ishii den großen, luftigen Saal der Kriegerischen Künste und begann mit seinem Training. Während die anderen ihre Mittagspause bei *soba* und Suntory-Scotch verbrachten, nutzte Ishii diese Zeit, um seinen Körper in Form zu halten.

Drei Tage in der Woche stand er vor Morgengrauen auf und lief zehn Meilen durch halbdunkle Straßen, bevor er wieder in sein winziges Junggesellenapartment zurückkehrte, kalt duschte und einen seiner makellosen dunklen Geschäftsanzüge anzog. An den restlichen vier Tagen verbrachte er die frühen Morgenstunden hier im Sportsaal, genauso wie die fünfundvierzigminütige Mittagspause.

Als Akiko ihn fand, war er gerade mitten in einer Aikido-Übung. Außer ihm hielt sich niemand im Saal auf, da praktisch alle Mitarbeiter von Sato Petrochemicals um Punkt zwölf Uhr dreißig aus dem Gebäude strömten, um sich wie die Heuschrecken auf die umliegenden Grünanlagen zu verteilen. Eine Zeitlang beobachtete Akiko ihn aufmerksam.

Sie musterte die langen, hervortretenden Muskeln, die mit einem leichten Schweißfilm bedeckt waren, den gesenkten, ovalen Kopf, die mächtige Brust. Sie erinnerte sich an den langen Blick, mit dem er sie an ihrem Hochzeitstag von Kopf bis Fuß gemustert hatte, und an die verschleierte Lust in seinen Augen.

Langsam schritt sie über den polierten Hallenboden, die Holzfliesen gaben elastisch unter ihren mit weißen Socken bekleideten Füßen nach. Sandalen und Mantel hatte sie an der Tür gelassen, nachdem sie den Raum von innen versperrt hatte. Niemand sonst war hier, niemand würde kommen; es gab jetzt nur noch sie beide.

Ishii bemerkte sie erst, als sie schon ganz nah war. Die Übung, an der er gerade arbeitete, war ihm noch nie perfekt gelungen und erforderte jedesmal seine gesamte Konzentration.

Sein Kopf fuhr hoch. Schweiß schimmerte wie Tau auf seinem schwarzen, kurzgeschnittenen Haar. Als er Akiko erkannte, verbeugte er sich sofort und begrüßte sie mit dem traditionellen *»Ikagadesuka, Oku-san«*.

Reserviert und wie auswendig gelernt antwortete Akiko: *»Hai. Okagesamade. Arigatogozaimasu.«* Dann fuhr sie fort: »Sind Sie bei Ihrer Arbeit ebenso fleißig wie beim Aikido-Training?«

»Ich tue, was man von mir verlangt, *Oku-san.*«

Akiko bedachte seine Schädeldecke mit einem freudlosen Lächeln. Sie konnte seine Kopfhaut sehen, glänzend wie Messing. »Und das ist alles, was Sie tun?«

Ishii hob den Kopf, und seine täuschend sanften braunen Augen schienen sie zu verschlingen. »Ich bin kein Roboter, falls es das ist, was Sie meinen«, sagte er vorsichtig. »Ich diene dem Unternehmen ebenso, wie ich kreativ seine Interessen vertrete.«

»Auf welche Weise?«

»Mit meinem Verstand.«

»Sie sind ein anmaßender Mann«, sagte sie kalt.

»Verzeihen Sie mir, *Oku-san.*« Ishii verbeugte sich erneut.

Sie lächelte und streckte die Hand aus, ergriff den Aikido-Stock und zog. Er trat einen Schritt auf sie zu. Ihre Augen begegneten sich, verschmolzen.

»Das ist es doch, was du willst«, flüsterte sie ihm ins Ohr.

Sie spürte, wie verwirrt er über ihr ungewöhnliches Verhalten war. Ehe er zu einer Entscheidung gelangen konnte, riß sie ihm den

Stock aus der Hand und ließ ihn auf seine rechte Schulterbeuge niedersausen. Er brach in die Knie, verlor alle Kontrolle über seinen Körper und seinen Verstand.

Fast tat er ihr leid, wie er da so bewegungslos vor ihr kniete. Wo war jetzt seine Männlichkeit, seine traditionelle Überlegenheit? Jetzt war er nichts mehr, lediglich ein Instrument, ein Mittel auf dem Weg zum Ende.

Sein Gesicht hob sich ihr entgegen. Lange Zeit starrte Akiko auf ihn hinunter, während alle möglichen Gedanken wie Regen in ihr durcheinanderwirbelten. Dann zog sie ihre Klinge, deren Glanz sich in seinen Augen widerspiegelte. Sie spürte seine Angst und dachte, es gibt keine Krieger mehr auf der Welt.

Dann trennte sie ihm mit knappen, präzisen Schlägen beide Füße ab.

*

Der lange schwarze Mercedes rollte am Straßenrand aus, der Fahrer ging um die Kühlerhaube herum und öffnete die hintere Tür. Seiichi Sato erhob sich vom Rücksitz und sog die frische Luft des taufunkelnden Morgens in tiefen Zügen ein. Wie in Japan bei Wirtschaftsgrößen seines Kalibers üblich, wurde er außer vom Chauffeur noch von zwei anderen Männern überallhin begleitet, doch diesmal hieß er sie im Wagen warten.

Allein wanderte er langsam den mit Tannennadeln übersäten Pfad zu dem Shintoschrein entlang, in dem er geheiratet hatte. Dies gehörte zu seiner wöchentlichen Wallfahrt. Wenn er in Tokio war, begab er sich einmal in der Woche hierher ans Seeufer, egal, wie das Wetter war.

Er betrat das Hauptgebäude des Heiligtums und kniete vor den mit Opfergaben beladenen Tischen nieder. Rings um die Tische erhoben sich geschnitzte Statuen von kauernden Bogenschützen, Speerwerfern und schwertschwingenden Samurai.

Vor den geschlossenen Türen der inneren Kammer, in der die *kami* residierten, stand die *gohei*, eine Holzrute, die von oben bis unten mit zusammengefalteten Zetteln behängt war. Daneben befand sich die *haraigushi*, die Reinigungsrute, ein dünner Zweig vom heiligen *sakaki*-Baum.

Darüber hingen Fähnchen, bemalt mit Wolken und Monden, die auf die Gegenwart der *kami* hinwiesen. Auf einem Tisch direkt unter den Fähnchen stand der heilige Spiegel, das wichtigste und wahrscheinlich auch geheimnisvollste Element des Shintoismus. Angeblich reflektierte er alles so, wie es wirklich war, und nicht, wie der Betrachter es sich vielleicht wünschte.

»Der Spiegel verbirgt nichts«, sagte das *Jinno Shotoki*. »Keine

Selbstsucht versteckt sich in seinem Glanz. Alles Gute und alles Böse, das Richtige und das Falsche wird ohne Abstriche wiedergegeben.«

Sato kniete vor dem Spiegel nieder und wurde von seinem klaren Licht eingehüllt. Während er dort kniete, betete er um Frieden für Verstand und Seele, erflehte tiefe und beständige Reinheit des Denkens, wie sie von der Klarheit des Sees tief unten symbolisiert wurde.

Innerhalb weniger Sekunden wurde er von jener friedlichen Ruhe erfüllt, die er hier schon in frühesten Kindertagen empfunden hatte. Während sein älterer Bruder neben ihm herumzappelte und gähnte, hatte er gespürt, wie sich die Atmosphäre des Schreins gleich einem Mantel aus Licht um seine Schultern legte.

Als sein geliebter Vater gestorben war, hatte er gleich nach der Beerdigung seine ganz persönliche Wallfahrt hierher angetreten, und erst als er auf das leicht geriffelte Wasser des Sees starrte, war es ihm gelungen, mit dem *kami* seines Vaters in Verbindung zu treten. Deswegen suchte er diesen Ort regelmäßig auf, um der Geschichte seiner Familie so nah wie möglich zu sein. Nie hatte er ihre Weisheit nötiger gehabt als jetzt, da alles um ihn herum in Scherben zu gehen schien.

Siebenunddreißig Jahre des Aufbaus – zunichte gemacht in weniger als einem Jahr, und alles nur wegen *Tenchi*. Obwohl die Regierung die finanziellen Reserven des Landes nur so in das Projekt hineinschüttete, blieben immer noch enorme Randbeträge, die Satos Unternehmen zu begleichen hatte. Es war seine Pflicht, und es gab nicht die geringste Möglichkeit, sie der Regierung wieder in Rechnung zu stellen. Auf diese Weise hatte das *keiretsu* innerhalb von vierzehn Monaten bereits über sechzig Millionen Dollar ausgelegt, ein entsetzlicher Aderlaß für jede Firma, gleich welcher Größe.

Tenchi, so vermutete Sato, war einer der Hauptgründe, aus denen Nangi zugestimmt hatte, daß sie ihren Tätigkeitsbereich auf die internationalen Bankgeschäfte in Hongkong ausdehnten. Sato war von Anfang an gegen dieses Engagement gewesen. Zu unsicher standen die Chancen für Finanzgeschäfte in der Kronkolonie. Es war, als setzte man einen Fuß in eine Bärenfalle und wartete darauf, daß sie zuschnappte.

Aber Nangi hatte darauf bestanden, und Sato sah sich gezwungen, seinem Willen nachzugeben. Schließlich brauchten sie dringend eine Finanzspritze, sowohl für *Tenchi* als auch um ihre Verluste im Bereich der Stahlverarbeitung aufzufangen, wo die Anlagen zur Zeit nur zu siebzig Prozent ausgelastet waren, während Löhne und vermögenswirksame Leistungen zur Gänze ausbezahlt werden mußten. Sie standen zwar im Begriff, die Anlagen abzustoßen, aber der Verkaufspreis würde ihnen nur einen minimalen Profit bringen.

Und eventuell mochte auch das nicht ausreichen. Die Fusion war bis zu Linnears Rückkehr verschoben, von den Schwierigkeiten der All-Asia-Bank ganz zu schweigen. Wie tief Tony Chin sie wohl hineingerissen hatte? Oh, Amida! betete Sato, hoffentlich stehen wir nicht schon mit beiden Füßen in der Bärenfalle.

Dabei wußte er, daß Nangi und er schon in einer ganz anderen Falle saßen, die mit beängstigender Geschwindigkeit zuschnappte. *Wu-Shing*, wie Linnear-san es genannt hatte. Sato schauderte. Drei Todesfälle. Kagami-san, *Mo*, die Tätowierung, Yoshida, *Yi*, die abgeschnittene Nase; und jetzt Masuto Ishii, der mit abgetrennten Füßen in der Sporthalle gefunden worden war. Nur mit Mühe konnte Sato sich erinnern: *Yueh*, das Ideogramm, in dem Messer und Fuß verschmolzen.

Was geschah mit dem *kobun*? Rings um ihn herum brach die Firma in sich zusammen, und wenn es Linnear-san nicht gelang, mit diesen Morden Schluß zu machen, waren Nangi und er am Ende. Denn dem *Wu-Shing*-Ritual zufolge blieben nur noch zwei Bestrafungen, und man mußte kein Genie sein, um sich denken zu können, wem sie zugedacht sein mochten.

Wer wollte sie bestrafen und warum? Welcher schreckliche Geist aus ihrer Vergangenheit wollte den Konzern zerstören und verhindern, daß sie *Tenchi* durchführten? Was, dachte Sato, während eine eiskalte Hand sich um sein Herz legte, haben wir getan, um dies alles zu verdienen?

*

Eigentlich hätte Viktor Protorow im Mittleren Osten sein müssen. Schon vor drei Wochen wäre seine Anwesenheit im Südlibanon vonnöten gewesen, um eine Auseinandersetzung zu beenden, die sich jetzt schon so lange hinschleppte, daß sie alle Charakteristika einer Fehde angenommen hatte.

Dennoch hatte er das sichere Haus, in dem vier Jahre Arbeit steckten, nicht verlassen. Wenn er sich hier auf Hokkaido aufhielt, wußte niemand in der Sowjetunion, wo er sich befand, noch, wie er zu erreichen war. Protorow war nicht von ungefähr dieser Überzeugung; immerhin hatte er einige seiner besten Apparatschiks in die Hierarchien der acht anderen Direktorate des KGB eingeschleust und wußte, daß alle Versuche, ihn zu finden, fehlgeschlagen waren.

Was die Zuverlässigkeit der Männer vom Neunten Direktorat anging, die sich mit ihm in diesem sicheren Haus befanden, war Protorow praktisch genauso sicher. Bis auf einen waren sie alle hundertprozentig loyal, ihm gegenüber, dem Direktorat und Mütterchen Rußland, in dieser Reihenfolge. Nur ein Mann hatte von seinen eigenen Leuten noch nicht völlig ausspioniert werden können, weil er sich in einer extrem sensiblen Position befand. Er war der einzige, mit dem sich Protorow persönlich traf, um sicherzugehen, daß ihm keine Nachteile entstanden und daß es sich um schneeweiße Berichte handelte. Weiße Berichte zeichneten sich dadurch aus, daß sie ausschließlich höchst brisante Informationen enthielten und keinerlei beabsichtigte oder unbeabsichtigte Fehler aufwiesen. Ihrer Natur nach waren solche Berichte natürlich ungewöhnlich selten, aber Protorow hatte sich größtenteils mit Leuten umgeben, die von ihrem Fanatismus getrieben wurden, ausschließlich weiße Berichte zu liefern.

Der Mann, mit dem sich Protorow gleich zu treffen beabsichtigte, war einer von ihnen.

Da die Probleme im Südlibanon nicht von selbst verschwunden waren, hatte Protorow erst heute morgen einen seiner vertrauenswürdigsten Offiziere in den Mittleren Osten entsandt, damit er sich an seiner Statt der Fehde annahm. Er selbst war zu sehr in Anspruch genommen von *Tenchi*. Obwohl er noch immer nicht mehr als eine nebelhafte Vorstellung davon hatte, enthielt sie die sirenenhafte Verlockung, am Ende vieltausendfach für seine Mühen entlohnt zu werden.

*

Langsam marschierte Koten, groß und von mächtiger Leibesfülle wie eh und je, den Hügel hinunter. Aufgrund von Satos wöchentlicher Wallfahrt hatte er heute mehr freie Zeit als üblich. Heiligtümer waren nach Satos Ansicht Stätten des Friedens, nicht der Gewalt, und so ließ er nicht zu, daß Koten ihn dorthin begleitete.

Der *sumo* nahm die grüne U-Bahn-Linie und stieg nach vier Haltestellen in die blaue nach Kudanshita um, wo er an der Station Nihonbashi ausstieg. Überall, wo er auftrat, wurde er ganz ungeniert angestarrt, aber daran war er gewöhnt. Nach außen hin ignorierte er das Aufsehen, das er erregte, innerlich hingegen platzte er vor Stolz.

Mit der Rolltreppe fuhr er zur Eitdori hinauf und wandte sich nach rechts. Die Straße wimmelte von Passanten. Am nächsten Block wartete er auf das Umspringen der Ampel, ehe er die Seitenstraße überquerte und ein riesiges Kaufhaus betrat.

Innen war das Gebäude so weiträumig und vielfältig wie eine eigene Stadt. Einer von Kotens Freunden hatte hier geheiratet, ein anderer hatte Gräber für sich und seine Familie bestellt. Aber Koten interessierte sich weder für das eine noch für das andere.

Er folgte einer weißbehandschuhten Fahrstuhlführerin in den Lift und fuhr nach unten. Er starrte ihr ganz offen in das stark geschminkte Gesicht, bis sie die Musterung nicht länger ertrug und den Kopf abwandte.

In einem Restaurant im Kellergeschoß nahm er sein Mittagessen ein. Als er meinte, genug gegessen zu haben, stieg er wieder in den Lift und fuhr nach oben. Er hatte noch immer ein Gefühl der Leere im Magen.

Die Fahrt nach oben führte vorbei an zahllosen Stockwerken mit Herren- und Damenbekleidung, Haushaltswaren, Möbeln, Spielzeug, Theatern, kleinen Kliniken für medizinische und zahntechnische Behandlungen, Galerien mit Gemälden und Skulpturen, Restaurants und Unterrichtsräumen, in denen man lernen konnte, wie man einen Kimono trug, Tee servierte oder Blumen steckte.

Im Dachgarten befand sich ein Teehaus, von dessen Decke rote, schwarze und weiße Reispapierlaternen herabhingen und im leichten Wind hin und her tanzten. Inmitten des sorgfältig gepflegten Gartens gab es einen kleinen Zoo, vor dem sich Scharen von Kindern drängten.

Koten bahnte sich einen Weg zwischen den Kindern, um die Paviane und Schimpansen aus größerer Nähe sehen zu können. Er hatte kaum einen Platz am Affenstall ergattert, als sich ein schlanker, kleiner Mann mit unscheinbarem Buchhaltergesicht zu ihm gesellte und ihn ansprach.

Ohne sich umzudrehen, erstattete Koten Bericht. Als er geendet hatte, beantwortete er pflichtschuldigst jede Frage des unauffälligen Mannes nach bestem Wissen und Gewissen. Endlich sagte er: »Ich muß jetzt gehen. Sato-san wird bald von seinen Gebeten zurückkehren.«

»Gebete«, sagte Viktor Protorow verächtlich, »sind die letzte Zuflucht der bereits Geschlagenen.«

*

Dreimal schon hatte »Tex« Bristol von seinen Plänen, den blauen Gorilla aus dem Weg zu räumen, Abstand nehmen müssen, aber das hatte mehr mit Alix Logan zu tun als mit ihrem nächtlichen Bewacher. Nach ihrem Selbstmordversuch ging der blaue Gorilla kein Risiko mehr ein und hielt sich stets bei ihr in der Wohnung auf.

Jetzt wurde es in Alix Logans Appartement überhaupt nicht mehr dunkel während der langen Nächte, denn ihr Bewacher entledigte sich seiner Aufgabe mit Hilfe des nächstliegenden aller Werkzeuge: Licht.

Bristol aber brauchte den Überraschungseffekt, um Erfolg zu haben. Immer wieder hatte er darüber nachgegrübelt, wo die beiden Gorillas wohl ihre Ausbildung erhalten haben mochten. In ihrer Präzision hatten sie beinahe etwas Militärisches.

Nach dem dritten fehlgeschlagenen Versuch, sich in Alix Logans Wohnung zu schleichen, gab Bristol schließlich widerstrebend Plan A auf und entschied sich für Plan B, von dem er gehofft hatte, daß er nie zur Ausführung gelangen müsse. Nichts tat er lieber als zu fischen, in einem Boot auf dem Wasser zu sitzen. Aber *im* Wasser zu sein, weit draußen auf See, war ein zweites Paar Schuhe.

Trotzdem hatte er die Taucherausrüstung gemietet und sich von einem pickeligen, kaum achtzehn Jahre alten Jungen, dem Tauchlehrer des Verleihs, Nachhilfeunterricht geben lassen. Es war schon fünf Jahre her, daß er Tauchen gelernt hatte, und entsprechend eingerostet waren seine Kenntnisse, aber nach zwei Stunden Arbeit in dem rosagekachelten Swimmingpool des Strandhotels hatte der pickelige Junge ihm auf die Schulter geklopft und mit dem aufgerichteten Daumen sein O.K. signalisiert.

Jetzt hatte Bristol die Ausrüstung in sein Boot verfrachtet, das in der öligen Dünung im Hafen schwojte. Er überprüfte jedes Stück doppelt und dreifach, wie es seiner Ausbildung entsprach, und als er gerade am Regulator herumfummelte, sah er aus den Augenwinkeln, wie Alix den Kai herunterkam, den roten Gorilla im Schlepptau.

Sein Herz schlug schneller, als er bemerkte, daß sie sich zu dem kleinen Boot begab. Heute stand offenbar keine Vergnügungsfahrt mit ihren braungebrannten Freunden auf dem Programm. Heute hieß es nur sie und Red.

Der rote Gorilla löste Bug- und Heckleinen und sprang rasch in das schaukelnde Boot. Alix hatte bereits den Motor angeworfen, ehe sie das Ruder hart nach Backbord drehte und das Boot aus dem Hafen steuerte.

Bristol wartete geduldig, bis sie einen beträchtlichen Vorsprung hatten, ehe er ebenfalls den Motor anließ und ihnen folgte. Er zog sich den Schirm seiner Kappe ins Gesicht und setzte eine Sonnenbrille auf, während er mit einer Hand den Kurs hielt. Anschließend arretierte er das Ruder und holte die Druckluftharpune aus dem Futteral. Er spürte das Gewicht der beiden Sauerstoffflaschen auf dem Rücken. Er steckte die Hände aus, sah, daß sie zitterten und sagte laut: »Zum Teufel damit!«

Dann schob er sich zwei Haiabwehrstöcke in den beschwerten Gürtel und konsultierte den Kompaß am Handgelenk, um zu berechnen, wie stark sein Kurs von dem Alix Logans abwich.

Schließlich ging er zur Reling und legte seine großen Fiberglasflossen an. Er zog sich den Regulator über den Kopf und schob ihn in den Mund, um zu testen, ob die Sauerstoffversorgung reibungslos funktionierte. Im Geist ging er die nötigen Vorbereitungen Punkt für Punkt noch einmal durch, teilweise aus Sicherheitsgründen und teilweise, um seinen Verstand zu beschäftigen.

Er griff nach seiner Brille, wusch sie mit Seewasser aus und spuckte hinein, bevor er das Wasser-Speichel-Gemisch auf dem Glas verrieb, damit die Brille nicht beschlug. Er stülpte sie sich über den Kopf, packte die Harpune und glitt über die Bordwand.

Grün und kühl schloß sich die See um ihn. Selbst durch den blauen Taucheranzug aus Gummi spürte er noch die Kälte, die aus den Tiefen des Ozeans aufstieg und an ihm saugte wie ein greifbares Wesen. Bewegungslos hing er in dem von Sonnenstrahlen durchzogenen Wasser und wartete darauf, daß sein Puls ruhiger wurde und er sich wieder an die besondere Form des Atmens gewöhnte, die unter Wasser vonnöten war. Mehr aus Versehen warf er einen Blick nach unten, wo das Licht nicht mehr ausreichte, um die Schwärze zu durchdringen, und ihm wurde klar, daß dort unten nichts war als düstere, endlose Tiefe.

Er gab sich einen Ruck, streifte den Kompaß mit einem Blick und setzte sich in Richtung auf Alix Logans Boot in Bewegung. Er schwamm langsam, beinahe gemächlich, aber dieser Eindruck trog, denn seine mächtigen Flossen beförderten ihn mit raschen Stößen durchs Wasser. Er war in exzellenter körperlicher Verfassung und hatte nicht die geringsten Schwierigkeiten, nicht einmal mit der Strömung, die des Tauchers ärgster Feind sein konnte.

Nach einem Drittel der Strecke zwang er sich aufzutauchen, um einen Blick auf sein Ziel zu werfen. Er brauchte nicht länger als drei Sekunden für den Weg nach oben und wieder nach unten. Anschließend stellte er anhand seines Kompasses fest, daß er ein paar Grad vom Kurs abgekommen war und korrigierte ihn im Weiterschwimmen, wobei er auf die kürzer angesetzten Flossenstöße zurückgriff, die ihm der pickelige Junge über lange Distanz empfohlen hatte, weil sie ökonomischer waren als weitausgreifende Bewegungen.

Er war gerade von seinem zweiten Auftauchen wieder in die Tiefe zurückgekehrt und hatte neuerlich seinen Kurs korrigiert, als er aus den Augenwinkeln den Schatten wahrnahm, der beinahe direkt unter ihm schwamm. Sofort hörte er auf, mit den Füßen zu treten und hing reglos im Wasser. Falls es sich um einen Hai handelte, wollte er nicht riskieren, von den scharfen Sinnen des Tiers wahrgenommen zu werden.

Über sich konnte er schon vage die Umrisse der Unterseite von Alix Logans Boot ausmachen und darunter die straff gespannte Angelleine. Eigentlich konnte er die Leine nicht wirklich sehen, aber er war sicher, daß sie sich dort befand. Der rote Gorilla hatte einen dikken Fisch an der Angel, und den sah Bristol.

Der Fisch schien fest am Haken zu hängen, sein Körper peitschte hin und her. Und deswegen trieb sich auch der Schatten da unten herum.

Bristol bedachte den roten Gorilla mit einem lautlosen Fluch. Ein Blick zurück zeigte ihm, wie nah der Hai schon gekommen war.

Wenn er sich auch nicht gerade als Experten bezeichnen konnte, so vermochte er doch einen blauen Hai von einem Mako oder einem Tigerhai zu unterscheiden.

Dieser hier war etwa vier Meter lang, und seiner Markierung nach mußte es sich um einen Tigerhai handeln. Ein Fleischfresser, angelockt von dem Blut des Fisches, der gut neunzig Meter tief gegen den Angelhaken in seinem Maul kämpfte.

Bristol beobachtete das Lichterspiel auf der rauhen, prähistorisch anmutenden Haut der Bestie, als sie sich langsam höherschraubte. Er konnte nicht sagen, ob sie ihn gespürt hatte oder nicht, aber er tat, was er konnte, um den Abstand zwischen ihr und ihm gleich zu halten. Allerdings konnte das nicht ewig so weitergehen, und dann mußte er abwarten, wie sich der Hai verhalten würde.

Die Bestie stieg träge auf, fast gleichgültig, so langsam, daß Bristol die eingekerbten Linien sehen konnte, die über ihre Flanke liefen. Dann drehte sie abrupt nach Backbord und schoß durch das Wasser wie eine Rakete. Sie drehte erneut, und jetzt bestand für Bristol kein Zweifel mehr. Der Hai hatte ihn gesehen.

Sein Herz hämmerte schmerzhaft, und er zwang seinen Körper, sich vollkommen still zu verhalten. Reglos hing er in der Schwebe und sah zu, wie Seegras und grünes Plankton an ihm vorbeitrieben.

Such dir dein Fressen woanders, sagte er lautlos zu dem Hai. An mir wirst du nicht viel Freude haben. Ich haue dir eins auf die Schnauze, daß du nicht mehr weißt, ob du Männlein oder Weiblein bist.

Der Tigerhai wandte ihm nun den Kopf zu, und sie standen sich gegenüber wie zwei Gladiatoren in einer riesigen wogenden Arena, die gefüllt war mit lähmendem Schweigen. Das Wasser wirkte wie eine Linse und vergrößerte die Bestie auf monströse Dimensionen.

Wider alle Logik schwamm sie auf Bristol zu. Nicht schnell wie vorhin, als sie ihn entdeckt hatte, sondern vorsichtig. Immerhin wurde sie von ihren Sinnen darüber informiert, daß es sich bei ihrem Opfer nicht um ein hilfloses Wesen handelte, das schon angeschlagen war. Doch in unmittelbarer Nähe gab es ein solches angeschlagenes, blutendes Wesen, und der Hai wollte ungestört fressen.

Obwohl Bristol zwei Haiabwehrstöcke mit sich führte, hatte er kein allzu großes Vertrauen in die Chemikalien. Dennoch bewegte er die rechte Hand Millimeter für Millimeter auf seinen Gürtel zu. Flüchtig dachte er an die Harpune, ließ den Gedanken aber wieder fallen. Er hatte zu viele Fotos von Haien gesehen, die mit Speeren im Gehirn immer noch kämpften und angriffen. Damit wollte er nichts zu tun haben. Außerdem besaß er nur einen Speer.

Der Hai war jetzt sehr nah, und Bristol konnte das sichelförmige

Maul unter den weit auseinanderstehenden Schweinsäuglein sehen. An seiner Schnauze klebte rosa Plankton. Er bewegte sich mit kleinen Schlägen der mächtigen Hinterflosse vorwärts und kam näher und näher, und Bristol zog einen der Stöcke aus seinem Gürtel. Er schwitzte. Jesus Christus, dachte er, der will's wirklich wissen.

Bristol ließ sich von der Strömung vier Faden tief nach unten ziehen und umklammerte den Stock wie einen Hammer. Na, komm schon, alter Knabe, flüsterte er lautlos, komm, ich habe eine Überraschung für dich.

Die häßliche Schnauze des Tigerhais schoß auf ihn zu, Bristol erwachte ganz plötzlich zum Leben und ließ den Stock, so hart er konnte, gegen die Nase des Hais sausen.

Die Bestie bäumte sich auf, stand fast vertikal im Wasser. Dann machte sie abrupt kehrt und verschwand mit kräftigen Schlägen ihres langen Schwanzes in der Tiefe.

Eine Zeitlang ließ sich Bristol einfach reglos im Wasser treiben, während er spürte, wie der kalte Schweiß unter dem Gummianzug auf seiner Haut trocknete. Dann schob er den Haiabwehrstock wieder in den Gürtel und nahm neuerlich Kurs auf Alix Logans Boot.

*

Acht Meter weiter oben und ungefähr fünfundsiebzig Meter voraus kämpfte Jack Kenneally, der rote Gorilla, seinen eigenen Kampf, und zwar gegen den Fisch, der nach seinem Köder geschnappt hatte. Er verstand nicht viel vom Angeln, und die Tatsache, daß er seine Beute nicht zum Auftauchen zu bringen vermochte, verstärkte seinen Ärger noch.

Wütend spuckte er über Bord und warf Alix Logan einen bösen Blick zu. Er hatte ihren sonnengebräunten Hintern davor bewahrt, auf einem Eiswürfel im Leichenschauhaus zu landen, und er fragte sich, wie oft er ihr derartige Liebesdienste wohl noch erweisen mußte, bevor dieser Auftrag vorüber war. Da lag sie, ausgestreckt auf ihrem Badetuch, angetan mit einem Bikini, wie er kleiner nicht mehr sein konnte, und ließ ihre eingeölte Haut von der Sonne verbrennen. Er dachte, wer, zum Teufel, ist dieses Weib überhaupt, daß ich hier draußen am Arsch der Welt meinen Hals riskiere, nur damit Madame nicht hopsgeht?

Kenneally sollte auf diese Frage nie eine Antwort erhalten, denn genau in diesem Moment tauchte ein Kopf mit einer Taucherbrille aus dem Wasser. Sonnenlicht blitzte auf der Glasscheibe der Brille. Der rote Gorilla fluchte: »Was, zur Hölle –« und griff nach seiner .357 Magnum. Es gelang ihm noch, einen ungezielten Schuß abzugeben, bevor er ein lautes *Plop* vernahm, gefolgt von einem Zischen, das sich in einen schwarzen, länglichen Gegenstand verwandelte, der in seiner Brust steckenblieb.

Er stieß einen gurgelnden Schrei aus, stolperte unter der Wucht des Aufpralls nach hinten und ließ die Angelrute los, die sofort auf Nimmerwiedersehen in den Wellen verschwand. Er tastete nach dem Feuer, das in ihm brannte, versuchte, den Harpunenspeer aus seiner Brust zu reißen, doch das trieb die spitzen Widerhaken nur noch tiefer in sein Fleisch.

Er lag auf dem Rücken und starrte direkt in die gnadenlos herabbrennende Sonne. Seine Brust schien anzuschwellen. Alix Logan stand über ihn gebeugt, eine Hand vor die Lippen gelegt, die ein entsetztes *Oh* formten. Ihre wunderschönen Augen waren weit aufgerissen, und Kenneally merkte plötzlich, wie sehr sie ihn an die seiner Tochter erinnerten. Warum war ihm das noch nie vorher aufgefallen?

Seine Finger schwollen an, und er bekam keine Luft mehr. Seine Glieder wurden steif, sein Gehirn schien zu kochen und gleichzeitig auszutrocknen. Er sah einen großen Schatten, der sich über die Steuerbordseite des Boots schob und dabei Seewasser von seiner glatten blauen Haut schüttelte.

Dann traten seine Augen unnatürlich weit aus den Höhlen, Blut begann in kleinen, zinnoberroten Sturzbächen aus Nase, Mund und Ohren zu sprudeln, und sein Körper zuckte zweimal konvulsivisch, ehe sein Nervensystem zusammenbrach und sein Herz stillstand.

Bristol kletterte über die Bordwand, riß sich die riesigen Flossen von den Füßen, schob sich die Taucherbrille auf die Stirn und sagte: »Alix Logan, ich bin Detective Lewis Jeffrey Croaker vom New York City Police Department, und ich muß Ihnen sagen, es ist nicht leicht, an Sie heranzukommen.«

Dann übergab er sich mitten ins Boot.

*

Justine war wie betäubt. Die Beerdigung nahm ihren Lauf um sie herum, und es war wie eine gigantische Scharade, an der sie nicht den geringsten Anteil hatte. Die Massen von Angestellten ihres Vaters, die aus aller Welt zu diesem Anlaß hergeflogen waren, verwirrten sie. Ihre gemurmelten Beileidsbekundungen glitten an ihr ab wie Regenwasser. Manchmal wußte sie nicht einmal, wovon die Menschen, die sich ihr zubeugten, überhaupt sprachen.

In Gedanken war sie ganz woanders, aber wenn sich der Nebel soweit lichtete, daß sie an den Tod ihres Vaters zu denken vermochte, geschah es nur mit einem Gefühl unsäglicher Erleichterung.

Irgendwann merkte sie, daß ein Mann dicht neben ihr stand. Mit wild klopfendem Herz blickte sie auf, hoffte, daß es sich vielleicht um Nicholas handelte. Doch zu ihrer Überraschung sah sie Rick Millar, der ihr mit teilnahmsvollem Lächeln die Hand drückte. Und wo war Mary Kate?

Wo ihre ältere Schwester Gelda war, wußte Justine indes ziemlich genau. Sie lag wahrscheinlich halb besinnungslos in ihrer Sutton-Place-Wohnung, in der sie das letzte Jahr damit zugebracht hatte, eine Flasche Wodka nach der anderen zu leeren, um über den Tod von Lew Croaker hinwegzukommen. Er war der einzige Mann gewesen, der es geschafft hatte, ihre harte Schale zu durchbrechen. Jetzt, da er tot war, hatte Justine ihre Schwester praktisch aufgegeben. Nur ein Wunder konnte sie noch retten, und dergleichen vermochte Justine leider nicht aus dem Ärmel zu schütteln. Sie wurde ja nicht einmal mit ihrem eigenen Leben fertig.

*

Nicholas sehnte sich so sehr nach Japan zurück, daß er auch ohne das beunruhigende Telex von Sato sofort im Anschluß an Tomkins Begräbnis die erste Maschine nach Tokio genommen hätte.

Wenn er die Hand in die Hosentasche steckte, konnte er das zerknitterte gelbe Papier spüren, dessen Text er mittlerweile auswendig kannte: LINNEAR-SAN. VIZEPRÄSIDENT VON SATO PETROCHEMICALS, MASUTO ISHII, DRITTES OPFER VON WU-SHING. FÜSSE ABGETRENNT. WANGE TÄTOWIERT MIT IDEOGRAMM: YUEH. KOBUN IN HÖCHSTER BEDRÄNGNIS. BRAUCHEN IHRE HILFE. SATO.

Ja, dachte Nicholas, es konnte keinen Zweifel geben. *Yueh* war die dritte der rituellen *Wu-Shing*-Strafen. Jetzt blieben nur noch zwei, und Nicholas ahnte, wer die beiden nächsten Opfer sein würden.

Es war zwingend notwendig, daß er so schnell wie möglich nach Japan flog. Sozusagen auf dem Sterbebett hatte Tomkin sich noch gewünscht, daß die Fusion so schnell wie möglich über die Bühne gebracht würde, und Nicholas wußte, daß er diesen Wunsch erfüllen konnte. Doch vorher mußte er sich mit diesem Wesen beschäftigen, das die tödlichen Rituale ausübte, denn wenn sie nicht gestoppt wurden, gab es auch keine Fusion. Er hatte Tomkins Letzten Willen zu erfüllen und sah nun in aller Klarheit, was er tief im Innern schon nach dem Mord an Kagami gewußt hatte: nur einer konnte sich *Wu-Shing* entgegenstellen, und dieser eine Mann war er.

Während der hektischen Tage vor Tomkins Beerdigung, die angefüllt waren mit Konferenzen, Fernschreiben und Telefonaten, hatte Nicholas praktisch keine Zeit gehabt, an Justine zu denken. Erst jetzt, auf dem Friedhof, sah er sie wieder, gleichsam aus weiter Ferne, und neben ihr stand ein hübscher blonder Mann, der wirkte, als wäre er den Seiten eines Modemagazins entstiegen. Das war höchstwahrscheinlich Rick Millar, ihr neuer Boß. Nicholas registrierte das alles mit einer seltsamen Losgelöstheit. Er wußte, die Ereignisse und die Menschen auf der anderen Seite der Welt nahmen ihn dermaßen gefangen, daß er sich, zumindest vorübergehend, in einem sehr realen Sinn von Justine gelöst hatte.

Tomkin Industries nicht als neuer Präsident zu dienen, wäre ihm nie in den Sinn gekommen. Seine Mutter, Cheong, hätte das sicherlich verstanden, ebenso der Colonel. Das ganze Leben stand im Zeichen von *giri*. Und eine Ehrenschuld überwog alles andere ... selbst die Liebe und das eigene Leben.

Dabei hatte Tomkin zugegeben, für Croakers Tod verantwortlich gewesen zu sein ... gleichzeitig aber auch nicht. Was mochte das heißen? Obwohl Nicholas noch keine Antwort darauf hatte, war ihm zumindest eins völlig klargeworden. Was immer Tomkin in dieser Hinsicht unternommen hatte, es handelte sich nicht um eine persönliche Vendetta. Wenigstens in dem Punkt hatte Croaker sich geirrt. Aber wo lag in diesem Durcheinander die ganze und einzige Wahrheit?

Geschäftsführer aus Silicone Valley, San Diego, Montana, Pennsylvania, New York, Connecticut, Manila, Amsterdam, Bern, Singapur und Burma paradierten in endloser Folge an ihm vorbei, alle freundlich, alle unbekannt und alle voller guter Wünsche. Endlich erkannte Nicholas ein vertrautes Gesicht. Es gehörte Craig Allonge, dem Leiter der Hauptbuchhaltung.

»Gott sei Dank, daß Sie da sind«, sagte er. »Rühren Sie sich keinen Schritt mehr von meiner Seite. Ich habe Arbeit für Sie, wenn das alles hier vorbei ist.«

Als sie nach der Beerdigung in der schwarzen Firmenlimousine zurück nach Manhattan fuhren, wählte Nicholas als erstes die Nummer in Washington, die Greydon ihm gegeben hatte. Er sprach eine oder zwei Minuten lang, dann legte er wieder auf und wandte sich an Allonge. »Zuerst fahren wir ins Büro«, sagte er. »Dort zeigen Sie mir rasch, wie man den Computer bedient und fahren dann nach Hause. Holen Sie Ihren Paß und packen Sie ein paar Sachen zusammen. Ihr Visum für Japan ist doch in Ordnung? Gut. Ich möchte mit Ihnen die letzten fünf Jahre der Firma durchgehen. Rechnen Sie also nicht damit, im Flugzeug schlafen zu können.«

Als sie vier Stunden später an die Startbahn rollten, wühlte Allonge noch immer verzweifelt in seinen Unterlagen, so daß Nicholas Zeit für eine kurze Meditation hatte. Er ging in sich, bis er den mondbeschienenen Pfad erreicht hatte, und dort spürte er, wie ihm die Kraft zuwuchs, die er in diesen Tagen so dringend brauchte.

Und noch etwas geschah. Er durchlebte ein weiteres Mal den Moment, als Akiko Ofuda Sato vor seinen Augen den Fächer sinken ließ und sich ihm enthüllte.

Als er wieder an die Oberfläche seines Bewußtseins trat, erkannte er, daß seine Liebe zu Yukio niemals wirklich gestorben war.

*

Seiichi Sato saß im Lotussitz in seinem Arbeitszimmer und blickte durch die geöffnete *fusuma* in den kleinen Moosgarten hinaus, der das ganze Jahr über sorgfältig gepflegt wurde. Von den über hundert existierenden Moosarten war hier eine stattliche Anzahl vertreten. Die Sonne ging unter, und ihre Strahlen ließen die grünbewachsenen Steine und Felsen in den verschiedensten Schattierungen aufleuchten.

Hinter sich vernahm Sato ein Geräusch, doch er regte sich nicht.

»Sato-san?«

Es war Kotens eigenartig hohe Stimme. Er und sein Herr hielten sich allein im Haus auf. Akiko war in den Süden des Landes gefahren, um ihre schwerkranke Tante zu besuchen. Nangi kümmerte sich um die letzten Vorbereitungen für seine Reise nach Hongkong. Sato hatte versucht, mit seinem langjährigen Freund über ihre Probleme zu reden, dann dem Älteren gegenüber aber doch nicht den Mut gefunden.

»Sato-san?«

»Ja, Koten-san«, sagte Sato kurz angebunden. »Was ist denn?«

»Ein Anruf.«

»Ich möchte nicht gestört werden.«

»Entschuldigen Sie, Sato-san, aber der Anrufer sagt, es sei sehr wichtig.«

Sato überlegte einen Moment. Vielleicht war es der junge Chinese, den er angestellt hatte, damit er Nangis Schritte in Hongkong überwachte. Da Nangi entschlossen war, kein Wort über die Lage zu verlieren, hatte Sato es für angebracht gehalten, selbst die nötigen Maßnahmen zu ergreifen, damit er erfuhr, was in der Kronkolonie vorging.

Er nickte, stand auf und verließ den Raum. Sein Arbeitszimmer diente der Kontemplation und verfügte daher nicht über einen Telefonanschluß. Er ging in sein Büro, trat an den Schreibtisch und hob den Hörer ans Ohr.

»Ja, Seiichi Sato hier.«

»Hier spricht Phoenix, Sato-san.«

»Ah.« Satos Herzschlag beschleunigte sich. »Einen Augenblick, bitte.« Er legte den Hörer wieder auf die Tischplatte und huschte lautlos zur Tür. Er warf einen raschen Blick hinaus und schloß sie dann, ehe er wieder an den Hörer zurückkehrte.

»Was haben Sie mir zu berichten?«

»Ich fürchte, ich bringe keine guten Neuigkeiten.«

Satos Magen zog sich zusammen. Erst die All-Asia-Bank und jetzt das. Große Belohnung, großes Risiko. Das war sowohl Nangi als auch ihm von Anfang an klar gewesen. Und *Tenchi* verhieß die größte nur denkbare Belohnung. Aber die Kehrseite türmte sich immer bedrohlicher vor ihnen auf.

»Kusunoki ist ermordet worden.«

»Das weiß ich bereits.« Sato war ungeduldig. Er dachte an das Risiko, das er einging, und an die Möglichkeit des Versagens.

»Wußten Sie auch, daß die Tat von einem seiner Schüler begangen wurde?«

Die Leitung zwischen Sato und Phoenix schien zu ächzen unter der Last der Gespräche. Sato sagte: »Am besten erzählen Sie mir alles, was Sie wissen.«

»Natürlich ist zuerst der *muhon-nin*, der bei ihm gefunden wurde, der Tat verdächtigt worden. Inzwischen hat sich aber herausgestellt, daß er es nicht gewesen sein kann. Der russische Spion hatte nicht den Mut, den *jonin* zu töten.«

»Wer war es dann?«

Nach einem kurzen Schweigen sagte Phoenix: »Wenn wir das wüßten, hätten wir ihn längst bestraft.«

»Dann besteht also die Möglichkeit, daß es noch einen ... sowjetischen Eindringling gibt?«

»Ich gebe zu, diese Möglichkeit besteht tatsächlich.«

Plötzlich wurde Sato wütend. »Sie sind der Beste auf Ihrem Gebiet, deswegen habe ich Sie angestellt, um die Geheimnisse von *Tenchi* zu hüten. Wenn ich an hirnlosen Schlägern interessiert gewesen wäre, hätte ich mir ein paar Yakuzas von der anderen Seite der Stadt holen können. Was, um Himmels willen, treiben Sie denn eigentlich da unten?«

»Vertrauen Sie mir«, sagte Phoenix. »Alles wird gut. Ich werde mich der Sache persönlich annehmen.«

Wie Kusunoki war auch Phoenix ein *ninja sensei*. Sato beruhigte sich wieder. »Bleiben Sie mit mir in Verbindung.«

»Ich rufe Sie jeden Tag um dieselbe Zeit unter dieser Nummer an.«

»Gut. Ich werde sehen, daß ich zu Hause bin.«

Sato legte den Hörer wieder auf die Gabel, während sich in einem anderen Teil des Hauses ein winziger Cassettenrecorder abschaltete, der mit einer heimlich von Koten in Satos Büro installierten Abhöranlage in Verbindung stand. Wieder war eine nützliche Information gespeichert.

*

Auf dem Dulles International-Airport in Washington gingen Nicholas und Craig Allonge von Bord ihrer Maschine.

»Mr. Linnear?«

Eine hübsche Blondine mit dem schlanken Körperbau einer Sportlerin trat auf sie zu. »Sie sind doch Mr. Nicholas Linnear?« Sie hatte einen leichten europäischen Akzent, der aber nicht störend war.

»Ja«, antwortete Nicholas. Der Akzent gehörte entschieden nach Osteuropa, und Nicholas studierte die Struktur ihres Gesichts aufmerksam.

Sie griff in ihren Burberry, holte eine Brieftasche aus Eidechsenleder hervor und öffnete sie. »Würden Sie mich bitte begleiten?«

»Stammte Ihr Vater oder Ihre Mutter aus Belorußland?«

Ihre Augen waren azurblau, intelligent und verrieten nicht die geringste Gefühlsregung. Nicholas stellte fest, daß sie ihm gefiel.

Er nahm ihr die aufgeklappte Brieftasche aus der Hand, warf einen Blick darauf und sagte: *»Gospadja, Tanja Wladimowa, vstrajchajetje Craig Allonge. On rabotajet dla Tomkina Industrii.«*

Diesmal gelang es ihr nicht, ihre Überraschung zu verbergen, als sie Nicks Vorstellung mit einem Nicken in Allonges Richtung kommentierte. Sie strich sich das kräftige Haar aus dem Gesicht, und Nicholas sah, daß ihre Nägel kurz geschnitten und mit farblosem Nagellack bedeckt waren. Offenbar arbeitete sie mit den Händen, und das fand er interessant.

»Mein Vater stammte aus Belorußland«, antwortete sie im selben Idiom.

»Schlagen Sie nur im Aussehen nach ihm oder noch in anderer Hinsicht?«

»Er war ein sehr hartnäckiger Mann«, sagte sie, »wenn die Umstände danach verlangten. Er war Polizeibeamter. Meine Mutter stammte aus Birobidschan.« Ihre Augen blitzten herausfordernd.

Ein Weißrusse zum Vater und eine russische Jüdin zur Mutter, dachte Nicholas; kein leichtes Schicksal. »Gab es viele Dissidenten in Ihrer Familie?« fragte er sanft.

»Genug, um meinem Vater viel Kummer zu bereiten«, antwortete sie mit einem suchenden Blick, ehe ihr Gesicht wieder ausdruckslos wurde wie ein abgeschalteter Computer-Terminal.

»Entschuldigung«, unterbrach Craig Allonge auf englisch, »was ist denn los, Nick?«

Nicholas lächelte. »Nichts. Miss Wladimowa erinnert mich nur daran, daß ich noch eine Klausel aus Tomkins Testament erfüllen muß, bevor wir nach Japan weiterfliegen.« Er legte Allonge die Hand auf die Schulter und drückte sie. »Gehen Sie in die VIP-Lounge, vertreten Sie sich ein bißchen die Beine und essen Sie etwas Anständiges. Ich sehe zu, daß ich so schnell wie möglich wieder zurück bin.«

*

Fünfundvierzig Minuten später stand Nicholas einem Mann mit Namen C. Gordon Minck gegenüber. »Ich bin froh, daß Sie so schnell die Zeit gefunden haben, hier vorbeizuschauen, Mr. Linnear«, sagte Minck. »Ich bin sicher, Sie haben im Moment mehr als genug um die Ohren.«

Tanja hatte Nicholas in ein Gebäude an der F-Street geführt, nicht weit von der Unterführung Virginia Avenue. Ein Privatfahrstuhl hatte sie zu einem vier Stockwerke hohen Arboretum gebracht. Nicholas hatte seine Überraschung mit Erfolg verborgen. Ein kubistisches, weißgetünchtes Backsteingebilde kauerte inmitten dieses unnatürlichen Binnenwalds. Tanja hatte ihn ohne jede Verlegenheit angesichts dieser, wie Nicholas fand, prätentiösen und unnötig selbstgefälligen Konstruktion in das Innere des Gebildes geführt.

»Tomkins Testament hat mir kaum eine andere Wahl gelassen«, erwiderte er Mincks Höflichkeitsfloskeln.

»Trotzdem freue ich mich, Sie zu sehen.«

Nicholas lächelte, und die beiden Männer reichten sich die Hand.

Sie gingen durch das eigenwillige Gebäude, vorbei an zahllosen Räumen, die alle mit Kachel- oder Holzböden ausgestattet waren. Nirgendwo lag ein Teppich. Ihre Schritte hallten von den Wänden wider.

»Ich habe noch nie von einem Amt für Internationale Exportzölle gehört«, sagte Nicholas. »Womit beschäftigen Sie sich hier?«

Minck lachte. »Ich würde mich auch sehr wundern, *wenn* Sie von uns gehört hätten. Wir sind gewissermaßen ein bürokratischer Wurmfortsatz, den der Kongreß in seiner unendlichen Weisheit bisher zu operieren vergessen hat.« Er bedachte Nicholas mit einem aufrichtigen Lächeln. »Wir erteilen Lizenzen zum Handel mit Übersee, und in ganz wenigen Fällen widerrufen wir sie auch wieder.«

Nicholas registrierte, daß die Antwort ausgesprochen vage gehalten war. Minck winkte ihn in einen mit Glas überdachten Innenhof und nötigte ihn, in einem komfortablen Rattansessel Platz zu nehmen. Tanja schenkte frisch gepreßten Orangensaft in Kristallgläser.

»Seltsame Umgebung für ein Regierungsbüro«, meinte Nicholas.

Minck ließ seine Hand in der Luft kreisen. »Ach, das hier ist bloß eine Kulisse. Wir haben gelegentlich ausländische Würdenträger hier und möchten gern, daß sie sich wie zu Hause fühlen.« Er lächelte wieder.

»Ach ja?« Nicholas stand auf. Er ließ Tanja und Minck nicht aus den Augen, während er zwischen den Topfpalmen herumwanderte.

»Wir haben beinahe Mitternacht, und doch geht es in diesem Gebäude zu, als wäre es zehn Uhr morgens. Ich möchte meinen, wenn es sich hierbei wirklich um das Amt handeln würde, das Sie mir so wortreich beschrieben haben, dann säßen Sie hinter einem Metallschreibtisch in einer verglasten Bürozelle mit Neonlicht. Und um diese Zeit lägen Sie längst friedlich im Bett. Ich wüßte jetzt gern, wer Sie beide sind, wo ich wirklich bin, und was ich hier soll.«

Minck nickte. »Alles ganz verständlich, Nicholas. Ich darf Sie doch Nicholas nennen? Gut.«

Ein Telefon klingelte irgendwo in einem der angrenzenden Räume, und Tanja entschuldigte sich.

»Bitte, nehmen Sie doch wieder Platz.« Minck knöpfte sein gestreiftes Leinensakko auf. »Unsere Behörde – sie hat viele Bezeichnungen, Amt für Internationale Exportzölle ist nur eine davon – kostet ungefähr soviel wie die Herstellung und Unterhaltung eines AWAC-Frühwarnsystems. Damit ist sie beträchtlich billiger als ein B-1-Bomber. Trotzdem habe ich einen sechsmonatigen Papierkrieg führen müssen, um die Bewilligung für diese Kulisse hier zu erhalten.« Er lächelte neuerlich. »Bürokratenhirne können die Notwendigkeit eines solchen Raums nicht einsehen, ich hingegen kann und tue es. Hierbei handelt es sich nämlich um den ersten Anblick, der einem russischen Überläufer zuteil wird, nachdem man ihm die Augenbinde abgenommen hat.«

»Spione?« fragte Nicholas ungläubig. »Raphael Tomkin sollte irgend etwas mit Spionen zu tun gehabt haben? Das kann ich mir nicht vorstellen.«

»Warum nicht?« Minck zuckte mit den Schultern. »Er war ein Patriot. Und er war ein enger Freund meines Vaters.« Er schenkte sich und Nicholas Saft nach. »Ich erklär's Ihnen. Mein Vater war einer der Gründer der OSS. Tomkin war Experte für Sprengstoffe aller Art, hatte er bei der Marine gelernt. Er konnte einem Kolibri den Flügel wegsprengen, ohne auch nur eine Brustfeder anzusengen. Bei einer gemeinsamen Mission in Europa gerieten sie ziemlich in die Scheiße, und nach allem, was ich gehört habe, war es Tomkins Schuld, obwohl mein Vater nie ein böses Wort über ihn gesagt hätte. Der Mann hat schlicht die Nerven verloren und ist unter dem Druck zusammengebrochen. Drei Männer wurden bei dem Kommandounternehmen in Stücke gerissen, als ein Dynamitpaket zu früh in die Luft ging.«

Minck leerte sein Glas. »Ihr Exboß war ein ehrenwerter Mann. Ich schätze, er hat sich selbst ziemliche Vorwürfe gemacht, und obwohl mein Vater ihn nicht mehr ins Feld schickte, blieb er der Organisation dennoch verbunden. Mein Vater wollte nicht, daß sein Freund sich wegen eines, nun, sagen wir, menschlichen Irrtums schämte, und Tomkin, nehme ich an, wollte den Bruch von sich aus ebenfalls nicht herbeiführen.«

»Also haben Sie ihn geerbt.«

»Sozusagen.« Minck räusperte sich. »Ich bin kein gefühlloser Mensch. Daher habe ich Tomkin die Wahl gelassen, nachdem mein Vater gestorben war.«

Nicholas betrachtete Minck nachdenklich. »Sagen Sie mir eins: Sind Tomkin Industries mit OSS-Geld aufgebaut worden?«

»Gütiger Himmel, nein.« Minck war aufrichtig entsetzt. »Wir haben nicht den geringsten Anteil an dem Unternehmen.«

Nicholas stand erneut auf. Minck erhob sich ebenfalls. »Ich sehe, Sie sind etwas desorientiert«, sagte er. »Genau wie die Russen, wenn sie diesen Raum zum erstenmal sehen. Sie denken dann, sie wären in einem Herrenhaus in Virginia oder so ähnlich. Doch nun zu dem Grund, aus dem Sie hier sind. Es handelt sich um die Fusion mit Sato Petrochemicals.«

»Ach ja?« sagte Nicholas. »Was ist damit?«

Minck antwortete: »Sagen wir, sie berührt Aspekte der nationalen Sicherheit.«

*

Seit Nicholas Linnears Abflug nach Amerika hatte Akiko nicht mehr geschlafen. Ihr Leben unterlag einem bestimmten Rhythmus, einem Rhythmus, den zu suchen und zu benutzen Kyoki sie geheißen hatte, um ihre Kräfte zu vervielfachen.

Was sollte sie nun tun, da Nicholas fort war? Wie sollte sie ihren Plan in die Tat umsetzen?

Sie warf sich auf ihrem Einzelbett herum. Raum und Liegestatt waren schmucklos, ohne jeden Luxus. Genausogut hätte sie sich in einer Hütte aus dem 17. Jahrhundert aufhalten können, nur daß sie dort nicht allein gewesen wäre wie hier. Anders als sie Sato gesagt hatte, war sie nicht zu ihrer kranken Tante gefahren. Das wäre auch unmöglich gewesen, denn sie hatte keine lebenden Verwandten.

Langsam stand sie auf, streckte sich und begann mit ihren morgendlichen Übungen. Vierzig Minuten später, nachdem sie sich die schweißnasse Haut abgetrocknet hatte, nahm sie ein kurzes, eiskaltes Duschbad, um die Poren wieder zu schließen, ehe sie zurück ins Schlafzimmer ging und sich zur Teezeremonie niederließ. Dies tat sie jeden Morgen, in einsamer Betrachtung, egal, wo sie war, denn es war das einzige, was sie noch mit ihrer Mutter verband. Ihre Mutter war ein *chano-yu sensei* gewesen und hatte ihr nur diese eine physische Handlung beigebracht.

Mit der Teeschale in der Hand trat Akiko an die Tür, öffnete sie und blickte hinaus in den weißen Kieselsteingarten. Ihr war, als hörte sie wieder das traurige Lied der Bambusflöte wie früher so oft während ihres Aufenthalts bei Kyoki.

Die bittersüße Weise begann stets zur Mittagszeit, kurz nachdem sie Kyoki seinen Tee serviert hatte. Oft versuchte sie am Nachmittag zwischen den Stunden durch das dichte grüne Blattwerk und die schmalen Fensterschlitze, die in das dicke Mauerwerk gebrochen waren, einen Blick auf den Spieler zu werfen. Es handelte sich um einen *komuso*, einen Anhänger der buddhistischen Fuke-Sekte. Er trug einen Basthut auf dem Kopf, ein schlichtes gestreiftes Gewand und hölzerne *geta* an den Füßen. Manchmal war sie von der Musik zu Tränen gerührt, ließ Kyoki diese Tränen aber niemals sehen, denn dann hätte er sie bestraft.

Hoch auf den Wällen der Festung flatterte die *sashimono*, die alte Kriegsstandarte. Tagsüber sorgte Kyoki stets dafür, daß Akiko die Fahne bei allem, was sie tat, vor Augen hatte. Und in der Nacht vernahm sie sogar im Schlaf noch das schwere Schlagen des Tuchs im Wind.

Kyoki, der alles sah. Lange Zeit hatte sie den furchtbaren Verdacht gehegt, er könnte sich nachts heimlich in ihre Kammer gestohlen und ihr das Herz herausgeschnitten haben, um es unter Zuhilfenahme eines geheimen Zaubers durch ein Organ aus Kristall zu ersetzen, in das er hineinspähen konnte, wann immer ihm der Sinn danach stand.

Akiko riß die Augen auf und starrte die Teeschale an, die sie mit beiden Händen umklammerte. Tränen waren auf die schaumbedeckten Teeblätter gefallen. Sie blinzelte und atmete schluchzend aus, ehe sie dem Garten den Rücken kehrte und wieder ins Haus trat.

*

Alix bewegte sich langsam rückwärts. Ihre grünen Augen waren so weit aufgerissen, daß Bristol das Weiße rings um die Pupillen sehen konnte. Sie hatte die Hände vor die Brust gehoben, wie um sich zu verteidigen, und als sie mit den Unterschenkeln gegen den Schandeckel stieß, schrak sie so zusammen, daß Bristol schon fürchtete, sie würde rückwärts ins Meer stürzen.

Er machte einen Satz auf sie zu, und sie schrie, glitt auf dem Deck aus und verletzte sich am Knie.

»Gehen Sie weg!« Ihre Stimme vibrierte vor unterdrückter Hysterie. »Wer sind Sie, was wollen Sie?«

»Das habe ich Ihnen doch schon gesagt.« Seine Stimme klang müde, und er versuchte erst gar nicht, diesen Eindruck zu verbergen. »Lewis Croaker, NYPD.« Er setzte sich auf das gegenüberliegende Strombord. Sein Magen beruhigte sich langsam wieder.

»Sie haben mein ganzes Boot vollgekotzt. Und Sie haben einen Menschen getötet.«

Er sah sie an, als hätte sie den Verstand verloren. »Er war drauf und dran, mich zu erledigen, haben Sie das vergessen?« Er deutete auf die .357 Magnum, die zwischen ihnen auf dem Deck lag wie ein schimmernder Fisch. »Er wollte mir das Gehirn aus dem Schädel pusten.«

»Der Gestank ist grauenhaft«, sagte sie und wandte den Kopf ab.

»So riecht der Tod nun mal«, sagte Croaker kühl, griff aber dennoch nach dem Schöpfeimer und spülte das Erbrochene mit Seewasser das Speigatt hinab. Dann nahm er die Magnum genauer in Augenschein. Sie hatte keine Markierungen, die Seriennummer war abgefeilt worden. Eine jungfräuliche Waffe unbestimmbarer Herkunft.

Alix begann zu zittern und kreuzte die Arme vor den Brüsten. Croaker ließ Taucherbrille und Flossen auf Deck fallen, nahm die schweren Sauerstoffflaschen ab und lehnte sie an die Reling. Sanft fragte er: »Was werden Sie nun mit Ihrer Freiheit anfangen?«

Alix zitterte immer noch. »Was –« Sie schien an den Worten zu würgen, schluckte und mußte noch einmal beginnen. »Was haben Sie mit dem da vor?« Sie nickte mit dem Kopf in Richtung der Leiche, sah aber nicht hin.

»Er wird mit dem Boot untergehen«, sagte er, und als sie ihn scharf anblickte, nickte er. »Das Boot müssen Sie abschreiben, einen anderen Weg gibt es nicht.«

»Da ist aber immer noch der zweite«, sagte sie mit kläglicher Stimme, und Croaker wußte, daß sie den blauen Gorilla meinte.

»Das Verschwinden des Boots wird ihn lang genug beschäftigt halten, so daß Sie Zeit haben, den Staat zu verlassen.«

Alix betrachtete ihn aufmerksam. »Sie sagten ›Sie‹, nicht ›wir‹.«

Er nickte.

»Wieso?«

»Sie sind lang genug im Gefängnis gewesen. Ich habe nicht vor, Ihren Aufenthalt zu verlängern.«

»Aber irgend etwas wollen Sie von mir, das ist nicht schwer zu erraten. Sonst wären Sie ja hier nicht aufgetaucht.« Ihre Augen hingen an seinem Gesicht.

»Wissen Sie, wer die beiden sind?« fragte Croaker. Sie schüttelte schweigend den Kopf. »Woher sie kommen?« Wieder schüttelte sie den Kopf. »Wer Sie beschützen will?«

»Nein.«

»Aber Sie wissen wenigstens, weswegen man Sie am Reden hindern will, oder nicht?«

Als er wieder keine Antwort erhielt, grunzte er nur und begann das Boot zu durchsuchen. Sie bewegte sich nicht. Als er fertig war, deutete er auf den Toten. »Dieser Bursche hat keinen Namen, keinen Ausweis, rein gar nichts. Er ist so sauber wie ein Schwein im

Koben.« Er musterte sie scharf, doch sie reagierte nicht. Dann bückte er sich und griff nach einer der Hände des Toten. »Mit Ausnahme von dem hier.«

Alix stieß einen kleinen Schrei aus, als er etwas von der Fingerspitze des Toten abschälte, das wie ein winziges Hautoval aussah. Nachdem er diesen Prozeß noch neunmal wiederholt hatte, hielt er einen kleinen Haufen fleischfarbener Plättchen in der Hand.

»Wissen Sie, was das ist, Alix?« Sie schüttelte den Kopf. »Das sind Idioten. So nennt man diese kleinen Dinger, mit denen man seine Fingerabdrücke verändern kann. Ziemlich ungewöhnlich, das Zeug. Ich meine, der durchschnittliche kleine Gangster auf der Straße ist Lichtjahre von so einer Ausrüstung entfernt, oder nicht?«

Croaker verschwieg ihr, daß sein Magen sich schmerzhaft zusammengezogen hatte, als sein Blick auf das Plättchen gefallen war. Ahnungslos in einen roten Sektor zu geraten, war ungefähr das Schlimmste, was einem Polizeidetektiv passieren konnte. Und er mußte zugeben, daß ihm offenbar genau das von Anfang an passiert war. Er hatte sich so blindwütig auf Tomkin als Schurken konzentriert, daß ihm alle anderen Möglichkeiten entgangen waren.

Doch jetzt, angesichts der Hautplättchen, der fehlenden Ausweise und der ganzen Methodik der beiden Gefängniswärter öffneten sich Croaker die Augen, und was er sah, gefiel ihm ganz und gar nicht.

Alix schüttelte sich. »Nehmen Sie die weg, sie sehen wie Schnekken aus.«

Er schloß die Hand und trat auf Alix zu. »Alix, um Himmels willen, wer sind diese Burschen?«

»Ich – ich weiß nicht. Ich habe keine –« Sie wandte den Kopf ab. »Ich bin ganz durcheinander. Ich weiß nicht mehr, was falsch oder richtig ist.«

Er sah die Furcht und das Entsetzen in ihren Augen und beschloß, die Sache im Moment nicht weiterzuverfolgen. Sie war noch immer zu Tode erschrocken. Er holte den Anker ein, ließ den Motor an und schwang das Ruder nach Steuerbord. Dann lenkte er das Boot in einem flachen Bogen zu seinem eigenen Gefährt.

Als er es erreicht hatte, schaltete er in den Leerlauf, warf den Anker in sein Boot hinüber, damit es nicht wieder abgetrieben wurde, und kletterte über die Reling. Als er auf der anderen Seite war, streckte er Alix die rechte Hand entgegen.

Langsam setzte sie sich in Bewegung und folgte ihm wie in Trance an Bord seines Boots. »Warum gehen Sie nicht nach unten und legen sich ein wenig hin«, schlug er vor und führte sie sanft zum Niedergang. »Versuchen Sie, sich zu entspannen.«

Nachdem sie verschwunden war, ging er an die Arbeit. Er hievte einen Plastikbehälter mit einer halben Gallone Sprit an Bord von

Alix Logans Kahn und brachte ihn unter Deck. Dann zog er sein Tauchermesser, schnitt dem Toten die Harpunenspitze aus der Brust und warf sie ins Wasser. Er hob die Leiche hoch und drapierte sie über das Ruder.

Schließlich nahm er die Magnum, ging neuerlich unter Deck und feuerte drei Schüsse durch den Rumpf. Seewasser sickerte durch die Löcher. Er schraubte den Plastikbehälter auf und verschüttete den Treibstoff überall in der Kabine. Wieder an der Kajütstreppe, riß er ein Streichholz an und konnte sich nur mit Mühe vor den gierig aufschießenden Flammen in Sicherheit bringen.

Er hastete zurück an Deck und holte den Anker herüber. Dann schlang er die Kette um die Füße des Toten, arretierte die Stellung des Ruders, gab volle Kraft voraus und sprang mitsamt dem Plastikkanister über Bord.

Nach wenigen Schwimmstößen hatte er sein eigenes Boot erreicht. Er kletterte hinein, verstaute seine Taucherausrüstung und den Spritbehälter und ging unter Deck.

Alix lag in einer schmalen Koje, den rechten Unterarm über den Augen. Sie vernahm seine Schritte, und ihre Lippen bewegten sich schwach. »Ich habe Geräusche gehört; es klang wie Schüsse.«

»Ihr Boot hatte eine Fehlzündung.« Es war sinnlos, ihr alles zu erzählen, und darüber hinaus konnte es auch Gefahren bergen.

»Es ist weg.« Sie sagte es mit dem Bedauern eines kleinen Mädchens, dessen Lieblingsteddybär verschwunden war.

»Der Preis für die Freiheit«, sagte er.

Sie nahm den Arm von den Augen und blickte ihn an. »Bisher habe ich noch nichts bezahlt. Und es geht Ihnen vermutlich auch gar nicht um mich.«

Croaker nickte und setzte sich auf die gegenüberliegende Koje. »Es geht mir um Ihre Freundin Angela Didion.«

»Ja.« Alix schien zu seufzen. »Es geht immer um Angela.«

»Es war mein Fall«, sagte Croaker. »Ich habe ihre Leiche gefunden. Und ich will ihren Mörder.«

Alix schloß die Augen und öffnete sie wieder. »Ist das alles?«

»Jemand möchte verhindern, daß ich den Kerl erwische. Übel.« Croaker zögerte. Eine Frage lag ihm auf der Zunge – die Frage, die ihn über ein Jahr lang gequält hatte, wegen der er zu Matty dem Maul gegangen und schließlich bis nach Key West geflogen war, nachdem sein Captain ihm den Fall entziehen wollte.

»War es Raphael Tomkin? Hat er sie getötet?« Es klang wie eine völlig fremde Stimme, aber er wußte, daß es sich um die seine handelte.

»Tomkin war dabei.«

»Das ist keine Antwort.«

Lange Zeit starrte sie ihn nur an und versuchte zu einer Entscheidung zu gelangen. Das Boot schaukelte sacht auf der Dünung. Ein schwacher Geruch nach in der Sonne getrocknetem Fisch ging von den Planken aus. Endlich richtete Alix sich auf. »Wir machen ein Geschäft«, flüsterte sie. »Sie bringen mich über die Staatsgrenzen, an einen Ort, an dem ich sicher bin –« Sie hielt inne, als scheute sie vor der letzten Schwelle zurück. Dann fuhr sie fort: »Und ich erzähle Ihnen dafür alles über Angela Didions Tod.«

*

Falls Minck eine überraschte Reaktion von seinem Gast erwartet hatte, sah er sich tief enttäuscht. Nicholas sagte nämlich lediglich: »Dieses Amt ist für die Sowjetunion zuständig. Wie kommt es, daß Sie sich für die Japaner interessieren?«

»Es dürfte Ihnen nicht entgangen sein, daß die Japaner seit Kriegsende unser mächtigstes Bollwerk gegen den Kommunismus im Fernen Osten darstellen. Wir haben beträchtlichen Druck auf sie ausgeübt, und zwar schon seit Jahren, damit sie ihren Verteidigungshaushalt aufstocken, was sie, wie ich hinzufügen muß, langsam, aber sicher auch getan haben.« Er zuckte mit den Schultern. »Das ist immerhin etwas. Und dieses Jahr haben sie sich damit einverstanden erklärt, daß wir in der Marinebasis bei Misawa hundertfünfzig unserer neuesten Überschalljets vom Typ F-20 Tigerhai stationieren. Nach unseren letzten Berichten befindet sich jede der Kurilen fest in der Hand von mindestens zwei Divisionen sowjetischer Infanterie. Achtundzwanzigtausend Mann insgesamt. Und auf einer dieser Inseln befindet sich ein sowjetischer Kommandoposten, der die Aktivitäten einer ganzen Armee zu koordinieren vermag.«

Minck beugte sich vor. »In letzter Zeit hat sich dort eine Menge getan, vor allem, seitdem die neuen MIGs eingetroffen sind. Die MIGs an sich haben nichts zu bedeuten, die sind bloß die Antwort auf unsere F-20. Nein, wenn unsere Informationen zutreffen, spielt sich da etwas weit Gefährlicheres ab – etwas, worüber sich die etwas militanteren unter den Stabschefs schon seit längerer Zeit den Kopf zerbrochen haben.«

Minck nahm einen Schluck Fruchtsaft. »Wir haben den Eindruck, daß das massive Truppenaufgebot dazu dienen soll, in diesem Teil des Globus einen militärischen Vorhang aufzubauen, hinter dem mit atomaren Langstreckenraketen bestückte russische U-Boote operieren können, ohne sich vor irgendwelchen Interventionen fürchten zu müssen. Ich brauche Ihnen wohl nicht zu sagen, daß eine solche mit einem nuklearen Sprengkopf ausgestattete Rakete von dort aus mit Leichtigkeit jeden Punkt auf dem amerikanischen Kontinent erreichen kann.«

»Das ist doch Wahnsinn, was Sie da reden«, sagte Nicholas. »Wir wären alle innerhalb von Sekundenbruchteilen tot. Drei Viertel der menschlichen Rasse ausgelöscht auf einen Knopfdruck hin.« Er schüttelte den Kopf. »Das kann ich einfach nicht glauben. Selbst die Dinosaurier waren nicht so dämlich.«

»Den Dinosauriern ist es auch nicht gelungen, das Atom zu spalten«, sagte Minck. »Es wäre besser, Sie würden mir glauben, denn in diesem Punkt stimmen alle unsere Informationen überein.«

Nicholas schwieg eine Minute, in der nur das Surren des automatischen Sprinklersystems zu hören war, das die Arbeit des Regens tat. Dann sagte er: »Es handelt sich dabei doch unter Garantie um hochgeheimes Material. Und trotzdem gewähren Sie mir diesen Einblick, einem Zivilisten. Warum?«

Minck stand auf, erhob sich und begann auf und ab zu gehen. »Das Sowjetische Komitee für Staatssicherheit, besser bekannt unter seinem Kürzel KGB, setzt sich aus neun Direktoraten zusammen«, begann er. »Jedes Direktorat erfüllt eine bestimmte Funktion im Gesamtzusammenhang. Das erste Direktorat, zum Beispiel, ist für innere Belange zuständig. Falls Sie je in Rußland festgenommen werden sollten, werden Sie es mit den Angehörigen dieses Direktorats zu tun haben, wenn Sie das gelbe Backsteingebäude am Dserschinski-Platz betreten haben.«

Minck schwieg einen Moment, als hinge er ganz anderen Gedanken nach. Mit sichtbarer Anstrengung fuhr er fort. »Das vierte Direktorat hingegen kümmert sich um alle Operationen in Westeuropa, das sechste um Nordamerika, das siebte um Asien. Ich bin sicher, Sie verstehen. Die Kurilen sind wegen ihrer Nähe zu Japan immer Sache des siebten Direktorats gewesen.«

Minck blieb vor Nicholas stehen, die Hände in den Hosentaschen. »Vor knapp zehn Tagen hat eins meiner jungen kryptographischen Genies einen der neuen Alpha-drei-Codes der Sowjets geknackt. Da der Schlüssel jede Woche geändert wird, ist das natürlich nur von begrenztem Nutzen. Dennoch lasse ich ihn ausschließlich an den Alpha-dreis arbeiten, weil mit diesen Codes nur Nachrichten oberster Priorität übermittelt werden. Bevor ich Ihnen erzähle, was wir dem entschlüsselten Text entnehmen konnten, muß ich Ihnen erklären, daß wir bereits seit mehr als neun Monaten herauszufinden versuchen, wer für die Operation auf den Kurilen zuständig ist. Eigentlich hätte es Anatol Rulltschek sein müssen, der Chef des siebten Direktorats. Und tatsächlich stießen wir auf Hinweise, denen zufolge sich Rulltschek innerhalb dieses Zeitraums drei- oder viermal in dem Kommandoposten aufgehalten hat. Aber irgend etwas daran hat uns gestört. Es gab einfach zur selben Zeit zu viele GRU-Aktivitäten dort. Ich kenne Rulltschek gut und weiß, daß er den GRU mit dem wilden Fanatismus des alten Regimes haßt. Darüber hinaus erhielt ich immer wieder Berichte, nach denen ein gewisser Oberst Mironenko Schritt für Schritt die Oberleitung an sich riß, während Rulltschek in Moskau war und seine bürokratische Flanke absicherte. Also begann ich mich zu fragen, was auf den Kurilen wirklich vorging. War *Gospodin* Rulltschek tatsächlich für die Operationen zuständig, und wenn ja, warum überließ er dann dem GRU teilweise die Kontrolle? Ich will Ihnen ganz offen gestehen, daß mich die Vorstellung, KGB und GRU könnten eines Tages an einem Strang ziehen, mit gelindem Entsetzen erfüllt. Die Alternative – daß nämlich Oberst Mironenko das Kommando haben könnte – schien mir allerdings noch weiter hergeholt. Was auf den Kurilen geschah, war viel zu brisant, um es in die Hände eines jungen Obristen zu legen. Was also verbarg sich hinter all den Schleiern?«

Minck setzte sich auf die Armlehne eines weißen Rattanstuhls. Sein linkes Bein schwang vor und zurück wie der Zeiger eines Metronoms. »Damit wären wir wieder bei der entschlüsselten Nachricht. Sie handelt von jemand namens Miira. Miira, heißt es, sei an Ort und Stelle und speise regelmäßig.«

Minck zog die Hände aus den Hosentaschen und preßte die Handflächen gegeneinander. Nicholas merkte, daß sie schwach transpirierten. »Diese Nachricht wurde von irgendwo im Norden Hokkaidos abgeschickt und landete im sowjetischen Kommandoposten auf den Kurilen. Zu einer Zeit, als Oberst Mironenko und nicht Rulltschek den Laden schmiß.«

»War die Nachricht unterzeichnet?«

Mincks Bein verharrte einen Moment bewegungslos. Sein Besitzer nickte wie ein Lehrer, der von einem seiner Schüler mit einer intelligenten Frage konfrontiert worden ist. »O ja, das war sie. Doch dazu kommen wir erst in ein paar Minuten. Vorher möchte ich Sie bitten, mir zu sagen, ob Sie mit diesem Wort *Miira* etwas anfangen können.«

Nicholas überlegte einen Moment. »Es wäre hilfreich, wenn ich sehen könnte, welches *kanji*-Schriftzeichen in der Nachricht benutzt worden ist, um mir Klarheit über die genaue Bedeutung zu verschaffen. Dem Zusammenhang nach zu schließen könnte es Japanisch für Mutter sein.«

»Hmm. Mutter.« Minck schien über diese Auskunft nachzugrübeln, als wäre sie völlig neu für ihn. »Eine Mutter, meinen Sie.«

Nicholas sagte nichts.

Minck hob den Kopf. »Ich würde sagen, es handelt sich eher um Grib-Grab.«

»Grib-Grab?«

Minck schien erfreut, erneut etwas erklären zu können. »Ein Insiderscherz. Grib-Grab heißt eine unserer Ausbildungsmethoden, bei der es darauf ankommt, einen Mann graben zu lassen – graben, graben und noch mal graben, und zwar in der Erde. Auf diese Weise kann er Punkte sammeln.«

»Sie wollen sagen, daß die Person, die als *Miira* bezeichnet wird, ein Maulwurf ist?«

»Genau das will ich. In diesem Licht betrachtet, ergibt der Text auch einen Sinn, oder nicht? *Miira* ist an Ort und Stelle und speist dort regelmäßig Informationen oder Falschinformationen ein.«

»Aber wo ist dieser Maulwurf?« fragte Nicholas. »Haben Sie dafür einen Anhaltspunkt gefunden?«

Minck stand auf und strich sich die Hose glatt. Statt einer Antwort fragte er: »Haben Sie sich eigentlich nie darüber gewundert, daß Tomkin so sehr darauf beharrte, die geplante Sphinx-Produktionsstätte unbedingt bei Misawa zu bauen?«

Nicholas nickte. »Natürlich. Besonders als es im Verlauf der Verhandlungen immer mehr zu einem Streitpunkt wurde. Ich habe ihm geraten, die Idee fallenzulassen, weil sie die gesamte Fusion hinauszögerte. Darauf hat er mir dann die Fakten und Zahlen genannt, auf Grund derer er unbedingt in Misawa bauen wollte und nirgendwo sonst.«

»Quatsch«, sagte Minck.

»Wie bitte?«

»Was er Ihnen und Satos Leuten da erzählt hat, war der reine Quatsch.« Minck hob die rechte Hand. »Oh, die Kostenstudie war schon in Ordnung, und die Zahlen stimmten auch. Aber es handelt sich dabei nicht um den wahren Grund, aus dem Tomkin so wild auf Misawa war.«

»Das verstehe ich nicht.«

»Tomkin hat aus dem gleichen Grund auf Misawa bestanden, aus dem Sato Ihnen das Grundstück nicht überlassen wollte. Sato Petrochemicals ist dort nämlich selbst in eine Operation verwickelt. Wir wissen nicht, worum es dabei geht, wir kennen nur den Namen: *Tenchi* – Himmel und Erde. Schon der Name läßt auf ein Projekt von unglaublicher Bedeutung schließen.«

»Und was immer sich hinter *Tenchi* verbirgt, geschieht in oder bei Misawa?«

»Das nehmen wir zumindest an, ja. Obwohl das Unternehmen dort offiziell Bergbau betreibt, haben wir bestätigte Informationen, daß nicht annähernd soviel gefördert wird, wie aus den ganzen Umtrieben zu schließen wäre.« Minck, ein Meister seines Fachs, ließ diese scheinbar harmlose Bemerkung eine Zeitlang nachwirken, ehe er hinzufügte: »Ich bin der Überzeugung, daß die Russen diese Information ebenfalls besitzen.«

Nicholas spitzte die Ohren. »*Miira?*«

»Im Augenblick können wir dessen noch nicht hundertprozentig sicher sein.« Minck starrte Nicholas direkt in die Augen, und die Absicht, die er damit verfolgte, war unmißverständlich.

»O nein«, sagte Nicholas, »das ist absolut nicht mein Gebiet.«

»Ganz im Gegenteil.« Mincks Augen ließen ihn nicht los.

»Aber Sie haben Männer, die für so was ausgebildet sind. Warum nehmen Sie keinen von denen?«

»Das habe ich«, erwiderte Minck schlicht. »Mehrere. Neun Monate lang. Den letzten habe ich in bemitleidenswertem Zustand zurückbekommen. Es hat keinen Sinn, daß ich noch einen von meinen Leuten losschicke; wir haben keine Tarnungen mehr. Außerdem zerrinnt mir die Zeit zwischen den Fingern.«

Nicholas dachte einen Moment nach. »Sind Sie sicher, daß *Miira* im *keiretsu* sitzt?«

»Wo sonst würden die Sowjets Grib-Grab unterbringen, wenn sie ein Maximum an Informationen über *Tenchi* haben wollen?«

»Wahrscheinlich sind sie dann bei der Lösung des Geheimnisses schon ein gutes Stück weiter als Sie.«

Die folgende Pause wirkte stärker als alles, was Minck hätte sagen können.

»Wissen Sie sonst noch etwas über den Maulwurf?« erkundigte sich Nicholas und wußte, daß er damit schon den ersten Schritt in Mincks Richtung getan hatte.

»Unglücklicherweise nicht.«

»Himmel, warum verbinden Sie mir nicht die Augen, drehen mich ein dutzendmal um die eigene Achse und geben mir dann einen Stoß?«

Minck starrte auf seine polierten Fingernägel. »Ich habe gehört, daß *ninja* – echte *ninja*, meine ich – Menschen mit verbundenen Augen töten können, im Dunkeln. Ich habe gehört, daß sie in jedes noch so schwer bewachte Areal eindringen können, aus der Nacht heraustreten und wieder in ihr verschwinden, ganz wie sie wollen. Und das in jeder nur denkbaren Verkleidung.«

»All das trifft auch zu«, sagte Nicholas. »Aber für Sie tue ich es nicht.«

»Oh, Sie werden es nicht für mich tun, Nicholas. Ganz und gar nicht. Aber es gibt ja so was wie *giri*; ich glaube, so nennen Sie das doch? Tomkin hat die Verantwortung an Sie weitergegeben. Ihm schulden Sie das, meiner Meinung nach. Ich weiß, daß er Sie darum bitten würde, wäre er jetzt hier. Davon abgesehen wäre die ganze Fusion sinnlos, wenn es den Russen gelänge, *Tenchi* zu infiltrieren.«

Giri. Ehre und Pflicht. Ohne sie hatte das Leben keinen Sinn, das wußte Nicholas. Und er wußte auch, daß jetzt nichts anderes mehr eine Rolle spielte, weder, was er von Minck hielt, noch, was Minck von ihm verlangte. Er schuldete Minck nichts, und Minck wußte das. Bei Tomkin sah die Sache schon ganz anders aus.

Im Licht all dieser neuen Informationen gewannen vielleicht auch die drei Morde bei Sato Petrochemicals eine völlig neue Dimension. Konnten sie vielleicht das Werk *Miiras* sein? Nein, das war unwahrscheinlich, denn *Miiras* Aufgabe verlangte Anonymität und Ruhe. Also beschloß Nicholas, auch Minck nichts davon zu erzählen. Außerdem hatte er Sato versprochen, mit niemand darüber zu reden. Technisch betraf das natürlich nur den ersten Mord.

»Was wissen Sie über *Tenchi* genau?« fragte er schließlich.

»Daß die japanische Regierung bereits mehr als vierhundert Milliarden Yen hineingepumpt hat und daß noch immer kein Ende in Sicht ist.«

»Du meine Güte, was kann so teuer sein?«

»In diesem Punkt bin ich genauso schlau wie Sie.«

»Umwerfend.«

Minck fuhr sich mit der Hand über das kurzgeschnittene Haar. »Es kommen nur Sie in Frage, ungelogen.«

Nicholas sagte: »Und jetzt wären wir dann wohl bei der Person, deren Namen unter der entschlüsselten Botschaft stand.«

Mincks Rücken versteifte sich, als hätte er die Witterung des Feindes aufgenommen. »Ach ja, das. Sie haben ein gutes Gedächtnis. Die Unterschrift lautete ›Protorow‹.«

Minck hielt einen Moment die Luft an, ehe er fortfuhr: »Und Viktor Protorow, mein Freund, ist der Leiter des Neunten Direktorats.«

»Tätigkeitsbereich?«

»Hängt davon ab, mit wem Sie sprechen. Manche behaupten, das Neunte sei der Oberherr des KGB, der hausinterne Wachhund. Aber das scheint mir selbst für russische Verhältnisse unwahrscheinlich.«

»Also, was dann?«

»Meine Theorie ist, daß das Neunte Direktorat die Aktionen der über die ganze Welt verstreuten, von der Sowjetunion ausgebildeten Terroristen kontrolliert und reguliert, soweit das überhaupt möglich ist.«

»Scheint nicht ungefährlich zu sein, dieser Protorow«, sagte Nicholas. Er wußte, daß sie nun zum Kern der ganzen Angelegenheit vorgestoßen waren.

Ohne mit der Wimper zu zucken, gab Minck zurück: »Außerordentlich gefährlich. Außerordentlich militant. Außerordentlich intelligent. Aber was für uns am schlimmsten ist, er hat überhaupt nichts Bürokratisches an sich.«

»Dann werden sie ihn letzten Endes ans Kreuz schlagen«, meinte

Nicholas. »Die Russen werden Ihnen die Arbeit abnehmen, und Sie können ihnen dabei zusehen.«

»Zumindest werden sie's versuchen.«

»Das heißt?«

»Jahrelang war Protorow nur der Leiter des Ersten Direktorats. Dann wurde er vor sechs Jahren plötzlich befördert. Ich glaube, unser Mann hat schon zuviel Macht angesammelt, als daß ihm noch irgend jemand in der eigenen Nußschale gefährlich werden könnte.«

»Ich muß also darauf achten, extreme Vorsicht walten zu lassen.«

»Ah«, sagte Minck. Er musterte Nicholas fast liebevoll. »Ich wäre in der Tat sehr dankbar, wenn Sie das täten. Protorow hat die unangenehme Eigenschaft, mit festgenommenen Frettchen häßliche Spiele zu spielen.«

»Das bin ich also jetzt? Ein Frettchen?«

»Sato Petrochemicals ist der Tunnel, durch den ich Sie einschleuse«, sagte Minck und schüttelte Nicholas die Hand. »Vergessen Sie bloß nicht, die Lampe einzuschalten, während Sie unterwegs sind.«

Er begleitete Nicholas zurück zum Ausgang des seltsamen Hauses. »Tanja wird Ihnen einen Code geben, mit dem Sie vierundzwanzig Stunden am Tag in unser Netz einsteigen können. Einer von uns beiden steht Ihnen durchgehend zur Verfügung.« Endlich lächelte er wieder, vielleicht vor Erleichterung. »Und, Nicholas, ich wüßte es sehr zu schätzen, wenn Sie das Ding auswendig lernen könnten.«

*

Als die Dämmerung anbrach, beschloß Tengu, daß es an der Zeit war, den *dojo* zu verlassen. Seitdem sein Waffenbruder Tsutsumu ermordet zu Füßen des *sensei*, Kusunoki, aufgefunden worden war, hatte Tengu sich innerhalb der Burgwälle, in deren Schutz er nun schon mehr als ein Jahr verbrachte, zunehmend unwohl gefühlt.

Wie waren sie Tsutsumu auf die Spur gekommen? Eine quälende Frage, die ihn nicht mehr ruhen ließ. Wenn schon Tsutsumu, warum dann nicht auch er?

Er gehörte nicht zu diesen seltsamen Leuten hier. Dennoch hätte er kaum mit dem Gedanken an baldigen Aufbruch liebäugeln können, wäre er nicht zufällig auf den Safe gestoßen. Tatsächlich war der Safe so geschickt versteckt, daß man ihn auch nur durch Zufall entdecken konnte.

Es war am Nachmittag gewesen. Tengu hatte Lilien auf den Hängen des Yoshino gepflückt und brachte sie dann in das Arbeitszimmer des *sensei*, um sie dort in einer Vase zu arrangieren. Er kniete vor der irdenen Vase nieder, die auf der etwas erhöhten Plattform der *tokonoma*, der der Kontemplation dienenden Nische stand. Er goß frisches Wasser in den schlanken Hals der Vase und begann die

Lilien zu arrangieren. Da er in Gedanken noch immer bei Tsutsumus Tod und der Gefahr, in der er schwebte, weilte, beging er eine Ungeschicklichkeit, und ein paar Tropfen Wasser fielen auf die hochglanzpolierte Holzplattform. Als er sie mit dem Ärmel seines Gewands fortwischen wollte, entdeckte er einen Schatten von Haares Dünne.

Zuerst hielt er es für einen ganz normalen Riß im Holz, doch bei genauerem Hinsehen stellte er fest, daß es sich um einen schnurgeraden Strich von etwa fünfzehn Zentimeter Länge handelte, der sich am Ende mit einem anderen, genauso geraden Strich zu einem rechten Winkel vereinigte. Sein Puls beschleunigte sich, und er warf einen Blick in die Runde, um festzustellen, ob er vielleicht beobachtet wurde. Alles war ruhig.

Die Vase stand genau im Mittelpunkt einer Geheimtür. Tengu stopfte die Lilien in das irdene Gefäß und hob es von der Plattform. Dann förderte er ein kleines Mehrzweckmesser zutage, klappte die dünnste Klinge heraus und rückte damit dem Schlitz im Holz zu Leibe, wobei er darauf achtete, nicht den kleinsten Kratzer zu verursachen. Es durfte auf keinen Fall bekannt werden, daß noch ein Verräter im *dojo* existierte.

Geduldig folgte er mit der Klinge dem Verlauf der Ritze, und endlich hatte er Erfolg. Es gab keine Scharniere; das Holzviereck ließ sich einfach herausnehmen. Unter der Platte befand sich ein Hohlraum von etwa sechs Zentimeter Durchmesser. Darunter lag eine horizontale Metalltür mit einem Springschloß. Tengu setzte eine stärkere Klinge seines Mehrzweckmessers an und knackte das Schloß. Im Inneren des Safes lag ein Stapel Papiere – genau die Papiere, derentwegen er gekommen war. Rasch verstaute er den Papierstapel in seinem locker fallenden Baumwollgewand. Anschließend beseitigte er alle Spuren seines Eindringens und steckte die Lilien in der Vase mit höchster Konzentration zu einem sehr schlichten, doch höchst vollkommenen Gebilde. Sein *ikebana sensei* wäre zufrieden gewesen.

Jetzt, da der Tag sich dem Abend zuneigte, packte Tengu seine wenigen Habseligkeiten in eine Baumwollrolle, die er sich über die Schulter legen konnte, und trat, die Papiere unter den Gürtel gestopft, aus seiner Kammer auf den leeren Korridor.

Rasch, doch ohne Hast, bewegte er sich durch die Burganlage, ließ das alte Tor hinter sich und eilte bald schon den geschwungenen Pfad entlang, der ihn über die Hänge des Yoshino vom *dojo* fortführen würde.

Im Osten zeigten sich bereits die ersten Sterne, schmückten mit ihrem Gefunkel den dunklen Mantel der anbrechenden Nacht. Auch innerhalb der Festungsmauern des *dojo* brannten jetzt die Abendlichter. Jeder Schritt, der ihn von dort forttrug, vertiefte Tengus Erleichterung. Er war ein wenig vertraut mit den dunklen Seiten von *ninjutsu*, aber hier war er in Bereiche vorgedrungen, in denen selbst er sich nicht besonders wohl fühlte. Eine furchtbare Last war von seinem Herz und seiner Seele genommen, und während er jetzt kräftig ausschritt, hätte er am liebsten laut gejauchzt wie der Raubvogel, der mit blutigem Schnabel und blutigen Klauen berauscht seine Beute durch die Lüfte davonträgt.

Der Pfad führte ihn tiefer in den Wald, und auf einmal wurde er neugierig auf den Inhalt der Papiere, die er gestohlen hatte. Er setzte sich auf einen Felsbrocken, holte die Papiere hervor und begann sie beim Schein einer Kugelschreiberlampe zu lesen. Warum auch nicht? Dieses Privileg hatte er sich doch wohl verdient. Doch je weiter er las, Zeile für Zeile entziffernd, desto unregelmäßiger ging sein Atem, und sein Puls begann zu hämmern. Auf was war er da gestoßen? Als er daran dachte, was das alles für Japan bedeuten konnte, vermochte er das Zittern seiner Finger kaum mehr zu kontrollieren.

Er war so vertieft in seine Lektüre, daß er das kleine flackernde Lämpchen, das sich wie ein Irrlicht zwischen den Zedern näherte, erst bemerkte, als es ihn schon fast erreicht hatte. Sofort knipste er die Taschenlampe aus, doch es war bereits zu spät. Das Licht hörte auf zu flackern und verhielt genau unterhalb der Stelle, an der er saß.

Tengu verfluchte seine Erregung, die ihn abgelenkt hatte, faltete die Papiere zusammen und stopfte sie wieder in sein Gewand. Er schob die Lampe in die Tasche, kletterte von seinem Felsen herunter und marschierte langsam hangabwärts. Besser, er trat von sich aus zwischen den Bäumen hervor, als daß der Mann mit dem Licht ihn suchen kam, vor allem, wenn es sich um einen der *sensei* aus dem *dojo* handeln sollte. Um sich für letzteren Fall zu wappnen, zog er sein *ki* etwas höher, um es so schnell wie möglich herausreißen zu können.

Aber als er den geschwungenen Pfad erreicht hatte, stellte er fest, daß es sich nicht um einen *sensei* handelte, sondern lediglich um ein junges Mädchen.

Das Mädchen trug einen graugrünen Kimono und Schnürsandalen an ihren sonst nackten Füßen. In der einen Hand hielt sie eine kleine Kerosinlaterne, in der anderen einen leuchtendbunten Reispapiersonnenschirm.

Es hatte zu regnen begonnen. Tengu spürte das Kitzeln der ersten Tropfen auf seiner Kopfhaut. »Verzeihen Sie«, sagte er und verbeugte sich, um die Erleichterung in seinen Augen zu verbergen, »ich hoffe, mein Licht hat Ihnen keine Angst eingejagt. Ich habe wilde Pilze gesucht und –«

Das Mädchen trat rasch auf ihn zu und hob die Lampe, so daß ihr Lichtschein auf beider Gesichter fiel.

Mit einem schmerzlichen Stich in der Herzgegend erkannte er sie. Es war Suijin, die einzige weibliche Schülerin im *dojo*. Was hatte sie hier zu suchen? Mit einer unmerklichen Bewegung ließ er eine winzige Klinge in seine Finger gleiten.

Doch in diesem Moment ließ Suijin die Laterne fallen, packte mit der jetzt freien Hand den lackierten Bambusstock des Schirms und riß daran.

Tengus Augen hatten nur noch die Zeit wahrzunehmen, wie sich der harmlose Bambusstock in eine tödlich schimmernde Degenklinge verwandelte, ehe der knapp dreißig Zentimeter lange Stahl sich in seine Brust bohrte und sein Herz von oben nach unten in zwei Hälften teilte.

Suijin sah zu, wie sich sein Gesicht Stück für Stück veränderte, während das Blut aus der Stichwunde sprudelte. Seine Augen zeigten Verwirrung, Zorn, Scham; dann begannen sie zu schielen, und jeder menschliche Ausdruck schwand aus seinen Zügen. Wie der kleine, hilflose Krieger, den sie als Kind einmal aus Lehm, Zweigen und Flechten gebastelt hatte, neigte er sich hierhin und dorthin, ohne jede Koordination, ohne den göttlichen Funken. Wie auch damals schon legte sie jetzt die flache Hand auf ihren straffen Bauch, voller Staunen über die Zauberkraft, die in ihrem Schoß lag, dem Amboß der Schöpfung.

Tengu brach zusammen und war nur noch eine grotesk verdrehte Masse zu ihren Füßen, eine wächserne Parodie des Menschen, der einmal mit ihr zusammen studiert hatte. Sie stieß die Klinge in die nasse Erde, um die Hände frei zu haben und sie gleichzeitig von dem schwarz an ihr klebenden Blut zu säubern.

Sie ließ sich zu Boden sinken. Der Regen war stärker geworden. Ihre Nasenflügel weiteten sich, als sie den frischen Geruch des feuchten Walds wahrnahm, die Witterung tierischen Lebens. Die nassen Wangen des Verräters schimmerten wie frischer Glaserkitt.

Sie hatte bereits den Verdacht gehabt, daß es noch einen Spion geben könnte, schon im Moment von Tsutsumus Tod. Genaugenommen ging sie das alles nichts mehr an, denn ihre Überlegenheit, ihr Sieg über ihren Meister, Masashigi Kusunoki, kam einer bestandenen Abschlußprüfung gleich, und wenn die Erfahrung sie eins gelehrt hatte, dann nie einen Blick zurückzuwerfen. Der Schritt nach vorn vollzog sich immer in der Gegenwart. Wer sich gemütlich zurücklehnte, um auf seinen Lorbeeren auszuruhen, stand manchmal nie wieder auf.

Und trotz dieses Wissens war sie zurückgekehrt. Während sie die Taschen des Verräters durchsuchte, wurde sie wieder von der gleichen Wut gepackt wie am Vormittag, als sie gesehen hatte, wie er in den geheimsten Unterlagen des *sensei* herumstöberte. Kusunoki war etwas Besonderes gewesen. Er hatte sie auf eine Weise zu nehmen gewußt, die sie nicht zu deuten vermochte. Sie spürte, wie schmerzlich sie ihn vermißte, und auf einmal begann sie hier, mitten in diesem düsteren Bergwald, den er so sehr geliebt hatte, lautlose Tränen zu weinen, indes ihre Brust sich zusammenzog und ihr Herz voll unbeschreiblicher Pein den scharfen Wind und den wirbelnden Regen zu Zeugen ihrer Qual anrief.

Nachdem sie sich solcherart erleichtert hatte, fuhr sie fort, die Leiche zu durchsuchen. Sie fand den Stapel der gestohlenen Papiere und löste das oberste Blatt mit äußerster Vorsicht von der feuchten Haut des Verräters. Sie faltete die Papiere zusammen und schob sie rasch an eine trockene Stelle in ihrem Kimono, um sie vor der Nässe zu schützen. Am Inhalt der Blätter war sie nicht interessiert, deswegen warf sie auch keinen Blick darauf. Sie waren Eigentum ihres *sensei*, und sie gehörten dorthin, wo er sie verborgen hatte, gleich, ob er noch lebte oder nicht.

Suijin stand auf und zog die Klinge aus der Erde. Der Stahl war wieder sauber und glitzerte im Regen. Sie schob ihn zurück in den Bambusstock und verschwand im Wald, um ein letztes Mal ihr Studenten-*gi* anzulegen. Die Lichter des *dojo* schienen sie herbeizuwinken; oder war es Kusunokis *kami*? Sie wußte es nicht. Die Papiere jedenfalls waren bei ihr sicher, und bald würden sie sich wieder dort befinden, wo sie hingehörten.

*

Als Justine am Morgen nach der Beerdigung wieder bei Millar, Soames & Robberts erschien, erlebte sie eine Überraschung. Mary Kate befand sich nicht mehr in ihrem großen Eckbüro im obersten Stock. Sie war auch nicht mehr Vizepräsidentin der Werbeagentur.

Justine wollte gerade zu Rick Millar gehen, um ihn um eine Erklärung zu bitten – weder Min noch sonst jemand schien in der Nähe zu sein –, als er in ihr noch immer nicht voll eingerichtetes Büro spazierte.

»Ich habe gehört, daß Sie gerade eingetroffen sind«, sagte er mit besorgter Miene. »Ich dachte, ich hätte Ihnen gesagt, Sie könnten ruhig ein paar Tage freinehmen. Sie brauchen nicht sofort –«

»Arbeit ist für mich jetzt die beste Medizin«, unterbrach sie ihn. »Alles ist besser, als zu Hause herumzuhängen und auf Schatten an den Wänden zu starren. Ich habe dann immer Angst, mich in eine Katze zu verwandeln.«

Rick nickte. »Okay. Da Sie schon mal hier sind, will ich Ihnen gleich was zeigen.« Er winkte sie aus der Tür.

»Einen Moment noch«, begann sie. »Ich wollte Sie etwas –«

»Später«, sagte er und zog sie auf den Fahrstuhl zu. »Immer der Reihe nach, das hier ist wichtiger.«

Er fuhr mit ihr ins oberste Stockwerk und führte sie zu Mary Kates Büro. »Hier, was halten Sie davon?«

Ach herrje, dachte Justine, das darf doch nicht wahr sein. »Was, um alles in der Welt, hat mein Name an Mary Kates Tür zu suchen?«

»Das ist jetzt Ihr Büro, Justine. Das freie Zimmer da unten war nur eine Übergangslösung. Das wußten Sie doch, oder?«

Sie drehte sich um und warf ihm einen flammenden Blick zu. »Eine Übergangslösung, bis Sie sich Mary Kate vom Hals geschafft hatten, ja?«

»Ganz und gar nicht. Sie hat uns aus eigenem Willen verlassen. Gestern gegen Feierabend hat sie ihren Rücktritt angeboten.«

»Das glaube ich Ihnen nicht«, entgegnete Justine hitzig. »Wenn sie daran gedacht hätte zu kündigen, wäre ich darüber informiert gewesen. Wir sind Freundinnen, haben Sie das vergessen?«

»Kommen Sie, gehen wir einen Moment in Ihr Büro«, schlug Rick vor. Er schloß die Tür.

»Sagen Sie mir jetzt sofort die Wahrheit, oder ich werfe Ihnen auf der Stelle den ganzen Kram hin!« rief Justine.

»Die Wahrheit ist, Mary Kate hat sich in letzter Zeit nicht mehr sonderlich gut gemacht. Sie hat sich wiederholt mit den anderen Mitgliedern der Geschäftsleitung angelegt. Ich habe natürlich mit ihr darüber gesprochen... mehr als einmal. Aber –«, er zuckte mit den Schultern, »– nun, Sie wissen ja, wie sie ist.«

»Ich weiß nur, daß Sie mit ihr nicht machen konnten, was Sie wollten, Rick.« Justine schüttelte den Kopf. »Ich kann's einfach nicht glauben. Als wir zusammen zu Mittag gegessen haben, hatten Sie schon vor, sie vor die Tür zu setzen, stimmt's? Sie haben mir ihren Job angeboten.«

Rick zuckte mit den Schultern. »So was passiert alle naselang, Justine. Ich weiß überhaupt nicht, warum Sie sich so aufregen. Das bessere Mädchen hat gewonnen. Statt daß Sie sich freuen –«

»Was für ein Mistkerl sind Sie eigentlich? Wie konnten Sie mir das antun?« Sie trat einen Schritt auf ihn zu und schlug ihn mitten ins Gesicht. Dann packte sie ihre Handtasche. »Sie sehen sich am besten nach jemand anders um, der Ihr schmutziges Spiel mitspielt, weil ich nämlich die Nase voll habe!«

»Gut gebrüllt, Löwe«, meinte Rick mit einem Grinsen. »Falls Sie auf mehr Geld aus sind, bin ich dabei. Es wird nicht ganz einfach sein, aber –«

»Haben Sie völlig den Verstand verloren?« Justine kehrte ihm den Rücken zu und marschierte zur Tür. »Ich will keinen verdammten

Penny mehr von Ihrem Laden. Sie haben mich heute zum letztenmal in Ihrem Leben gesehen.«

Als sie unten war und verloren auf dem belebten Bürgersteig stand, wurde ihr klar, daß sie keinen Platz hatte, an den sie gehen konnte. Zu Hause wurde sie erdrückt von Erinnerungen, bei Gelda mit ihren Depressionen würde sie binnen kürzester Zeit ebenfalls den Verstand verlieren. Zu allem Überfluß brachte sie in ihrer derzeitigen Verfassung nicht die Kraft auf, wieder freiberuflich tätig zu sein.

Verwirrt überquerte sie die Straße und setzte sich in ein Café. Der Kaffee, den sie bestellte, schmeckte nach gar nichts. Tränen rannen ihr über die Wangen. Ich muß *irgend etwas* tun, sagte sie sich.

Sie bezahlte und ging zu ihrer Bank, wo sie sich von ihrem Konto fünftausend Dollar auszahlen ließ, zur Hälfte bar und zur Hälfte in Form von Traveller-Schecks. Anschließend fuhr sie nach Hause, um ein paar Sachen zusammenzupacken. Sie machte es so kurz wie möglich. Die Zimmer wirkten fremd, unbelebt. Nichts schien sich mehr an seinem Platz zu befinden. Was einstmals gemütlich und heimelig gewesen war, wirkte nun beunruhigend und traurig. Justine wischte sich die Tränen ab und zog die Tür ins Schloß. Dann sperrte sie ab und legte alle Riegel vor, als wollte sie nie mehr zurückkehren.

Erst als sie schon im Flugzeug nach Honolulu saß, fiel ihr auf, daß tatsächlich eine Veränderung mit der Wohnung vorgegangen war. Nicks *dai-katana*, sein herrliches langes Schwert mit der schwarzlakkierten Scheide, hing nicht mehr an der Schlafzimmerwand. Seit dem Kampf gegen Saigo hatte es dort gehangen, jetzt war es fort.

Instinktiv begann etwas in ihr zu zittern.

*

Minck bemerkte die Besorgnis auf Tanjas Gesicht, als er vom Flugplatz zurückkehrte, wo er Linnear in seine Maschine nach Osten gesetzt hatte. Sie war der gesamten Unterhaltung vom Nebenzimmer aus gefolgt, verborgen hinter einem von einer Seite aus durchsichtigen Spiegel.

»Carroll, ich verstehe nicht, warum du das tust«, sagte sie. »Ihn so gegen Protorow ins Feld zu schicken... Du hast ihn praktisch gezwungen, sein Todesurteil zu unterschreiben. Das gehörte doch nicht zum Plan, es sei denn, ich hätte nicht alles mitgekriegt.«

Minck hatte trotz seines Erfolgs bei Linnear schlechte Laune. »Komm mit«, sagte er brüsk. Er führte sie durch eine Reihe fensterloser Laboratorien, die selbst einige seiner engsten Mitarbeiter nicht betreten durften, in eine Stahlkammer. Die Temperatur in der Kammer lag einige Grad unter Null.

Er knipste die fluoreszierende Deckenbeleuchtung an. Das grelle rotblaue Licht veranlaßte Tanja, die Augen zusammenzukneifen. Dennoch bemerkte sie den zugedeckten Körper auf Anhieb, was auch nicht sonderlich schwer war, denn er ließ sich in dem kleinen Raum unmöglich übersehen.

Langsam trat sie an das Kopfende der Leiche und schlug das weiße Musselintuch zurück. »O Gott«, flüsterte sie und verfiel automatisch auf den Decknamen des Toten. »Es ist Tanker.« Sie blickte Minck an. »Wann ist er hereingekommen?«

»Als du draußen warst.«

Tanja kehrte dem blau verfärbten Körper den Rücken. »Ich frage mich, warum du diese Unterschrift erfunden hast. Jeder, der sich in unserem Geschäft auskennt, muß doch wissen, daß bei einer verschlüsselten Nachricht wie der von *Müra* nur Codenamen benutzt werden und keine richtigen.«

»Dann wollen wir uns freuen, daß unser Mr. Linnear von diesem Geschäft keine Ahnung hat«, sagte Minck ätzend. »Wegen dieses entzückenden Pakets hier muß ich mich jetzt auch noch mit den anderen Nachrichtendiensten herumschlagen, die Tanker hierher transferiert haben.«

Sie verließen die Kühlkammer und gingen den schlecht beleuchteten Korridor entlang. »Immerhin wissen wir jetzt, daß Protorows Codename Krösus lautet.«

»Tanker war der einzige, der nah genug herangekommen ist«, sagte sie.

»Offenbar etwas zu nah.« Minck schloß die Augen. »Jetzt *müssen* wir uns auf Linnear verlassen, ob wir wollen oder nicht.«

»Hältst du das für weise?«

»Wird sich zeigen. Aber weise oder nicht, wir haben nicht mehr viel Zeit. Ich fürchte, wenn wir Mr. Linnear nicht in die Höhle des Löwen geschickt hätten, würde der Löwe uns alle zum Frühstück verspeisen.«

»Das tut er vielleicht immer noch.«

»Ich entnehme deinen Worten, daß du mit meiner Improvisation nicht einverstanden bist?«

Tanja wußte, daß sie sich auf dünnem Eis bewegte, und sie wählte ihre Worte mit Sorgfalt. »Ich halte ihn für einen Amateur. Amateure haben sich in der Vergangenheit immer wieder als ausgesprochen unverläßlich erwiesen. Sie sind oft nicht diszipliniert genug.«

»Stimmt«, gab Minck zu, »aber das ist gleichzeitig einer seiner größten Vorzüge. Protorow kann ihn nicht mit uns in Verbindung bringen, wie er das bei Tanker konnte. Darüber hinaus hat er etwas ziemlich Beunruhigendes an sich, weißt du. Genau betrachtet, glaube ich, daß er sogar dem Teufel Angst einjagen könnte – oder ihm die Kehle umdrehen, wenn man ihm einen Anlaß dafür bietet. Zum

Beispiel, wenn man ihn oder jemand, der ihm etwas bedeutet, genügend unter Druck setzt. Mr. Linnear scheint mir nicht nur ein ausgesprochen loyaler Bursche zu sein, sondern auch ungemein gefährlich.«

»Du meinst, die Ereignisse werden ihn dazu bringen, daß er Protorow tötet?« Auf einmal begriff Tanja, was Minck die ganze Zeit im Visier gehabt hatte.

»Ja«, sagte Minck. »Ich habe unseren Mr. Linnear losgeschickt, damit er mir Viktor Protorows Kopf auf einem Silbertablett bringt und der Geschichte damit ein für allemal ein Ende setzt. Dieses Techtelmechtel des KGB mit General Kornilow gefällt mir ganz und gar nicht. Präziser ausgedrückt, es jagt mir höllische Angst ein. Zwischen Protorow und Kornilow besteht eine Verbindung, die gar nicht wichtig genug genommen werden kann. Der Paranoiker in mir stellte sich da gleich ein Szenario vor, in dem KGB und GRU auf einmal die gleichen Ziele verfolgen, gelenkt von ein und demselben Mann.«

»Unmöglich«, meinte Tanja beunruhigt. »Zwischen den beiden gibt es viel zuviel böses Blut, die kommen sich doch dauernd in die Quere.«

»Ich weiß, ich weiß, Tanja, so haben wir alle jahrelang gedacht.« Minck schien sich in der Rolle des Sehers ausgesprochen gut zu gefallen. »Trotzdem kann ich mir vorstellen, daß jemand es mal auf einen Versuch ankommen läßt; und besonders gut kann ich mir vorstellen, daß Viktor Protorow dieser Jemand ist. Der Mann hat einen teuflischen Verstand; und er ist kein Bürokrat. Eine äußerst unangenehme Kombination bei einem Gegner.«

*

Seiichi Sato hatte großes *hara*.

Er kniete Nicholas auf der anderen Seite des niedrigen Tisches gegenüber, hob den Deckel von einer der kleinen Schüsseln und servierte seinem Gast heißen Reis, wobei er sich der beiden langen Stäbchen mit höchster Geschicklichkeit bediente.

Hara bedeutete soviel wie Bauch; *hara* bedeutete aber auch, daß jemand mit allen Aspekten des Lebens vertraut war. In diesem Sinn war Nicholas von Satos *hara* fasziniert; ein größeres Kompliment konnte man keinem Japaner machen.

Als Nicholas nach einem vierundzwanzigstündigen Flug in Japan gelandet war, wurden er und Allonge von Sabayama-san, einem der zahllosen Günstlinge Satos, am Flughafen erwartet. Sabayama bemächtigte sich ihres Gepäcks und führte sie durch die Ankunftshalle zu der wartenden Limousine. Nicholas fragte ihn, ob sich im *Okura* jemand von der Firma um Craig Allonge kümmern könne. Sabayama versicherte ihm, daß im Hotel bereits ein Mitarbeiter auf sie warte, um sich all ihrer Bedürfnisse anzunehmen; er selbst würde Nicholas hinaus zum Anwesen von Sato-san begleiten.

Bevor er zum zweitenmal zu Sabayama in den Wagen stieg, sagte Nicholas leise zu Allonge: »Es kann sein, daß ich ein paar Tage nicht zu erreichen bin, Craig. Möglicherweise sogar eine ganze Woche. Halten Sie Verbindung mit New York, und sorgen Sie dafür, daß die Dinge reibungslos laufen. Das Durcheinander war in den letzten Tagen schon groß genug.«

Die Einladung in Satos Haus hatte ihn nicht sonderlich überrascht, wenn er an den dringlichen Ton des Telex' dachte, das er vor kurzem erhalten hatte. Drei Morde, unerklärlich und bizarr, waren Grund genug für dieses spätabendliche Treffen. Aber darüber hinaus löste die Einladung in Satos Haus bei Nicholas noch andere Empfindungen aus. Er würde Akiko wiedersehen und vielleicht sogar die Gelegenheit erhalten, mit ihr zu sprechen.

Er erinnerte sich an den rotgoldenen Fächer, der zitterte wie eine Blume, kurz bevor sie ihn sinken ließ und damit sein Leben für immer verändert hatte. Denn nun begriff er, daß jede Entscheidung, die er seither getroffen, alles, was er getan hatte, nur dem einen Zweck diente, sie wiederzusehen.

Er fühlte sich zu ihr hingezogen wie eine Motte zur Flamme, ohne Grund oder Logik, sogar mit der atavistischen Ahnung, daß die Reise in der Zerstörung enden mochte.

Nicholas war längst nicht mehr derselbe Mensch wie damals, als er und Yukio sich so wahnsinnig ineinander verliebt hatten. Doch eine Spur von diesem Wahnsinn war immer noch in ihm. Und er wußte, daß er nicht weiterleben, sein Karma nicht erfüllen konnte, wenn er nicht vorher diesen blinden Fleck in sich erforschte.

Yukio besaß noch immer Macht über ihn. Er hatte Angst vor ihr und Angst vor sich selbst. Und doch, als er in der glänzenden schwarzen Limousine durch die regnerische, von rosa und orangefarbenen Neonzeichen erhellte Nacht von Tokio jagte, fieberte er dem Wiedersehen mit ihr entgegen. War es Traum, war es Wirklichkeit – oder eine Mischung aus beiden?

Als er erfahren mußte, daß Akiko immer noch in Kyushu bei ihrer kranken Tante war, kannte seine Enttäuschung keine Grenzen. Außer Sato befand sich nur noch Koten, der Sumo-Leibwächter, im Haus. Es gab zuerst einen Drink, dann das Essen. Abends verzichtete der moderne Japaner gelegentlich zugunsten von Alkohol auf den Tee. Auch dafür hatte man dem Westen zu danken.

Nicholas fand Suntory Scotch grauenvoll, trank ihn aber trotzdem, wobei er froh war, daß Allonge, ein halber Schotte, nicht aus erster

Hand miterleben mußte, was hier aus einem der prächtigsten Produkte seines Landes gemacht worden war.

Wie bei den Japanern üblich, sprachen sie über alles mögliche, nur nicht über das, weswegen sie sich getroffen hatten. Das würde erst später kommen. Unter anderem erwähnte Sato, daß Nangi-san auf dem Weg nach Hongkong war, um ein wichtiges Geschäft zum Abschluß zu bringen.

»Würden Sie es als unhöflich betrachten«, fragte Nicholas, »wenn ich der Meinung Ausdruck verleihe, daß Nangi-san die geplante Fusion nicht mit wohlwollenden Augen sieht?«

»Aber ganz und gar nicht«, erwiderte Sato. »Wir trinken zusammen, Linnear-san. Das macht uns zu Freunden und stellt ein stärkeres Band dar, als es ein Geschäft je könnte. Geschäfte sind nicht wie Ehen, wissen Sie. Sie ergeben sich und zerschlagen sich wieder, wobei sie allein ihren eigenen Gesetzen folgen, den Launen des Marktes, wirtschaftlichen Faktoren, die nichts mit uns zu tun haben.« Sato hielt einen Moment inne. »Aber man muß Nangi-san verstehen. Er ist kinderlos und hat auch sonst keine Familie, außer mir.«

»Das tut mir leid, Sato-san«, sagte Nicholas. »Aufrichtig.«

Sato warf ihm einen prüfenden Blick zu, und einen Moment lang schwebten die Stäbchen über den dampfenden Speisen, dem gekochten Fisch, den Glasnudeln, dem Reis und den *sashimi*.

»Ja, ich glaube Ihnen«, sagte er schließlich. »Sie sind Ihrem Vater nicht ganz unähnlich. Aber Sie haben auch eine andere Seite, die mir unbekannt ist.«

Eine Zeitlang speisten sie schweigend. Nicholas merkte, daß Sato mehr trank als er aß, und er hielt mit seinem Gastgeber Schritt, um nicht unhöflich zu wirken. Von dem Augenblick an, da Sato ihn höchstpersönlich an der Haustür in Empfang genommen hatte, war ihm klar gewesen, daß der ältere Mann seine Freundschaft und seine Unterstützung suchte. Was immer hinter den *Wu-Shing*-Morden stand, hatte jetzt mehr Bedeutung als der Wunsch, bei den Fusionsverhandlungen das Gesicht zu wahren. Die Furcht, die von den unheimlichen Geschehnissen in Sato und Nangi hervorgerufen worden war, erwies sich stärker als die normale Vorsicht des knallhart taktierenden Geschäftsmanns.

Diese Schwäche kam Nicholas zupaß, denn es stärkte seine Verhandlungsposition. Er war der einzige, der möglicherweise in der Lage war, den *Wu-Shing*-Fluch zu bekämpfen; und er mußte dringend in Erfahrung bringen, was sich hinter *Tenchi* verbarg.

»Bah!« rief Sato auf einmal und schmetterte seinen Becher zu Boden. »Dieser Scotch ist wirklich ungenießbar.« Er blickte seinen Gast mit rotgeränderten Augen an. »Linnear-san, Sie sollen entscheiden, was wir heute abend trinken werden.«

»Eine große Ehre, Sato-san.« Nicholas verbeugte sich. »Ich hätte gern etwas Sake. Heiß, wenn möglich.«

»Wenn möglich!« explodierte Sato. »Anders darf man Sake gar nicht trinken!«

Mühsam wuchtete er sich hoch und marschierte in seinen kurzen weißen Socken und dem prächtigen, in Herbstfarben bedruckten Kimono zu der für einen japanischen Haushalt ungewöhnlich großen Bar. Nicholas trug ebenfalls einen Kimono, den Sato ihm gleich nach Betreten des Hauses aufgenötigt hatte.

Während er den Reiswein erhitzte, summte der Hausherr leise vor sich hin, aber als er mit dem Sake an den niedrigen Lacktisch zurückkehrte, war sein Gesicht in düstere Falten gelegt. »Ich fürchte, wir erleben böse Zeiten, Linnear-san«, sagte er, während er einschenkte. »Dieses *Wu-Shing*...« Er schauderte. »Ich bin kein Feigling, aber das ist einfach barbarisch. Es erstaunt mich nicht im geringsten, daß seine Ursprünge chinesisch sind. Wie wahllos wir Japaner doch sind, daß wir das Schlechteste von ihnen genauso annehmen wie das Beste. Die Yakuza sind im Grunde nichts anderes als glorifizierte Triaden, und die *ninja* haben ebenfalls dort ihren Ursprung.«

Er schielte einen Moment, als hätte er gerade etwas Wichtiges vergessen, dann ließ er beschämt den Kopf sinken. »Vergeben Sie mir, Linnear-san. Spät in der Nacht kann ein alter Mann manchmal seine Zunge nicht im Zaum halten.«

Nicholas hob rasch den linken Arm, als wollte er eine abwehrende Geste machen, und dabei verfing sich der Ärmel seines Kimonos im Schnabel der zerbrechlichen Sakekaraffe. Sie stürzte um und zerbrach. Der klare Wein floß über den Lacktisch.

Nicholas sprang auf. »Ich bitte tausendmal um Verzeihung, Sato-san. Entschuldigen Sie meine Tolpatschigkeit.«

Schweigend wischte Sato den Wein auf und sammelte die Scherben ein. »Da gibt es nichts zu entschuldigen, mein Freund. Die Karaffe war alt und hätte längst in den Abfall gehört.«

Er stand auf, um neuen Sake zu erhitzen, und als er zurückkehrte, stand große Hochachtung in seinen Augen. Indem Nicholas Sato von seinem peinlichen Ausrutscher ablenkte, hatte er seinem Gastgeber geholfen, das Gesicht zu wahren und selbst enorm an Gesicht gewonnen. Sato schob ihm ein frisch gefülltes Schälchen zu und verbeugte sich dabei.

»*Domo arigato*.« Nicholas erwiderte die Verbeugung.

Sato nahm einen großen Schluck, ehe er fortfuhr. »Meiner Meinung nach, Linnear-san, ist dieses *Wu-Shing* direkt gegen Nangi-san und mich gerichtet, obwohl die drei Todesfälle natürlich auch die Effektivität unseres Konzerns unterminiert haben. Die Art, wie die Morde ausgeführt worden sind, hat etwas sehr Persönliches. Mit jedem, Kagami-san, Yoshida-san, Ishii-san, kommen wir näher an das Herz des Unternehmens. Es ist wirklich beängstigend.«

Er starrte auf sein leeres Schälchen, und Nicholas merkte, daß es selbst angesichts der Menge des bereits genossenen Alkohols ein schwieriger Moment für Sato war. Alles, was sein Gast tun konnte, war schweigend abzuwarten.

»Ich habe viel über diese rituellen Bestrafungen nachgedacht, und ich glaube inzwischen, daß die Ursache dafür irgendwo in der Vergangenheit liegen muß. Können Sie das verstehen? Ja, ich dachte es mir. Wenn einer, dann Sie.«

»Haben Sie und Nangi-san je über die möglichen... Motive für diese Bestrafungen gesprochen?«

»Nein. Nangi-san ist *sempai.*«

»Ich verstehe.«

»Davon abgesehen«, gab Sato zu, »ist mit Nangi-san nichts anzufangen, wenn es um die Vergangenheit geht. Es gibt zu viele Dinge, die er lieber vergessen möchte. Ihnen mag er vielleicht kalt und herzlos erscheinen, aber das ist er nicht, ganz und gar nicht. Als meine Oba-chama gestorben ist, hat er bitterlich geweint.« Er schüttelte den Kopf. »Nein, ich fürchte, wir können nicht auf ihn zählen. Er spricht nicht über die Vergangenheit, nicht einmal mit mir.«

»Dann bleibt alles an Ihnen hängen, Sato-san.«

»Ich weiß«, erwiderte der Ältere geknickt, »aber bis jetzt kann ich mich an nichts erinnern, das irgendwie ungewöhnlich gewesen wäre.« Er schenkte Nicholas und sich Wein nach. »Die Zeit nach dem Krieg war ein einziges Chaos. Eine Allianz löste die andere ab. Mit einer einzigen Entscheidung konnte man sich einen Freund fürs Leben schaffen... aber natürlich auch einen Feind. Wie die Überlebenden der Sintflut verließen wir auf dem Berg Ararat die Arche Noah und versuchten, eine neue Gesellschaft aufzubauen, was uns auch gelungen ist. Wir haben die Inflation überwunden, eine starke Industrie aufgebaut und das schnellste Wirtschaftswachstum in der Geschichte der Menschheit zustande gebracht.«

Er lächelte. »Wir waren so erfolgreich, daß aus dem abwertend gemeinten Begriff ›Made in Japan‹ ein Statussymbol geworden ist.« Wieder füllte er die Schälchen. »Aber es gibt etwas, das wir einfach nicht hinnehmen können, Linnear-san, und das ist die Tatsache, daß wir selbst in Zeiten weltweiten Überflusses an Öl darauf angewiesen sind, diesen kostbaren Rohstoff mit wahren Tankerkarawanen zu importieren. Die Welt muß uns füttern, damit wir überleben können. Wie ein krähendes Baby, das sich nicht selbst sein Essen bereiten kann, sitzen wir auf diesen herrlichen Inseln fest, Felsgestein ohne einen Tropfen von dem schwarzen Gold. Können Sie sich vorstellen, wie bitter das für uns ist, Linnear-san?« Er nickte weise. »Aber natürlich können Sie das. Immerhin sind Sie ja zum Teil Japaner. Sie können es, auch wenn andere es nicht können. Und Sie wissen ja, was der Volksmund sagt: Auch die größte Pechsträhne dauert selten ein ganzes Leben lang.« Er seufzte. »In diesem Punkt bin ich mir allerdings manchmal gar nicht mehr so sicher. Es gibt zum Beispiel Zeiten, da vermisse ich meine Frau fürchterlich. Oh, nicht Akiko, nein, nein. Ich war vorher schon einmal verheiratet. Sie hieß Mariko. Die bezaubernde Mariko. Sie war sehr jung, als wir uns kennenlernten.« Er lächelte erneut, und Nicholas konnte erkennen, wie sich sekundenlang das Gesicht eines vergnügten jungen Mannes unter den Falten abzeichnete. »Und ich? Ich war auch ein ganzes Stück jünger. Nangi-san und ich waren schon befreundet. Er arbeitete im MIHI, und ich war Geschäftsmann. Ich hatte damals mehrere *kobun*, und alle waren erfolgreich. In manchen Fragen habe ich mich ganz auf Marikos Rat verlassen. Sie war es, die mir empfohlen hatte, Ikiru-Kosmetik zu kaufen, 1976. Ikiru stellte Feuchtigkeitscremes und Hautstraffer her, und als ich die Firma kaufte, stand der japanische Kosmetikboom erst ganz am Anfang.«

Sato seufzte und schwieg einen Moment. Dann fuhr er fort: »Es war eine phantastische Investition. Schon im ersten Geschäftsjahr nach Übernahme der Firma hatte sie den Kaufpreis voll wieder hereingewirtschaftet und sogar noch einen kleinen Profit abgeworfen. Das zweite Jahr versprach ungeahnte Umsätze. Gewissermaßen aus Pflichtgefühl begann auch Mariko, Ikiru-Produkte zu benutzen, weil sie sich sagte, daß sie ja kaum erwarten konnte, aus ihren Freundinnen Ikiru-Kunden zu machen, wenn sie selbst die Cremes nicht ebenfalls benutzte. Ihr ganzer Stolz war ihre vollkommene, porzellanglatte Haut, und so benutzte sie unsere Gesichtscreme und das Astringens zweimal täglich, genau wie vorher die Produkte einer anderen Firma. Einige Monate später begann sie über Kopfschmerzen von migräneähnlicher Intensität zu klagen, die manchmal mehrere Tage lang andauerten. Während dieser Zeit fühlte sie sich immer entsetzlich benommen und wurde wiederholt von Schwindelanfällen heimgesucht. Ich bin mit ihr zum Arzt gegangen, aber der konnte nichts feststellen, schlug allerdings eine kurze Kur auf dem Land vor. Doch noch während der Kur kam der nächste Anfall, diesmal begleitet von hohem Fieber und starken Herzrhythmusstörungen. Außerdem hatte sie Schwierigkeiten mit der Gallenblase. Das Fieber ließ nicht nach. Sie hatte das Gefühl, daß ihr Gesicht unter der glatten Haut klebrig war, und so achtete sie noch genauer darauf, nach jeder Anwendung der Gesichtscreme das Astringens nicht zu vergessen. Eine Nachts erwachte Mariko schweißgebadet. Ihr Herz schlug dumpf und schwer wie ein Hammer auf einen Amboß. Auf ihrem Kopfkissen entdeckte sie einen Blutfleck, auch ihre Haut war blutig. Diesmal wurde sie in ein Krankenhaus gebracht. Es fiel ihr schwer zu atmen, und sie verlor Gewicht. Ihre Haut juckte. Nur mit Mühe konnte man sie davon abhalten, sich das Gesicht zu zerkratzen, denn sie glaubte, irgend etwas sei unter ihrer Haut. Sie brachte keinen Bissen mehr herunter und mußte intravenös ernährt werden. Aus ihren Poren drang eine seltsame Absonderung, die zur Untersuchung in ein toxikologisches Labor geschickt wurde. Langsam glitt Mariko fort von mir, in ein Koma, das den Ärzten völlig unerklärlich war, genau wie alle anderen Symptome. Sie erlangte das Bewußtsein nicht mehr wieder und starb eine knappe Woche später. Ich kann mich nicht daran erinnern, ihr während dieser langen Tage und noch längeren Nächte Lebewohl gesagt zu haben, nicht einmal, wie sehr ich sie liebte.«

Sie hatten ihre Teller geleert, und auch der Wein war getrunken. Leere Schüsseln türmten sich auf dem niedrigen Tisch.

Sato sagte: »Es war nur ein schwacher Trost, als die Leute im Labor schließlich den Ursachen ihres Leidens auf die Spur kamen. Offenbar enthielt die Gesichtscreme, die sie benutzt hatte, ein paraffinähnliches Polymer, ähnlich dem, das bei der Herstellung von Emailfarbe verwendet wird. Das Adstringens löste dieses Polymer auf und gestattete ihm so, durch die Poren ins Blut zu gelangen. Mit der Zeit hatte es die Poren so verstopft und Mariko langsam, aber sicher erstickt. Ihre Bauchspeicheldrüse und die Gallenblase waren völlig zerfressen. Entsetzt ließ ich sofort die Formeln bestimmter Ikiru-Produkte ändern und die Ingredienzien von allen Produkten auf ihren Behältern abdrucken. Aber es dauerte noch bis 1979, ehe das japanische Gesundheitsministerium auf den Empörungsschrei der Tausende reagierte, die unter anderem infolge der in einigen Cremes enthaltenen Teerkohle an schwarz verfärbter Haut litten, und ein Gesetz erließ, nach dem alle Ingredienzien von Kosmetika auf den Behältern nachzulesen sein müssen. Sechs Monate nach Marikos Tod, als ich wieder klar denken konnte, habe ich mit Gewinnen von Ikiru die Organisation der Opfer von Kosmetika, *Kesho-hinkogai higaisha no kai*, gegründet.«

Angesichts des Leids, das Sato zu tragen hatte, wurde Nicholas das Herz schwer. Mariko war ja nicht das einzige Opfer von *kokuhisho* gewesen. Die Schmerzen und der Tod der anderen Opfer konnten Sato kaum weniger geschmerzt haben. Und Buße, das wußte Nicholas, war nicht dasselbe, wie gar nicht erst gesündigt zu haben.

Sato drehte sein Schälchen um und bedeckte es mit der Handfläche. »Sagen Sie mir, Linnear-san, haben Sie mit dem Gefühl, verliebt zu sein, je einen anderen Gedanken als den des Vergnügens empfunden? Haben Sie sich je eingekerkert gefühlt von Ihrer Liebe? Als *müßten* Sie lieben, gegen Ihren Willen und nicht, weil Sie es wollten?« Er zog die Hand fort, und Nicholas sah, daß die winzige Porzellanschale, die sich darunter befunden hatte, verschwunden war. »Als ob ein grausames Herz Sie mit einem Bann belegt hätte?«

*

Lew Croaker saß zusammengekauert hinter dem Steuer des Wagens, mit dem sie von Florida in Richtung Osten gefahren waren, und betrachtete den rotglühenden Abendhimmel. Der Verkehr auf der Schnellstraße raste an ihm vorbei, die Rücklichter glichen suchenden Augen. Alix war gerade in den Waschraum der Highway Cafeteria gegangen, vor der Croaker geparkt hatte. Er spürte die Schwingungen der Straße, als wäre sie ein Teil von ihm geworden. Oder er von ihr.

Vor nicht allzu langer Zeit hatten sie den Savannah River hinter sich gelassen. Vor ihnen lag Georgia, dann kam Südkarolina, gefolgt von Nordkarolina und so fort, während die Interstate 95 sich weiter nach Nordosten schlängelte. Seit Jacksonville hatten sie nicht mehr gegessen; es war nicht sinnvoll, in kleinen Städten anzuhalten und so jedem Verfolger seine Fußabdrücke zu hinterlassen. In großen Städten gingen Neuankömmlinge oder Durchreisende einfach unter, niemand schenkte ihnen Aufmerksamkeit.

Alix hatte gewollt, daß er das Tempo verlangsamte, kaum daß sie über die Grenze von Florida waren, aber sein Fuß blieb weiter schwer auf dem Gaspedal. Sie hielt ihn für dickköpfig, aber er wollte ihr lediglich nicht erzählen, was er in dem Ford des roten Gorillas entdeckt hatte. Es handelte sich nämlich um einen Phonix-Zahlentransmitter mit Empfangskanal, und niemand, den Tomkin von seinem Geld anheuern konnte, hätte ein derartiges Gerät im Wagen gehabt.

Der Phonix war erst kürzlich auf den Markt gekommen, ein Instrument, das das gesprochene Wort automatisch in eine vorgespeicherte Zahl umsetzte. Über den Äther ging dann allein dieser Code, und zwar so schnell, daß es für jeden Mithörer praktisch unmöglich war, die Unterhaltung zwischen Sender und Empfänger zu dechiffrieren.

Jetzt saß Croaker in der allmählich dichter werdenden Nacht von Georgia, und während die endlosen Meilen ihrer schwindelerregenden Flucht noch immer in ihm nachhallten, fragte er sich, wohin ihn seine Besessenheit, seine Jagd nach dem Mörder Angela Didions noch führen würde. Noch immer war er nicht von Raphael Tomkins Unschuld überzeugt. Was sich in jener Nacht in Angela Didions Wohnung abgespielt hatte, wußte er noch nicht, aber er besaß jetzt wenigstens einen Schlüssel – Alix Logan, die einzige Zeugin. Er fragte sich, warum man sie gerade nach Key West gebracht hatte und vor wem man sie beschützen wollte. Plötzlich fiel ihm Matty das Maul wieder ein. Der kleine Spitzel war ihm schon einmal nützlich gewesen. Vielleicht konnte er auch in diesem Fall –

Croaker sprang aus dem Wagen. Er sah Alix in der Tür zum Waschraum auftauchen und rief ihr zu: »Warten Sie einen Moment im Wagen.« Dann betrat er die Cafeteria, fischte etwas Kleingeld aus der Hosentasche und führte ein Ferngespräch. Die Frauenstimme am anderen Ende behauptete, nie von jemand namens Matty das Maul gehört zu haben. Croaker schwatzte das Blaue vom Himmel herunter, und schließlich sagte die Frau, Matty sei aus, aber sie wüßte nicht wohin und auch nicht, wann er zurückkäme. Seit seiner Rückkehr aus Aruba ginge er in allem auf Nummer Sicher. Croaker sagte, das verstünde er, bei ihm wäre es genauso. Er konnte ihr keine Nummer hinterlassen und hätte es auch nicht getan, wenn er irgendwo zu erreichen gewesen wäre. Er versprach, es noch einmal zu versuchen.

Dann rutschte er wieder hinter das Steuer. »Auf geht's«, sagte er, ließ den Motor an und fädelte sich in den fließenden Verkehr ein.

»Ich bin müde«, sagte Alix und kuschelte sich mit angezogenen Beinen auf ihren Sitz. Er streifte sie mit einem Seitenblick, war erneut gerührt von ihrer Schönheit und spürte einen ungewohnten Beschützerinstinkt in sich aufsteigen. Doch dann vergaß er das katzenhaft neben ihm schlummernde Wesen, und seine Gedanken wanderten zurück zu dem Ford des toten Bewachers und der Phonix-Sprechanlage, bei deren Anblick ihm der kalte Schweiß ausgebrochen war.

*

Wenn ein Japaner sich betrinkt, dann geht es ihm letztendlich um die Freiheit, sein Herz ausschütten zu können, und dieses Ziel erreicht man nicht, indem man allein trinkt. Vor allem anderen kommt es ihm auf Gegenseitigkeit an – auch sein Trinkgefährte soll sich etwas von der Seele reden; der – bildlich gesprochen – warme Händedruck zweier Seelen ist der tiefere Sinn eines solchen Gelages.

Nicholas wußte, daß Sato nun auf seine Entgegnung wartete. Er sagte: »Ich glaube, Sato-san, daß wir uns in mancher Hinsicht sehr ähnlich sind. Vielleicht ist das der Grund, aus dem Nangi-san mich nicht mag. Vielleicht hat er dieses Band bereits gespürt.«

Er wußte, daß Sato und er einander nun mehr oder weniger auf Gedeih und Verderb vertrauen mußten. Sie schwammen in tiefem Wasser, und unter ihnen war nichts als ein Abgrund. Wenn es zwischen ihnen keine Übereinstimmung gab, hatten ihre Feinde bereits gewonnen.

»Als ich ein junger Mann war – jung und dumm –«, die beiden

Männer wechselten ein breites Grinsen, »habe ich eine Frau getroffen. Sie war älter als ihre Jahre und sicherlich älter als *meine* Jahre. Meine schon in früher Jugend begonnene Ausbildung hatte mich um die rechtzeitige Einweisung in bestimmte grundlegende Erfahrungen mehr weltlicher Natur gebracht.«

Sato, beide Fäuste gegen die leicht geröteten Wangen gepreßt, war entzückt; ganz offensichtlich amüsierte er sich prächtig. »Sie besaß eine Macht über mich, die ich nicht erklären konnte – ich kann es noch immer nicht, obwohl ich sie heute, glaube ich, besser verstehe. Es war genau, wie Sie es so wortgewandt ausgedrückt haben, als hätte ein grausames Herz mich mit einem Bann belegt. Yukio bestand ausschließlich aus Sex, Sato-san. Sie war ein Tier, und ich kann selbst heute noch nicht ganz glauben, daß es ein solches Geschöpf überhaupt geben konnte. Wenn wir nicht miteinander im Bett lagen, schien es für sie nur Leere zu geben. Ich erinnere mich noch, wie wir eines Tages einen Spaziergang unternahmen. Es war der dritte *hanami*-Tag, die traditionelle Zeit der fallenden Kirschblüten. Eigentlich hatten wir schon einen Tag vorher gehen wollen, als die Bäume noch in voller Blüte standen, aber Yukio fühlte sich nicht wohl, und so wanderten wir erst an diesem dritten Tag den gewundenen Pfad am Jindaiji entlang. Es kam mir vor, als befänden wir uns hoch auf den Hängen des Yoshino, als flüsterten hunderttausend Kirschbäume über uns im Wind. Der Anblick war von herzanrührender, trauriger Schönheit. Die *sakura* hatten ihre erste Blüte tatsächlich hinter sich, und als sie an diesem Tag fielen, wußte ich, daß es kein Morgen für sie geben würde, daß sie ihren letzten Moment der Pracht erlebten, und dieses Wissen ließ sie noch unvergleichlich viel schöner wirken. Zum erstenmal begriff ich an diesem Nachmittag ganz instinktiv den Adel, der in der Vergeblichkeit liegt und den wir Japaner so hoch schätzen. Denn ich sah, daß der absehbare Fehlschlag dem *Bemühen* eine geradezu heroische Dimension gibt.«

Nicholas schwieg einen Moment, von den plötzlich wieder auferstandenen Erinnerungen genauso beglückt wie Sato.

»Dann geschah etwas Seltsames. Ich drehte mich und betrachtete Yukio. Ihr hinreißendes Gesicht war zu der rosaweißen Wolke der herabrieselnden Blüten emporgewandt, und zwei blasse *sakura* hingen an ihrer Seidenbluse, als gehörten sie dorthin. Auf einmal begriff ich, daß sie wirklich zusammengehörten, diese letzten und schönsten Kirschblüten und Yukio. Sie waren von der gleichen kostbaren Vergeblichkeit. Es war keine Leere, die von ihr Besitz ergriff, wenn sie sich nicht der Liebe hingeben konnte, sondern eher eine schreckliche, schmerzliche, unstillbare Traurigkeit, die jedes mir bekannte Maß überstieg. Und auch jetzt noch, nach all den Jahren, frage ich mich, ob ich sie deshalb so sehr liebte. Denn irgendwie wußte ich, daß ich, wenn man mir die Zeit ließ, der einzige war, der diese Traurigkeit von ihr nehmen konnte.«

»Sie sprechen von ihr immer in der Vergangenheitsform, mein Freund.«

»Sie ertrank im Winter 1963 in der Meerenge von Shimonoseki.«

»Ah«, murmelte Sato. »So jung. Wie traurig. Aber jetzt ist sie bei den Heike. Die *kami* dieses verwunschenen Clans werden sich ihrer annehmen.« Er senkte den Kopf und wischte ein paar Tropfen verspritzten Weins mit dem Ärmel seines Kimonos von der Tischfläche. Als er wieder sprach, war seine Stimme weich, fast väterlich. »Linnear-san, haben Sie sich je überlegt, daß Sie vielleicht aufgehört hätten, sie zu lieben, wenn sie nicht mehr von dieser unauslöschlichen Traurigkeit überschattet gewesen wäre? Daß sie ohne diese Traurigkeit vielleicht in unserer Welt völlig lebensunfähig gewesen wäre? Möglicherweise kann Ihnen diese Überlegung helfen, wenn Sie das nächste Mal an sie denken.«

Aber Nicholas dachte im Augenblick weniger an Yukio als an Akiko. Er wußte, daß der nächste Schritt darin bestehen mußte, Sato von Akikos verblüffender Ähnlichkeit mit Yukio zu erzählen. Er versuchte sogar wiederholt, die Worte herauszubringen, aber nichts geschah. Es war, als hätte es ihm die Sprache verschlagen.

Ein Schatten wanderte über die Wände, und Nicholas sah Kotens massige Gestalt in der Tür auftauchen, ehe der Leibwächter wie ein gut abgerichteter Dobermann weiter seine Runden drehte.

Sato erhob sich mühsam. »Kommen Sie mit, mein Freund.« Er winkte Nicholas, ging mit unsicheren Schritten über die *tatami* und öffnete eine *fusuma* am anderen Ende des Raums. Eine kühle Abendbrise erfüllte den Raum. Nicholas folgte Sato in den Garten. Ein schmaler, kiesbestreuter Weg glitzerte im Mondlicht. Sato sog die frische Luft in großen Zügen ein. In der Ferne, jenseits der Buchsbaumhecke, trug der Himmel den rosagelben Widerschein der Neonlichter Shinjukus.

»Das Leben ist schön, Linnear-san«, sagte Sato. Seine Augen reflektierten die Helligkeit, die durch die offene Tür in den Garten fiel. »Es ist eine reiche, vielfältige Tapisserie, und ich möchte es nicht vor meiner Zeit verlassen.« Er blinzelte heftig nach Art der meisten Betrunkenen. »Sie sind ein Zauberer, Linnear-san. Eine glückliche Fügung hat Sie geschickt, unser Leben zu teilen. Wieder zeigt sich, daß man seinem Karma nicht entgehen kann, wie?« Er schlug die Arme um sich selbst. »Sagen Sie, Linnear-san, sind Sie ein Student der Geschichte?«

»Mein Vater, der Colonel, hat sich sehr für Geschichte interessiert, und er hat dieses Interesse an mich weitergegeben.«

»Dann wissen Sie bestimmt, daß es schon immer Gelegenheiten

gegeben hat, zu denen man sich nach außen und nach innen gleichzeitig verteidigen mußte.«

»Ja«, sagte Nicholas, »schlechte Zeiten, so wie diese.« Sato hatte ihm die Möglichkeit gegeben, endlich über das zu reden, was ihm auf der Seele lag. »Auch wir – und ich schließe mich durchaus mit ein, da ich durch die Fusion ein Mitglied der *keiretsu*-Familie geworden bin und deshalb mitverantwortlich für ihr Überleben und Gedeihen – werden gleichzeitig von innen und außen bedrängt.«

Sato nickte. »Ja. Von dem *Wu-Shing*-Mörder und jenen, die Ihnen das Geheimnis Ihres neuen Computer-Chips entreißen wollen.«

»Nicht ganz«, antwortete Nicholas nach einer kurzen Pause. »Tatsächlich gibt es noch andere Dinge, die sich zu einer Bedrohung unserer Fusion und der Stabilität des *keiretsu* auswachsen können.«

Sato runzelte die Stirn. »Ich entnehme Ihren Worten, daß Sie während Ihres kurzen Aufenthalts in den Vereinigten Staaten etwas erfahren haben, das ich noch nicht weiß.«

»Ja.« Nicholas nickte. »Einfach ausgedrückt, Sato-san – es gibt einen *muhon-nin*, einen Verräter, innerhalb des *keiretsu*.«

Ein stählerner Glanz trat in Satos Augen. »Ach so«, sagte er nach einem kurzen Schweigen. Plötzlich wirkte er wieder absolut nüchtern. »Und für welchen Ihrer Konkurrenten arbeitet dieser *muhon-nin*?«

»Für keinen«, sagte Nicholas. »Man könnte eher sagen, der Verräter arbeitet für einen *Ihrer* Konkurrenten. Für den KGB.«

Zum erstenmal konnte Nicholas eine unmißverständliche Reaktion auf Satos sonst undurchdringlichen Gesichtszügen erkennen. Sein Gastgeber wurde leichenblaß, und seine Hände begannen so heftig zu zittern, daß er die Finger verschränken mußte.

»Die Russen.« Seine Stimme war nur ein Flüstern, doch voller Emotionen. »Ja, ich verstehe. Die Russen würden liebend gern den Prototyp Ihres neuen Chips in die Hände kriegen.«

»Andererseits könnten sie aber auch hinter etwas ganz anderem her sein«, gab Nicholas zu bedenken und beobachtete Sato scharf.

Sato hob die Schultern. »Zum Beispiel?« Nicholas besaß seine ungeteilte Aufmerksamkeit.

Doch Nicholas hatte nicht vor, seine Trumpfkarte auszuspielen, ohne vorher die Garantien erhalten zu haben, die er benötigte. »Vorher möchte ich noch etwas zum *Wu-Shing* sagen. Sie wissen, daß es sich dabei um eine Frage von Leben und Tod handelt. Und wie Sie eben schon sagten, Sato-san, ist das Leben sehr schön. Auch ich möchte nicht, daß Sie es verlassen, bevor die Zeit gekommen ist.«

Er ging zu der Steinbank dicht beim Haus und öffnete den zerkratzten Holzkasten, den er dort abgestellt hatte, als er gekommen war. Dann holte er sein *dai-katana*, das vor über zweihundert Jahren geschmiedete Langschwert, heraus. Es war knapp einen Meter lang.

Als Sato sah, was Nicholas in den Händen hielt, wurden seine Augen groß und schwenkten zwischen der schwarz lackierten Scheide und Nicks Gesicht hin und her. Endlich ließ er sich schweigend auf die Knie nieder und verbeugte sich so tief, daß seine Stirn die Erde berührte.

Nicholas tat es ihm gleich und sagte: »Mein Vater hat diese Klinge *Iss-hogai* getauft, ›für das Leben‹. Es handelt sich dabei, wie Sie wissen, um die Seele des *samurai*.«

Vorsichtig legte Nicholas das mit einem Tuch umwickelte Schwert zwischen ihnen nieder. »Hierin wohnt mein *kami*, Sato-san.« Er brauchte seinem Gastgeber nicht zu erklären, weswegen er das *dai-katana* nach Japan mitgebracht hatte und daß er es auch zu benutzen gedachte. »*Wu-Shing* ist eine Frage von Leben und Tod, aber die Fusion zwischen unseren *kobun* ist nicht minder wichtig für die Zukunft. Ich möchte Sie bitten –«

»Die Fusion! Die Fusion!« explodierte Sato. »Ich bin es leid, dauernd über diese Fusion nachdenken zu müssen. Sie haben mein Wort, daß, sobald Nangi-san aus Hongkong zurück ist, die Fusion augenblicklich in die Wege geleitet wird, und zwar gemäß den bereits ausgehandelten Bedingungen.«

Einen Moment lang war Nicholas so überrascht, daß er vergaß, was er als nächstes sagen wollte. Er hatte sich auf eine Debatte eingestellt, nicht auf eine Kapitulation.

»Dann ist das zwischen uns geklärt.« Nicholas stellte fest, daß sein Mund trocken war. »Und zwar durch Wort und Tat.«

Ohne zu zögern, streckte Sato seine rechte Hand aus. Nicholas kam ihm mit der linken entgegen, bis ihre Handgelenke sich berührten. Mit der freien Hand schlang er eine Kordel um die Gelenke. Derart zusammengebunden legten sie die freien Handflächen auf das lange Schwert.

Nicholas löste die Kordel wieder. Sato atmete tief durch und sagte: »Vor einem Augenblick standen Sie im Begriff, mir zu sagen, hinter was der KGB-Verräter außer Ihrem neuen Chip noch her sein könnte. Oder haben Sie nur geblufft, ohne wirklich etwas in der Hand zu haben?«

»Daß der KGB jemand in Ihr Unternehmen eingeschleust hat, steht außer Zweifel«, sagte Nicholas. »Meine Informationen sind absolut glaubwürdig.«

»Aber was wollen die Russen dann?« fragte Sato scharf.

»*Tenchi*.«

In diesem Moment hörten sie beide ein Geräusch, blickten zum Haus hinüber und sahen Akiko, die durch die Tür in den Garten trat.

*

Der Anblick von Nicholas Linnear traf Akiko wie ein Schlag. Sie war gerade erst von ihrer Mission an den Hängen des Yoshino zurückgekehrt, wo sie die Masashigi Kusunoki angetane Schmach gerächt hatte. Sie war überzeugt gewesen, daß Linnear nicht so schnell wieder aus Amerika zurückkehren würde, und jetzt verfluchte sie Koten, weil er sie nicht auf den spätabendlichen Besucher vorbereitet hatte.

»Akiko!« Sato sprang mit großer Behendigkeit auf und eilte seiner Frau entgegen. »Ich hatte dich erst morgen nachmittag zurückerwartet.«

»Meine Tante hat sich nicht gut gefühlt«, antwortete Akiko. »Es hätte keinen Sinn gehabt, noch länger zu bleiben.«

»Du erinnerst dich an Linnear-san? Ihr habt euch bei der Hochzeit kennengelernt.«

»Natürlich.« Akiko näherte sich Nicholas mit gesenkten Augen. »Es tut mir leid, daß Tomkin-san so plötzlich gestorben ist. Bitte, akzeptieren Sie meine Anteilnahme.«

Sie hob die Augen und starrte Nicholas in das halb von Schatten verhüllte Gesicht. Dann setzte sie sich zu Satos Unbehagen auf die Steinbank, auf der das *dai-katana* gelegen hatte; offenbar wäre er lieber mit Nicholas allein geblieben. Sie fragte sich, worüber die beiden Männer gesprochen haben mochten. In der Hand hielt sie müßig einen Reispapiersonnenschirm mit Bambusgriff.

Sato redete auf sie ein, bot ihr zu essen und zu trinken an, doch es war, als bestünde eine Aura um sie und Nicholas, als wären sie die einzigen Menschen auf der Welt. Und in dem Spannungsfeld ihrer beiden mächtigen *wa* geschah etwas, das Akiko nie hätte vorhersehen können.

Sie fühlte, wie ihr schwindlig wurde. Sie schien zu schweben; alles *hara* hatte sie verlassen. Was geschah mit ihr? Je länger sie in dieses Gesicht starrte, das sie so gut kannte und das sie mit beinahe übermenschlicher Leidenschaft gehaßt hatte, desto größer wurde ihre Hilflosigkeit. Sie verlor die Kontrolle über sich, den Boden unter den Füßen. Was stellte Nicholas mit ihr an?

Benommen trank sie den heißen Sake, den Sato ihr gebracht hatte, und hörte sich mit seltsam erstickter Stimme um noch einen bitten, den sie ebenfalls hastig hinunterkippte, so daß sie beinahe daran erstickt wäre.

Dennoch fuhr sie fort, Nicholas anzusehen, und es war, als berührte sie ihn mit ihrer Haut, ihrem Fleisch. Ihre Schenkel begannen zu zittern; sein Blick war wie eine Umarmung. Sie schloß die Augen, um sich wieder in die Hand zu bekommen, spürte statt dessen aber lediglich den unwiderstehlichen Drang, ihn weiter anzusehen. Sie öffnete die Augen wieder. Er war noch da.

Mein ist die Rache.

Wie oft hatte sie sich diesen Satz in den vergangenen Jahren vorgesagt, hatte er ihr Kraft gespendet, wenn sie unter den Qualen der Ausbildung zu zerbrechen drohte. Ohne diesen Satz, der sie gewärmt hatte wie eine Daunendecke in frostiger Nacht, wäre sie niemals am Leben geblieben, um diesen Moment zu erfahren wie einen Pfeil, der ihr Herz durchbohrte.

Und jetzt begann sie zu zittern, denn auf einmal erkannte sie, was Nicholas in ihr hervorrief. Ihr Verstand raste, suchte einen Ausweg, versuchte zu fliehen vor etwas, das sie doch schon längst als unausweichliche Wahrheit erkannt hatte.

O Herr, dachte sie, ich begehre ihn. Ich begehre ihn so sehr, daß ich nicht mehr weiß, was ich tue.

Tokio

Herbst 1948 – Herbst 1963

Ikan lebte innerhalb der blaßgrünen und karamelfarbenen Mauern von *Fuyajo*. Das Schloß, das keine Nacht kennt, war ihre Heimat seit ihrem achten Lebensjahr.

Jenes Jahr, heute längst Vergangenheit, war überschattet von bösen Vorzeichen und Mißernten im ganzen Land. Die Bauern hatten kein Geld und wenig Hoffnung, daß sich dieser Zustand in den nächsten Monaten ändern könnte.

In Japan heißt es, harte Zeiten seien die besten Freunde der Tradition, da sich die Menschen während dieser Perioden wieder den Sitten und Bräuchen der Vorfahren zuwandten.

Und so geschah es auch mit Ikans Familie in jenem Jahr. Die Ernte ihres Vaters fiel nicht besser aus als die seiner Nachbarn, was heißen soll, sie war mehr als kärglich. Es schien, als weigerte sich die Erde, ihre Früchte preiszugeben.

Ikan selbst merkte zum erstenmal, daß etwas nicht stimmte, als sie mit einer Handvoll Riedgras vom Feld zurückkehrte und ihre Mutter in Tränen aufgelöst vorfand.

Am nächsten Morgen wurde Ikan in einem lehmverklebten, von Fehlzündungen erschütterten Lieferwagen, der nach Dieselöl, Kohl und Tomaten roch, vom Hof fortgebracht. Ihre wenigen Habseligkeiten hielt sie in einem mitleiderregend winzigen Sack auf dem Schoß. Sie war ausersehen, ihre Familie zu retten.

Wie in den Jahrhunderten vorher schon so viele Mädchen, wurde Ikan in die Prostitution verkauft, um ihrer Familie die Schande eines Bankrotts zu ersparen. Doch im Gegensatz zum westlichen Denken war die Prostitution in Japan keine Schande, sondern eine ehrenvolle, wenn auch nicht immer leichte Aufgabe.

Dies ging zurück auf die Zeiten, in denen die Samurai ihre Herren für lange Zeit in ferne Gegenden begleiten und ihre Frauen zu Hause zurücklassen mußten. Um nicht zu Ehebrechern zu werden, bedienten sie sich der käuflichen Zärtlichkeit, die ihnen von den Prostituierten entgegengebracht wurde.

Es führte daher keinen Gesichtsverlust mit sich, wenn man sein Kind in ein Bordell verkaufte. Im Gegenteil, diese jungen Mädchen wurden mit einer Mischung aus Respekt – da sie sich mit töchterlicher Ehrfurcht in ihr *giri* fügten – und Mitleid – da sie kaum je mehr die Chance erhalten würden, einen Mann und ein eigenes Heim zu besitzen – betrachtet. So existierte da immer eine Aura des Geheimnisvollen, versetzt mit einem Schuß lauterster Traurigkeit, welche die Männer in die Arme der *geisha* trieben, so wie sie sich jedes Frühjahr nach Ueno begaben, um die Kirschblüte mitzuerleben.

Ikan begann ihr Dasein im *Fuyajo*, dem ältesten dieser Etablissements in der Gegend, als *kamuro*, eine Art Auszubildende, die den *oiran*, den höhergestellten Prostituierten, zur Hand gingen, wenn sie nicht gerade damit beschäftigt waren, zu waschen oder zu putzen.

Als sie zwölf war, wurde Ikan einer anstrengenden Prüfung unterzogen und durfte sich anschließend dem Studium des *baishun* widmen, das Gesang, Ikebana, Tanz, Literaturgeschichte und natürlich Erotik umfaßte.

Diese Kurse nahmen sie fünf Jahre lang in Anspruch, an deren Ende sie neuerlich eine Prüfung ablegen mußte. Die Prüfung entschied über ihr weiteres Leben, denn wenn sie sie nicht bestand, wurde sie wieder zur *kamuro* degradiert und mußte den Rest ihrer Tage im *Fuyajo* damit verbringen, den Müll hinauszubringen. Ikan allerdings hatte nicht die geringsten Schwierigkeiten und konnte sich so schon als Siebzehnjährige mit dem Titel einer *oiran* schmücken.

Vier Jahre übte sie ihren Beruf mit Hingabe und Verstand aus, und an ihrem einundzwanzigsten Geburtstag wurde sie zur *tayu* erhoben, was selbst für ältere *oiran* eine große Auszeichnung bedeutet hätte. Noch nie in der Geschichte des Schlosses, das keine Nacht kennt, hatte es eine *tayu* gegeben, die so jung an Jahren gewesen war, und so wurde ihr zu Ehren ein großes Fest gegeben.

Auf diesem Fest, auf dem Ströme von Sake flossen und virtuose *samisen*-Spielerinnen mit ihren Instrumenten herrliche Muster in die dampfgeschwängerte Luft woben, geschah es, daß Ikan zum erstenmal Hiroshi Shimada gegenüberstand.

*

Hiroshi Shimada war ein Mensch von ruhiger Eindringlichkeit, kein gutaussehender Mann, es sei denn, man wandte den Begriff sehr großzügig an, doch er besaß eine Willensstärke, die Ikan sofort überaus anziehend fand.

Was Shimada betraf, so war Ikan sehen und sie begehren eins. Es wäre ihm nie in den Sinn gekommen, er könnte sich vielleicht auf

Anhieb verliebt haben, denn man verliebte sich nicht in eine *geisha*; man ging zu ihr, um sich eine Nacht lang zu entspannen, Ruhe und Genuß zugleich zu finden. Und doch vergaß er bei ihrem Anblick alle anderen Frauen, deren Bild er möglicherweise in seinem Inneren mit sich geführt haben mochte, einschließlich dem seiner eigenen.

Ikan besaß eine Ausstrahlung, der niemand zu widerstehen vermochte. Selbst die anderen *oiran* unterhielten sich darüber heimlich in eifersüchtigem Flüstern, denn Ikan war zugefallen, was jede von ihnen ersehnte – die vollkommene Verschmelzung des Ätherischen mit dem Animalischen. Auch Shimada vermochte sich diesem mächtigen Aphrodisiakum nicht zu widersetzen, und schnell fühlte er sich an ihre Seite gezogen. Mit liebevollem Blick musterte er jede Falte ihres kostbaren Kimonos, die drei durchsichtigen *kanzashi* aus Schildpatt, die durch ihr glänzendes schwarzes Haar gesteckt waren, und den schlichten Kamm aus *tsuge*-Holz, der es an ihrem Hinterkopf zusammenhielt.

Natürlich ergab sich bei diesem Fest keine Gelegenheit, mit ihr allein zu sein, und er hatte sich auch noch nicht um einen offiziellen Termin bei ihr bemüht, wie es im *Fuyajo* üblich war, so daß er erst eine Woche später wieder vor der Schwelle des karamelfarbenen Etablissements stand. Es regnete, und er hatte sich verkleidet, bevor er sich ins Vergnügungsviertel wagte. Nicht etwa, weil er sich schämte, hier gesehen zu werden, oder weil er den Bordellbesuch vor seiner Frau verheimlichen wollte, sondern eher wegen des politischen und ökonomischen Klimas in diesen Jahren kurz nach dem Krieg. Als Vizeminister des Ministeriums für Handel und Industrie hatte er viele Feinde, und er beabsichtigte nicht, den Leuten, die ihn abschießen wollten, auch noch die Munition zu liefern. Dieser Hund von der SCAP, Colonel Linnear, schnüffelte überall herum, und wenn er ihm auf die Spur kam, würde Ministerpräsident Yoshida der erste sein, der ihn, Shimada, öffentlich ans Kreuz schlagen ließ, um sich bei den *gaijin* anzubiedern.

Die Spionagearbeit, die er vor und während des Kriegs in verschiedenen Positionen für die heute verbannten *zaibatsu* geleistet hatte, konnte ihm durchaus noch das Genick brechen. Shimada blickte auf seine Hände hinab. Sie zitterten. Er atmete tief durch, um sich zu beruhigen. Dann klopfte er.

Die Tür des *Fuyajo* öffnete sich, und kaltes Licht umspülte Shimada. Er senkte den Kopf und trat hastig über die Schwelle.

*

Zuerst wollte er von ihr nichts anderes, als daß sie ihm Tee servierte. Das komplexe Ritual des *chano-yu* war so entspannend wie eine Massage oder ein heißes Bad. Wenn er Ikan dabei beobachtete, wie sie die Zeremonie ausschließlich für ihn zelebrierte, gelang es ihm, alle Sorgen und Kümmernisse, die draußen an ihm nagten, einfach zu vergessen. Statt dessen erfüllte ihn eine geistige Klarheit, eine innere Ausgeglichenheit, wie er sie nie für möglich gehalten hätte. Jede ihrer Antworten war ein Labsal, jede Frage aus ihrem Mund ein Geschenk. Während er draußen unter dem Druck der Ereignisse schneller alterte, fühlte er sich bei Ikan wie neugeboren.

Was Ikan betraf, so lernte sie den Mann, der Shimada außerhalb der Mauern des *Fuyajo* war, nie kennen, denn bei ihr brauchte er sich nicht zu verteidigen, nicht zu verstellen. Sie sah eher den Menschen, der er in einer anderen Zeit unter anderen Umständen hätte sein können.

Bei ihr war er sanft und warmherzig; seine unübersehbare Freude an allem, was sie tat, schmeichelte ihr. Sie erkannte in ihm eine tiefe Sehnsucht danach, umhegt und geliebt zu werden, und da sie die Überzeugung hatte, daß alle Männer im Grunde ihres Wesens nur Kinder waren, verspürte sie keine Notwendigkeit, der Ursache für seinen übergroßen Zärtlichkeitsbedarf auf den Grund zu gehen.

Allerdings gab es noch einen Faktor, der sie in ihrem Selbstbetrug unterstützte. Als Shimada ihr bei seinem zweiten Besuch eine Garnitur alter *kanzashi* aus *tsuge*-Holz mitbrachte, die genau zu ihrer *kushi* paßten, ahnte sie schon, daß er bei ihr eine ganz besondere Rolle spielen würde. Sie geriet keinesfalls aus der Ruhe, auch hielt sie die Augen gesenkt, wie es sich gehörte, und ihr Lächeln geriet nicht aus dem Zaum, während sie sich murmelnd für das überaus kostbare Geschenk bedankte. Doch ihr Herz schlug wie wild, und das Blut sang in ihren Adern. Es war ein völlig neues Gefühl, und sie war außerordentlich verwirrt. Erst später in der Nacht, als sie verschlungen mit ihm auf dem luxuriösen *futon* lag, als ihr Schweiß sich mit dem seinen vermischte, als sie den Doppelschlag seines Herzens dicht an dem ihren spürte und er nach köstlichen Stunden des Vorspiels endlich in sie eindrang, da wußte Ikan, um was für ein Gefühl es sich handelte.

Sie war verliebt.

*

Den Entschluß, das Baby zu bekommen, faßte sie ganz allein, gemäß ihrem Vorrecht als *tayu*. Die Geschäftsführung des *Fuyajo* hatte schon vor langer Zeit beschlossen, den *tayu* dieses Privileg einzuräumen, da sie der Meinung war, daß viele der einzigartigen Qualitäten einer guten Geisha angeboren waren, ähnlich wie bei einem Zuchthengst, und nur der korrekten Pflege und des richtigen Trainings bedurften, um ans Tageslicht zu treten.

Im allgemeinen stellte sich diese Frage allerdings erst etwas später in der Karriere einer *tayu*, da die meisten Frauen sich vor den äußerlichen Spuren von Schwangerschaft und Geburt sowie der aufgezwungenen Untätigkeit fürchteten. Ikan jedoch besaß so viele herausragende Qualitäten, daß die Gier der Besitzer des *Fuyajo* ihre anfänglichen Zweifel an der Richtigkeit ihres Entschlusses überwältigte.

Ikan war hundertprozentig sicher, daß sie Shimadas Kind haben wollte. Schon jetzt bestand er darauf, daß sie keinen anderen Mann empfing und bezahlte beträchtliche Summen für das Privileg der Exklusivität. Sie wußte, daß sie ihm besser als jede andere gefiel, und wenn sie ihm erst einen Sohn geboren haben würde – daß es nur ein Junge werden konnte, bezweifelte sie nicht eine Sekunde lang –, dann war er bestimmt so aus dem Häuschen, daß er ihr jeden Wunsch erfüllte. Und sie wollte nichts anderes, als seine Geliebte zu werden.

Es kam Ikan nie in den Sinn, daß sie vielleicht eine Tochter in die Welt setzen könnte, die sie für immer an das *Fuyajo* binden und die wiederum selbst ihr Leben lang an das Schloß, das keine Nacht kennt, gebunden sein würde.

Und doch geschah es so. Das Kind, das sie gebar, war ein Mädchen.

Drei Tage lang lag sie auf ihrem Bett und weinte, erfüllt von Kummer, Scham und Haß auf das Kind, das all ihre Hoffnungen zerstört hatte. Doch schließlich erkannte sie, wie hilflos und allein ihre Tochter war, und ihre Gefühle änderten sich. Sie beschloß, für das kleine Wesen zu sorgen, als wäre es ihr eigenes, was es längst nicht mehr war, denn alle weiblichen Abkommen einer *tayu* gingen automatisch in den Besitz des *Fuyajo* über.

»Die Kleine hat noch immer keinen Namen, Herrin«, sagte die alte Frau, die für sie kochte und putzte, eines Morgens, als sie Ikan das kleine Bündel in die zitternden Arme legte. »Das bringt viele Jahre Pech.«

Ikan betrachtete das winzige, noch immer runzlige und gerötete Gesicht ihrer Tochter.

»Sie ist sehr hungrig«, sagte die alte Frau mit einem Kichern. »Reiko, die ihr die Brust gibt, hat es mir erzählt.«

Ikan nickte geistesabwesend. Es war ihr egal, wer dem Baby die Brust gab, solange es ihr nicht erlaubt war.

»Ich habe viele Räucherstäbchen angezündet«, fuhr die alte Frau fort, »und auch sonst habe ich getan, was ich konnte, um dieses unschuldige Geschöpf vor einem schlechten Karma zu beschützen. Aber, Herrin, vergebt mir, sie muß einfach einen Namen haben.«

Ikan spürte, wie ihre Augen sich mit Tränen füllten. Wenn sie daran dachte, zu was für einem Leben sie dieses kleine Wesen durch ihr unbedachtes Vorgehen verdammt hatte, wurde ihr das Herz schwer. Tränen traten ihr in die Augen, und das winzige Gesicht zerlief zu einem roten Fleck. Mit einem kaum hörbaren Flüstern sagte sie: »Sie soll Akiko heißen.«

*

Akiko wurde ein gesundes, kräftiges Mädchen, robust wie ein Junge, doch Ikan hielt sich von ihr fern, so gut es ging. Shimada kam oft in das Schloß, das keine Nacht kannte, und wie früher auch verbrachte er lange Nächte in Ikans Gesellschaft. Aber sie gestattete ihm nicht, seine Tochter zu sehen, sie zu halten oder mit ihr zu sprechen, sie wissen zu lassen, daß er ihr Vater war.

Es bereitete ihr geradezu Vergnügen, Akiko vor ihm zu verbergen. Nach außen hin war sie aufmerksam, reagierte auf jeden seiner Wünsche, oft schon, bevor er überhaupt ein Wort in einer bestimmten Richtung äußern konnte – schließlich lag darin ja die Kunst einer fähigen Kurtisane. Innerlich jedoch weidete sie sich an dem exquisiten Schmerz, den sie ihm zufügte.

Später konnte Akiko sich nur an ein einziges Mal erinnern, ihren Vater gesehen zu haben, und das war an einem ungewöhnlich warmen Frühlingstag gewesen, zwischen ihrem dritten und vierten Geburtstag. Sie hatte mit Yumi, der alten Köchin, gespielt und war, wie immer um diese Tageszeit, in das Zimmer ihrer Mutter zurückgekehrt. Doch an Stelle ihrer Mutter, die sie sonst immer dort erwartete, um ihr das Haar zu kämmen, fand sie einen Mann in einem schokoladenbraunen Anzug vor. Er hatte hängende Schultern, kräftige Gesichtszüge, einen bleistiftdünnen grauen Schnurrbart und dicke Augenbrauen, die wie Wolken vor seinem Gesicht hingen. Als er sie sah, lächelte er; er hatte gelbe Zähne.

»Akiko-chan«, sagte er mit einer Verbeugung.

Sie erwiderte die Geste. Sie war nah genug, um zu riechen, daß er nach Zigarettenrauch stank. Sie rümpfte die Nase und rieb sie mit dem Zeigefinger.

»Ich habe dir ein Geschenk mitgebracht, Akiko-chan.« Er beugte sich zu ihr herunter. Auf seiner Handfläche lag ein kleines, aus Magnolienholz geschnitztes Pferd, das die Vorderbeine in die Luft reckte, als wollte es einen unsichtbaren Gegner abwehren oder zum Sprung ansetzen.

Akiko starrte die kleine Statue an, wagte aber nicht, danach zu greifen.

»Es ist für dich. Möchtest du es nicht haben?«

»Doch«, flüsterte sie.

Sie streckte die Hand aus und schloß die Finger um die kleine Statuette.

»Das bleibt aber unser Geheimnis«, sagte er.

Sie nickte. »*Domo arigato*.«

Er lächelte sie an und ergriff ihre Hand. »Jetzt haben wir den ganzen Nachmittag für uns.«

Es war die Zeit der Kirschblüte, und er fuhr mit ihr im Zug zu einem kleinen Park am Stadtrand, dessen Wege flankiert wurden von sauber ausgerichteten Reihen alter Kirschbäume. Vor einem Wagen, der Süßigkeiten anbot, blieb er stehen und kaufte zwei süße, mit Marmelade gefüllte Krapfen. Über ihren Köpfen trieb ein orangegrüner Papierdrachen mit einem Tigerkopf auf dem Wind. Akiko lachte über seine Kapriolen. Hungrig aß sie ihren Krapfen, und Shimada wischte ihr die Wangen mit einem schneeweißen Taschentuch ab.

Es war so still in dem Park, daß Akiko glaubte, die leichten rosa Blüten durch die Luft fallen zu hören, eine zeitlose Ewigkeit lang, bis sie den Boden berührten.

Vor Freude mußte sie laut lachen. Sie hüpfte von Shimada fort und wieder zu ihm zurück, klammerte sich an seine Hosenbeine und zog ihn vorwärts, um ihm klarzumachen, daß er auch tanzen sollte.

Sie sah ihn nie wieder, und es dauerte lange, bis sie begriff, warum. Auch daß er ihr Vater gewesen war, erfuhr sie erst später. Vor allem vermochte sie nicht zu verstehen, wie er sich, keine vierundzwanzig Stunden nachdem er ihr lächelnd zugesehen hatte, wie sie zwischen den Kirschblüten herumtollte, das Leben nehmen konnte. Erst dachte sie, daß sie ihm das nie vergeben könnte, und als sie dann die schreckliche Wahrheit erfuhr, dachte sie, daß sie es sich selbst nicht vergeben könnte.

Ikan war nach Shimadas Tod nie wieder wie vorher. Der Kummer überzog ihr Gesicht mit einem Netz von Falten, und sie begann Unmengen von Sake zu trinken. Die Geschäftsführung des *Fuyajo* war verständlicherweise verwirrt und dann, als Ikans Zustand sich rapide verschlechterte, verärgert. Sie hatte noch viele gute Jahre vor sich, wie man fand, und wenn sie eines Tages zu alt für die sexuelle Vereinigung sein sollte, konnte sie immer noch ihr Potential als eine der besten *sensei* des Hauses ausschöpfen und die jüngeren Frauen mit Ratschlägen versehen.

Doch das sollte nicht sein. Im Frühjahr 1958, als Akiko dreizehn Jahre alt war, stand Ikan eines Morgens nicht mehr von ihrem *futon* auf. Angst ergriff von dem Haus Besitz wie ein böser *kami*, und alle Unterhaltungen fanden nur noch im Flüsterton statt. Der Doktor kam und stieg langsam die schmale, steile Treppe zu Ikans Zimmer hinauf. Akiko wurde von einer Gruppe gleichaltriger Mädchen daran gehindert zu folgen.

In Ikans herrlichem Körper war jeder Lebensfunke erloschen.

Der alte Doktor schüttelte betrübt den Kopf. Er saß auf der Kante von Ikans Bett, blickte ihr in das blasse Gesicht und dachte, daß er in seinem ganzen Leben noch nie eine solche menschliche Schönheit gesehen hatte.

Neben ihr fand er eine leere Flasche und ein Tablettenröhrchen, das ebenfalls leer war bis auf ein wenig weißen Staub auf dem Glasboden. Der Doktor berührte den weißen Staub mit der Fingerspitze und führte sie dann an die Zunge. Er nickte betrübt.

Als er ein Geräusch hörte, ließ er das Röhrchen rasch in die Tasche gleiten. Vielleicht kann ich hier doch noch etwas tun, dachte er. Und so zuckte er, als die Geschäftsführung des *Fuyajo* ihn nach der Todesursache fragte, nur mit den Schultern, ließ den Kopf sinken und erklärte, sie sei wohl an Herzversagen gestorben, was in gewisser Weise ja auch zutraf.

Er verspürte bei dieser Lüge nicht die geringsten Gewissensbisse und auch nicht, als er die Todesursache fälschte. Tatsächlich fühlte er sich durch diese Tat sogar ein wenig geadelt. Er hatte in der Zeitung von dem schockierenden Selbstmord des Vizeministers gelesen, ebenso wie von dem Beweismaterial, das gegen ihn zusammengetragen worden war. Diese Frau hatte genug gelitten, dachte er. Möge ihr Tod friedlich wirken und nicht noch mehr böses Gerede nach sich ziehen.

Die Geschäftsführung des *Fuyajo* erklärte Akiko noch am selben Tag, was geschehen war, und endlich dämmerte ihr, wie ihr Leben von nun an bis zu dem Tag, an dem sie starb, aussehen würde. Bis zu dem Tag, an dem sie vielleicht ihre Seele auf die gleiche Weise aushauchen mochte wie ihre Mutter. Nein, ein solches Leben wollte sie nicht führen, um keinen Preis.

An jenem Abend sammelte sie ihre Habseligkeiten zusammen, ganz ähnlich wie ihre Mutter am Morgen ihrer Abfahrt vom elterlichen Bauernhof viele Jahre zuvor. Zusammen mit einigen Andenken an die Verstorbene, die sie nicht in die Hände der Aasfresser vom *Fuyajo* fallen lassen wollte, stopfte Akiko sie in einen ramponierten Bambuskoffer, ehe sie sich mitten in der Nacht aus dem Gebäude stahl. Das bunte Treiben in den Zimmern lenkte alle Aufmerksamkeit von ihr ab.

Bald schon schritt sie über die enge Straße, bog um eine Ecke, eilte mit raschen Schritten eine dunkle Gasse hinunter und hielt nicht inne, bis sie das Vergnügungsviertel verlassen hatte. Sie blickte nicht einmal hinter sich, und sie kehrte nie zurück.

*

Natürlich wurde sie verfolgt, denn sie war eine außerordentlich wertvolle Ware, und die Geschäftsführung des *Fuyajo* hatte viele Jahre in sie investiert. Akikos Verschwinden warf ein schlechtes Licht auf ihre Organisation, und so schickte man zwei Männer aus, die sie zurückholen oder, wenn das nicht möglich war, die verräterische Tat mit der schlimmstmöglichen Strafe ahnden sollten.

Zum erstenmal merkte Akiko, daß sie verfolgt wurde, als sie sah, wie sich zwei Schatten gleichzeitig bewegten, einer etwas weiter voraus und einer zwei Blocks hinter ihr. Wahrscheinlich wären ihr die Schatten überhaupt nicht aufgefallen – denn sie bewegten sich absolut lautlos –, hätte sie sich nicht aus Versehen in das Territorium einer Katze verirrt, die gerade ihre Jungen fütterte. Die Katze sprang auf, krümmte den Rücken und fauchte, wobei sie lange spitze Zähne fletschte und Akiko mit karneolfarbigen Augen anstarrte.

Akiko zuckte zusammen und sprang zurück. Ihr Herz hämmerte schmerzhaft. In diesem Moment sah sie die Bewegung der Schatten, und ihre Augen wurden groß.

Sie preßte sich gegen eine kühle Wand, blickte gehetzt nach rechts und links. Jetzt bewegte sich nichts mehr. Stille. Das Fehlen jeglicher Verkehrsgeräusche war unheimlich, und es gab nicht einmal einen Polizeinotrufkasten in der Nähe.

Sie befand sich noch immer in der Altstadt von Tokio, in der die Gebäude klein und niedrig am Boden kauerten. Sie bestanden noch aus Holz und Ölpapier und waren nicht, wie in anderen Teilen der Stadt, durch Stahl- und Glastürme ersetzt worden.

Langsam zog Akiko sich von der fauchenden Katze zurück. Sie war jetzt ganz sicher, daß der lange Arm des *Fuyajo* sie verfolgte. Aber sie beschloß, sich auf keinen Fall dorthin zurückbringen zu lassen. Lieber würde sie sterben. Und vorher würde sie jemand gewaltig weh tun.

Sie spürte, wie sie wütend wurde. Rasch kniete sie nieder, und als sie das tat, nahm sie aus dem Augenwinkel eine weitere verwischte Bewegung wahr. Ohne zu zögern, öffnete sie den Bambuskoffer und holte die Pistole heraus.

Es war nur eine kleine Pistole mit Perlmuttgriff, Kaliber .22, doch gut geölt und voll funktionsfähig. Geladen war sie auch, wie Akiko aufgefallen war, als sie die Waffe aus ihrem Versteck unter dem *futon* ihrer Mutter genommen hatte. Warum Ikan einen solchen Gegenstand besessen haben sollte, konnte Akiko sich nicht vorstellen, aber an jenem Tag vor einem Jahr, als sie die Pistole zum erstenmal entdeckt hatte, war sie klug genug gewesen, mit niemand, nicht einmal mit ihrer Mutter, darüber zu sprechen. Und gestern abend hatte sie das Gefühl gehabt, sie unbedingt mitnehmen zu müssen. Jetzt wußte sie, warum.

Sie kamen langsam näher. Akiko klappte den Koffer schnell wieder zu und stand auf. Die Pistole hielt sie hinter ihrem Rücken versteckt. Sie verspürte keine Furcht, denn sie war in die Nacht geboren worden und betrachtete die Dunkelheit als Freund.

Der erste bewegte sich auf sie zu. Geschmeidig und schlank verschmolz er mit der Schwärze, so daß Akiko ihn erst bemerkte, als er schon ganz nah war. Ihr Kopf flog herum. Gegen ihren Willen entfuhr ihr ein leiser Schrei.

»Was wollen Sie?« Ihre Stimme war ein heiseres Flüstern, kaum lauter als der Nachtwind, der über ihrem Kopf in den Blättern der Zypresse raschelte.

Um sich nicht zu verraten, gab er keine Antwort. Akiko starrte angestrengt in das Dunkel ringsumher. Jetzt hatte sie auf einmal doch Angst.

»Ich weiß, daß Sie da sind«, sagte sie leise und versuchte, das Zittern in ihrer Stimme zu unterdrücken. »Wenn Sie mir zu nahe kommen, bringe ich Sie um.« Doch trotz dieser starken Worte begann sie zu zittern. Ihr fröstelte, und alles um sie herum wirkte fremd und unheildrohend.

Als sie merkte, daß sie kurz davor stand, in Tränen auszubrechen, traf sie eine Entscheidung. Je länger sie wartete, desto größer wurde die Gefahr, daß sie die Nerven verlor. Schon spürte sie, wie sich ein Zittern ihrer Muskeln zu bemächtigen drohte. Es hieß, jetzt oder nie, und sie mußte sich einfach auf ihre Augen verlassen.

Ich habe Angst, sagte sie sich so ruhig wie möglich. Aber er wird mich töten, wenn ich ihn lasse, oder er bringt mich wieder ins *Fuyajo* zurück, und das ist noch schlimmer als der Tod.

Sie holte gerade die Pistole hinter dem Rücken hervor, als sie zu ihrer Linken eine Bewegung spürte und dachte, *der andere*! Etwas drückte auf ihren Kehlkopf, und sie merkte, wie ihr die Luft abgeschnitten wurde. Sie geriet in Panik und stieß einen Schrei aus, riß die Pistole hoch, und ihr Zeigefinger krümmte sich und krümmte sich noch einmal, während sie verzweifelt um Luft rang.

Das Krachen der Schüsse ließ sie erneut aufschreien. Ihre Trommelfelle schienen zu platzen, und sie taumelte. Der scharfe Korditgeruch drang ihr in die Nase. Während die Hitze der Detonation sie streifte wie die Hand des Todes, spürte sie, daß sie sich übergeben mußte.

Licht blendete sie. Sie lehnte sich gegen eine Holzwand und rutschte daran herunter, als ihre Beine nachgaben. Etwas lief ihr in die Augen, und sie fuhr sich mit der Hand über die Stirn. Ihr Haar war filzig und naß, eine klebrige Flüssigkeit rann ihr über die Finger.

Blut, schwarz wie die Nacht. Sein Geruch wie nach Kupfer drohte sie zu ersticken, und sie erbrach sich ein weiteres Mal, während sie sich immer und immer wieder über das Gesicht wischte und dabei laut und keuchend schluchzte.

Ein Schatten neigte sich über sie. Instinktiv riß sie die Pistole hoch, hatte aber nicht mehr die geringste Kontrolle über ihren Körper, so daß der Lauf wild hin und her zuckte. Sie versuchte, den Zeigefinger um den Abzug zu legen, aber der Finger gehorchte ihr nicht. Dann wurde ihr die Waffe aus der kraftlosen Hand genommen, und sie brach völlig zusammen, schluchzte wild und flüsterte verzweifelt: »Ich will nicht zurück, bitte, bringt mich nicht zurück!«

Jemand hob sie hoch. Ein Luftzug strich über ihre feuchten Wangen. Wenig später hörte sie einen Riegel auf- und wieder zuschnappen, ehe warme Luft sie umhüllte gleich einer Decke. Sie öffnete die Augen und sah, daß sie in einem Haus war, das sie nicht kannte; auf alle Fälle war es nicht das *Fuyajo*.

Sie schloß die Augen wieder, ihr Kopf sank herab...

*

Ein Kopf schob sich über sie, pockennarbig und riesig wie der Mann im Mond. Dann senkte er sich herab durch ein Netz verwelkter Zweige, die so dornig waren wie das Geweih eines Hirschs.

Akiko stieß einen Schrei aus und versuchte, die Hände vors Gesicht zu schlagen, um es zu schützen. Sie hatte das Gefühl zu fallen und gleichzeitig vorwärts zu schießen, herumgewirbelt wie ein Blatt im Wind.

Der Mann im Mond zog sein Gesicht wieder zurück, und es war, als würde ihr ein Gewicht von der Brust genommen.

»Ist es so besser?« Die Stimme war sanft und heiter und hatte einen ländlichen Akzent.

»Ich kriege... keine Luft.« Akiko konnte nur krächzen, und sie merkte, daß ihr Mund und ihre Kehle so ausgetrocknet waren, daß sie keinen Speichel mehr zusammenbekam.

»Bald geht es dir wieder besser.« Der Mann im Mond lächelte, zumindest machte er diesen Eindruck auf Akiko. Sie konnte noch immer nicht deutlich sehen; es war eher, als blickte sie durch eine regennasse Fensterscheibe.

»Sie sehen ganz verschwommen aus«, sagte sie flüsternd.

»Wenn du aufhörst zu weinen«, sagte die sanfte Stimme, »wird sich auch dieses Problem von selbst erledigen.«

*

Als sie zum zweitenmal erwachte, war es schon wieder dunkel, und es schien, als hätte sie nur kurze Zeit geschlafen, dabei waren seit dem Überfall auf der Straße schon mehr als achtzehn Stunden vergangen.

»Wo hast du die Waffe her?«

Es war die erste Frage, die er ihr stellte. Natürlich kannte sie die

Antwort, aber es überstieg ihre Kräfte, den Mund zu öffnen und sie in Worte zu fassen.

Er stellte eine riesige Holzschüssel mit *larmen dosanko* vor sie hin. Dann setzte er sich auf die *tatami* neben dem Bett, in dem sie lag, verschränkte die Finger unter dem Kinn und betrachtete sie schweigend.

Akiko richtete sich auf, die Ellbogen in die Matratze gestemmt. Der Geruch der dampfenden Nudelsuppe war so überwältigend, daß sie alles andere ringsumher vergaß. Erst als sie mit dem Essen fertig war, bemerkte sie ihre Pistole, die neben dem sitzenden Mann lag. Dann fiel ihr Blick auf das Bettlaken, und sie sah, daß es blutbefleckt war. Ihr Herz begann erneut zu hämmern, doch der Mann auf der *tatami* lächelte und sagte: »Du brauchst keine Angst vor mir zu haben, *Kodomo-gunjin*.«

Mit der Fingerspitze berührte Akiko eine Stelle auf der rechten Hälfte ihrer Stirn, dicht am Haaransatz, wo sie ein schmerzhaftes Pulsieren verspürte, jetzt, da der nagende Hunger verschwunden war. Sie berührte einen Verband. »Warum nennen Sie mich Kleiner Soldat?«

»Vielleicht«, sagte er und beugte sich vor, um ihr die Pistole über die *tatami* zuzuschieben, »aus dem gleichen Grund, aus dem du diese Waffe mit dir herumschleppst.«

Der Mann, dessen flachnasiges, chinesisches Gesicht tatsächlich so rund war wie der Mond, verbeugte sich. »Ich bin Sun Hsiung. Wie darf ich dich nennen?«

»Sie haben mir doch schon einen Namen gegeben, oder nicht? *Kodomo-gunjin*.«

Der Mann nickte. »Wie du willst.«

Sie beugte sich aus dem Bett und hob die Pistole auf. Jetzt kam sie ihr ziemlich schwer vor. »Was ist letzte Nacht eigentlich geschehen?« erkundigte sie sich, ohne ihn anzusehen.

Sun Hsiung legte die Unterarme auf die Knie. »Du hast auf den Mann, der dich festhalten wollte, geschossen.«

»Ist er... tot?«

»Ziemlich.«

Sie schluckte. »Und der andere?«

»Er wollte sich gerade auf dich stürzen, als ich dazukam. Ich glaube, er wollte dich umbringen. Ich mußte ihn davon abhalten.«

Akiko öffnete den Mund, um eine weitere Frage zu stellen, überlegte es sich dann aber anders. »Vielleicht schicken sie noch mehr.«

Sun Hsiung zuckte mit den Schultern. »Vielleicht.«

Sie legte den Zeigefinger um den Abzug und hob die Pistole. »Die werde ich auch erschießen.«

Sun Hsiung betrachtete sie nachdenklich. Er fragte nicht, wer es war, der andere hinter ihr herschicken mochte, noch, warum die ersten beiden sie verfolgt hatten. Er sagte lediglich: »Das wäre sehr unklug, glaube ich.«

Sie blickte ihn trotzig an. »Warum? Es hat mir das Leben gerettet.«

Er stand schweigend auf und ließ sie allein, damit sie ihre erste Lektion begriff.

Es war nicht die Pistole gewesen, die ihr das Leben gerettet hatte, sondern Sun Hsiungs zufälliges Auftauchen. Als sie das ausreichend durchdacht hatte und sich auch über die Verästelungen im klaren war, die sich daraus ergaben, stand sie auf und suchte Sun Hsiung.

Er war im Garten hinter dem Haus und kümmerte sich um seine winzigen, sorgfältig gepflegten Bonsais. Akiko blieb am Rand des Gartens stehen.

»Ich möchte lernen«, sagte sie leise.

Das Licht der Reispapierlaterne, die an ihrem eisernen Haken hin und her schwang, fiel auf Sun Hsiungs gebeugten Rücken.

»Ich möchte, daß Sie mich lehren, was Sie wissen.«

Sie blickte auf die Waffe hinunter, die sie immer noch in der Hand hielt. Langsam und mit großer Vorsicht bahnte sie sich einen Weg durch die winzigen Baumskulpturen bis zu der Stelle, an der er auf Händen und Knien arbeitete.

»Bitte«, flüsterte sie, wobei sie, so gut es auf dem schmalen Steinpfad ging, niederkniete und sich zu einem Kotau vorwärtsbeugte. Sie hielt Sun Hsiung die Pistole in der offenen Hand entgegen. »Nehmen Sie das hier als Bezahlung. Mehr habe ich nicht.«

Sun Hsiung legte sein Werkzeug aus der Hand und drehte sich gemächlich zu ihr um. Dann verbeugte er sich ebenfalls und griff nach der Pistole, wobei er murmelte: *»Domo arigato, Kodomo-gunjin.«*

*

Außer ihrem Verfolger hätte sie in jener Nacht beinahe noch sich selbst umgebracht. Aus diesem Grund trug sie einen Verband um den Kopf, und deshalb hatte sie, als der Verband endlich entfernt wurde, ein rötliches Mal an der Stirn, das sich allmählich in einen kleinen weißen Striemen runzliger Haut verwandelte. Die Kugel, mit der sie ihren Angreifer getötet hatte, war auch an ihr nicht ganz vorbeigegangen. Zu nah. Sie war froh, daß sie Sun Hsiung die Pistole gegeben hatte.

Der Unterricht, den er ihr erteilte, begann um fünf Uhr morgens, wenn es noch dunkel war, mit gymnastischen Übungen. Vom frühen Vormittag bis zum frühen Nachmittag mußte sie bestimmte Bücher studieren, die Sun Hsiung ihr brachte. Akiko war eine gute Leserin, die sich schnell ein großes Vokabular aneignete und viel von ihrer Lektüre im Gedächtnis behielt.

Wenn Sun Hsiung von seinen täglichen Streifzügen zurückkehrte, suchten sie den Bonsai-Garten auf, jeder mit einem Reispapierblock, einem zarten Pinsel und einem Tintenfäßchen bewaffnet. Akiko war von der Idee, malen zu lernen, alles andere als begeistert, und als Sun Hsiung ihr das erste Mal Block und Pinsel in die Hand drückte, machte sie aus ihrer Empfindung auch keinen Hehl. Sun Hsiung betrachtete sie nachdenklich und sagte: »*Kodomo-gunjin,* ich fürchte, der Name, den ich dir gegeben habe, paßt dir zu gut. Du mußt erst den Frieden lernen, bevor man dich die Kunst des Krieges lehren kann.«

»Aber *malen*...« Ihrem Tonfall nach zu urteilen schien es sich um etwas Ähnliches wie Müllsammeln zu handeln.

Sun Hsiung überlegte, ob er nicht vielleicht doch einen Fehler begangen hatte. Er fragte sich, ob man diesem wilden jungen Ding überhaupt die schwierige Tugend der Geduld beibringen konnte. Doch dann sagte er sich, daß ihr Karma schon dafür Sorge tragen werde; sein Karma jedenfalls war es, sie zu unterrichten. Was danach kam...

»Bevor wir uns den Selbstschutzaspekten deiner Ausbildung zuwenden, muß dein Herz zuerst vom Haß gereinigt werden«, sagte er.

»Aber es wird nicht mehr lange dauern, dann schicken sie neue Verfolger hinter mir her.«

»Du stehst nicht mehr allein auf der Welt, *Kodomo-gunjin«,* sagte er und stellte ihr ein Tintenfäßchen hin.

Ihre Augen lösten sich von seinem Gesicht und musterten die riesige weiße Fläche des leeren Zeichenblocks in ihrem Schoß. »Aber ich kann nicht malen«, jammerte sie.

Sun Hsiung bedachte sie mit einem Lächeln. »Dann fangen wir mit den Grundlagen an.«

*

In den folgenden Monaten wurde Malen zu ihrer Lieblingsbeschäftigung, und sie fieberte jeder neuen Stunde entgegen. Ohne daß sie es anfangs bemerkte, wurden ihre Zeichnungen weicher und zarter, während der Haß ihr Herz verließ.

Eines Tages beschloß Sun Hsiung, daß es nun an der Zeit sei, sie in den schwierigeren Aspekten ihrer Ausbildung zu unterrichten. Er begann den langen Prozeß damit, daß er sie eine ganze Nacht lang nicht schlafen ließ, und zwar in dem vollen Bewußtsein, was das für sie und ihn bedeuten mochte. Er hatte nie zuvor einen weiblichen Schüler gehabt, und wäre er von anderem Temperament gewesen, hätte er bestimmt eine gewisse Besorgnis empfunden.

Tatsächlich fand er es sogar etwas seltsam, daß er ihr Geschlecht so schnell akzeptiert hatte. Er wußte noch sehr genau, wie sein Vater in China sich über intelligente, talentierte Frauen zu äußern pflegte. »Früher oder später«, sagte er seinem Sohn stets, »werden sie den Mund aufmachen und dir widersprechen, und was hast du dann von ihrem ganzen Talent?«

In Japan, wie auch in China, wurde von einer Frau erwartet, daß sie den Anordnungen ihres Vaters gehorchte, bis sie verheiratet war. Dann hatte sie ihrem Mann zu gehorchen und, im Falle seines Todes, seinem ältesten Sohn.

Die schlimmste Sünde, die eine Ehefrau begehen konnte, bestand darin, keine Kinder zu gebären. In diesem Fall erwartete man von ihr, einem alten Kodex folgend, daß sie Haus und Familie verließ. In Ausnahmefällen wurde ihr Rettung zuteil, indem ihr Mann entschied, über seine Geliebte ein Kind zu zeugen oder den Abkömmling einer ihrer Verwandten zu adoptieren.

Beging eine Frau Ehebruch, wurde sofort die Scheidung vollzogen, aber ein Mann konnte so viele Geliebte haben, wie er wollte. Tatsächlich trat 1870 in Japan sogar ein Gesetz in Kraft, wonach Eltern und Kind ein Verwandtschaftsverhältnis ersten Grades hatten und ein Mann und seine Geliebte Verwandte zweiten Grades waren. Obwohl dieses Gesetz zehn Jahre später wieder annulliert wurde, nahm sich auch weiterhin jeder Mann, der auf sich hielt, mindestens eine Geliebte.

Sun Hsiung beobachtete den Kleinen Soldaten bei seinen Übungen im kupferfarbenen Licht der Lampe, sah den feinen Schweißfilm, der sich auf der blassen Haut gebildet hatte, und fragte sich, ob er auf den Körper eines Mannes mit der gleichen Verwirrung gestarrt hätte. Wäre er sich des Spiels der Rückenmuskeln, der Kraft der straffen Schenkel genauso bewußt gewesen? Seine Augen stahlen sich zu ihren Gesäßbacken hinunter, als sie ein Bein hob und herumwirbelte, und tiefe Scham erfüllte ihn angesichts der Instinkte, die sich in ihm rührten. Dennoch konnte er nicht dagegen an.

Er war ein Mann, der mit seinem männlichen Trieb genauso umging wie mit all seinen anderen Bedürfnissen: wenn er der Überzeugung war, daß er wieder einmal Befriedigung brauchte, begab er sich in den neugeschaffenen *karyukai*-Distrikt und stillte seinen Durst. Immer jedoch entschied *er*, wann es soweit war. Zum erstenmal, seit er ein junger, unerfahrener Bursche gewesen war, erhob die Begierde jetzt ungebeten ihr Haupt gleich einer heimtückischen Schlange. Verärgert trachtete er seinen Verstand gegen die Versuchung zu wappnen, doch sein Verstand hatte nichts damit zu tun.

In diesem Moment sprach allein sein Körper, und tief im Inneren wußte er, daß er irgendwie darauf reagieren mußte. Am nächsten

Morgen begab er sich zu den *tayu*, um sich zweimal rasch hintereinander Erleichterung zu verschaffen. Auf dem Heimweg stellte er fest, daß sein Glied zwar befriedigt war, die Sehnsucht in seinem Inneren jedoch nicht. Bis zu dem Moment, da er den Schlüssel im Türschloß umdrehte, dachte er voll Verwunderung über diese Tatsache nach, doch als er ins Haus trat, verstand er auf einmal die Natur seiner Gemütsbewegung.

Er ging durch die stillen Räume und gelangte so auch an das Schlafquartier seiner Schülerin. Die Tür stand ein Stück offen, so wie immer, und Sun Hsiung blieb stehen, um einen Blick in die Kammer zu werfen. Akiko lag noch in tiefem Schlaf, das Gesicht der Tür zugewandt, ein Bein ausgestreckt, das andere jedoch scharf angezogen, so daß sie selbst im Ruhezustand wirkte, als befinde sie sich mitten im Sprung.

Und während Sun Hsiung vor der Schwelle zu ihrem Raum kniete, hingerissen von der heiteren Gelassenheit ihres *wa*, spürte er, wie sich unterhalb seines Bauchs pulsierende Hitze ausbreitete. Er schämte sich, doch ließ die Regung sich einfach nicht ignorieren, so wenig wie eine Brandungswelle auf einem Binnensee bei Windstille. Er blickte sich um. Der Tag ging schon wieder dem Ende zu. Lange Schatten streckten sich durch das Haus, und das Licht schwand rasch dahin. Die Nacht sammelte ihre Kräfte.

Akiko rührte sich, streckte die Beine aus und hob die Arme über den Kopf wie eine große Katze. Flatternd öffnete sie die Augen, und ihre Pupillen waren auf Sun Hsiung gerichtet, als hätte sie ihn auch schon im Schlaf die ganze Zeit durch die Membrane ihrer Lider beobachtet.

»Komm her«, murmelte sie heiser. Als er sich nicht bewegte, blickte sie ihn starr an, und er spürte, wie die Unruhe in seinem Unterleib stärker wurde. Seine Hoden schienen sich zusammenzuziehen, und es war, als hätte eine seidige Hand sich um die Wurzel seines Glieds gelegt.

Sun Hsiung stand auf, langsam, wie in einem Traum. Er spürte weder seine Hände noch seine Füße, lediglich diese angenehme Wärme, die seine Lenden überflutete.

Träge teilte Akiko seinen Kimono. Ihre Hand strich über seine Brust, liebkoste Bauch und Brustwarzen. Ihre Augen, noch immer schwer von Schlaf und etwas Unbekanntem, Neuem, starrten zu ihm auf. Die Pupillen waren so erweitert, daß sie überhaupt keine Iris mehr zu haben schienen. Ihre Lippen waren weicher geworden, sinnlicher. Er konnte die Süße ihres Atems riechen.

Langsam, vorsichtig zog er ihren dünnen Baumwollkimono auseinander, so daß sich ihm Zentimeter für Zentimeter ihres glühenden Fleisches enthüllte. Er hielt den Atem an, als erst die eine, dann die andere Brust aus den verhüllenden Schatten auftauchte.

Ein Seufzer entfuhr Sun Hsiungs Lippen, als er sich vorbeugte, um diese vollkommensten aller Brüste zu liebkosen. Und Akiko, die entzückt die Augen schloß, als seine Lippen erst die eine Warze, dann die andere umschlossen, streichelte seinen Nacken mit den geübten Bewegungen, die sie so oft im *Fuyajo* beobachtet hatte, wobei sie mit jeder Sekunde neue Erfahrungen in brennende elektrische Energie umsetzte.

Doch all das war noch nicht genug; ungeduldig drängte sich ihre rechte Hand zwischen ihrer beider Körper, auf der Suche nach dem Objekt ihrer Begierde, das sie schon im Schlaf allein durch die Kraft ihres *wa* so stark liebkost hatte. Jetzt ertastete sie, was ihr Geist berührt hatte, und sie umschloß seinen schweren Hodensack mit der Hand, während sie mit den Fingerspitzen die zarte Haut darunter streichelte.

Sun Hsiung, der noch immer in Anbetung der herrlichen Symmetrie ihrer Brüste versunken war, spürte plötzlich den erregenden Vormarsch ihrer Finger und hatte das Gefühl, vor Freude dahinschmelzen zu müssen. Sein Puls beschleunigte sich, und er kam sich unangemessen schwer und plump vor, ein Mensch in der Hülle eines Bären. Sein Verstand arbeitete nicht mehr präzise und logisch, wie er das von ihm gewohnt war; statt dessen schien er sich in den Händen einer Macht zu befinden, die seine Einbildungskraft überstieg.

Als ihre erstaunlichen Zärtlichkeiten seine Leidenschaft noch weiter antrieben, entfuhr ihm ein unfreiwilliges Stöhnen. Mit einem rauhen Knurren schälte er sie ganz aus ihrem Kimono, entledigte sich seines letzten Kleidungsstücks und spreizte ihre Beine. Seine schwieligen Handflächen wanderten kreisförmig über die Innenseite ihrer Schenkel, erspürten das unglaublich zarte Fleisch unter noch zarterer Haut und tasteten sich dann langsam weiter nach oben, bis sie die ersten bereits feuchten Blätter der dort verborgenen Blume berührten.

Seine Nüstern weiteten sich, als er ihren Moschusgeruch wahrnahm. Seine Erektion vibrierte in ihren Händen, sehnte sich nach Entladung. Es war, als besäße sie ein naturgegebenes Aphrodisiakum, das die Luft berauschend und dick machte wie Honig.

Ihr weicher hoher Venushügel war nur wenige Zentimeter von seinen Lippen entfernt. Nie hatte er eine Frau so sehr begehrt wie Akiko. Jede Fiber seines Wesens konzentrierte sich auf die nächsten Minuten.

Ihr gerade erst beginnender Haarwuchs erstreckte sich nur auf das Zentrum der Scham, während die Haut zu beiden Seiten nackt und weich war wie die eines kleinen Kindes. Diese Tatsache entfachte sein Feuer noch weiter, denn nun hatte er vor sich gleichzeitig Frau und Mädchen. Ohne noch eine Sekunde zu zögern, teilte er mit den Daumen ihre glitzernden Schamlippen.

Als Akiko seine heiße Zunge in sich spürte, warf sie ihm die Hüften entgegen und schrie in unartikulierter Lust. Sie fühlte sich, als wäre die Sonne selbst vom Himmel herabgestiegen, um sich zwischen ihre Schenkel zu pressen.

Sie drehte sich und streckte ihren langen Hals, damit sie ihre Lippen über die Haut hinter seinem Skrotum wandern lassen konnte. Sie spürte, wie sein Glied zu zittern begann, und ließ tief unten in der Kehle ein Knurren erklingen, wobei sie sich fest an ihn drückte, um die Vibration auf seinen Unterleib zu übertragen.

Sun Hsiung hatte noch nie eine derartige Ekstase verspürt. Seine Zunge fuhr zwischen ihrem Anus und ihrer Vagina hin und her, als könnte er nicht genug von ihrem Geschmack bekommen. Bald schon spürte er, wie die Muskeln ganz oben in ihren Schenkeln zu zittern begannen, und er konzentrierte sich fieberhaft auf ihren Kitzler, der angeschwollen war und vor Lust pulsierte. Er hörte, wie sie neben ihm keuchte, und spürte ihre Brüste sacht gegen seinen Bauch schlagen, während sie hingebungsvoll sein Glied bearbeitete.

Er wollte ihr ihren ersten richtigen Orgasmus verschaffen, aber er wußte nicht, wie lange er sich noch zurückhalten konnte. Sie hatte die Krone seiner Erektion noch nicht direkt berührt, dennoch wußte er, daß er bald seinen Samen hinausschleudern mußte, auch ohne direkte Berührung. Er fuhr fort, sie erotisch zu stimulieren, und nun begann sie zu zucken. Ihre Schenkel waren weit gespreizt, die Muskeln darunter straff angespannt und die Gesäßbacken so hart wie Steine. Er vermochte zu spüren, wie alles in ihr dem endgültigen Höhepunkt entgegenstrebte.

Auf einmal, völlig unerwartet, schob sie ihn auf den Rücken, und mit offenen, verwunderten Augen sah er zu, wie sie ihn bestieg und dabei nur die Spitze seiner Erektion in sich aufnahm. Er keuchte. Unwillkürlich sprangen seine Hüften ihr entgegen, lösten sich vom Bett, als seine von der ersten Berührung ausgelösten Gefühle ihn zu überwältigen drohten.

Ihre Hüften bewegten sich vor und zurück, stimulierten sein Glied, erst die Ober-, dann die Unterseite, vor und zurück, in einem Rhythmus, der ihm den Atem nahm. Dann schob sie ihr Becken tiefer herab, und er legte ihr die Hände auf die Hüften, um ihr dabei zu helfen, die natürliche Barriere des unbefleckten Gewebes zu überwinden.

Und dann, einem Kanonenschlag gleich, war er hindurch, stieg sein Schaft bis zur Wurzel in ihr hoch. Er spürte ihre nach außen gestülpten Schamlippen an seinem Hodensack und gleich darauf an derselben Stelle ihre Finger, die ihn vorwärtsdrängten.

Sie beugte sich über ihn, preßte ihre Brüste und die erigierten Brustwarzen hart gegen seine Rippen, während sie, die kleinen ebenmäßigen Zähne leicht gefletscht, die Hüften auf ihm rotieren ließ und solcherart eine unwiderstehliche Spannung in ihm aufbaute.

Sun Hsiung warf den Kopf zurück. Die Sehnen zu beiden Seiten seines Halses standen hervor wie Taue. Er stöhnte unaufhörlich, nun zur Gänze umfangen von ihrer feuchten Hitze, doch seine Augen waren offen, und er starrte ihr ins Gesicht, weil er warten wollte, bis sie soweit war.

Wieder wurde sie von wilden Zuckungen durchlaufen, in immer schnelleren Stößen, und jetzt konnte auch er sich nicht mehr zurückhalten, während sein Glied noch einmal zu wachsen schien, eine Welle von Wärme seinen Körper überflutete und er sich sekundenlang danach sehnte, tiefer in sie einzudringen als je in eine Frau zuvor.

Da stieß sie einen hellen Schrei aus, und etwas in ihr – dasselbe, was ihn angezogen und liebkost hatte, als sie noch im Schlaf lag – zog ihn mit sich hoch, so daß sie ihren Orgasmus gemeinsam erlebten, vereint in einem spirituellen Tanz, den er erst einmal so intensiv erlebt hatte, und zwar auf dem Höhepunkt einer Schlacht, als sein Leben an einem seidenen Faden gehangen und der Tod sein ganzes Gewicht in die Waagschale geworfen hatte.

Zitternd wie ein Blatt im Sturm ließ Sun Hsiung sich von der ganzen Wucht ihrer wunderbaren Kraft überlaufen. Zusammen mit ihr erhob er sich auf den Flügeln der Ekstase, und seine wieder voll erblühte Erektion entleerte sich zum drittenmal in ihre bereits triefend feuchte Höhle.

*

Noch Jahre später stand ihm dieser Abend frisch und unvergeßlich vor Augen. So auch an jenem Tag, als Akiko – inzwischen vollends zur Frau gereift – zu ihm kam, sich verbeugte und sagte: »*Sensei*, etwas möchte ich noch lernen.« Sun Hsiungs Magen verkrampfte sich, und sein Herz wurde kalt, denn vor diesem Augenblick hatte er sich fast von Anbeginn gefürchtet. Bis jetzt war es ihm gelungen, dieses Schreckgespenst zu verdrängen, doch nun bestand keine Möglichkeit mehr dazu.

»Und worum handelt es sich dabei?« fragte er leise und blickte traurig in die schwach flackernde Lampe, deren Schein der Dunkelheit nur einen kleinen Lichtkreis abtrotzte.

Akikos Stirn berührte noch immer die *tatami*. Ihr glänzendes schwarzes Haar war straff von ihrem feingemeißelten Gesicht zurückgekämmt und zu einem langen Pferdeschwanz zusammengefaßt – eine chinesische Mode, die sie bisher nicht gekannt hatte, die Sun Hsiung jedoch sehr gefiel. Sie trug einen Kimono mit einem exquisiten Muster aus roten, goldenen und orangefarbenen Flammen.

»Ich möchte lernen, wie ich mein *wa* verbergen kann.« Ihre Stimme war ruhig und bar aller übertriebenen Gefühle. Im Lauf der Jahre hatte sie sich als außerordentlich talentierte Schülerin erwiesen. »Seit ich die Gabe in mir entdeckt habe, sehne ich mich nach diesem Wissen.«

»Und warum, *kodomo-gunjin*?«

»Weil ich mich ohne diese Fähigkeit irgendwie unvollständig fühle.«

Sun Hsiung nickte einmal. »Ich verstehe.« Er überlegte, was er noch sagen könnte.

»Es besteht keine Notwendigkeit, mich zu warnen, *sensei*«, sagte sie, als sie spürte, was in ihm vorging.

»Es ist gefährlicher, als selbst du dir vorstellen kannst«, sagte er. Ihre Augen hielten einander fest.

»Ich habe keine Angst vor dem Tod oder dem Sterben«, sagte sie sanft.

»Der körperliche Tod ist bei weitem nicht die schlimmste Möglichkeit.« Auf einmal schien der Raum vor Elektrizität zu summen wie das Innere eines Kraftwerks. »Die Kräfte, mit denen du Kontakt suchst, liegen jenseits unseres Begriffsvermögens und sind so gewaltig, daß man sie nur zum Teil zu kontrollieren vermag, und nur zeitweise. In den anderen Momenten können sie einen verändern, können alles korrumpieren, was du hier gelernt hast.«

Die Worte hallten noch einen Herzschlag lang im Raum nach. Dann nickte Akiko und sagte in das Schweigen: »Ich verstehe. Ich werde versuchen, mich gegen eine derartige Entwicklung zu wappnen.«

»Dann ist dies der Ort, an den du dich begeben mußt«, sagte Sun Hsiung und schob ihr auf der *tatami* einen zusammengefalteten Zettel zu.

Am nächsten Morgen, als er Akikos Gepäck inspizierte, entdeckte er Malblock und Pinsel und nahm sie ihr fort. »Dorthin, wo du jetzt gehst, kannst du das hier nicht mitnehmen, Kleiner Soldat.«

Und zum erstenmal verspürte Akiko eine Ahnung von der Schwärze der Finsternis, in die sie hinabzusteigen beabsichtigte. »Das betrübt mich sehr, *sensei*.«

Es waren die letzten Worte, die Sun Hsiung aus ihrem Mund vernahm. Sie tranken eine letzte Schale Tee zusammen. Kurz darauf schulterte sie ihre Bündel, verbeugte sich förmlich und ging für immer.

Viertes Buch

發機

FA CHI

(Den Abzug durchdrücken)

Hongkong/Washington/Tokio/ Maui/Raleigh/Hokkaido

Frühling, Gegenwart

»Ich fürchte, Mr. Nangi, daß die Neuigkeiten weit schlechter sind, als wir beide zunächst erwarten konnten.«

Tanzan Nangi nahm einen Schluck von seinem blaßgoldenen Jasmintee und blickte aus dem Fenster auf den Botanischen Garten von Hongkong. Das Büro, in dem er saß, befand sich hoch über dem Zentrum der Stadt im obersten Stockwerk des Hochhauses der All-Asia-Bank.

»Weiter«, sagte er gelassen, während er die Asche von seiner Zigarette in einen vor ihm auf dem Schreibtisch stehenden Aschenbecher streifte.

Allan Su biß sich nervös auf die Unterlippe. Er konnte nicht verbergen, daß er Angst hatte. »Um Ihnen ein Beispiel zu geben: Wir sind zu drei Vierteln an dem Wan-Fa-Bauvorhaben in den New Territories in Tai Po Kau beteiligt. Die erste Hypothek ist bereits einmal refinanziert worden und wird demnächst ein zweites Mal refinanziert werden müssen, was eine zweite Hypothek notwendig macht, die wir uns aber nicht leisten können. Um derzeit auf plus minus Null herauszukommen, müßte das Objekt zu sechsundsiebzig Prozent vermietet sein. Ursprünglich sollten die Wohneinheiten für monatlich 16 000 Hongkongdollar vermietet werden; mit etwas Glück kriegen wir jetzt gerade noch 5000. Seit der öffentlichen Erklärung der Kommunisten will niemand mehr in einer so ›instabilen‹ Gegend, ›die jeden Augenblick überrannt werden kann‹, leben.«

Allan Su blieb an seinem Schreibtisch stehen und blickte auf den Aktenstapel, der sich dort türmte. »Und so geht es weiter, eine beinahe endlose Liste.« Seine Stimme vibrierte vor unterdrückter Empörung. »Anthony Chin hätte uns nicht mehr Schaden zufügen können, wenn er insgeheim für einen unserer Konkurrenten gearbeitet hätte.«

»Hat er das?« wollte Nangi wissen.

»Wer weiß das schon, in dieser Stadt?« Su zuckte mit den Schultern. »Aber ich bezweifle es. Einige der anderen Banken hat es genauso erwischt, wenn auch nicht ganz so schlimm wie uns.« Er schüttelte den Kopf. »Nein, ich glaube, Mr. Chin war lediglich zu gierig, und Gier ist, wie Sie wissen, Mr. Nangi, der schlimmste Feind des klaren Urteilsvermögens.«

Nangi schenkte sich Tee nach und warf einen weiteren Blick auf die Betonsilos der Stadt vor dem Fenster. »Sagen Sie mal, Mr. Su, wann war hier eigentlich das letzte schwere Erdbeben?«

Verwirrt blinzelte Allan Su hinter seiner drahtgerahmten Brille. »Vor zwei Jahren, glaube ich. Warum?«

»Hmmm.« Nangis ganze Aufmerksamkeit gehörte noch immer den Wolkenkratzern. »Ein richtig schweres Erdbeben würde da draußen eine Menge zum Einsturz bringen, oder nicht? Ganz plötzlich würde sich für sehr viele Menschen sehr viel zum Schlechteren wenden.«

Er blickte Allan Su an. »Und für wen arbeiten *Sie* noch, Mr. Su?«

»Ich... Verzeihen Sie, Mr. Nangi, aber ich verstehe nicht, wovon Sie sprechen.«

»Ach, kommen Sie«, sagte Nangi, »Sie brauchen nicht so zimperlich zu sein. Jeder hier in Hongkong hat mehr als einen Job. Es ist ja auch viel einträglicher.«

Er goß nun auch Su eine Tasse Tee ein. »Nehmen Sie Anthony Chin, zum Beispiel. Er war nicht nur Präsident der All-Asia-Bank von Hongkong, sondern auch noch Leutnant in der rotchinesischen Armee.« Er schob Su die Tasse über die Schreibtischplatte zu.

»Unmöglich!« rief Allan Su. »Ich kenne ihn schon seit Jahren. Unsere Frauen sind mindestens einmal pro Woche zusammen einkaufen gegangen.«

»Dann müssen Sie auch über seine finanziellen Abenteuer informiert gewesen sein«, meinte Nangi geradeheraus und deutete auf den Aktenstapel, den das von ihm eingesetzte Untersuchungsteam zusammengetragen hatte.

»Nicht die Spur!« rief Su hitzig.

Nangi nickte. »So wie Sie auch keine Ahnung von seiner wahren Parteizugehörigkeit hatten.«

Allan Su starrte Nangi fast haßerfüllt an. »Halten Sie mich etwa auch für einen Kommunisten?«

»Oh, in dem Punkt können Sie ganz beruhigt sein«, sagte Nangi. Er lächelte. »Kommen Sie, trinken Sie eine Tasse Tee mit mir.«

Allan Su tat wie geheißen. »Eigentlich sollte mich hier gar nichts mehr überraschen«, meinte er. Der Tee war bereits kalt geworden. Er deutete auf die funkelnden Glastürme, die auch Nangi so interessiert betrachtet hatte. »Nehmen Sie diese Hochhäuser, zum Beispiel. Damit die zusammenbrechen, bräuchten wir nicht mal ein größeres

Erdbeben. Sie haben wahrscheinlich kaum so viele Stahlverstrebungen im Zement, daß sie auch nur einen winzigen Stoß aushielten. Der Lieblingstrick der Konstrukteure besteht darin, ein halbes Dutzend Eisenstangen in den angerührten Zement zu versenken, während der Bauinspektor zuschaut, und sie wieder herauszuziehen, wenn er weitergeht, um sie in dem nächsten Abschnitt, den er kontrolliert, wieder zu verwenden. Wenn er seine Inspektion beendet hat, werden sie auf die nächste Baustelle geschafft, an der er aufkreuzen könnte. Das Ganze ist eigentlich mehr ein Spiel, weil der Inspektor von den Bauherren ohnehin schon dafür geschmiert worden ist, daß er keine allzu genauen Stichproben vornimmt. Auch der Zement enthält mindestens doppelt soviel Sand, wie erlaubt ist.«

Nangi runzelte die Stirn. »Mit Menschenleben und Millionen von Dollars sollte man kein Spiel treiben.«

Su zuckte mit den Schultern. »Wenn ich unten in Wan Chai eine zwölfjährige Jungfrau kaufen kann, warum soll ich dann nicht auch einen Bauinspektor kaufen können.«

»Der Unterschied besteht darin«, entgegnete Nangi trocken, »daß die zwölfjährige Jungfrau, für die Sie Ihr hartverdientes Geld hingelegt haben, wahrscheinlich zehnmal besser vögelt als Ihre Frau.«

»Dann hätte aber die Lust – und das ist auch eine Form der Gier – mein gesundes Urteilsvermögen getrübt.«

Nangi erhob sich abrupt. »Wieviel zahlt Ihnen die Royal-Albert-Bank im Monat, Mr. Su?«

Beinahe hätte Allan Su seine Porzellanschale fallen gelassen. Aber nur beinahe. Er meinte, daß man seinen Pulsschlag bis in den hintersten Winkel des Zimmers hören müßte, und dachte, du meine Güte, was wird jetzt aus meiner Familie? Ich bin ruiniert, und das in der schlimmsten Rezession, die die Kolonie seit drei Jahrzehnten erlebt hat. Mühsam gelang es ihm, die Schale auf den Tisch zu stellen, ohne daß sie klirrte. Nangi schien sich abwechselnd scharf und unscharf vor dem hellen Hintergrund der Fensterfront abzuzeichnen.

»Aber, aber«, sagte Nangi. »So kompliziert war die Frage doch gar nicht.«

»Dafür ist die Antwort um so komplizierter. Ich flehe –«

»Ich will keine Erklärungen hören, Mr. Su«, unterbrach Nangi ihn scharf und stützte sich mit steifen Armen auf die Teakholzplatte. »Ich brauche hier jemand, dem ich voll vertrauen kann. Entweder sind Sie dieser Mann oder Sie sind es nicht.« Seine Augen bohrten sich in die seines Gegenübers. »Und Sie wissen, was mit Ihnen geschieht, falls Sie es nicht sind.«

Allan Su erschauerte und sagte nichts.

Er stand sehr gerade, obwohl seine Knie zitterten. Natürlich konnte er jetzt auf dem Absatz kehrtmachen und seinen Rücktritt einreichen. Aber was hatte er davon? Er besaß nicht die geringsten Garantien dafür, daß die Royal-Albert-Bank ihn nehmen würde. Der Arbeitsmarkt hatte sich beträchtlich verengt, und bei den Banken sah es mit am schlimmsten aus. Er dachte an seine Frau, seine sechs Kinder, die Tante und die beiden Onkel, von denen einer verwitwet war und die alle von seinem Einkommen lebten.

Er entschloß sich, die Wahrheit zu sagen. »Die Royal Albert hat mir zehntausend Hongkongdollar im Monat gezahlt, damit ich sie über alle Transaktionen der All-Asia auf dem laufenden halte«, sagte er. Sein Herzschlag schien die ganze Brust auszufüllen.

»Ich verstehe.« Nangi klopfte mit dem Radiergummi eines neuen Bleistifts auf die Schreibtischplatte. »Von jetzt an, Mr. Su, ist Ihr Gehalt verdoppelt.« Ihr großen Götter des Westwinds, dachte Su. Kleine Schweißperlen bildeten sich an seinem Haaransatz. »In sechs Monaten kommen wir wieder auf diese Angelegenheit zu sprechen und werden Ihr Gehalt aufgrund der dann festzustellenden allgemeinen Verfassung der Bank weiter aufstocken oder herabsetzen. Derselbe Vorgang wiederholt sich in einem Jahr.« Nangis Augen musterten Su kalt. »Wenn die Bank das Profitsoll erfüllt hat, das ich vor meiner Abreise festsetzen werde, erhalten Sie einen zehnprozentigen Anteil an der All-Asia sowie einen Vertrag auf Lebenszeit.«

Nangi stellte mit Befriedigung fest, daß alle Farbe aus Allan Sus Gesicht gewichen war.

»Ich werde sofort sämtliche Kontakte mit der Royal Albert abbrechen«, sagte Su mit dünner Stimme. Seine Augen wirkten glasig.

»Das werden Sie auf keinen Fall tun«, sagte Nangi. »Sie kassieren weiterhin Ihre zehntausend pro Monat, und nach sechzig Tagen verlangen Sie eine Aufbesserung. Sie haben sie sich weiß Gott verdient.«

Su blickte ihn irritiert an. »Sir, ich glaube, ich verstehe nicht ganz.« Die Erleichterung, die ihn durchströmte, trübte seine Gedanken.

»Von heute an, Mr. Su, werden Sie die Royal Albert mit genau den Informationen füttern, die ich Ihnen gebe. Gleichzeitig werden Sie mir über alles Bericht erstatten, was bei der Konkurrenz vorgeht. Ich will über jedes Geschäft Bescheid wissen, egal, ob klein oder groß. Ich will wissen, wie hoch ihr Kapital ist, wie sie es gestreut haben und welche Investitionsziele sie für den Zeitraum von einem, fünf oder zehn Jahren verfolgen. Haben Sie das alles mitbekommen, Mr. Su?«

Su hatte sich schon wieder soweit erholt, daß er ein Lächeln zustande brachte. Oh, ihr Götter aller vier Himmelsrichtungen, betete er lautlos, heute abend werde ich jedem von euch ein Opfer bringen. »Ich verstehe voll und ganz, Nangi-san«, sagte er. »Was Sie verlangen, klingt mehr und mehr wie eine Aufgabe, deren Erledigung mir ungeheures Vergnügen bereiten wird.« Doch dann wurde sein Gesicht wieder von Besorgnis überschattet. »Aber wie soll ich diese Ziele bei der Kapitalentblößung, von der wir gegenwärtig heimgesucht werden, erreichen? Wenn es einen größeren Ansturm auf unsere Schalter gibt, stehen wir früher oder später an der Schwelle zur Insolvenz. Und selbst wenn es keinen solchen Ansturm geben sollte, würde es uns fast ein ganzes Jahr kosten, bis wir wieder halbwegs flott sind und auf Erfolgskurs gehen können.«

»In diesem Punkt wird uns bald Hilfe zuteil werden«, meinte Nangi ungerührt. »Innerhalb von zweiundsiebzig Stunden steht uns zusätzliches Kapital in beträchtlicher Höhe zur Verfügung.«

»Dürfte ich mich nach dem Ursprung dieses Kapitals erkundigen?« warf Su ein.

»Nein. Richten Sie sich nur darauf ein, es zu großen Teilen zu investieren, und zwar so, daß es in einem Minimum von Zeit ein Maximum an Profit abwirft.«

»Darin liegt ein großes Risiko«, sagte Su mit einem Kopfschütteln. »Zu groß, wenn man unsere derzeitige Lage bedenkt.«

»Nicht, wenn Sie die Informationen, die Sie von der Royal Albert beziehen, richtig auszuwerten verstehen.« Nangi lächelte. »Klammern Sie sich an deren Rücken, Mr. Su, so wie der Tempelhund sich an den Rücken des großen Drachen klammert. Lassen Sie die alle Risiken eingehen und die ganze Arbeit tun, während unser Geld sich vermehrt, ohne daß wir ein Risiko tragen.« Er nickte mehrmals. »Ich darf Sie beglückwünschen! Heute ist ein großer Tag für Sie. Wollen wir nicht ausgehen und ein wenig feiern, was meinen Sie?«

*

Als die verschlüsselte Nachricht hereinkam, saß Tanja gerade vor dem ARRTS-Terminal, und das war schlicht und einfach Glück. Aber auch wenn jemand anders am Terminal Dienst getan und auf die für ihn völlig unverständliche Botschaft gestarrt hätte, wäre sie sofort nach ihrer Rückkehr informiert worden.

Denn seit »Speerfisch« sich von einer geschäftlichen Angelegenheit in eine private verwandelt hatte, fiel sie ausschließlich in ihren Bereich. Eigentlich hätte Unternehmen »Speerfisch« vor einem Jahr, als es jene dünne Grenze überschritten hatte, beendet werden sollen. Tatsächlich war es auch für jeden anderen in der Roten Sektion oder irgendwo sonst in der Familie beendet. Nur Minck und Tanja wußten es besser.

In dem Augenblick, in dem Tanja merkte, daß »Speerfisch« die Grenze überschritten hatte, die es nie hätte überschreiten dürfen, war sie sofort auf der Hut gewesen. Eine ihrer – unausgesprochenen und daher um so schwierigeren – Aufgaben bestand darin, Minck zu beschützen. Nach ihrer Meinung hatte er sich eine besonders gefährliche Zeit ausgesucht, um diese Geschichte durchzuziehen, wobei es für eine solche Angelegenheit, bei der persönliche Gefühle mit beruflichen Belangen in Konflikt gerieten, sowieso nie eine gute Zeit gab.

Als ihr klargeworden war, daß Minck sich nicht auf den üblichen Abschluß einlassen würde, hatte sie ihre Taktik geändert und vorgeschlagen, »Speerfisch« wenigstens für immer wegzuschließen. Aber auch das kam für Minck überhaupt nicht in Frage. »Speerfisch« durfte nicht eingesperrt werden.

Dann hatte sie eine Bewachung vorgeschlagen, acht Männer in zwei Schichten. Auch in diesem Fall wehrte Minck ab; »Speerfisch« würde sich damit niemals einverstanden erklären. Es engte die persönliche Freiheit zu sehr ein. Tanja hatte ihn nicht daran erinnert, daß genau darin der Sinn und Zweck einer solchen Bewachung lag. Normalerweise wurde sie nur bei ernst zu nehmenderen Zielobjekten angewandt, aber möglicherweise funktionierte sie auch bei als ›freundlich‹ eingestuften Personen wie »Speerfisch«.

Schließlich tat sie, worum er sie ursprünglich gebeten hatte: Sie setzte zwei Männer auf »Speerfisch« an. Und jetzt beobachtete sie die grünglühenden Buchstaben auf dem Bildschirm, die entschlossen von links nach rechts marschierten. Als die Botschaft zu Ende war, starrte Tanja einen Moment auf die vor ihr hängenden, leicht pulsierenden Silben, ehe sie die Dekodierungstaste drückte. Auf dem Schirm erschien das Wort »WIRKLICH?«, und sie gab einen aus sechs Zahlen bestehenden Legitimationsschlüssel ein. Jetzt schrieb sich die Nachricht entschlüsselt über den Bildschirm. Tanja hatte genau eine Minute – nicht mehr und nicht weniger –, um die Nachricht aufzunehmen. Wenn sie bis dahin nicht die Print-Taste gedrückt hatte, würde ARRTS die Nachricht wieder verschwinden lassen, als wenn sie nie existiert hätte.

Als sie die Botschaft gelesen und begriffen hatte, wurde sie leichenblaß. Sie verfluchte Minck und seine persönlichen Gefühle. Denn jetzt war »Speerfisch« von einem potentiellen Problem zu einem aktiven geworden. Sie drückte die Sendetaste, um ihre Antwort durchzugeben, doch dann fiel ihr ein, daß Tony Theerson erst das neue Codewort für diese Woche einspeichern mußte.

Sie erhob sich und fuhr zwei Stockwerke tiefer. Der Wunderknabe hatte sein Zelt in einer ansonsten ungenutzten Ecke des Stockwerks aufgeschlagen. Seine einzige Gesellschaft bestand aus Pappkartons, Holzkisten, Frachtaufklebern und riesigen Rollen braunen Packpapiers. Und seinen Maschinen.

Obwohl Minck Theerson fast rund um die Uhr an den sowjetischen Alpha-drei-Codes arbeiten ließ, erdachte Tonys teuflisches kleines Gehirn auch noch die Codes der Roten Sektion. Seiner Auskunft nach waren sie nicht zu knacken; Tanja glaubte ihm.

Als sie den Raum betrat, lag er auf der Armeepritsche, die auf seinen Wunsch hier installiert worden war. Er richtete sich auf und sagte »Hallo« in der für ihn typischen lakonischen Art und Weise. Tanja vermutete, daß der Wunderknabe nicht die Spur Privatleben hatte; jedenfalls schlief er fast immer im Gebäude. Außerdem sorgte allein schon der Zeitunterschied zwischen Washington und den Gebieten, die er überwachte – hauptsächlich Rußland und Asien –, dafür, daß er zu eher ungewöhnlichen Stunden schlief.

»Möchten Sie einen Kaffee?« fragte Tanja.

Er trug ein paar ausgebleichter Jeans und ein T-Shirt mit der Aufschrift *Depeche Mode*. Er hielt ihr den nackten Arm entgegen und sagte: »Stoßen Sie die Nadel einfach in diese Vene, Doktor.«

Lachend ging Tanja zur Kaffeemaschine und ließ zwei Becher vollaufen. Sie reichte ihm einen davon und fragte: »Harte Nacht gehabt?«

Schlürfend nahm er einen Schluck von der starken französischen Röstung und stöhnte, wobei er die Augen in Ekstase schloß. »Getränk der Götter.« Er nahm noch ein paar weitere Schlucke, ehe er sagte: »Den Neuen zu knacken, ist gar nicht so einfach. Offen gesagt weiß ich nicht, ob ich es überhaupt schaffen werde.« Er stellte den leeren Becher ab, stand auf, streckte sich und gähnte heftig.

»Ich fürchte, es ist wieder mal an der Zeit«, sagte Tanja. Sie hatte ihren Kaffee kaum angerührt, denn sie trank lieber Tee, wollte aber nicht unhöflich erscheinen.

Der Wunderknabe stöhnte neuerlich. »Sie wollen sagen, es ist schon wieder eine Woche um? O Gott.« Er fuhr sich mit der Hand durchs Haar. »Ich brauche ein Bad.«

»Erst die Arbeit, dann die Hygiene«, sagte Tanja und setzte ihren Becher ab. »Ich habe eine offene Leitung.«

»Kapiert.« Theerson kramte in einer Schachtel mit *floppy discs* herum, nahm eine heraus und reichte sie Tanja. »Dieser hier ist narrensicher.«

»Das sind sie doch alle«, sagte sie und ging zur Tür. »Viel Glück weiterhin.«

Er grunzte säuerlich. »Bei diesem Monster werde ich das auch brauchen.«

Bevor sie den Raum verließ, sah sie noch, wie er die Kopfhörer seines Walkman über die Ohren streifte und sich wieder an die Arbeit begab. Für den Wunderknaben kam Arbeit immer an erster Stelle. Tanja beschloß, Minck vorzuschlagen, daß er Theerson zu einem Zwangsurlaub verdonnerte.

Wieder an ihrem ARRTS-Cockpit, schob sie die *floppy disc*, die Theerson ihr gegeben hatte, in den dafür vorgesehenen Schlitz und drückte den *Enter*-Knopf. Auf dem Bildschirm erschien das Wort »AKTE:«, und sie tippte »Speerfisch«. Sie wartete, bis sich der Kreis geschlossen hatte, dann gab sie ihre Antwort ein. Die Maschine würde sie automatisch in den neuen Code übertragen, da ARRTS auch im Empfangsgerät den alten Schlüssel durch den neuen ersetzt hatte.

GEBEN SIE STÜNDLICH DEN NEUESTEN STAND DURCH. SIND IN KÜRZE MOBIL. VERSTÄRKUNG KOMMT INNERHALB VON SECHSUNDDREISSIG STUNDEN. SETZEN SIE »SPEERFISCH« EIN ENDE SOBALD SITUATION STABILISIERT UND ZIELOBJEKT EINDEUTIG IDENTIFIZIERT IST.

Anschließend verließ sie das Zimmer, um C. Gordon Minck Bericht zu erstatten.

*

Nicholas saß auf der Steinbank in Satos Garten. Er saß dort seit etwa einer Stunde, genauer, seit seine Gastgeber zu Bett gegangen waren. Damit sie sich nicht verpflichtet fühlten, ihm weiterhin Gesellschaft zu leisten, hatte er sich als erster in sein Schlafzimmer begeben, dort fünfzehn Minuten gewartet, ohne sich auszuziehen, und anschließend wieder den inzwischen verlassenen Garten aufgesucht. Er wußte, daß er in dieser Nacht keinen Schlaf finden würde.

Ganz allmählich begann es hell zu werden. Auf einmal spürte Nicholas, daß noch jemand in den Garten getreten war, und er wußte, daß es sich um Akiko handelte, ohne daß er den Kopf drehen und sie sehen mußte. Schon vor Stunden hatten sich ihre *wa* aneinander gemessen, und das reichte aus, um sie immer und überall sofort zu erkennen. Und es reichte aus, um ihn spüren zu lassen, daß sie gefährlich war, wenn er auch noch nicht wußte, auf welche Weise und für wen genau.

Sie näherte sich ihm durch den weißen Nebel der Morgendämmerung, und ihre leisen Schritte auf den Kieselsteinen waren das einzige Geräusch im Garten außer dem Gezwitscher der Vögel.

»Nicholas-san.«

Ihre leise Stimme ließ ihm einen Schauer über den Rücken laufen, doch er zwang sich, ruhig und gelassen zu bleiben. Trotzdem konnte er nicht verhindern, daß sich sein Puls beschleunigte.

»Wo ist Ihr Mann?«

»Er schläft.«

Was schwang da in ihrer Stimme mit? Nicholas versuchte alle

Echos und Nuancen zu erlauschen, selbst die, derer sie sich selbst nicht bewußt war. Hatte er da einen Anflug von Spott vernommen?

»Ist Ihr Platz nicht an seiner Seite?« Es klang wie aus dem Mund eines eifersüchtigen, schmollenden Liebhabers, und Nicholas verfluchte sich dafür.

»Mein Platz«, sagte sie, als wäre ihr sein Ton überhaupt nicht aufgefallen, »ist dort, wo ich sein will.« Sie schwieg einen Moment, ehe sie fragte: »Halten Sie das für unjapanisch?«

Er schüttelte den Kopf. »Es entspricht nicht der Tradition, aber als unjapanisch kann man es eigentlich nicht bezeichnen.«

In das folgende Schweigen hinein sagte sie: »Wollen Sie sich nicht umdrehen und mich ansehen? Biete ich einen so schwer zu ertragenden Anblick?«

Bei ihren Worten richteten sich die Haare in seinem Nacken auf. Er hatte das Gefühl, innerlich zu schmelzen. Sein Herz schlug schneller, als es ihm wünschenswert erschien. Langsam drehte er sich um.

Sie war auch jetzt noch, nach einem langen Tag und einer Nacht ohne Schlaf, von makelloser Schönheit. Während er sie musterte, begann das obere Lid ihres linken Auges zu flattern, doch in Sekundenschnelle hatte sie sich wieder in der Hand.

»Nun, war es so schlimm?« fragte sie leise. Nebel zog hinter ihrem Rücken vorbei, tanzte um ihre Schultern.

»Sie sind wunderschön anzuschauen, Akiko.« Eigentlich hatte er ihr dieses Geständnis gar nicht machen wollen, und sofort fühlte er sich, als hätte er eine Schlacht verloren.

Sie glitt über die Kieselsteine auf ihn zu. »Warum habe ich das Gefühl, schon einmal mit Ihnen zusammengewesen zu sein?«

Ihre Worte überraschten sie beide. Blut schoß Akiko ins Gesicht, und sie senkte die Augen. Nicholas hatte jeglichen Realitätssinn verloren; alles, was blieb, war sie, umgeben von weißem Nebel – Yukio, ein *kami*, dem ein zweites Leben geschenkt worden war. Wie in einem Traum erhob er sich von der harten Steinbank und trat auf sie zu, bis er nur noch eine Handbreit von ihr entfernt war. Er kämpfte mit sich, wollte in Worte kleiden, was ihm durch den Kopf ging, seit sie den Fächer vor ihrem Gesicht gesenkt hatte. Er sehnte sich danach, diese Worte auszusprechen, denn sie konnten ihn vielleicht von seinen inneren Qualen erlösen; andererseits würden sie ihm eine Blöße geben, die sie ausnutzen konnte, um ihn zu verwunden.

Nie würde es eine bessere Gelegenheit geben als jetzt. In Japan traf man eine Frau nur selten ohne ihren Mann. Ohne Akikos Willen wäre es nie zu dieser Begegnung unter vier Augen gekommen. Was wollte sie von ihm? War sie Yukio? Wollte sie, daß er sie bei diesem Namen nannte? Fragen verwandelten sich in Rätsel und in Geheimnisse.

»Wer sind Sie?« fragte er heiser. »Ich muß es wissen.«

Ihre Augen suchten die seinen. »Für wen halten Sie mich?«

»Ich weiß es nicht.«

Die Entfernung zwischen ihnen schmolz dahin. Sie schienen jetzt beide völlig ohne eigenen Willen zu sein.

»Sagen Sie es mir«, flüsterte sie. »Sagen Sie es.«

Er konnte ihren Atem, ihren Duft spüren. Ihr Körper strahlte Hitze aus. Ihre Augen waren halb geschlossen, die Lippen leicht geöffnet, als würde sie von wilden Emotionen aufgewühlt.

»Yukio...« Der Name wurde ihm aus dem Herzen gerissen, und er wußte, daß es falsch war, ihn auszusprechen, falsch zu glauben, daß es wirklich sie war, die vor ihm stand. Dennoch wiederholte er ihn, »Yukio, Yukio...«, während ihre Lider zu flattern begannen und ihr Oberkörper mit dem seinen verschmolz.

Er streckte die Arme aus – um sie zu umarmen oder zu verhindern, daß sie stürzte, er wußte es nicht. Seine Lippen preßten sich auf die ihren, und er spürte, wie sich ihre Zunge in seinen Mund schob.

Zum erstenmal in ihrem Leben öffnete Akiko sich dem Universum. Nichts in ihrer langen, mühsamen Ausbildung hatte vermocht, ein solches Feuer in ihr zu entfachen. Sie war so benommen, daß sie sich aus eigener Kraft nicht hätte auf den Beinen halten können. Als er ihren Namen genannt hatte, war ihr das Herz stehengeblieben. Und es handelte sich tatsächlich um ihren Namen. Wie konnte das möglich sein? Ach, es war herrlich, ihn zu küssen; sie sehnte sich so sehr nach ihm! Ihre Beine waren wie Wasser, und sie verspürte eine Ekstase, die sie bisher nur den höchsten Liebeswonnen vorbehalten glaubte.

Was geschah mit ihr? Wie konnte sie so in den Armen eines Mannes empfinden, den sie haßte, an dem sie sich rächen wollte? Und dann, während die Kraft seines *wa* sie gefangenhielt, während ihr Herzschlag wie Donner in ihren Ohren nachhallte, während sich sein harter Oberkörper gegen ihre Brüste preßte, explodierte die Antwort in ihr wie ein Feuerwerk.

Als Akiko war sie nichts. Sie war aus dem Nichts gekommen, und das Nichts war ihre Zukunft. Als Yukio war sie jemand. Hier gab es mehr für sie als *kyomu*, das, was Kyoki predigte: Nihilismus.

Von dem Augenblick an, da sie Sun Hsiungs liebevolle Vormundschaft verlassen hatte, hatte sie sich stets als *doshi gatai* gefühlt, jenseits aller Rettung. Da sie nicht den kleinsten Anker im Leben besaß, was blieb ihr da zu erwarten?

Doch jetzt, ganz plötzlich, war Yukio Realität geworden, durch das Auftauchen von Nicholas Linnear. Sie war keine Idee mehr, kein Mittel zum Zweck, kein zweidimensionaler Schemen. Sie lebte.

Die Kraft von Nicholas Linnears Liebe zu ihr hatte sie von den Toten auferstehen lassen.

*

Justine entdeckte ihn am zweiten Tag im Hotel. Das erste Mal sah sie ihn in der Nähe der Pool-Bar im Schatten der Markise und glaubte an einen Irrtum. Das zweite Mal ereignete es sich am Strand, als sie gerade mit Schnorchel und Maske in den jadegrünen Ozean hinauswatete, schwarze Flossen an den Füßen. Diesmal gab es keinen Zweifel. Es war Rick Millar.

Zuerst konnte sie es nicht glauben. Schließlich war sie über sechstausend Meilen von New York entfernt an einem der nobelsten Ferienorte der Welt, inmitten einer neunhunderttausend Hektar großen Ananasplantage. West Maui hatte mehrere abgelegene Strände, und sie hatte sich den abgelegensten ausgesucht, weitab von den Hoteltürmen in Kaanipali, wo die meisten Touristen ihren Urlaub auf diesem paradiesischen Fleckchen Erde verbrachten.

Sie stand bis zur Hüfte im Wasser und sah zu, wie Millar sich durch die Brandung auf sie zuarbeitete. Sein Körper war schlank, mit schmalen Hüften und breiten Schultern. Er hatte keine so stark entwickelten Muskeln wie Nicholas, aber andererseits war er auch keine menschliche Tötungsmaschine.

Als sie spürte, wie ihr die Tränen in die Augen stiegen, wandte sie sich ab und blickte auf das Meer hinaus, wo sich im Dunst die Umrisse von Molokai abzeichneten.

»Justine...«

»Sie haben ja Nerven, hier einfach so aufzukreuzen.«

»Ich hatte bisher von dem berühmten Tobin-Temperament nur gehört«, meinte Rick grinsend, »aber alles, was da so gesagt wurde, kann man schlicht als Untertreibung des Jahrhunderts bezeichnen.«

»Haben Sie Mary Kate ihren Job zurückgegeben?«

»Es war nicht mehr ihr Job, Justine.« Er stand dichter bei ihr, als ihr lieb war. »Ich habe Ihnen doch gesagt, daß ich eine bessere Besetzung für diesen Posten gefunden hatte.«

Justines Augen blitzten. »Sie haben mich benutzt, Sie Mistkerl!«

Er blieb die Ruhe selbst. »Wissen Sie, das Problem mit Ihnen ist, daß Sie ein verschrecktes Kind im Körper einer Frau sind. Ich habe Sie nicht mehr oder weniger benutzt, als ich jeden anderen benutze. Das Wort paßt einfach nicht. Mary Kate war nicht mehr gut genug, und ich hätte meine Pflicht der Firma gegenüber vernachlässigt, wenn ich anders vorgegangen wäre.«

»Aber wir sind Freundinnen.«

»Reiner Zufall. Doch wenn Ihnen das soviel bedeutet, tut es mir leid, daß Ihre Freundschaft da mit reingezogen worden ist.« Er lächelte wieder. »Ich versichere Ihnen, daß ich keine finsteren Absichten hatte. Jeder in der Firma fand Sie einfach hervorragend. Allerdings haben mich auch alle vor Ihrem Temperament gewarnt.«

»Was Sie aber nicht irritiert hat, wie ich sehe.«

»Dazu hat mir Ihre Arbeit zu gut gefallen. Wenn es um Werbekonzepte geht, sind Sie einfach unschlagbar; das ist ein unschätzbarer Pluspunkt.« Er wandte sekundenlang den Blick ab, was ihm den Ausdruck eines kleinen Jungen verlieh. »Außerdem dachte ich, ich könnte Sie vielleicht zähmen. Es war gewissermaßen eine Herausforderung für mich.« Jetzt blickte er ihr direkt in die Augen. »Ich würde alles dafür geben, wenn wir einen neuen Anfang machen könnten.«

»Sind Sie mir deswegen nachgereist?«

Er schüttelte den Kopf. »Nicht nur deswegen. Ich habe festgestellt, daß das Büro ohne Sie sehr leer wirkt.«

Eine große Welle brandete über das Korallenriff, das Wasser stieg bis in Kinnhöhe, und die Wucht der Welle ließ Justine das Gleichgewicht verlieren und trieb sie Rick Millar in die ausgebreiteten Arme.

*

Tanzan Nangi hob seine schmerzenden Beine auf die Couch, lehnte sich zurück und blickte hinaus auf das Südchinesische Meer, dessen Ausläufer über den blaßgelben Strand von Shek-O spülten. Er befand sich auf der Südseite der Insel von Hongkong, näher bei Aberdeen als beim Zentrum der Kronkolonie mit seinen Finanzmärkten.

Shek-O war eins der vier oder fünf Gebiete Hongkongs, die in dieser aus den Nähten platzenden Stadt der unvorstellbaren Vermögen und der krassesten Armut den wirklich Reichen vorbehalten blieben.

Doch in den anderthalb Jahren, seit Nangi zum letztenmal hier gewesen war, hatte sich einiges verändert – unter anderem die wirtschaftliche Situation, die zum Ende des Baubooms führte. Im Augenblick befand er sich allein in der herrschaftlichen Villa und sah zu, wie ein junges chinesisches Mädchen dem Meer und seiner Verschmutzung trotzte, indem es über den Sandstrand und in die schwache Brandung lief. Auf dem Glastisch neben seinem linken Ellbogen standen eine Kanne mit Eistee und zwei hohe Gläser.

Während er das Mädchen beobachtete, dachte er an die unangenehmen Zwischenfälle der letzten Wochen. *Wu-Shing*. Immer wieder unterbrachen diese Worte seine Gedankengänge. Drei Todesfälle; drei Fragen, die zu beantworten waren. Nangi überlegte, was für eine Verbindung es wohl zwischen den *Wu-Shing*-Morden und *Tenchi* geben konnte.

Wenn in diesen Tagen irgend etwas Unerklärliches geschah, dachte er sofort an *Tenchi*. Er wußte, daß die Russen vor nichts zurückschrekken würden, um Japan *Tenchi* zu entreißen ... wenn sie wüßten, was *Tenchi* überhaupt war. Was die Amerikaner betraf, so konnte er sich gut vorstellen, daß sie die ganze Operation sabotieren würden. Seit Kriegsende hatten sie sich darauf verlassen, daß Japan ihr antikommunistischer Wachhund im Fernen Osten war. Doch Amerika wollte einen unterwürfigen Bündnispartner, der sich dem Willen der Sieger beugte wie eine Weide. Sicher, Japan war von Amerika abhängig. Aber *Tenchi* würde all das ändern.

Zum erstenmal seit vielen Dekaden stand Japan völlig allein, und seltsamerweise war das eine furchteinflößende Erfahrung. Nangi schloß die Augen.

Nach einiger Zeit hörte er leise Schritte. Türen wurden geöffnet und wieder geschlossen. Nangi öffnete die Augen und schenkte sich ein Glas Eistee ein. Auch als er spürte, wie jemand den Raum betrat, regte er sich nicht, sondern trank seinen Tee und blickte weiterhin auf das Meer hinaus, wo das chinesische Mädchen gleich einer Wassernixe aus den Wellen auftauchte.

»Guten Tag, Mr. Nangi.«

Sie hatten sich darauf geeinigt, hier nur Englisch zu reden. Die Sprache war ihnen beiden fremd, aber wenigstens haßten sie sie mit der gleichen Intensität.

»Mr. Liu.« Nangi nickte, ohne diesem Gruß eine bestimmte Richtung zu geben. Erst als der Sessel neben ihm ächzte und er das Klirren von Glas und Eis vernahm, wandte er Liu sein Gesicht wieder zu.

Die Vorfahren des Mannes mußten direkte Abkömmlinge der Mandschu-Dynastie gewesen sein, denn er hatte den länglichen, stark gewölbten Schädel, der diesem Geschlecht zu eigen war, und zeichnete sich durch seine für einen Asiaten ungewöhnliche Größe aus. Besonders letzteren Umstand benutzte er gern, um andere einzuschüchtern, selbst im Sitzen.

Lächelnd nahm er einen Schluck Tee und fragte: »Und wie ist zur Zeit das Wirtschaftsklima in Japan, Mr. Nangi?«

»Sehr angenehm«, sagte Nangi knapp. »Die Prognosen geben zu den schönsten Hoffnungen Anlaß.«

»Ich verstehe«, sagte der Chinese. »Dann ist Ihr, eh, *keiretsu* wohl nicht so stark auf dem Gebiet der Schwerindustrie engagiert?« Er stellte sein mit kleinen Feuchtigkeitsperlen bedecktes Glas ab und faltete die Hände über dem Bauch. »Nach meinen Informationen sollen nämlich einige dieser Industriezweige, wie etwa die Stahlverarbeitung – lange Zeit das Herzstück Ihres wirtschaftlichen Fortschritts –, im Zeichen der weltweiten Rezession in arge finanzielle Bedrängnis geraten sein.«

Nangi antwortete nicht. Er überlegte, wie gut Lius Informationen wohl tatsächlich sein mochten.

»Unsere stahlverarbeitenden Unternehmen haben keine Probleme«, sagte er vorsichtig. »Sie schreiben samt und sonders schwarze Zahlen.«

»Ach ja?« Deutlicher konnte Liu nicht zu verstehen geben, daß er Nangi kein Wort glaubte. »Und wie sieht es mit Ihren Zechen aus? Den Textilfabriken? Sato Petrochemicals, hm?«

»Ich kann diesem Thema kein Interesse abgewinnen.«

Liu wandte ihm den Kopf zu wie ein Hund im Anschlag. »Für mich trifft das aber nicht zu, Mr. Nangi, denn es interessiert mich sehr, warum Sie einen Zweig Ihrer Unternehmensgruppe verkaufen wollen, der angeblich nur schwarze Zahlen schreibt.«

»Die Stahlverarbeitung paßt nicht mehr in das zukünftige Konzept unserer wirtschaftlichen Ausrichtung.« Vielleicht hatte Nangi das eine Spur zu schnell gesagt, aber immerhin wußte er jetzt, daß der Chinese ausgezeichnet informiert war. Er mußte auf der Hut sein.

»Ich glaube, daß die wirklichen Probleme für Japan gerade erst begonnen haben«, dozierte Liu. »Das Zeitalter Ihrer unbegrenzten weltweiten wirtschaftlichen Expansion neigt sich dem Ende zu. In den vergangenen Jahren konnten Sie die ausländischen Märkte mit Ihren Produkten überschwemmen, und sie wurden aufgesogen wie Wasser von einem Schwamm, weil die heimische Konkurrenz mit Ihren Preisen nicht Schritt zu halten vermochte. Doch das hat sich jetzt geändert.« Liu entflocht seine Finger, spreizte sie wie Seesterne und verschränkte sie dann wieder über dem Bauch. »Nehmen wir zum Beispiel eins Ihrer erfolgreichsten Produkte: das japanische Automobil. Ihre Invasion des amerikanischen Kraftfahrzeugmarkts hat in den Staaten zu flächendeckenden Entlassungen geführt und einen der großen Automobilkonzerne an den Rand des finanziellen Ruins gebracht. Sie wissen so gut wie ich, daß die Amerikaner nicht gerade die schnellsten sind, wenn es darum geht, die Initiative wieder an sich zu reißen.« Er lächelte dünn. »Aber früher oder später erwacht auch der tiefste Schläfer, und wenn seine Stärke so ungeheuer ist wie die Amerikas, kann das Erwachen sehr unerfreulich werden. Wie Sie wissen, hat die Regierung der Vereinigten Staaten Ihnen schon beträchtliche Einfuhrbeschränkungen auferlegt. Japan fängt also an zu begreifen, was es heißt, in der internationalen Arena zu kämpfen. Um überleben zu können, müssen Sie Kapital und Technologie exportieren und Ihre Fabriken in Tennessee statt in Kanada bauen. Das heißt, weniger Beschäftigung für japanische Arbeitnehmer, niedrigere Profite. Die Zeit des freien Handels ist nun auch für Sie vorbei.«

Trotz der unbestreitbaren Wahrheit in Lius Worten meinte Nangi eine Spur Neid mitschwingen zu hören.

»Und dann ist da noch Yawata«, fuhr Liu fort und bezog sich dabei auf Yawata-Stahl, das älteste und größte Hüttenwerk an der japanischen Küste, das seit 1901 in Betrieb war. »Seltsam, würde ich sagen. Man kann das Werk bestenfalls als historisches Relikt aus längst vergangenen Zeiten bezeichnen, und doch hat Ihre Regierung seit 1973 mehr als drei Milliarden Dollar investiert, um Yawata zu modernisieren und seine Technologie zu verbessern. Und was hat es ihnen genützt? Heute ist Yawata in noch weit schlimmerer Verfassung als 1973, kurz nach dem großen Ölschock. Der Weltmarkt ist so stark geschrumpft, daß Yawata seine Belegschaft von 61 000 im Jahr 1969 auf knapp 24 000 heute reduzieren mußte. Drei der Hochöfen von Nippon-Stahl werden derzeit nicht befeuert, und mehrere ihrer Zuliefererbetriebe sind geschlossen worden. Die amerikanische Stahlindustrie wäre wahrscheinlich überglücklich, wenn sie auch nur die siebzigprozentige Auslastung von Yawata erreichen könnte, aber Japan ist für Reduzierungen dieser Größenordnung einfach nicht gerüstet. Was bleibt Ihnen übrig? Bethlehem in Amerika kann seine Arbeiter entlassen; in Ihrem Land aber läßt es die politische und soziale Struktur nicht zu, daß den Angestellten einfach der Stuhl vor die Tür gestellt wird.«

Liu hielt inne, als wollte er Nangi eine Gelegenheit geben, Einspruch zu erheben. Als Nangi diese Gelegenheit nicht ergriff, wirkte er leicht irritiert, und sein Ton wurde schärfer. »Das Resultat all dessen ist«, fuhr er fort, »daß sich Ihr *keiretsu*, wie die meisten anderen, momentan in einem Stadium organisatorischer Umwälzungen befindet. Und das kostet, wie wir beide wissen, Geld. Da der Bargeldfluß beträchtlich nachgelassen hat, waren Sie gezwungen, Ihre Reserven anzugreifen.«

»Wir stehen noch immer ziemlich solide da.«

»Solide vielleicht.« Liu zuckte mit den Schultern. »Aber ich bezweifle, daß Ihnen noch genug Rücklagen bleiben, um die All-Asia-Bank zu sanieren.«

Falls er mir jetzt die Hilfe der anderen Seite anbietet, muß ich ihm eins mit meinem Stock über den Kopf ziehen, dachte Nangi.

»Was wollen die Kommunisten mit der All-Asia-Bank?«

»Ach, an der sind wir nicht interessiert«, sagte Liu im Konversationston. »Wir wollen ein Stück von Ihrem *keiretsu*.«

Nangi war wie vom Donner gerührt.

»Natürlich sind wir bereit, einen überhöhten Preis zu bezahlen. Einen weit überhöhten Preis. Ihre Unternehmensgruppe braucht einen kräftigen Kapitalzufluß, und wir sind bereit, die Infusion vorzunehmen.«

»Kein Interesse vorhanden«, sagte Nangi, wobei er an seinem Haß auf diesen Mann und alles, wofür er stand, beinahe erstickt wäre.

»Bitte, erlauben Sie mir, Ihnen mein Angebot vollständig darzulegen, bevor Sie es so überstürzt ablehnen.« Liu zwang seine Lippen dazu, ein Lächeln zu bilden. »Um es kurz zu machen: Sie überlassen uns ein Drittel der Stimmanteile in Ihrem *keiretsu* und erhalten dafür von uns, aufgeteilt in sechs halbjährliche Zahlungen, die Summe von fünfhundert Millionen Dollar.«

Nangis Verstand begann fieberhaft zu arbeiten. Mit diesem unglaublichen Betrag konnten sie es bis ganz an die Spitze schaffen. Die Fusion mit Tomkin Industries würde bei weitem nicht soviel abwerfen. Es war mehr Kapital, als er an irgendeinem anderen Punkt der Welt auftreiben konnte, und Liu wußte das mit Sicherheit. Nur die Chinesen vermochten soviel flüssiges Kapital aufzubringen, daß sogar die All-Asia-Bank gerettet werden konnte. Und auf genau diesen Punkt mußte er jetzt vor allem anderen sein Augenmerk richten. Wenn die All-Asia-Bank in Konkurs ging, dann würde ihr früher oder später der gesamte Konzern folgen. *Tenchi* hatte sie finanziell in eine mehr als prekäre Lage gebracht.

Andererseits mußte Nangi sich natürlich auch fragen, was die Chinesen von diesem Geschäft wirklich erwarteten. Sie trennten sich nicht so mir nichts, dir nichts von einer derart hohen Summe. Profite, natürlich. Aber Profite ließen sich in verschiedensten Branchen erwirtschaften und mit sehr viel niedrigerem Einsatz. Nangi überlegte fieberhaft, um eine Antwort auf diese Frage zu finden. Der Chinese würde sie ihm nicht geben. Aber es gab noch andere Antworten, die er von Liu brauchte, und wenn er die richtigen Fragen stellte, verriet der Chinese ihm vielleicht die Lösung, ohne es zu merken.

»Sagen Sie, Mr. Liu«, begann er, »was hat Ihr Volk mit seinem Drittel der Stimmanteile vor?«

»Vorhaben?« fragte Liu und rutschte in seinem Sessel hin und her. »Ich kann Ihnen nicht ganz folgen.«

»Das ist doch sehr einfach«, sagte Nangi, während seine Augen wieder zu dem chinesischen Mädchen am Strand hinunterwanderten. »Bevor ich zulasse, daß ein Außenstehender Zugang zum *keiretsu* erhält – egal, zu welchem Preis –, muß ich wissen, was er mit seinem Investment zu tun gedenkt.«

»Wieso, Geld verdienen, natürlich«, sagte Liu. »Was sollten wir sonst für einen Grund haben?«

Nangi lächelte dünn und breitete die Hände aus. »Vielleicht verstehen Sie meine Vorsicht. Ich habe bisher wenig Kontakt mit Vertretern Ihres... Unternehmens gehabt.«

»Durchaus verständlich«, sagte Liu etwas liebenswürdiger. »Schließlich schließt man nicht alle Tage ein Geschäft in dieser Größenordnung ab. Die gegenwärtigen Machthaber in Peking suchen den Anschluß an das zwanzigste Jahrhundert, und eine japanische Firma mit ihrem Know-how könnte uns dabei technologisch einen ersten Schritt weiterbringen.« Liu wischte sich mit einem Taschentuch den Schweiß von der Stirn. »Obwohl es sich also um eine außergewöhnliche Gelegenheit handelt, spielt die Zeit dabei eine wesentliche Rolle, und ich fürchte, daß Sie mir Ihre Antwort geben müssen, bevor Sie China wieder verlassen.«

»Sie erwarten doch wohl nicht, daß ich eine derart wichtige Entscheidung von einer Sekunde auf die nächste fälle?« fragte Nangi und blickte Liu scharf an.

»Ganz im Gegenteil, Mr. Nangi«, sagte Liu und klopfte sich dabei leicht mit der Fingerspitze auf einen Punkt oberhalb seines Herzens, »ich erwarte überhaupt nichts. Es liegt allein in Ihrem Interesse, rasche Entscheidungen zu treffen, vor allem, was die Schwierigkeiten der All-Asia betrifft. Aus einem kleinen Brand kann hier schnell ein Buschfeuer werden, und wie es dann vor Ihren Schaltern aussehen wird...« Liu spreizte erneut die Finger. »Von uns sollten Sie sich dagegen keineswegs unter Druck gesetzt fühlen, Mr. Nangi. Lassen Sie sich soviel Zeit, wie Sie brauchen.« Er griff in die Innentasche seines Sakkos. »Wie auch immer, um Ihnen unseren guten Willen zu beweisen und bei der Urteilsfindung vielleicht behilflich sein zu können, habe ich auf alle Fälle schon mal die Papiere aufsetzen lassen.«

»Ich verstehe.« Nangi versank einen Moment in Gedanken.

Liu konnte sich ein selbstgefälliges Grinsen nicht ganz verkneifen. »Trotz der etwas eigenartigen Vorstellungen, die man im Westen von uns hat, funktioniert unsere Maschinerie absolut reibungslos und effektiv.«

»Ja«, sagte Nangi und verspürte einen immer unbezähmbareren Haß, »es bleibt einem nicht verborgen.«

»O doch, Mr. Nangi. Sie werden mir verzeihen, aber Ihnen bleibt noch eine ganze Menge verborgen.« Liu blickte jetzt auch zum Strand hinunter, wo sich ein zweites Mädchen zu dem ersten gesellt hatte; beide verließen das Wasser und näherten sich dem Haus. »Wir sind hier in Hongkong außerordentlich gut aufeinander eingespielt; weit besser, als die Engländer sich vorzustellen wagen. Immerhin ist es ja auch unser Land, das wir ihnen lediglich für einen bestimmten Zeitraum überlassen haben, weil es uns sinnvoll und lukrativ erschien.« Liu erhob sich abrupt. »Aber jetzt will ich Ihnen ein kleines Geheimnis verraten.« Er griff erneut in sein Jackett, förderte ein zweifach gefaltetes Dokument zutage und legte es auf den niedrigen Beistelltisch vor der Couch. Seine Augen schienen von innen heraus zu glühen. »Den Landboom der letzten sechs Jahre haben wir gemacht.« Er nickte heftig. »Ja, Sie haben richtig gehört, Mr. Nangi. Die Preisspirale auf dem Grundstücksmarkt ist von uns noch künstlich in die Höhe getrieben worden. Sehen Sie, unsere Erklärung, derzufolge wir die Kronkolonie wieder als Teil unseres Hoheitsgebiets beanspruchen, kam ja nicht aus heiterem Himmel. Sie war langfristig geplant, und deswegen wollten wir den Engländern zuerst unmißverständlich klarmachen, in was für einer Situation sie sich eines Tages befinden könnten.«

Liu grinste triumphierend. »Und Sie sehen es ja, heute sind wir hier die Herren. Wir sagen ›Spring!‹, und die Queen springt. Die ganze Welt hat es gesehen. Ihre Majestät hatte nichts Eiligeres zu tun, als hierher zu rasen und sich uns zu Füßen zu werfen, um die Wahrung der Interessen ihres Landes in diesem Teil der Welt zu gewährleisten. Doch diese Demütigung wäre nicht halb so effektiv gewesen, wenn wir nicht vorher demonstriert hätten, wie wir mit wenigen gut gewählten Worten in der Lage sind, das gesamte westliche Wirtschaftssystem dieser Kolonie zum Einsturz zu bringen und die Finanzen einer Menge Leute gehörig durcheinanderzuwirbeln.«

Liu verschränkte die Hände hinter dem Rücken. »Selbst Sie, Mr. Nangi, müssen zugeben, daß unser letzter Fünfjahresplan geradezu genial zu nennen ist. Nur so werden wir unser Endziel, nämlich die totale Kontrolle über das gesamte nach Hongkong fließende und wieder herausgehende Kapital, erreichen.«

Nangi griff nach den zusammengefalteten Papieren und begann zu lesen, in erster Linie, um sich wieder zu beruhigen. Gütiger Himmel, dachte er. Wenn die Behörden der Kronkolonie davon jemals Wind bekamen, dann würden sie einen kollektiven Herzschlag erleiden. Der Polizeichef würde seinen Hut nehmen müssen, ebenso der für die innere Sicherheit verantwortliche Staatssekretär. Wie konnte eine derart gigantische Manipulation direkt unter ihrer Nase abgewickelt werden? Mein Gott, hier wimmelt es wirklich von Idioten!

Nangi wandte seine Aufmerksamkeit wieder dem Vertrag zu. Beim ersten Lesen schien er hart, aber fair zu sein. Es gab keine Fallstricke, keine Fußangeln, nichts, was von Liu nicht schon erwähnt worden wäre.

Nangi blickte auf. »Ich sehe hier auf Seite drei, daß die erste Rate nicht früher als neunzig Tage nach Unterschrift des Vertrags fällig wird.«

Liu nickte, offensichtlich zufrieden, daß sie schon so weit gekommen waren. »Das stimmt. Die Beschaffung und der Transfer von soviel Geld bringen, eh, gewisse Probleme mit sich.«

»Soviel Gold«, korrigierte Nangi.

»Wenn Ihnen das lieber ist. Wir werden den Transfer über die Sun Wa Trading Company abwickeln.«

»Aber Ihr... eh... Unternehmen müßte von seiner Größe her doch eigentlich in der Lage sein, sofort bei Unterschrift eine erste Zahlung zu leisten.«

Lius Gesicht nahm einen schmerzlichen Ausdruck an. Seine Hände, jetzt wieder vor dem Bauch, erinnerten an Greifklauen. »Bedauerlicherweise ist es unmöglich, die zeitliche Abfolge der Zahlungen zu beschleunigen. Mein Unternehmen ist noch einige andere Verpflichtungen eingegangen, derer wir uns vorher entledigen müssen. Vor Ablauf von neunzig Tagen können wir einfach nicht genug Kapital bereitstellen.«

Nangi richtete sich auf und umklammerte den Drachenkopf aus weißer Jade an seinem Spazierstock. »Mr. Liu, wie Sie selbst gesagt haben, ist meine Situation in bezug auf die All-Asia ausgesprochen kritisch. Wenn ich gezwungen bin, neunzig Tage auf Ihr Geld zu warten, werde ich diesen Teil meines *keiretsu* sehr wahrscheinlich verlieren. Das wäre weder in meinem noch in Ihrem Interesse.«

Liu sagte nichts. Die Fingerkuppen seiner Hände pochten in einem seltsamen Rhythmus gegeneinander.

»Die Zeit ist sowohl für mich als auch für Sie von grundlegender Bedeutung«, fuhr Nangi fort. »Wenn ich mich entschließe zu unterzeichnen – und wie Sie ja betont haben, muß diese Entscheidung vor meiner Abreise aus Hongkong fallen –, dann verlange ich, daß eine Zusatzklausel in den Vertrag aufgenommen wird, die mir eine ausreichend hohe Summe schnell verfügbaren Kapitals garantiert, damit die Bank ihren kurzfristigen Verpflichtungen – sagen wir, über die nächsten sechs Monate – nachkommen kann. Ich würde vorschlagen, daß diese Summe sich auf fünfunddreißig Millionen amerikanische Dollars belaufen soll, zahlbar nicht später als zwölf Stunden nach Unterschrift.«

Liu schwieg einen Moment. Von draußen drang das schwache Rauschen der Brandung herein.

»Sie sind ein harter Verhandlungspartner. Fünfunddreißig Millionen kann man nicht gerade als Kleingeld bezeichnen.«

»Kaum«, meinte Nangi. »Aber schließlich geht es ja bei dem ganzen Geschäft um beträchtliche Summen, wie Sie wohl am besten wissen.«

Liu lächelte. Nangi nahm das als Zeichen dafür, daß der Chinese seinen Stolz nicht ganz verbergen konnte, und dachte, ich führe ihn in die richtige Richtung.

»Vielleicht ließe sich tatsächlich etwas in dieser Größenordnung arrangieren.« Liu nickte, als hätte er einen Entschluß gefaßt. »Ja. Ich glaube, es müßte uns möglich sein, den Betrag von der ersten Zahlung an Ihr Unternehmen abzuzweigen und vorab zu überweisen.«

O nein, das werdet ihr nicht tun, dachte Nangi. »Die fünfunddreißig Millionen«, präzisierte er, »verstehen sich als Zusatzzahlung zu dem ausgemachten Kaufpreis, laufen völlig separat und sind nicht rückzahlbar. Ich möchte die finanziellen Operationen der Bank in keiner Weise mit dem *keiretsu* in Verbindung bringen, denn das würde unser Profitpotential beträchtlich schmälern, wie Sie wohl einsehen werden.«

Nangis Herz hämmerte wild, während Liu sich seinen Vorschlag überlegte, doch seine Augen verbargen jede Emotion hinter den tief herabgesunkenen Lidern. Nangi wußte, daß es um die Chance seines Lebens ging; von einem Moment auf den nächsten konnte er sich alle Schwierigkeiten vom Hals geschafft haben, gegen die vergleichsweise geringe Gegenleistung einer Drittelbeteiligung am *keiretsu*. Sato und er hielten immer noch die Mehrheit von zwei Dritteln und konnten gegen alles, was die Chinesen vielleicht verlangten, ihr Veto einlegen. Außerdem konnte es durchaus seine Reize haben, in ihrem eigenen Land mit den Kommunisten und nicht gegen sie zu arbeiten.

Liu ließ sich Zeit mit seiner Entscheidung. Endlich regte er sich wie eine träge Schlange und sagte: »Ich glaube, das läßt sich durchführen. In diesem Fall müßten Sie uns allerdings einen etwas größeren Anteil Ihres *keiretsu* überschreiben. Sagen wir, einundfünfzig Prozent.«

Nangi ließ sich nicht anmerken, daß ihm bei diesen Worten der Schreck in sämtliche Glieder gefahren war. Einundfünfzig Prozent – Himmel! Sato und er würden die Kontrolle über ihr eigenes Unternehmen verlieren!

»Wissen Sie, eigentlich dürfte ich Ihnen dieses Angebot gar nicht unterbreiten«, sagte Liu jovial-vertraulich. »Meine Regierung setzt nicht gerade leichten Herzens soviel Geld in, eh, internationalen Gewässern aus.« Er beugte sich vor. »Aber ich stelle fest, daß Sie Ihrem Unternehmen sehr ähnlich sind, und das gefällt mir. Gemeinsam können wir hier und in Japan ein Vermögen machen.« Er deutete auf die Tür. »Ich glaube, das war für uns beide ein harter Tag. Sie sind bestimmt genauso ausgehungert wie ich.« Er bedachte Nangi mit einem Lächeln. »Ich hoffe, Ihnen ist klar, daß ich Ihnen ein solches Angebot nicht zweimal mache. Ich gebe Ihnen bis morgen nachmittag sechs Uhr Zeit, es sich durch den Kopf gehen zu lassen. Keine Sekunde länger. Und nun wollen wir das Abendessen einnehmen.«

Während der Mahlzeit schenkte Nangi Lius Frau mehr Aufmerksamkeit als seinem Gastgeber, was der Chinese als gutes Zeichen wertete. Ganz zweifellos war Nangi ein ausgesprochener Wüstling. Was will man mehr, dachte er mit einem inneren Kichern.

*

»Laß uns hineingehen.«

Akiko schüttelte den Kopf, so heftig, daß ihr langes schwarzes

Haar Nicks Gesicht peitschte. »Ich will hier draußen bleiben. Wir sind den Elementen gleich. Wir gehören ins Freie.«

Nicholas konnte es nicht fassen, daß er die Frau eines anderen Mannes in den Armen hielt, die Frau eines Freundes. Und Justine, was war mit Justine? Seine Liebe zu ihr wurde von diesem Moment nicht berührt. Dieser Augenblick hatte seine eigene Wahrheit. Und obwohl er eigentlich hätte ins Haus gehen sollen, blieb er im Garten bei Akiko. Sein Körper sehnte sich nach ihr, als wäre sie Speise und Trank, Sauerstoff für seine Lungen.

Akiko hatte sich ihres Kimonos entledigt. Er lag hinter ihr auf der Erde, und jede seiner Falten verbarg schwarze Schatten wie langgehütete Geheimnisse. Nicholas und sie wurden nun beide von seinem Kimono – Satos Kimono – umhüllt.

Ihr Körper war heiß und feucht. Ihre Nägel krallten sich in sein Fleisch, ihre Zähne hinterließen rote Spuren auf seiner Haut. Keiner von beiden wollte, daß ihre Leidenschaft je wieder endete, und so hielten sie sich mit aller Kraft zurück, verboten sich vorschnelle Erfüllung.

Die selbstauferlegte Beschränkung entlockte Akiko Laute der Qual. Ihr ganzer Körper zitterte unkontrolliert, und als Nicholas ihr die Hand auf das schon feuchte Geschlecht legte, begannen ihre Hüften zu zucken, und sie umklammerte ihn mit geschlossenen Augen, bis ihre Finger weiß waren wie Wachs.

Der Nebel um sie herum schien dunkler und dichter zu werden. Der Himmel war ihren Blicken entzogen. Die Luft wurde schwer vor Feuchtigkeit, als kündigte sich ein Sturm an. Unvermittelt erklang ein Donnerschlag, und der frühe Morgen verwandelte sich in finstere Dämmerung. Es begann zu regnen.

Akiko preßte sich mit weit gespreizten Schenkeln gegen Nicholas. Ihre Hände streichelten seinen Rücken, sein Gesäß. Mit der Zunge fuhr sie ihm über Hals und Schlüsselbein. Dann stieß sie einen leisen Schrei aus und keuchte: »Ich muß... ich muß...« Sie drehte sich um, ihr Mund glitt an ihm hinunter, bis sie sein Glied mit Lippen und Zunge umschließen konnte. Er wollte sich ihr auf gleiche Weise widmen, doch selbst auf dem Höhepunkt der Ekstase besaß sie die Geistesgegenwart, ihn abzulenken und die Innenseite ihrer Schenkel vor ihm zu verbergen. Sie konnte nicht zulassen, daß er mit eigenen Augen sah, was sich dort befand. Denn dann wäre alles zu Ende gewesen. Yukio würde für immer verschwinden, und keiner von ihnen vermochte sie je wieder zurückzubringen. Er würde Bescheid wissen... und er würde versuchen, sie zu vernichten.

Also saugte sie noch heftiger an ihm, umschloß sein Glied soweit es ging und wandte jede Technik an, die sie gelernt hatte, um seine Lust zu steigern. Widerstrebend gab er seine Absicht auf und schob sich über sie. Sacht griff sie nach seinem feuchten Geschlecht und führte ihn. Sein Mund widmete sich erst ihrer linken Brustwarze, dann der rechten.

Der Regen wurde stärker, ein neuer Donnerschlag erklang.

Akikos Atem ging schneller und schneller. Geschickt und erfahren rieb sie Nicks Glied gegen die feuchte Öffnung zwischen ihren Beinen. Sie flehte ihn an, sie nicht weiter zu erregen, und doch hörten ihre Hände nicht auf, sie beide auf die Folter zu spannen, bis die Lust schier unerträglich wurde.

Mit einem Keuchen befreite sich Nicholas aus ihrem zarten Griff und drang langsam in sie ein. Akiko stöhnte. Ihr Körper bäumte sich auf. Sie rieb ihr nasses Fleisch an dem seinen, schwelgte in diesem Moment äußerster Leidenschaft, da er bis ans Heft in sie eindrang, und sie spürte, wie ihr Herz leicht und leichter wurde, die Dunkelheit ein für allemal dem Licht unterlag und ihr Haß dahinschmolz wie Schnee in der Frühlingssonne.

Regen und Donner trommelten auf sie ein, doch sie spürte nur Nicholas in sich, und dann stieß sie einen wilden Schrei aus, als er in ihr kam und noch einmal kam, als sein Orgasmus sich mit ihrem Orgasmus vermischte und die Welt einen Herzschlag lang ganz neu erschaffen wurde.

*

Dreimal hatte Jesse James auf der Fahrt nach Norden den Wagen gewechselt. Das erstemal in Miami, als die Route 1 ihren Namen in Interstate 95 änderte. Das zweitemal in Savannah, als der Bastard und Alix Logan angehalten hatten, um etwas zu essen. Und das drittemal kurz vor Beaufort, Südkarolina. Der Phonix-Zahlentransmitter ließ sich leicht von einem Auto ins andere montieren, und ohne das Gerät wäre sich James – der blaue Gorilla, wie Lew Croaker ihn bei sich genannt hatte – im Augenblick auch ziemlich nackt vorgekommen.

Der Bastard fuhr wie ein Teufel, und James mußte doppelt aufpassen, weil er ganz auf sich gestellt war und nicht den geringsten Spielraum für einen Irrtum hatte. Wenn er sie jetzt verlor, hatte er seine Chance verspielt; er wußte, daß weder er noch jemand anders sie dann so schnell wieder aufspüren konnte.

Jesse James war weit besser, als Croaker vorhergesehen hatte, und so traf er schon viereinhalb Minuten nach Ankunft der beiden Verfolgten vor dem Hotel ein, in dessen Foyer sie soeben verschwunden waren. Das Hotel lag am Stadtrand von Raleigh und gehörte zu einer der großen Ketten. Die geschotterte Zufahrt zweigte von dem sechsspurigen Highway ab und führte an einer eindrucksvollen, dreistöckigen Einkaufsarkade vorbei.

Als James ihr Fahrzeug – einen viertürigen kastanienbraunen Ford neuerer Bauart – entdeckte, riß er den Wagen von einer der mittleren Spuren an den rechten Fahrbahnrand hinüber, was hinter ihm wildes Hupen und schrilles Bremsenkreischen auslöste. Er hätte den Ford schon einmal beinahe verloren, weil ihn ein höchstwahrscheinlich noch minderjähriger Bauernlümmel aus Südkarolina mit seinem Pritschenwagen nicht vorbeilassen wollte, und seine Geduld war am Ende.

Er jagte die Zufahrt hinauf und parkte seinen cremefarbenen Chevrolet drei Plätze neben dem Ford. Dann stieg er aus und streckte sich gemächlich. Es hatte keinen Sinn, die Dinge zu überstürzen. Entweder handelte es sich um das Fahrzeug des Bastards, oder er hatte sie mit Sicherheit verloren.

Seine Stimmung hob sich, als er die Nummernschilder sah. Florida. Er trat neben den Ford und legte ihm die Hand auf die Kühlerhaube. Noch warm. Sie waren es, kein Zweifel.

Er kniete nieder, als wollte er seine Schnürsenkel nachziehen, und wischte den Lehm ab, den der Bastard auf das Nummernschild geschmiert hatte, damit man die Zahlen und Buchstaben nicht erkennen konnte. Er prägte sich das Kennzeichen ein, stand auf und ging langsam den Betonpfad zum Seiteneingang des Hotels hinauf.

*

Der Name des jungen Leutnants war Russilow, und je länger Protorow ihn in seiner Nähe hatte, desto besser gefiel er ihm. Der Mann zeigte Initiative. Das Problem mit den meisten Soldaten, die sich innerhalb des scharf kontrollierten Sowjetsystems nach oben gedient hatten, war, daß ihnen in den meisten Fällen genau das fehlte: Initiative.

Pjotr Alexandrowitsch Russilow war ein Absolvent von Protorows Schule im Ural, an der der Chef des Neunten KGB-Direktorats potentiellen Nachwuchs für den Geheimdienst ausbildete. Unter Protorows kundiger Anleitung hatte er als Klassenbester abgeschlossen und sich danach auch noch als hervorragender Feldagent herausgestellt, was nicht auf allen an das akademische Leben gewöhnten Abgängern von Protorows Geheimdienstschmiede zutraf.

Gospodin Russilow war in jeder Hinsicht etwas Besonderes. Protorow hatte ihn bald an sich gezogen, denn Russilow war schon frühzeitig Waise geworden.

Da der Chef des Neunten Direktorats mit seiner Arbeit verheiratet war, und wohl auch weil Sex ihm nicht sehr viel bedeutete, hatte es in seinem Leben nur eine einzige Frau gegeben, die er dazu noch gern vergessen hätte, wenn ihm das möglich gewesen wäre. Alena war die Frau eines jüdischen Dissidenten. Nachdem Protorow, damals Chef des Ersten Direktorats, ihren Mann in einen Gulag verfrachtet hatte, war er mit ihr ins Bett gegangen. Das Vergnügen war weit größer gewesen, als er erwartet hatte. Ob es an den besonderen Umständen lag, die mit dem Zwischenfall verknüpft waren, oder ob es etwas mit Alena selbst zu tun hatte, wußte er nicht.

Aber ob es ihm gefiel oder nicht, Alena war alles, was er besaß, zuerst in der Realität und später, nachdem er sie in die Lubjanka hatte einweisen lassen, in der Erinnerung. Bis auf Russilow. Ohne genau zu wissen, wie oder wann es genau dazu gekommen war, betrachtete Protorow den jungen Leutnant als sein Protegé. Wenn er sich vom Neunten zurückzog, würde Russilow das Direktorat in seinem Sinne weiterführen, dessen war er sicher.

General Mironenko hatte ihm signalisiert, daß das Gipfeltreffen von KGB und GRU schon in einer Woche stattfinden konnte, und so wußte er, daß seine Zeit beim Neunten sich langsam dem Ende zuneigte. Doch bis dahin mußte er wissen, was *Tenchi* bedeutete. Inzwischen war auch Tengu, sein zweiter Mann im Tenshin Shoden Katori *ryu,* auf mysteriöse Weise ermordet worden, ohne ihm die dort aufbewahrten Geheimnisse besorgt zu haben.

»Genosse Direktor?«

Protorow blickte auf. »Ja, Leutnant Russilow?« Russilow betrat die safeartige Kammer, einen Stapel Computerausdrucke in der Hand. »Ich glaube, Sachow IV hat uns endlich einen Hinweis gegeben.«

Sofort schob Protorow den Papierkram auf seinem Schreibtisch beiseite und schuf Platz für die Computerausdrucke. Russilow schlug die vierte Seite auf. Beide Männer starrten auf die vom Bordcomputer des Satelliten übermittelten graphischen Daten. Sie zeigten ein gitterartiges geographisches Tableau von schätzungsweise 150 mal 200 Kilometern, halb Land, halb See. Das Gebiet war den Russen wohl vertraut. Es erstreckte sich vom Norden Hokkaidos bis zur südlichsten der Kurileninseln, Kunashir. Ein Teil des Gebiets fiel unter japanische Hoheit, ein Teil unter sowjetische.

Der junge Leutnant deutete mit dem Zeigefinger auf einen Punkt in der Nähe der Meerenge von Nemuro. »Sehen Sie hier, Genosse Direktor – nichts, absolut nichts, was irgendwie aus der Reihe fällt. Und jetzt –«, er blätterte die Seite um, »– das hier.« Sein Finger deutete auf einen Punkt ganz in der Nähe des ersten.

»Was ist das?« fragte Protorow, obwohl er sehr genau wußte, um was es sich handelte.

»Hitzeemanationen«, antwortete Russilow. »Und zwar sehr starke.«

Protorow blickte auf. »Vielleicht ein unterirdisch tätiger Vulkan«, meinte er, denn dabei handelte es sich um die wahrscheinlichste Erklärung.

»O nein, dazu ist es viel zu genau lokalisiert. Außerdem wissen wir von derartigen vulkanischen Vorgängen nur weiter hier.« Sein Finger rutschte ein Stück nach Südosten.

»Ich verstehe.« Protorow lehnte sich zurück. »Um was handelt es sich dann?«

»Um *Tenchi*.«

In der Tat, dachte Protorow, genau das muß es sein. Denn er wußte aus verläßlichen Quellen, daß *Tenchi* ein monumentales Industrie- oder Bergbauprojekt sein mußte. Wonach er und seine Leute die ganze Zeit gesucht hatten, war ein Widerspruch, eine Diskrepanz. Nun hatte Protorow das Gefühl, diesem Ziel ein gutes Stück näher zu sein. Rasch stellte er im Kopf ein paar Berechnungen an, grübelte einige Zeit über das Ergebnis nach und sagte dann nachdenklich: »Leutnant, diese intensive Hitzeentwicklung. Wo genau würden Sie die ansiedeln?«

»Das ist schwierig zu sagen, Genosse Direktor.« Russilow beugte sich über den Ausdruck. »Wie Sie wissen, stammen diese Dinger hier ja aus ziemlicher Entfernung. Und unsere Techniker mußten sie erst zusammensetzen, um das Ganze zu bekommen.«

»Trotzdem«, beharrte Protorow, »schätzen Sie so gut Sie können.«

Russilow ließ sich Zeit. Er holte ein Vergrößerungsglas aus der Hosentasche und nahm den Ausdruck genau unter die Lupe. Schließlich ließ er die Linse in seine gewölbte Hand fallen und sagte: »Wenn Sie mich fragen, so geht ein Teil der Aktivitäten von japanischem Territorium aus.«

Protorows Puls beschleunigte sich. »Und der andere Teil?«

»Der andere Teil scheint mir von russischem Hoheitsgebiet auszugehen.«

*

Alix Logan stand unter der Dusche. Croaker saß in einem bequemen Lehnstuhl in dem großen, hübsch eingerichteten Hotelzimmer und trank einen Bourbon mit Wasser, den der Zimmerservice ihm gebracht hatte.

Er war müde, und nach einiger Zeit ließ er den Kopf gegen die Lehne sinken und schloß die Augen. Noch immer verspürte er von den achtzehn Stunden fast ununterbrochener Fahrt ein leichtes Schwindelgefühl. Lieber hätte er Key West mit dem Flugzeug verlassen, aber das wäre selbstmörderisch gewesen, fast so, als hätte er Alix und sich ein Schild mit der Aufschrift *Mir nach, Leute*! an den Rücken geheftet.

Nein, alles in allem war der Wagen die beste Lösung; so konnten sie wenigstens die Richtung wechseln, wann immer es ihnen sinnvoll erschien.

Gedämpft vernahm er das Rauschen der Dusche. Er dachte daran, wie Alix während der Fahrt neben ihm gesessen hatte, und dann dachte er an Angela Didion, Fotomodell wie Alix und ihre beste Freundin. Ihr ganzer Ruhm, die Gerüchte, die sich um Angela Didion gerankt hatten, all das war nicht mehr von Bedeutung gewesen, als Croaker ihre Wohnung betreten und sie auf dem Bett ausgebreitet gefunden hatte, nackt bis auf ein Goldkettchen um die Hüfte und tot, sehr tot.

Da war sie keine Schönheitskönigin mehr, keine raffiniert zurechtgemachte Sexgöttin, kein lockendes Phantasiegeschöpf. So brutal ihres Lebens beraubt, war sie nur noch ein junges Mädchen, mitleiderregend in ihrer bis zum äußersten ausgenutzten Verletzlichkeit. Und sie hatte Croaker tiefer bewegt als je zu ihren Lebzeiten.

In gewisser Weise konnte man diesen Anblick kaum als ausreichenden Anlaß für eine derart lange, qualvolle Suche bezeichnen, die gut und gern mit dem Verlust des eigenen Lebens enden mochte. Aber andererseits war es eine Frage seines professionellen Stolzes, und da sah die Antwort schon ganz anders aus.

Alix öffnete die Tür des von dichtem Dampf erfüllten Badezimmers und trat heraus, ein flauschiges Frotteetuch um ihre Blöße geschlungen, ein zweites wie einen Turban auf dem Kopf.

Croaker riß die Augen auf. Einen Moment lang sah er nicht sie, sondern Angela Didion, und sein Entschluß, sie auf keinen Fall dem blauen Gorilla und damit dem sicheren Tod zu überlassen, festigte sich.

»Jetzt sind Sie an der Reihe«, sagte sie und warf ihm einen dieser Blicke zu, die ihn immer wieder völlig aus der Fassung brachten. »Sie sehen wie eine aufgewärmte Leiche aus.«

Croaker grunzte und leerte sein Glas. »Komisch. Ich fühle mich noch viel schlimmer.«

Sie ließ sich auf eins der beiden Betten sinken und legte die Hände in den Schoß. »Warum tun Sie dies alles? Das wüßte ich wirklich gern. Wenn die Sie kriegen, werden Sie umgelegt. Das ist Ihnen doch klar, oder nicht?«

»Ich tue es wegen Angela.«

»Sie haben sie nicht mal gekannt«, sagte Alix. »Sie waren lediglich in ihr Gesicht verliebt, so wie jeder andere auch.«

»Sie haben nicht die leiseste Ahnung«, sagte Croaker.

»Und ich werde auch nie eine haben«, sagte sie durchtrieben, »es sei denn, Sie schenken mir endlich reinen Wein ein.«

Er schwenkte das Eis in seinem Glas herum, starrte auf die Würfel, ohne sie wirklich zu sehen. »Angela starb sozusagen in meinem Hinterhof. Jemand hat sie umgelegt, und ich will herausfinden, wer.

Sie war ein Mensch wie jeder andere, und ich glaube, das zumindest steht ihr zu.«

Alix lachte kurz. »Ich glaube, ich weiß etwas besser, was für ein Mensch sie war und was ihr zustand.« Sie schwieg einen Moment, ehe sie fortfuhr: »Sie war ein Miststück, Lew. Sie war bösartig, nachtragend, krankhaft eifersüchtig und durch und durch korrupt.«

Croaker warf ihr einen raschen Blick zu. »Das spielt alles keine Rolle. Für mich war sie nicht besser und nicht schlechter als jede andere.«

Alix schenkte sich ebenfalls etwas Whisky ein. »Sie hätten mal ein paar Tage in ihrer Gesellschaft verbringen sollen«, sagte sie. »Ein paar Tage nur, das wäre völlig ausreichend gewesen.«

Croaker nahm ihr das Glas aus der Hand. »Waren Sie in sie verliebt?«

»Das geht Sie einen Scheißdreck an!« fauchte Alix mit flammenden Augen. Ihre Hände waren zu Fäusten geballt, die Lippen bildeten einen schmalen Strich. »Bloß, weil Sie mir das Leben gerettet haben, glauben Sie, mir solche Fragen stellen zu können?«

Im nächsten Moment war sie in Tränen ausgebrochen und hatte das Gesicht mit den Händen bedeckt. Nach einer Weile hörte sie auf zu weinen und wischte sich die Tränen aus den Augen. »Tatsächlich war Angela in mich verliebt«, sagte sie leise. Sie löste das um ihren Kopf geschlungene Handtuch und rubbelte sich das immer noch feuchte Haar trocken. »Ich habe meine Mutter nie richtig kennengelernt, bevor sie starb, und Angela war stark. Sie hatte sehr viel von einem Mann an sich. Nicht, daß sie in irgendeiner Weise maskulin gewesen wäre, ganz und gar nicht. Es war etwas in ihrem Inneren, und diese Stärke zog mich an, denn ich brauchte eine Mutter.«

Alix hörte auf, an ihrem Haar herumzufummeln, und setzte sich wieder auf die Bettkante. »Wir haben uns die ganze Zeit gestritten. Sie hat mir das Leben zur Hölle gemacht.«

»Sie hätten sich doch einfach absetzen können«, meinte Croaker.

Alix schüttelte den Kopf. »Wie ich schon sagte, Sie kannten Angela nicht. Wenn sie etwas haben wollte, behielt sie es so lange, bis sie seiner überdrüssig war. Wenn ich versucht hätte, sie zu verlassen, hätte sie mich beruflich total ruiniert. Sie hatte die Macht eines Pharaos.«

Sie ließ den Kopf sinken. »Außerdem war ich nicht stark genug dazu. Sie... jagte mir Angst ein, und irgendwie fühlte ich mich in... in ihrer Gewalt sicherer, als wäre ich allein auf der Welt gewesen.«

Schweigen breitete sich aus und schien den Raum mit einer seltsamen Kühle zu füllen.

»Und was passierte dann?« hakte Croaker nach.

»Dann änderte sich alles«, sagte Alix so leise, daß Croaker sich vorbeugen mußte, um sie verstehen zu können. »Angela begegnete Raphael Tomkin.«

*

Jesse James wußte, wie der Bastard hieß. Tex Bristol. Er hatte den Namen vom Hafenmeister in Key West erfahren, nachdem mehrere Zeugen, die zu jener Zeit auf den Docks gewesen waren, sich erinnern konnten, Bristols Boot kurz nach dem von Alix Logan ablegen gesehen zu haben.

James wußte nicht, wer der Bastard wirklich war, aber er nahm sich fest vor, es bald herauszufinden. Er hatte am Empfang nach Bristol gefragt, überzeugt, daß der Bastard seinen Decknamen in diesem Stadium nicht schon wieder ändern würde, doch da war er einem Irrtum aufgesessen. Man hatte ihm gesagt, daß an diesem Tag kein Bristol mit dem Vornamen Tex oder irgendeinem anderen Vornamen eingetroffen sei.

Also war James zu Plan B übergegangen, hatte einen falschen Ausweis vorgezeigt und sich als Privatdetektiv ausgegeben – ein Fall von Ehebruch, Sie verstehen schon, ich beschreibe Ihnen die beiden mal. Keine Staatsaffäre, geht bloß um die Scheidungspapiere, et cetera, et cetera. Man hatte ihm die Zimmernummer genannt. Ein Raum. Wie heimelig, dachte James. Was hat dieser Bastard, das ich nicht habe? Er fuhr mit dem Fahrstuhl nach oben.

Die Tür öffnete sich, und Jesse James trat auf den Korridor des dritten Stocks.

*

Croaker trat unter der Dusche hervor. Er trocknete sich ab, zog eine leichte Sommerhose an und dazu ein dunkelblaues T-Shirt mit der grünen Aufschrift *Key West is Best* quer über der Brust. Dann fuhr er in seine ramponierten Halbschuhe.

Alix trug abgeschnittene Jeans und ein kurzärmeliges rosa Seidenhemd. Sie saß barfuß auf dem Bett, die beiden Kopfkissen im Rükken, und las ein Taschenbuch, das sie unterwegs gekauft hatte.

»Das Zeug ist so miserabel wie das Essen an der Autobahn«, sagte sie und warf das Buch aufs Fußende des Betts. »Vampire in den Sümpfen. Wen wollen die eigentlich verarschen?«

In diesem Moment flog die Tür zum Korridor auf, krachend wie ein Gewehrschuß.

*

Sato fand seinen Gast im Garten. Im Regen.

»Mein lieber Freund«, rief er, in der Tür zum Arbeitszimmer stehend, »Sie werden sich dort draußen in der Kälte den Tod holen!«

Nicholas antwortete nicht sofort. Mit vorgebeugten Schultern saß er auf der Steinbank und starrte die hin und her schwingenden Buchsbaumzweige an. Sein Kimono troff vor Nässe, und es gab an seinem ganzen Körper keine trockene Stelle, aber all das spielte keine Rolle. Er wußte jetzt, daß Akiko und Yukio zwei verschiedene Wesen waren.

Eine Täuschung konnte nur bis zu einem bestimmten Punkt getrieben werden. Ein Gesicht konnte lügen, geflüsterte Worte konnten lügen, sogar Blicke. Aber ein Körper war etwas anderes. Die Reaktion auf eine intime Berührung, das Weicherwerden, das Sichöffnen, all das war einzigartig, ließ sich nicht nachahmen.

Bei dem Gedanken, daß er Yukio zum zweitenmal und nun endgültig verloren hatte, ergriff ihn eine namenlose Traurigkeit. Wegen einer verzweifelten Hoffnung hatte er alle Vorsicht, alles Training über Bord geworfen. Es war traurig und gleichzeitig ausgesprochen absurd.

Er verachtete sich für das Vergnügen, das ihm die ehebrecherische Vereinigung bereitet hatte. Obwohl Akiko nicht Yukio war, hatte er sie mit mehr als bloß körperlichem Einsatz geliebt. Wer sie war und warum sie seiner verlorenen Liebe so sehr ähnelte, wurde zweitrangig hinter dem Wissen, daß sein Herz ihr offenstand.

»Linnear-san.« Er konnte Satos Stimme durch das Rauschen des Regens hören. Dann war sein Gastgeber bei ihm und legte ihm eine durchsichtige Plastikplane um die Schultern. »Kontemplation muß im Einklang mit den Elementen stehen, denen zu Ehren sie erfolgt«, sagte er sanft. »Ich werde Sie allein lassen.«

»Nein, Sato-san, bitte bleiben Sie.« Plötzlich wollte Nicholas nicht mehr allein sein. Er fühlte sich schon viel zu isoliert, beinahe beraubt.

All seine Träume waren zerstört. Ein einziger Donnerschlag, und seine wilde Hoffnung war gestorben. Doch was war der Mensch ohne Hoffnung?

Satos Augen waren feucht und weich, als er Nicholas anblickte und ihm dann ganz überraschend die Hand auf die Schulter legte. »Wollen Sie nicht hineinkommen«, fragte er, »und mir erlauben, Ihnen Tee zu kochen?«

*

Während er Russilows Rücken, steif wie ein Ladestock, durch die Stahltür verschwinden sah, wunderte Protorow sich darüber, daß sein Leben, so viele Jahre ausschließlich in den Dienst der Ideologie gestellt, ganz plötzlich eine derart persönliche Wendung nehmen konnte. Daß er nie eine Familie gegründet hatte, sah er als Beweis seiner absoluten Hingabe an das Endziel des Weltkommunismus und alle anderen sowjetischen Ideale an.

Und auf einmal war da Russilow. Wie hatte das geschehen können? Angesichts seiner intensiven Gefühle für den jungen Mann kam er sich extrem verwundbar vor. Und verwundbar zu sein, jagte ihm Angst ein.

Viktor Protorow hatte seit acht Jahren keine Angst mehr gehabt. Nicht seit dem Tod seines älteren – und einzigen – Bruders. Zu jener Zeit war er Leiter des Ersten Direktorats gewesen, zuständig für die innere Sicherheit der Sowjetunion. Ein besonders harter Winter überschüttete das Land Tag um Tag mit neuen Schneemassen. Mehrere Operationen mußten gleichzeitig durchgeführt werden, und wie immer hatte er nicht genug Leute, so daß er gezwungen war, mehr als üblich selbst in die Hand zu nehmen. Demzufolge hielt er sich auch gerade nicht in Moskau, sondern weit im Norden auf, als Minck geschnappt wurde. Protorow hatte gewußt, daß er sich in Rußland befand, und sich nichts sehnlicher gewünscht, als den Amerikaner aufzuspüren. Durch eine glückliche Fügung war Mincks Tarnung schnell geplatzt, und man hatte ihn schon in die Lubjanka geschafft, als Protorows Bruder – der es trotz seines höheren Alters nur bis zum Oberst gebracht hatte – von seiner Festnahme erfuhr. Und da beging der Oberst an diesem düsteren, schneeverhangenen Nachmittag den Fehler seines Lebens.

Obwohl er wußte, daß man Protorow bereits telefonisch über den Schlag gegen das amerikanische Spionagesystem informiert hatte, ging er in die Lubjanka, um den gefangenen Agenten persönlich zu verhören. Zweifellos wollte er seinem jüngeren Bruder beweisen, daß er diese Angelegenheit genausogut zu erledigen vermochte, und zwar in eigener Verantwortung.

Der Beweis mißlang. Irgendwie glückte es Minck, ihn zu überwältigen und mit seiner Geisel auszubrechen. Draußen tötete er seinen Gefangenen, schlachtete ihn im Schnee ab wie ein Metzger.

Niemand wagte die Leiche anzurühren, bis Protorow zurückkam. Als er Stunden später in Moskau eintraf, war kaum noch Blut zu sehen. Die Kälte hatte die Wunde zufrieren lassen. An der linken Schläfe, wo die Kugel eingedrungen war, klaffte ein Loch unter der rostroten Eisschicht. Protorow verzichtete darauf, sich die Austrittswunde hinten am Schädel anzusehen, denn er wußte, daß die Verwüstung dort viel schlimmer sein würde.

Vielleicht hatte Protorow in jenem Moment zum erstenmal über die Schmerzen nachgedacht, die einem aus der Gründung einer Familie erwachsen konnten. Und vielleicht hatte er schon damals beschlossen, sich niemals eine zuzulegen. Denn das Gefühl, völlig allein und entsetzlich verwundbar zu sein, war überwältigend gewesen, und er hatte diesen Amerikaner namens Minck mehr gehaßt als je einen Menschen davor oder danach.

Sechs Monate später hatte er einen Schläfer aufgeweckt, damit er Mincks Frau umbrachte, die allein in ihrem Bett auf einer Farm in Maryland schlief. Ein Schuß aus nächster Nähe durch die linke Schläfe – aus einer Waffe, die sowohl Protorow als auch Minck bestens bekannt war.

Doch sein Rachedurst war noch nicht gestillt. Und so ging der Krieg weiter. Und weiter.

Protorow seufzte. Er schob sich die Brille auf die Stirn und rieb sich das Gesicht mit der Handfläche. Er stellte fest, daß er geschwitzt hatte. Tengu war tot, und ihm blieben nur noch wenige Tage, um das Geheimnis von *Tenchi* zu ergründen.

In diesem Augenblick begann die kompakte Dechiffriermaschine zu summen, um eine neue Alpha-drei-Botschaft zu entschlüsseln. Sein Satellit schien ihm wieder etwas ins Ohr flüstern zu wollen.

*

Croaker packte Alix am Handgelenk und zog sie mit aller Kraft auf sich zu und herunter vom Bett. Sie stieß einen hellen, kurzen Schrei aus. Seine Hand fuhr unter das Kopfkissen, wo seine Pistole lag. Ohne genau zu zielen, feuerte er auf die Deckenbeleuchtung und schoß sie aus.

Jetzt hielt nur noch das aus dem Korridor hereinfallende Licht die Dunkelheit zurück. Eine Silhouette stürmte in den Raum.

Der Kerl ist tatsächlich groß wie ein Kleiderschrank, dachte Croaker, während er Alix' Kopf nach unten gegen den Teppich preßte. Genau in dem Moment, als der Schatten am nächsten war, sprang er auf.

Er riß den Arm hoch und hieb dem Angreifer den Lauf mit aller Kraft gegen den Wangenknochen. Zufrieden spürte er, wie der Stahl Haut und Fleisch zerfetzte und am nackten Knochen abprallte.

Doch der Wucht des Schlags zum Trotz reichte der Schwung des Angreifers aus, um ihn weiter voranzutreiben. Er stieß Croaker gegen die Wand und schlug ihm die Pistole aus der Hand. Dumpf landete die Waffe auf dem Boden und verschwand schlitternd in der Dunkelheit.

Verdammter Mist, dachte Croaker, jetzt geht's uns an den Kragen. Ein schwerer Schlag traf seine linke Schulter. In blinder Verzweiflung riß er sein rechtes Bein hoch und rammte es dem Angreifer mit aller Kraft zwischen die Oberschenkel.

Er hörte das erstickte Stöhnen seines Gegners, und auf einmal war der Druck von ihm genommen, und er konnte sich wieder frei bewegen.

»Los, kommen Sie!« brüllte er Alix an, ergriff ihre Hand und zerrte sie stolpernd aus dem Raum in den blendend hell erleuchteten Korridor, auf den Notausgang und die Treppe zu. Sie hasteten die Betonstufen hinunter, bis sie schließlich an eine weitere Tür gelangten und in die laue Nacht hinausstürmten.

Gehetzt blickte Croaker sich um. Die Wagenschlüssel waren im Hotelzimmer geblieben, so daß dieser Fluchtweg ausfiel. Am Eingang des Hotels standen ein paar Leute, offenbar Ortsansässige, die zu der Diskothek im Tiefgeschoß wollten. Croaker erwog einen Moment, sich mit Alix unter die eher förmlich gekleideten Leute zu mischen, entschied sich dann aber dagegen, denn selbst im Halbdunkel einer Diskothek wären sie aufgefallen wie Bettler bei einem Galaball. Also änderte er die Richtung und lief, Alix immer im Schlepptau, die gewundene Straße zum Highway 70 hinunter, wobei er den Scheinwerferkegeln nahender Autos so gut wie möglich auswich.

Nicht einmal blickte er hinter sich, um zu sehen, ob der blaue Gorilla sie verfolgte. Er vermutete das Schlimmste. Wenn Blue hartnäckig und gerissen genug gewesen war, ihnen von Key West bis hierher zu folgen, dann würde er ihnen nicht den Gefallen tun, sie gerade jetzt zu verlieren.

Vor ihnen verlief der sechsbahnige Highway, auf dem um diese Zeit noch immer viel Verkehr herrschte. Linker Hand ragten die dunklen Konturen der Einkaufsarkaden auf, Schatten in allen Formen, eine schweigende, verlassene Stadt im Herzen der Finsternis.

»Herr im Himmel!« keuchte Alix. »Wohin laufen wir eigentlich?«

Croaker antwortete nicht. Er hielt es für besser, wenn sie glaubte, er wisse, was er tue. Er zog sie eine Ausfahrtsrampe hinunter, und dann befanden sie sich im weitläufigen Dunkel der Arkaden. Ihre Schritte verursachten kaum ein Geräusch auf dem Steinboden. Glücklicherweise hatte er seine Schuhe an, Alix jedoch war barfuß, und er fürchtete, daß sie vielleicht aus Versehen auf einen scharfen Gegenstand treten könnte. Aber das ließ sich nicht ändern. Sie mußten weiter.

Dort, wo die Arkaden am finstersten waren, blieb er stehen. Obwohl sie beide sich relativ gut gehalten hatten, konnte ihnen eine Verschnaufpause nicht schaden. Alix' Brust hob und senkte sich vor Erschöpfung und Angst. Mit weitaufgerissenen Augen starrte sie um sich. Zu beiden Seiten erstreckten sich Boutiquen und Geschäfte, endlose Reihen von Schaufenstern und verglasten Vitrinen mit einem vielfältigen Warenangebot, doch alle Läden waren geschlossen, die Türen ungnädig versperrt.

»Was sollen wir jetzt –«

Rasch legte er ihr die Hand über den Mund und flüsterte ihr ins Ohr: »Nicht sprechen. Hier wirkt jeder Laut wie ein Leuchtfeuer.

Haben Sie mich verstanden?« Sie nickte heftig, und er ließ seine Hand sinken.

Mit dem Ärmel wischte er sich den Schweiß vom Gesicht und lauschte angestrengt, vernahm aber nur das Rauschen des Verkehrs auf dem fernen Highway.

Alix packte ihn bei den Schultern und brachte ihre Lippen dicht an sein Ohr. »Worauf warten wir noch?« fragte sie flüsternd. »Lassen Sie uns von hier verschwinden, bevor er uns findet.«

Genauso leise antwortete er: »Der Bursche ist uns bis hierher gefolgt, er wird jetzt nicht einfach die Flinte ins Korn werfen. Selbst wenn wir uns einen Wagen schnappen und ihn kurzschließen könnten, würden wir ihn damit nicht loswerden.«

Ihre Augen wurden groß, und sie starrte ihn einen Moment lang entsetzt an. »Nein!« sagte sie. »Es hat schon einen Toten gegeben.«

»Ja«, seufzte Croaker, »und es wird noch eine ganze Menge Toter geben, wenn wir ihn nicht aufhalten.« Er blickte sie eindringlich an. »Es muß getan werden, Alix. Das wissen Sie.«

Endlich senkte sie den Blick. Ihre Wangen waren naß, und er hörte sie flüstern: »Ich wünschte, er hätte mich nie gerettet. Ich wünschte, er hätte mich damals in Key West ertrinken lassen.«

»Das meinen Sie doch nicht im Ernst«, sagte er automatisch.

»Und ob ich das ernst meine«, brauste sie auf. »Was ist das denn für ein Leben, das ich führe? Können Sie mir erklären, was –«

Croaker versetzte ihr einen harten Stoß, der sie mit dem Rücken auf den Steinboden warf. Gleich darauf gab es ein winselndes Geräusch, als die Kugel von der Wand hinter Alix abprallte und sich in einen Querschläger verwandelte. Croaker bückte sich, zog Alix erst auf die Knie und dann auf die Füße, riß sie mit sich die Arkade entlang, wandte sich nach rechts, dann noch einmal nach rechts und schob sie schließlich in einen schwarzen Türbogen, wo sie niederkauerten. Alix schwitzte und zitterte am ganzen Körper.

Croaker beugte sich vor und blickte nach links und rechts, ehe er wieder nach ihrer Hand griff. »Nein«, sagte sie, »ich kann nicht mehr. Es hat keinen Sinn. Wo wir auch hingehen, er wird uns finden.«

»Hoch mit Ihnen!« fauchte er wütend.

Sie schüttelte den Kopf, bis das blonde Haar ihr Gesicht bedeckte. »Nein. Ich kann einfach nicht mehr. Ich bin müde. Ich will schlafen.«

Er nahm ihren Kopf in beide Hände und näherte sein Gesicht dem ihren, bis nur noch wenige Zentimeter sie trennten. »Hören Sie mir genau zu«, sagte er. »Sie schlafen, wenn ich es Ihnen sage, und nicht eine Minute früher. Haben Sie mich verstanden?«

»Herrgott!« rief sie mit Tränen in den Augen. »Wofür wollen Sie denn noch kämpfen? Sehen Sie nicht, daß mir längst alles egal ist?«

»Aber mir nicht!« Er riß sie hoch. »Kommen Sie schon!« Er zerrte sie nach links und dann wieder nach rechts. Eine Kugel schlug dicht hinter ihnen Splitter aus der Wand.

»Das ist doch sinnlos«, sagte sie im Laufen. »Er hat eine Pistole.«

»Ja, ist mir auch schon aufgefallen.«

»Ich hasse Pistolen.«

Croaker mußte lachen. »Ja«, sagte er, »ich auch. Besonders wenn ich selber keine habe.«

Während er weiterlief, tiefer hinein in die dunkle Einkaufsstadt aus Metall, Glas und Stein, erinnerte er sich daran, daß Nicholas ihm einmal gesagt hatte, er hätte nie im Leben eine Handfeuerwaffe benutzt. Trotzdem war er, wie Croaker wußte, einer der gefährlichsten Männer auf der ganzen Erde. Was also war sein Geheimnis? Als er Nicholas danach gefragt hatte, war ihm lediglich ein geheimnisvolles Lächeln zuteil geworden, gefolgt von den Worten: »Es gibt immer Mittel und Wege.«

Was, zum Teufel, hatte er damit gemeint? Denk nach! Laß dir etwas einfallen, wozu hast du sonst dein Gehirn!

Eine dritte Kugel verfehlte sie nur um Haaresbreite. Er blickte sich um. Weit und breit nichts als Mauern, verriegelte Türen und Schaufenster. Was konnte er damit schon... Ah! Das war's! Er hatte keine Zeit, sich zu überlegen, ob es sich um eine gute Idee handelte oder um eine schlechte; es war die einzige, die er hatte, und der blaue Gorilla war dicht hinter ihnen und lauerte nur auf die Gelegenheit, ihnen den Fangschuß zu geben.

Hinter der nächsten Ecke ließ Croaker Alix' Hand fallen und sprintete los. Er warf sich nach rechts in einen Hauseingang, streifte das T-Shirt über den Kopf, wickelte es sich um die linke Hand und schlug dann die Schaufensterscheibe neben dem Türbogen ein.

Keuchend gesellte sich Alix zu ihm. »Was, zum Teufel, tun Sie da?«

»Hauen Sie ab!« sagte er und deutete hinter sich. »Verstecken Sie sich da irgendwo, aber achten Sie darauf, daß Sie mich nicht aus den Augen verlieren.«

Alix tat wie geheißen, und er kniete nieder und suchte nach zwei für seine Zwecke geeigneten Scherben. Aus dem unbeleuchteten Inneren des Geschäfts hörte er eine Klingel schrillen, denn mit dem Einschlagen der Scheibe hatte er die Alarmanlage ausgelöst. Jetzt kam ein neues Element ins Spiel: die Polizei. Und ihm lag genausoviel daran, sie aus dieser Sache herauszuhalten, wie ihrem Verfolger.

Endlich fand Croaker, was er brauchte, zwei Glasstücke, eins lang und spitz, das andere kürzer und gezackt. Vorsichtig nahm er die schmale Scherbe in die rechte Hand, wobei er darauf achtete, sich nicht an der rasiermesserscharfen Kante zu verletzen. Mit der umwickelten Linken ergriff er die größere Scherbe.

Er preßte sich an eine Säule, ein gutes Stück entfernt von den glänzenden, scharfgezackten Scherben, die noch immer im Rahmen des Schaufensters steckten.

Jetzt kam der Augenblick der Wahrheit. Er konnte den Kopf vorstrecken und schauen, wo sich der blaue Gorilla befand, wie das die Polizisten im Fernsehen immer taten. Aber Blue benutzte keine Platzpatronen und schoß ihm bei dieser Gelegenheit vielleicht mitten ins Gesicht. Die Wirklichkeit barg gewisse Probleme, mit denen die Drehbuchschreiber in Hollywood nie konfrontiert zu werden schienen.

»Hey, Kumpel!« rief er aus seiner sicheren Deckung. »Das Spiel ist aus! Jeden Augenblick muß die Polizei hier auftauchen! Am besten siehst du zu, daß du bis dahin von hier verschwunden bist.«

»Und du auch«, antwortete Blue. Jetzt habe ich dich, dachte Croaker. Die Stimme hatte ihm verraten, daß ihr Verfolger hinter der nächsten Ecke lauerte. Er holte mit der umwickelten linken Hand aus, soweit er konnte. Dann atmete er tief ein und sprang hinter der Ecke hervor, wobei er die Glasscherbe mit aller Kraft auf die plötzlich vor ihm stehende Silhouette schleuderte.

Er sah, wie Blue sich zu ducken versuchte, aber zu spät. Das glitzernde Geschoß hatte ihn bereits getroffen und zersplitterte genau über Blues Nasenwurzel in zwei Stücke. Blut quoll aus der Wunde und strömte ihm über das Gesicht, so daß er nichts mehr sehen konnte.

Sein Gehör indessen war unversehrt, wie Croaker merkte, als er angriff und die Revolverhand auf ihn zuschwang, einen und dann noch einen Schuß abfeuerte, ehe sie die Waffe hob und ihm den Lauf gegen den Schädel schmetterte.

Glücklicherweise war der Schlag blind gezielt und traf Croaker nur hinter dem linken Ohr. Croaker stolperte und wechselte dabei die zweite Scherbe von der rechten in die linke Hand. Blue mußte jeden Moment wieder sehen können, und es war nur zu leicht vorstellbar, was für ein Loch ihm die .357 in den Pelz brennen würde. Wahrscheinlich würde von seinen Innereien nicht mal soviel übrigbleiben, daß man es an die Hühner verfüttern konnte.

Blue krümmte den Zeigefinger. Croaker vergaß den Schmerz, der in seinem Kopf tobte, drängte sich dicht an seinen Gegner und schwang die spitze, lange Scherbe wie ein Messer in einem kurzen, kraftvollen Bogen von unten nach oben.

Ein fast schluchzendes Stöhnen entrang sich seiner Kehle, als er dem blauen Kleiderschrank die Scherbe in die Brust rammte und die scharfe Kante ihm durch das Gewebe seines T-Shirts ins Fleisch der linken Hand drang. Blut strömte über seinen Handteller, vermischte sich mit dem des Gegners.

Dann stieß er den Körper von sich, gerade als sich ein Schuß aus der Pistole löste und Steinstaub von der Decke hoch über ihnen rieseln ließ. Er merkte, daß jemand an seinem Arm zerrte. In seinen Ohren summte es wie in einem Bienenkorb, und allmählich verwandelte sich das Summen in Worte.

»Kommen Sie schon, Lew, wir müssen hier weg!« rief Alix. »O Gott, sie müssen jeden Moment hier sein.«

Er fühlte sich schwach und ausgepumpt. Er kauerte auf Händen und Knien auf dem Boden der Arkaden, und sein Blut benetzte die polierte Oberfläche der Steine. Alix zerrte immer noch an seinem Arm, zog ihn schließlich mit übermenschlicher Kraft hoch und hinter sich her, während der Gang allmählich von pulsierendem rotem Licht erhellt wurde und alle anderen Geräusche dem schrillen Wimmern der Polizeisirenen zum Opfer fielen. Er stolperte hinter Alix her, überließ es ihr, ihn aus dem Labyrinth zu führen, und hatte dabei die ganze Zeit nur den Wunsch, sich hinzulegen und zu schlafen.

Nach und nach blieb der Widerschein der roten Rundumlichter zurück. Croaker spürte die kühle Nachtluft auf seinen fiebrig heißen Wangen. Dann fiel es ihm wieder ein. »Schlüssel«, sagte er. »Alix, hol die gottverdammten Autoschlüssel!«

*

Tanzan Nangi drehte sich mühsam im Bett um, streckte die Hand aus und berührte die Schulter des chinesischen Mädchens, das er am Nachmittag am Strand beobachtet hatte. Er schüttelte sie, brachte seinen Mund dicht an ihr unter einem Vorhang aus schwarzem Haar verborgenes Ohr und sagte: »Aufwachen, Schlafmütze!« Als Antwort erhielt er lediglich ein lautes Schnarchen.

Er rollte sich von ihr fort und stand auf. Gut. Der weiße Puder, geruch- und geschmacklos, den er ihr in den Champagner getan hatte, wirkte hervorragend. Jetzt war es an der Zeit, mit der Arbeit zu beginnen.

Die Villa lag in tiefem Schweigen da. Rasch fuhr Nangi in Hemd und Hose und transferierte einige kleine Gegenstände aus einer verborgenen Tasche seines Leinensakkos in die Hosentasche. Er verzichtete auf Strümpfe und Schuhe, griff nach seinem Gehstock und öffnete vorsichtig die Tür. Dunkel und still erstreckte sich der Korridor vor ihm.

Er setzte sich in Bewegung und humpelte unbeholfen den Gang hinunter, bis er an die Tür gelangte, hinter der Liu vor einer knappen Viertelstunde mit dem größeren der beiden Mädchen vom Strand verschwunden war. Hier blieb er stehen, schraubte den Drachenkopf aus weißer Jade vom oberen Ende seines Gehstocks und schob einen der kleinen Gegenstände aus seiner Hosentasche hinein.

Er drückte auf einen Knopf, überzeugte sich mit einem Blick von der Funktionstüchtigkeit des Apparats und drückte dann mit unendlicher Vorsicht die Türklinke hinunter. Ein Lichtstreifen fiel durch den schmalen Schlitz zwischen Tür und Rahmen, und Nangi erstarrte. Als nichts weiter geschah, fuhr er fort, die Tür Millimeter für Millimeter nach innen zu drücken. Es war an der Zeit festzustellen, ob er Liu am Nachmittag richtig eingeschätzt hatte. Er spitzte die Ohren und konnte den leisen Singsang der Chinesin vernehmen. Leider sprach sie einen Dialekt, der ihm nicht geläufig war.

Nangi legte seinen Gehstock mit dem oberen Ende voran auf den Boden und schob ihn langsam auf dem Teppichboden durch den Schlitz in der Tür, bis er ihn gerade noch erreichen konnte. Dann lehnte er sich zurück und lauschte. Nach einer halben Ewigkeit schnappte er ein Wort auf, das ihm bekannt war, und sein Herz begann zu rasen. Umsichtig, wie er war, harrte er allerdings noch eines weiteren Wortes oder Satzes, der ihm die Bestätigung gab, die er brauchte.

Als es endlich fiel, entfuhr ihm ein Seufzer der Erleichterung. Sie sprachen Mandarin, kein Zweifel. Es wäre auch sehr unwahrscheinlich gewesen, daß Liu in der Kronkolonie ein Straßenmädchen gefunden hätte, das denselben Festlandsdialekt sprach wie er.

Geduldig wartete Nangi auf dem Korridor in seiner unbequemen Kauerstellung, bis die beiden hinter der Tür sich unter viel Gegrunze gepaart hatten und endlich ihre Unterhaltung wieder aufnahmen. Als er das Rascheln von Bettlaken hörte, zog er seinen Gehstock rasch wieder zurück. Das kaum vernehmbare Geräusch nackter Füße auf dem Weg durchs Zimmer drang an sein Ohr.

So langsam, wie er sie geöffnet hatte, schloß er die Tür wieder.

Endlich richtete er sich auf und bewegte sich mühsam in den hinteren Teil der Villa. Dort öffnete er eine Tür und trat ins Freie. Früh am Abend waren die Sterne zu sehen gewesen, aber jetzt hatte es sich bewölkt. Die schwere, feuchte Luft ließ auf einen bevorstehenden Wolkenbruch schließen. Am anderen Ende des Rasens stand im tiefen Schatten dichtbelaubter Bäume ein roter Alfa, auf den Nangi nun mit ungelenken Schritten Kurs nahm.

»Sie werden sich erkälten«, sagte er in einwandfreiem Kantonesisch.

»Eh?« Der Fahrer des Wagens wandte ihm das Gesicht zu, als wäre er sich erst jetzt seiner Gegenwart bewußt geworden.

»Es kann jeden Moment zu regnen anfangen«, fuhr Nangi fort und deutete auf den Wagen. »Sie sollten das Verdeck zumachen.«

Sie musterten sich einen Herzschlag lang aufmerksam wie zwei Tiere, die ihr Territorium verteidigen. »Ich fürchte, für eine Verfolgung haben Sie sich den falschen Wagen ausgesucht«, meinte Nangi abschließend.

»Ich weiß überhaupt nicht, wovon Sie sprechen«, sagte der Mann.

Nangi beugte sich so schnell zu ihm hinunter, daß dem anderen keine Zeit blieb zu reagieren. Von Angesicht zu Angesicht starrten sie sich in die Augen. »Ich weiß, wer Sie sind«, fuhr Nangi den Fahrer an, »oder besser, *was* Sie sind. Entweder haben die Kommunisten Sie angeheuert...«

»Ich spucke auf die Kommunisten«, unterbrach ihn der Mann.

»Dann arbeiten Sie für Sato.«

»Nie von dem Burschen gehört.«

»Letzten Endes bin ich es, der Sie bezahlen wird.«

Die Augen des Fahrers zogen sich argwöhnisch zusammen. »Wollen Sie mir erzählen, er käme mit dem Rest nicht rüber?«

»Ich will Ihnen was ganz anderes erzählen, nämlich, daß Sie von jetzt an tun, was ich sage, sonst informiere ich Sato über Ihre Ungeschicklichkeit.«

»Was reden Sie da?« protestierte der Mann. »Glauben Sie etwa, diese Seeschlangen wüßten, daß ich hier bin? Die haben keine Ahnung, das schwöre ich Ihnen.«

»Aber ich«, sagte Nangi. »Und man hat Sie dafür bezahlt, daß Sie mir folgen.«

»Und wenn es so ist?«

»Dann wollen wir mal sehen, ob Sie was taugen«, sagte Nangi. Er schraubte den Kopf von seinem Gehstock. Er nahm eine kleine Plastikkassette heraus und hielt sie in der offenen Hand wie ein kostbares Juwel. »Sprechen Sie Mandarin?«

Der Mann blickte zu ihm auf. »Kein Problem.«

Nangi bedachte den Mann mit einem mißtrauischen Blick und fragte sich, ob er ihm vertrauen konnte oder nicht.

»Hören Sie«, sagte der Fahrer und rutschte unbehaglich in seinem lederbezogenen Schalensitz hin und her. »Geben Sie mir das Band, und ich sorge dafür, daß die Sache erledigt wird. Sie wollen's gleich morgen früh? Sie kriegen's gleich morgen früh.« Er warf einen Blick nach oben. »Sie haben die Garantie der Götter. Schauen Sie, seit drei Wochen hat es hier nicht mehr geregnet, und jetzt gibt es jede Minute einen Wolkenbruch, der sich gewaschen hat. Mein Wort darauf!«

»In Ordnung«, sagte Nangi und ließ die Minikassette in die Hand des Fahrers fallen. »Bringen Sie sie mir morgen früh um sieben in mein Zimmer im *Mandarin*. Reicht Ihnen die Zeit?«

Der Mann nickte. Dann schien ihm noch etwas einzufallen, und er sagte: »Hey, Mr. Nangi, mein Name ist Chiu.« Das Weiße in seinen Augen schimmerte schwach. »Ich bin Schanghainese. Meiner Familie gehört ein

Drittel aller Amüsierbetriebe in Sam Ka Tsuen und Kwun Tong, Restaurants, Kabaretts für die Touristen, Sie wissen schon, die besseren Oben-ohne-Bars vor Wang Chai. Außerdem handeln wir mit Teppichen, Diamanten und Jade. Sollte ich nicht rechtzeitig auftauchen, wenden Sie sich an meinen Vater, Pak Tai Chiu. Er lebt in der Villa mit dem grünen Jadedach oben an der Belleview Road mit Blick auf die Bucht.«

Nangi wußte genug über die Zurückhaltung, die sonst in diesen Kreisen üblich war, um zu begreifen, wieviel Chiu von sich preisgab. »Sie kommen morgen früh um sieben in mein Hotel, Zimmer 911«, sagte er, während die ersten warmen Regentropfen zu fallen begannen. »Dann kriegen Sie von mir noch einiges zu tun. Im Moment klappen Sie am besten Ihr Verdeck hoch, sonst ertrinken Sie in den nächsten fünf Minuten.«

*

Das Klingeln des Telefons störte die kontemplative Stimmung, die mit der Teezeremonie aufgekommen war.

Eine Zeitlang hatte vollkommene Harmonie geherrscht. Die beiden Männer knieten auf grüngelben Binsenmatten, beide in weiten, fließenden Kimonos. Zwischen ihnen stand, sorgfältig arrangiert, das Zubehör der *chano-yu*: eine Porzellankanne, dazu passende Schalen, Sieb und Schneebesen. Daneben lag, im rechten Winkel, der Holzkasten, in dem Nicks *dai-katana* ruhte.

Ebenfalls rechts von den beiden Männern befand sich Satos *tokonoma*. Die schlanke, durchscheinende Vase darin enthielt zwei schneeweiße Päonien – Blumen, die Nicholas besonders liebte, wie Sato inzwischen herausgefunden hatte. An der Wand über den Blüten hing eine Schriftrolle mit der Aufschrift: *Strebe nach Loyalität/Während andere ihren eigenen Zielen zu dienen versuchen/Konzentriere dich auf die Reinheit der Absicht/Während andere um dich herum von Egoismus besessen sind.*

Sonst befand sich kein ablenkendes Mobiliar im Raum. Beiden Männern war die Bedeutsamkeit des Moments nicht entgangen.

Nachdem das Telefon geklingelt hatte, erschien Koten in der Tür. Er verbeugte sich tief und wartete darauf, daß sein Meister Notiz von ihm nahm. Langsam hob Sato den Kopf, seine Augen füllten sich mit Leben. Er und Nicholas waren zusammen in der Leere gewesen, was bisher noch nicht vielen Männern in der wechselhaften Geschichte dieser unvollkommenen Welt gelungen war.

»Ich bitte tausendfach um Verzeihung, Sato-san.« Kotens Stimme, die im Vergleich zu dem mächtigen Körper, in dem sie ihren Ursprung hatte, zu hoch, ja beinahe komisch wirkte, amüsierte Sato immer wieder. »Der Mann, der seinen Namen nicht nennt, ist am Apparat. Er muß mit Ihnen sprechen.«

»Ja.« Satos Stimme war ein wenig belegt. Er beneidete Nicholas, der sich nicht bewegt hatte. Er stand auf und folgte Koten zum Telefon.

Nach einiger Zeit hob Nicholas den Kopf und studierte die Worte auf der Schriftrolle. Sie waren seltsam unpoetisch und standen doch in Einklang mit dem Menschen, der Sato nach seinem Verständnis war. Bedauerlicherweise würde es bald für einen Mann wie ihn keinen Platz mehr in der Welt geben. Er war ein *kanryodo-sensei*, einer der letzten *samurai*-Bürokraten. Wenn Japan sich voll in die moderne Welt integrierte, würden die letzten *kanryodo-sensei* aussterben. Und an ihre Stelle würde der Nachwuchs rücken, die verwestlichten Unternehmer, die sich in der Weltwirtschaft auskannten, aber nicht mehr in der Tradition ihres Landes.

Ohne ihn eintreten gesehen zu haben, spürte Nicholas, daß Koten im Raum war.

»Sind Sie dem Mörder schon auf der Spur?«

Er hatte eine eigenartig direkte Sprechweise, die – zumindest außerhalb des *dohyo* – bar jeder Höflichkeit und der üblichen Nettigkeiten war.

»Wenn es Sato-san nicht gelingt, sich die Vergangenheit Stück für Stück wieder in Erinnerung zu rufen, kann ich nichts anderes tun, als ihn und Nangi-san zu beschützen«, antwortete Nicholas.

Koten sagte nichts. Nicholas drehte sich um und sah, daß der Hüne ihn nur anstarrte. Er lachte. »Keine Sorge, für Sie wird schon auch noch was abfallen.« Es war fast eine Erleichterung, mal wieder frei von der Leber weg sprechen zu können.

»Wenn Sie gut sind«, sagte Koten, »werden wir zusammenarbeiten. Niemand wird an uns vorbeikommen.«

Nicholas sagte nichts; ein Amerikaner hätte sich in diesem Moment selbst auf die Schulter geklopft. *Was heißt hier gut, Kumpel? Ich bin der Beste!*

»Niemand wird an uns vorbeikommen«, wiederholte Koten. Als er Sato zurückkehren hörte, verließ er den Raum.

Das Benehmen des älteren Mannes hatte sich beträchtlich verändert, als er wieder in sein Arbeitszimmer trat. Alle Mattigkeit war von ihm abgefallen. Statt dessen schien er sehr aufgeregt zu sein, versuchte diese Stimmung aber unter Kontrolle zu halten.

Rasch durchquerte er den Raum und setzte sich zu Nicholas, ohne auf den Abstand zwischen Gastgeber und Gast zu achten. »Ich habe Neuigkeiten erfahren«, sagte er leise, doch eindringlich, »und zwar was *Tenchi* betrifft. Natürlich hat das Projekt von staatlicher Seite allen nötigen Schutz zugesichert bekommen, aber trotzdem habe ich mich noch privat der Hilfe einiger Mitglieder des Tenshin Shoden Katori *ryu* versichert – Ninja wie Sie, die unser Geheimnis beschützen sollen.« Er hielt einen Moment inne und blickte sich um. Dann nickte er zur offenen Tür hinüber und stand auf. Sie gingen in den Garten hinaus, wo die Bienen um die Päonien herumsummten und die Sonne ab und zu zwischen silbernen und purpurnen Wolken einen Strahl herabschickte.

»Vor nicht allzu langer Zeit wurde dort im *ryu* ein *sensei* getötet, zusammen mit einem der Studenten. Und nun hat mich mein Kontakt dort, jemand mit dem Decknamen Phoenix, darüber informiert, daß erst gestern ein zweiter Student getötet worden ist. Es scheint so, sagt mein Kontakt, als wäre das *ryu* infiltriert worden.«

»Infiltriert?« wiederholte Nicholas. »Das Tenshin Shoden Katori? Sind Sie sicher?«

Sato nickte. »Aber Phoenix hat nicht aus Yoshino angerufen. Er befindet sich im Norden. Auf Hokkaido.« Satos Gesicht war ernst. »Ich fürchte, unser letztes Gefecht gegen die Russen hat begonnen, Linnear-san. Sie hatten ganz recht, was Ihr Engagement betraf. Phoenix hat einige Zeit gebraucht, bis er die Situation durchschaute. Der Tod des *jonin*; er war ihr spiritueller Führer. Haben Sie ihn eigentlich gekannt? Er hieß Masashigi Kusunoki.«

»Es ist schon viele Jahre her, seit ich im Tenshin Shoden Katori gewesen bin«, antwortete Nicholas.

Sato warf ihm einen seltsamen Blick zu, dann zuckte er mit den Schultern. »Sein Tod kam völlig unerwartet, und eine Zeitlang herrschte dort das totale Chaos. Es hat Phoenix' ganze Kraft gekostet, die Ordnung in so kurzer Zeit wiederherzustellen. Unterdessen scheinen die russischen Agenten nicht untätig gewesen zu sein.«

Satos kräftige Schultern waren gebeugt, als hätte er ein schweres Gewicht zu tragen. »Wir können es uns nicht leisten, daß sie hinter das Geheimnis von *Tenchi* kommen. Das Wissen, daß die Sowjets ihm so nahe sind, läßt mir den kalten Schweiß ausbrechen. Wenn ihnen Erfolg beschieden ist, haben sie die Macht, uns alle zu zerstören.«

»Was ist passiert?« fragte Nicholas weit gelassener, als er sich fühlte.

»Phoenix verfolgt einen ihrer Agenten – den letzten, der sich noch im *ryu* aufgehalten hatte. Er ist mit einer hochgeheimen Beschreibung des Projekts nach Norden geflohen und befindet sich jetzt auf Hokkaido. Phoenix hat ihn nicht zurückgehalten, obwohl der Mann im Verlauf der Ereignisse einen seiner Studenten ermordet hat. Er glaubt, der Agent führt ihn zur örtlichen Kontrollstation der Sowjets. Ich darf mir gar nicht vorstellen, wie gefährlich dieses Manöver ist. Der Agent muß um jeden Preis gestoppt werden, bevor er die Projektbeschreibung weitergeben kann.«

Viktor Protorow, dachte Nicholas. Ich muß bei diesem Phoenix sein, wenn er in den russischen Kontrollposten eindringt. Dann kriegt Sato seine Geheimnisse zurück, und ich kriege Protorow. »Wo befindet Phoenix sich jetzt genau?«

Sato musterte ihn nachdenklich. »Ich verstehe, worauf Sie hinauswollen. Aber wenn Sie gehen, muß ich auch gehen.«

»Das ist unmöglich«, sagte Nicholas scharf. »Allein schon aus taktischen Erwägungen –«

Sato hob die rechte Hand. »Mein Freund«, sagte er sanft. »Hier sind schon zu viele Morde passiert; so kann ich es einfach nicht weitergehen lassen. Drei menschliche Wesen – Leute, die ich als Freunde wie auch als Mitarbeiter und unverzichtbare Stützen meines *kobun* geschätzt habe – sind meinetwegen nicht mehr am Leben. Das ist eine schwere Last, glauben Sie mir. Während Sie fort waren, sind sie provisorisch beerdigt worden, aber ihre endgültige Ruhestätte finden sie erst, wenn all das hier vorüber ist.«

»Trotzdem«, sagte Nicholas. »Ich weiß, wohin diese Unternehmung führen kann, und das darf ich nicht zulassen. Sie bleiben hier, wo es für Sie am sichersten ist.«

Sato lachte ohne echte Heiterkeit. »Haben Sie das *Wu-Shing* so schnell vergessen, mein Freund?«

»Dafür ist Koten da«, sagte Nicholas dickköpfig. »Bezweifeln Sie, daß er Sie zu schützen vermag?«

»Das hat weder mit Koten noch mit sonst jemand zu tun.«

»Ich bin verantwortlich für Ihre Sicherheit, Sato-san. So wollten Sie es haben, und so haben wir es uns geschworen.«

Sato nickte ernst. »Was Sie sagen, trifft zu, Nicholas-san. Sie haben geschworen, mich zu beschützen, und ich habe geschworen, die Fusion unserer Firmen so schnell wie möglich über die Bühne zu bringen. Aber dieser Schwur hat seine Grenzen. Herr über mein Leben wie über meinen Tod bin immer noch ich allein. Das müssen Sie akzeptieren.«

Eine Zeitlang herrschte Schweigen. »Dann ist das Band, das der Eid zwischen uns geflochten hat, zerrissen«, sagte Nicholas, hatte aber seine Zweifel, daß dieser Trick wirken würde.

»Demnach sind Sie frei und können gehen, wohin Sie wollen«, sagte Sato mit einem Lächeln. »Vielleicht sollten Sie das auch tun. Ich werde deswegen nicht schlecht von Ihnen denken.«

»Ich kann Sie zwingen hierzubleiben.«

»Und wohin würden Sie dann gehen, mein Freund? Ich allein weiß, wo Phoenix sich mit uns treffen würde. Sie können ganz Hokkaido absuchen, ohne auch nur eine Spur von ihm oder dem sowjetischen Agenten zu finden.«

Wieder herrschte Schweigen.

»Wie Sie meinen«, sagte Nicholas schließlich.

»Dann sind Sie also noch mit von der Partie?«

»Wie mir scheint, habe ich keine andere Wahl.«

»Gut. Wir fliegen mit Koten zusammen zur nördlichen Insel. Vom Flugplatz können wir dann mit einem Leihwagen an unseren Bestimmungsort fahren.«

»Und der wäre?« fragte Nicholas behutsam.

»Ein *rotenburo* – ein heißes Freibad –, mein Freund.« Sato lächelte mit aufrichtiger Zuneigung. »Warum auch nicht? Sie sehen aus, als könnten Sie etwas Entspannung gebrauchen!«

*

Mitten in der Nacht klingelte das Telefon, und Justine, die nur mit Mühe eingeschlafen war, schreckte aus einem diffusen Traum. Sie warf einen Blick auf ihre Nachttischuhr. Kurz nach halb vier, Jesus! Sie streckte die Hand nach dem Hörer aus und faßte ihn an, als wäre er lebendig. Eine quäkende Stimme drang an ihr Ohr.

»Justine?«

»Rick, was ist –«

»Sag bloß nicht, du hast es vergessen.«

Justine tastete nach ihrer Stirn. »Ich weiß nicht –«

»Haleakala. Der schlummernde Vulkan. Du hast mir versprochen, mich zu begleiten.«

»Aber es ist halb vier Uhr morgens. Um Himmels willen, Rick –«

»Wenn wir jetzt losfahren, sind wir rechtzeitig zum Sonnenaufgang da. Es gibt keinen besseren Augenblick, um oben am Krater zu stehen.«

»Aber ich will den Sonnenaufgang gar nicht sehen. Ich –«

»Das kannst du erst beurteilen, wenn es soweit ist. Komm jetzt, wir verschwenden kostbare Zeit. Um halb sechs müssen wir da sein.«

Justine war noch lange nicht seiner Meinung, fühlte sich aber zu müde, um weiterhin zu protestieren. Es schien weniger anstrengend, einfach zu tun, was er sagte.

Aber dann wurde alles ganz anders, als sie es erwartet hatte. Trotz der Dunkelheit war die Fahrt die Serpentinen zum Krater des Vulkans hinauf faszinierend. Die Heizung hielt die Nachtkälte auf Distanz. Weder Rick noch Justine sprachen ein Wort, während sie auf die schwarzen Lavaschichten blickten, die den Mantel des Vulkans bildeten. Als sie ihr Ziel erreicht hatten, stiegen sie aus und legten den Rest der Strecke zu Fuß zurück. Justine wurde seltsam leicht im Kopf, als bekämen ihre Lungen so hoch oben nicht mehr ausreichend Sauerstoff.

Sie war froh, als sie den Ausguck am oberen Ende der breiten Treppenstufen erreichten. Es handelte sich um eine Art steinernen Unterstand, dessen Ostseite ganz aus Glas bestand. Die Landschaft, auf die man durch diese Glasfront blickte, erinnerte Justine an Aufnahmen der Mondoberfläche.

Der Himmel war noch immer dunkel, und dennoch spürten sie, daß die Nacht sich dem Ende zuneigte. Der bevorstehende Sonnenaufgang ließ sie erschauern.

Und dann schoß ein leuchtendroter Funke über den Kraterrand. Es sah aus, als wäre ein Schmelzofen geöffnet worden. Allen, die sich hier oben eingefunden hatten, entfuhr ein gemeinsamer Seufzer, als das Licht über die Welt kam, klar und direkt und erbarmungslos. Es war eine Farbe, zu der es auf der ganzen Erde keine Entsprechung gab. Justine stockte der Atem. Sie hatte ein Gefühl, als wäre die Schwerkraft aufgehoben, als könnte sie jeden Augenblick davontreiben.

Fahles Feuer entfachte sich über dem Krater, ließ lange, scharfgezackte Schatten entstehen. Dann endlich nahm das Licht die Gestalt des Tages an.

»Verzeihst du mir jetzt, daß ich dich hierher geschleppt habe?« fragte Rick.

Justine nickte, zu aufgewühlt, um zu sprechen. Beim Abstieg sahen sie ein Paar am Kraterrand stehen, die Frau groß und schlank, mit kupferfarbenem Haar, der Mann dunkelhaarig, muskulös und noch einen Kopf größer als sie. Er hatte Ähnlichkeit mit Nicholas.

Die Sehnsucht packte Justine so heftig, daß sie beinahe in Tränen ausgebrochen wäre. Ich will ihn wiederhaben, dachte sie. Der Drang zu weinen wurde stärker, aber in Gegenwart von Rick wollte sie sich keiner Schwäche hingeben.

Sie wandte sich von den Liebenden ab und ging rasch die restlichen Stufen hinunter. Sie stieg in den Wagen und ließ den Kopf gegen das Fenster sinken, die Augen geschlossen.

Rick berührte sie an der Schulter. »Schau mal, dort wächst ein Silberschwert.« Er deutete auf eine Pflanze, deren kräftigen Blätter einen ganz besonderen Silberton hatten und die nur in solcher Höhe wuchs. »Man sagt, daß sie zwanzig Jahre brauchen, bis sie zum erstenmal blühen, und wenn es dann soweit ist, sterben sie.«

Bei diesen Worten brach Justines mühsam aufrechterhaltene Fassung zusammen, und sie begann zu schluchzen wie schon lange nicht mehr.

»Justine... Justine.«

Sie hörte Rick nicht. Sie dachte daran, wie traurig das Leben des Silberschwerts war und wie sehr es ihrem eigenen Leben ähnelte.

Beim Tod ihres Vaters hatte sie nur Erleichterung verspürt, aber jetzt waren ihre wahren Gefühle zutage getreten. Sie vermißte ihn, und sie verstand nicht, wie sie ihn so lange hatte hassen können. Sie verstand sehr vieles nicht, weder an sich selbst, noch an ihren Mitmenschen. Deswegen war sie für Gelda nicht von Nutzen. Und deswegen war sie auch für Nicholas nicht von Nutzen.

Aber sie trauerte angesichts dieser Unfähigkeit zu verstehen, und der Schmerz, der die Trauer begleitete, ließ sie erwachen. Justine begann erwachsen zu werden.

*

Tanzan Nangi lag auf seinem Bett im Zimmer 911 des *Mandarin*. Er dachte an Liu und die Männer im fernen Peking, in deren Auftrag er handelte.

Nangis größtes Problem im Augenblick war die Zeit. Er hatte nämlich keine, und solange die Kommunisten darüber Bescheid wußten, würden sie ihre Zähne tiefer und tiefer in sein Fleisch schlagen.

Was sie über Liu von ihm verlangten, war schlicht unmöglich. Er konnte ihnen nicht kampflos die Kontrolle über sein Firmenimperium überlassen. Und doch, wenn es einen anderen Weg gab, als diesen erpresserischen Vertrag zu unterschreiben, so hatte er ihn noch nicht entdeckt.

Obwohl er in einer Zwickmühle steckte, blieb Nangi ruhig. Das Leben hatte ihn Geduld gelehrt. Er besaß jene seltene Eigenschaft, welche den Japanern als *nariyuki no matsu* bekannt ist, die Gabe, die Entwicklung der Dinge abzuwarten. Er glaubte an Christus, und Christus war mit Sicherheit ein Wunder. Wenn Sato und er das Unternehmen verlieren sollten, dann war das ihr Karma, die Buße für Sünden, die sie in ihrem bisherigen Leben begangen hatten. Es mußte eine Buße sein, denn nichts bedeutete Tanzan Nangi mehr als sein *keiretsu*.

Dennoch war er sicher, daß er letztendlich gewinnen würde. Wie Gotaro auf dem Wrack des abgestürzten Flugzeugs vor so langer Zeit hatte er einen starken Glauben.

Nariyuki no matsu.

Jemand kopfte an der Tür. Kündigte sich eine Änderung der Strömungen an? Oder würden sie sich ihm weiterhin entgegenstemmen und ihn schließlich weit aufs Meer hinausspülen?

»Herein«, rief er. »Die Tür ist offen.«

Der junge Chiu trat ein und schloß die Tür hinter sich. Er trug einen Anzug aus austerngrauer Rohseide. Bei Tageslicht wirkte er schlank und muskulös. Er hatte ein schmales, hübsches Gesicht mit scharfen, intelligenten Augen. Alles in allem, dachte Nangi, hatte Sato eine gute Wahl getroffen.

Chiu war bei der Tür stehengeblieben. »Punkt sieben Uhr«, sagte er. »Mir liegt daran, einen guten Eindruck zu erwecken … nach gestern abend.«

»Sind Sie mit der Übersetzung fertig geworden?«

Chiu nickte. »Ja, Sir. Es haben sich nur streckenweise gewisse Schwierigkeiten daraus ergeben, daß, wie Ihnen sicherlich bekannt ist, im Chinesischen manchmal die Betonung unendlich viel wichtiger ist als das Wort selbst.«

»Sie brauchen nicht so förmlich zu sein«, meinte Nangi.

Chiu nickte und grinste. »Ein guter Teil des Bands war ohne Worte. Eines Tages, wenn es den Göttern gefällt, werde ich dieser Frau vielleicht selbst begegnen. Sie muß wirklich unter einem glücklichen Stern geboren sein, falls man die Art, wie sie diesen übelriechenden kommunistischen Sohn einer abgekratzten Hündin behandelt hat, als Indiz dafür werten kann.«

»Ich habe mir die Freiheit genommen, Frühstück für uns beide zu bestellen«, sagte Nangi und schwang seine Beine mit Hilfe der linken Hand vom Bett. »Nehmen Sie Platz und leisten Sie mir Gesellschaft, bitte.« Er hob die Deckel von den kleinen Tellern auf der Warmhalteplatte.

»Dim sum«, sagte Chiu beeindruckt, als er das traditionelle chinesische Frühstück erblickte. Er setzte sich auf einen der satinbespannten Stühle und griff nach den Eßstäbchen. Nach den ersten Bissen fragte er: »Was wissen Sie eigentlich über unseren Genossen Liu?«

Nangi zuckte mit den Schultern. »Nicht soviel wie ich möchte. Er ist ein angesehener Geschäftsmann in der Kronkolonie. Er besitzt Banken, Druckereien, Schiffahrtslinien... Ich glaube, einer seiner Firmen gehört die Majorität der Amüsierbetriebe in Kwun Tong.«

Chiu schob sich ein Shrimpsbällchen in den Mund und kaute rasch und abgehackt. »Das stimmt, ja. Aber wußten Sie auch, daß er an der Spitze eines Syndikats steht, dem das Frantan gehört?«

»Das Spielcasino in Macao?«

»Genau das«, bestätigte Chiu, während er ein Wachtelei im Teigmantel vertilgte. »Die Kommunisten benutzen das Frantan, um Geld zu waschen, denn es ermöglicht ihnen, Goldbarren in jede beliebige Währung zu verwandeln, ohne daß jemand unangenehme Fragen stellt. Ein paar Tai-pans hier tun dasselbe, allerdings nicht im Frantan.«

Nangis Verstand arbeitete fieberhaft, klopfte die Möglichkeiten ab, die sich daraus ergaben. Er hatte den Eindruck, daß die Strömung sich bereits zu ändern begann.

»Genosse Liu und dieses Weib sind sich schon lange in Liebe zugetan, soviel ist mal klar.« Chiu stopfte sich eine Schinkenrolle in den Mund und kaute zufrieden, während er zu reden fortfuhr. »Diese schleimige Seeschnecke hat sich so viele Kosenamen für sie ausgedacht, daß mir ganz schwindlig geworden ist. Er scheint Feuer und Flamme für sie zu sein.«

»Und sie?« wollte Nangi wissen.

»Ach, Frauen«, meinte Chiu, als wäre damit alles gesagt. Er schob den leeren Teller beiseite und zog sich einen vollen heran. Aus einer Flasche schüttete er Sojasauce über die Klöße, dann griff er nach der blutroten Chilipaste. »Nach meiner Erfahrung kann man nie sagen, was in einer Frau vorgeht. Sie werden verschlagen und hinterlistig geboren so wie ein Hirsch mit gespaltenen Hufen. Sie pflegen diese Eigenschaften wie ihre Frisur oder ihre Haut. Haben Sie diese Erfahrung nicht ebenfalls gemacht?«

Nangi sagte nichts. Er fragte sich, worauf der junge Mann hinauswollte.

»Nun, meine ist es jedenfalls«, sagte Chiu. »Und diese Frau stellt keine Ausnahme dar.«

»Liebt sie den Kommunisten?«

»O ja, ich glaube schon. Obwohl ich mir nicht vorstellen kann, was sie in dieser verlausten Kröte sehen mag. Aber was sie für ihn empfindet, ist meines Erachtens unwichtig, denn ganz offensichtlich liebt sie Geld noch weit mehr.«

»Ah«, sagte Nangi. »Und wo stillt sie dieses quälende Verlangen? Ebenfalls bei Freund Liu?«

»Ja, in der Tat.« Chiu nickte, inzwischen schweißüberströmt von der Anstrengung des Essens. »Dieses pockennarbige Warzenschwein wird nicht müde, sie mit Geschenken zu überhäufen. Ich fürchte allerdings, daß er dabei nicht so großzügig ist, wie unser Prachtweib es sich wünschen würde.«

»Also geht sie gelegentlich ein wenig fremd.«

»Zumindest nach meinen Informationen, ja.«

Nangi bemühte sich, nicht die Ruhe zu verlieren. »Wer weiß sonst noch Bescheid?«

»Niemand außer Ihnen.« Endlich war Chiu mit dem Essen fertig und schob den letzten Teller von sich. Sein Gesicht glänzte vor Schweiß und Fett. »Etwas, das sie zu Liu sagte, hat mich veranlaßt, ein paar Untersuchungen anzustellen. Sie lebt in der Po Shan Road. Das Territorium gehört der *Green-Pang*-Gang.« Er holte ein weißes Seidentaschentuch heraus und wischte sich sorgfältig das Gesicht ab. Dann grinste er. »Zufälligerweise ist mein Cousin Nummer drei bei den Green Pang nicht ohne Einfluß.«

»Ich möchte niemand in einer Triade einen Gefallen schulden«, sagte Nangi.

»Kein Problem. Cousin Nummer drei verdankt seinen Aufstieg bei den Green Pang meinem Vater. Er wird uns mit Freuden behilflich sein, ohne daß sich daraus irgendeine Verpflichtung ergibt.«

»Weiter.«

»Es scheint, daß noch jemand anders denselben duftenden Acker pflügt wie Genosse Liu.«

»Und wer ist das?«

»Ich kann keine Wunder wirken. Ich brauche etwas Zeit, um das herauszufinden. Sie haben ihre Spuren äußerst sorgfältig verwischt.« Er musterte Nangi abwägend. »Cousin Nummer drei und ich müssen möglicherweise ein paar nächtliche Inspektionsgänge vor Ort unternehmen.«

»Können wir denn auf die Green-Pang-Leute nicht verzichten?«

»Ich habe keine Wahl. Es handelt sich um ihr Terrain. Ich kann da nicht mal einen Furz lassen, ohne sie vorher zu informieren.«

Nangi nickte. Er wußte, daß die Triaden in Hongkong ziemlich mächtig waren. »Mit welcher Bemerkung hat Lius Betthäschen Ihre Neugier geweckt?«

»Redman«, sagte Chiu. »Charles Percy Redman. Sie hat seinen Namen genannt. Kennen Sie ihn?«

Nangi überlegte einen Moment. »Ein Brite, nicht wahr? Seine Familie lebt schon lange in Hongkong. Besitzt eine große Schiffahrtsgesellschaft.«

»Genau der«, bestätigte Chiu. »Aber fast niemand weiß, daß er auch zum Geheimdienst Ihrer Majestät gehört.«

»Redman ein Spion? Madonna!« Nangi war aufrichtig schockiert. »Aber in welcher Verbindung steht er zu unserem Betthäschen? Hat sie ihn am Kanthaken?«

»Sieht so aus, oder nicht?«

Alles sehr interessant, dachte Nangi, aber bei Liu komme ich damit nicht viel weiter. »Sonst noch was?«

»Mehr kann ich wahrscheinlich erst sagen, wenn ich mit ihr ins Bett gegangen bin und weiß, was sie zwischen den Schenkeln hat.«

»Ein Kissen, wie alle anderen auch«, bemerkte Nangi bissig. »Bis sechs Uhr brauche ich Ergebnisse.«

»Heute nachmittag?« Chius Augen öffneten sich weit. »Keine Chance. Sie ist jetzt zu Hause und geht heute nicht mehr aus. Sie hat ihre Amah zum Einkaufen geschickt. Ich schätze, sie bereitet einen Mitternachtssnack für einen Freund vor. Morgen in aller Frühe, schneller geht's nicht. Tut mir aufrichtig leid.«

Nangi seufzte. »Ich fürchte, nicht halb so sehr wie mir.«

*

Es war Nacht, und es hatte zu regnen begonnen. Nicholas und Sato saßen bis zum Hals im heißen Wasser. Die Laternen, die rings um das Becken in den Bäumen hingen, warfen einen gelben Schimmer auf die kleinen Wellen, die jede Körperbewegung verursachte. Durch den dichten Dampf, der von dem Wasser aufstieg, konnte Nicholas einen von Lichtern gesäumten Weg erkennen, der zu einem nur schattenhaft wahrnehmbaren Gebäude führte. Es roch salzig, nach Tang.

Sato seufzte. »Da hinten«, sagte er leise, »ist das nicht eine der schönsten Aussichten der Welt, ein Anblick, der Japan einzigartig macht?«

Nicholas folgte seinem Blick, sah die steil zum Pazifik abfallenden Klippen und auf der wogenden Wasseroberfläche die rhythmisch auf und nieder hüpfenden Lichter an Bug und Heck der Fischerboote, deren Besatzungen ihre Netze nach Tintenfischen ausgeworfen hatten.

Es war ein langer, harter Tag gewesen, aber nun gelang es ihm allmählich, sich mit Hilfe des heißen Wassers zu entspannen. Nicht, daß seine Angst um Sato gänzlich verschwunden wäre, aber er empfand doch etwas mehr Zuversicht als zu Beginn ihres Abstechers, zumal Koten draußen vor dem *rotenburo* Wache hielt.

Sato streckte die Beine aus und spürte auf einmal etwas an seiner linken Wade, einen weichen Gegenstand, der fast eindringlich immer wieder an seinen Unterschenkel pochte.

Träge beugte er sich vor. Seine tastenden Finger berührten etwas, das sich wie ein Büschel Seegras anfühlte. Neugierig versuchte er, es an die Oberfläche zu ziehen. Was immer es war, es hatte jedenfalls ziemliches Gewicht.

Der Regen ließ etwas nach, die Wolkendecke zerriß, und das Licht der Laternen wurde vom Mondschein verstärkt.

Satos Muskeln traten hervor, als er, inzwischen mit Nicks Unterstützung, an dem unglaublich schweren Ding zerrte, bis es langsam wie ein Gespenst aus der Tiefe aufstieg. Nicholas entfuhr ein scharfer Laut der Überraschung.

»O Buddha!« flüsterte Sato. Zuerst sahen sie die düsteren Tätowierungen auf Oberarm und Hals, dann das Gesicht, angeschwollen und noch im Tod schmerzverzerrt.

»Phoenix«, sagte Sato leise. Die leblosen Augen seines Kontaktmanns blickten starr und glitzerten feucht im Mondlicht. »Was haben sie mit dir gemacht, Phoenix?«

*

Akiko dachte an das Versprechen, das sie Saigo gegeben hatte. Oder, genauer, Saigos *kami*.

Sie warf sich auf ihrem *futon* hin und her, preßte sich den Unterarm gegen die Augen. Rote Flecken tanzten in der Dunkelheit. *Giri*. Sie war daran gebunden wie mit stählernen Handschellen. Zum erstenmal wünschte sie sich, nicht als Japanerin geboren zu sein. Wie frei mußte man sich als Amerikaner oder Engländer fühlen ... ohne *giri*.

Sie legte ihre Hände zwischen die Oberschenkel. Noch immer konnte sie dort ein Nachbeben spüren, die Ausdehnung ihres Fleisches tief im Innern, verursacht von Nicholas Linnears Zärtlichkeiten. Sie würde nie wieder dieselbe sein. Und wußte entsetzlicherweise nicht einmal, ob sie das überhaupt wollte.

Aber was sollte dann aus ihrem Racheschwur werden? Bisher war Rache ihr einziger Lebensinhalt gewesen. Das Leben brauchte eine Form. In ihrem früheren Leben mußte sie sehr böse gewesen sein, sagte sie sich, da ihr Karma so unnachgiebig war.

Und nun kam Linnear und bedrohte diese dunkle Harmonie. Vermutlich hatte sie es von dem Moment an gewußt, da sie ihm im *Jan Jan* zum erstenmal begegnet war. Er hatte ein Herz zum Schmelzen gebracht, das sie stets für ein Gebilde aus Granit und Eis gehalten hatte. In ihrer Überheblichkeit hatte sie geglaubt, für immer jenseits der Liebe zu sein.

Sie hatte sich geirrt.

Der Schmerz, den sie empfand, wenn sie an Nicholas dachte – und das war praktisch ununterbrochen –, wütete in ihr wie Feuer in einem Hochofen. Sie hatte geschworen, ihn zu töten, und nun erwog sie, sich von ihrem Schwur abzukehren, um endlich Frieden zu finden.

Aber dann spreizte sie ihre nackten Schenkel und starrte auf die Innenseiten, auf denen sich die beiden gehörnten, feuerspeienden Drachen wanden, perfekt ausgeführte, vielfarbige Tätowierungen. Und sie wußte, daß es für sie keinen Frieden geben konnte. Weder Frieden noch Liebe, denn diese Zeichen brannten nicht nur auf ihrem Fleisch, sondern auch in ihrer Seele.

Sie hatte ihre Atempause gehabt und sich eine Zeitlang an dem anderen Leben ergötzen können. Doch nun war die Ruhe vor dem Sturm zu Ende. *Giri* ergriff wieder von ihr Besitz, von ihrem Herzen, ihrem Verstand. Was sie begonnen hatte, mußte zu Ende gebracht werden.

In Gedanken bei Saigo, stand sie auf, glitt von Raum zu Raum, als wollte sie sich jedes Zimmer, jeden Einrichtungsgegenstand zum letztenmal einprägen. Sie berührte alles; sie bewegte alles. Auf diese Weise entdeckte sie den kleinen Kassettenrecorder, mit dessen Hilfe Koten ihren Mann abgehört hatte.

Als sie das Band zurückspulte und die PLAY-Taste drückte, hörte sie, was Phoenix Sato erzählt hatte.

*

Der Regen prasselte Sato und Nichoals auf Kopf und Schultern, doch keiner von ihnen spürte einen Tropfen. Noch immer blinkten in der Ferne die bernsteinfarbenen Lichter der Fischerboote, während Nicholas und Sato die Leiche von Phoenix langsam aus dem Wasser zogen.

»Amida!« flüsterte Sato. Hastig kletterte er aus dem Wasserbekken, wobei er seine Lenden mit einem Handtuch bedeckte. Dann begann er in der Dunkelheit nach einem zweiten Handtuch zu suchen. Als er es gefunden hatte, kehrte er zum Becken zurück, an dessen Rand der tote Ninja lag, die Beine an den Fesseln übereinandergeschlagen, die Arme ausgestreckt. Gemessen breitete er das Handtuch über die Blöße der Leiche.

Die beiden Männer waren ganz allein und kauerten neben dem Toten. »Was für eine unwürdige Art zu sterben«, murmelte Sato.

»Er hat sie sich nicht ausgesucht«, sagte Nicholas. »Sehen Sie, da.« In Phoenix' Hinterkopf klaffte ein schwarzes Loch. »Das stammt bestimmt nicht von einem Samurai.«

Traurig betrachtete Sato den weißen, aufgedunsenen Körper. »Es könnte sich um eine KGB-Exekution gehandelt haben«, meinte er. »Ein Cousin von mir war beim *kempetai*. Er wußte alles über solche Geschichten und hat aus seinem Wissen auch kein Hehl gemacht. Eine Kugel durchs Gehirn, das ist absolut russischer Stil.«

»Wer auch immer dafür verantwortlich ist«, bemerkte Nicholas, »muß ziemlich gut sein. Dieser Mann war ein *ninja sensei*.«

Sato stützte den Kopf in die Hände. »Er hatte eine Information für uns. Möglicherweise ist er unvorsichtig geworden. Er war sicher, die Sowjets hätten keine Ahnung davon, daß er sie verfolgte.«

»Auf alle Fälle muß er hier überrascht worden sein. Sonst wäre er noch am Leben. In einem fairen Kampf hätte er nie den kürzeren gezogen. Sie waren vor ihm hier, haben auf ihn gewartet.«

Sato hob den Kopf. Seine Augen waren rotgerändert und blickten verwundert. »Aber wie?«

Die Antwort auf diese Frage gefiel Nicholas ganz und gar nicht, aber er mußte sie geben. »Wenn es einen Verräter im *keiretsu* gibt, ist er vielleicht näher, als wir denken. In Ihrem *kobun*.«

»Unsinn«, sagte Sato. »Niemand in meinem *kobun* – absolut niemand – wußte, wohin ich fahre. Phoenix hat bei mir zu Hause angerufen. Nur Sie waren dort. Akiko...«

»Und Koten.«

»Koten?« Satos Augen wurden groß. »O Buddah, nein!« Dann wurde er nachdenklich. »Er war die letzten drei oder vier Male, wenn Phoenix angerufen hat, immer bei mir.« Er schüttelte den Kopf. »Aber ich habe doch darauf geachtet, daß er sich nicht in der Nähe aufhielt, wenn ich telefonierte.«

»Sie meinen, es war unmöglich für ihn mitzuhören.«

»Na ja, nicht unbedingt. Ich meine –« Sato schlug sich mit der Faust in die Handfläche. »Koten ist *sensei* in *sumai*, der ältesten

Form von Kampf-*sumo*. Phoenix kannte ihn, vertraute ihm.« Er blickte zum Himmel auf. »*Muhon-nin*!« schrie er. »Der Kerl muß bezahlen. Er wußte, wohin Phoenix uns geführt hätte. Und er wird es mir erzählen!«

Er sprang auf und rannte los, bevor Nicholas ihn zurückhalten konnte. »Sato-san!« rief Nicholas. Aber es war sinnlos, denn der Wind riß ihm die Worte von den Lippen. Die meisten der in den Bäumen hängenden Laternen waren in dem mittlerweile fast wolkenbruchartigen Regen erloschen. So oder so hätte Sato nicht auf die Stimme der Vernunft gehört. *Tenchi* bedeutete ihm zuviel, und für Vorsicht hatten sie nicht mehr genug Zeit.

Nicholas rannte zwischen den Kampferbäumen, die den Pfad zum Wasserbecken säumten, auf das Haus zu. Er hörte nichts außer dem Jammern des Winds und dem Trommeln des Regens.

Als er den nur schwach beleuchteten Umkleideraum erreichte, waren alle seine Nerven angespannt. Koten, Meister in *sumo* und dem noch tödlicheren *sumai*, würde keine drei Sekunden brauchen, um mit Sato fertig zu werden.

Nicholas konnte seine Besorgnis nur mit Mühe bezähmen. Und das war die einzige Erklärung dafür, daß er das verräterische Geräusch erst vernahm, als es beinahe zu spät war, und selbst in diesem Moment nahmen eher seine Augen als seine Ohren die Bedrohung wahr.

Ein Schatten am Rand seines Gesichtsfelds. Er wirbelte herum und tauchte nach rechts weg. Ein Lufthauch streifte sein Gesicht, begleitet vom Sirren eines erbosten Insekts. Ein weiches *Dong*! links hinter ihm verriet, wo der geschleuderte *shuriken* – die nadelfeine, vergiftete Wurfscheibe – gelandet war. Ein *Ninja*! Das hieß, daß Phoenix' Beute – der *muhon-nin*, der aus dem Tenshin Shoden Katori geflohen war – sich immer noch auf dem Gelände befand. Und es hieß auch, daß es immer noch eine Chance gab, das Geheimnis von *Tenchi* vor den Russen zu bewahren.

Nicholas folgte seinen Instinkten. Er bewegte sich rasch und geschmeidig. Seine Muskeln glänzten vor Wasser und Schweiß. Er wollte so nah wie möglich an seinen Gegner herankommen. Geduckt folgte er den tunnelartigen Korridoren des *rotenburo*, achtete darauf, immer wieder den Rhythmus seiner Bewegungen zu ändern, und ließ sich gelegentlich sogar auf Hände und Knie nieder. Zweimal vernahm er das pfeifende, sirrende Geräusch der *shuriken* ganz in seiner Nähe. Er verdoppelte seine Anstrengungen, denn er wußte, daß er dicht am Ziel war, wenn die Situation dadurch auch nicht gerade verbessert wurde. Wo war Sato?

Er passierte die Ecke einer Reihe von Metallschränken, um zu seinem eigenen Spind zu gelangen, in dem sich sein *dai-katana* befand, als ein heftiger Schlag von hinten seine linke Schulter lähmte. Er verfluchte sich, rutschte aus und schlitterte über den feuchten Boden. Ein mächtiger Schatten stürzte sich auf ihn.

Nicholas drehte sich um die eigene Achse, sprang auf, riß den rechten Arm mit angewinkeltem Ellbogen hoch und ließ seine Handkante auf Fleisch und Knochen des Angreifers niedersausen. Er hörte ein lautes Grunzen und spürte im selben Moment, wie etwas Schweres seinen linken Oberarm traf. Er fuhr herum und nutzte das Drehmoment aus, um neue Kraft zu sammeln. Dann ließ er eine Serie blitzschneller Schläge auf den im Schatten der Schränke lauernden Gegner niederprasseln. Ein Gefühl der Befriedigung erfüllte ihn, als er Fleisch auf Fleisch klatschen hörte. Plötzlich erhielt er einen Schlag gegen den Kopf, und im nächsten Moment war sein Gegner verschwunden.

Taumelnd erhob er sich wieder, alle Sinne darauf ausgerichtet, die Spur des anderen wiederzufinden. Mit Hilfe von *getsumei no michi* gelang es ihm, den Geist des Ninja aufzuspüren. Er bewegte sich *fort* von ihm. Warum?

Dann fiel ihm die Antwort ein, und sein Herz zog sich vor Angst zusammen. Er stieß den *kiai*-Schrei aus, der die Mauern des *rotenburo* erzittern ließ, und sprintete durch die halbdunklen Gänge, dem Entsetzlichen entgegen, das er vor seinem inneren Auge sah.

*

Sato hatte das Innere des *rotenburo* verlassen vorgefunden. Wo war Koten? Wo war der *muhon-nin?* Er kochte vor Wut. Er knirschte mit den Zähnen, während das Gefühl, betrogen worden zu sein, Adrenalin in sein Blut schießen ließ.

Er stürmte in die regennasse Nacht hinaus. Niemand war zu sehen, nicht einmal die Betreiber des Bads. Am liebsten hätte er laut nach Koten gerufen. Ich bringe dich um, Koten – ganz langsam, damit ich sehen kann, wie das Leben aus deinem Gesicht weicht!

Er rannte auf den Parkplatz. Nur drei Wagen standen noch unter den Bogenlampen. Er fuhr sich über die Augen, um besser sehen zu können. Alle drei Wagen waren leer. Dann fiel sein Blick auf das Mietfahrzeug, mit dem sie vom Flughafen hergefahren waren.

Koten!

Da saß er, in königlichem Schweigen und trocken, während sich über ihm die Himmel öffneten. Ohne nachzudenken, lief Sato auf den Wagen zu. Er stolperte, rutschte auf dem schlüpfrigen Teerbeton aus und stürzte so heftig, daß ihm einen Moment lang der Atem wegblieb. Sein Rücken schmerzte, als hätte er sich die Wirbelsäule gestaucht. Mit einem Grunzen erhob er sich mühsam auf die Knie und legte den Rest der Strecke bis zum Auto dann mit einem leichten Hinken zurück.

Jetzt brüllte er wirklich. »Koten!« Er streckte die Hand nach dem verchromten Griff aus und riß die Tür auf. Es gab ein scharfes Knacken, ähnlich einem trockenen Ast, der unter einem Fußtritt zerbricht. Ein dumpfer Knall zerriß die Nacht wie ein Kanonenschuß. Der Wagen schien sich aufzublähen, ein Feuerball aus roten und orangefarbenen Flammen. Zerrissenes Metall und zersplittertes Sicherheitsglas flogen in alle Himmelsrichtungen. Als erstes zerfetzte die Detonation die Gummipuppe auf dem Fahrersitz bis zur Unkenntlichkeit. Dann wurde alles von einer dichten, öligen Wolke schwarzen Qualms verhüllt, die selbst dem Sturm Widerstand leistete.

*

Die Leiche wirkte riesig, wie ein zusammengekauertes Tier, und warf einen schwarzen Schatten auf den Steinboden. Ringsumher lagen Glasscherben, glitzerten wie Sterne und riefen im kalten Licht der Deckenlampen kleine Regenbogen hervor.

Drei uniformierte Beamte der Raleigh City Police untersuchten den Tatort, während der vierte, halb in einen der Streifenwagen gebeugt, über Funk mit seinem Vorgesetzten sprach.

Ein halbes Dutzend Einsatzfahrzeuge hielt mit quietschenden Reifen hinter dem Streifenwagen; die herausspringenden Beamten drängten die wachsende Zahl der Schaulustigen zurück und errichteten Barrieren aus rot-weiß gestreiften Sägeböcken.

Harry Saunders, der Sergeant im Streifenwagen, beendete seinen Bericht an den Captain im Revier und warf das Mikro auf den Beifahrersitz, ehe er Kopf und Oberkörper aus dem Fahrzeug zurückzog. Sein Gesicht war in tiefe, harte Falten gelegt, als er sich zu seinen drei Kollegen gesellte.

»Die Notizen werden euch nicht viel nützen«, meinte er im Näherkommen. »Ihr könnt eure Blöcke genausogut ins Feuer schmeißen.«

»Was soll das heißen?« fragte Bob Santini, immer noch damit beschäftigt, den aufgeklappten Block mit Beobachtungen zu bekritzeln.

»Der Captain sagt, die Sache geht uns nichts mehr an. Jede Minute kommt jemand her und übernimmt den Fall.«

Santini hob den Kopf und starrte Saunders an. »Sie meinen, ein Mann ist getötet worden, und wir gehen weg, als wäre nichts passiert?«

Saunders zuckte mit den Schultern. »Dasselbe habe ich den Captain auch gefragt. Weißt du, was er geantwortet hat? Er hat gesagt, wir würden sowieso nichts herausfinden, egal, was wir anstellen.« Er bedachte die Leiche mit einer vagen Handbewegung. »Dieser arme Teufel da hat keine Fingerabdrücke, und er hat auch nicht die geringste Vorgeschichte. Er ist nichts, eine dicke, fette Null.«

»Ein Geist«, sagte Ed Baine. »Na, wenn das nicht interessant ist.«

»Mag schon sein, aber nicht für dich und nicht hier«, sagte Saunders, »denn nachdem wir unsere Zelte abgebrochen haben, darf niemand erfahren, was heute abend vorgefallen ist, nicht einmal unsere Weiber.«

»Scheiße«, meinte Spinelli mit gespieltem Abscheu, »kein Bettgeflüster. Was soll ich denn jetzt hinterher machen?«

»Was du immer tust«, sagte Baine. »Dich umdrehen und einschlafen.«

Saunders warf einen Blick über ihre Schultern. »Maul halten, ihr Clowns«, sagte er mit gesenkter Stimme. »Wir haben Gesellschaft bekommen.«

Sie wandten den Kopf und sahen eine Gestalt im Trenchcoat den Gang herunterkommen. Keinem von ihnen gefiel, was er sah.

»Ach, du Schande«, sagte Spinelli leise. »Auch noch ein verdammtes Weibsbild.«

»Gentlemen«, sagte die Frau, als sie da war, »wer von Ihnen hat hier die Verantwortung?«

»Detective Sergeant Harry Saunders, Ma'am«, sagte Saunders und trat einen Schritt vor.

»Immer mit der Ruhe, Sergeant«, sagte sie mit ungerührter Miene. »Ich habe nicht vor, Ihnen Ihre Trauben wegzunehmen.« Sie warf einen raschen Blick auf die Leiche. »Irgendwas berührt worden?«

»Nein, Ma'am.«

»Er liegt noch genauso da, wie Sie ihn gefunden haben? Ganz genauso?«

Saunders nickte und schluckte, wütend darüber, daß er einen trockenen Mund hatte, obwohl sie nur eine Frau war. »Darf ich Sie fragen, zu welchem, eh, Verein Sie gehören?«

Sie wandte sich von ihm ab und nahm den Tatort sorgfältig in Augenschein. »Das können Sie Ihren Captain fragen, Sergeant. Der hat vielleicht größere Lust als ich, Ihre Neugier zu befriedigen.«

Saunders biß die Zähne zusammen und unterdrückte einen bissigen Kommentar, während Spinelli ihm aus sicherer Entfernung ein Grinsen zuwarf.

»Sergeant.« Sie kniete neben der Leiche nieder. »Ich brauche Sie jetzt nicht mehr. Warum gehen Sie und Ihre Männer nicht zur Absperrung und helfen mit, die Schaulustigen unter Kontrolle zu halten? Ich rufe Sie, falls ich Ihre Hilfe benötigen sollte.«

»Ja, Ma'am«, sagte Saunders übertrieben höflich und bedeutete seinen Männern mit einem scharfen Nicken, ihm zu folgen. Schweigend marschierten sie unter den Arkaden zurück zu ihren Einsatzfahrzeugen, deren Rundumlichter noch immer rote Blitze auf die Häuserfassaden warfen.

Als sie fort waren, überprüfte Tanja Wladimowa ihre vorläufige Identifizierung des Opfers. Es handelte sich in der Tat um Jesse James. Rasch öffnete sie einen kleinen Koffer und nahm Fingerabdrücke von der Glasscherbe, die noch immer in James' Brust steckte. Zum erstenmal gestattete sie sich, darüber nachzudenken, was schiefgelaufen war. Es kostete sie nicht die geringste Anstrengung.

Alix Logan hätte nicht am Leben bleiben dürfen. Dumm und, vom Sicherheitsstandpunkt aus gesehen, nachlässig. Aber Männer waren nun einmal schwach, selbst ein so mächtiger und intelligenter Mann wie C. Gordon Minck. Immerhin war es Minck gewesen, der darauf bestanden hatte, daß sie am Leben blieb, Tanjas heftigen Protesten zum Trotz.

Und das nicht etwa aus humanitären Gründen, sondern weil er mit ihr regelmäßig in Key West ins Bett gestiegen war, während er eigentlich an Bord seines Segelboots in der Chesapeake-Bucht sein sollte. Wie Scheherazade hatte Alix Logan Minck eingewickelt und so den Tag ihrer Hinrichtung immer weiter hinausgeschoben.

*

»Bitte bleiben Sie, wo Sie sind, Gospodin Linnear«, sagte eine scharfe Stimme auf russisch.

Nicholas blickte in die dunkle Mündung einer kurzläufigen Waffe.

»Wenn Sie sich bewegen, muß ich Sie erschießen.«

Nicholas tat so, als verstünde er die Sprache nicht und trat einen Schritt auf den Mann mit der Waffe zu. Die Nacht explodierte zum zweitenmal, und der Asphalt zu seinen Füßen spritzte hoch wie Sand.

»Ich weiß, daß Sie mich verstehen können, Gospodin Linnear. Der nächste Schuß reißt Ihnen den Kopf von den Schultern.«

Zu seiner Rechten lagen die verkohlten Überreste des Leihwagens über den Parkplatz verstreut. Qualm ringelte sich um die ausgebrannte Karosserie wie eine Horde von Schlangen.

Beim Klang der gedämpften Explosion war Nicholas sofort ins Freie gehetzt, hatte aber von dem ursprünglichen Feuerball nur noch kümmerliche Flämmchen gesehen. Was von Seiichi Satos Körper übriggeblieben war, schwelte an drei verschiedenen Stellen auf dem Teerbeton vor sich hin. Der stetige Regen verwandelte alles – verschmortes Fleisch und zerfetztes Metall – in schwarze Inseln auf dem von kleinen Bächen überfluteten Parkplatz.

Sofort hatte Nicholas sich in den Schatten der Dachrinne geduckt.

Der Russe, dessen Augen offenbar genauso scharf waren wie sein Gehör, hatte ihn trotzdem gefunden. Nicholas argwöhnte, daß er es gewesen war, der Phoenix getötet hatte.

Er hielt eine brandneue Kalaschnikow AKL-1000 in der Hand – eine kurze, doppelläufige Schrotflinte, die sich mit zwei Fingern bedienen ließ und deren Geschosse einen Menschen in Stücke reißen konnten. Gegen eine solche Waffe vermochte selbst Nicholas nichts auszurichten.

Also trat er aus dem Schatten hervor in den Regen.

»So ist es schon besser«, sagte die Stimme, immer noch auf russisch. »Jetzt brauche ich nicht mehr zu vermuten, wo Sie stehen.«

»Bei dem Ding da in Ihrer Hand ist eine Vermutung völlig ausreichend«, meinte Nicholas.

»Genau.«

Der Russe war ein großer, breitschultriger Mann mittleren Alters mit blauen, weit auseinanderstehenden Augen und kurzen Haaren. Er trug einen Regenmantel mit einem schwarzen Gürtel. Mit einem dünnen Lächeln sagte er: »Intelligente Menschen finden stets mein Interesse, egal, wie pervertiert sie in ideologischer Hinsicht auch sein mögen.« Er nickte knapp. »Mein Name ist Pjotr Alexandrowitsch Russilow.«

»Ich hatte eigentlich mit Protorow gerechnet«, sagte Nicholas. Im Moment waren Worte sein einziges Hilfsmittel, und er gedachte, das Beste daraus zu machen.

Russilows Gesicht verlor seinen freundlichen Ausdruck. »Was wissen Sie von Protorow?«

»Und woher wissen Sie, daß ich Russisch spreche?« fragte Nicholas zurück. »Tauschen wir doch einfach unsere Informationen aus.«

Der Russe hob die AKL-1000 ein wenig an. »Sie sind nicht in der Position für einen Kuhhandel. Treten Sie etwas weiter ins Licht.«

Nicholas tat wie geheißen. Er spürte eine Bewegung hinter sich, und eine Sekunde später erschien Koten in der Tür des Gebäudes. Er wirkte verändert. In dem schwachen Licht sah es aus, als wäre sein ohnehin schon beträchtlicher Umfang noch weiter gewachsen. Seine Schultern schienen breiter geworden zu sein, die Muskeln unnatürlich angeschwollen. Dann, als er aus dem Schatten der tropfenden Regenrinne trat, konnte Nicholas erkennen, daß er sich einen Körper über die Schultern geworfen hatte.

Er näherte sich in einem aus kurzen Schritten bestehenden Trott, wobei er darauf achtete, nicht in Russilows Schußlinie zu geraten. Dann legte er dem Russen seine Last wie ein Apportierhund zu Füßen.

»Der Ninja ist nicht mehr zu gebrauchen«, sagte er. Es war seltsam, ihn Russisch sprechen zu hören. Er nickte in Nicholas Linnears Richtung. »Der da hat ihn einmal zu oft geschlagen.«

Russilow warf nicht einmal einen Blick auf die Leiche. »Haben Sie es gefunden?«

Koten hielt einen eng zusammengerollten, in Ölhaut gehüllten Beutel in der Hand. Er wirkte winzig in seiner riesigen Faust. »Als er gestorben ist, kam es von selbst heraus«, sagte er und lachte hoch und quietschend, als er sah, wie der Russe zögerte. »Sie können es ruhig nehmen, der Regen hat es saubergewaschen.«

Rasch griff Russilow mit der freien Hand nach dem glitzernden Zylinder und ließ ihn in der Tasche verschwinden. Da geht *Tenchi*, dachte Nicholas. Satos Worte fielen ihm ein. *Wenn ihnen* Tenchi *in die Hände gerät, haben sie die Macht, uns alle zu vernichten.* Was war *Tenchi*, wenn es in den Händen einer ausländischen Regierung einen Weltkrieg auslösen konnte? Nicholas wußte, daß er es herausfinden mußte. Und zwar schnell.

Kotens dunkle Augen streiften Nicholas. »Soll ich mich jetzt um Linnear kümmern?«

»Lassen Sie die Finger von ihm«, sagte Russilow scharf. Koten starrte ihn mit glühenden Augen an.

»Jetzt haben Sie ihn Gesicht verlieren lassen, Pjotr Alexandrowitsch«, sagte Nicholas.

»Ihr zwei seid viel zu gefährlich, als daß man einen auf den anderen ansetzen könnte.«

»Wirklich?« Nicholas fragte sich, woher der KGB so gut über ihn informiert war. »Sollten Sie etwa eine Akte über mich haben? Und das, obwohl ich nur ein einfacher Bürger bin?«

»Ach ja?« Russilows Augenbrauen hoben sich. »Was haben Sie dann hier zu suchen?«

»Sato-san und ich sind... waren Freunde. Und natürlich Geschäftspartner.«

»Sonst nichts?« Russilows Stimme troff vor Ironie.

Nicholas war der Spiegelfechterei überdrüssig. »Diese Autobombe da war doch nicht nur für Sato bestimmt. Sie konnten nicht wissen, daß er allein sein würde, wenn er die Tür öffnete.«

»Wenn Sie mit draufgegangen wären, um so besser. Solange wir das hier haben –«, Russilow klopfte auf den Beutel in seiner Tasche, »– brauchen wir weder Sie noch ihn. Wenn unser Agent abgefangen worden wäre –«

»Von Phoenix oder mir.«

»Oh, ich bin ziemlich sicher, Koten hätte einen Weg gefunden, Sie daran zu hindern. Aber was ich sagen wollte: Wenn unser Agent abgefangen worden wäre, hätten wir Sie in unsere Pläne mit einbeziehen müssen.«

»Wenn Sie am Leben bleiben wollen«, sagte Nicholas, »täten Sie gut daran, mich jetzt zu erschießen.«

»Das habe ich auch vor.«

»Dann werden Sie allerdings nie erfahren, welche Modifizierungen wir kürzlich an *Tenchi* vorgenommen haben.«

»Wir?« Zum erstenmal wirkte Russilow unsicher.

»Warum, glauben Sie, fusioniert Sato Petrochemicals mit Tomkin Industries? Bestimmt nicht nur zum Vergnügen, das versichere ich Ihnen.«

»Sie lügen«, sagte der Russe. »Davon weiß ich nichts.«

Natürlich nicht, dachte Nicholas, aber du kannst nicht sicher sein. Und wenn du mich nicht mitnimmst zu Protorow, könnte sich das als schwerer Fehler herausstellen. Die Zeit ist kurz; einen Schnitzer kannst du dir nicht mehr leisten.

»Sehen Sie, es gibt tatsächlich Dinge, die Sie nicht wissen!« Die Sprechausbildung, die Nicholas bei Akutagawa-san, einem der größten *ichi-sensei*, absolviert hatte, kam ihm jetzt zugute.

»Legen Sie ihn um«, knurrte Koten. »Erschießen Sie ihn, oder ich töte ihn an Ihrer Stelle.«

»Mund halten«, sagte Russilow. Während des ganzen Gesprächs hatte er Nicholas nicht aus den Augen gelassen. Schließlich nickte er. »Kommen Sie her, *Gospodin* Linnear.« Ein Donnergrollen lief von Ost nach West über den Himmel. Der Regen trommelte auf ihre Köpfe und Schultern, silbrig schimmernd im Licht der Bogenlampen. »Ihr Wunsch geht endlich in Erfüllung.«

Und Nicholas dachte, Protorow!

Kumamoto/Asama *kogen*/Schweiz

Herbst 1963 – Frühling 1984

Daß Akiko Saigo das Leben rettete und er sich bei ihr auf gleiche Weise revanchierte, geschah folgendermaßen. Der Herbst des Jahres 1963 war kalt und unfreundlich. Es regnete viel und begann früh zu schneien; dazwischen wechselten sich Graupelschauer mit dem ersten Frost ab.

Nachdem Akiko Sun Hsiung verlassen hatte, ging sie nach Kyushu. Als sie dort eintraf, verhüllte Nebel den größten Teil des Tals, so daß sie weder die Hänge des Aso noch die weitflächigen Industrieanlagen sehen konnte, die in nordwestlicher Richtung das ganze Tal bis zur Stadt durchzogen.

Kumamoto erschien ihr hinterwäldlerisch, aber es beherbergte das *Kan-aka na ninjutsu ryu*, an dem Akiko ihre Studien fortsetzen wollte. Sein Symbol war ein Kreis mit neun schwarzen Diamanten darin. In ihrer Mitte stand ein Kanji-Ideogramm: *komuso*. Und als sie es sah, wußte sie, was sie vor sich hatte. Kujikiri. Schwarzes *ninjutsu*.

Es war schwer, Eintritt zu finden, selbst mit Sun Hsiungs persönlichem Empfehlungsschreiben. Der *sennin*, ein Mann von fast ungesund wirkender Magerkeit mit einem Gesicht scharf wie die Schneide einer Axt, ließ sie erst einmal einen halben Tag warten, ehe er sie in seiner Kammer empfing. Nachdem er ihren Eifer solcherart gebremst hatte, erging er sich in umständlichen Entschuldigungen. Doch in seinen Augen las Akiko nicht das geringste Gefühl, nicht die Spur jenes Funkens, der den Menschen von den niedrigsten Lebewesen auf Erden unterscheidet. Und während sie da so allein vor ihm auf einer nackten Binsenmatte kniete, begann sie endlich, Trauer zu verspüren, die sie allerdings nicht gleich als solche zu erkennen wußte.

Doch da war immer noch jenes starke, dringliche Begehren, das sie dazu getrieben hatte, Bequemlichkeit und Wärme zurückzulassen. Es war ihr Karma, daß sie sich nun hier befand, und sie stellte es nicht in Frage. Sich selbst zu akzeptieren, war alles, was ihr noch blieb.

Der *sennin* für seinen Teil verabscheute sie auf den ersten Blick und verfluchte ihren ehemaligen *sensei* im stillen dafür, daß er von seinem Privileg hier Gebrauch gemacht hatte. Es gab nicht die geringste Möglichkeit, sie wieder fortzuschicken, obwohl der *sennin* nichts lieber getan hätte.

Seine einzige Hoffnung bestand darin, daß die Ausbildung und das Leben hier sich als zu hart für sie erweisen würden, emotional sowohl als auch physisch. Dennoch lächelte er so wohlwollend wie möglich und übergab sie mit innerem Frohlocken der Obhut des einzigen Studenten, der es vielleicht schaffen mochte, sie aus Kumamoto zu verscheuchen.

Ohne zu blinzeln, sah er dann zu, wie Akiko aufstand und sich verbeugte. Während sie sich rückwärts nach draußen bewegte, lächelte er innerlich bei dem Gedanken an das Schicksal, das er seiner jüngsten Schülerin zugedacht hatte: Saigo würde sie zerstören. Natürlich nicht im wortwörtlichen Sinn, denn dann hätte der *sennin* bei Sun Hsiung enorm an Gesicht verloren, was er auf keinen Fall zulassen konnte. Nein, nein. Saigo wurde von einem ganz besonderen und furchteinflößenden Dämon geritten, der seine Krallen so tief in seinen Rücken geschlagen hatte, daß der *sennin* keine Möglichkeit zum Exorzismus mehr sah.

In dem Augenblick, in dem Akiko sich Saigo in seinem *dojo* näherte und ihm von seiner Aufgabe erzählte, wußte er, wie wenig der *sennin* von ihm halten mußte. Die Arbeit eines Ausgestoßenen, dachte er finster, während er die Hand der *Frau* hielt, die ihm als Schülerin zugeteilt worden war. Wütend und voller Widerwillen starrte er sie an.

Akiko ihrerseits merkte sofort, daß sie in die Höhle des Löwen gewiesen worden war. Ihr *wa* zog sich zusammen bei dem eisigen Kontakt mit seiner feindseligen Ausstrahlung. An diesem Nachmittag verbrachte sie mehr Zeit damit, ihn zu beobachten, als sich für das zu interessieren, was im *ryu* geschah. Am Ende ihres Rundgangs, als sie ganz allein vor seiner Kammer standen, sagte er: »Ich möchte, daß du hier wartest. Ich habe noch einen Weg zu machen.«

Sie nickte.

»Während ich fort bin, gibst du keinen Laut von dir, und wenn ich zurückkehre, erst recht nicht.«

»Was ist los?«

Ohne Vorwarnung versetzte er ihr einen heftigen Schlag auf die linke Wange. Sie taumelte rückwärts und stürzte. Saigo stand über ihr, die Beine leicht gespreizt, die Haltung völlig entspannt.

»Du möchtest eine Frage stellen?« Seine Stimme klang spöttisch und besaß eine Schärfe, die sie erschauern ließ. Sie gab keinen Laut von sich und bewegte sich auch nicht.

Saigo grunzte zufrieden, drehte sich um und verschwand.

Kaum war er fort, versank Akiko in konzentrierte Meditation, bis sie den Schmerz nicht mehr spürte. Instinktiv hatte sie begriffen, daß Saigo sich seiner Männlichkeit so wenig sicher war, daß er allen Menschen in seiner Umgebung körperlich überlegen sein mußte, Männern genauso wie Frauen. Wenn sie je eine Verständigung mit ihm finden wollte, mußte sie warten, bis ihr sein ganzes Wesen offenkundig geworden war. Erst dann konnte sie sich für eine Strategie entscheiden, um ihn zu zähmen.

Saigo blieb mehrere Stunden fort. Nach und nach schwand alles Licht vom Himmel. Der Tag erlosch wie eine abgebrannte Kerze. Es wurde Zeit zum Abendessen, und Akiko bekam Hunger. Da es weit und breit nichts zu essen gab, trottete sie schweigend in Saigos *dojo*, öffnete ihren Reisesack und kleidete sich in ihr schwarzes *gi*. Erneut versenkte sie sich vierzig Minuten lang in Meditation, die sie schließlich in den Zustand des *shinki kiitsu* versetzte, der Einheit von Körper, Seele und Verstand, die unerläßlich ist, wenn man den Gipfel der kriegerischen Künste erreichen will. Sie spürte, wie sich das Gewicht des Universums in ihrem Unterleib sammelte. *Shitahara*.

Sie atmete. Ein: *jitsu* – Vollständigkeit. Aus: *kyo* – Leere. *Schlage genau in dem Moment zu, in dem du* kyo *in deinem Feind spürst*, hatte Sun Hsiung gesagt. *Schlage genau in dem Moment zu, in dem du* jitsu *in dir selbst spürst. So kannst du dir des Sieges sicher sein.*

Und doch, hatte er ihr immer und immer wieder erklärt, *wenn du so töricht und von dir selbst überzeugt bist, daß du dir erlaubst, an Sieg zu denken, dann ist dir die Niederlage sicher. Verbinde deine Aufmerksamkeit mit* saika tanden, *dem Atem der Leere. Von diesem zentralen Punkt des Nichts aus mögen alle Züge und Strategien beobachtet und entworfen werden.*

Sie absolvierte neunzig Minuten lang die formellen Übungen von wachsendem Schwierigkeitsgrad, bis sie in Schweiß gebadet war.

Anschließend – da sie immer noch eine Schülerin war und lernen mußte, daß sie einige essentielle Dinge noch vom Verstand her angehen mußte, statt daß sie ihr zur zweiten Natur geworden wären – kehrte sie zum Atem der Leere zurück.

Aus ihrem Reisesack holte sie ein längliches Tuch aus weißer Baumwolle – Sun Hsiungs einziges Geschenk an sie –, das sie zweimal faltete und sich dann fest um den Unterleib schlang, so daß der obere Saum gerade noch die unteren Rippen berührte. Als es schließlich mehr ein Korsett denn ein Gürtel war, nahm sie im Lotussitz Platz, entspannte sich, bis ihr Körper weich und nachgiebig war, und ließ die Schultern nach vorn sinken. Sie neigte den Oberkörper vorwärts, bis die Spitze ihrer Nase sich ungefähr über ihrem Bauchnabel befand. *Saika tanden*. Jeder Atemzug zählte.

Sie war noch immer damit beschäftigt zu atmen, als ihre scharfen Ohren leise Schritte vor der Metalltür vernahmen.

Jitsu; kyo. Vollständigkeit; Leere. Ein und aus.

Sie hörte Saigo ins *dojo* treten und hob den Kopf. Sie konzentrierte sich voll und ganz auf ihn.

»Steh auf«, flüsterte er. »Komm her.« Er war dicht an der geschlossenen Tür stehengeblieben.

Sie gehorchte und stand auf, wobei sie das Baumwolltuch abnahm und sorgfältig zusammenfaltete. Obwohl sie in jedem Geschäft ein vergleichbares Tuch hätte kaufen können, war dieses ihr besonders teuer. Sie verstaute es in ihrer schwarzen Bluse und trat neben Saigo.

»Hör genau hin«, sagte er. Seine Stimme war undeutlich wie das Summen eines Moskitos in der Ferne. Keiner von ihnen regte sich. Sie hatte gewußt, daß sie jetzt keinen Laut von sich geben durfte, selbst wenn sie nicht vor Stunden so schmerzhaft gewarnt worden wäre.

Sie horchte und verspürte nichts als das schwache Kitzeln von Sägemehl in der Nase, eine Erinnerung an das eigentliche Handwerk, dem in diesem uralten Gemäuer gegenwärtig nachgegangen wurde. Kein Geräusch drang von der drei Stockwerke tiefer liegenden Straße durch die dicken Mauern und massiven Decken herauf. Es war so still wie in einem Grab.

Jemand hustete. Und noch einmal. Akiko vernahm tastende Schritte jenseits der Tür. Sie blickte Saigo an, dessen ganzes Wesen auf die geschlossene Tür und die Vorgänge dahinter ausgerichtet zu sein schien.

Wer ist dort? fragte Akiko sich. Sie lauschte.

»Was ist das? Wo sind wir hier?« Eine weibliche Stimme, im Flüsterton.

»Weiter.« Eine männliche Stimme. Dann, etwas eindringlicher aber nicht lauter: *»Weiter!«* Langsam bekam Akiko die beiden Geister zu fassen, obwohl sie sich schon entfernten. Männlich und weiblich. Yin und Yang.

Haß brannte auf Saigos Gesicht und verwandelte es in das eines Wasserspeiers. Er haßt mit jeder Faser seines Wesens, dachte Akiko; er wird innerlich zerfressen von Haß. Haß war ein Gefühl, das sie gut verstehen konnte.

Vielleicht war es in diesem Augenblick, daß sie sich und ihn zum erstenmal als Seelenverwandte sah: Akiko und Saigo. Sie waren füreinander bestimmt, oder nicht?

Nach einer Weile beruhigte Saigo sich wieder. Doch zu Akikos Überraschung verlor er kein Wort mehr über den Zwischenfall.

»Du hast gewartet«, sagte er lediglich.

»Das wollten Sie doch, oder nicht?« Sie sah ihm in die Augen, die wie Steine auf dem Grund eines seidenhäutigen Sees waren. Wenn es zutraf, daß man die Augen als Fenster der Seele bezeichnen konnte, dann war Saigo ohne eine solche geboren worden.

Er nickte, und sie merkte, daß er angenehm berührt war. Fälschlicherweise hatte er den Eindruck, daß seine Ohrfeige für ihre Willfährigkeit verantwortlich sein mußte. Ein anderer hätte sich nun an seiner Stelle entspannt, aber er blieb auf der Hut, was Akiko nicht entging.

»Es ist spät«, sagte er. »Zeit zu gehen. Zieh dich an.«

Er drehte sich nicht um, als sie ihr *gi* ablegte. Während sie erst die Bluse und dann die Hose auszog, fühlte sie seinen steinernen Blick unablässig auf sich ruhen. Obwohl sie selten wie andere Japaner in Verlegenheit geriet, wenn jemand sie nackt sah, war sie sich Saigos Anwesenheit, seiner prüfenden Augen doch deutlich bewußt.

Dabei strömte er keinerlei Lüsternheit, keine direkte Erregung aus, was sie durchaus verstanden hätte. Auf der anderen Seite nahm er auch nicht einfach kalten Bluts eine Inventur ihrer körperlichen Beschaffenheit vor, was sie ebenfalls verstanden hätte. Er war völlig anders, von einem Schlag, mit dem sie noch keine Erfahrung gemacht hatte.

Als sie gänzlich nackt war und im Begriff stand, sich abzutrocknen, drehte sie sich um und fragte ihn von Angesicht zu Angesicht: »Was fasziniert Sie so an mir?« Während sie das sagte, warf sie das Handtuch über die Schulter, damit ihm kein Teil ihres Körpers entging.

Er sagte nichts, starrte nur auf einen Punkt unterhalb ihres Nabels, vielleicht auf die Stelle, wo sich ihr Schamhaar zwischen den Beinen verlor.

»Falls es Ihnen um Sex gehen sollte«, meinte sie, »so muß ich Ihnen sagen, daß ich damit nicht um mich werfe.«

»Du bist nackt, oder nicht? Und du kennst mich kaum.«

»Wenn ich so wäre, wie Sie annehmen, und ich würde Sie besser kennen«, bemerkte sie, »dann liefe es wohl eher darauf hinaus, daß ich Ihre Blicke auf mich lenken wollte.«

»Du meinst, es handelt sich nicht um eine Aufforderung.«

»Wenn Sie mich begehren, ist das Ihr Problem«, sagte sie und begann sich wieder anzuziehen. »Ich hätte mich gern ungestört umgekleidet, aber Sie haben sich ja nicht zurückgezogen.«

Er starrte sie noch einen Moment an, dann wandte er sich plötzlich ab. Er ging zu der Metalltür, öffnete sie und entfernte das Symbol des *ryu* von der Tür. Nachdem er es abgenommen hatte, bearbeitet er den roten Lack so lange, bis nichts mehr daran erinnerte, daß es sich je dort befunden hatte.

Akiko war neugierig, warum er sich solche Mühe gab, jeden Hinweis auf die Existenz des *ryu* in diesem Gebäude zu beseitigen, hüte te sich aber davor, eine entsprechende Frage zu stellen.

Nachdem sie sich fertig angezogen hatte, ergriff sie ihren Reisesack und folgte Saigo aus dem Raum. Sie sah zu, wie er ein Vorhängeschloß anbrachte und es einrasten ließ.

»Ich weiß nicht, wo ich schlafen soll«, sagte sie.

Er griff in die Tasche und gab ihr einen Schlüssel. »Ich habe noch ein freies Schlafzimmer«, sagte er. »Aber komm nicht auf die Idee, irgendwas im Haus anzufassen.« Er schrieb ihr eine Straße samt Hausnummer auf. »Warte dort auf mich«, sagte er. »Ich weiß nicht, wann ich zurück sein werde.«

*

Er öffnete die Haustür ohne jedes Geräusch. Es war spät in der Nacht. Akiko hatte geschlafen, doch sein Geist drang in ihre Träume, und sie öffnete die Augen und war sofort hellwach. Saigo stand im Schatten des Türrahmens und fragte: »Hast du geschlafen?«

Wenn er wirklich gut war, mußte er die Antwort auf diese Frage wissen, also sagte sie: »Nein. Sie wollten, daß ich auf Sie warte. Das habe ich getan.«

Er trat ins Zimmer, und wieder spürte sie den Haß in ihm toben. Sie zuckte nicht zurück und ließ auch sonst mit keinem noch so winzigen Zeichen erkennen, daß sie seine Absicht erkannte, denn dadurch hätte sie all ihre Macht über ihn verspielt. Darüber hinaus hätte es ihm Angst eingejagt, und das konnte sie sich nicht leisten.

Nachdem er sie geschlagen und so das Gefühl der Schwäche in sich gemildert hatte, sagte er: »Draußen liegt ein Paket. Hol es herein.« Seine Stimme klang vollkommen normal.

Akiko stand auf. Als sie an ihm vorbeiging, spürte sie die Trägheit seines Geistes wie eine gesättigte Schlange. Auf der Schwelle fand sie zu ihrer Überraschung ein junges Mädchen ungefähr in ihrem Alter. Zitternd lehnte es am Türrahmen. Akiko legte ihm einen Arm um die Schulter und führte es herein.

Das junge Mädchen stolperte über die Schwelle und fiel schwer gegen Akiko, die es die nächsten vier Stufen praktisch hochtragen mußte. Das Mädchen erholte sich nur langsam. Akiko betrachtete sein Gesicht im warmen Schein der Lampe.

Sie war wunderschön, aber so schwerfällig wie Saigos Geist. Die Pupillen ihrer großen Augen waren erweitert, und ihr Atem hatte einen leichten Moschusgeruch.

»Sie steht unter Drogen«, sagte Akiko.

»Stimmt«, antwortete er so unbeteiligt, als hätte sie gesagt, das

Mädchen sei Japanerin. »Leg sie schlafen. Sie schläft in deinem Zimmer.« Seine Stimme war müde.

Akiko gehorchte wortlos. Nachdem sie das Mädchen auf dem einzigen *futon* in dicke Wolldecken gehüllt hatte, kehrte sie ins Wohnzimmer zurück. Sie beobachtete Saigo. Er war auf die *tatami* gesunken, das Kinn ruhte auf seiner Brust, und sein Kopf nickte leise. Seine Augen waren nicht ganz geschlossen.

Einen Moment lang überlegte Akiko, was wohl passieren würde, wenn sie sich jetzt auf ihn stürzte, um ihn zu töten. Sie wußte, daß sie es schaffen konnte, und wenn es wirklich ihre Absicht gewesen wäre, hätte sie keinen besseren Zeitpunkt finden können. Er war mitten im *kyo*.

Aber genau in dieser Sekunde flog sein Kopf hoch, und er starrte sie an wie eine Viper, bevor sie zustößt. Sie spürte die Gefahr und verbannte sofort jeden Gedanken an einen Angriff aus ihrem Verstand. Sie kniete vor ihm nieder und legte die Hände mit den Handflächen nach oben in den Schoß. Seine Lider sanken wieder herab. Endlich war er eingeschlafen.

Die Arbeit im *dojo* war äußerst schwierig. Wo immer Akiko auftauchte, schien alles Leben stehenzubleiben. Jedermann war höflich zu ihr, aber wenn sie sich in der Nähe befand, herrschte keine Harmonie, und niemand spürte das deutlicher als sie.

Sie merkte, daß der *sensei* ihr nicht vertraute und daß ihre Mitschüler sie nicht mochten. Sie wünschten sie fort, und sie war sich dieses Wunsches bewußt. Dennoch weigerte sie sich, unter dem Druck ihrer gemeinsamen Willensanstrengung nachzugeben. Noch nie war der Verlauf ihres Lebens von Männern diktiert worden, und sie hatte nicht vor, hier eine Ausnahme zu machen.

Aber sie versuchten es, und wie! Es begann damit, daß der *sensei* sie der untersten Gruppe zuteilte, den jungen Männern, die, wie Akiko schätzte, die Schule innerhalb der ersten sechs Monate wieder verlassen mußten. Keiner war auch nur halb so weit wie sie. Doch statt zu protestieren, saß sie wie jeder Student, der neu in einem *ryu* ist, schweigend und aufmerksam im Unterricht des *sensei*, beobachtete konzentriert die Übungen und später die Vorführungen in Angriffs- und Verteidigungstechnik.

Bei alldem handelte es sich um Stoff, den sie schon vor Jahren von Sun Hsiung gelernt hatte, aber sie ließ sich nichts davon anmerken, sondern gab sich den Anschein einer lernwilligen Studentin, die etwas Neues und Kompliziertes zu begreifen versucht. Für den Augenblick reichte es ihr, den anderen zu geben, was sie von ihr erwarteten.

Als sie an der Reihe war, die theoretisch gelernten Übungen in der Praxis vorzuführen, bestimmte der *sensei* einen ihrer Mitschüler zu ihrem Partner – ein weiterer Schlag ins Gesicht, denn alle vor ihr hatten direkt mit dem *sensei* gearbeitet.

Sie erhielt eine polierte Holzstange, ungefähr halb so dick wie ein *bokken* – das hölzerne *kendo*-Übungsschwert – und dreimal so lang. Sie ließ sich auf dem glänzenden Holzboden nieder, verschmolz mit dem Material unter ihren Knien und beschloß, sich nach ihm zu richten, die Eigenschaften an den Tag zu legen, welche die Japaner an Holz am meisten schätzten: Flexibilität und Beständigkeit. Sie versenkte sich in *shinki kiitsu*, hob ihre Stange erst im denkbar letzten Augenblick und stieß den angreifenden Studenten so mit Leichtigkeit von den Beinen.

Schweigen herrschte in der Klasse. Der *sensei* ließ einen zweiten Schüler gegen sie antreten. Das Ergebnis war das gleiche, obwohl sie ihre Reaktion auf seine Attacke geringfügig variiert hatte.

Nun hetzte der *sensei* zwei Schüler gleichzeitig auf sie. Akiko kniete noch immer auf dem Boden, die Augen starr geradeaus gerichtet. Sie brauchte sich nicht umzudrehen, um zu wissen, wo der zweite Schüler war oder was er tat. *Shinki kiitsu* enthüllte ihr seine Strategie. Sie packte die Holzstange mit beiden Fäusten genau in der Mitte, denn bei dieser Verteidigung war die Balance von größter Wichtigkeit. Daß sie ihre Füße nicht benutzen konnte, war ein Nachteil, aber wenn sie ihren Oberkörper richtig einsetzte, blieb ihr immer noch genug Bewegungsfreiheit.

Sie konzentrierte sich auf die Leere und spürte den Angriff von hinten. Sie drehte sich in der Hüfte, ließ ihre rechte Schulter herabsinken und riß sie dann wieder hoch, um dem Stoß mehr Kraft und Schwung zu verleihen. Die Stange zischte durch die Luft, schmetterte gegen den Brustkasten des Gegners und warf ihn zu Boden.

Praktisch im selben Moment schwang das entgegengesetzte Ende der Stange von unten nach oben, und die abgerundete Kappe traf den zweiten Angreifer leicht an der Kehle. Mit einem verdutzten Blick landete er auf seinen vier Buchstaben.

Erst in diesem Augenblick, als sie wieder aus ihrer Konzentration auftauchte, bemerkte Akiko das Interesse, das ihre Darbietung im ganzen *dojo* erregt hatte. Was sie für einen isolierten Zwischenfall gehalten hatte, war von gut drei Vierteln des *ryu* beobachtet worden.

Doch falls sie angenommen haben sollte, daß der *sensei* ihr wenigstens jetzt die Ehre erweisen würde, gegen ihn antreten zu dürfen, so sah sie sich getäuscht. Die subtilen Demütigungen nahmen kein Ende. Der *sensei* bat sie aufzustehen. Er nahm ihr die Stange aus den Händen und führte sie über den Korridor des *dojo* zu dem Raum, in dem Saigos Klasse arbeitete. Dort ließ er sie in der Obhut eines anderen, streng blickenden *sensei* mit tiefen Pockennarben auf Wangen und Kinn zurück.

Der neue *sensei* verbeugte sich. »Willkommen«, sagte er, meinte es aber ganz und gar nicht so. Es wirkte, als wäre sie eine *gaijin* in ihrem eigenen Land.

Der *sensei* streckte seine schwielige Hand, gelb wie Talg, aus und sagte: »Bitte, nehmen Sie *kokyu suru* ein.« *Kokyu suru* war eine Angriffsstellung, hatte aber, wie die meisten japanischen Worte, noch eine andere Bedeutung, nämlich »Atmen«.

»Jin-san.«

Der Student, den er aufgerufen hatte, trat vor und verbeugte sich. »*Hai*.«

»Es hat den Anschein, daß Ofuda-san aus Versehen in die falsche Klasse geraten ist. Wir möchten nicht, daß dergleichen noch einmal geschieht. Wären Sie so freundlich, uns davon zu überzeugen, daß sie mit uns die richtige Klasse gefunden hat?« Mit diesen Worten zog er sich in den Kreis zurück, den der Rest der Schüler um Jin-san und Akiko gebildet hatte.

In diesem *dojo* verbeugte man sich nicht vor dem Kampf, wie das bei jeder anderen Form der kriegerischen Künste in Japan üblich war. Hier handelte es sich um *ninja*; der Kodex des *bushido* – das Kredo der Samurai – bedeutete ihnen nichts. Nur die Ehre zählte.

Jin-san stand Akiko gegenüber, die Beine gespreizt. Die zu Fäusten geballten Hände hielt er in Hüfthöhe vor dem Bauch, die linke über der rechten.

Er bewegte sich blitzschnell, und nur weil sie in seinem Geist lesen konnte, merkte sie, was er vorhatte, sah sie das Glitzern der *manrikigusari* – wortwörtlich »Die Kette mit der Kraft von zehntausend Männern« – in seinen Händen. Die gut sechzig Zentimeter lange Stahlkette mit den beiden stumpfen Gewichten an den Enden war eine der mörderischsten Waffen des *ninjutsu*.

Und jetzt begriff Akiko auch, was sie an seiner Stellung verwirrt hatte: es war *goho-no-kamae*, eine der Eröffnungen oder *kamae* im Kampf mit Kette und Drahtpeitsche.

Jin-san hatte die Distanz zwischen sich und ihr schon um die Hälfte verringert, die *manrikigusari* hing in einem lockeren Bogen zwischen seinen Fäusten. Sie wußte, er würde versuchen, ihr die Kette um den Hals zu schlingen, denn es war nicht nur wichtig, daß er sie besiegte, sondern auch, daß es schnell und endgültig geschah.

Jetzt nach der Kette greifen zu wollen, wäre ein Fehler gewesen, denn dann hätte er ihr eins der Gewichte gegen die Stirn geschmettert oder die Knöchel gebrochen. Aus diesem Grund ignorierte sie die Kette und neigte sich leicht nach links, nicht, wie er erwartet hatte, nach hinten. Als er nah genug war, schnellte sie seitlich auf ihn zu, stoppte ihn mitten im Angriffsschwung und riß ihn so aus seiner Konzentration. Nachdem er seinen Rhythmus verloren hatte und sein Ziel – *ekika*, ein höchst verletzlicher Punkt direkt unter den Achselhöhlen – außer Reichweite war, genügten Akiko zwei rasche Schläge, um ihn zu Boden zu werfen.

Der pockennarbige *sensei* sagte kein Wort, als Jin-san unsicher wieder aufstand und sich in den Kreis der anderen Schüler zurückzog. Aber Akiko spürte, wie die Spannung der Zuschauer sich verdichtete.

Die nächsten Minuten sollten für sie immer etwas absolut Unwirkliches haben. Unzählige Male sollte sie sich in Erinnerung rufen, wie der *sensei* sich zu seiner Klasse umdrehte und leise rief: »*Saigo-san*.«

Saigo trat vor. Nichts an ihm, kein Zögern, kein Augenkontakt, absolut nichts verriet ihr, was in ihm vorging. Aber sie wußte, daß in den nächsten Sekunden, während sie sich einander näherten, das Schicksal ihrer Beziehung, der gegenwärtigen und der zukünftigen, entschieden würde.

Mithin lag es an ihr, die Verschlingung ihrer beider *Karma* vorauszuahnen und diese Begegnung so zu gestalten, daß es ihr gelang, den tiefen Haß, der in ihm brodelte wie Lava in einem Vulkan, zu entschärfen. All das ging ihr durch den Sinn, als Saigo den inneren Kreis betrat, in dem Jin-san vor wenigen Augenblicken in die Knie gebrochen war. An seinem angespannten Gesicht konnte sie erkennen, daß er nicht beabsichtigte, sich die gleiche Schmach antun zu lassen.

Er brauchte drei Minuten, um sie zu besiegen, doch in dieser Spanne bewegten sie sich in einem zeitlosen Mikrokosmos, tauchten ein in das Wesen der Ewigkeit und erkannten einander rückhaltlos. Es gab nichts mehr, hinter dem sie sich verstecken konnten. Sie wurden vertrauter miteinander als Liebende, teilten mehr als Zwillinge. Die Leere schweißte sie aneinander, während sie blitzschnell ein strategisches Manöver nach dem anderen ausführten und gemeinsam in die dunklen Tunnels ihrer Seelen hinabstarrten.

»Ja«, sagte der pockennarbige *sensei*, ohne das geringste sichtbare Anzeichen der Enttäuschung darüber, daß auch nur einer seiner Schüler von ihr besiegt worden war. »Sie gehören hierher, Ofuda-san.«

Hinterher schlug Saiko Akiko vor, mit ihm zu Abend zu essen. Die schlummernde junge Frau, die er am Vorabend mitgebracht hatte, war inzwischen auf seinem *futon* gelandet. Akiko hatte keinen Kommentar dazu abgegeben, ebensowenig zu der Tatsache, daß ihr seltsamer Gast nie zu essen schien und tagsüber kaum jemals die Augen öffnete. Er war und blieb unter Drogeneinfluß.

Im Restaurant sprach Saigo nur wenig mit Akiko. Sie ließ die Augen schweifen und sah viele Frauen, die demselben Beruf nachgingen wie früher ihre Mutter. Natürlich standen sie auf einem anderen

Niveau, aber das Endergebnis war das gleiche. Akiko hatte ein seltsames Gefühl, während sie sie beobachtete, als wäre sie wieder im *Fuyajo* und spähte durch die Ritzen in den Schlafzimmerwänden.

Auch Ikan hatte keine Familie gehabt, keine Ahnen, denen sie zur Ehre gereichen wollte, keinen Mann, der sie beschützen und durch den sie ihr eigenes Schicksal und das ihrer Nachkommen erfüllen konnte. Sie hatte nur Akiko gehabt, und diese Verantwortung war ihr zuviel geworden. Denn wie den Frauen hier im Restaurant hatte auch ihr eine Zukunftsperspektive gefehlt, in die ein Kind hineinwachsen konnte.

»Akiko-san.«

Sie konzentrierte sich wieder auf Saigo. *»Hai?«*

»Warum hast du es nicht getan?«

Sie wußte, wovon er sprach, aber vielleicht war es besser für ihn, wenn er es in Worte faßte. »Ich weiß nicht, was Sie meinen, Saigo-san.«

Er zögerte einen Moment. »Du hättest mich heute nachmittag im *dojo* besiegen können. Trotzdem hast du es nicht getan.«

Sie schüttelte den Kopf. »Das stimmt nicht. Bitte, glauben Sie mir. Sie waren mir überlegen.«

»Mein Gefühl hat mir etwas anderes gesagt.«

Sie blickte ihm in die Augen. »Vielleicht war das nur Ihre große Sorge, Sie könnten vor Ihren Klassenkameraden besiegt werden, Saigo-san. Sie werden von dem Gedanken der Ehre beherrscht; sie ist Ihre Waffe und gleichzeitig Anlaß zu steter Furcht. In beidem sind Sie mir überlegen.«

*

Drei Wochen später gingen Akiko und Saigo im Schnee spazieren, und Akiko wußte, daß sie damals den richtigen Weg gewählt hatte.

Michi. Es war das japanische Wort für Pfad, aber es konnte auch Reise bedeuten oder sogar Pflicht, das Unbekannte, ein Fremder.

Mit vorgebeugten Schultern und in die Manteltaschen gestopften Händen marschierten sie durch den schneidenden Wind, bis sie den mächtigen Stamm eines uralten Baums erreichten und sich in seinem Schatten niederkauerten. Saigo hob den Blick und starrte unverwandt in das Gewirr der mit Eis und Schnee bedeckten Zweige über ihren Köpfen.

Akiko musterte sein stolzes Profil. In mancher Hinsicht war er ihr noch immer ein Geheimnis. Aber vermutlich war er sich selbst ein noch größeres Geheimnis, mit Ausnahme des Hasses. Die ewige Flamme seines Hasses mußte genährt und gelegentlich neu entfacht werden. Akiko argwöhnte ganz recht, daß er nur so lange leben würde, wie dieses Gefühl in ihm existierte. Es war gewissermaßen sein Grundnahrungsmittel, Muttermilch für seinen Geist.

Sie hegte kaum noch Zweifel daran, daß er durch und durch böse war. Dennoch fühlte sie sich von ihm angezogen. Trotz dieses Wissens oder gerade deswegen? Sie ängstigte sich in seiner Nähe, als könnte das Gift, das seine Seele zerfraß, ansteckend sein. Gleichzeitig verspürte sie eine deutliche Linderung der Anatomie, die ihre Seele manchmal mit der Bösartigkeit eines mörderischen Strudels quälte.

Bei Saigo hatte sie das Gefühl, endlich jemand begegnet zu sein, zu dem sie gehörte. Er hatte den wahren Geist des Außenseiters, nicht den des Ausgestoßenen. Ein Ausgestoßener besaß keinen Status, keine Würde, keine Ehre. Ikan, ihre Mutter, war eine Ausgestoßene gewesen, und ohne es richtig zu merken, hatte Akiko sich in dieselbe Rolle gefunden. Aber jetzt hatte Saigo ihr gezeigt, daß es noch einen anderen Weg gab. Ein Außenseiter nämlich besaß Status, Würde und Ehre, weil er sich selbst für diesen Weg entschieden hatte. Japans alte Tradition vom Adel des Versagens – dem Triumph der Ideale über das Geschehen – war dafür der beste Beweis.

Saigo spürte auf einmal, wie er von einem Krampf geschüttelt wurde. Groll wallte in ihm auf, gepaart mit dem flammenden Drang, Akiko zu verletzen. »Es muß endlich Schluß sein«, sagte er.

Der Wind riß ihm die Worte von den Lippen, trieb sie durch den kleinen, verschneiten Fichtenhain. Noch immer blickte er sie nicht an, aber sie spürte die Anspannung, unter der er stand.

»Du hast dich vielleicht schon gefragt, wer das Mädchen ist, das ich vor ein paar Wochen mit nach Hause gebracht habe.« Sein Kopf sank herab, bis das Kinn seine Brust berührte. »Es ist die Frau, die ich liebe.« Akiko spürte das Messer zwischen ihren Rippen, spürte, wie die Klinge sich langsam drehte, und so hatte er es sich auch gewünscht. »Ihr Name ist Yukio, und sie hat mich betrogen. Betrogen mit meinem Cousin; einem *gaijin! Iteki*!« Die letzten beiden Worte spie er geradezu aus, mit einer solchen Heftigkeit, daß Akiko ihre Augen vor der Macht seines Zorns schließen mußte.

Saigos Lippen spannten sich zu einem Lächeln, das mehr wie ein Fauchen wirkte. »Du fragst dich wahrscheinlich, wie ich zu einem *gaijin* als Cousin komme. Nun, meine Mutter, Itami, hatte einen Bruder, einen wilden und loyalen Mann mit dem Blut der Samurai in seinen Adern. Sein Name war Tsuko, und im Winter 1943 wurde ihm nach dem Tod seines Vorgesetzten das Kommando über die Garnison in Singapur übertragen. Dort diente er seinem Kaiser bis zum September 1945, als die Stadt von den vorrückenden britischen Truppen umzingelt wurde. Seine Männer, zahlenmäßig weit unterlegen, starben im Kampf für die Ehre Japans, wie es sich für echte Samurai gehört. Tsuko kam als letzter um, im Kugelhagel der *iteki*, während er mit seinem *katana* auf sie einhieb und ihnen die Köpfe von den Schultern trennte. Zum Zeitpunkt seines Todes war mein Onkel mit einer Frau von großer Schönheit, aber zweifelhafter Abkunft verheiratet, das heißt, man argwöhnte, sie könnte zumindest teilweise Chinesin sein. Sie muß Tsuko verhext haben, denn ganz offenbar ignorierte er diese Gerüchte. Ich bin ganz sicher, daß sie keine Japanerin gewesen sein kann, denn jemand, in dessen Adern *samurai*-Blut fließt, hätte den Tod seines Mannes nicht ungerächt gelassen. Doch diese Cheong besaß auch noch die Frechheit, den Mann zu heiraten, der den Angriff auf Singapur angeführt hatte. Vielleicht hat er eigenhändig eine der Kugeln abgefeuert, die meinem Onkel die tödliche Wunde beibrachten. Es war ihr egal.«

Saigo hob den Kopf. »Der Sprößling von Cheong und diesem Colonel der Barbaren heißt Nicholas Linnear.« Beim Klang des Namens spürte Akiko eine Vorahnung wie einen eiskalten Schauer. Konnte das denn die Möglichkeit sein, fragte sie sich. Konnte es sein, daß die Stürme des Lebens sie an die Seite des einzigen Menschen auf Erden geweht hatten, der ihr wirklich zu helfen vermochte? Denn es war dieser selbe Colonel Linnear gewesen, dieser *iteki*, wie Saigo ihn nannte, der so darauf gedrängt hatte, daß die sogenannten Indiskretionen ihres Vaters öffentlich angeprangert wurden, und damit die Verantwortung für seinen Tod trug. Jetzt wollte sie alles erfahren.

»Nicholas Linnear wagte es, in unser *ryu* zu kommen, Hand in Hand mit seiner Geliebten, Yukio«, fuhr Saigo fort. »Sie und ich, wir hatten uns schon geliebt, bevor er aufgetaucht war. Irgendwie muß es ihm gelungen sein, ihren Geist zu verführen, so wie seine Mutter Onkel Tsuko verhext hatte. Jetzt muß ich sie unter Drogen halten, sonst würde sie versuchen, zu fliehen und zu ihm zu eilen. Doch sie ist mein, für immer.«

»Schläfst du noch mit ihr?«

Saigos Kopf schnellte herum, und seine toten Augen starrten sie herausfordernd an. »Ich nehme sie mir, wann immer es mir gefällt.« Sein Blick verlor sich wieder im Gewirr der Zweige. »Sie hat mich betrogen; sie verdient es nicht besser.«

Akiko entsann sich seiner Worte von vor ein paar Minuten: *Es muß endlich Schluß sein.* »Und jetzt willst du sie töten.«

Saigo antwortete nicht sogleich. Dann: »Ich sehne mich nach Rache. Für meine Mutter; für mich selbst. Vor allem aber für Tsuko.«

Und sie dachte, *K'ai Ho*. Ich sehe eine Lücke; ich muß eintreten, aber vorsichtig. Sanft sagte sie: »Vor zwei Wochen bist du ganz plötzlich verschwunden. Vier Tage lang habe ich dich weder zu Hause noch im *dojo* gesehen.«

»Ich war in Tokio«, sagte er, »beim Begräbnis meines Vaters.« Er schloß die Augen. »Ich hätte dich gern mitgenommen, aber ich konnte nicht.«

Sie verbeugte sich. »Ich fühle mich geehrt.«

»Er war ein großer Mann.« Saigo schüttelte sich erneut. »Doch schließlich ist auch er von den Barbaren getötet worden ... vor allem von Colonel Linnear. Die *iteki* haben ihn aufgehängt. Inzwischen nimmt meine Rache Gestalt an. Ich habe dem Colonel ein Gift zukommen lassen, das durch die Poren der Haut eindringt und keine Spuren hinterläßt. Es wirkt nur ganz allmählich, aber die tödliche Konzentration im Körper wächst von Tag zu Tag.«

»Und dann?«

Er nickte. »Du hast recht. Yukio muß sterben. Aber davon darf mein Cousin nichts erfahren. Er muß im ungewissen bleiben ... bis die Zeit gekommen ist. Dann werde ich ihm gegenüberstehen, das Schwert in der Hand, und vor dem tödlichen Schlag werde ich ihm vom Schicksal seiner Geliebten erzählen. So werden all die unruhigen Geister, die über mir schweben und nach Vergeltung rufen, zufriedengestellt sein.«

Ohne nachzudenken streckte Akiko die Hand aus und berührte seinen Arm. Wieder schnellte sein Kopf zu ihr herum, dieselbe Herausforderung im Blick. Rasch sagte sie: »Ich möchte deine *kami* verscheuchen ... und sei's auch nur für einen Augenblick.«

Etwas in ihm schien zu schmelzen, eine Barriere brach zusammen, und der stolze Krieger stürzte in ihre Umarmung, ein Kind an trostvoller Mutterbrust.

Die Kälte war ihrem Feuer nicht abträglich, und bald schon merkte Saigo, daß die Liebe mit ihr anders war als alles zuvor. Fast jungfräulich überließ er sich ihrer Führung, und in gewisser Weise war auch er jungfräulich, denn Zärtlichkeit und Mitleid hatten sich ihm nie offenbart, Liebe niemals seinen Weg gekreuzt. *Michi*.

Ihre Brüste wölbten sich seiner Berührung entgegen, ihre erigierten Brustwarzen strahlten Erregung aus. Er wollte auf der Stelle in sie eindringen, so überwältigend war seine Leidenschaft. Doch Akiko belehrte ihn mit ihren Lippen, ihren geschickten, wissenden Händen und der Klammer ihrer zitternden Schenkel eines Besseren. Sie umfaßte den Schaft seiner Erektion so fest sie wagte, damit er nicht ejakulierte, bevor sie beide es wollten. Unterdessen liebkoste sie seine Brustwarzen mit der Zungenspitze, sein Skrotum mit dem Daumenballen und die Eichel seines Glieds mit dem weichen Fleisch ihrer Schenkel.

In diesem geschmeidigen Griff rollte sie ihn hin und her, hin und her, bis die Spannung schier unerträglich wurde, und sie sich ihrer beider erbarmte und sein Glied an ihre Vagina heranführte.

Mit einem inbrünstigen Stöhnen stieß er tief in sie hinein, bis seine schlanken Hüften mit den ihren zusammenstießen und nicht einmal eine Rasierklinge mehr zwischen ihnen Platz gefunden hätte. Seine Augen flatterten, seine Brust hob und senkte sich.

Sie ließ nicht zu, daß er sich bewegte, denn schon ein einziger heftiger Stoß konnte seine vibrierenden Gefühle zum Überlaufen bringen. Statt dessen umfaßte sie mit ihren Händen seine Hinterbacken und schmiegte sich so fest wie eben möglich an ihn. Dann begann sie, die Muskeln im Inneren ihrer Scheide zusammenzuziehen und wieder zu entspannen. Die Kontraktionen, die so erfolgten, verursachten weit weniger Reibung, als wenn er immer wieder hinaus- und hereingeglitten wäre. Er würde länger durchhalten, obwohl er schon beim Eindringen kurz vor dem Orgasmus gestanden hatte.

Akiko beobachtete Saigos Gesicht und ergötzte sich an den Freuden, die darauf geschrieben standen und die *sie* ihm spendete. Wenigstens vorübergehend war er frei von den *kami*, die ihn Tag und Nacht heimsuchten.

Der Schweiß gefror auf ihrer beider Rücken, überzog sie mit Rauhreif und verwandelte sie in Geschöpfe des ländlichen Winters. Dort, wo sie sich berührten, waren ihre Körper schlüpfrig von Feuchtigkeit, als hätte man sie mit heißem Öl übergossen.

Akikos Sicht wurde unscharf, und ihre Gedanken begannen zu wandern wie in einem Traum. Alles an ihr konzentrierte sich auf Saigo. Er sah und hörte nichts mehr. Sein harter, schlanker Körper schlug ununterbrochen in winzigen Stößen gegen ihren Unterleib. Zu beiden Seiten seines Halses traten die Sehnen wie Stränge hervor, und er knirschte mit den Zähnen, so sehr versuchte er, seine Ekstase auszudehnen. Doch es war unmöglich.

»O ja!« rief sie außer sich und grub ihm die Zähne in den Hals, als sie sich an ihre eigene Lust verlor.

Noch lange Zeit danach schien er nicht mehr er selbst zu sein. Überbleibsel dessen, was er einmal gewesen war, erhoben sich aus ihrer Umarmung wie herrlich gestaltete Ruinen auf einem blutigen Schlachtfeld.

Er fuhr fort, sich an sie zu klammern, und sein Atem brauchte lange Zeit, bis er wieder normal wurde. Selbst als die Kälte sie zwang, sich wieder anzuziehen, wollte er sich nicht von ihr lösen. Irgendwann zwischen zwei Herzschlägen begann er lautlos zu weinen.

Doch dann, allmählich, verwandelte er sich wieder in den Saigo, den sie gekannt hatte. Kurz darauf berührten sie sich nicht einmal mehr mit Schultern oder Händen. Es schien Akiko, als wäre er auf seltsame Weise peinlich berührt von dem, was sich hier ereignet hatte, so als hätte er gegen innere Gesetze verstoßen, die nur ihm bekannt waren. Sie wünschte, sagen zu können, daß er sich lediglich seiner Tränen schämte, aber sie fürchtete, es besser zu wissen. Eher bedauerte er die Tatsache, daß er gegen Gefühle und Bedürfnisse nicht immun war, ebensowenig wie jeder andere Mensch. Akiko war lange genug in seiner Umgebung gewesen, um zu begreifen, daß Saigo zwischen sich und der gesamten Menschheit eine Mauer zu errichten versucht hatte.

Wenn er überhaupt an einen Gott glaubte, dann an diese Abgetrenntheit, aus der er seine Macht bezog, so wie die meisten anderen aus der Leere. Er erlaubte ihm, alles was er tat, als notwendig und richtig zu akzeptieren. Ohne diesen Glauben wäre er sich beraubt vorgekommen gleich einem Priester ohne Buddha.

Doch daß er sich auch von ihr wieder abwandte, hatte sie tief verletzt, und sie vermochte ihre Zunge nicht im Zaum zu halten. »Unsere Vereinigung hat dir nicht gefallen, Saigo-san? Du hast keine Liebe empfunden, so wie ich?«

Sein Gesicht verzerrte sich zu einer Grimasse der Verachtung. »Liebe, pah! Das gibt es nicht!«

»Und doch hast du mir vorhin erzählt, daß du Yukio liebst«, hakte Akiko nach, obwohl eine warnende Stimme ihr riet zu schweigen.

»Was ich für Yukio empfinde, geht dich nichts an«, schnappte er. »Und was meine Worte betrifft, so habe ich ein Äquivalent für ein Gefühl benutzt, das sich jeder Beschreibung entzieht. Aber mit Sicherheit ist es keine Liebe.«

»Und für mich?« Sie wußte, daß sie diese Frage besser nicht gestellt hätte, aber ihr blieb einfach keine andere Wahl. »Was empfindest du für mich, Saigo-san? Ist das mit Worten ebenfalls nicht zu beschreiben?«

»Fragen, Fragen und noch mehr Fragen. Warum können Frauen nichts anderes, als dauernd Fragen stellen?« Mit einem leichten Taumeln kam er auf die Füße. Der Atem bildete eine weiße Wolke vor seinen Lippen. Jetzt war er wieder ganz Mann und Krieger. »Ich finde Fragen unerträglich, Akiko-san. Das ist dir bekannt, und dennoch beharrst du darauf, sie zu stellen.«

»Ich bin nur ein schwacher Mensch«, sagte sie traurig. »Ganz anders als du, *oyabun*.«

Er ließ ein tiefes, gutturales Lachen erklingen. »*Oyabun*, wie? Das gefällt mir, Akiko-san, sehr gut. Du siehst mich also als deinen Mentor, deinen Lehnsherrn. Also, du weißt wirklich, wie man mich bei Laune hält.«

Doch auf einmal hatte er das Gefühl, daß die eigentlich als unverrückbar gedachten Bestandteile seines Wesens sich zu verlagern begannen. Während er auf Akiko hinabsah, wurde ihm klar, daß er Yukio tatsächlich nie geliebt hatte, ja, nicht einmal auf den Gedanken gekommen war, Liebe könnte genausogut warm sein statt kalt.

Akiko gegenüber verspürte er keinen Zorn; ihre Gesellschaft vermittelte ihm fast Behagen.

Der Himmel hatte sich verdunkelt. Regenwolken waren aufgezogen, die aber auch Schnee enthalten konnten, je nach Laune der Lufttemperatur. Verfrühtes Zwielicht breitete sich aus, purpurfarben wie eine frische Prellung.

»Ein Sturm zieht auf«, sagte er. »Zeit zu gehen.« Er wollte seine Augen von Akiko lösen, doch er war wie ein Kind, das seinen Appetit auf Süßigkeiten entdeckt hat; einmal im Geschäft, fiel es ihm schwer, sich wieder loszureißen.

Gleichzeitig aber verspürte er den Drang, das Band, das sich zwischen ihnen gebildet hatte, zu zerstören, ehe es zu spät war. Er setzte sich in Bewegung, ging fort, als hätte er ihre Existenz vergessen. Als Akiko aufstand, um ihm zu folgen, bemerkte sie, daß irgend etwas seine Aufmerksamkeit erregt haben mußte. Er verließ den Weg und verschwand zwischen den Fichten zu seiner Linken.

Gleich darauf war er wieder zurück. In der rechten Hand hielt er einen quietschenden, grauen Pelzball.

»Akiko-san, schau mal, was ich gefunden habe! Einen Wölfling!«

Lächelnd lief Akiko zu ihm. Einen Moment lang wirkte er glücklich und sorglos wie ein kleiner Junge. Es tat so gut, einen solchen Funken in ihm zu entdecken. Wenn sich dieser Moment nur ausdehnen ließe.

Plötzlich sah sie etwas Schwarzes durch die Luft auf ihn zuschießen. Sie öffnete den Mund, um zu schreien, ihn zu warnen, doch es war bereits zu spät. Fauchend hatte sich das riesige schwarze Ding auf Saigo gestürzt. Unter der Wucht des Aufpralls geriet er ins Taumeln und stürzte. Das Wolfsjunge entglitt seinen Händen, doch die Mutter ließ nicht von ihm ab, attackierte ihn mit gnadenloser Wildheit.

Akiko begann zu rennen. Als sie den Ort des Kampfes erreichte, versuchte sie, das Tier am Hals zu packen und von Saigo herunterzuziehen. Doch Saigo mußte mit dem Rücken auf einer Eisplatte gelegen haben, denn er drehte sich unter ihr und stürzte mitsamt der Wölfin gut zehn Meter die Böschung zum Flußufer hinab.

Akiko lief zum Rand der Böschung und sah, wie sich Saigo mit schmerzverzerrtem Gesicht zusammenkrümmte. Dann rutschte und stolperte sie selbst zum Flußufer hinunter. Sie landete auf dem Gesäß, holte aus und trat dem Wolf mit der Stiefelspitze gegen die Schnauze.

Winselnd machte das Tier einen Satz, und als es wieder landete, drehte es sich um und hetzte die Böschung hinauf, wo sein Junges verloren zwischen den dicht stehenden Kiefern umherirrte.

Akiko kniete neben Saigo nieder. Sein Gesicht, die Schultern und

Oberarme waren völlig zerkratzt. Auf den Unterarmen hatten die Zähne der Wölfin ihre Spuren hinterlassen. All diese Verletzungen waren indes unbedeutend. Doch sein Rückgrat wies eine unnatürliche Verkrümmung auf, und seine rollenden, vergrößerten Pupillen ließen erkennen, daß er große Schmerzen litt.

Mit äußerster Sorgfalt drehte Akiko ihn auf den Bauch. Sie hatte sofort begriffen, daß er sich beim Sturz an einem der über die Böschung verstreuten Felsen die Wirbelsäule verletzt haben mußte.

Sacht strich sie mit den Fingerspitzen über die unebenen, hervortretenden Knorpel in der Rückenmitte. Mindestens drei, wenn nicht vier Wirbel waren beschädigt.

Sie holte tief Luft. Sun Hsiung war unter anderem auch ein *koppo sensei* gewesen, das hieß, mit nur zwei Fingern vermochte er jeden Knochen im Körper seines Feindes zu brechen. Meistens wurde *koppo* zu diesem Zweck ausgeübt, aber Sun Hsiung hatte ihr auch einen zweiten Aspekt gezeigt: *katsu*, womit die Behebung kleinerer körperlicher Schäden bezeichnet wurde. Einmal hatte sie zugesehen, wie er *seikotsu* praktizierte, das *katsu* verwandt war, und ihn gebeten, sie mit dieser etwas esoterischeren und schwierigeren Kunst, Knorpel und Wirbel wieder zurechtzurücken, vertraut zu machen.

Sie atmete langsamer, denn sie wußte, daß Saigo möglicherweise sein Leben lang zumindest teilweise gelähmt bleiben würde, wenn sie versagte. Für einen Mann wie ihn kam das einem Todesurteil gleich. Aber was wäre die Alternative gewesen? Sie konnte ihn nicht bewegen. Sie konnte ihn auch nicht hier liegenlassen und ein Telefon suchen gehen, denn er stand bereits unter Schock und war in Ohnmacht gefallen. Sie konnte ihn nicht einmal um Erlaubnis bitten, und wenn sie nicht rasch handelte, würde die Kälte seine natürlichen Abwehrkräfte zerstören und ihn töten.

Ohne länger nachzudenken, verdrängte sie ihre Befürchtungen und begab sich an die Arbeit. Gut zwanzig Minuten lang behandelte sie seinen Körper mit Fingern und Knöcheln, kleinen Schlägen, Stößen und Rucken. Wie sie schon vermutet hatte, war auch ein vierter Wirbel unterhalb der anderen drei betroffen. Sie hatte keine Ahnung, ob sie hier mit *saikotsu aiki* weiterkommen würde. Sollte sie fortfahren oder nicht?

Sie schloß die Augen, verbannte alle bewußten Gedanken aus ihrem Kopf und suchte die Leere. Nun wurde sie nur noch von Instinkten und einem Gefühl kosmischer Harmonie geleitet. Sie legte beide Daumen auf die lebenswichtigen Punkte zu beiden Seiten des vierten Wirbels und drückte gleichzeitig nach innen und zur Seite. Es gab ein Geräusch wie von einem Korken, der aus einer Flasche gezogen wird, und sie dankte Buddha für seine Hilfe.

Eine Zeitlang kniete sie einfach nur neben Saigo, erschöpft und erleichtert, und ihr heißer Atem taute den Reif, der sich auf seinem Rücken gebildet hatte.

Dann nahm sie alle Kraft zusammen, lud sich den immer noch Bewußtlosen auf die Schultern und verteilte sein Gewicht möglichst gleichmäßig auf beide Seiten. Ähnlich einem Gewichtheber stemmte sie sich und ihre Last in die Höhe und trat den Heimweg an.

*

»Und so bist du also hierher gekommen«, sagte Kyoki.

Akiko nickte. »Es war Saigo, der mir von Ihnen erzählt hat; er hat mir vorgeschlagen, Aufnahme zu suchen, wo ihm keine gewährt wurde.«

»Ich finde das anmaßend und vermessen von ihm«, sagte er. »Aber kaum überraschend. Er hatte nicht das Format dafür, hierzubleiben. Ich glaube nicht, daß er dafür geschaffen ist, überhaupt irgendwo länger zu bleiben.«

Diese Worte erfüllten Akiko mit Bitterkeit, denn sie wußte, daß Saigo mit Absicht den Weg für sie bereitet hatte, der ihm selbst zwar vorherbestimmt, aber von einer ungnädigen Macht verweigert worden war.

Kyoki unterbrach ihren Gedankengang. »Was suchst du hier, Akiko? Was glaubst du, nur von mir und niemandem anderen lernen zu können?«

»Ich möchte lernen, wie ich meine Absichten verbergen kann«, sagte sie. »Wie ich vollkommenes *wa* ausstrahle, auch wenn ich kurz davorstehe, über meinen Gegner herzufallen.«

Kyoki schenkte sich und ihr Tee nach und nahm einen Schluck. Sie saßen einander im Lotussitz auf dem Steinfliesenboden gegenüber. Das Schloß, in dem sie sich befanden, war in der ersten Dekade des 17. Jahrhunderts von Ieyasu Tokugawa für eine Frau von halb portugiesischer und halb japanischer Abstammung erbaut worden. Vor dem Fenster spielte ein Mann mit einem Schilfhut auf dem Kopf eindringliche Weisen auf einer Bambusflöte.

»Sag mir«, sagte Kyoki nach einiger Zeit, »wie kommt es, daß ein junges Mädchen wie du so viele Feinde hat?«

Sie hatte keine andere Wahl, als ihm ihre ganze Geschichte zu erzählen: von Ikan und dem *Fuyajo*, von Shimada, ihrem Vater, und jenen, die ihm das *wakizashi* in die Hand gedrückt und in zwei mächtigen, tödlichen Stößen in seinen Unterleib getrieben hatten, um solcherart sein *hara* zu zerstören. Sein Leben. *Seppuku*.

Kyoki schloß die Augen, um nachzudenken. Dabei fächelte er sich mit einem Fächer Luft zu. Akiko fand seine Bewegungen weibisch und ungraziös. Er blickte sie durchbohrend an. »Gefällt dir die Art, wie ich meinen Fächer benütze, nicht, Akiko-san?«

Sie unterdrückte den Drang zu lügen, denn genau davor hatte Saigo sie gewarnt. *Kyoki-san merkt es sofort,* hatte er ihr erklärt, *und wird dich umgehend auffordern zu gehen.*

Der Wahrheit aber schämte Akiko sich, und sie spürte, wie sie errötete. »Der Fächer scheint zu einem großen Krieger wie Ihnen nicht zu passen.«

»Zu dir denn?«

»Ich bin kein großer Krieger, *sensei.*«

»Aber du möchtest einer werden.«

»*Hai.*«

»Und dann wirst du Fächer verschmähen?«

»Als Frau –«

Mit offenem Mund sah sie zu, wie der Fächer durch die Luft zischte und genau in der Mitte einer Holztruhe auf der anderen Seite des Raums steckenblieb.

»Nicht als Frau«, sagte Kyoki, »sondern als Krieger.« Gleichgültig nahm er einen weiteren Schluck Tee. »Bitte, hol mir meine Waffe«, sagte er, nachdem er die Porzellanschale abgestellt hatte.

Akiko erhob sich und trat an die Truhe. Als sie die Hand ausstreckte, um den wie ein Speer im Holz steckenden und gleich einer Hand Buddhas gespreizten Fächer herauszuziehen, sagte Kyoki: »Das ist kein *ogi*, kein simpler Fächer, den du da aus meiner Truhe ziehst, Akiko-san, sondern ein *gunsen*, eine Waffe der Schlacht.«

Während sie ihm den Fächer brachte, fuhr er fort: »Alle zehn Rippen sind aus handgeschmiedetem Stahl, der Fächer selbst besteht aus Stahlgeflecht, das durch Haut, Fleisch und Blutgefäße dringen kann wie durch Butter... sogar durch Knochen, wenn er richtig geführt wird.«

Jetzt flatterte der *gunsen* wieder in seiner Hand, ein gelehriger Schmetterling, zurückgekehrt zu seiner Puppe.

»Dein Zimmer ist im zweiten Stock«, sagte Kyoki, »direkt unter meinem.«

*

»Ich habe keine Eltern; Himmel und Erde sollen meine Eltern werden. Ich habe kein Heim; *saika tanden* soll mein Heim werden. Ich habe keinen Körper; Stoizismus soll mein Körper werden. Ich habe keine Augen; der Flammenspeer des Blitzes soll meine Augen werden. Ich habe keine Strategie; *sakkatsu jizai** soll meine Strategie werden. Ich habe Pläne; *kisan*** soll meinen Plänen entspre-

---

* Die Freiheit, Leben zu vernichten oder zu schenken.

** Die Gelegenheit beim Schopf fassen.

chen. Ich habe keine Prinzipien; *rinkiohen** soll meinen Prinzipien entsprechen.«

Akiko kniete allein im Raum Aller Schatten vor einer doppelten Reihe von Joss-Stäbchen und langen weißen Wachskerzen. Der Duft der brennenden Dochte erfüllte die Kammer. Die Atmosphäre schien ihre Gebete aufzunehmen, als lauschte sie ihnen.

Kyokis Schloß lag etwa hundertdreißig Kilometer von Tokio entfernt, fast genau im Mittelpunkt von Honshu, der größten japanischen Insel. Zur einen Seite des Schlosses erhob sich der Asama-yama, ein aktiver Vulkan, dessen obere Hänge bei gelegentlichen Eruptionen immer mit glühender Lava überflutet wurden.

Auf der gegenüberliegenden Seite erstreckte sich Onioshi-dashi, eine schwarze, vulkanische Landschaft, zutreffend benannt nach dem großen Aufbäumen der Erde im Jahr 1783: »Des Teufels Auswurf.«

Rings um das Schloß erstreckten sich die Landhäuser und Parkanlagen der Reichen, aber keine davon in Sichtweite des Schlosses, das Kyoki kurz nach seiner Ankunft hier auf den Namen *Yami Doko* oder ›Mühle in der Dunkelheit‹ getauft hatte.

Akiko wußte nichts über Herkunft oder Hintergrund ihres *sensei*, außer daß er seinem Gesichtsschnitt nach wenigstens zum Teil Mongole sein mußte. Sie arbeiteten nach einem minutiös ausgeklügelten Zeitplan, der auch nicht die kleinste Abweichung gestattete, was in direktem Widerspruch zu ihren zwei Jahren im *ryu* von Kumamoto stand. Jede Sekunde von Akikos Zeit in Asama war verplant und rechenschaftspflichtig. Ein weißer Fleck war Grund und Anlaß für eine Bestrafung. Entschuldigungen gleich welcher Art wurden nicht toleriert, ebensowenig Krankheiten, die Kyoki mit verschiedenen Naturölumschlägen und Kräuterpackungen behandelte. Er war ein begabter *yogen* – Chemiker –, und Akiko, die ohnehin nur selten krank wurde, fand sich meistens schon zehn Stunden später wieder bei bester Gesundheit. Doch auch in diesem Zeitraum ging der Unterricht – selbst wenn er aus den anstrengendsten körperlichen Übungen bestand – ohne Unterbrechung weiter.

Immer wieder lebten sie wochenlang in der Wildnis, fern von den Mauern des Schlosses, nicht selten bei widrigster Witterung – mitten im Winter oder während der späten Sommer- und frühen Herbstmonate, wenn Taifune den Süden der Insel peitschten und schneidende Windstöße ins Landesinnere schickten gleich den Klauenschlägen eines bösartigen Drachens.

Dies geschah mit Absicht, auf daß Akiko die Elemente zu nutzen

---

* Die Fähigkeit, sich jederzeit an alle denkbaren Gegebenheiten anpassen zu können.

lerne. Sie lebten in Bäumen, im Gebüsch oder in Höhlen, verbrachten Stunden in eiskaltem Wasser oder an einer Steilwand hängend, ohne sich zu bewegen.

Eines Abends, vielleicht anderthalb Jahre nachdem sie im Schloß eingetroffen war, bestellte Kyoki sie in einen Raum, den sie noch nie vorher gesehen hatte. Er war riesig und hatte eine gewölbte Decke, so hoch, daß ihr oberster Punkt sich im Dämmerlicht verlor. Geteilt wurde der Raum von einem seltsam aussehenden Türrahmen, der beinahe kreisrund war und Ähnlichkeit mit einem chinesischen Mondtor besaß.

Auf dem Boden lagen *tatami*, die ersten, die Akiko auf *Yami Doko* gesehen hatte. Kyoki kniete jenseits des Mondtors auf einer dieser *tatami* nieder. Vor ihm standen ein lackiertes Teeservice und ein Teller mit Reisküchlein.

Akiko verbeugte sich tief, zog ihre Stiefel aus und kniete ihm gegenüber nieder. Das Mondtor erhob sich zwischen ihnen und über ihren Köpfen, die Trennungslinie zwischen *sensei* und Schüler.

Im ganzen Raum herrschte eine feierliche Stille. Akiko suchte, wie Kyoki es sie gelehrt hatte, doch sie fand nur die Harmonie seines *wa*. Sie sah zu, wie er den grünen Tee bereitete, fasziniert von seinen Bewegungen, fast gebannt. Sie fühlte sich ausgeglichen und ruhig, von Frieden erfüllt.

Kyoki legte den Fächer aus der Hand und versetzte der Schale eine halbe Drehung, damit sie hineinschauen konnte. Er verbeugte sich tief vor Akiko, und sie tat es ihm gleich. Ihre Stirn berührte die *tatami* auf der anderen Seite des Türrahmens.

Ein Flüstern, wie von Seide auf Fleisch oder...

Sie fuhr zusammen, Adrenalin schäumte in ihre Adern. Sie stürzte sich mit eingezogenem Kopf vorwärts, rollte wie ein Ball über die *tatami*. Hinter ihr schoß eine Metallklinge vom höchsten Punkt des Mondtors herab und bohrte sich in die Binsenmatte, genau an der Stelle, an der sich noch vor einem Sekundenbruchteil Akikos Nakken befunden hatte.

Akiko erhob sich und starrte mit entsetzten Augen auf ihren *sensei*, der in aller Ruhe seinen Tee schlürfte.

»Wie?« fragte sie verwundert. »Ich habe nicht einmal die leiseste Veränderung Ihres *wa* verspürt. Da war nichts... absolut nichts.«

»Deswegen bist du ja hier«, sagte Kyoki schlicht. »*Jaho* verbirgt mein *wa*.«

»*Jaho?*« echote Akiko. »Zauberei?«

Der *sensei* zuckte mit den Schultern. »Du kannst es nennen, wie du willst. Es hat viele Namen. Welchen du benutzt, ist unwichtig.«

»Es existiert also tatsächlich.«

»Hast du gemerkt, was ich vorhatte?«

»Ich hätte sterben können. Hätten Sie das wirklich zugelassen?«

»Sobald die Klinge fällt, habe ich keine Kontrolle mehr über sie«, sagte er. »Wie stets, warst du auch hier Herr deines Geschicks. Ich freue mich, dich noch am Leben zu sehen. Außer dir haben auch noch andere Frauen versucht, diesen Test zu bestehen, aber keiner ist es gelungen. Vielleicht wirst du jetzt die erste Miko.« Er stand auf und streckte die rechte Hand aus, die Handfläche nach oben gekehrt. »Komm. Es ist Zeit, daß wir mit deiner wirklichen Erziehung beginnen.«

*

Er war ein Gesicht im Regen. Sie sah ihn und sah ihn nicht. Er stand neben ihr und stand nicht neben ihr. Flink wie ein *kami* flackerte er einmal auf, ein grelles Licht, dann war er verschwunden.

Obwohl sie Jahre bei ihm verbracht hatte, obwohl er den Schlüssel zu ihrer Welt besessen und an sie weitergereicht hatte, kam eine Zeit, da sie sich zu fragen begann, ob sie je auf *Yami Doko* gewesen war.

Die Schweizer Alpen erhoben sich rings um das weitläufige Chalet, in dem sie eingehüllt in weiße Bandagen lag. Sie konnte nicht sehen, und die meiste Zeit über gab es nichts von Interesse zu hören. Kyoki wurde von einer Erinnerung zu einem Traum, so gegenstandslos wie Rauch, der aus einem Wald aufsteigt. Nicht hingegen das, was sie von ihm gelernt hatte.

Jeden Tag rollten weißgekleidete Schwestern sie für genau vierzig Minuten hinaus in den Sonnenschein. In mancher Hinsicht waren die Schweizer so genau wie die Japaner.

Sie erinnerte sich an den Moment, in dem der wilde Eber aus dem Unterholz brach und sich auf sie stürzte. Sie hatte sich nicht vom Fleck gerührt. Ihr Geist war glatt wie ein unberührter See. Als der Eber ganz nah war, öffnete sie den Mund und stieß einen Schrei aus, der den Namen *toate-no-ate* hatte, der Schlag aus der Ferne.

Der Eber gab ein schrilles Quietschen von sich, das sofort abbrach, als hätte sich eine mächtige Faust um seine Kehle geschlossen. Er wurde durch die Luft gewirbelt, stürzte schwer auf die Seite und lag still, bis sie, wie Kyoki es ihr beigebracht hatte, aufhörte zu schreien.

Sie hatte alles gelernt, und doch sehnte sie sich nach weiteren Unterrichtsstunden, so wie sich ein junger Mann nach Sex sehnt, danach fiebert, davon träumt und schließlich davon besessen wird.

Ihrer Beziehung war eine Keuschheit zu eigen, an die sie sich aus keiner anderen mit einem Mann erinnern konnte. Er war kein Heiliger; aber sie begehrte ihn nicht. Sie gelüstete mehr nach dem, was er besaß. Er hatte *jaho*, und danach sehnte sie sich, bis der Zauberer ihr Geliebter wurde.

Sie entsann sich ihrer Trennung. Sieben Jahre war sie bei ihm gewesen, und das besaß für sie beide einige Bedeutung, da es sich um eine magische Zahl handelte. Dennoch war es an der Zeit, in die Welt zurückzukehren und sich zu rächen.

Ein Gesicht im Regen.

Als sie dem Schloß den Rücken kehrte, rechnete sie halb und halb damit, daß es sich hinter ihrem Rücken in eine Ruine verwandeln könnte, versunken unter plötzlich aus dem Nichts emporgeschossenem Blattwerk. Regen trommelte auf ihre Schultern, Kaninchen flohen vor ihren Schritten, und hoch oben in der Luft zog ein einsamer Falke seine Bahn.

Als erstes versuchte Akiko, mit Saigo Kontakt aufzunehmen, mußte aber erfahren, daß er nicht mehr in Kumamoto war. Also suchte sie am Stadtrand von Tokio nach ihm, wo, wie er ihr einmal erzählt hatte, seine Familie lebte. Sie entsann sich noch gut des Schmerzes auf seinem Gesicht, als die Rede auf den Tod seines Vaters gekommen war. Doch nichts hatte sie auf das prunkvolle Anwesen vorbereitet, dem sie sich jetzt gegenübersah. Es war riesig. Noch erstaunlicher fand sie, daß die ›Familie‹, die dieses verschwenderisch ausgestattete Haus bewohnte, lediglich aus Saigos Mutter und einem Dutzend Dienstboten bestand. Keine Brüder, keine Schwestern, keine sonstigen Angehörigen.

Saigos Mutter war eine winzige Frau mit zarten Knochen und dem befehlsgewohnten Gesicht einer Samurai-Frau. Tradition bedeutete ihr alles.

Als willkommener Gast wurde Akiko an der Tür von einer Dienerin empfangen und zu einem Raum geleitet, wo eine andere Dienerin ihre Reisetaschen auspackte, während eine dritte sie ins Bad brachte. Anschließend wurde ihr eine Mahlzeit serviert, die aus gebratener Flunderflosse in Sojasauce, einem herrlichen kalten Seegrassalat, Hühnchen-*yakitori*, Reis und einem ihr unbekannten blaßgoldenen Tee bestand.

Inzwischen war es Abend geworden. Als sie fertig gegessen hatte, erschien eine vierte Dienerin und führte sie in ihre Zimmer, wo das Lager schon zum Schlafen vorbereitet war. So verbrachte sie ihre ersten sechzehn Stunden in diesem Haus, ohne ihre Gastgeberin auch nur zu Gesicht zu bekommen.

Am nächsten Morgen stand Akiko auf und zog ihren besten Kimono an, der, wie sie traurig vor dem Spiegel feststellte, leider ganz und gar nicht zu dem Reichtum um sie herum paßte. Das Leben hatte ihr bis dato nicht viel Zeit für die schönen Dinge gelassen, die es manchmal mit sich brachte, eine Frau zu sein. Nachdem die junge Frau, die sie anderntags an der Tür empfangen hatte, ihr beim Schminken und Kämmen zur Hand gegangen war, führte sie Akiko zu Itami, Saigos Mutter, in das Sechzehn-*tatami*-Zimmer.

Zwischen ihnen stand ein Teeservice von edelster Qualität aus durchscheinendem Porzellan, so dünn wie Haut. Die Teezeremonie mit ihrem ausgeklügelten, oft verwirrenden Zeremoniell diente zwei Zielen. Zum einen milderte sie die Spannung, die unvermeidlich war, wenn zwei Fremde sich zum erstenmal begegneten. Zum anderen diente sie der Kunst des Zen, ein Höchstmaß an Harmonie herzustellen.

Am Ende der Zeremonie waren sie zwar noch nicht direkt Freunde, aber auch keine Fremden mehr.

»Ich freue mich, daß Sie gekommen sind«, verkündete Itami. »Mein Sohn hat oft von Ihnen gesprochen.« Akiko spürte, daß sie zu diesem Punkt gern noch mehr gesagt hätte.

»Leider ist Saigo im Moment nicht hier«, fuhr Itami fort, »doch wir erwarten ihn in etwa einer Woche. Sie werden natürlich bis dahin bei uns bleiben.«

»Ich kann Ihre Gastfreundschaft auf keinen Fall so lange in Anspruch nehmen«, entgegnete Akiko. »Aber ich danke Ihnen für das großzügige Angebot.«

»Ein Angebot ist nichts, solange es nicht angenommen wird. Bitte, erweisen Sie mir die Ehre, mein Gast zu sein.«

»Wenn Sie es wünschen, natürlich gern. Ich habe noch nie ein so schönes Haus gesehen. Ich finde es aufregend hierzusein.«

»Nun übertreiben Sie aber«, sagte Itami, doch Akiko konnte sehen, daß sie sich geschmeichelt fühlte.

Spät am Nachmittag des nächsten Tages sagte Itami: »Heute ist alles so anders. Die Zeit, da man sicher sein konnte, daß in Japan alles beim alten bleibt, ist vorüber und wird nie zurückkehren.«

Schweigend gingen die beiden Frauen Seite an Seite durch einen Zitronenhain. Itami blieb stehen, um eine Eidechse zu betrachten, die sich auf einem Stein sonnte. »Mein Sohn hat angerufen«, sagte sie. »Er kommt schon morgen. Vielleicht wäre es gut, wenn Sie in aller Frühe abreisen würden.«

Akiko studierte das Gesagte wie ein Archäologe eine Scherbe, die sich als wichtiger Fund entpuppen könnte. »Saigo bedeutet mir viel«, sagte sie. »Sehr viel.«

»Ja«, sagte Itami, »das weiß ich. Trotzdem halte ich es für das Beste, wenn Sie bei seiner Ankunft nicht hier sind.«

»Aber warum, Itami-san?«

Die ältere Frau hob den Blick und sah Akiko in die Augen. »Mein Sohn ist böse, Akiko-san. Manchmal glaube ich, daß Yukios früher Tod keine Tragödie, sondern ein Segen war. Ich wollte nicht, daß sie etwas mit meinem Sohn hatte. Als sie Nicholas Linnear traf, hoffte ich, daß die Beziehung zu Saigo damit zu Ende wäre. Aber wie Sie ist auch Yukio zu Saigo zurückgekehrt. Ich möchte nicht zweimal Zeuge desselben Fehlers werden.«

»Fürchten Sie um mein Leben, Itami-san?«

Itami senkte den Blick nicht. »Nein, Akiko-san. Ich fürchte um Ihre Seele. Mein Sohn ist wie eine bittere Frucht. Mit seinen Gedanken vergiftet er alles in seiner Umgebung, und es ist besser, man hält sich von ihm fern, wenn man nicht selbst vergiftet werden will.«

»Bis jetzt hat es mir noch nicht geschadet«, sagte Akiko leichthin.

»Es wäre ein Fehler, das Ganze ins Lächerliche zu ziehen, meine Liebe.« Itami setzte sich wieder in Bewegung. »Wenn Sie beschließen sollten hierzubleiben, werde ich Sie nicht daran hindern. Ich habe noch nie irgend jemand an irgend etwas gehindert, weder meinen Mann noch meinen Sohn, nicht einmal meine Schwägerin. Auch über Sie habe ich nicht die Macht, derer es dazu bedürfte. Trotzdem kommt mein Rat von Herzen, und ich bitte Sie, ihn wenigstens zu erwägen.«

Schweigen senkte sich über sie, bis Akiko entschlossen sagte: »Itami-san, ich möchte ihn wenigstens sehen.«

Der Kopf der älteren Frau sank herab. »Natürlich wollen Sie das.«

Bei der Hochzeit waren sie nur zu viert: Saigo und Akiko, Itami und der Shinto-Priester, der die Zeremonie abhielt. Das Ereignis fand im nördlichen Garten des Anwesens statt, zwischen stark duftenden Rosen und Zitronenbäumen. Der Tag war hell und klar wie Kristall. Die Sonne wärmte sie gleich einer segnenden Hand.

Dann nahm Saigo sie mit auf die andere Seite der Stadt, und sie sah Itami nur noch unregelmäßig. An der Beerdigung konnte sie nicht teilnehmen, als seine Leiche aus Amerika zurückkehrte, in einem versiegelten Sarg, den Itami nicht zu öffnen wagte, nachdem sie gehört hatte, wie Saigo ums Leben gekommen war. Aber Itami schrieb ihr, daß sie ihn so tief wie nur eben möglich begraben habe, neben seinem Vater, der ihn auf eine ihr unmögliche Weise geliebt und sein Wesen auf eine Art beeinflußt hatte, die sie ihm nie würde vergeben können.

Was Akiko betraf, so war es keine Frage, daß sie tun würde, worum Saigo sie vor seiner Abreise nach Amerika gebeten hatte. Selbst wenn er nicht mit ihr darüber gesprochen hätte, wäre ihr klar gewesen, worin ihre Pflicht bestand.

»Ich weiß auch schon, wie ich es tun werde«, hatte sie ihm triumphierend am Vorabend ihres achten Hochzeitstags gesagt. »Es bedeutet, daß ich mich verändern muß. Vollkommen verändern.« Und sie hatte ihm ein Foto vor Augen gehalten, das er lange Zeit wortlos betrachtete. Schließlich sagte er, nachdem seine Augen ein paarmal zwischen ihrem Gesicht und dem Foto hin- und hergewandert waren: »Es wird ihn vernichten, für immer und alle Zeit. Sollte ich nicht zurückkommen.« Sein Gesicht legte sich in Falten. »Aber natürlich werde ich zurückkommen.«

Akiko wußte es besser. Saigo war schon tot, als er den Fuß an Bord des JAL-Jets setzte, der ihn zu seiner letzten Konfrontation mit seinem Cousin, Nicholas Linnear, nach Amerika bringen sollte. Doch dieses Wissen gestattete ihr nicht, ihn aufzuhalten oder ihm auch nur eine Ahnung seines Schicksals zu vermitteln. Er war ein Krieger, für den es eine weit größere Niederlage bedeutet hätte, um die Schlacht betrogen zu werden.

Als sie die Nachricht erfuhr, hielt sie sich bereits seit fünf Wochen in der Schweiz auf. Sie trauerte, während sie schon die Einzelheiten der Rache ausarbeitete, die er sich gewünscht hätte.

*

Jeden Tag vor dem Mittagessen wurde Akiko in den Gymnastiksaal geführt, wo sie neunzig Minuten wie eine Besessene daran arbeitete, ihren herrlichen Körper in Schuß zu halten. Weitere neunzig Minuten folgten am Nachmittag. Sie setzte alles auf die Karte physischer Fitneß, denn sie wußte, daß sie verloren war, wenn die Ärzte versagt hatten. Die Zweifel ließen ihr keine Ruhe. Was war wenn...? Was war wenn...? Was war wenn...?

Jetzt, da Saigo nicht mehr lebte, blieben ihr nur noch die Erkenntnisse, die Sun Hsiung und Kyoki ihr vermittelt hatten. Und endlich kam der Morgen, an dem die Dunkelheit sich zu lichten begann. Aus Schwarz wurde Graphit, Schiefer verwandelte sich in Hellgrau, während die Verbände Schicht um Schicht abgenommen wurden. Nur eine kleine Lampe brannte im Zimmer, um ihre Augen zu schonen, die sechs Wochen lang kein Licht gesehen hatten. Dennoch schmerzte die Helligkeit, und sie blinzelte heftig.

Jemand drückte ihr einen Spiegel in die Hand. Und was sie darin sah, war kein Gesicht im Regen, sondern die erste Blüte ihrer Rache.

Das Gesicht, das ihr aus dem Spiegel entgegenstarrte, gehörte einer wiederauferstandenen Toten.

Yukio.

Fünftes Buch

巫女

DIE MIKO

(1. Eine Hexe)
(2. Eine jungfräuliche Tempeldienerin)

New York City/Hongkong/Hokkaido/ Washington/Tokio

Frühling, Gegenwart

»Hallo, Matty?«

»Wer spricht da?«

»Croaker, Detective Lieutenant. NYPD.«

»Nee, der ist schon 'ne ganze Weile tot.«

»Dann sprichst du eben mit seiner Leiche. Auf alle Fälle ist heute dein Glückstag, Matty.«

»Wer sind Sie, und was wollen Sie, Mister?«

»Matty, ich habe die Lady, über die wir uns letztes Jahr unterhalten haben. Erinnerst du dich noch an unser Gespräch? Alix Logan. Key West.«

»Ich habe nicht den leisesten –«

»Du sagtest, die Sache wäre heißer geworden als Luzifers Arsch.« Am anderen Ende der Leitung wurde scharf eingeatmet. »Himmel, Arsch und Zwirn, Sie sind's tatsächlich, Lieutenant! Sie sind ja gar nicht tot. Also hat's doch was genützt, daß ich eine Kerze für Sie angezündet habe.«

»Ja, und ich weiß das zu schätzen, Matty. Wirklich.«

»Wo, zum Teufel, sind Sie, Lieutenant?«

»Informationen, Matty«, sagte Croaker in den Hörer. »Ich brauche Informationen, und zwar so dringend wie ein Junkie seinen Fix. Wenn du mir noch einmal hilfst, sind wir quitt.«

Matty das Maul, Croakers bevorzugter Spitzel, überlegte einen Moment. »Ich könnte dabei draufgehen.«

»Das wäre ich auch beinahe, Jungchen. Du kriegst soviel Schutz, wie du haben willst. Ich sorge dafür, daß Tomkins Leute nicht mal auf Sichtweite an dich rankönnen.«

»Wegen Tomkin mache ich mir keine Sorgen mehr, Lieutenant. Der Bastard hat vor 'ner guten Woche ein für allemal den Löffel aus der Hand gelegt.«

»Was?«

»Was is' los, lesen Sie keine Zeitungen mehr, oder wie?«

»Zur Zeit meide ich das gedruckte Wort wie die Pest. Ich habe Alix sogar weisgemacht, das Radio im Wagen wäre kaputt. Wir sind in Nordkarolina in Schwierigkeiten gekommen, und ich wollte nicht, daß sie weiß, wie schlimm es wirklich war.«

»Hab' nicht gehört, daß in N. C. irgendwas Besonderes los gewesen wäre.«

»In Raleigh.«

»*Nada*, Lieutenant. Und wenn einer darüber Bescheid wüßte, dann ich.«

Croaker blickte zu Alix hinüber, die in dem auf dem Seitenstreifen geparkten Wagen geblieben war. Sie standen in der Nähe des Lincoln-Tunnels, praktisch schon mit einem Fuß wieder in New York. »Was ist Tomkin zugestoßen?«

»Abgekratzt, an irgend so 'ner geheimnisvollen Krankheit. Takadingsbums. Irgendwas japanisch Klingendes.«

»Das ist ja ein Witz.«

»Ach ja? Wann kommt denn die Pointe?«

»Vergiß es. Um noch mal auf den Zwischenfall in Raleigh zurückzukommen –«

»Totaler Stromausfall.«

»Sieht so aus.«

»Wundert mich aber gar nicht, Lieutenant. Tomkin war bloß die Spitze des Misthaufens, in dem Sie wühlen.« Lärm drang durch die Leitung. »Bleiben Sie 'ne Minute dran, ja?« Gedämpft hörte Croaker, wie Matty jemand anfuhr: »Tu, was ich dir sage, um Himmels willen, und sieh dir einen verdammten Film an oder so was.«

Gleich darauf sprach er wieder zu Croaker. »Tut mir leid, aber ich wollte nicht, daß jemand mithört. Die Sache ist auch so schon riskant genug.« Er hustete. »Ich habe Ihnen ja versprochen, ich würde mich noch etwas umhören, und das habe ich auch getan. Aber was ich herausgefunden habe, gefällt mir ganz und gar nicht. Tatsächlich tut es mir verflixt leid, daß ich Ihnen überhaupt den Tip mit Key West gegeben habe. Als die Zeitungen gemeldet haben, Sie wären über die Klinge gesprungen, dachte ich glatt, es wär' meine Schuld, und bin sofort 'ne Kerze anzünden gegangen.«

»Ich bin gerührt, Matty«, meinte Croaker ironisch. »Man merkt doch, daß du ein echter Freund bist.«

Flüchtig dachte Croaker an Nicholas, seinen einzigen wirklichen Freund. Er fragte sich, wo der Bursche sich jetzt wohl herumtreiben mochte. Wahrscheinlich auf Hochzeitsreise, nach allem, was er wußte. Unter anderen Umständen hätte er Nicholas schon längst aufgespürt, aber er wollte ihn aus dieser Sache heraushalten, wenigstens bis er genau wußte, worum es dabei eigentlich ging.

Er räusperte sich. »Am besten sagst du mir alles, was du weißt, Matty.«

»Na gut, aber auf Ihr Risiko. Das Ganze ist 'ne Regierungskiste, Lieutenant.«

Einen Moment lang dachte Croaker, jemand hätte eine Bazooka auf ihn abgefeuert. Benommen fragte er. »Was für eine Regierung?«

»Unsere. Jesus, wessen sonst?«

»Das verstehe ich nicht.«

»Glauben Sie, ich? Alles, was ich weiß, ist, daß die Geschichte ein paar Nummern zu groß für uns ist.«

Croakers Verstand raste. »Jetzt verstehe ich, warum du dich über die Nachrichtensperre bei dem Zwischenfall in Raleigh nicht gewundert hast. Nur die Regierung kann so was veranlassen. Hast du eine Ahnung, wer in der Regierung?«

»Kennen Sie jemand namens Minck?«

»Nie von ihm gehört.«

»Ich auch nicht, bis jetzt. Hat mich übrigens einiges gekostet. Der Bursche leitet einen ›Geschlossenen Laden‹, wie man in der Branche sagt.«

»Und was für eine Branche könnte das sein?«

»Na, Spionage natürlich, Lieutenant.«

»Was, zum Teufel, hat das mit Tomkin und dem Mord an Angela Didion zu tun?«

»Sie sagten doch, Sie hätten die Lady bei sich. Fragen Sie sie. Sie war eine Zeugin. Die einzige.«

»Ach ja? Und warum läuft sie dann immer noch quietschfidel in der Gegend herum?«

»War sie allein in Key West?« fragte Matty.

»Nein, jemand hatte ein paar Gorillas auf sie angesetzt. Aber um sie zu beschützen.«

»Sind Sie da ganz sicher?«

»Bin ich in der Tat«, sagte Croaker. »Sie hat einmal versucht, sich umzubringen, und einer von den beiden hat sie gerettet. Ich hab's mit eigenen Augen gesehen.«

»Macht irgendwie keinen Sinn«, gab Matty zu. »Aber ich will verdammt sein, wenn ich kapiere, was da vorgeht.«

»Hast du mir alles gesagt, was du weißt?« fragte Croaker und schob den letzten Nickel in den Schlitz.

»Eine Sache noch. Hat zwar mit dieser Geschichte nichts zu tun, aber nachdem Sie ja eine Zeitlang auf dem Mond gelebt haben, könnte es vielleicht nicht schaden, wenn ich's Ihnen trotzdem erzähle. Ihr Busenfreund Linnear ist zum Präsidenten von Tomkin Industries ernannt worden.«

»Du machst Witze.«

»Warum sollte ich das wohl tun? Zur Zeit ist er gerade in Tokio – Sie wissen schon, Japan –, um ein dickes Geschäft abzuschließen, das Tomkin mit Sato Petrochemicals angeleiert hatte.«

Jesus, dachte Croaker. Was geht hier vor? Die ganze Welt steht kopf.

Er dachte einen Moment nach, dann sagte er: »Tu mir einen Gefallen, ja?«

»Ab jetzt müssen Sie dafür bezahlen, Lieutenant. Wir sind quitt, wie Sie gesagt haben. Worum geht's?«

»Ich brauche einen Unterschlupf für mich und das Mädchen. Am besten deine Wohnung.«

»Tausend die Woche oder jeder Betrag, der darüber liegt.«

»Versuch nicht, gerissener zu sein, als gut für dich ist, Matty. Es handelt sich um einen Notfall.«

»Dafür habe ich ja durchaus Verständnis, Lieutenant, aber Sie müssen das Ganze auch mal aus meiner Perspektive sehen. Die Zeiten sind hart. Ich muß leben, wie jeder andere auch.«

»Du vergißt, daß ich zur Zeit kein Gehalt beziehe.«

»Wie ich höre, haben Sie noch ein paar Rücklagen.«

»Du bist ein Mistkerl.«

Croaker konnte das Grinsen geradezu aus dem Hörer kriechen sehen. »Yeah«, sagte Matty das Maul. »Ich weiß.«

*

Um genau sechs Uhr nachmittags Hongkonger Zeit griff Tanzan Nangi in einem Büro der All-Asia-Bank nach dem Telefonhörer und wählte die Nummer, die Liu ihm bei ihrem ersten Treffen gegeben hatte.

Den ganzen Nachmittag über hatte er finster zugesehen, wie sich viele Stockwerke weiter unten die Ameisen vor dem Eingang der Hauptniederlassung der All-Asia formierten, um ihren Spargroschen abzuheben. Ganz plötzlich war die All-Asia aussätzig; sie würde die Ersparnisse ihres Lebens verschlingen. Die Chinesen verließen das sinkende Schiff.

Auf welche Weise eine derartige Menschenmasse in so kurzer Zeit auf die Beine gestellt werden konnte, war Nangi ein Rätsel, aber er wußte ziemlich genau, wer dahintersteckte. Die Kommunisten zogen die Daumenschrauben fester.

»Wie lange können wir durchhalten?« hatte Nangi Allan Su gefragt, nachdem um drei Uhr die letzte Tür abgesperrt worden war. Um den vor der Bank auch nach Geschäftschluß noch wartenden Mob zu zerstreuen, hatten sie die Polizei rufen müssen.

»Wenn es in diesem Tempo weitergeht«, hatte Su geantwortet,

»nicht länger als achtundvierzig Stunden. Ich habe gerade mit unseren Filialen in Wan Chai, Tsim Sha Tsui, Aberdeen und Stanley telefoniert. Die Lage ist überall mehr oder weniger gleich. Heute abend müssen wir ans Eingemachte gehen.«

»Noch nicht«, hatte Nangi gesagt, eine Faust gegen die Wange gepreßt. »Tun Sie nichts, ehe Sie nicht von mir persönlich dazu autorisiert worden sind.«

Am anderen Ende der Leitung wurde abgehoben. »Ja?« fragte eine ruhige, wohlmodulierte Frauenstimme.

»Mr. Liu, bitte«, sagte Nangi und haßte die Kommunisten in diesem Moment mehr als je zuvor.

»Wen darf ich ihm melden?«

Um sieben Uhr fünfzehn am gleichen Abend hielt Nangis Wagen vor dem Gebäude der Sun Wa Trading Company an der Sai Ping Shan Street in Sheung Wan, dessen Vorderseite in grellem, glänzendem Zinnober gestaltet war. Die Chinesen, dachte Nangi, haben keinen Sinn für den Reiz von Pastellfarben. Wie ein Kind bemalten sie alles in ihrer Umgebung mit schreienden Grundfarben und verbanden dabei noch mit jeder Farbe eine abergläubische Vorstellung.

Er trat auf den belebten Bürgersteig und inhalierte die Gerüche von gebackenem Fisch, Anis, Soja, Chili und den verschiedensten anderen Gewürzen. Sie erweckten in ihm die geradezu schmerzhafte Sehnsucht, so schnell wie möglich nach Hause zurückzukehren. Aber er wußte, daß der Schmerz zum großen Teil mit dem Schritt zusammenhing, den er jetzt tun mußte.

Er reckte die Schultern und konzentrierte sich darauf, so normal wie möglich zu gehen, damit er vor seinen Feinden nicht noch mehr beschämt wurde.

Die Luft im Inneren des Gebäudes war körnig von aufgewirbeltem Gewürzpulver, und Nangi spürte, wie seine Nase zu jucken begann. Die Halle wirkte verlassen, denn die Arbeiter waren bereits nach Hause gegangen. Ohne den Eindruck allzu großer Neugier zu erwecken, blickte er sich um. In dem trüben Zwielicht bemerkte er einen Schatten unter anderen Schatten, der sich bewegte.

»Ich habe für diese Gelegenheit extra frischen Tee aufgebrüht.« Es war unverkennbar Lius Stimme.

Nangi bewegte sich in seine Richtung, wobei er auf die überall herumliegenden Kisten und Kartons achtgab. Dann nahm er auf einem schlichten Holzstuhl vor dem ramponierten Schreibtisch des Chinesen Platz. Auf der Tischplatte lagen nur zwei identische Dokumente, sonst nichts. Nangi mußte sie gar nicht erst in die Hand nehmen, um zu wissen, worum es sich dabei handelte.

»Erst einen Tee«, sagte Liu liebenswürdig. »Ich möchte diese Angelegenheit möglichst schmerzlos über die Bühne bringen.« Jetzt, da sein Triumph vor der Tür stand, tat er alles, um den guten Kumpel zu markieren.

Sie nahmen beide einen Schluck. »Schwarzer-Tiger-Tee«, sagte Liu. »Aus Peking. Davon wird jedes Jahr nur eine verschwindend kleine Menge hergestellt. Schmeckt er Ihnen?«

»Ganz außerordentlich«, sagte Nangi und wäre an dem Gebräu beinahe erstickt.

Liu neigte leicht den Kopf. »Ich fühle mich geehrt.« Er nahm einen weiteren Schluck. »Wie ich gehört habe, hat es vor der All-Asia heute nachmittag eine kleine Unruhe gegeben«, sagte er dann im Konversationston.

Nangi beschloß, ihn auf die Probe zu stellen. »Nicht der Rede wert.«

»Aber dennoch mußte die Polizei geholt werden, oder nicht?«

»Wie Sie sicher wissen, wird hier in Hongkong traditionell die Polizei schon dann gerufen, wenn sich mehr als drei Chinesen an einem Punkt versammeln«, meinte Nangi. »So hat die Regierung Ihrer Majestät wenigstens etwas zu tun.«

»Selbst die gefräßigste Krähe weiß, wann sie das Kornfeld zu verlassen hat, Mr. Nangi.«

Nangi blickte sich um. Schatten lauerten zwischen den Paletten in der Halle. Das Licht vor den Fenstern hatte mehr und mehr nachgelassen. Das Sägemehl auf dem Boden dämpfte jedes Geräusch. Wenn sich in der Dunkelheit etwas bewegte, konnte Nangi es jedenfalls nicht wahrnehmen. Dennoch hatte er das Gefühl, daß er und Liu nicht allein waren.

»War es ein schlimmer Ansturm, Mr. Nangi?« Liu schenkte Tee nach.

»Ich bin sicher, das wissen Sie bereits, Mr. Liu«, antwortete Nangi bedächtig. »Jeder derartige Ansturm ist schlimm für eine Bank.«

»Es scheint mir ganz offensichtlich, Mr. Nangi«, meinte Liu und begann wieder seinen Tee zu schlürfen, »daß Sie ohne eine direkte Intervention unsererseits verloren sind.«

»Das ist mir auch durch den Sinn gegangen. Deshalb habe ich angerufen.«

Liu nickte, als bedanke er sich für ein Kompliment. Möglicherweise war es ihm vor allem anderen auf diese verbale Selbsterniedrigung seines Gegenübers angekommen. Er deutete auf die beiden Dokumente. »Ich bin sicher, Sie werden jede Klausel zu Ihrer Zufriedenheit finden.« Er sprach, als sei er es gewesen, der bei den Verhandlungen ein Zugeständnis nach dem anderen gemacht hätte; als stünde ihm das Wasser bis zum Hals und nicht Nangi.

Einen Moment lang rührte sich der Japaner nicht. Nachdem eine angemessene Zeit verstrichen war, nahm er seine Kopie des Vertrags in die Hand und begann zu lesen. Jeder einzelne Satz drehte ihm den Magen um, jede Klausel, die er mit seinem Namen abzeichnen mußte, brachte ihn schier um den Verstand. In dem Augenblick, in dem er mit der Feder das Papier berührte, würde die Kontrolle des *keiretsu* an Lius Herren in Peking übergehen.

Der Chinese hatte einen altmodischen Federkiel in die Mitte der Tischplatte gestellt, so daß Nangi sich vorbeugen mußte, um ihn zu erreichen.

»Wir planen keine sofortige Intervention oder Änderung der Firmenpolitik«, sagte Liu. »Es besteht also nicht der geringste Grund zur Besorgnis.«

»Ich habe an die fünfunddreißig Millionen Dollar gedacht«, sagte Nangi. »Sie müssen bis morgen früh um acht übergeben werden.«

Liu nickte unbeeindruckt. Die früheren »Verpflichtungen« seiner Firma schienen auf einmal keine Rolle mehr zu spielen. »Wenn Sie Mr. Sun und einen anderen Mitarbeiter Ihrer Bank morgen früh zum Haupttresor der All-Asia im Zentrum schicken, wird ihnen der Betrag ausgehändigt werden.«

O ja, dachte Nangi. Ich bezweifle nicht, daß Sie mit unseren Tresoren bestens vertraut sind, dank Genosse Chin. Laut sagte er: »Das wäre völlig ausreichend.«

Dann holte er seinen eigenen Füller aus der Innentasche seines Sakkos und unterzeichnete jeweils die letzte Seite der beiden Vertragswerke. Liu zog den Federkiel, den Nangi mit Absicht ignoriert hatte, zu sich heran und tat es ihm nach. Dann schob er die Kopie auf Nangis Seite des Tisches.

»Möchten Sie vielleicht noch einen Schluck Tee?« Seine Augen funkelten in der Dunkelheit.

Nangi dankte. Er faltete die Kopie des Vertrags, die sich heiß und schmutzig in seinen Händen anfühlte, zusammen und wollte gerade aufstehen, als eine Bewegung Lius ihn innehalten ließ. Der Chinese griff in die Brusttasche seines Jacketts, holte einen glänzenden roten Umschlag hervor und reichte ihn Nangi.

Der Bankier blickte ihn fragend an.

»Wir Chinesen haben einen alten Brauch, Mr. Nangi, den wir als ausgesprochen zivilisiert betrachten. Die Summe in diesem Kuvert ist die Bezahlung für den Transfer – den Transfer der Eigentumsrechte, der Verfügungsgewalt, nennen Sie es, wie Sie wollen. Mit der faktischen Übergabe der ratifizierten Dokumente kann nun kein Gesichtsverlust mehr verbunden sein, weil Sie auch etwas dafür bekommen haben.«

Nangi nickte respektvoll, als wären sie zwei Männer, die auf einer Parkbank Höflichkeiten austauschten, doch innerlich kochte er. Die

Wut beschleunigte seinen Puls. Nach außen hin allerdings blieb er die Ruhe selbst. Für Liu und einen möglicherweise in den Schatten verborgenen Beobachter bot er nichts als das Bild eines Geschäftsmanns, der vorübergehend in ein Tief geraten war.

Bedächtig verstaute er den roten Umschlag in derselben Tasche wie den Vertrag, der wie Blei auf sein Herz drückte. Er griff nach seinem Stock, erhob sich unter Schwierigkeiten und ging langsam aus dem Gebäude der Sun Wa Trading Company zu seinem Wagen.

Da er für das Hongkonger Nachtleben kein Interesse aufbringen konnte, ließ er sich direkt ins Hotel zurückfahren, wo er zu Abend aß. Das Essen schmeckte wie Asche und blieb ihm in der Kehle stecken, als handelte es sich um die Seiten des eben unterzeichneten Vertrags. Unbeirrt aß er seinen Teller leer und wußte gleich darauf nicht mehr, was er eigentlich bestellt hatte. Es spielte auch keine Rolle.

Anschließend legte er sich auf sein Bett, ohne sich auszuziehen, und starrte die Decke an. Er dachte daran, wie er Makita, seinem *sempai*, geholfen hatte, Selbstmord zu begehen, vor langer Zeit. An das Grauen, das ihn geschüttelt hatte angesichts des Bluts, das aus dem aufgeschlitzten Körper gespritzt war. Das kann doch nicht im Sinne Jesu Christi sein, hatte er gedacht, und dann war er in die Kirche gerannt und hatte gebeichtet. Aber selbst danach war ihm nicht besser gewesen, und so hatte er die nächsten sechs Stunden auf den Knien verbracht und den gekreuzigten Jesus um Vergebung angefleht.

Endlich hatte Sato ihn aufgespürt und dazu überredet, sich wieder der Wirklichkeit zu stellen. »Mein Freund«, hatte er gesagt, »du darfst dir nicht selbst die Schuld geben. Du hast getan, was getan werden mußte, was jeder *samurai* getan hätte. Du hast deinem Freund beigestanden, als er dich am meisten brauchte. Was kannst du mehr von dir verlangen. Es war *giri*.«

Die Gedanken an Makita führten unweigerlich zu der Erinnerung an die Zeit im MIHI, wo Nangi jahrzehntelang für seinen *sempai mabiki* betrieben hatte, die Ausmerzung derer, die es an Loyalität mangeln ließen. Shimada war der erste gewesen; mit Shimada hatte *mabiki* angefangen. Er hatte für seine Gier und seine Kurzsichtigkeit bezahlt, gleichzeitig war er aber auch der härteste Fall gewesen. Danach war es Nangi dann leichter gefallen, die Ausmerzung ohne innere Anteilnahme durchzuführen. Die Vorschriften des *kanyrodo* hatten sein Herz verhärten lassen.

Und jetzt lag er schwitzend in einem fremden Hotelzimmer und stand vor den Trümmern seines großen Traums.

Das Telefon klingelte. Er drehte sich um und griff nach dem Hörer. Die rotglühende Zeitansage seiner Digitaluhr sagte ihm, daß es dreizehn Minuten vor vier Uhr morgens war. Ein Chinese hätte diese Zahlenkombination vielleicht für ein schlechtes Vorzeichen gehalten; Nangi achtete nicht darauf.

»Ja?«

»Hier ist Chiu, Ihr cleverer Detektiv«, klang die dünne Stimme aus dem Hörer. »Ich bin in der Po Shan Road, einen Block von der Wohnung unserer Bordsteinschwalbe entfernt.« Chiu schien etwas außer Atem zu sein.

Nangi setzte sich auf. »Haben Sie noch keine Möglichkeit gefunden, sich hineinzuschleichen?«

»Ich war schon drin und wieder draußen.« Jetzt bemerkte Nangi die Aufregung in der Stimme des Anrufers. »Ich glaube, Sie sollten schnellstens herkommen.«

»Worum geht's?«

»Bitte verzeihen Sie mir meine Offenheit, aber ich bin sicher, Sie würden mir nicht glauben, wenn ich es Ihnen jetzt sagen würde. Sie müssen es mit Ihren eigenen Augen gesehen haben.«

»Ich bin schon unterwegs«, sagte Nangi und ließ sich von Chius Aufregung anstecken. Er schwang die Beine vom Bett und griff nach seinem Stock.

*

Nicholas konnte hören, wie die runde Tresortür hinter ihm zugeschoben wurde. Das Geräusch des pneumatischen Verschlusses klang alles andere als beruhigend. Bald würde die Stahlkammer nicht nur dunkel, sondern auch ohne allen Sauerstoff sein.

Allein und in totaler Dunkelheit bewegte er sich auf den Punkt zu, wo, seinem *haragei* zufolge, der Mittelpunkt der Stahlkammer sein mußte. Dann blieb er stehen und ließ nur noch seine Sinne auf die Suche gehen. Ein Schreibtisch, mehrere Stühle, eine Tischlampe, ein großer elektrischer Apparat, den er nicht genauer zu identifizieren vermochte, und eine Art hölzernes Gerüst, dessen Zweck ihm ebenfalls verborgen blieb.

Er nahm eine Bestandsaufnahme vor. Er befand sich auf Hokkaido, aber er wußte nicht, wo, denn Koten hatte ihn erst an Händen und Füßen gefesselt und ihm dann die Augen verbunden. Anschließend hatte man ihn in den Kofferraum eines Wagens, vermutlich eines sowjetischen, verfrachtet und eine knappe Stunde lang auf der Insel herumgefahren. Legte man eine Durchschnittsgeschwindigkeit von fünfundfünfzig Stundenkilometern zugrunde, dann mußte er sich jetzt in einem Radius von etwas unter fünfzig Kilometern um das *rotenburo* befinden. Aber diese Erkenntnis nützte ihm nicht viel.

Ein leises Summen füllte die Leere der Dunkelheit, in der er stand, und drang in seine Gedanken. Es war kaum zu vernehmen, und einem normalen Menschen wäre es auch nicht aufgefallen.

Sofort bewegte er sich in Richtung des Geräusches, wobei er in raschen, kurzen Stößen ein- und ausatmete. Als er noch knapp fünf Meter von der Wand entfernt war, gelang es ihm, das Geräusch zu identifizieren. Es handelte sich um das Summen eines Ventilators über seinem Kopf, der etwas in den Raum blies. Chloroform. Er zog sich an die entgegengesetzte Wand zurück, obwohl ihm das nicht viel nützen würde. Es würde die Spanne, bis das Chloroform zu wirken begann, lediglich etwas ausdehnen. Aber jetzt brauchte er alle Zeit, die er bekommen konnte.

*

»Ich habe keine Ahnung, warum Sie so lange warten wollen«, sagte der Arzt spitz. »Es dauert höchstens dreieinhalb Minuten, bis das Gas in den hintersten Winkel der Stahlkammer vorgedrungen ist.« Er schüttelte das Handgelenk, an dem sich seine Armbanduhr befand, damit keinem der Anwesenden entging, daß sie jetzt schon fast eine Viertelstunde, seitdem das Gas – eine interessante Mischung aus einem Schlafmittel der Chloroform-Gruppe und einem starken Peyotekonzentrat, das zur Abwechslung beim Einatmen und nicht beim Essen wirkte – in den Raum gepumpt worden war, hier saßen und zögerten.

»Geduld, Doktor«, mahnte Viktor Protorow ruhig. »Ich weiß den Enthusiasmus, mit dem Sie Ihre Krallen in einen neuen Patienten schlagen wollen, zu schätzen, aber in diesem Fall ist es besser, nichts zu überstürzen, glauben Sie mir.«

Der Arzt zuckte mit den Schultern und begann vor sich hin zu summen, um den anderen Anwesenden zu demonstrieren, daß er keine von Protorows willfährigen Marionetten war, ganz im Gegensatz zu ihnen.

Außer dem Arzt und Protorow befanden sich noch Pjotr Alexandrowitsch Russilow, Koten und ein paar jüngere, Russilow direkt unterstellte Leutnants in dem kleinen Zimmer. Den letzten Alphadrei-Kabeln hatte Protorow entnommen, daß Jewgeni Mironenko, der GRU-General, sich nun der Unterstützung seiner Genossen sicher war und Protorow mithin endlich eine Sondersitzung des Generalstabs einberufen konnte. Alles, was Protorow Mironenkos letztem Kabel zufolge jetzt noch tun mußte, bestand darin, den Generälen Beweise seiner eigenen Macht mitzubringen.

Beweise meiner Macht, dachte Protorow jetzt. *Tenchi.* Zum erstenmal in der Geschichte werden GRU und KGB an einem Strang ziehen. Der Tag der Zweiten Revolution zieht auf.

Nur mit größter Mühe gelang es ihm, seine Euphorie zu verbergen. Nicht einmal Russilow dürfte etwas von den gewaltigen Änderungen ahnen, die sich am Horizont abzeichneten. Noch nicht. Er würde alle Hände voll damit zu tun haben, das Neunte Direktorat zu leiten.

»Na gut, lüften Sie die Stahlkammer jetzt«, sagte er.

Auf ein Handzeichen Russilows öffnete einer der jüngeren Offiziere ein Ventil und schloß ein anderes. Ein Paar starker Saugrohre reinigten die Atmosphäre in der Kammer von gefährlichen Dämpfen. Als das rote Lämpchen über den Ventilen zu glühen aufhörte und ein Grünes erstrahlte, befahl Protorow, die Stahlkammer zu öffnen.

Koten ging als erster hinein, gefolgt von den beiden jüngeren Offizieren, der Arzt und Protorow bildeten das Schlußlicht. Die Luft im Inneren der Kammer war rein und klar, keine Spur von dem Gas mehr zu riechen.

In der Kammer schwärmten die Männer aus, als wären sie auf der Jagd, gleichzeitig ihrer Überlegenheit sicher und doch auf der Hut angesichts dieser neuen und extrem gefährlichen Beute.

»Er scheint völlig ruhiggestellt zu sein«, sagte der Arzt und schob die nach vorn gerutschte Brille wieder auf den Nasenrücken. »Ich glaube nicht, daß er noch irgendwelche Schwierigkeiten machen wird.«

Protorow gedachte nicht, sich auf die Worte des Arztes zu verlassen, sondern bedeutete Koten mit einem Kopfnicken, Nicholas noch einmal genau in Augenschein zu nehmen.

»Die Atmung ist tief und regelmäßig«, sagte der Arzt, während er um die liegende Gestalt herumging. »Die Lider flattern nicht, der Puls ist verlangsamt und die Hautfarbe charakteristisch für einen Zustand tiefer Bewußtlosigkeit.« Er trug diese medizinischen Beobachtungen vor, wie eine Litanei gegen etwas, das er nicht verstand und daher auch nicht kontrollieren konnte.

Protorow dirigierte Koten zu einem Punkt genau hinter Nicholas. Dann sagte er: »In Ordnung, los!«

*

Nicholas stürzte mit den Füßen voran auf den näher kommenden Hünen. Es war nicht weiter schwierig für ihn gewesen, seine Atmung so lange zu unterbrechen, bis seine Bewacher den größten Teil des Gases wieder abgesaugt hatten. Er kannte mindestens neun *ninjutsu*-Disziplinen, deren Fundament in der Kontrolle des gesamten Autonomsystems, einschließlich der Körpertemperatur, bestand.

Der Arzt stieß einen entsetzten Schrei aus, als Nicholas dem mächtigen Sumokämpfer die Fersen gegen die Knie rammte, den verwundbarsten Punkt eines *sumo*. Koten war unglaublich schnell und hätte es beinahe noch geschafft, Nicks Stoß abzuwehren. Aber nur beinahe. Es gelang ihm, der vollen Wucht des Angriffs und damit zwei gebrochenen Beinen zu entgehen, aber er brach trotzdem zusammen.

Nicholas wirbelte herum und sprang auf. Der Arzt, Protorow und die beiden jungen Offiziere – vier Gegner, mit denen konnte er fertig werden. Vier? War da nicht noch ein fünfter Mann –

Im selben Moment spürte er einen scharfen Stich, als Russilow ihm eine zehn Zentimeter lange Injektionsnadel in den Oberarm rammte. Zu spät schlug er um sich. Fünf schwarze Punkte wirbelten vor seinen Augen durch die Luft, fünf Gegner stürzten sich auf ihn, und dann spürte er Kotens Faust fünfmal gegen seinen Kopf hämmern.

Die fünf Punkte verwandelten sich in fünf schwarze Schächte, die er hinunterstürzte. Aus weiter Ferne drangen Echos zu ihm vor, Worte ohne Bedeutung, Fragen ohne Antworten. Dann erreichte die Droge seine Großhirnrinde, und er versank in Bewußtlosigkeit.

»Gute Arbeit«, sagte Protorow zu Russilow. »Sie sehen, Doktor«, fuhr er, an den Arzt gewandt, fort, »im Gegensatz zu dem, was in Ihren Büchern steht, haben wir es hier nicht mit einem gewöhnlichen menschlichen Wesen zu tun. Dieser Mann kann Sie mit dem ausgestreckten kleinen Finger vernichten.«

Der Arzt antwortete nicht; er zitterte leicht und dachte, *ich verstehe das alles nicht, er hätte längst bewußtlos sein müssen.* »Vielleicht macht er uns jetzt auch nur etwas vor.«

»Das glaube ich nicht«, meinte Protorow mit einem Knurren. »Gegen die Wirkung von Drogen, die sich schon in seinem Blutkreislauf befinden, kann selbst er nichts tun.«

Er nickte Koten zu und deutete auf das Holzgestell an der Rückwand der Kammer. »Gut, Koten«, sagte er sanft. »Binden Sie ihn fest.«

*

Wir müssen die Quelle ausfindig machen... seine Quelle. Masashigi Kusunokis Worte stiegen in ihr auf, drängten sich in die Unterhaltung zwischen Sato und Phoenix. Wieder und wieder hatte Akiko diesen Teil der Tonbandaufnahme abgespielt, als könnte sich zwischen den Worten etwas verbergen, das ihr den Schlüssel zur Lösung des Geheimnisses lieferte.

Sie saß in Kotens Zimmer, die Stirn auf die angewinkelten Knie gestützt, die Arme um die Schienbeine geschlungen. Sie war nackt, und im Licht der Schreibtischlampe schimmerte ihre Haut, als wäre sie eingeölt. Schatten verhüllten die Teile ihres Körpers, die vom Licht nicht erreicht wurden. Gleichzeitig offen daliegend und verborgen stellte ihr Körper die vollkommene Entsprechung zu dem Rätsel in ihrem Innern dar.

Die Leute, die ihn geschickt und ausgebildet haben, bedeuten eine große Bedrohung für Japan. Masashigi-sans Worte.

Masashigi. Heute wußte sie nicht mehr, warum sie sich in das Gyokku-*ryu* begeben hatte, um seine Schülerin zu werden. Dort in Gyokku hatte Masashigi sich zum erstenmal voll und ganz hinter sie gestellt und zusammen mit ihr das *ryu* verlassen, als die anderen *sennin* ihr, einer Frau, den Aufenthalt innerhalb der Klostermauern nicht gestatten wollten.

Gemeinsam waren sie in das Tenshin Shoden Katori-*ryu* in Yoshino gegangen. Und dort hatte sie, sein Schützling, ihn getötet.

Akiko hob den Kopf. Etwas war in der Luft – ein Geruch vielleicht –, das sie nicht zu definieren vermochte. Sie blickte sich um, als hätte sie den Verdacht, nicht allein zu sein. Einen Moment flimmerte die Luft vor der halboffenen Tür. Die Papiere auf dem Schreibtisch bewegten sich wie unter einem Luftzug. Der Wind, ja, das mußte es sein. Der Wind.

Akiko erschauerte leicht. Warum grübelte sie über die Vergangenheit nach? *Die Leute, die ihn geschickt haben, bedeuten eine große Bedrohung für Japan.* Masashigi-san hatte von dem *muhon-nin* Tsutsumu gesprochen. Sie selbst hatte den zweiten *muhon-nin* Tengu getötet, und das, was er stehlen wollte, ins *ryu* zurückgebracht.

Jetzt wußte sie, daß es noch einen dritten Verräter innerhalb der Mauern des Tenshin Shoden Katori gegeben hatte. Masashigi Kusunoki erschien wie ein Geist vor ihr und bat sie zu tun, wofür er sie ausgebildet hatte; das Versprechen zu erfüllen, das er allein in ihr gesehen hatte. Sie dachte an Sato, Phoenix und Nicholas im Norden, auf Hokkaido. Besonders Nicholas.

Sie stand auf und ging ins Schlafzimmer. Aus der untersten Schublade einer Kommode, in die Sato nie einen Blick werfen würde, holte sie einen Kimono heraus, Hellgrau auf Dunkelgrau. Die obere Hälfte war auf der einen Seite braun eingefärbt, wo der Kimono von der Blutfontäne aus dem Hals des *sensei* getroffen worden war.

Langsam, fast verträumt, zog Akiko ihn an. Kurze Zeit später war sie fertig und trat die Reise nach Norden an.

*

Als Nicholas erwachte, stellte er fest, daß er an ein Rad gebunden war. Er fand sich rasch wieder in die Wirklichkeit, doch er öffnete weder die Augen noch veränderte sich seine Atmung. Nichts verriet den mit ihm in der Stahlkammer Anwesenden, daß er wieder bei Bewußtsein war.

Was immer sie ihm injiziert hatten, es war sehr stark, denn die Wirkung ließ sich nicht abschütteln. Sein Kopf fühlte sich leicht an, und ihm schwindelte; er konnte sich nicht voll und ganz auf seine

Sinne verlassen. Trotzdem versuchte er, seine gegenwärtige Lage zu analysieren.

Er war an Fingern, Handgelenken, Hüften, Oberschenkeln und Fußgelenken mit Lederriemen gefesselt. Er hing ein gutes Stück über dem Boden an dem Holzgestell, an das er sich noch von seiner Ankunft hier erinnern konnte.

Die größte Sorge aber bereitete ihm Protorow. Er war intelligent genug zu begreifen, was für ein Wesen Nicholas darstellte. Von allen Russen hatte er als einziger damit gerechnet, daß Nicks Training ihn davor bewahren könnte, dem Gas zum Opfer zu fallen. Und er hatte ihn meisterhaft in die Falle gelockt, indem er Koten vor Nicholas ein Ablenkungsmanöver durchführen ließ, während Russilow in seinem Rücken die wahre Gefahr bedeutete. Nicht einmal sein *haragei* hatte Nicholas gewarnt. Der Streßfaktor war zu groß gewesen. Vielleicht wurde er zu alt für solche Geschichten. Er hätte Russilow hinter sich spüren müssen. Er hatte die Sowjets und besonders Protorow unterschätzt, und jetzt mußte er dafür bezahlen.

Er öffnete die Augen.

»Ah«, sagte Viktor Protorow liebenswürdig, »haben Sie Ihre kleine Ruhepause genossen?«

Nicholas überschlug die Zahl der Anwesenden – Protorow, Russilow und der Arzt, deutlich zu erkennen an seinem weißen Kittel. Statt auf eine Antwort zu warten, entfaltete der KGB-Direktor einen langen Computerausdruck und hielt Nicholas die oberste Seite vors Gesicht, während der Rest wie ein langer Schwanz hinter ihm zu Boden fiel. Nicholas starrte das Blatt an und versuchte sich zu erinnern, wo er dergleichen schon einmal gesehen hatte – in Magazinen wie *Scientific American* und *Smithsonian*; Skizzen, die von NASA-Satelliten in verschiedenen Phasen ihrer Umlaufbahn von der Erde angefertigt worden waren.

»Kommt Ihnen das bekannt vor, *Gospodin* Linnear? Es handelt sich um die nördliche Hälfte von Honshu, ganz Hokkaido, die Meerenge von Nemuro und das südliche Ende der Kurilen.«

Protorow ließ den Blick nicht von Nicholas' Gesicht. »Hier«, fuhr er fort und deutete auf einen von mehreren rot markierten Punkten, »vor der Küste verläuft ein Riß zwischen zwei geologischen Schichten. Hier und hier werden sich in der nächsten Woche auf Honshu selbst Erdbeben von beträchtlicher Stärke – über sieben Punkte auf der Richterskala – ereignen. Ein erstes Zittern hat bereits stattgefunden und sich bis in den Nordwesten Tokios fortgepflanzt.«

Protorow schnippte mit den Fingern, und Russilow reichte ihm einen weiteren Bogen. Auf diesem Blatt war ein vergrößerter Ausschnitt der eben vorgeführten Skizze zu sehen.

»Hier haben wir einen weiteren heißen Fleck«, fuhr Protorow

fort. »Aber siehe da, es handelt sich ganz und gar nicht um eine uns bekannte geologische Gefahrenquelle, sondern vielmehr um eine Stelle, an der sich zuvor noch nie etwas getan hat. Es gibt keine *natürliche* Ursache für dieses Krisengebiet.«

Das Papier raschelte wie ein Nest erregter Insekten. »Nun, was halten Sie davon, Genosse Linnear?«

»Ich weiß noch nicht mal, was Sie mir da vor die Nase halten.«

Protorow schnalzte mit der Zunge. »Sehr effektvoll, *Gospodin* Linnear, aber nicht überzeugend und vor allem keine Antwort auf meine Frage.«

»Wenn Sie es mir nicht erklären, *Gospodin* Protorow«, entgegnete Nicholas, »dann werden Sie noch länger auf eine Antwort warten müssen.«

»Wollen Sie wirklich behaupten, Sie erkennen die hier dargestellten Umrisse nicht?« Protorow schwenkte die Computerausdrucke hin und her. »Nicht einmal, wenn Sie sich vorstellen, daß sie aus etwa 35 888 Kilometern über der Erdoberfläche gesehen sind?« Er trat einen Schritt auf Nicholas zu. »Schauen Sie her, *Gospodin*, die Meerenge von Nemuro. Die Grenze zwischen Japan und der Sowjetunion.« Seine Augen leuchteten fiebrig. »Und sehen Sie das Gebiet, das ich hier rot umrandet habe? Es liegt auf dem Grund der Meerenge und gehört zu Japan... ebenso wie zur Sowjetunion!«

Er nickte, und Nicholas wußte, was jetzt passieren würde. Einen Sekundenbruchteil später bohrte sich die lange Injektionsnadel erneut in seinen Oberarm. Sein Herzschlag beschleunigte sich fast schmerzhaft.

Disziplin.

Er nahm sein Bewußtsein bei der Hand wie ein Vater sein verängstigtes Kind und führte es in Gefilde, die keine Furcht kannten. *Getsumei no michi.*

Von irgendwo außerhalb seines Ichs rief Protorow mit einer Stimme, die klang, als befände er sich unter Wasser: »Was wissen Sie von *Tenchi*? Wieviel weiß Minck darüber? Sie werden reden, *Gospodin* Linnear. Bevor Sie sterben, werden Sie mir noch eine ganze Menge erzählen!«

*

»Sagst du mir jetzt, warum du mir den ganzen Weg bis nach Hawaii gefolgt bist?« fragte Justine.

Rick Millar saß am anderen Ende des durchsichtigen Plastikfloßes, das sie am Hotelstrand gemietet hatten. Seine langen sonnengebräunten Beine baumelten im Wasser. Er trug eine kurze gestreifte Badehose. »Ich glaube, du kennst die Antwort schon.«

Justine lächelte. Ihr Herz hatte sich seit Monaten nicht mehr so beschwingt gefühlt. »Ich finde es sehr schmeichelhaft, daß du mich verführen wolltest.«

Millar lachte gut gelaunt. »Na ja, es war nicht *nur* Lust. Ich möchte dich nach wie vor wieder in der Firma haben, egal, was zwischen uns passiert.«

»Es ist schon passiert«, sagte sie. »Ich bin froh, daß du gekommen bist, weißt du.«

Er beobachtete einen Schwarm kleiner goldener Fische, die unter seinen Füßen vorbeizogen. »Du mußt ihn sehr lieben, daß du so loyal zu ihm stehst.«

Kurz streifte sie die Erinnerung an die Angst, die sie früher manchmal an Nicks Seite verspürt hatte. Aber diese Tage waren vorüber; sie war eine andere Frau geworden seit dem Tod ihres Vaters. Furcht und Sorge waren nicht länger Teil ihres Lebens. Während sie hinausstarrte auf den Kanal von Molokai und den Buckelwalen zusah, die immer wieder in schwarzweißem Glanz durch die Wasseroberfläche brachen, betrachtete sie ihre Vergangenheit wie die eines anderen Menschen: klar und objektiv. Sie hatte sich bereits davon gelöst.

Sie wußte jetzt, daß sie immer Angst vor der Liebe gehabt hatte... der wahren Liebe, wie sie sie für Nicholas empfand. Jenseits des Kanals lag Molokai, eine Insel, auf die in früheren Zeiten die Leprakranken verbannt worden waren. Es schien eine gewisse Ironie darin zu liegen, daß sie den ganzen weiten Weg zurückgelegt haben sollte, nur um hier im grellen hawaiianischen Sonnenschein zu sitzen und nach Molokai hinüberzustarren. Natürlich war ihr längst klargeworden, warum sie sich gerade dieses Ziel ausgesucht hatte. Sie war rund sechstausend Luftmeilen von zu Hause entfernt, dreitausend Meilen tief im Pazifik.

Sie war viel näher an Japan als an Amerika, viel dichter bei Nicholas.

»Möchtest du ein bißchen schwimmen?« fragte Millar sanft.

Justine berührte seinen Arm und lächelte. »Geh nur schon voraus, wenn du willst. Ich komme in einer oder zwei Minuten nach.«

Er nickte und glitt über den Floßrand, ehe er mit langsamen, kräftigen Schwimmstößen davonkraulte. Sie beobachtete ihn mit einer Art losgelöster Zufriedenheit, die ihr völlig neu war. Man konnte Rick nur als einen gutaussehenden, rundum begehrenswerten Mann bezeichnen. Wie viele Frauen, die sie kannte, hätten sonstwas dafür gegeben, in diesem Moment an ihrer Stelle sein zu können. Sie lachte. Es tat gut, von einem solchen Mann verehrt zu werden. Aber es war ein noch besseres Gefühl, sich der Vollständigkeit ihrer Liebe zu Nicholas hinzugeben, denn sie spürte Nicks Geist überall um sich herum, als säße er neben ihr auf dem Floß.

Im nachhinein wirkte ihr Streit so lächerlich, so überflüssig. Sie gehörte zu Nicholas, egal, was er tat. Er war ihr Karma. Sie lächelte. Ja, ihr Karma.

Und dieses Karma diktierte ihr, daß sie an seiner Seite zu stehen hatte, ob er Präsident von Tomkin Industries war oder etwas anderes. Sie hatte jetzt keine Angst mehr davor, ihr Herz an ein anderes menschliches Wesen zu verlieren. Tatsächlich wußte sie sogar, daß sie es sich mehr als alles andere wünschte.

Sie glitt ins Wasser und ließ sich zu Rick treiben.

»Na, fertig mit Grübeln?« erkundigte er sich grinsend.

»Grübeln.« Sie lachte fröhlich. »Das tun doch nur Erwachsene, oder? Ich muß noch eine Menge nachholen.«

Er beäugte sie vorsichtig, als hätte sie sich plötzlich von einem Schoßhündchen in einen Dobermann verwandelt. »Kommst du zurück und wirst meine Vizepräsidentin?«

Justine wurde ernst. »Rick, bevor ich irgendeine Entscheidung treffe, brauche ich ein paar Zusicherungen von dir.«

Er nickte. »Schieß los.«

»Gut. Zuerst muß ich sicher sein, daß du Mary Kate nicht meinetwegen aus dem Job gedrängt hast. Sollte das der Fall gewesen sein, will ich nichts mehr mit der Agentur zu tun haben. Endgültig.«

»Okay, einverstanden. Mary Kate kam mit uns nicht mehr zurecht und umgekehrt. Wir waren gewissermaßen schon in gegenseitigem Einvernehmen geschieden, als ich mich mit dir traf. Ich habe versucht, ihr zu helfen, Justine. Ich wollte, daß sie mit der Arbeit zu Rande kam, aber sie hat es eben nicht geschafft, und das ist die Wahrheit. Sie war intelligent genug, es selbst zu merken.«

»Du hast also mit ihr darüber gesprochen, bevor wir uns zum Lunch trafen.«

»Ja.«

Justine lächelte und bespritzte Rick mit Wasser, um die aufgekommene Spannung zu vertreiben. »Gut, dann nehme ich dein Angebot an. Aber vorher gehe ich nach Japan.«

Er wußte, was das bedeutete. Sie hatte ihm von Nicholas erzählt, was zwischen ihnen vorgefallen war und wo er sich jetzt aufhielt. Er lächelte, nicht ohne eine Spur von Wehmut.

»Weißt du«, sagte er, »ich beneide die Japaner schon seit Jahren um ihre Werbemethoden. Und ich hoffe, du kommst mit einer ganzen Mappe abgekupferter Branchengeheimnisse zurück.«

Beide lachten lauter, als es der Witz verdiente.

*

Der junge Chiu, Nangis cleverer Privatdetektiv, legte den Finger an die Lippen und winkte dem alten Bankier, ihm zu folgen. So rasch es

Nangi möglich war, bewegten sie sich die Po Shan Road hinauf, auf eins der auch um diese Stunde noch taghell erleuchteten Hochhäuser zu, die hier überall für die Reichen von Hongkong aus dem Boden geschossen waren.

Über den Hinterhof gelangten sie zu einer Eisentür und durch die Tür in den Keller des Gebäudes. In dem von nackten Glühbirnen erhellten Gang zum Fahrstuhl hockten zwei junge Chinesen und spielten Fan Tan. Sie blickten auf, erkannten Chiu und spielten weiter. Nangi brauchte seinen Führer erst gar nicht zu fragen, wer die beiden Jugendlichen waren. *Green Pang*. Zweifellos würden sie bald auch auf Tok, Chius dritten Cousin, stoßen.

Nangi fühlte sich nicht ganz wohl in seiner Haut. Die Triaden – oder *triads*, wie sie in der englischsprachigen Kronkolonie genannt wurden – hatten in Hongkong mehr Macht und Einfluß als die Yakuza in Tokio oder die Mafia auf Sizilien, und an Gefährlichkeit übertraf sie die beiden anderen Gangsterorganisationen noch um ein Vielfaches.

Im vierzehnten Stock verließen sie den Fahrstuhl, und Chiu ging den Korridor hinunter. Nangi folgte ihm mühsam. Vor einer der Türen blieb Chiu stehen, holte zwei metallene Zahnstocher aus der Tasche und begann das Schloß zu bearbeiten. Binnen Sekunden hatte er die Tür geöffnet.

Das Appartement war ganz in Pink und Gelb gehalten. Die Farbzusammenstellung schlug sich Nangi sofort auf die Galle. Offensichtlich bestand die Wohnung nur aus zwei Schlafzimmern, und sie befanden sich in einem davon.

Nangi bemerkte eine Silhouette im Halbdunkel, einen schimmernden Augapfel und wußte, daß er Tok, dem dritten Cousin, gegenüberstand. Er hatte breite Schultern, ein zernarbtes, gefährlich wirkendes Gesicht und nicht die geringste Ähnlichkeit mit Chiu. In den Händen hielt er eine schwarze Nikon mit einem 135-mm-Objektiv.

Die Tür zwischen den beiden Schlafzimmern stand einen Spaltbreit offen. Nangi konnte flüsternde Stimmen hören, kauerte sich hinter Chiu und spähte ebenfalls in den angrenzenden Raum. Er sah ein Bett mit pinkfarbenen Decken und gelben Laken, darauf ein wahrer Berg rosa-gelber Kissen.

Und zwei Körper, beide praktisch nackt, die farblich ungefähr so gut aufeinander abgestimmt waren wie der Rest der Wohnung. Lius Geliebte hatte die leicht gelb getönte Haut der Chinesin, vertieft durch das Licht der Nachttischlampe. Neben ihr türmte sich ein überwältigend wirkender, an vielen Stellen behaarter Berg von einem Mann, dessen rosige Haut unschwer erkennen ließ, daß seine Wiege im Westen gestanden hatte.

Es war also gar nicht Liu, der ihr Bett teilte, sondern ein fast zwei

Meter großer Weißer mit kräftigem, aschblondem Haar, einer hohen Stirn, einem gepflegten Schnurrbart und blauen Augen.

Wo habe ich das Gesicht bloß schon mal gesehen? fragte sich Nangi. Es wollte ihm partout nicht einfallen, und so beschränkte er sich darauf, einfach nur zuzusehen und zu lauschen.

»Nächsten Dienstag bringen sie wieder eine Dreivierteltonne in die Kolonie«, sagte die Frau gerade auf englisch. »Wie üblich wird das Zeug durch Lius Kanäle geschleust.«

»Können wir es abfangen?« fragte der Mann mit dem aschblonden Haar. »Die letzte Razzia war erst vor sechs Wochen.«

»Diesmal geht es um mehr als nur Gold.« Die Augen der Chinesin funkelten. »Dienstag werden auch Informationen in die Kolonie gebracht. Höchst geheime Informationen.«

»Worüber?«

Sie kicherte und streichelte seinen behaarten Schenkel. »Wie wichtig ist es dir, das zu wissen?«

»Mir? Mir ist das völlig egal.« Nangi glaubte einen leicht schottischen Akzent aus dem Englisch des Mannes herauszuhören.

»Dann spielt es ja keine Rolle, daß ich es dir nicht sagen darf. Ich bin zur Verschwiegenheit verpflichtet.«

Die Augen des Mannes mit dem aschblonden Haar waren halb geschlossen. »Wenn es mir auch völlig egal ist, mein Darling, so könnte die Regierung Ihrer Majestät doch ein gewisses Interesse an diesen höchst geheimen Informationen haben.«

Ihre Finger streichelten ihn leicht zwischen den Beinen. »Aber was soll ich tun, ich stecke in der Zwickmühle. Ich kann doch das in mich gesetzte Vertrauen nicht enttäuschen.«

Der Mann gab ein tiefes Stöhnen von sich. »Da du mich um Hilfe gebeten hast, mein Darling, denke ich, daß du es mir trotzdem sagen solltest«, sagte er, die Zähne vor Lust zusammengebissen.

»Er ist so groß.« Der Blick der Chinesin war nach unten gewandert. »Es erstaunt mich immer wieder, wie groß du wirst.« Sie hob den Kopf. »Und weil das so ist, werde ich dir verraten, was du wissen willst.«

Nangi begriff, daß es sich um ein sexuelles Spiel zwischen den beiden handelte. Die Chinesin streichelte den Mann mit dem aschblonden Haar jetzt intensiver. Sie ließ die Augen nicht von ihrer Arbeit. »Die Information enthält neue Anweisungen für ungefähr die Hälfte aller kommunistischen Agenten, die in die Führungsetagen von Regierung, Polizei und Sicherheitsorganen der Kronkolonie eingeschleust worden sind.«

»Gütiger Himmel!«

Es war schwer zu entscheiden, ob der Mann auf die Neuigkeit oder auf die Zärtlichkeiten der Chinesin reagierte.

Mit einem kehligen Lachen schwang sich Lius Geliebte auf den mächtigen Körper und nahm sein erigiertes Glied mit einer einzigen gleitenden Bewegung in sich auf. Sie schloß die Augen und erschauerte, während sie sich dicht gegen seinen Schamhügel preßte.

»Zieh an meinen Brustwarzen«, keuchte sie. »Es macht mich wahnsinnig, wenn du das tust.«

Gehorsam hob er die Hände, und sie stieß einen schrillen Schrei aus. Im angrenzenden Raum schoß Tok derweil mit der schwarzen Nikon ein Foto nach dem anderen, wobei das Teleobjektiv dafür sorgte, daß ihm kein Detail der lustverzerrten Gesichter entging. Neben ihm kauerte Chiu und korrigierte den Aufnahmepegel des winzigen Kassettenrecorders, der über ein extrem starkes Richtmikrophon jeden Laut aus dem Nebenzimmer aufnahm.

Auf dem rosagelben Bett bäumte sich der Mann mit dem aschblonden Haar auf, als wollte er die Chinesin abwerfen, was mit größter Wahrscheinlichkeit nicht in seiner Absicht lag. Aber noch war er nicht so dem Rausch der Lust verfallen, daß er die Prioritäten aus dem Auge verloren hätte. »Ich möchte Liu nicht kompromittieren, das wirst du verstehen.«

Die Chinesin keuchte und stöhnte. »Das weiß ich... Ohhh!... und er weiß es auch. Er hat alles perfekt arrangiert.« Wieder stieß sie einen schrillen Schrei aus.

Chiu stieß Nangi an und bedeutete ihm, sich zurückzuziehen, was sie auch taten. Als sie wieder auf dem schmutzigen Hinterhof standen, wischte der Bankier sich mit einem Taschentuch den Schweiß von der Stirn. »Sie ist es ja gar nicht allein«, sagte er, »Liu selbst steckt dahinter. Er arbeitet auf beiden Seiten der Straße. Madonna, er spielt mit seinem Leben.«

»Bis jetzt hat er es noch nicht verloren«, meinte Chiu mit einem breiten Grinsen. »Er ist ein ausgesprochen kluger Mann... und er kann ziemlich unangenehm werden.«

Nangi bemühte sich, die Euphorie, die in ihm aufstieg, zu dämpfen. Zum erstenmal seit langem hatte er das Gefühl, Rückenwind zu haben, aber er mußte ganz sichergehen, und dabei brauchte er Hilfe. Er blickte Chiu an und fragte: »Wie können wir sicher sein, daß Lius Geliebte diesem Mann da keine gezielten kommunistischen Falschmeldungen untergeschoben hat?«

»Normalerweise gäbe es keine Möglichkeit, das zu überprüfen«, sagte der junge Chinese. »Meine Quellen bei den Kommunisten sind nicht sonderlich gut, und die meines Cousins Tok kann man kaum als besser bezeichnen.« Er grinste erneut, ehe er fortfuhr: »Aber in diesem Fall brauchen wir uns nicht um eine Verifizierung durch Dritte bemühen. Denn sehen Sie, der ausländische Teufel, den Sie da eben in der feurigen Umarmung von Lius Geliebter gesehen haben, ist Charles Percy Redman persönlich. Und niemand in ganz Hongkong, darunter sie als allerletzte, würde es wagen, ihn mit falschen Informationen zu füttern. Er kennt sich hier so gut aus, daß er den Braten innerhalb von Sekundenbruchteilen riechen würde, und dann hätte im wahrsten Sinn des Wortes ihr letztes Stündlein geschlagen.«

Nangi griff in die Brusttasche seines Sakkos, wo noch immer der glänzende rote Umschlag steckte, den Liu ihm beim Abschied überreicht hatte, um ihn noch tiefer zu demütigen. Er berührte den Umschlag und gestattete seiner Euphorie, sich voll zu entfalten.

*

»Was soll das heißen, Sie können es nicht lesen?«

»Genau das, Protorow-san«, antwortete Koten.

»Das ist doch Japanisch, oder nicht?« Protorow hatte sich selbst nie der Mühe unterzogen, Japanisch zu lernen, konnte aber dennoch nicht verstehen, daß jemand anderes damit ebenfalls seine Schwierigkeiten hatte.

»Ja und nein.«

»Ich bezahle Sie nicht, damit Sie mir Rätsel aufgeben.«

»Ich habe getan, was Sie von mir verlangten«, entgegnete der hünenhafte Sumomeister. »Ich habe Satos *kobun* infiltriert, ich habe mit Ihrem Leutnant Russilow beim *rotenburo* zusammengearbeitet, woraufhin wir Ihren letzten Spion verloren haben. Ich habe meine Pflicht getan.«

»Ihre Pflicht«, belehrte Viktor Protorow ihn, »ist immer das, was ich Ihnen gerade auftrage. Sie müssen mir die Papiere aus dem Tenshin Shoden Katori vorlesen. Ihr Leben hängt davon ab.«

»Dann muß ich mit Sicherheit sterben, Protorow-san, denn ich kann Ihnen diese Papiere nicht übersetzen. Sicher, die Sprache basiert auf chinesischen Ideogrammen, genau wie meine eigene, doch die Schriftzeichen, die ich hier sehe, sind zu kompliziert und lassen vor allem zu viele Fehlinterpretationen zu.« Er breitete die feisten Hände aus. »Was mich betrifft, so könnte es genausogut Arabisch sein. Ganz zweifellos handelt es sich um einen Code des *ryu*. Wenn Sie mir die Geschichte beim *rotenburo* überlassen hätten, wäre Ihr Spion jetzt hier bei uns und nicht anderthalb Meter tief unter der Erde. Er wäre sicherlich in der Lage gewesen, diese Zeilen zu übersetzen.« Er hob die Schultern und ließ sie wieder sinken. »Aber so –«

Protorow hämmerte mit der Faust auf die Tischplatte. Einen Moment lang glaubte er, vor Enttäuschung den Verstand zu verlieren. Dann atmete er ein paarmal tief durch, um seinen rasenden Puls zu beruhigen. Er begann nachzudenken.

»Linnear ist ein Ninja«, sagte Koten leise. »Er ist im Tenshin Shoden Katori ausgebildet worden. Es wäre vorstellbar…« Seine Stimme verlor sich.

Natürlich, das war seine einzige Chance. Protorow sprang auf. Er mußte hinter das Geheimnis von *Tenchi* kommen, oder er konnte die Zusammenarbeit von GRU und KGB ein für allemal vergessen. Und Linnear mußte ihm dabei helfen. Rasch verließ er den Raum und rief nach dem Arzt und seiner Zaubernadel.

»Ich muß sofort mit ihm reden«, erklärte er dem Arzt.

»Jetzt?« Die Augen des Arztes waren groß und rund hinter seinen dicken Brillengläsern. »Aber Sie haben gesagt, Sie ließen mir achtundvierzig Stunden, um ihn weichzukriegen.«

»Soviel Zeit habe ich nicht mehr«, schnappte Protorow. »Die wirkliche Welt, Doktor, verändert sich ständig und immer schneller. Sie müssen sich allmählich an diese plötzlichen Veränderungen gewöhnen.«

»Aber ich weiß nicht, wieviel ich in derart kurzer Zeit erreichen kann«, sagte der Arzt und bemühte sich, mit Protorow Schritt zu halten. »Seine Gehirnstromkurven sind absolut widersprüchlich. Ich kann mir einfach keinen Reim darauf machen. Ich kann Ihnen nicht einmal mit Sicherheit sagen, wie stark die Drogen anschlagen oder ob überhaupt.«

»Verdoppeln Sie die Dosis«, befahl Protorow. »Meinetwegen können Sie sie auch verdreifachen. Hauptsache, er redet, und zwar schnell.«

Der Arzt geriet in Panik. »Aber in einer derartigen Konzentration wird es ihn in fünfzehn Minuten, spätestens zwanzig umbringen.«

Protorow nickte. »Mehr Zeit brauche ich auch nicht, Doktor. Bitte machen Sie sich sofort an die Arbeit.«

*

»Sein Name ist Gordon Minck, und er hat mich hin und wieder in Key West besucht.«

»Was genau meinen Sie mit ›besuchen‹?«

»Es hat ihm gefallen, wie ich ihn geblasen habe«, sagte Alix Logan kalt. »Ist Ihre Frage damit ausreichend beantwortet?«

»Ich denke schon«, sagte Croaker.

Sie fuhren durch den Lincoln-Tunnel, unterwegs zur Wohnung von Matty dem Maul. Er dachte einen Moment über ihre Antwort nach. »Es tut mir leid«, sagte er schließlich, »ich wollte keine alten Wunden aufreißen.«

Alix ließ sich zurücksinken, bis ihr Nacken die Kopfstütze berührte, und schloß die Augen. »Was glauben Sie denn? Ein Mann wie er, stark, gutaussehend und mächtig auf eine gewisse, na ja, verinnerlichte Art, steht bloß da und glotzt mich verliebt an wie eine Kuh? Der Bursche ist gefährlich, und das sieht man in seinem Gesicht so deutlich wie ein zweites Paar Augen. ›Ich sollte dich umbringen lassen‹, sagte er zu mir, ›aber ich schaffe es nicht. Ich kann's mir einfach nicht vorstellen, dein Gesicht nicht mehr zu sehen.‹«

»Ach, wie rührend«, unterbrach Croaker sie. »Warum haben Sie mir das nicht schon früher erzählt?«

»Ich erzähle es Ihnen jetzt, oder nicht?«

Fluoreszierendes Licht und Schatten fielen über sie wie im Rhythmus eines Metronoms.

»›Ich will dich nicht verlieren‹, sagte er, ›aber ich bin in einer Branche, in der man sich keine Fehler leisten kann.‹ Dann hat er mich angesehen, und bei diesem Blick ist mir eiskalt geworden. ›Willst du ein Fehler sein, Alix?‹ – ›Nein, will ich nicht‹, habe ich ihm erklärt. ›Ist das ein Versprechen?‹ wollte er wissen. ›Ja‹, habe ich gesagt und meinte es auch so.« Sie begann zu weinen. »Und jetzt sehen Sie, was ich getan habe. Es ist alles Ihre Schuld.« Es war das Weinen eines verirrten, hilflosen Kindes.

Croaker hielt es nicht für nötig, ihre Worte zu widerlegen. Statt dessen führte er sie wieder an den Ausgangspunkt des Gesprächs zurück. »Also, wer ist nun dieser geheimnisvolle Minck?«

»Minck«, sagte Alix Logan. »Minck, Minck, Minck.« Wie der Name eines neuen Spielzeugs, von dem sie sich nicht trennen konnte. Dann gab sie sich einen Ruck. »Gordon Minck ist der Mann, der Angela Didion getötet hat.«

Croaker hätte beinahe die Kontrolle über den Wagen verloren. *»Was?«* Sein Kopf begann zu schmerzen, und hinter seinen Augen breitete sich ein gräßliches rotes Licht aus. »Sie müssen sich irren.« Seine Stimme war ein heiseres Flüstern.

Er dachte an all die Monate, in denen er sich verborgen gehalten, in ständiger Furcht vor Entdeckung gelebt hatte. Beim New York City Police Department war er nur noch ein Paria; im Grunde existierte er gar nicht mehr, allenfalls als Tex Bristol, ein Mann auf der Flucht. Er hatte gelogen, gestohlen und sich wiederholt gegen das Gesetz vergangen, auf das er so lange Jahre mit jeder Faser seines Wesens eingeschworen gewesen war. Was war mit ihm passiert? Wann hatte er den Verstand verloren? Er fühlte sich wie ein Malariaopfer, das soeben aus einem endlosen Fiebertraum erwacht. Monatelang hatte er nur an eine einzige Wahrheit geglaubt – daß Raphael Tomkin Angela Didion kaltblütig umgebracht hatte. Er war seiner so sicher gewesen. Alle Fakten hatten darauf hingewiesen...

Alix zog die Nase hoch. »Nein, ich irre mich nicht«, sagte sie. »Tomkin hatte den Fehler begangen, Angela von seiner Verbindung zu Minck zu erzählen, und Angela, dieses Miststück, hatte ein Gedächtnis so tief wie der Ozean. Sie konnte sich einfach an alles erinnern, und auf diese Weise hat sie es auch geschafft, praktisch alles von beinahe jedem zu kriegen. Sie erinnerte sich an Dinge, die die anderen vergessen wollten. Natürlich kam der Tag, an dem sie Tomkin mit ihrem Wissen zu erpressen versuchte. Ich weiß nicht genau, wann oder warum. Vielleicht gab es einen Diamanten, den sie haben und den er ihr nicht schenken wollte; vielleicht kam er sie nicht oft genug besuchen, oder er zeigte sich *zu* oft. Bei Angela konnte man nie wissen, woran man war. Mal wollte sie's heiß und mal kalt. Auf alle Fälle erkannte sie ein Druckmittel, wenn sie eins in der Hand hatte, und sie wußte, daß sie bei Tomkin auf Gold gestoßen war. Sie wollte etwas von ihm, und er parierte nicht so, wie sie es sich vorstellte, also drohte sie ihm, mit dem, was sie wußte, zu den Zeitungen zu gehen. Aber diesmal, glaube ich, war sie sich über die Natur des Tiers, das sie da beim Schwanz gepackt hatte, nicht ganz im klaren. Tomkin klappte sofort zu wie eine Auster. Er wußte auch, daß es keinen Sinn hatte, mit Angela zu streiten; dazu war sie zu halsstarrig. Also rief er Minck an, und Minck hetzte seine Bluthunde los. Es gab keine Verhandlungen, keine Zeit zur Besinnung. Womit auch immer Minck und Tomkin sich beschäftigten, die Sache war dafür zu groß. Natürlich mußte Tomkin dabeisein, als die Stunde der Wahrheit kam. Angela war so paranoid, daß sie Mincks Leuten auf keinen Fall die Tür geöffnet hätte. Tomkin bildete die Speerspitze, aber kaum hatte sie die Ketten und Riegel zurückgeschoben, stürmten alle drei herein.«

»War Tomkin tatsächlich dabei, als sie umgelegt wurde?« Croakers Stimme zitterte leicht, so wichtig war ihm die Antwort auf seine Frage.

»In der Wohnung, aber nicht im Schlafzimmer. Er stand an der Bar und setzte sich unter Betäubungsmittel. Seine Hand zitterte so stark, daß er mehr Scotch auf den Tresen schüttete als in sein Glas. Ich hatte mich in Angelas Kleiderschrank versteckt und konnte beide Zimmer überblicken. Als sie öffnen ging, war ich gerade aus dem Badezimmer gekommen. Ich hörte Angelas Winseln, hoch und schrill wie das eines Hundes, der geschlagen wird.« Sie zuckte mit den Schultern. »Ich weiß nicht mal, warum ich mich sofort in den Schrank geduckt habe.«

»Sie waren also der Augenzeuge, wie er im Buche steht.«

»Es gab überhaupt nichts Bösartiges an der Art, wie sie es taten.« Alix' Stimme bekam etwas Farbloses. »Sie gingen sehr... geschäftsmäßig vor. Es geschah alles unglaublich schnell. Ich weiß noch, wie entsetzt ich hinterher darüber war. Es hatte etwas Monströses, wie schnell alles ging... es sollte viel länger dauern, jemand das Leben zu nehmen.« Sie schloß die Augen. Tränen glitzerten an ihren Wimpern. »Hinterher haben sie natürlich dafür gesorgt, daß es nicht nach einer Exekution aussah. Sie haben sogar das Chaos beseitigt, das

Tomkin an der Bar angerichtet hatte. Mich haben sie nicht gefunden, weil ich in ein Geheimfach gekrochen war, das Angela sich hinten in ihren Schrank hatte einbauen lassen, um ihre Pelze und Juwelen zu verwahren; die wußte sie immer gern in der Nähe. Ich mußte mich ganz klein zusammenrollen, wie ein Ball. Ich konnte nichts hören und hatte wahnsinnige Angst, daß sie mich jeden Augenblick finden könnten. Es ist ihnen zwar nicht gelungen, aber sie müssen trotzdem von meiner Beziehung zu Angela gewußt haben, denn eine Woche nachdem ich nach Key West geflogen war, hatten sie mich aufgespürt. In der Zwischenzeit hatten sie ihre Hausaufgaben erledigt. Sie wußten, wo ich in jener Nacht gewesen war; sie wußten, daß ich alles mitangesehen haben mußte. Mincks Leute sind Profis.«

»Das habe ich auch schon gemerkt«, sagte Croaker nachdenklich. So also sah die Wahrheit aus, weder schwarz noch weiß. Tomkin hatte Angela nicht getötet, er hatte sie nur an die Killer verraten. Er hat es nicht angeordnet und einen entsprechenden Befehl auch nicht selbst ausgeführt. Er war lediglich dabeigewesen, als es geschah, der Lauscher an der Wand. Schuldig im Sinne der Anklage, Euer Ehren. Aber wie lautete die Anklage überhaupt, dachte Croaker mit bitterer Ironie. Auf keinen Fall Mord zweiten Grades; nicht einmal Totschlag. Mitschuld an einer Hinrichtung, das traf es eher. Der Druck auf den Commissioner, mit dem Ziel, die Sache unter den Tisch zu kehren, war nicht von ihm ausgegangen, sondern von Washington, D. C. Von Minck höchstpersönlich.

Mantel-und-Degen-Minck, dachte Croaker. Für wie viele Morde in dieser Art mochte er verantwortlich sein? Verantwortlich, ohne daß er je dafür zur Rechenschaft gezogen werden konnte, soviel wußte Croaker.

Als sie den Tunnel in Manhattan verließen, traf sie der Sonnenschein wie ein Faustschlag. Die Kühlerhaube verwandelte sich in gleißendes Messing. Croaker hielt sich rechts in Richtung 34. Straße, wo er nach links abbog und einige Blocks weiter, hinter der Ampel, wieder nach rechts. Auf der Second Avenue näherte er sich dem Zentrum von Manhattan.

Der Ärger, der in seinem Inneren aufstieg, richtete sich gegen Alix, ohne daß es seine Absicht gewesen wäre. Frauen und ihre Motive waren so undurchsichtig. Er wünschte bei Gott, sie hätte ihm all das schon vor Tagen erzählt, obwohl er nicht sah, was das für einen Unterschied bedeutet hätte. So oder so hätten sie aus Key West verschwinden müssen. Verdammt, verdammt, verdammt!

Sie berührte seinen Arm und sagte: »Es tut mir leid für das, was ich vorhin gesagt habe. Ich weiß, daß Sie keine Schuld an dieser ganzen Geschichte haben.« Sie fuhr sich mit den sonnengebräunten Fingern durch die blonde Mähne. »Ich konnte es da unten sowieso nicht mehr aushalten; in mancher Hinsicht war es wie ein Gefängnis. Schlimmer noch. Im Gefängnis weiß man wenigstens, wo man steht, nehme ich an. In Key West, ständig begleitet von den beiden Gorillas, wußte ich nie, was ich als nächstes zu erwarten hatte. Würde Minck auch weiterhin regelmäßig kommen? Würden seine Gefühle sich ändern? Würde er mich dann töten lassen? Mit der Zeit hatte ich das Gefühl, den Verstand zu verlieren. Blöd, was?«

»Nein«, sagte Croaker sanft, »absolut nicht.« Es war bemerkenswert, wie es ihr gelang, seinen Zorn zu besänftigen. Sie brauchte ihn nur zu berühren, ihn mit ihren geheimnisvollen Augen anzusehen, leise auf ihn einzureden, und all seine schwarzen Gedanken wurden zu Asche.

Sie gab einen Seufzer von sich, als wäre es ihr ausgesprochen wichtig gewesen, daß er ihre Emotionen verstand. »Ich wollte Ihnen schon von Anfang an die Wahrheit erzählen, Lew. Es ist wichtig, daß Sie mir das glauben.«

»Ich glaube Ihnen.«

Sie blickte ihn an. »Sagen Sie das nicht nur einfach so?«

»Ich sage überhaupt nichts einfach nur so, Alix.«

Das schien sie zu akzeptieren. »Ich stand unter einem Schock; Sie sind über mich gekommen wie ein, ich weiß nicht, wie ein Blitz aus heiterem Himmel.«

»Ein Ritter in schimmernder Rüstung.«

Es sollte ein Witz sein, aber sie faßte es anders auf. »O ja. Das wollte ich so gern glauben. Aber ich hatte Angst davor. Es wirkte zu schön, um wahr zu sein. All das hatte mich zu lange beschäftigt, es saß in mir wie eine Zeitbombe. Ich kam mir wieder so vor wie früher, als ich jünger war und das schönste Mädchen in meiner Klasse. Bitte halten Sie mich jetzt nicht für größenwahnsinnig; man brauchte bloß einen Spiegel, um zu dieser Feststellung zu gelangen. Die Jungen umschwärmten mich wie Bienen den Honigtopf. Anfangs habe ich das genossen. Welches Mädchen auch nicht? Aber dann, als ich mich mit einem nach dem anderen verabredete, Sie wissen schon, wie Kinder das so tun, erkannte ich auf einmal, warum sich alle mit mir treffen wollten. Sie waren gar nicht daran interessiert, sich mit mir zu unterhalten, mich kennenzulernen. Sie wollten bloß mit mir gesehen werden und mir nach einer gewissen Zeit unter den Rock fassen. Sie waren ununterbrochen scharf und konnten buchstäblich an nichts anderes denken. Eine Zeitlang habe ich meine Schönheit gehaßt.«

Sie legte Lew die Hand auf den Unterarm. »Bei Ihnen war es das gleiche, Lew. Warum waren Sie da? Was wollten Sie wirklich von mir?« Sie lachte. »Mir kam sogar der Gedanke, Minck könnte Sie geschickt haben, um mich auf die Probe zu stellen, aber das war wirklich *zu* verrückt, denn immerhin hatten Sie zwei seiner Männer umgebracht.«

»Bedeutet er Ihnen etwas?« Es war keine rhetorische Frage; in der Zukunft konnte die Antwort darauf für Croaker von entscheidender Bedeutung sein, ähnlich einem zusätzlichen Schutzschild oder einer Keule hinter dem Rücken. Er hatte seinen Beschluß nämlich bereits gefaßt. Es gab nur noch eine Sache, die ihm zu tun blieb.

»Wie kann ich das beantworten?« fragte Alix, während sie vor einem Apartmenthaus an den Randstein fuhren. »Die Affäre hat sich irgendwie nicht auf dieser Erde abgespielt; es hätte die Vorhölle sein können oder das Weltall. Ich habe keinerlei Bezugspunkte, an denen ich mich orientieren könnte. Sicherlich wäre ich nicht mit ihm ins Bett gegangen, wenn ich nicht irgendwas gefühlt hätte. Ich bin ganz und gar nicht so wie Angela. Trotzdem weiß ich nicht, was genau ich eigentlich gefühlt habe. Vielleicht wollte ich durch das Mit-ihm-Schlafen eine Verbindung herstellen, die sowohl physisch als auch psychisch war.«

»Nicht emotional?«

»Möglich, aber ich glaube es nicht. Ich habe eher den Eindruck, als wäre es mir darum gegangen, mich weniger als Gefangene zu fühlen, indem ich dieses Bindeglied schaffte.«

»Aber es hat nicht hingehauen.«

Ein Lächeln kräuselte ihre Lippen. »Meinen Sie, es hätte klappen können?«

»Nein.«

»Natürlich nicht. Es war dämlich von mir, absolut dämlich. Ich hätte jemand wie ihm gar nicht erst trauen dürfen. Aber mein Gott, Lew, ich war so verzweifelt. Es hat mich innerlich fast zerrissen. Ich hatte das Gefühl –«

Alix stieß einen Schrei aus, als das Explosivgeschoß durch das Seitenfenster platzte und dabei das Verdeck der Limousine halb zerfetzte. Croaker zog sie auf sich zu, drückte sie in den Sitz und warf sich über sie. Gleichzeitig riß er seinen Revolver aus dem Halfter. Ein zweiter Schuß ließ den Wagen erzittern, drang durch Chrom, Stahl, Aluminium und Plastik. Sicherheitsglas sprühte auf die Vordersitze wie glitzerndes Konfetti.

Croaker nahm einen Brandgeruch wahr. Das Verdeck war zu drei Vierteln verschwunden, die linke Hintertür aus ihren Angeln gerissen. Er beugte sich noch weiter vor, entriegelte die Vordertür auf der Beifahrerseite und rollte Alix mit der freien Hand auf den Bürgersteig wie einen Sack Kartoffeln.

Er schaltete die Zündung aus, aber schon hatte der dritte Schuß die Karosserie durchschlagen und sich in den Tank gebohrt. Es gab einen dumpfen Knall, als wenn jemand eine Bowlingkugel fallen gelassen hätte. Flammen loderten auf. Öliger Rauch legte sich Croaker auf die Atemwege und ließ ihn husten.

Er wandte sich in die Richtung, aus der die Schüsse abgefeuert worden waren, aber er hatte nicht genügend Bewegungsfreiheit, und der Qualm im Wagen wurde dichter. Er hörte das an- und abschwellende Jaulen von Sirenen, die schnell näher zu kommen schienen.

Er ließ sich ebenfalls aus dem Wagen rollen, packte Alix bei der Hand und begann zu rennen, wobei er den Eingang zu dem Gebäude, in dem Matty das Maul wohnte, ignorierte, als hätte er nicht die geringste Bedeutung für ihn.

Sie hasteten die Second Avenue hinunter. Ein Einsatzfahrzeug der Polizei kam ihnen entgegen, gefolgt von einem Feuerwehrwagen und mehreren Streifenwagen, alle mit eingeschalteten Sirenen und blitzendem Rotlicht. Passanten blieben stehen, starrten und bewegten sich dann langsam auf den Ort des Geschehens zu. Binnen kürzester Zeit hatte sich eine beträchtliche Menschenmenge angesammelt.

*

Tanja Wladimowa beobachtete die zusammenströmenden Leute und verfluchte sich, weil sie zu früh geschossen hatte. Aber sie war nicht sicher gewesen, wie lange die beiden dort stehenbleiben würden. Darüber hinaus hatte sich vor zehn Minuten ihr Piepser gemeldet; es war Zeit für den Abstecher nach Japan. Damit hatte sie so schnell nicht gerechnet, dazu noch gerade in dem Augenblick, da sie ihrer Beute so nah gewesen war.

Die Umstände hatten sich gegen sie verschworen; sie hatte sich von ihnen manipulieren lassen, statt umgekehrt. Sie schraubte die Attlow-Sonigen .385 auseinander und verstaute sie in einem Fach unter dem Teppichboden ihres Fahrzeugs. Selbst wenn sie nicht in Zeitnot gewesen wäre, hätte es keinen Sinn gehabt, Alix Logan und Lewis Croaker jetzt noch zu verfolgen.

Sie hatte die Fingerabdrücke vom Schauplatz der Schießerei in den Computer eingespeist, und ARRTS hatte seinen Namen ausgespuckt. Lewis Croaker. Zu viele Menschen, zu viele Cops hier. Und es wurden immer noch mehr. Die Zivilfahrzeuge der Detectives zerteilten den Verkehr wie Moses das Rote Meer.

Tanja startete und fuhr in die entgegengesetzte Richtung, durch den Midtown-Tunnel und dann auf dem Long Island Expressway zum Kennedy Airport. Während sie auf der Überholspur dahinglitt und die erlaubte Höchstgeschwindigkeit voll ausnutzte, verdrängte sie das mißglückte Unternehmen von vorhin. Etwa eine Meile weiter mußte sie das Tempo drosseln, denn vor ihr hatte sich ein Stau gebildet. Sie begann sich auf das zu konzentrieren, was sie als nächstes tun mußte und in welcher Reihenfolge sie es am besten anging.

*

Da war ein nadelspitzes Licht, und es beunruhigte ihn, denn es bohrte sich immer wieder in einem seltsamen Rhythmus in sein Gehirn. *Dum-ti-dum-ti-dum-dum.*

Ansonsten war er vom milchigen Leuchten des mondbeschienenen Wegs umgeben. Eigentlich hätte *getsumei-no-michi* absolut undurchdringlich und friedlich sein sollen, und das wäre er ohne dieses nadelspitze Licht auch gewesen. *Dum-ti-dum-ti-dum-dum.*

Er versuchte, an nichts zu denken. Das wenigstens hätte ihm leichtfallen müssen. Aber es gelang ihm nicht. Vergeblich suchte er die Leere; jedesmal, wenn er einen freien Pfad gefunden zu haben glaubte, stand ihm das nadelspitze Licht im Weg. Er versuchte, es beiseite zu schieben; der Versuch mißlang. Er versuchte es mit *kiai*, hatte aber ebenfalls keinen Erfolg. Die Stiche der Lichtspitze wirkten wie elektrische Schocks und entzogen ihm nach und nach alle Kraft. Er konnte nicht mehr denken, konnte sich nicht konzentrieren, war unfähig, seinen Mittelpunkt zu finden. Wenn er nur sein *dai-katana* gehabt hätte; wenn er sich nur daran erinnern könnte, wo *Iss-hogai* geblieben war.

Dum-ti-dum-ti-dum-DUM.

»*Iss-hogai*«, murmelte Nicholas. Er war noch immer an Protorows Rad gefesselt. Er schwitzte.

»Was, zum Teufel, soll das heißen?« wollte Protorow wissen. »Koten?«

»Es heißt ›Für das Leben‹«, sagte der *sumo* verdrossen. »Solche Namen haben die Samurai früher ihren Schwertern gegeben.« Er fühlte sich unwohl. Das Vorgehen Protorows war ermüdend. Er wäre liebend gern mit Nicholas Linnear allein gewesen. Fünf Minuten hätten völlig ausgereicht, dachte er. »Was allerdings ein *ninja* mit einem Samuraischwert anfangen sollte, übersteigt meinen Horizont.«

»Ob es sich um *sein* Schwert handelt?« fragte Protorow, dem nichts entging. »Russilow, haben Sie eine derartige Waffe bei ihm entdeckt?«

»Nein.«

»Haben Sie *irgend etwas* in der Art gesehen?«

»Nein, Genosse Direktor.«

Protorow baute sich wieder vor seinem Gefangenen auf. »Nicholas«, sagte er in gänzlich verändertem Tonfall, »wo ist Ihr *katana*? Wo ist *Iss-hogai*?«

DUM-TI-DUM-TI-DUM-DUM.

Die Nadelspitze ließ ihn nicht in Ruhe, stach immer wieder in sein Gehirn. »*Ro-Rotenburo.*«

»Das ist schlecht«, sagte Koten. »Ein Samuraischwert ist wie eine Unterschrift seines Besitzers. Wenn es jemand findet, könnte er anfangen, herumzuschnüffeln und Fragen zu stellen.«

Protorow nickte, als hätte er auch schon daran gedacht. »Gehen Sie, Koten«, sagte er. »Holen Sie es her.«

»Wenn wir es hier haben, besteht die Möglichkeit, daß er es in die Hände bekommt«, warnte Koten ihn.

»Zerbrechen Sie sich darüber nicht den Kopf«, entgegnete Protorow. Nach kurzem Nachdenken fragte er: »Was würden Sie sagen, ist er Links- oder Rechtshänder?«

Koten trat auf Nicholas zu und untersuchte die Schwielen an beiden Handwurzeln. »Rechtshänder, meiner Meinung nach.«

»Brechen Sie ihm die ersten drei Finger der betreffenden Hand.«

Koten war überglücklich. Beinahe liebevoll ergriff er den Zeigefinger von Nicholas' rechter Hand. Er löste die Fessel, dann bog er den Finger scharf zur Seite. Nicholas stöhnte, eine Erschütterung durchlief seinen Körper. Schweiß rann ihm über das Gesicht wie Wasser einem Schwimmer.

Zwei weitere Male löste Koten einen Finger aus seiner Fesselung und bog ihn, bis er brach. Zwei weitere Male stöhnte Nicholas auf und zuckte zusammen. Er war in Schweiß gebadet. Sein Kopf hing herab, das Kinn ruhte auf der wogenden Brust. Der Arzt überprüfte seinen Puls und den Blutdruck.

»Jetzt gehen Sie und bringen mir sein Schwert«, sagte Protorow. »Dann können wir sicher sein, daß wir keinen Ärger kriegen.«

Als Koten verschwunden war, holte Protorow die Papiere heraus, die sein Spion im Tenshin Shoden Katori-*ryu* gestohlen hatte. Er starrte auf die rechte Hand seines Gefangenen, die jetzt nur noch an zwei Riemen hing. Die gebrochenen Finger waren bereits angeschwollen, das Fleisch verfärbte sich dunkel.

»Wie werden sich die Schmerzen auf seinen Zustand auswirken?« fragte er den Arzt.

»Sie sollten ihn etwas munterer machen.«

»Können sie sein Denkvermögen beeinträchtigen?«

»Bei jedem anderen würde ich sagen, ja; bei ihm auf keinen Fall.«

Protorow nickte und packte eine Handvoll von Nicholas Linnears nassem Haar. Er hob den Kopf des Gefangenen hoch und versetzte ihm in rascher Folge mehrere Schläge ins Gesicht, bis sich die Lider flatternd öffneten. Dann hielt er Nicholas die erste Seite des chiffrierten Textes vor die Augen. Mit sanfter Stimme sagte er: »Ich habe hier etwas für Sie zu lesen, Nicholas. Etwas, das Ihnen gefallen wird.«

Nicholas runzelte die Stirn. Tief im Innern fühlte er einen entsetzlichen Schmerz, ein Dreizack mit vergifteten Spitzen, der sich in seinen Körper bohrte. Er schien allerdings noch weit fort zu sein, als handele es sich eher um einen Traum oder eine Halluzination.

Er versuchte sich zu konzentrieren. Er schien durch eine Art Zellmasse zu schwimmen, die ihn wieder zurückwarf. Oder dachte er nur, daß er immer wieder zurückgeworfen würde?

Schwarz und weiß, Kreise und Fontänen, schwarz, neue Fontänen, weiß.

»Konzentrieren Sie sich«, lautete der Befehl, der von dem nadelspitzen Licht direkt in sein Gehirn implantiert wurde. Am besten gehorchte er. Konzentration.

Schriftzeichen schwammen an seinem Gesicht vorbei wie ein Schwarm von Fischen, flackerten wie Flammen, peitschten ihn wie Regen. Es regnete. Regnete Buchstaben.

Keine Buchstaben. *Ideogramme.*

Er las. Er sah sich Auge in Auge mit dem, was er so lange gesucht hatte. *Tenchi.*

»Vor drei Jahren... die *Hare Maru* in Seenot während eines Taifuns... über fünfzig Tote... Seeleute und Zivilisten... größtes Schiffahrtsunglück seit fünfundzwanzig Jahren... sofort nach Wetterbesserung Unterwasserrettungsmaßnahmen eingeleitet... an der Stelle des letzten Funkspruchs... der Meerenge von Nemuro.«

Er schob den dumpfen Schmerz fort von sich, schloß eine Tür dahinter, genau wie hinter der weißen Nadelspitze: *dum-ti-dum-t...*

Stille. Er verließ *getsumei-no-michi*, der ihm keine Hilfe gewesen war, und aktivierte sein Realitätsbewußtsein, der Masse starker Chemikalien zum Trotz. Während er sich darauf konzentrierte, sie in harmlose Komponenten zu zerlegen, die dann ausgeschieden werden würden – eine ninjutsu-Kunst, die als *ogawo-no-jutsu* bekannt war –, tat er nebenbei genau das, was Protorow von ihm verlangte: er entdeckte das Geheimnis von *Tenchi.*

Es entging ihm nicht, daß der Text, den er las, chiffriert war. Der Tenshin-Shoden-Katori-Code. Außerdem begriff er, daß Protorow, wenn er das Dokument ausgerechnet ihm zeigte, wohl niemand anderen hatte, der ihm den Text übersetzen konnte. Und wenn er, Nicholas, starb, würde es das Ende bedeuten, denn dann gab es keine Möglichkeit mehr, den Inhalt in Erfahrung zu bringen.

Daher, beschloß Nicholas, nachdem er alles in sich aufgenommen hatte, mußte er sterben. Und noch während sein Verstand voll Ehrfurcht die phantastischen Dimensionen von *Tenchi* in sich aufnahm, während die Erinnerung an Satos Traum von einem den Kinderschuhen entwachsenen, durch und durch selbständigen und autonomen Japan ihn erfüllte, begann er, seine Erkenntnis in die Tat umzusetzen.

Protorow beobachtete seinen Gefangenen genau, konnte aber

nicht erkennen, ob Nicholas nur auf das Papier starrte oder den Text las. Kannte er den Code oder kannte er ihn nicht?

»Sagen Sie mir, was hier steht«, wiederholte er immer wieder und schwenkte dabei alle vier Blätter. »Sagen Sie es mir, los, ich will wissen, was hier steht.« Aber Nicholas Linnears Augen begannen zu schielen, und Protorow merkte, daß sein Gefangener blasser wurde.

Der Arzt trat zwischen sie. »Halt, das reicht«, sagte er und setzte Nicholas das Stethoskop auf die Brust. Im nächsten Moment riß er sich die Stöpsel aus den Ohren und hämmerte dem Gefangenen die Faust gegen den Rippenkasten, immer wieder, wobei er seine andere Hand als Dämpfer benutzte.

»Ich habe Sie davor gewarnt«, brachte er zwischen zwei Grunzlauten heraus. »Wir werden ihn verlieren.«

»Nein!« rief Protorow. »Sie müssen ihn retten! Das ist ein Befehl!«

Der Arzt gab ein bellendes Lachen von sich. »Im Gegensatz zu Ihnen, Genosse, weiß ich, daß ich kein Gott bin. Ich kann Tote nicht zum Leben erwecken.« Er ließ die Hände sinken und starrte sie einen Moment lang an, ehe er sich Protorow zuwandte. »Ich kann das, was Sie ihm angetan haben, nicht wieder rückgängig machen, Genosse Direktor.«

»Holen Sie ihn zurück, Doktor!« brüllte Protorow außer sich. »Er hat mir noch nichts gesagt, überhaupt nichts!«

»Alle neuropharmakologischen Experimente bergen ein gewisses Risiko. Das Gleichgewicht ist höchst –«

Protorow schlug dem Arzt mitten ins Gesicht. Der Arzt wurde blaß und wischte sich etwas Blut von der aufgeplatzten Oberlippe. »Dafür werden Sie bezahlen, Protorow. Ich werde der Zentrale melden, daß –«

»Sie haben ihn umgebracht!« Protorows Stimme war ein tiefes, gutturales Knurren. »Das war Ihr Werk!« Seine Hände zitterten vor Wut. *Tenchi*, das Gipfeltreffen von KGB und GRU, die Zweite Revolution, das alles war jetzt nur noch Staub im Wind. »Russilow!« brüllte er. »Nehmen Sie den Mann fest. Und wenn er nur die geringsten Schwierigkeiten macht, jagen Sie ihm eine Kugel durch den Kopf.« Er packte den Arzt bei den Kittelaufschlägen und schleuderte ihn auf Russilow zu. »Sie haben Ihre letzte Drohung ausgestoßen!«

Russilow nahm den Arzt in den Polizeigriff und führte ihn aus der Stahlkammer.

Vergeblich versuchte Protorow, die Wut, die ihn schüttelte wie einen Baum im Sturm, unter Kontrolle zu bekommen. Er konnte es einfach nicht glauben. Es war empörend, unbegreiflich. Wie konnte das passieren? Er *wollte* es einfach nicht glauben.

Er wandte sich Nicholas Linnears schlaffem Körper zu, betrachtete ihn, wie man sein eigenes Versagen betrachtet. Er verabscheute ihn mit einer Leidenschaft, die an körperlichen Schmerz grenzte. Er erinnerte sich, einmal eine Ikone, ein blattgoldverziertes Kruzifix mit einem blutenden, schmerzverzerrten Christus daran, von der Wand geschlagen und mit dem Stiefelabsatz zertreten zu haben, weil er sich von der Qual im Gesicht des Gekreuzigten verhöhnt fühlte. Jetzt, in diesem Moment, verstand er den wahren Umfang dieser Qual, geboren aus tiefster Enttäuschung.

Bis zu dieser Sekunde hatte er nie einen wirklichen Zweifel daran gehegt, daß er sein Ziel, all seine Ziele erreichen würde. Hochfliegend oder nicht, er würde gewinnen, denn er war intelligent und skrupellos. Wie Einstein war er ein intuitiver Denker, der sich mit großen Sprüngen vorwärtsbewegen und solcherart die ermüdenden Pfade der Logik umgehen konnte. Näher, das wußte er, würde kein Mensch jemals an ein Phänomen wie die Lichtgeschwindigkeit herankommen.

Doch nun mußte er sich der niederschmetternden Erkenntnis stellen, daß ihm damit allein nicht gedient war. Das Geheimnis von *Tenchi* würde ihm verborgen bleiben, es würde kein Gipfeltreffen geben und daher auch keine Revolution. Viktor Protorow würde nicht in die Geschichte eingehen; sie würde ihn nicht einmal wahrnehmen.

Er starrte Nicholas Linnear mit geradezu mörderischer Wut an und sah doch nur seinen eigenen Fehlschlag. Er sah, wie nahe er dem Sieg gewesen war... und in welche Ferne er ihn nun selbst wieder gerückt hatte. Dieses Wissen war mehr, als er ertragen konnte.

Er warf sich auf Nicholas, hämmerte mit den Fäusten auf das kalte Fleisch ein und schrie dabei laut vor Wut. Doch auch dieser berserkerhafte Ausbruch konnte seinen Schmerz nicht betäuben, denn er mußte erkennen, daß es nicht sehr würdevoll war, einen leblosen Gefesselten zu schlagen.

Immer noch grunzend wie ein Eber löste er die Lederriemen, die Nicholas an das Rad fesselten. Zuerst befreite er die Finger und Handgelenke, dann die Schenkel und Fußgelenke. Als letztes durchtrennte er den Hüftriemen, und der Körper fiel schwer zu Boden.

Protorow versetzte dem Körper einen Tritt in die Seite, dann noch einen. Als hätte er die Besinnung verloren, ließ er seinen bestiefelten Fuß immer wieder auf Nicholas Linnear niedersausen. Schließlich beugte er sich, wie berauscht von rotglühender Wut, über den Liegenden, um ihm einen letzten Schlag ins Gesicht zu versetzen.

In diesem Moment öffnete die Leiche die Augen. Viktor Protorow erstarrte. Nicholas Linnear richtete sich auf, und seine unverletzte Hand schoß auf Protorows Hals zu.

*

Dem abendländisch geschulten Verstand fällt es schwer, die Idee des Todes zu verstehen. Da man ihn nicht akzeptiert und ihn auch nicht als Bestandteil des Lebens sieht, sind menschliche Lebewesen meistens schwer zu töten. Der Organismus will einfach nicht sterben; er klammert sich geradezu ans Leben und gibt daher dem Körper nicht selten schier übermenschliche Kräfte.

Und dann ist da noch der Körper selbst. Eine auf den Kopf abgefeuerte Kugel kann vom Schädelknochen abgelenkt werden, ebenso wie eine Messerklinge an einer Rippe abprallen kann.

Im Osten, wo der Tod traditionell wenig oder keine Bedeutung hat, ergibt sich eine andere Situation. Der Tod kommt hier oft mit der Geschwindigkeit eines Blitzes.

Und auf genau diese Weise kam der Tod zu Viktor Protorow, wurde Nicholas Linnear tatsächlich zu C. Gordon Mincks rächendem Schwert. Vielleicht wußte er in diesem Moment, wozu er benutzt worden war. Auf alle Fälle kümmerte es ihn nicht.

Sein Verstand war absolut klar und völlig leer, als er mit dem Daumen seiner linken Hand zudrückte, Protorows Schlüsselbein brach und mit den so entstandenen Knochensplittern die Hauptschlagadern durchtrennte, die an dieser Stelle vom Herz nach oben streben wie ein Äste treibender Baum.

Es dauerte keine zwei Sekunden. Es war ganz einfach. Fünfunddreißig Jahre individuellen Trainings und vielleicht tausend vorher, die der Vervollkommnung dieser Disziplin gedient hatten, degradierten den Akt des Tötens auf das Niveau eines Fingerschnippens.

*

»Und das hier ist für den dritten Cousin Tok«, sagte Nangi und schob sechstausend Hongkong-Dollar über den Tisch. »Ich möchte, daß Sie großzügig mit dem *h'eung yau* umgehen«, sagte er, wohl wissend, daß man durch verschwenderisches Schmiergeld ungeheuer an Gesicht gewann. »Aber achten Sie auch darauf, den patriotischen Aspekt der Angelegenheit zu betonen. Ich möchte, daß Tok umfassend darüber informiert wird, wer diese Leute sind. Dann wird ihm die Sache nämlich erst richtig Spaß machen.«

Chiu nickte. »Ich verstehe vollkommen.«

»Gut.« Nangi lächelte. »In Amerika würden Sie es weit bringen, junger Mann.«

»Vielleicht«, entgegnete Chiu. »Aber ich habe keine Lust, die Kronkolonie zu verlassen. Mein Wohlstand wird hier begründet werden.«

Daran zweifelte Nangi nicht eine Sekunde. Der Abendnebel breitete sich wie ein Samtmantel über die Stadt. Nangi stand auf und sagte: »Ich komme um vor Hunger. Wollen wir essen gehen?«

Chiu nickte. »Wonach steht Ihnen der Sinn?«

»Nach einem schönen chinesischen Mahl«, sagte Nangi. »Wo, das überlasse ich ganz Ihnen.«

Der junge Mann betrachtete ihn einen Moment lang, dann deutete er eine Verbeugung an und sagte: »Hier entlang, bitte.«

Mit dem Wagen fuhren sie hinaus aufs Land, in den Norden der New Territories. Als sie das Restaurant erreicht hatten, war es bereits dunkel geworden. Es schien sich um ein Fischerdorf zu handeln, denn hinter einer Handvoll geduckter Häuser konnte Nangi an einem Kai vertäute Boote sehen und dahinter das im Mondlicht glitzernde Meer.

»Auf der anderen Seite liegt Rotchina«, sagte Chiu. »Manchmal bringen die Boote mehr Flüchtlinge als Fische mit zurück.«

Nach chinesischer Tradition suchte er für sich und seinen Gast die noch lebenden Meerestiere, die sie zu verspeisen gedachten, aus mehreren Bassins zusammen und ließ sie dann ins Innere des Restaurants bringen. Der Besitzer begrüßte ihn mit großer Unterwürfigkeit, mehr wie einen Prinz auf Besuch als wie einen normalen Sterblichen.

Das neungängige Mahl dauerte länger als drei Stunden, während derer sie, chinesischem Brauch entsprechend, nicht ein Wort über Dinge von Bedeutung verloren. Anders als die Japaner, denen es immer und überall ums Geschäft ging, waren die Chinesen der Ansicht, daß nichts vom Genuß einer guten Mahlzeit ablenken dürfe.

Als sie schließlich zum Hotel zurückgekehrt waren, bat Nangi Chiu, noch einen Moment mit hinaufzukommen. In seinem Schlüsselfach am Empfang steckte eine Nachricht. Sie enthielt keine Telefonnummer, unter der er zurückrufen konnte, sondern eine Adresse und ein Datum: morgen – oder besser heute, da es schon nach Mitternacht war – um zwei Uhr in der Frühe. Madonna, dachte Nangi verzweifelt, was soll ich jetzt tun?

»Ich muß mich heute morgen mit einem Mann treffen«, erklärte er Chiu, als sie seine Suite erreicht hatten. »In knapp zwei Stunden.« Er las ihm die Adresse vor, eine Hausnummer an der Wong Chuk Hang Road.

»Das ist der Ozeanpark«, sagte Chiu. »Normalerweise wäre er um diese Stunde längst geschlossen, aber zur Zeit ist er wegen des Drachenbootfestes Tag und Nacht geöffnet. Das Fest beginnt übermorgen, am fünften Tag des fünften Mondes. Die Touristen sollen angeblich davon begeistert sein, und ein Teil der Einnahmen kommen dem Vergnügungspark zugute.«

Nangi öffnete den Schrank und holte zwei identisch aussehende dicke gelbe Umschläge heraus. Einen davon reichte er Chiu.

»Diesen Umschlag muß ich nachher zu meiner Verabredung mitnehmen«, sagte er. »Die Kopie, die Sie da haben, sollte eigentlich schon beim Gouverneur sein, wenn das Gespräch stattfindet. Ich hätte mich dann etwas sicherer gefühlt. Aber jetzt –«

»Einen Moment«, unterbrach ihn Chiu. »Darf ich mal Ihr Telefon benutzen?«

»Natürlich.«

Nicht ganz fünf Minuten lang redete der junge Mann in rasend schnellem Chinesisch auf seinen Gesprächspartner am anderen Ende der Leitung ein. Dann legte er den Hörer auf die Gabel zurück und wandte sich an Nangi. »Ich habe alles arrangiert. Kein Grund zur Unruhe.«

»Was haben Sie arrangiert?«

»Um Punkt zwei Uhr heute morgen sitze ich dem Gouverneur von Hongkong gegenüber«, antwortete Chiu.

Nangi fiel aus allen Wolken. »Das... das verstehe ich nicht. Wie ist so was möglich?«

»Mein Vater kümmert sich darum. Wie ich schon sagte, kein Grund zur Sorge.«

Nangi fragte sich, was oder wer Chius Vater sein mochte, daß es ihm gelang, den Gouverneur zu so nachtschlafender Zeit zu erreichen. Wieviel Macht mußte man dazu besitzen? War er vielleicht einer der fünf Drachen, der mächtigsten Verbrecherfürsten der Kolonie?

Nangi verbeugte sich. »Ich stehe in Ihrer Schuld.«

»So wie ich in Ihrer. Ich habe bei meinem Vater außerordentlich an Gesicht gewonnen.«

»Worüber werden Sie mit dem Gouverneur reden, wenn Sie bei ihm sind?«

»Mein Vater wird das Wort führen.«

Nangi überlegte einen Moment. »Wenn ich Sie bis um drei nicht angerufen habe, müssen Sie das Schlimmste vermuten. Dann geben Sie dem Gouverneur das gesamte Beweismaterial gegen Liu.«

»Das wird eine Sensation«, sagte Chiu. »Ein Skandal erster Güte. Die Kommunisten werden ungeheuer an Gesicht verlieren.«

»Und ob, nicht wahr?«

»Sehr schlecht für sie.«

Nangi nickte. »So oder so, die Sache wird in der Tat unangenehm für sie.«

Sie standen sich etwas verloren in dem großen Raum gegenüber. Es gab nicht mehr viel zu sagen, und die Zeit wurde knapp.

»Mögen alle Götter Sie beschützen«, flüsterte Nangi. Er sprach von den zahllosen chinesischen Gottheiten, an die er natürlich nicht glaubte, die Chiu aber sehr viel bedeuteten. Lautlos betete er für sie beide. Dann sagten sie sich Lebewohl.

*

Der Ozeanpark erstreckte sich über mehrere Ebenen, eine auch mitten in der Nacht farbenprächtig erleuchtete Anlage aus Bonsaigärten, kleinen Wasserfällen, Schwanenteichen, buntbemalten Toren und zierlichen Pavillons. Auf den breiten Wegen zwischen den Attraktionen drängten sich Touristen aus aller Herren Länder.

Weisungsgemäß erstand Nangi eine Karte für eine der vier Drahtseilbahnen, die fast tausend Meter hoch zu einem Felsvorsprung über dem Südchinesischen Meer fuhren. In die winzigen Glasgondeln paßten nicht mehr als sechs Passagiere. Man hatte Nangi nahegelegt, die Linie ganz links zu nehmen, und so reihte er sich in die bereits wartende Schlange ein, die sich in Abständen vorwärtsbewegte, wenn wieder eine der Gondeln den Weg nach oben angetreten hatte.

Keiner der anderen Wartenden schien sich für ihn zu interessieren. Nach zehn Minuten war er an die Spitze der Schlange vorgedrungen. Vielleicht würde man sich erst oben auf dem Felsvorsprung mit ihm in Verbindung setzen.

Die Gondel schwebte heran, leer, schwang herum. Die Türen öffneten sich, und der uniformierte Wärter winkte Nangi vorwärts. Aus den Augenwinkeln bemerkte er, daß der Wärter der Familie hinter ihm den Eintritt verwehrte.

Der Platz in der Gondel war so beschränkt, daß es ihm nur mit Mühe gelang, sich zu setzen. Ein Mann stieg ein. Woher er kam, vermochte Nangi nicht zu sagen. Die Türen schlossen sich, und die Kabine ruckte an. Langsam setzte sie sich in Bewegung. Als sie die Station verlassen hatten, konnte Nangi die anderen Kabinen wie erleuchtete Glasmurmeln über sich schweben sehen.

Er nahm seinen Mitfahrer genauer in Augenschein. Es handelte sich um einen Chinesen, der genausogut fünfzig wie siebzig sein konnte. Als der andere seinen prüfenden Blick bemerkte, fletschte er zwei Reihen glänzender Goldzähne zu einem grimassierenden Lächeln.

»Guten Morgen, Mr. Nangi«, sagte der Chinese auf englisch. »Ich bin Lo Whan.«

Nangi wünschte dem Chinesen ebenfalls höflich einen guten Morgen.

»Waren Sie schon mal im Ozeanpark?«

»Noch nie. Aber in Hongkong war ich schon oft.«

»Ist das so?« Lo Whans Tonfall ließ erkennen, daß ihn diese Information nicht sonderlich interessierte. »Ich selbst war schon häufig hier. Ich kann mich gar nicht satt sehen an der Aussicht. Und leider hat man nur selten Gelegenheit, sie zu dieser frühen Stunde zu genießen.«

In der Tat war der Anblick des endlosen Südchinesischen Meers unter ihnen mit den vielen kleinen schwarzen Inseln in der Dunkelheit in höchstem Maße beeindruckend.

»Sie können sich glücklich preisen«, sagte Lo Whan, und Nangi war nicht sicher, ob er die Aussicht meinte oder ob die Worte einen versteckten Sinn beinhalteten. Der Chinese faltete die Hände im Schoß, während sie den steilen Berghang hinaufgetragen wurden.

»Mir ist zu Ohren gekommen«, sagte Lo Whan, »und zwar aus ungewöhnlicher Quelle, daß gewisse Informationen ausgetauscht werden sollen.« Seine Augen funkelten. »Informationen von ›lebenswichtiger Bedeutung‹ lautete, glaube ich, die verwendete Bezeichnung. Des weiteren ist mir zu Ohren gekommen, daß diese Informationen gewisse, eh, Bindeglieder nach Kanton und noch weiter nördlich betreffen, die unter bestimmten Umständen kompromittiert werden könnten.«

Nangi nickte. »Das trifft zu, im weitesten Sinn.«

»Ich verstehe.«

Nangi holte eine Kopie des Vertrags, den er und Liu unterzeichnet hatten, hervor und faltete sie auseinander. Dann reichte er dem Chinesen den gelben Umschlag. Vorsichtig, als handelte es sich um eine Briefbombe, schlitzte Lo Whan das Kuvert mit dem überlangen Ringfingernagel der rechten Hand auf. Er ließ den Inhalt herausgleiten und nahm ihn genau in Augenschein. Es handelte sich um sechzehn technisch perfekte Schwarzweißabzüge im Format 8x10, einen winzigen Kassettenrecorder mit der ungeschnittenen Tonbandaufzeichnung, die Chiu in der Wohnung von Lius Gespielin gemacht hatte, und eine zwölfseitige Abschrift des Bandes.

Lo Whan setzte eine goldgerandete Brille auf und ignorierte Nangi und die Umgebung für die nächsten zehn Minuten, gänzlich in Anspruch genommen von dem, was er in den Händen hielt.

Als er das ganze Material sorgfältig studiert hatte, schob er es wieder in den Umschlag zurück und blickte auf. Sie hatten die »Himmelsstation« erreicht, die Gondel hielt an. Sie verließen die Kabine und schlenderten auf den Felsvorsprung hinaus.

»Interessant«, sagte Lo Whan und klemmte sich den Umschlag unter den Arm wie eine Aktenmappe. »Aber kaum den Preis wert, den Sie verlangen.« Er zuckte mit den Schultern. »Wir können Liu jederzeit in die sichere Heimat zurückschaffen.«

»Ich glaube nicht, daß das ganz so einfach geht«, sagte Nangi und bemühte sich, nicht gegen einen der herumliegenden Steine zu stoßen. Lo Whan schien absichtlich einen Pfad gewählt zu haben, auf dem es von ihnen nur so wimmelte. »Liu ist hier gewissermaßen eine Institution. Wenn Sie ihn jetzt plötzlich abziehen, verlieren Sie mehr, als Sie gewinnen.«

Lo Whan war in Gedanken versunken. Nichts wäre ihm lieber gewesen, als wenn Liu in genau diesem Moment in der Badewanne das Gleichgewicht verloren und sich das Genick gebrochen hätte. *Das würde uns allen großen Gesichtsverlust ersparen, und ich könnte diesen gerissenen japanischen Affen mit einem Fußtritt zurück auf seine winzige Heimatinsel befördern, wo er hingehört.* Aber gleichzeitig wußte Lo Whan, daß es sich dabei um reines Wunschdenken handelte.

Alles, was Nangi sagte, traf zu. Liu jetzt aus Hongkong abzuziehen, konnte ihre ganze Strategie über den Haufen werfen. Auf einmal hatte Lo Whan eine Idee. Ohne eine Miene zu verziehen, starrte er weiter auf die See hinaus. Er betrachtete die Idee von allen Seiten, als wäre sie ein Edelstein, den er zu erwerben gedachte, was sie in gewisser Weise auch war. Je länger er sich mit dem Gedanken beschäftigte, desto besser gefiel er ihm. Ja, er war sicher, damit konnte er diesen Barbaren des Ostens in die Knie zwingen.

»Wir möchten natürlich nicht, daß Mr. Liu etwas Unangenehmes widerfährt«, begann er vorsichtig. »Genauer gesagt, wir möchten, daß er bleibt, wo er ist, und ungestört seiner Arbeit nachgehen kann.« Er griff in die Jackentasche und holte das Gegenstück zu Nangis Kopie des Vertrags heraus. »Dieses Dokument hier wird für null und nichtig erklärt, sobald wir uns auf einen bestimmten Punkt geeinigt haben. Alles Beweismaterial, das Sie gegen Liu und seine Gespielin zusammengetragen haben – Originale, Kopien, Negative, einfach alles –, wird zu einer bestimmten Adresse, die ich Ihnen noch gebe, geschafft und dort vernichtet. Zusätzlich unterzeichnen Sie eine Erklärung, derzufolge Sie sich verpflichten, nie wieder etwas gegen einen von ihnen zu unternehmen und auch keinen Dritten dazu anzustiften.«

»Aber ich will gar nicht, daß der Vertrag für null und nichtig erklärt wird«, sagte Nangi. Er wußte, daß er ein gigantisches Risiko einging, aber der Einsatz schien es ihm wert.

Lo Whan stand stocksteif. Es war, als hätte Nangi ihm das Papier ins Gesicht geschlagen. Durch seine Überraschung verlor er stark an Gesicht, und das gefiel ihm ganz und gar nicht. »Was wollen Sie denn dann?« fragte er tastend.

»Ich möchte, daß wir wieder zu dem Entwurf zurückkehren, den ich Mr. Liu ursprünglich vorgeschlagen habe. Das heißt, für einen dreißigprozentigen Anteil am *keiretsu* – und zwar einem *nicht stimmberechtigten* – erklären Sie sich bereit, während der nächsten drei Jahre jeweils zum 1. Januar und zum 1. Juli die entsprechende Menge Kapital in halbjährlichen Zahlungen zur Verfügung zu stellen.«

»Wir haben bereits eine Menge Kapital in Sie investiert, Mr. Nangi«, führte Lo Whan aus. »Fünfunddreißig Millionen Dollar, um genau zu sein.«

Nangi schüttelte den Kopf. »Das war für die Ungelegenheiten, die Ihr Leutnant Chin der All-Asia-Bank bereitet hat. Momentan haben Sie noch überhaupt kein Investment.«

Lo Whan starrte Nangi an. Er kochte vor Wut. »Ich frage mich«, sagte er, »ob Sie eigentlich gar nicht wissen wollen, warum wir uns so beträchtlicher Mühen unterzogen haben, um einen substantiellen Teil Ihres *keiretsu* in unseren Besitz zu bringen.«

Eine vage Vorahnung stieg in Nangi auf, doch er kämpfte sie nieder. Er versucht zu bluffen, dachte er. Bedächtig sagte er: »Mr. Liu hat mir den kommunistischen Standpunkt bereits verdeutlicht. Die fernöstliche Allianz.«

»Ja. Wir sind beide mit Lius, eh, Rückschlüssen vertraut.« Lo Whan nickte. »Aber Sie glauben doch sicher nicht, daß wir ihm alles erzählt haben.«

Nangi schwieg.

»Es gibt gegenwärtig in Peking zwei Parteien mit verschiedenen Standpunkten. Wir haben die Maoisten auf der einen Seite und die sogenannten ›Wegbereiter des Kapitalismus‹ auf der anderen. Sie erinnern sich, daß die Sowjets sich in den fünfziger Jahren gegen den Stalinismus zur Wehr gesetzt haben, woraufhin Mao, ein eingeschworener Stalinist, Rußland des Revisionismus bezichtigt hat. Die ideologische Kluft zwischen den beiden Ländern hat sich mehr oder weniger bis in die Gegenwart fortgesetzt. Nichtsdestoweniger versuchen einige der Machthaber in Peking, nun schon seit geraumer Zeit heimlich eine Klimaverbesserung herbeizuführen und sich mit dem Kreml zu arrangieren. Andere wiederum sind damit ganz und gar nicht einverstanden; von ihnen sagt man, daß sie eine Propagandawaffe suchen, die sie gegen die Sowjets und damit auch gegen die Machthaber in Peking einsetzen können.«

Nangi begriff jetzt, in welcher Zwickmühle sich Lo Whan befand. Der Chinese brauchte gar nicht weiter auszuführen, welcher Fraktion er sich zurechnete. Seinen Vorgesetzten war es noch nicht gelungen, sich ganz in den Sattel zu schwingen.

Das Herz des Bankiers schlug schneller. Wußten die Kommunisten etwa über *Tenchi* Bescheid? »Mir scheint«, sagte er, »daß Maos Regentschaft nicht allzuviel Gutes hervorgebracht hat.«

»Ich möchte jetzt keine ideologischen Diskussionen mit Ihnen führen«, sagte Lo Whan. »Ihr *keiretsu* könnte möglicherweise den Schlüssel für die Zukunft unseres Landes darstellen. Die fernöstliche Allianz war keine Lüge. Sie war nur nicht die ganze Wahrheit.«

Nangi spürte, wie Triumph in ihm aufstieg. Ich habe gewonnen, dachte er. Jetzt hat er keine Karte mehr in der Hinterhand; er ist geschlagen. Selbst wenn er weiß, daß *Tenchi* existiert, kennt er sein Geheimnis noch lange nicht. Und nun wird er es auch nie erfahren.

»Mich interessiert nur noch die Abänderung der Verträge«, sagte er kalt.

Lo Whans Rücken krümmte sich. Er fühlte sich plötzlich hundert Jahre alt. »Damit haben Sie uns und sich selbst zu einem Pakt verdammt, der diabolische Konsequenzen haben wird. Ich wage nicht, mir vorzustellen, was passiert, wenn eine umfassende Allianz zwischen Rotchina und Rußland zustande kommen sollte.«

Es war, als hörte Nangi überhaupt nicht mehr hin. Der Bankier war berauscht von seinem persönlichen Triumph und konnte auch in diesem Moment nicht von seinem Haß auf alle Chinesen lassen.

Sie brauchten fast vierzig Minuten, bis sämtliche Änderungen vorgenommen und mit ihren Initialen bestätigt waren. Dann unterzeichneten sie die Verträge ein weiteres Mal. Lo Whan holte einen Block hervor und setzte die Erklärung auf, die er Nangi bereits skizziert hatte. Nangi entschuldigte sich und ging zurück zur »Himmelsstation«, um Chiu beim Gouverneur anzurufen. Als er zurückkam, unterzeichnete er seinen Verzicht auf sämtliche weiteren Maßnahmen gegen Liu und seine Geliebte.

Sie verstauten die Dokumente und traten an den Rand des Felsvorsprungs. Beide blickten ernst, fast feierlich auf das nächtliche Meer hinaus. Von der anderen Seite der Klippen drang das fröhliche Lachen junger Leute herauf. Im Wassertheater unter ihnen sprangen Killerwale im Licht von Scheinwerfern durch große Ringe und Robben balancierten gestreifte Bälle auf ihren Schnauzen.

Gemächlich holte Nangi den roten Umschlag, den Liu ihm gegeben hatte, aus der Jackentasche und reichte ihn Lo Whan.

»Und jetzt«, erklärte die elektronisch verstärkte Stimme des Conférenciers zwischen den Felsen unter ihnen, »meine Damen und Herren, zum großen Finale!«

*

In Tony Theersons Büro hing ein Messingschild mit der Aufschrift *Die Logik regiert* an der Wand, doch dabei war nicht die Logik des menschlichen Verstandes gemeint, sondern allenfalls die völlig eigene Logik der von Menschen geschaffenen Maschinen. Das Wunderkind von Mincks Roter Station in Washington kannte ohnehin nur wenige menschliche Bedürfnisse, da sie ihn lediglich von seiner Aufgabe ablenkten, und diese Aufgabe war die komplizierteste, der er sich je in seinem Leben gegenübergesehen hatte: den jeweils neuesten Alpha-drei-Code der Sowjets zu knacken.

Als es ihm endlich gelang, konnte er es daher im ersten Augenblick noch gar nicht glauben. Er löschte die grünen Silben auf dem

Computerschirm wieder und rekonstruierte den gesamten Dekodierungsprozeß vom ersten Schritt an. Auf dem Bildschirm erschien der gleiche Text. Als dieses Ergebnis auch einem dritten Gegencheck standhielt, wußte Theerson, daß er es geschafft hatte. Der Code war geknackt.

Eine Zeitlang saß er einfach nur da und starrte auf die Nachricht. Sie hätte genausogut von einem Marsmenschen stammen können, denn sie ergab keinen Sinn, besaß keine Logik. Wie der Text eines Rock 'n' Roll-Songs, dachte er.

»Das ist schlecht«, sagte er tonlos. »Das ist ganz, ganz schlecht.« Er merkte auf einmal, wie erschüttert er war. Er drückte auf den *Print*-Knopf, wartete, bis der Text ausgedruckt war, und faltete ihn dann zusammen. Es war Zeit, Minck mit der Nachricht zu konfrontieren.

*

C. Gordon Minck hielt es für eine seiner besten Ideen, Tanja Wladimowa als Instrument seiner Rache an Viktor Protorow nach Japan geschickt zu haben. Insgeheim sah sich Minck gern als eine Art Wagnerischer Gott – Wotan aus dem *Ring des Nibelungen* –, stolz, gebrochen, ein Gott der Liebe und der Rache.

Niemals wäre er persönlich gegen Protorow ins Feld gezogen, denn seine Pflichten der Roten Station gegenüber verboten ihm die Teilnahme am aktiven Kampf, obwohl er alles andere als ein Feigling war. Er mußte zu Hause bleiben und das Ganze zusammenhalten. In den Krieg schickte er die Agenten der Roten Station; sie waren sein Speer, seine rächende Hand.

Tanja Wladimowa gehörte zu diesen Agenten, aber sie bedeutete ihm zuviel, als daß er sie vorzeitig im Einsatz gegen einen Löwen wie Protorow verheizt hätte. Sie stand ihm näher als jedes andere menschliche Wesen, nie hätte er sie leichtfertig geopfert. Doch jetzt war der richtige Zeitpunkt gekommen – in diesem Moment mußte sie in Tokio landen, um ihn am Ort der Abrechnung zu vertreten.

Abrupt blickte er auf, als er merkte, daß jemand in der Tür zu seinem Büro stand. Nur wenige hatten Zutritt zu diesem Teil des Gebäudes, und kaum jemand war es gestattet, sich ohne Eskorte durch die Stockwerke zu bewegen. Er schaltete seine Gedanken ab, wie man einen Wasserhahn zudreht, und fragte: »Ja, Tony, was gibt's?«

Etwas am Benehmen des Wunderkinds alarmierte Minck, und er richtete sich auf. »Komm schon, los.«

Theerson marschierte über den nackten Holzboden und nahm auf einem schlichten Holzstuhl vor Mincks Schreibtisch Platz. »Ich habe gerade den neuesten Alpha-drei geknackt.« Der Ausdruck in seiner Hand wippte nervös auf und nieder, auf und nieder.

»Hast du die Absicht, ihn mir zu zeigen, oder willst du ihn weiter als Fächer benutzen?« Minck sah das Wunderkind zusammenzukken, und sein Herzschlag beschleunigte sich. Was war los? »Du solltest mir das jetzt besser geben«, sagte er und streckte die Hand aus.

Beinahe widerstrebend reichte Theerson ihm den Ausdruck. Dann senkte er den Kopf und starrte auf seinen Schoß. Er fühlte sich nutzlos und ohnmächtig.

Minck wandte seine Aufmerksamkeit dem Textstreifen zu. Seine Augen wurden groß.

> KÜRZLICH EINGESCHLEUST: LINNEAR, NICHOLAS. AMATEURSTATUS. WARNUNG: IN HÖCHSTEM MASS GEFÄHRLICH. ZIEL: TENCHI. ZIEL WEITER: IHR TOD. SANKTIONIERT VON DIESEM BÜRO. AUSFÜHRLICHE AKTE LINNEAR FOLGT. BIN LINNEARS RÜCKENDEKKUNG. WEITERE INFORMATIONEN NACH ANKUNFT TOKIO.
>
> VOLK

Volk, dachte Minck. Ein Wolf im Schafspferch. Tanja Wladimowa, seine Tanja, ein Sowjetspion – er konnte es einfach nicht glauben. Ein Maulwurf in seiner Station. Wie, um Himmels willen, hatten sie das geschafft? Oh, Jesus Christus.

Er ließ die Faust mit solcher Wucht auf die Tischplatte niedersausen, daß Tony Theerson zusammenzuckte wie von einer Nadel gestochen. »Raus hier«, knurrte Minck. »Mach, daß du rauskommst!«

Das Wunderkind schoß von seinem Stuhl hoch und eilte zur Tür. Er hatte bereits zweimal miterlebt, wie Minck einen Wutanfall bekam, und war auf ein drittes Mal nicht unbedingt scharf.

An der Tür hielt Minck ihn zurück. »Einen Moment noch!«

Widerstrebend drehte Theerson sich um. »Ja, Sir?«

»Etwas verstehe ich bei dieser Geschichte nicht. Tanja wußte, daß du an den Alpha-drei-Codes gearbeitet hast; sie wußte, daß du bisher jeden geknackt hast. Warum, zum Teufel, hat sie ihn überhaupt benutzt?«

Das Wunderkind zuckte mit den Schultern. »Ich glaube nicht, daß sie eine andere Wahl hatte. Außerdem entsinne ich mich, ihr einmal gesagt zu haben, daß ich diesen hier vielleicht nicht schaffen würde.«

Minck nickte nachdenklich. Er wäre gar nicht erst auf die Idee gekommen, etwas Ähnliches wie »Du mußt da was falsch gemacht haben!« zu sagen, denn dafür kannte er Theerson zu gut. Das Wunderkind machte keine Fehler. Vielleicht schaffte er wirklich nicht jeden Alpha-drei, aber wenn er einen geknackt hatte, dann wußte er, worüber er sprach.

»Du hast ausgezeichnete Arbeit geleistet, Tony.« Seine Stimme war so düster wie ein Wintertag.

Theerson nickte traurig. »Es tut mir leid, wirklich.«

Minck winkte das Wunderkind hinaus, dann stand er auf und ging mitsamt der Nachricht in den fensterlosen Raum nebenan. Das Hologramm des Dserschinski-Platzes vertiefte seine Verzweiflung noch.

Wie viele Informationen mochte er den Sowjets unwissentlich zugespielt haben? Wie viele Schritte war Viktor Protorow ihm inzwischen schon voraus? Denn daran, daß *Volk* ihm direkt berichtete, konnte kein Zweifel bestehen. Tanja und Protorow. Wie war ihm das gelungen? *Wie?*

Minck knirschte mit den Zähnen. Er schnappte nach Luft. Sie hatten ihn hereingelegt, alle beide! Er ging in dem fensterlosen Raum auf und ab, zwischen den winterlichen Perspektiven der russischen Hauptstadt. Was sollte er jetzt tun? Wie in Gottes Namen konnte er die Operation noch zu einem guten Ende bringen?

Von Linnear hatte er nichts mehr gehört. Einen anderen Agenten konnte er ihr nicht hinterherschicken, denn sie würde den Braten sofort riechen. Er konnte sie auch nicht nach Hause zurückrufen, das hätte die gleiche Wirkung gehabt. Sie wußte, daß es im Augenblick keine höhere Priorität als *Tenchi* und Protorow gab.

Er fühlte sich betrogen, zutiefst betrogen. Und dennoch konnte er sich nicht dazu bringen, sie zu hassen. Was sie ihm bedeutete, ließ sich von nichts auf der Welt zerstören.

Es mußte doch eine Lösung geben. Ein Maulwurf in seiner Organisation war absolut unerträglich. Schließlich wandten sich selbst die anderen Sicherheitsbeamten an ihn, wenn sie sich einem derartigen Problem gegenübersahen.

Aber er fand keine Antwort. Aufgrund ihrer Position kannte Tanja die Organisation wie ihre eigene Rocktasche. Keiner konnte ihr das Wasser reichen, schon gar keiner aus einem der anderen Sicherheitsdienste. Allerdings kam es ohnehin nicht in Frage, daß etwas über ihr schändliches Doppelspiel nach draußen sickerte. Diese Schande hätte er nicht überlebt.

Seine Gegensprechanlage summte. Er ignorierte das Geräusch, aber es hörte nicht auf. Er wollte jetzt nicht gestört werden und streckte die Hand aus, um die Unterbrechertaste zu drücken. Stattdessen erwischte er den Empfangsknopf, und die Stimme der Empfangsdame füllte den Raum.

»Hier ist jemand, der Sie sprechen möchte, Sir.«

»Ich möchte niemand sehen, verstanden?«

»Ja, Sir. Aber der Besucher geht trotzdem nicht. Er besteht darauf, daß –«

Auch das noch, dachte Minck wütend. »Hat der Besucher auch einen Namen?«

»Ja, Sir. Er sagt, Sie kennen ihn. Es ist Detective Lieutenant Lewis Croaker.«

*

Sein Körper war eine einzige Ansammlung von Platzwunden und Prellungen. Die ersten drei Finger seiner rechten Hand waren gebrochen und angeschwollen. Die Schmerzen stellten allerdings kein Problem dar, denn er wußte, wie man sie unter Kontrolle hielt.

Vorsichtig ging er zu Protorows Schreibtisch, schaltete den Papierwolf ein und fütterte ihn mit dem chiffrierten Geheimnis von *Tenchi*. Jetzt existierten die Informationen nur noch in seinem Kopf.

Er ließ sich zu Boden sinken und starrte auf seine angeschwollenen Finger, wobei er weiter tief ein und aus atmete. In diesem Zustand konnten sie unmöglich bleiben.

Im Tenshin Shoden Katori hatte er sich eine Zeitlang mit *koppo* beschäftigt, einer Unterdisziplin von *ninjutsu*, die sich mit der Technik des Knochenbrechens befaßte. Bei seinem Angriff auf Protorow hatte er sich dieser Kunst bedient; jetzt mußte er das Verfahren auf umgekehrte Weise bei sich selbst anwenden.

Mit Daumen und Zeigefinger der gesunden Hand untersuchte er einen der gebrochenen Finger nach dem anderen. So wie sich das Zahlenschloß eines Safes dem trainierten Ohr durch eine winzige Geräuschveränderung beim Umdrehen der Trommel verrät, so gelangte auch Nicholas bei jeder Untersuchung an einen Moment, in dem ihm sein Körper sagte, daß die richtige Stelle gefunden war.

Ein Abendländer hätte in diesem Augenblick die Zähne zusammengebissen, alle Muskeln gegen den Schmerz, den ihm sein Verstand ankündigte, verkrampft und dadurch die Intensität noch verstärkt. Nicholas entspannte Körper und Geist, um den Schmerz so gering wie möglich zu halten. Während sein Körper sich selbst heilte, wanderte er über den mondbeschienenen Pfad.

Als seine Augen den Gegenständen ringsumher wieder ihre normale Schärfe verliehen, sah er, daß seine Finger zu ihrer ursprünglichen Form zurückgefunden hatten. Er riß einen Streifen Stoff von Protorows Uniformbluse ab und schlang das rauhe, kräftige Material um die Bruchstellen, bis es dick genug war, um als provisorische Schiene zu dienen. Mit den Zähnen zog er es fest, achtete aber darauf, daß die Blutzirkulation nicht unterbrochen wurde.

Dann zog er Bilanz. Die Lage war alles andere als rosig. Er steckte in einer Sackgasse. Er hatte Glück gehabt, daß bis jetzt noch niemand nachschauen gekommen war, was Protorow hier so lange trieb. Lange konnte das nicht mehr so bleiben, das wußte er. Er befand sich in einer regelrechten Festung, in einem Raum ohne Fenster, dessen einziger Zugang aus einer banksafedicken Stahltür bestand.

Er blickte zur Decke hoch. Er hätte nicht die geringsten Schwierigkeiten gehabt, zu den mächtigen Ventilatoren der Belüftungsanlage hinaufzuklettern, wären da nicht die gebrochenen Finger und die Rückstände der Drogen in seinem Körper gewesen. Er brauchte Hilfe, doch es gab weit und breit niemand, der als Verbündeter in Frage kam. Also mußte er sich einen schaffen.

Er rief nach Russilow, wobei er sich mit Hilfe von *ichi* um eine möglichst originalgetreue Nachahmung von Protorows Stimme bemühte. Als der junge Leutnant in der Tür erschien, schleuderte er ihm den schlaffen Körper seines Vorgesetzten entgegen.

Russilows Reaktion war vorhersehbar. Zuerst riß er die Hände hoch, um sich zu schützen, und dann gab er einen entsetzten Schrei von sich, als er die Leiche erkannte.

Seine Überraschung lähmte ihn lang genug, so daß Nicholas auf ihn zuspringen konnte, um ihn zu überwältigen. Er berührte Russilows Brust, und der Russe spürte, wie sein Herz aus dem Rhythmus geriet. Er sackte ein wenig in sich zusammen und schnappte nach Luft, wobei er sich einer Ohnmacht nahe fühlte. Sein Gesicht verlor alle Farbe, Schweiß zeigte sich über der Oberlippe und am Haaransatz.

Trotzdem gelang es ihm, den Kopf zu drehen und seinen Angreifer zu erkennen. »Unmöglich!« schrie er. »Sie sind tot!«

»Dann haben wir soeben bewiesen, daß es ein Leben nach dem Tod gibt«, zischte Nicholas ihm ins Ohr.

Russilow entdeckte einen Blutfleck auf seiner Uniformjacke und versuchte, ihn mit hektischen Bewegungen abzuwischen. Nicholas hielt seinen Arm fest und durchsuchte ihn dann nach Waffen. An der Innenseite von Russilows linker Wade fand er ein Messer. »Jetzt werden Sie mich hier herausschaffen«, sagte er.

»Unmöglich«, sagte Russilow noch einmal. Als Nicholas seinen Griff verstärkte, fügte er hastig hinzu: »Nein, das ist die Wahrheit! Wir haben hier eine elektronische Abtastanlage. Alle Gefangenen werden mit einer unsichtbaren Markierung versehen, die jede Woche erneuert werden muß. Wenn wir durch einen der Ausgänge laufen oder fahren wollten, würden Sie wie auf einem elektronischen Stuhl geröstet – und ich mit Ihnen, wenn ich im selben Fahrzeug wäre.«

»Es muß doch eine Möglichkeit geben, die Anlage auszuschalten«, meinte Nicholas.

»Die gibt es auch«, meinte Russilow nickend. »Aber nur Protorow kannte sie. Sonst weiß niemand darüber Bescheid. Sie werden hier nie herauskommen, nicht mit mir und nicht ohne mich.«

Aber Nicholas verzweifelte nicht. Er wußte, daß es bei jedem von

Menschenhand errichteten Gebäude einen Weg hinein und einen ebensolchen heraus gibt.

»Beschreiben Sie mir die Anlage, in der wir uns befinden – rasch!«

Russilow gehorchte. Das Gebäude, das Protorow sich zum Hauptquartier erkoren und dementsprechend umgebaut hatte, war ursprünglich ein Scheunenkomplex gewesen. Es gab zwei Ein- und Ausgänge, die, wie Russilow gesagt hatte, für Nicholas nutzlos waren. Innerhalb der Holzwände waren Steinmauern hochgezogen worden, auf die man dann noch ein zusätzliches Stockwerk gesetzt hatte – das, in dem sie sich gerade aufhielten.

Russilow gestattete sich einen Anflug von gezwungener Heiterkeit. »Sie können nirgendwohin, außer nach oben, auf die Brüstung. Von dort können Sie dann einen Sprung in die Wälder wagen. Vielleicht überleben Sie den Sturz sogar; vielleicht haben Sie Glück und brechen sich nur beide Beine.«

Nicholas merkte auf. Es konnte sein, daß der Leutnant ihm gerade seinen Fluchtweg beschrieben hatte.

»Gehen wir!« befahl er. »Und sollten wir jemand begegnen, darf er auf keinen Fall mißtrauisch werden, ist das klar? Wenn Sie ein lautes Wort sagen, sind Sie ein toter Mann. Verstanden?«

Der Leutnant nickte.

Draußen auf dem Flur sahen sie niemand. Die beiden jungen Offiziere hatten den Arzt nach unten in die Gummizelle gebracht. Russilow führte Nicholas zu der Treppe zum Dach. Unterwegs kamen sie an einer Reihe etwa fünfzehn Meter langer Bambus- und Aluminiumstangen vorbei.

Nicholas blieb stehen. »Wozu dienen die?«

»Hier sind überall Bambushaine«, erklärte Russilow müde. »Die Bauern haben die Stangen eingelagert, damit sie altern konnten. Die Aluminiumstäbe dienten dazu, schwankende Gewächse gegen den Winterwind zu verstärken.«

»Nehmen Sie zwei von den Bambusstangen mit«, befahl Nicholas.

Auf dem Dach verlangte er von dem Leutnant, sich auszuziehen und jedes Stück seiner Ausrüstung auf den Steinen auszubreiten. Unterdessen schnitt er die Bambusstöcke mit Russilows Messer entzwei. Anschließend trennte er die Arme von Uniformhemd und -jacke des Leutnants. Auch die Hose des Russen fiel dem Messer zum Opfer, ebenso die Schnürsenkel der Stiefel.

»Was tun Sie da?« fragte der Leutnant, nackt in einer Ecke zusammengekauert.

Nicholas antwortete nicht. Er schnitt den Ledergürtel des Leutnants in vier gleich lange Streifen. Mit Hilfe dieser Streifen und der Schnürsenkel verband er die Stangen zu einer Art Rahmen, den er anschließend mit den Stoffetzen ausstaffierte. Er arbeitete mit der liebevollen Konzentration eines Vaters, der seinem Sohn seinen ersten Drachen bastelt.

Was er da tatsächlich konstruierte, wurde von einigen *ninja* »der menschliche Adler« genannt – *hito washi*, ein behelfsmäßiger Gleiter.

Als er fertig war, trat er zu dem knienden Russilow. Seiner Uniform und seines Ranges entkleidet, wirkte der Leutnant kleiner, ja, er schien – wie viele Militärs ohne ihre strahlende Rüstung – praktisch nicht mehr zu existieren.

»*Doswidanja*, Russilow«, sagte Nicholas, beugte sich zu ihm hinab und berührte einen Punkt unter seinem linken Ohr. Sofort brach Russilow bewußtlos zusammen.

Dann trat Nicholas mit dem *hito washi* an die Brüstung. Der Wind war nicht gerade ideal, ein launischer Südwest. Nicholas zuckte mit den Schultern. Karma. Er war entsetzlich müde und sehnte sich nach etwas Schlaf. Bald, dachte er. Du mußt jetzt vorsichtig sein.

Mühsam stieg er auf die Steinmauer der Brüstung. Der Mond war nicht zu sehen, und Protorow hatte Nicholas seine Uhr weggenommen. Aber es war noch immer finstere Nacht, das Morgengrauen fern.

Endlich spürte er, wie der Wind sich drehte und stärker wurde. Los jetzt, dachte er. Er nutzte die Kraft seiner starken Beinmuskeln, um sich mit einem Satz weit in die schwarze Leere vor ihm zu stürzen. Er geriet einen Moment ins Trudeln. Dann korrigierte er seinen Fall und fing sich in einem Aufwind.

Gleich einer Fledermaus segelte er in die Nacht davon.

*

Akiko spürte Koten beim *rotenburo* auf und folgte ihm. Er hatte das Gebäude mit leeren Händen betreten und kam mit einem langen, polierten Holzkasten unter dem Arm wieder heraus. Der Kasten erschien Akikos geübten Augen wie ein Waffenbehälter. Der Länge nach zu urteilen, konnte es sich nur um ein *dai-katana*, das längste aller Samuraischwerter, handeln.

Koten ging unter einer Lampe hindurch. Akiko erstarrte. Es war derselbe Kasten wie der, den sie einmal im Garten aufgeklappt zwischen Nicholas und ihrem Mann gesehen hatte. Koten war im Besitz von Nicks Schwert!

Sie verfolgte Satos Leibwächter in ihrem eigenen Fahrzeug, doch da so spät in der Nacht nur wenig Verkehr herrschte, war sie gezwungen, mit ausgeschalteten Scheinwerfern zu fahren und sich bei der Orientierung allein auf die rubinroten Rücklichter von Kotens Wagen zu verlassen. Ein- oder zweimal, wenn die Straße eine Kurve machte, fürchtete sie schon, den großen Sumo verloren zu haben. Aber jedesmal tauchten die Lichter nach kurzer Zeit wieder auf.

Knapp dreißig Minuten, nachdem sie beim *rotenburo* gestartet waren, verlangsamte sich die Geschwindigkeit von Kotens Wagen, ehe er nach links auf einen Feldweg bog, der sich dann rasch im Unterholz verlor.

Akiko fuhr sofort an den Straßenrand und stieg aus, um die Verfolgung zu Fuß fortzusetzen. Sie konnte es nicht riskieren, Koten weiter mit dem Wagen nachzufahren, denn der Motorenlärm hätte sie möglicherweise verraten.

Da der Weg schmal und gewunden war, hatte sie keine Schwierigkeiten, den mächtigen Mann im Auge zu behalten. Auf einer kleinen, von Bambus umstandenen Lichtung blieb er stehen. Es wimmelte dort von Männern mit Taschenlampen, und sie unterhielten sich so laut, daß Akiko verstehen konnte, was sie sagten.

Nicholas war entwischt!

Aber was war mit Sato? Sie war nicht lang genug im *rotenburo* gewesen, um irgend etwas von Bedeutung herauszufinden, außer daß jemand – offenbar ein Gast – bei einer geheimnisvollen Autoexplosion ums Leben gekommen war. Wer?

Sie konnte es sich nicht leisten, jemand zu fragen, denn eine Fremde, die in einer solchen Situation, wo es vielleicht um Mord ging, Fragen stellte, wäre unangenehm aufgefallen, und man hätte schnell die örtliche Polizei davon in Kenntnis gesetzt.

Jetzt erschien es ihr schon seltsam, daß immer nur von Nicholas gesprochen wurde. Niemand erwähnte Sato; sein Name fiel nicht ein einziges Mal.

Für Akiko ließ das nur einen einzigen Schluß zu: Sato lebte nicht mehr. Vielleicht war er es, der bei der Explosion den Tod gefunden hatte; vielleicht hatten sie ihn aber auch erst hier im Wald umgebracht. Es spielte keine Rolle, außer, daß ihr ein Teil ihrer Rache abgenommen worden war. Sie konnte sich darüber nicht direkt freuen, denn sie hätte das Urteil gern persönlich vollstreckt, aber sie mußte die Realität akzeptieren.

Jetzt war Nicholas ihr Ziel Nummer eins. Sie zog sich vom Rand der Lichtung zuruck und begann, das nahere Umfeld der abgeholzten Stelle, in deren Mitte sich ein scheunenähnliches Gebäude erhob, abzusuchen. Nach einiger Zeit stieß sie in südwestlicher Richtung auf die Überreste eines *hito washi*. Sie kauerte sich nieder, betastete das Gerät und bewunderte die sauber ausgeführte Arbeit. Ein leises Lachen bildete sich in ihrer Kehle. Dann nahm sie die Verfolgung auf.

*

Natürlich hatte Alix versucht, ihn aufzuhalten. Sie hatte ihn mit sämtlichen nur denkbaren Schimpfnamen belegt, unter denen »Schwachsinniger« noch der harmloseste war; sie hatte sogar geweint und ihn am Ende angefleht, nicht zu gehen.

All dem glaubte Croaker entnehmen zu können, daß sie aufrichtige Angst um ihn hatte. Aber er war nicht sicher. Immerhin war sie eine begabte Schauspielerin, daran gewöhnt, Tag für Tag bei ihrer Arbeit Emotionen aller Art vor der Kamera mit derselben Leichtigkeit auszudrücken, mit der sie sich morgens ihren Lidschatten auflegte und ihn abends wieder abwischte.

Dann jedoch kam ihm in den Sinn, daß sie in diesem Fall nicht den geringsten Anlaß hatte, ihm etwas vorzuspielen. Was für einen Grund konnte sie haben, ihn nicht nach Washington fliegen zu lassen, außer daß sie um seine Sicherheit besorgt war? Sie wußte ganz genau, wer versucht hatte, ihn zu töten, oder wenigstens für den Auftrag verantwortlich zeichnete. Derselbe Mann, der jetzt sie beide beseitigen lassen wollte und damit sein Versprechen ihr gegenüber gebrochen hatte.

C. Gordon Minck, dem Croaker jetzt gegenüberstand.

Der Detective Lieutenant blickte sich in dem dichtbepflanzten Innenhof um und sagte: »Wo, zum Teufel, sind wir hier eigentlich? Im afrikanischen Veldt, oder wo?«

Minck brachte ein Lachen zustande, und Croaker spürte, wie er die Kontrolle über seine Gefühle zu verlieren drohte. »Ich sollte Sie gleich hier auf der Stelle mit bloßen Händen umbringen«, sagte er heiser.

Minck versuchte immer noch, den Schock zu verdauen, den Croakers Auftauchen ihm versetzt hatte. Bis zu diesem Moment hatte er den Detective mausetot auf dem Grund des Golfs von Mexiko gewähnt.

»Immer mit der Ruhe, Lieutenant«, sagte er. Etwas Besseres fiel ihm im Augenblick nicht ein; erst mußte er seine Emotionen und Gedanken in geordnete Bahnen lenken. Der heutige Tag war auf dem besten Weg, sich zum schlimmsten Debakel seines ganzen Lebens zu entwickeln, und er brauchte seine gesamte Konzentration, um zu verhindern, daß die Dinge sich noch weiter verschlechterten. »Bitte, setzen Sie sich doch.«

»Welcher dieser Stühle ist denn mit der Steckdose verbunden?« fragte Croaker mit einem höhnischen Grinsen.

»Was soll das schon wieder heißen?« meinte Minck wider besseres Wissen.

»Sie haben dreimal versucht, mich umzubringen. Zweimal haben Sie den gleichen Versuch bei Alix Logan unternommen. Und da fragen Sie noch, was ich mit meinen Worten meine?«

Minck ließ sich erschöpft auf einen Stuhl sinken. In seinem Kopf breitete sich ein bohrender Schmerz aus. »Wovon reden Sie eigentlich?« Seine Stimme zitterte leicht, sein Gesicht wurde blaß unter der Sonnenbräune. Erst jetzt dämmerte ihm allmählich, wie tief der Karren tatsächlich im Dreck steckte.

Croaker, dem das alles nicht entging, wurde neugierig. Sein Zorn legte sich ein wenig. »Alix und ich wurden verfolgt, als wir Key West verließen. Einmal in Raleigh, Nordkarolina, und einmal in New York City hat man versucht, uns umzulegen. Das ist versuchter Mord, Minck.«

Minck schüttelte den Kopf. »Das verstehe ich nicht«, sagte er zu niemand im besonderen. »Ich habe niemals die Genehmigung gegeben, Alix zu töten.« Er blickte auf, als wäre er sich plötzlich wieder Croakers Gegenwart bewußt geworden. »Das würde ich auch nie tun. Ich habe ihr versprochen, daß ich es nie tun würde. Sie müssen mir glauben.«

Irgend etwas in Mincks Augen berührte Croaker seltsam. Zum erstenmal seit er Angela Didions luxuriöse Wohnung betreten und ihren nackten Körper tot und kalt wie Eis gefunden hatte, begriff er, daß es hier um viel mehr ging als nur um den Mord an einem Fotomodell. Um viel mehr, und nichts davon war schwarz oder weiß, sondern alles grau. »Wer hat es dann getan?« wollte er gleichzeitig barsch und verwirrt wissen.

Was Minck dazu zwang, einen weiteren unvermeidlichen Schluß zu ziehen. Wen hatte er mit der »Vormundschaft« über Alix betraut? Wem hatte er sie anvertraut, damit ihr nichts Böses widerfuhr?

Tanja Wladimowa. Derselben Tanja, die bereits achtundvierzig Stunden vor ihrem Abflug nach Tokio nicht mehr im Haus gewesen war, sondern sich Gott weiß wo herumgetrieben hatte.

Er griff nach dem Telefonhörer und verlangte Auskunft über jeden von Tanja Wladimowas Schritten während der letzten dreieinhalb Tage. Er wurde sofort mit dem ARRTS-Computer verbunden. Er wiederholte seine Anfrage und wartete geduldig auf die Antwort. Als er sie erhielt, starrte er Croaker mit weit aufgerissenen Augen an.

»Tanja«, sagte er langsam.

»Wer, zum Teufel, ist Tanja?« wollte Croaker wissen.

»Sie ist die Frau, die Sie beide zum Abschuß freigegeben hat«, improvisierte Minck. Etwas hatte begonnen, ihm im Kopf herumzuschwirren. Ein dunkler und winzig kleiner Satellit, der etwas Raum und Zeit brauchte, damit er wachsen konnte. Eine Idee, wie sich vielleicht doch noch alles einigermaßen wieder ins Lot bringen ließ. Er bemühte sich um einen normalen Tonfall und fragte: »Und Alix? Geht es ihr gut?«

»Sie ist völlig durcheinander, wütend, frustriert, und ihr Leben ist vielleicht für immer ruiniert, aber, yeah, ansonsten ist sie okay.«

Die Antwort hatte tatsächlich etwas Tröstliches für Minck, und er atmete tief durch, doch ehe er fortfahren konnte, sagte Croaker: »Glauben Sie bloß nicht, daß ich Ihnen sage, wo sie sich befindet. Wenn Sie mir hier auch nur ein Härchen krümmen, geht sie mit allem, was sie weiß, zum Generalstaatsanwalt. Sie wissen so gut wie ich, daß Sie sich das nicht leisten können, nach allem, was vorgefallen ist.«

Minck dachte einen Moment über Croakers Worte nach. »In Ordnung«, sagte er schließlich. »Ich möchte Ihnen einen Waffenstillstand vorschlagen... eine Art Handel, wenn Sie so wollen.«

»Was für einen Handel?« Obwohl Mincks Gefühle Alix gegenüber offensichtlich ernst gemeint waren, vertraute Croaker dem Mann noch lange nicht.

»Ich schlage Ihnen folgende Abmachung vor. Ich tue Ihnen nichts und versuche auch nicht herauszufinden, wo Alix sich aufhält, es sei denn, natürlich, sie will es. Dafür setzen Sie sich jetzt endlich hin und hören sich in Ruhe an, was ich Ihnen zu sagen habe.«

»Und dann?«

Nicht schlecht, dachte Minck. Dieser Bursche ist nicht nur einfallsreich, sondern auch noch ziemlich clever. Er hat zwei meiner Agenten getötet und ist dem Mordanschlag eines dritten entkommen – meiner tödlichen, verräterischen Tanja. Vielleicht bringt er fertig, was kein anderer, der mir zur Verfügung steht, schaffen könnte. *Vielleicht*, dachte er, während er von Tanja Wladimowa zu erzählen begann, von ihrem Verrat und davon, wie sie die Operation »Speerfisch« gehandhabt und schließlich gegen Alix gekehrt hatte, *kann dieser Mann zerstören, was Protorow und ich gemeinsam geschaffen haben.*

Innerlich begann C. Gordon Minck zu glühen. Wie ein Mann, der dem Tod in letzter Sekunde von der Schippe gesprungen ist, war er von einer fast unheimlichen Euphorie erfüllt, die seine Fingerspitzen zittern ließ. Er wußte genau, wo er Croaker packen konnte, nämlich dort, wo er auch sich selbst gepackt hätte.

Rache und Patriotismus. Hauptsächlich wegen dieser beiden Aspekte, so vermutete er, würde Croaker dem Handel zustimmen. Tanja hatte höchstpersönlich versucht, ihn und seine Schutzbefohlene zu töten, und so was konnte ein Mann wie er nicht einfach hinnehmen. Er wollte ihr an den Kragen, und das konnte Minck ihm nicht einmal verübeln. Sie wollten ihr beide an den Kragen, erklärte er. Nur war Croaker in der Lage, sie sich zu schnappen, wohingegen er diese Möglichkeit nicht besaß.

Dann war da noch der russische Gesichtspunkt. Der gefiel niemand, Minck am allerwenigsten. Croaker gefiel er auch nicht. Dennoch...

»Sie haben volle diplomatische Immunität«, sagte Minck, »und Sie kriegen eine völlig neue Identität, was Zoll und Einwanderungsbehörde betrifft. Außerdem haben Sie drüben jede Unterstützung, die Sie brauchen.« Er wartete einen Herzschlag lang. »Und Sie sind wieder im gleichen Team wie Ihr alter Freund Nicholas Linnear.« Das hatte er sich für zuletzt aufgehoben, weil er sich davon den größten Effekt versprach. Der unwiderstehliche Köder.

Und Croaker biß an.

Doch eine halbe Stunde nachdem der Detective Lieutenant mit einem neuen Paß, einer neuen Geburtsurkunde, neuem Führerschein, Geschäftspapieren, amerikanischen Dollars, japanischen Yen und Travellerschecks ausgestattet und zur Maschine nach Tokio gebracht worden war, brach Minck auf einmal zusammen und weinte zum erstenmal seit seiner Einkerkerung in der Lubjanka bittere Tränen. Zum erstenmal sah er in aller Deutlichkeit, was ihm angetan worden war und was er im Gegenzug dafür anderen hatte antun müssen.

*

Zur gleichen Zeit verließ das Objekt von Mincks Liebe und Haß auf dem Narita Airport vor den Toren des smogverseuchten Tokio die eben gelandete Maschine aus New York City. Sie hatte keinen sonderlich angenehmen Flug gehabt. Gleich nach dem Start vom Kennedy Airport hatte sie zwei Schlaftabletten genommen und war in einen bleiernen Schlaf gefallen, immer wieder geplagt von Alpträumen, die mit ihrer Kindheit in Zusammenhang standen. Protorow stapfte durch diese Träume wie ein Wachtposten, hoch zu Roß oder zu Fuß, gestiefelt und bewaffnet; wohin immer sie ging, er war schon vor ihr dort.

Sie war wieder in Rechitsa gewesen, wo ihr Vater als Dorfpolizist seine Familie mehr schlecht als recht ernährt hatte. Wieder hatte sie miterlebt, wie Michail, ihr älterer Bruder, von zu Hause fortgegangen war, um den Kampf gegen die verbrecherischen Aktivitäten des KGB aufzunehmen. Und wieder war sie selbst von ihrem Vater gezwungen worden, ihrer Mutter *Doswidanja* zu sagen und zu jener siebenhundertfünfzig Kilometer weit entfernten Schule im Ural zu reisen, die von Viktor Protorow geleitet wurde und die sich schnell als Kaderschmiede für den Geheimdienstnachwuchs herausstellte. Jede Woche hatte sie ihren Eltern einen Brief nach Hause geschrieben, allerdings ohne ein Wort über die wahre Natur der Schule zu verlieren. Sie wußte, wie stolz sie ihren Vater, der eng mit dem KGB zusammenarbeitete, dadurch gemacht hätte, aber die Regeln, denen sie sich unterwerfen mußte, waren unerbittlich.

Protorow. Während sie auf ihr Gepäck wartete, versuchte sie, ihn anzurufen, und dann noch einmal von unterwegs. In beiden Fällen erhielt sie keinen Anschluß, obwohl sie die vierstellige Codezahl benutzte, die er ihr gegeben hatte. Das an sich war noch nicht alarmierend, Pjotr Alexandrowitsch Russilows Anwesenheit im Hotel dagegen schon eher. Sie trug sich ein, ließ ihr Gepäck aufs Zimmer bringen und begleitete den Leutnant dann hinaus auf die Straße, wo sie zwischen Horden von Geschäftsleuten in grauen Anzügen, mit zusammengerollten schwarzen Schirmen unter dem Arm, ihren Weg suchten. Viele der Passanten trugen weiße Masken über Nase und Mund, ein Anblick, der in dieser Stadt immer alltäglicher wurde.

Tanja fand, daß Russilow alles andere als gut aussah. Er war bleich und hatte sich die Angewohnheit zugelegt, immer wieder nervöse Blicke über die Schulter zu werfen. Beides gefiel ihr ganz und gar nicht.

Aber was er ihr über die Vorfälle der letzten achtundvierzig Stunden erzählte, gefiel ihr noch viel weniger.

*

Ihre Haut war wie Krepp, wie zartestes Reispapier, zerknüllt von einer mächtigen Faust, und auch nach neunundsiebzig Jahren immer noch durchscheinend.

»Morgen werde ich achtzig«, erklärte sie Nicholas. In ihrer Stimme schwang kein Stolz mit, höchstens Staunen darüber, daß das Leben so lange dauern konnte.

Itami stellte die Teeschale vor ihn hin und fragte: »Kann ich dir sonst noch etwas bringen?«

Er senkte den Kopf. »Nein, *Haha-san.*« Mutter. Viel war geschehen zwischen ihnen, seit er erschöpft an ihre Tür geklopft hatte, viel auch, bis er sie so zu nennen wagte – *Haha-san.* Saigos Mutter.

Sie lebte, wo sie immer gelebt hatte, seit er sie kannte, am Stadtrand von Tokio, im Nordwesten, nicht weit von dem Ort, an dem Saigo und Akiko geheiratet hatten. Es war eine anstrengende Reise gewesen von Hokkaido nach hier. Nicholas war in ein Kleidergeschäft eingebrochen und hatte sich dann, frisch eingekleidet und mit etwas erbeutetem Geld, nach Hakodate begeben. Er hätte einen Wagen stehlen können, wollte seinen Verfolgern – darunter nach dem Einbruch in das Kleidergeschäft bestimmt auch die Polizei – aber keine so deutliche Fährte hinterlassen. Gelegentlich benutzte er einen Bus und fuhr ein Stück per Anhalter, wenn ihn jemand mitnahm. Dabei mied er Hauptstraßen ebenso wie die Eisenbahn, da man dort nach seiner Erfahrung am ehesten verräterische Spuren hinterließ. Mit der Fähre setzte er über den Tsugaru-kaikyo nach Aomori am felsigen Nordende der Insel Honshu über. Da er keine Papiere besaß, konnte er keinen Wagen mieten, aber auch hier zog er es ohnehin vor, per Bus zu reisen, wobei er sich im Zickzack nach Süden bewegte.

Anfangs hatte er sich vor dem Moment gefürchtet, da er seine Tante wiedersehen würde. Immerhin war er es gewesen, der ihr einziges Kind getötet hatte. Sein Vater hatte ihren Ehemann hinrichten lassen, weswegen Saigo wiederum den Colonel vergiftet und Nicholas selbst Jahre später bis nach New York verfolgt hatte.

Das Haus, in dem sie lebte, glich einer herrschaftlichen Villa aus lang vergangener Zeit, ähnlich dem Katsura Rikyu in Kyoto, und war von berauschender Weitläufigkeit. Gleich nach seiner Ankunft wurde Nicholas in den der Teezeremonie vorbehaltenen Raum geführt, wo er niederkniete und in den meisterhaft gestalteten, von Sonnenlicht überfluteten Garten hinausblickte.

Erschöpfung und Angst prickelten in seinem Blut. Rein physisch gesehen, hatte er die Drogen längst aus seinem System eliminiert, doch die geballte Wirkung auf Muskeln, Gewebe und Gehirnzellen klang noch immer nach. Exerzitien waren das einzige Mittel dagegen.

Begleitet vom Geräusch raschelnder Seide trat Itami in sein Blickfeld. Er stand auf und verbeugte sich. Die einschüchternde Majestät ihrer Schönheit überwältigte ihn. Es war nicht so, daß die Zeit an ihr vorbeigegangen wäre, nur schien Itami sie sich eher zum Freund als zum Feind gemacht zu haben. Die Zeit folgte ihr wie ein gezähmtes Tier, präsent, aber nicht wirklich von Bedeutung.

»Itami-san.« Seine Stimme war ein heiseres Flüstern. *»Oba.«*

»Bitte, setz dich doch, Nicholas.«

Er gehorchte, ohne den Ausdruck in ihren Augen deuten zu wollen. Nachdem Reisplätzchen gereicht worden waren und sie die Teeschale vor ihn hingestellt hatte, sagte sie: »Es ist so schön, daß du zurückgekehrt bist. Mein Herz singt bei deinem Anblick, *watashi no musuko.*«

Mein Sohn. Etwas in ihm zerbrach, und er beugte sich vor, bis seine Stirn das glänzende Holz vor der *tatami* berührte. Er weinte, unfähig, seine Emotionen noch länger zurückzuhalten, und sehr zur Schande seiner japanischen Seite, doch die westliche Hälfte bedurfte dieser Erleichterung und ließ sich von keiner Disziplin der Welt mehr im Zaum halten.

»*Watashi no musuko.*« In ihrer Stimme schwang soviel Zärtlichkeit mit, daß sie in der Tat seine Mutter hätte sein können. »Ich wußte, daß du zurückkehren würdest. Ich habe gebetet, daß du den Mut dazu finden würdest.«

»Ich hatte Angst, *Oba*«, sagte er mit tränenerstickter Stimme. »Ich wollte dem übergroßen Schmerz, den ich dir bereitet habe, nicht ins Gesicht sehen.«

»Du hast mir niemals irgendwelchen Schmerz bereitet, Nicholas«, sagte sie sanft. »Du warst mir immer mehr wie ein Sohn als mein eigenes Kind. Saigo war ein schwacher Mensch, und er gehörte mit Leib und Seele seinem Vater. Satsugai hat ihn beherrscht, wie die Sonne die Erde beherrscht. Satsugai hat seinen Lebensweg bestimmt, und Saigo hat seine Paranoia in sich aufgenommen.«

Nicholas fiel auf, daß sie von Saigo nicht ein einziges Mal als von »meinem Sohn« sprach. Das war für eine Mutter sehr ungewöhnlich. Er hob den Kopf und sah ihr in die Augen. Er fand dort keinen Zorn, nicht einmal Traurigkeit. Statt dessen las er Resignation und Liebe... Liebe für ihn.

»Er war durch und durch böse«, sagte Itami. »Nie vorher hätte ich das bei einem menschlichen Wesen für möglich gehalten. Komplexität hebt schließlich die Extreme auf, oder zumindest sollte sie das tun, nach unserer Überzeugung.« Sie schüttelte den Kopf. »Nicht in Saigos Fall. Er war von einer bedingungslosen Reinheit, die ich bewundert hätte, wäre sie auf die richtigen Ziele gelenkt worden. Daß er die falschen Ziele hatte, war eine Bürde, mit der ich leben mußte. Ich sollte mich schämen, so was zu sagen, aber ich bin froh, daß er tot ist. Alles, womit er in Berührung kam, welkte und starb. Er war ein Seelenzerstörer.«

»Und dennoch«, sagte Nicholas, »bin ich nicht stolz darauf, daß ich ihn getötet habe.«

»Natürlich nicht«, sagte sie. »Du hast ehrenvoll gehandelt. Du bist der Sohn deiner Mutter.«

Auf einmal registrierte er, daß sie ihn anlächelte. Ohne nachzudenken, erwiderte er das Lächeln, und sein Herz hellte sich auf wie der Himmel nach einem Sturm.

Noch lange Zeit danach taten sie nichts anderes als die Gegenwart des anderen zu genießen, einander mit Leib und Seele wieder vertraut zu werden und für ihre Beziehung eine neue Ebene zu finden, die ihnen von der schweren Bürde der Vergangenheit bisher verweigert worden war.

*

»Ich bin froh, daß du gerade jetzt gekommen bist«, sagte Itami am nächsten Tag. »Wir hatten in der letzten Zeit zwei Erdstöße, nichts Großes, aber unangenehm genug.«

Nicholas erinnerte sich an den ersten Satelliten-Ausdruck, den Protorow ihm gezeigt hatte, und an die darauf verzeichneten Erdbebenaktivitäten, erzählte aber nichts darüber. »Ich habe mir die Zeit nicht ausgesucht, *Oba*; sie wurde mir aufgezwungen.«

Sie nickte mit einem leisen Lächeln. »Aus diesem Grund müssen wir alle lernen, den Fluß an einer Furt zu überqueren, wie, Nicholas?«

Er war gelinde überrascht. »Ich wußte gar nicht, daß du Musashi gelesen hast.«

»Gelesen *und* studiert.« Jetzt lachte sie ganz offen. »Es existieren eine Menge Dinge, die du von mir nicht weißt, wenn es auch auf der ganzen Welt keinen anderen Menschen gibt, mit dem ich so viele Geheimnisse geteilt habe. Ich war es, der bestimmte Geschäftsleute zu Saigo geschickt hat; Leute, die dieser Raphael Tomkin beleidigt hatte; Leute, die ihn tot sehen wollten.«

»Ich verstehe nicht.«

»Glaubst du denn, ich hätte dich auch nur eine Minute aus den Augen verloren, nachdem du von zu Hause fortgegangen bist, *watashi no musuko*? Meine Liebe reicht so weit wie mein schützender Arm. In wessen Tochter hattest du dich verliebt? Wie lange würde es dauern, bis Saigo diese Information ebenfalls in seinen Besitz bringen würde? Wie lange, bis ihm die diamantene Präzision der Verschmelzung beider Verbindlichkeiten – eine beruflich, die andere privat – aufgehen würde? Zweifellos mußte sie seinem ausgeprägten Sinn für Logik gefallen; er hätte nicht widerstehen können.«

Nicholas' Verstand raste. »Du... *du* hast ihn hinter mir hergeschickt?« Er konnte einfach nicht glauben, was er eben vernommen hatte.

»Mein Lieber«, sagte sie sanft, »er war wie ein gereizter Stier, wie einer unserer riesigen wilden Eber, wenn sie verwundet sind. Er war gefährlich und wurde jeden Tag gefährlicher. Ich konnte nicht zulassen, daß es so weiterging.«

Sie blieb stehen und berührte ihn zum erstenmal, eine zarte, doch nachdrückliche Geste, wie alle japanischen Gesten voll tiefer Bedeutung. »Glaubst du, ich hätte ihn hinter dir hergeschickt, damit er dir etwas antut? Ich habe ihn in den Tod geschickt. Wenn man es in einem bestimmten Licht betrachtet, könnte man sagen, ich habe ihn umgebracht.«

»Aber auf dem Weg dorthin sind andere Menschen gestorben, *Oba*. Daran mußt du doch gedacht haben.«

Sie antwortete nicht. Schweigend schritt sie durch das dichte Gras im Schatten einer kunstvoll gestalteten Buchsbaumlaube. »Was soll ich darauf sagen, *watashi no musuko*. Das Leben ist so unvollkommen, weil wir Menschen sind und keine Götter. Götter definieren sich dadurch, daß sie existieren und nicht leben.«

Sie legte die Hand auf den Stamm eines alten, knorrigen Baums. »Es tut mir leid um den Tod... um jeden Tod. Aber manchmal muß man gutes Gewebe entfernen, um einen bösartigen Tumor zerstören zu können. Das ist nicht gerecht, und es ist auch nicht nach meinem Geschmack. Aber dies ist eine Zeit, in der wir lernen müssen, den Fluß an einer Furt zu überqueren. Nicht wir haben sie uns ausgesucht, sondern, wie du schon gesagt hast, sie hat uns erwählt.«

Das war zwar nicht exakt, was er gesagt hatte, aber er zweifelte nicht daran, daß Itami es wußte. In jedem Fall waren ihre Worte weit zutreffender als seine eigenen. Er wußte, daß das, was sich zwischen Saigo und ihm abgespielt hatte, nicht wirklich von ihnen selbst zu verantworten war. Eher war es schon eine Generation vor ihnen durch die erbitterte Feindschaft ihrer Väter festgelegt worden. Sohnestreue hatte ihnen die Hände gebunden und sie gezwungen zu beenden, was so viele Jahre früher begonnen worden war.

Ohne es zu wollen, mußte er an all jene denken, die wegen einer Schuld hatten sterben müssen, die nicht die ihre war. Eileen Okura, Terry Tanaka, Doc Deerforth und so viele, deren Namen er nicht kannte, von Lew Croaker ganz zu schweigen. Nicholas verstand die Weisheit in den Worten seiner Tante und stimmte sogar mit ihr überein. Dennoch schreckte etwas in ihm davor zurück, rief wie aus weiter Ferne: *Es ist zuviel verlangt; selbst ein einziges Menschenleben ist ein zu hoher Preis für die Tilgung einer Ehrenschuld.*

Nach einiger Zeit sagte Itami: »Ich war dir gegenüber ehrlich, Nicholas. Nun mußt du mir dieselbe Höflichkeit erweisen. Sag mir, warum du hergekommen bist. Es ging dir nicht nur darum, mich nach all der Zeit wiederzusehen.«

»Teilweise schon.« Auch diesmal hatte sie wieder recht. Die ganze Zeit auf seinem Weg nach Süden hatte eine Frage ihn immer stärker beschäftigt, bis sie zu derart gigantischen Proportionen aufgelaufen war, daß er sie nicht einmal im Schlaf vergessen konnte.

Akiko.

Sie war nicht Yukio, und doch hatte sie Yukios Züge. Warum? Auf keinen Fall konnte sie mit einem Gesicht geboren worden sein, das dem seiner verlorenen Liebe dermaßen ähnlich sah. Außer bei Zwillingen wiederholte die Natur sich einfach nicht auf so präzise Weise.

Und falls, wie er inzwischen glaubte, ihr Antlitz von Menschenhand gestaltet worden war, dann wurde er wie ein Hund an einer Leine wieder zu dem einen Menschen zurückgeführt, der den Wunsch gehabt haben konnte, ihn zu vernichten, der allein fähig gewesen war, sich eine solche seelische Folter auszudenken.

Itami hatte völlig recht: Saigo war durch und durch böse gewesen. So war Nicholas instinktiv hierher zurückgekehrt, zum Haus seines Cousins, um die Antwort auf das Unbeantwortbare zu finden.

»Aber es gibt noch einen anderen Grund, *Oba*; einen dringlicheren. Vor kurzem bin ich einer Frau mit Yukios Gesicht begegnet. Sie war nicht Yukio, und sie war es doch. Ihr Name ist Akiko.«

Itami wandte das Gesicht ab, der sterbenden Sonne zu. »Ich kannte einmal eine Frau mit einem solchen Namen«, sagte sie. »Ich habe sie geliebt, damals; sie hat mich einmal verehrt – wie es sich gehört zwischen Mutter und Schwiegertochter.«

Nicholas spürte, wie sich sein Herz zusammenzog. Was Itami andeutete, erschien ihm monströs, ja, unheilig. »Sie war mit Saigo verheiratet?« brachte er heraus.

Itami nickte.

»War sie eine Schülerin?«

Itami wußte sehr genau, welche Art Schülerin er meinte; für sie beide hatte dieser Begriff nur eine Bedeutung. »Ja.« Ihre Stimme war ein Flüstern. »Sie haben sich in Kumamoto kennengelernt. Sie hat dort zwei Jahre studiert, bevor sie fortgegangen ist.«

»Wohin?«

»Darüber möchte ich nicht sprechen.«

»Itami-san –«

»Es ist eine Schande.« Ihre Stimme klang kalt und zum erstenmal auch alt. »Zwing mich nicht, darüber zu sprechen.«

Er blickte ihr ernst in die Augen. »Ich muß es wissen. Ich muß! Sie ist von deinem Sohn –«

»Nenn ihn nicht so!«

»Sie ist Saigos letzte Waffe gegen mich, kannst du das nicht begreifen? Wenn du mir nicht hilfst, hat sie vielleicht Erfolg, wo er versagte.«

Ihre Augen blickten klar. »Stimmt das wirklich?«

Er nickte. »*Hai, Oba*.«

»In den Bergen irgendwo im Norden lebt ein *sensei*. Sein Name ist Kyoki.«

»Das ist kein Name«, sagte Nicholas verblüfft. »Es ist ein Zustand: der des Wahnsinns.«

»Nichtsdestoweniger, dorthin ist Akiko gegangen; dort hat sie gelernt, ihr *wa* zu verbergen; und dort hat sie sich auch mit *jaho* vertraut gemacht.«

Itami verzog das Gesicht und wandte sich ab. »Da, jetzt habe ich dir alles gesagt, obwohl es mich krank macht.«

Nicholas wartete eine Zeitlang, ehe er wieder sprach. Es gab mehrere Gründe für sein Schweigen. Zum einen sollte Itami die Gelegenheit haben, ihre Fassung zurückzugewinnen. Zum anderen wollte er nicht, daß diese Zeit des Verstehens zwischen ihnen schon zu Ende ging. Er sog die fast feierliche Stimmung der Umgebung in sich ein, sehnte sich danach wie nach der zärtlichen Berührung einer

Mutter. Doch schließlich hielt er es nicht länger aus und sagte: »Ich muß gehen, *Haha*.«

»Ja.«

»Wirst du mir einen Abschiedskuß geben, wie es mein Vater Cheong beigebracht hat?«

Itami blickte ihn an. Ihre Augen waren feucht und so groß, als wollten sie die ganze Welt in sich aufnehmen. Sachte legte sie ihm die Hände auf die Hüften, stellte sich auf die Zehenspitzen und preßte ihre Lippen auf seine Wange, als hätte sie es schon tausendmal vorher getan.

»Alles Gute zum Geburtstag, *Haha*«, flüsterte er.

»Bleib am Leben, Nicholas«, flüsterte Itami. Aber sie war bereits allein in der Laube, umschmeichelt von Vogelgezwitscher, während sich der Himmel langsam dem Abendrot hingab.

*

Auf Justine wirkte Tokio so verwirrend wie New York City auf einen Teenager aus Nebraska. Es war weder, wie sie es erwartet, noch, wie sie es sich gewünscht hatte.

Die Stadt pulsierte und summte um sie herum, ein Bienenkorb aus Neon; die Luft war erstickend und schwer wie in einem Kohlebergwerk. Als sie das *Okura* erreicht hatte, wäre sie am liebsten gleich wieder umgekehrt. Allein der Gedanke an Nicholas hielt sie zurück.

Craig Allonge wohnte ebenfalls im *Okura*. Sie kannte ihn flüchtig, und in ihrer Verzweiflung schrieb sie ihm ein paar Zeilen und bat den Portier, dafür zu sorgen, daß er sie sofort erhielt, wenn er ins Hotel zurückkehrte.

Dann fuhr sie hinauf in ihr Zimmer und ließ sich aufs Bett fallen. Ihre Haut fühlte sich an, als wäre sie mit Öl bedeckt, und ihr Haar war fettig von dem langen Flug. Stöhnend rappelte sie sich wieder auf und ließ sich ein Bad ein, das Wasser so heiß, wie sie es gerade noch ertragen konnte, sonst würde sie der Schmutzschicht auf ihrer Haut nie Herr werden können.

Sie hatte sich gerade eingeseift, als das Telefon klingelte. Es gab einen Anschluß im Bad, und sie streckte die Hand nach dem Hörer aus. Der Anrufer war Allonge. Er hatte sein provisorisches Büro bei Sato Petrochemicals auf einen Sprung verlassen, um sich im Hotel zum Lunch umzuziehen. Er war ein eher hemdsärmeliger Typ, und niemand hatte ihn darauf vorbereitet, wie förmlich die Japaner sein konnten.

Justine erkundigte sich nach Nicholas und war etwas verblüfft, als Allonge ihr gestehen mußte, daß er keine Ahnung hatte, wo sein Boß sich gerade aufhielt. Er versprach ihr aber, sich zu erkundigen und sie dann zurückzurufen. Er unterbrach die Leitung und wählte die Nummer von Satos Büro. Nein, man hatte bisher weder von Mr. Linnear noch von Sato gehört. Wollte Allonge-san mit Nangi-san sprechen?

Daß Tanzan Nangi aus Hongkong zurück war, hatte Allonge noch gar nicht gewußt, und so sagte er: »Ja, stellen Sie mich durch, bitte.« Als Nangi sich meldete, erzählte Allonge ihm von Justine.

»Bringen Sie sie nachher mit ins Büro«, sagte Nangi. »Ich werde mit der jungen Dame sprechen.«

Nangi legte auf und starrte zum Fenster hinaus. Er war erst vor einer Stunde auf dem Narita Airport gelandet und beschäftigte sich in Gedanken immer noch mit Lo Whan, Liu, dem Vertrag und dem jungen Chiu. Irgendwann im nächsten Monat würden die *Green Pang*-Triaden einen Überfall auf die Sun Wa Trading Company in der Tai Ping Shan Street starten, und bei dem folgenden Schußwechsel würden einige Menschen sterben, darunter zufälligerweise auch der Eigentümer, Mr. Liu. Niemand würde die Angelegenheit mit Tanzan Nangi in Verbindung bringen – ein Bandenkrieg, mehr nicht, territoriale Auseinandersetzungen. Karma. Um Lo Whan gegenüber nicht wortbrüchig sein zu müssen, hatte Nangi all das schon vor seinem Treffen mit dem Chinesen arrangiert. Bedauerlicherweise würde auch Lius Gespielin bald nicht länger in der Lage sein, Charles Percy Redman mit von Rotchina gesteuerten Falschmeldungen zu füttern.

Aber Nangi konnte sich seines Triumphs nur kurze Zeit freuen. Jemand klopfte an die Tür, und nach kurzem Zögern trat Kei Hagura ein, der ebenfalls zum Vorstand von Sato Petrochemicals gehörte.

»Kommen Sie herein, Hagura-san.« Der Mann sieht ganz und gar nicht gut aus, dachte Nangi. Vielleicht braucht er ein paar freie Tage mit seiner Frau und den Kindern. Es gibt nichts Besseres als die Nähe der Familie, wenn der Geist genesen soll.

»Entschuldigen Sie mein Eindringen, Nangi-san.« Hagura verbeugte sich tief. Sein Gesicht war weiß und verkniffen, und ein Blick über seine Schulter zeigte Nangi, daß die Büroräume im 52. Stock von eigenartiger Unruhe erfaßt zu sein schienen.

»Na, los doch, Hagura-san«, sagte Nangi leicht gereizt. »Was kann ich für Sie tun?«

Haguras Kopf war gesenkt, er blickte Nangi nicht in die Augen. »Ich habe gerade eine Meldung von unserem Büro auf Hokkaido erhalten, ein Telex... Es scheint dort, nun, einen Unfall gegeben zu haben. Noch wissen sie nichts Genaues.«

Nangi beugte sich vor, sein Puls beschleunigte sich.

»Was für ein Unfall? Wie schlimm ist die Sache? Um wen geht es überhaupt?«

»Ich fürchte, es geht um Sato-san.« Haguras Stimme versagte, als hätte er eine Kehlkopfentzündung. »Er scheint in einen Autounfall verwickelt gewesen zu sein.«

»Und?« fragte Nangi schwach. »Wie geht es ihm?«

»Niemand hatte die geringste Chance«, sagte Hagura. Er wollte es nicht aussprechen, als könnte diese Zurückhaltung allem, was geschehen war, einen eher spekulativen Anstrich verleihen.

»Hagura-san«, drängte Nangi.

Mit geschlossenen Augen fügte sich der Vizepräsident in das Unausweichliche. »Sato-san ist tot.«

Nangi gab sich alle Mühe, nicht die geringste Regung zu zeigen. Er mußte jetzt um jeden Preis das Gesicht wahren. Dieser *kobun* war wie ein Samurai im Dienst eines Shogun. Er war ausschließlich seinem Weg verpflichtet, und er konnte nur vorwärts marschieren, niemals zurück. Selbst ein Straucheln war untersagt. Und *Tenchi* konnte nicht warten.

»Danke, Hagura-san. Ich weiß, wie schwer Ihnen diese Aufgabe gefallen sein muß.«

Hagura verbeugte sich. »Es war meine Pflicht, Nangi-san.« Er war tief beeindruckt von Nangi-sans *wa*. Der Raum war noch immer von Harmonie erfüllt und gab ihm Kraft. Angesichts dieser tragischen und völlig unerwarteten Nachricht war eine solche Haltung tröstlich und herzerquickend. Was sich hier ereignet hatte, würde in Windeseile überall im *kobun* herum sein, und die Leere, die alle nach Satos Tod fühlen mußten, würde von Nangis Heroismus und eisernem Willen wenigstens teilweise aufgefüllt werden.

Nachdem Hagura gegangen war, brach Nangi zusammen. Tränen stiegen ihm in die Augen. Seine Kehle verengte sich, so daß jeder Schluck schmerzte. Er stand auf, trat ans Fenster und blickte in den Smog hinaus.

Zuerst Gotaro, dachte er. Dann Oba-chama, Makita. Aber doch nicht Seiichi; niemals Seiichi. Wie viele Personen gibt es in einem Menschenleben, mit denen man sich wirklich unterhalten kann? Wie viele, die einen verstehen können? Eine, zwei, vielleicht eine Handvoll, wenn man außergewöhnlich großes Glück besitzt.

Mit wem konnte er sich von nun an unterhalten, fragte Nangi sich, wem konnte er sich anvertrauen? Wer würde mit ihm seinen Triumph in Hongkong genießen, neue Pläne mit ihm schmieden? Er hatte buchstäblich niemand mehr.

Sie waren wie Zwillinge gewesen, Tanzan und Seiichi, hatten einander bis ins Innerste gekannt und sich auch bei allen Streitigkeiten und Meinungsverschiedenheiten noch vertraut. Und nun sollte das alles vorüber sein? Welch eine unvorstellbare Grausamkeit, welch eine Ungerechtigkeit des Gottes, dem er seine unsterbliche Seele verschrieben hatte.

Wäre es Nangi möglich gewesen, sich in diesem Moment objektiv zu betrachten, so wäre ihm klargeworden, daß er mehr verloren hatte als nur eine teure Freundschaft. Darüber hinaus hatte er nämlich sein östliches Gefühl für das Hinnehmen des Unvermeidlichen, den resignativen Glauben an einen kosmischen Sinn jeglichen Lebensverlaufs eingebüßt. Kurz, er hatte seinen Platz im Gefüge der Dinge verloren, und das war in der Tat eine ernste Angelegenheit.

Erst als Craig Allonge Justine in den Garten auf dem 50. Stock brachte, wo Tanzan Nangi sie empfangen wollte, nahm das Gesicht des Bankiers wieder seinen gewohnten maskenhaften Ausdruck an. Der Vertreter von Tomkin Industries blieb nicht lang. Er übernahm die Vorstellung und ging dann zu seinem Geschäftslunch.

Das ist also Raphael Tomkins Tochter, dachte Nangi nach eingehender Musterung. Ob sie immer noch in den *gaijin* Linnear verliebt ist? Er hatte nämlich von ihrem eisigen Auftritt bei der Beerdigung ihres Vaters gehört.

»Darf ich Ihnen zum Verlust Ihres Vaters kondolieren, Miss Tomkin?« fragte Nangi mit einer leichten Neigung des Kopfes. »Ich war persönlich mit ihm bekannt und hatte große Hochachtung vor ihm.«

Beinahe hätte Justine ihn korrigiert – *mein Name ist Tobin, nicht Tomkin* –, aber diese Unterscheidung schien ihr mittlerweile albern und bedeutungslos. Statt dessen nickte sie und sagte: »Danke, Nangi-san. Ihr generöser Kranz hat mich tief gerührt.« Sie blickte sich um. »Sie haben es schön hier.«

Er nickte ebenfalls. »Darf ich Ihnen etwas zu trinken anbieten?«

»Ein Gin-Tonic könnte mich reizen«, sagte sie und setzte sich auf einen der Stühle nahe einem Regal aus grünem Bambus. Was geht hier vor? fragte sie sich. Er sieht alt und mitgenommen aus. Sie gab sich alle Mühe, sein Hinken zu ignorieren, als er von der Bar zurückkehrte, ihr den gewünschten Drink reichte und selbst auf einem weiter entfernt stehenden Stuhl Platz nahm.

»Ihr Besuch hier in Tokio kommt etwas überraschend für uns«, sagte Nangi. »Gibt es irgend etwas, was ich für Sie tun kann? Sie brauchen es nur zu sagen. Ich werde Ihnen eine junge Dame zur Seite stellen, die mit Ihnen in den besten Geschäften der Stadt einkaufen geht. Abends kann dann ein junger Mann Sie –«

»Ich bin hergekommen, um Nicholas zu sehen«, unterbrach Justine ihn mitten im Satz. Die Überheblichkeit, die er an den Tag legte, nur weil sie eine Frau war, mißfiel ihr, doch sie ließ sich nichts davon anmerken. Nach außen hin war sie kühl und beherrscht, was ihr Ansehen in Nangis Augen beträchtlich hob. Wider Willen beeindruckt, sagte er: »Ich verstehe. Ein bewundernswerter Grund für eine derart lange Reise.«

Er schwieg erneut, und Justine spürte, wie sich Kälte in ihr ausbreitete. Wie gern hätte sie geschrien, *was ist passiert? Geht es ihm gut?*

»Wissen Sie, wo er sich im Moment befindet?« Sie war überrascht, daß ihre Stimme nicht zitterte. Nicholas wäre stolz auf sie gewesen. Bei diesem Gedanken stiegen ihr die Tränen in die Augen. Was ist passiert? fragte sie sich neuerlich.

»Unglücklicherweise nicht«, sagte Nangi. »Ich bin selbst eben erst von einer längeren Geschäftsreise zurückgekehrt und hatte noch keine Gelegenheit, mich über die Ereignisse, die sich während meiner Abwesenheit zugetragen haben, zu informieren.«

Er ist so verdammt ruhig, dachte Justine. Wie schafft er das bloß?

Jede Sekunde, die Nangi hier saß und sich mit dieser *gaijin* unterhielt, steigerte seine Hochachtung, ohne daß er ihr deswegen noch grollte. Ihr *wa* beeindruckte ihn, und so beschloß er, ihr zu erzählen, was sie sonst erst einige Stunden später erfahren hätte.

»Ich fürchte, es hat einen Unfall gegeben, Miss Tomkin. In meiner Abwesenheit ist Seiichi Sato in seinem Auto ums Leben gekommen.«

»Oh, mein Gott.« Justine ließ ihren Drink sinken. »War er... allein?« Ihre Stimme war ganz leise geworden.

»Ich verstehe Ihre Besorgnis«, sagte Nangi. »Und, ja, nach meinen Informationen war er zur Zeit des Unfalls allein im Wagen.«

Justine schloß die Augen, denn sie merkte, daß das linke Lid zu flattern begann. »Es... es tut mir entsetzlich leid, Nangi-san«, sagte sie. »Bitte, nehmen Sie mein tief empfundenes Beileid entgegen. Ich habe schon viel von Sato-sans Tapferkeit im Beruf wie auch im Privatleben gehört.«

Nangi starrte sie erstaunt an. Wo blieb der Ausbruch abscheulicher Gefühlsduselei, den er von dieser Barbarin erwartet hatte?

»Ich weiß Ihre Anteilnahme zu schätzen, Tomkin-san«, sagte er. »Wenn Sie wollen, lasse ich Sie jetzt in Ihr Hotel zurückbringen. Oder ich stelle Ihnen jemand zur Verfügung, der Sie in der Stadt herumführt, was Ihnen lieber ist. In jedem Fall werden Sie sofort informiert, wenn wir etwas über den Aufenthalt von Linnear-san erfahren.«

»Wenn es Ihnen nichts ausmacht, würde ich lieber hierbleiben«, sagte Justine. »Das heißt, vorausgesetzt, Sie haben nicht das Gefühl, ich stünde Ihnen im Weg herum.«

»Ganz und gar nicht«, entgegnete Nangi und klingelte nach Kei Hagura.

*

Nicholas begann seine Suche in dem dichten Wald rund um Itamis Haus und benutzte dabei verschiedene Werkzeuge, die er in der Küche seiner Tante gefunden hatte.

Er suchte nach bestimmten Löchern im Boden und brauchte einige Zeit dafür. Das Unterholz war dichter als zu seiner Kinderzeit. Es konnte aber auch sein, daß er sich das nur einbildete, denn damals hatte er die Gegend verabscheut, was nicht selten die Wahrnehmungsfähigkeit trübt.

Das Licht unter den mächtigen Bäumen war fahl, beinahe gelblich. Die Luft hing schwer zwischen den ausladenden Ästen. Nicht der leiseste Windhauch rührte sich, und sogar die Insekten schienen zu schweigen. Nicholas sah keinen einzigen Vogel, keinen Grashalm, der sich leise regte.

Nach einiger Zeit fand er, was er gesucht hatte, und ging an die Arbeit. Gelegentlich legte er eine kurze Pause ein. Als er fertig und einigermaßen zufrieden war, verstaute er sein Werkzeug und setzte sich auf einen aus dem Waldboden ragenden Fels, um zu warten.

*

Und so fand Akiko ihn, meditierend im Lotussitz. Dunkelheit sank herab. Lange Schatten, blau wie Eis, krochen über die Erde, verhüllten Felsen und Moos, Giftpilze und Blumen. Der Tag wurde abgelöst, die Nacht zog auf.

Akiko entstieg dem dichten Unterholz, kaum deutlicher zu erkennen als ein weiterer Schatten, und blieb vor Nicholas stehen. »Es tut mir leid, daß ich dir dein *dai-katana* nicht zurückbringen konnte«, sagte sie.

»Hättest du mich gern damit getötet?«

Sie vermied eine direkte Antwort und sagte statt dessen: »Komm von deiner Hühnerstange herunter, und wir unterhalten uns.«

Bedächtig kletterte Nicholas zu ihr hinab. Er dachte an Masashigi Kusunoki. Seit Sato diesen Namen zum erstenmal im Zusammenhang mit dem Tenshin Shoden Katori *ryu* erwähnt hatte, war er in seinem Unterbewußtsein steckengeblieben wie ein Stachel. Obwohl er ziemlich lange nicht mehr in Yoshino gewesen war, hatte er dennoch von keinem anderen *sensei* innerhalb oder außerhalb Japans gehört, der diesen Namen trug.

Dennoch wußte er, daß Sato nicht gelogen hatte und auch nicht belogen worden war. Welchem Zweck hätte das eine oder andere auch dienen sollen? Er konnte sich keinen vorstellen. Masashigi Kusunoki existierte – oder hatte existiert, bevor er getötet worden war –, und doch existierte er nicht. Wer war er gewesen, und wer hatte ihn umgebracht?

Etwa Akiko? Hatte sie vor ihm auf der *tatami* gesessen, über dies und das geplaudert, ihre wahre Absicht aber mit Hilfe des von Kyoki, dem Verrückten, gelernten *jaho* verborgen, so daß der *sensei* nur das positive Glühen ihres *wa* spürte und alle Wachsamkeit vergaß? Plante sie, nun mit ihm genauso umzuspringen?

Ein Grasstreifen leistete ihnen prächtige Dienste als *tatami*. Die Dunkelheit nahm zu, hüllte sie, nächtliche Kreaturen, die sie waren, in ihr schwarzes Webtuch. Sie waren wieder zu Hause in der Finsternis der Nacht. Ein schwacher Widerschein der kalten Sterne legte sich blau auf ihre Gesichter.

»Ich wäre dir auch ohne die Tätowierungen auf die Spur gekommen«, sagte er.

Ihr Kopf neigte sich leicht. »Niemand außer dir hätte ihre wahre Natur verstanden.«

»Ja«, pflichtete er ihr bei. »Ich kenne die Legende von Hsing, dem Mann der vielen Gestalten, und ich weiß, was er mit *jaho* bewirkt hat.«

Sie lachte. »Und das hast du alles geglaubt?«

»Ich glaube an *Kuji-kiri*«, sagte er. »An *Kobudera* und an *Wu-Shing*. Ich kannte einen *maho-zukai*...« Sie hatte aufgehört zu lachen. »...und du kanntest ihn auch, Akiko-san. Sein Name war Saigo.«

Er hatte den Schlüssel mitgebracht und ihn ihr in diesem Moment angeboten. Er glaubte, daß sie ihn angenommen hatte, aber vielleicht noch nicht bereit war, ihn für sich selbst zu verwenden. Er fuhr fort.

»Jetzt weiß ich die Wahrheit. Deine Zwillingsdrachen haben mit Feuerzungen zu mir gesprochen. Bevor er von seinen neidischen Gefährten getötet wurde, hatte Hsing seinen Schüler gebrandmarkt. Hsing war ein *sensei* in vielen Künsten, auch in der des Tätowierens. Es heißt, er hätte ihn gezeichnet, damit er ihn auf alle Zeiten wiedererkennen könne. Damit sie auf dem Rad des Karma für immer aneinandergeschmiedet wären. Hattest du einen *sensei,* Akiko-san, der deine Haut bemalt hat mit so talentierter Hand? Ich kann mir nicht vorstellen, daß du dir diese Motive in einer gewöhnlichen Tätowierstube hast machen lassen.«

Natürlich hätte er noch mehr sagen, Kyoki mit Namen erwähnen können, aber dadurch wäre er eines großen Vorsprungs verlustig gegangen.

»Du weißt also Bescheid über *Wu-Shing*«, sagte sie und schob den Schlüssel, den er ihr gereicht hatte, ins Schloß. »Vielleicht wird es mir eine Erleichterung sein, daß noch jemand anders darüber informiert ist. Und daß du dieser andere bist.«

Während sie sprach und während sie ihm zuhörte, dachte sie die ganze Zeit, Amida! Ich verstehe es nicht. Ich sehe ihn an, und meine Liebe zu ihm ist so groß, daß ich mich an meinen alten Haß geradezu klammern muß; jede Sekunde muß ich mich ganz darauf konzentrieren, sonst gleitet er mir durch die Finger wie Sand.

»Hsings *akuma* hatte allen Grund, diese uralte Rache zu inszenieren. Und ich ebenfalls. Mein Familienname ist nicht Ofuda –«

»Nein«, unterbrach Nicholas sie. »Er ist Sato. Und Sato-san, dein Ehemann, ist tot.«

Sie neigte den Kopf. »Das hatte ich schon vermutet. Es tut mir leid.« Ihre Augen brannten im eisigen Licht der Sterne. »Es tut mir leid, daß nicht ich sein Leben beenden konnte, und zwar mit Hilfe der vierten Strafe des *Wu-Shing*.«

»*Kung*«, sagte Nicholas, das chinesische Wort für »Palast«, die Strafe des Eunuchen. »Du hättest ihn kastriert, bevor du ihn getötet hättest.«

»Genau das hätte er auch verdient«, sagte sie giftig, »genauso wie sein Freund Tanzan Nangi, der meine schreckliche Macht noch am eigenen Leib spüren wird. Gemeinsam haben sie meinen richtigen Vater, Hiroshi Shimada, getötet.«

Nicholas war aufrichtig überrascht. »Dein Vater war Vizeminister Shimada?« Er kannte den Namen, denn sein Vater, der Colonel, hatte Shimada nach dem Krieg zu seiner Zielscheibe Nummer eins erklärt. »Aber seine Frau hat ihm doch lediglich zwei Söhne geboren.«

»Seine Geliebte war meine Mutter«, sagte Akiko stolz. »Sie war *tayu oiran* im *Yoshiwara*. Eine bessere als sie hat es nie gegeben.«

»Shimada hat aber doch *seppuku* begangen. Es gab damals einen riesigen Skandal –«

»All das war von Nangi, Sato und ihrem Mentor, Yoichiro Makita, ausgeheckt worden.«

Nicholas wußte, daß Akikos Angaben nicht der Wahrheit entsprachen. Das Beweismaterial gegen Shimada war hieb- und stichfest gewesen.

»Sie haben Lügen in die Welt gesetzt, Halbwahrheiten, Unterstellungen. Es war genug –«, ihr Gesicht war haßverzerrt, »mehr als genug in einer Atmosphäre, die in krankhafte Hysterie umkippte, sobald die Rede auf den Krieg kam.«

Nicholas spürte, wie sie ihre Kräfte sammelte. »Aber es war dein Vater«, fuhr sie fort, »Colonel Denis Linnear, der darauf bestand, daß diese Unwahrheiten öffentlich bekanntgemacht wurden. Linnear wollte meinen Vater aus dem Weg haben, weil er nicht bereit war, mit SCAP zusammenzuarbeiten.«

Nicholas erinnerte sich daran, was ihm sein Vater an dem Tag, an dem Vizeminister Shimada neben seiner Frau in einer Blutlache gefunden worden war, zu ihm gesagt hatte. »Freue dich nie über den Tod eines anderen Menschen. Allenfalls solltest du mit Befriedigung zur Kenntnis nehmen, daß eine Quelle des Bösen versiegt ist. Wenn ein Mensch sich mit dem Bösen einläßt, müssen wir den Weg der

Pflicht gehen. Wir müssen handeln. Ohne diesen Ausleseprozeß könnte die Menschheit das Leben nicht lange ertragen.«

»An den Beschuldigungen, die gegen deinen Vater erhoben wurden, gab es nichts Unwahres«, sagte Nicholas. »Du kannst die Symmetrie von Verbrechen und Strafe nicht in Abrede stellen.« Im schwachen Mondschein wirkte Akikos Ähnlichkeit mit Yukio noch unheimlicher. Trotz allem, was er über sie wußte, fühlte er sich auf seltsame Weise zu ihr hingezogen, und welche Emotionen auch immer in ihr toben mochten, ihr *wa* strahlte die reinste Harmonie aus.

»Sie haben den Colonel für ihre Zwecke eingespannt«, sagte Akiko. »Kannst du das nicht sehen? Sie haben ihn mit ihrem Dreck gefüttert, und er hat ihn gefressen.«

»Was immer Sato und Nangi vielleicht verdienten, hat nichts damit zu tun, daß du auf dem Weg zu deinem Ziel drei unschuldige Menschen getötet hast«, sagte er, die vorhergegangene Bemerkung einfach ignorierend.

»Sprich zu mir nicht von Unschuld«, sagte sie heftig. »In einer solchen Firma gibt es keine Unschuld. Zwei sind Hauptschuldige, alle anderen mitangeklagt.«

Nicholas wußte, daß er jetzt alles erfahren hatte, was er wissen mußte. An ihren Worten konnte er ablesen, daß sie ihm nicht gestatten würde, aufzustehen und fortzugehen; dafür war sie zu gut ausgebildet worden, erwies sich ihr Geist letzten Endes als ebenso schwach wie der ihres Mannes, unterworfen dem Fluch des bösen Zaubers *jaho*. Nie würde er sie von der Wahrheit überzeugen können.

Als er sie jetzt anblickte, sah er, wem er wirklich gegenübersaß. Sie war *miko*, eine Hexe, die ihn jederzeit und überall töten konnte. Es mochte mitten in einem Kuß oder einer Umarmung passieren; er würde nie merken, welche Absicht sie tatsächlich verfolgte, ihr *wa* würde nicht eine Sekunde ins Flackern geraten, der Übergang von Harmonie zur tödlichen Angriffslust fließend sein. Er würde nicht einmal wissen, daß sie sich nach der Leere ausgestreckt hatte.

Ihre Absichten würden sich ihm auf ewig entziehen, und so wußte er, daß es gut gewesen war, so lange zu warten. Er saß dem Tod gegenüber. Es erschien ihm nicht einmal ironisch, daß der Tod das Gesicht seiner ersten wahren Liebe tragen sollte, nur passend und gerecht. Wenn er jetzt sterben mußte, würde ihr Gesicht das letzte sein, was er auf Erden sah, ein Traum von Yukio im Untergang.

»Hörst du die Stille?« fragte Akiko sanft. »Die Tiere sind in ihrem Versteck, die Vögel im Nest, die Insekten schlafen. Sogar der Wind hat aufgehört zu wehen. Alles nur für uns.«

Ihre Augen leuchteten. Fast wirkte es, als könnte man den Mond in ihrer konvexen Oberfläche sehen. Sie schimmerten wie feinste Seide, und sie erinnerten Nicholas so sehr an Yukios Augen.

»Denn wir sind Liebende, Nicholas. Die letzten echten Liebenden auf der Welt. Als wir uns geliebt haben, sind nicht nur unsere Körper miteinander verschmolzen, sondern auch unsere Seelen. Die Wolken und der Regen haben unsere Seelen vereint, Nicholas. Nun haben wir unsere ganz persönlichen Tätowierungen, so unauslöschlich eingeätzt wie meine Drachen. Wir können einander nun auf alle Zeit erkennen. Wie auch immer wir wiedergeboren werden, welche Gestalt uns unser Karma auch zuweisen mag, wir können uns nie mehr verfehlen. Als Mensch oder Dachs, Kranich oder Schlange. Der Tanz, in dem sich unsere Seelen gedreht haben, wird das Bindeglied zwischen uns bewahren.«

War sie ihm unmerklich nähergerückt? Nicholas vermochte es nicht zu sagen. Ihre Worte waren so leuchtend wie ihre Augen, wie der Schein der Sterne, der sie teilweise einhüllte, wo die breiten Schattenfächer der Bäume nicht hinreichten.

Beugte sie sich jetzt vor zu ihm? Spürte er, wie sich ihre Brüste hart gegen seine Rippen preßten? Fühlte er sich in ihrer Wärme gebadet, ihren Atem duftend wie Flieder auf seiner Wange?

Er entsann sich jener fiebrigen Nacht in Satos Garten und sehnte sich danach, dieses Erlebnis zu wiederholen. *Sato*. Spürte einen ihrer Arme in seinem Rücken, Finger, die seinen Hals massierten. *Denk an Sato*, rief er sich zu, *und wie du ihm gegenüber versagt hast. Versagt, obwohl du geschworen hattest, ihn zu beschützen*. Jetzt gab es nur noch einen möglichen Ausweg für ihn.

»Nein!«

Das Echo seines Schreis hallte zwischen den Bäumen. »Das kann ich nicht zulassen! Ich kann dich nicht lieben, eine *miko*!«

Und während er sich ihrer Umarmung entwand, zog er das Messer mit der kurzen Klinge hervor, das er aus Itamis Küche mitgenommen hatte. Obwohl es nicht zum Kampf gegen Menschen hergestellt worden war, handelte es sich um eine ehrenvolle Waffe.

Ohne zu zögern, trieb sich Nicholas das Messer bis zum Heft in den Bauch. Blut spritzte heraus, schwarz in der Dunkelheit, und glitzerte auf seinen Knien, dem Gras und Akikos Schoß.

Nicholas' Gesicht war verzerrt vor Qual. Sein Kopf zitterte, als er sich die Bauchdecke mit einem horizontalen Schnitt von links nach rechts aufschlitzte. Die Stelle, an der *hara* saß.

Akiko war vor Entsetzen wie erstarrt. Ihre Augen waren weit aufgerissen. »Amida!« keuchte sie. Das Blut schoß nur so aus ihm heraus, in wahren Sturzbächen, und mit jedem Tropfen verlor er mehr von seiner Kraft, von seinem Leben.

So viele einander widerstrebende Gefühle tobten in ihr. Euphorie und Kummer, Schock und Panik, Befriedigung und Furcht. War dies das Ende, nach dem sie gesucht hatte? War dies der Höhepunkt ihrer so langfristig angelegten Rache?

Sie wußte, daß die Antwort auf diese Fragen ja lauten mußte, nur schien ihr auf einmal, daß es ganz und gar nicht dem entsprach, was sie sich wünschte. Ihr Leben lang hatte sie dafür gekämpft, der traditionellen Rolle der Frau als Dienerin des Mannes Lebewohl sagen zu können, ebenbürtig an der Seite der erfolgreichsten Männer zu stehen.

Aber nun erkannte sie, daß diese Besessenheit sie nur zu einer Schachfigur in den Händen der Männer gemacht hatte, denen sie am nächsten gewesen zu sein glaubte: Kyoki, Saigo und letzten Endes auch Vizeminister Shimada. Sie begriff, daß ihr Vater mehr als jeder andere Mensch ihren Lebensweg geformt hatte. So wie dies bei Saigo und seinem Vater der Fall gewesen war. Sie waren also gleich, Saigo und sie. Absolut identisch und durch und durch böse.

Zu spät war ihr diese Erkenntnis gekommen. Es hatte erst des Todes eines Mannes bedurft, von dem sie jetzt wußte, daß sie ihn mehr liebte als je einen Mann oder eine Frau zuvor.

Sie öffnete den Mund, um zu sprechen, öffnete die Arme, um ihn an ihrer Erkenntnis teilhaben zu lassen, aber in diesem Augenblick begann die Erde unter ihnen zu beben, als wäre sie von einem *jaho*, der selbst ihre Fähigkeiten überstieg, in Wasser verwandelt worden.

Kanonendonner rollte über sie hinweg, erfüllte die Nacht mit einem unheimlichen Hallen, zurückgeworfen von Hindernissen, die einen Moment vorher noch nicht dagewesen waren. Die Welt schien sich aufzulösen, klaffte auseinander wie ein weit aufgerissenes Maul. Blumen und Büsche, Bäume und Grasland wurden verschlungen, hinuntergerissen in einen Abgrund, der keine Sohle hatte. Es roch nach Schwefel und geschmolzenem Eisen.

Und dann verlor Akiko das Gleichgewicht und fiel, überschlug sich wieder und wieder, bis sie nicht mehr wußte, wo der Himmel war und wo die Erde. Verzweifelt streckte sie die Hände aus, versuchte sich festzuhalten, doch alles, was sie umklammerte, war bröckelnder Lehm.

*

Auch Nicholas verlor das Gleichgewicht. Das Beben, dessen Epizentrum, wie der sowjetische Satellit zutreffend vorhergesagt hatte, nicht mehr als einen Kilometer weiter östlich lag, schüttelte ihn wie eine mächtige Faust. Die Faust riß ihn fort von der Stelle, an der er und Akiko gekniet hatten, fort von den glitzernden Blutlachen, die entstanden waren, nachdem er sich das Messer in den Leib gestoßen hatte; oder besser, in den Leib des Fuchses, den er vor Akikos Eintreffen gefangen und sich unter dem Kimono wie einen Gürtel um den Bauch gebunden hatte. Er war ganz richtig davon ausgegangen, daß nur ein Schock erster Güte den *jaho* lang genug ablenken konnte.

Der Erdstoß schleuderte ihn gegen einen Felsen, der im selben Moment von innen heraus zu zerbröckeln schien. Er versuchte sich aufzurichten, aber das Beben war immer noch zu heftig, und er verlor erneut das Gleichgewicht. Das Gestein ringsumher bekam Risse, brach auseinander, und die einzelnen Stücke wurden zerdrückt wie Eierschalen. Nicholas hob den Kopf und hielt Ausschau nach Akiko. Er konnte sie nirgendwo sehen, aber bei dem Chaos war das nicht weiter verwunderlich.

Die Welt um ihn herum schien kopfzustehen. Wo vorher Bäume gestanden hatten, klafften jetzt große Löcher. Die Bäume selbst ragten aus der gemarterten Erde auf wie Pfeile, die von einem riesigen Bogenschützen aus dem All abgefeuert worden waren. Erdklumpen regneten von ihren ineinander verflochtenen Wurzeln.

Mühsam versuchte Nicholas, wieder dorthin zurückzukriechen, wo er seinen fingierten Selbstmordversuch unternommen hatte. Er brauchte dafür einige Zeit, denn er mußte immer wieder innehalten, während Nachbeben das Erdreich erschütterten, und ständig neuen Hindernissen ausweichen. Auf Händen und Knien gelangte er endlich zu einer klaffenden Spalte. Es war erschreckend, gähnende Leere dort zu sehen, wo sich einige Minuten vorher noch fester Grund befunden hatte.

In dem atemlosen Schweigen nach dem Toben der Erde glaubte Nicholas, eine Stimme zu hören. Vorsichtig kroch er an den Rand der Kluft. Tief unten konnte er Akiko sehen. Ihr Gesicht blickte winzig und oval zwischen Geröll, zersplitterten Bäumen und entwurzeltem Gestrüpp zu ihm hoch.

»Nicholas!«

Ihre Augen leuchteten noch immer. Yukios Augen. Er schob sich weiter auf den zerklüfteten Rand der Spalte zu und spürte, wie die Erde unter seiner Brust nachzugeben begann. Eine Lawine aus Lehm und kleinen Steinen ging ab, und Akiko stieß einen Schrei aus.

Langsam bewegte er sich rückwärts und hielt dabei nach einer anderen Möglichkeit Ausschau, zu ihr hinabzusteigen. Vielleicht dieser Baum da über ihrem Kopf. Aber er konnte nicht erkennen, wie stark die Wurzeln noch waren, und wenn er sich verschätzte, wenn sie sein Gewicht nicht aushielten, würde Akiko von dem herabstürzenden Stamm zerquetscht werden.

»Nicholas!«

Etwas in ihrer Stimme erweckte seine Aufmerksamkeit. Er spähte neuerlich in die von Düsternis erfüllte Tiefe. Nein, es war nicht etwas, es war die Stimme selbst. Sie schien nicht nur die Höhe, sondern auch das Timbre gewechselt zu haben.

»Nicht bewegen«, warnte er sie. »Ich kann es nicht riskieren, selbst runterzuklettern. Die Wände halten mein Gewicht nicht aus. Ich werde nach Weinreben suchen, die ich dann zu einem Seil flechte und hinunterwerfe.«

»Nein!«

Die Angst in ihrer Stimme ließ ihn erstarren.

»Verlaß mich nicht, Nicholas. Nicht schon wieder!«

Ein Grollen stieg aus der Tiefe auf, als käme es tatsächlich aus den Eingeweiden der Erde. Hatte er richtig gehört? Hatte sie wirklich gesagt, *nicht schon wieder*?

»Dann komme ich jetzt zu dir hinunter!« rief er, all seinen Zweifeln zum Trotz.

»Nein, nein! Amida, nein!« Der Mondschein holte ihr Gesicht aus der Dunkelheit. Auch das Licht der Sterne wirkte jetzt nach dem Beben heller, als wäre die Welt aus einem tiefen Schlaf erwacht. »Du wirst dabei umkommen!«

Die Erde bebte erneut. Nicholas hatte sich bereits bis zur Hüfte in die Spalte sinken lassen, seine nackten Füße suchten nach einem tragfähigen Halt. Er sah, wie Akiko sich nach dem Baum über ihrem Kopf streckte, dessen Wurzeln halb aus der Erde ragten.

Das Grollen erreichte seinen Höhepunkt, und Nicholas vernahm das schreckliche Stampfen und Knirschen, mit dem die Erde sich selbst zerriß. Tief unter ihm brachen Erdplatten auseinander, richteten sich auf, und die Wände der Spalte zitterten und öffneten sich noch weiter.

Der Höllenlärm aus dem Bauch der Erde übertönte jedes andere Geräusch. Er hatte das Gefühl, daß seine Trommelfelle jeden Moment platzen müßten. Er sah, wie der Baum zu rutschen begann. Er öffnete den Mund, um zu schreien, dann mußte er sich ganz darauf konzentrieren, nicht selbst in den tödlichen Schlund unter seinen Füßen gerissen zu werden.

Als er wieder in der Lage war, einen Blick in die Tiefe zu werfen, hatte er das Gefühl, auf eine völlig veränderte Welt zu starren. Es gab keinen Baum mehr, kein Geröll, keinen der Vorsprünge und Risse, die er sich vor seinem geplanten Abstieg so sorgfältig eingeprägt hatte. Alles, was er noch vor wenigen Minuten gesehen hatte, war verschwunden. Und Akiko ebenfalls.

*

Der erste vertraute Mensch, der Nicholas über den Weg lief, als er das Toranomon Hospital in Tokio verlassen hatte, war Tanja Wladimowa. Es überraschte ihn nicht sonderlich, sie zu sehen, immerhin hatte er Minck seit seinem Abflug aus Washington nicht ein einziges Mal angerufen.

Sie begegneten sich vor den Fahrstühlen im *Okura*. »Was ist denn mit Ihnen passiert?« fragte sie und hielt mitten im Schritt inne. »Sie sehen aus, als hätte man Sie durch einen Fleischwolf gedreht.«

Nicks Fahrstuhl kam, und sie stieg mit ihm in die Kabine.

»Waren Sie schon hier, als das Erdbeben ausbrach?« erkundigte er sich.

»O ja.« Sie nickte heftig. »Ziemlich furchteinflößend, muß ich sagen. Die Japaner um mich herum haben es etwas gelassener genommen.« Sie bemühte sich mit aller Gewalt um einen leichten Konversationston, und Nicholas fragte sich, warum. »Und Sie?«

»Nein«, sagte er. »Der Kelch ist größtenteils an mir vorübergegangen.«

Während er die Tür zu seinem Zimmer aufsperrte, sagte sie: »Ich war einmal in Los Angeles bei einem kleineren Erdbeben. Die Leute haben sich dort genauso benommen, obwohl das hier viel schlimmer war, wie man hört. Taten einfach so, als wäre nichts. Als gäbe es so was wie ein Erdbeben überhaupt nicht.«

»Trotzdem besteht da ein großer Unterschied«, sagte Nicholas, ging ins Badezimmer und ließ heißes Wasser in die Wanne laufen. »Die Japaner akzeptieren Erdbeben als Teil der Natur. Für die Kalifornier dagegen sind sie wie der Tod: am besten denkt man nicht darüber nach.«

Fünfzehn Minuten später erschien er mit dampfender Haut, in Handtücher gehüllt, wieder in der Tür zum Badezimmer. Er zupfte sich die Plastiktüte, mit der er seine frisch bandagierten Finger vor der Nässe geschützt hatte, von der rechten Hand. »Ich freue mich, daß Sie da sind«, sagte er.

»Schön«, erwiderte sie und starrte auf seine Verbände. »Ich bin sozusagen Mincks Botenjunge. Seit Ihrem Treffen mit ihm in der letzten Woche hat sich die Zielsetzung unserer Jagd leicht verlagert. Jetzt geht es uns weniger um Protorow als um *Tenchi*.«

Vielleicht lag es an der ungeheuren Müdigkeit, die Nicholas nach dem heißen Bad plötzlich ergriffen hatte, oder vielleicht war er in Gedanken immer noch bei Akiko, jedenfalls entging ihm der falsche Zungenschlag in ihrem Ton, den er sonst unter allen Umständen bemerkt hätte. Er war nicht ganz auf die Unterhaltung eingestellt, und seine mangelnde Konzentration machte ihn verwundbar.

»Mir auch recht«, sagte er und wandte ihr den Rücken zu, während er ein frisches Hemd aus dem Kleiderschrank holte, »zumal Protorow inzwischen für niemand mehr die geringste Bedrohung darstellt.«

»Was meinen Sie damit?« fragte Tanja, obwohl sie es sehr genau wußte.

»Ich meine«, sagte Nicholas, »daß ich ihn getötet habe.« Er drehte sich gerade noch rechtzeitig wieder um, so daß er die Überraschung in ihren Augen sehen konnte, als er fortfuhr: »Und ich habe herausgefunden, was sich hinter *Tenchi* verbirgt.«

Tanja fühlte sich, als wäre sie von einem Blitz getroffen worden. Nach Russilows niederschmetterndem Bericht hatte sie beinahe schon alle Hoffnung aufgegeben. Ohne Protorow bestand praktisch keine Aussicht mehr auf ein Gipfeltreffen von KGB und GRU. Sie kannte Mironenko. Tatsächlich war er sogar ihr erster Liebhaber gewesen, kurz bevor sie Protorows Geheimdienstakademie im Ural verlassen hatte. Er und eine Handvoll anderer GRU-Offiziere waren zu einer dreitägigen Besichtigungstour in der Agentenschmiede aufgetaucht, und Protorow hatte Mironenko als den für ihn nützlichsten ausgewählt. Noch am gleichen Abend hatte er Tanja in Mironenkos Zimmer geschickt. Sie war geradezu ausgehungert nach physischen Zärtlichkeiten gewesen, und Mironenko hatte sich nicht lange bitten lassen.

Tanja stellte sein erstes Bindeglied zu Protorow dar. Nach dem kurzen Besuch in der Akademie vermochte er sie einfach nicht aufzugeben, und so überdauerte ihre Affäre noch den Frühling und den ganzen Sommer. Kurz vor Herbstbeginn bestand Tanja ihre Abschlußprüfung mit Auszeichnung, und da Protorow eine andere Aufgabe für sie hatte – eine weit riskantere, die nur sie erledigen konnte –, sorgte er dafür, daß Mironenkos Frau von seiner leidenschaftlichen Liebe erfuhr. Geläutert wich der GRU-Offizier von Tanjas Seite. Dank weiterer väterlicher Interventionen von Protorows Seite konnte die Ehe gerettet werden, und Mironenko wechselte – sowohl aus Dankbarkeit als auch aus ähnlichen politischen Neigungen und Zielen – in Protorows Lager.

Unterdessen hatte der KGB-Offizier Tanja freigestellt, damit sie sich ihren Weg in das Zentrum von Michails Dissidentenapparat suchte. Er ging damit kein sonderlich großes Risiko ein, denn er wußte, daß Tanjas Herz einzig und allein ihrem Vater gehörte und daß sie das Verhalten ihres Bruders Michail als Verrat an der Familie betrachtete.

Michail seinerseits war überglücklich, sie wiederzusehen. Er hielt ihre Rückkehr für ein Zeichen von Reife und hätte sich unter keinen Umständen vorstellen können, daß sie ein KGB-Apparatschik geworden war.

Jetzt, da Tanja auf einmal wieder Hoffnung faßte, ließ sie ihren Plan, Nicholas Linnear nach KGB-Manier zu töten und sich dann wieder in Washington zurückzumelden, fallen. Wenn sie das Geheimnis von *Tenchi* in Erfahrung zu bringen vermochte, würde sie statt dessen mit Russilow Kontakt aufnehmen und sich von ihm nach Rußland zurückschleusen lassen.

Natürlich würde sie ihm nichts von ihrer Entdeckung erzählen, sondern ihn glauben lassen, daß sie von Linnear übertölpelt worden sei und mit Schimpf und Schande wieder in die Zentrale zurückkehre. Nach allem, was sich auf Hokkaido ereignet hatte, durfte es ihm nicht schwerfallen, das zu schlucken.

Am besten benutzte sie die Kurilen, um über die Grenze zu gehen. Die Zeit reichte immer noch aus für ein Gipfeltreffen, und sie wollte nicht, daß irgendein übereifriger, ehrgeiziger Mann ihren Triumph teilte. Nein, sie allein würde vor die versammelten Direktoren von KGB und GRU treten, als Viktor Protorows designierte Nachfolgerin. Die Zweite Revolution *würde* stattfinden. Der Traum war noch nicht ausgeträumt.

Nur mit größter Mühe gelang es ihr, das Flattern in ihrer Brust zu kontrollieren. »Je eher Sie mir davon erzählen, desto schneller kann ich Minck das verabredete Signal geben, und die Geschichte ist ein für allemal begraben.«

Mittlerweile voll angezogen, ging Nicholas noch einmal ins Badezimmer zurück, um sich zu kämmen und die Haare zu fönen. »Gott sei Dank brauchen wir gar nicht mehr viel zu unternehmen«, sagte er. »Ich bin sicher, die Sache läuft von allein. Aber wenn es den Russen gelungen wäre, das Unternehmen zu infiltrieren, hätte es eine Katastrophe geben können.«

Aufgeregt folgte Tanja Nicholas ins Badezimmer. Er stellte den Fön an und fuhr etwas lauter fort: »*Tenchi* – japanisch für ›Himmel und Erde‹ – ist nichts anderes als ein Superroboter.«

»Wie bitte?« rief Tanja. »Was soll das sein, ein Science-fiction-Film?«

»Am besten fange ich mit dem Anfang an. Vor drei Jahren geriet die *Hare Muro*, ein mit Atommüll beladener japanischer Tanker, während eines Taifuns in der Meerenge von Nemuro zwischen Hokkaido und der südlichsten Spitze der Kurilen in Seenot und sank. Es handelte sich um eine Katastrophe erster Größenordnung, die von den japanischen Behörden, wie Sie sich vorstellen können, um jeden Preis vor der Öffentlichkeit geheimgehalten werden sollte. Sobald sich das Wetter besserte, wurden umfangreiche Rettungsmaßnahmen eingeleitet. Wie sich herausstellte, waren die Behälter, in denen sich der Atommüll befand, unbeschädigt geblieben, und so ließ sich die Operation reibungslos abwickeln. Am dritten Tag jedoch bemerkten die Taucher, die mit einer unglaublich starken, auf dem Meeresgrund verankerten Vakuumpumpe arbeiteten, daß die dabei entstandenen Vibrationen einen haarfeinen Riß in der Erdoberfläche verursacht hatten. Aus diesem Riß stieg eine schwarze, klebrige Flüssigkeit auf. Durch einen Zufall hatten sie Öl vor der japanischen Küste entdeckt, an einer Stelle, wo allen Geologen zufolge nicht ein Tropfen existieren konnte.«

Nicholas legte eine kurze Pause ein, ehe er fortfuhr. »Als die Taucher wieder an die Oberfläche stiegen und die Neuigkeit an den Ministerpräsidenten weitergegeben wurde, entfalteten die Behörden hektische Betriebsamkeit. Ein Heer von Ozeanographen und Geologen wurde in das betreffende Gebiet geschickt. Drei Wochen später kehrten sie mit geradezu unvorstellbaren Informationen zurück. Es sah so aus, als handle es sich um eine riesenhafte Erdtasche, die randvoll mit Öl war. Wenn es der Regierung gelänge, einen Weg zu finden, auf dem sich dieses gigantische Vorkommen abbauen ließe, dann bräuchte sie nie wieder auch nur einen Barrel Rohöl zu importieren. Japan wäre endlich autark – ein Selbstversorger. Es klang wie die Antwort auf zahllose Gebete. Das Problem aber bestand darin, das Zeug aus dem Felsgestein herauszuholen. Aufgrund der Erdbeschaffenheit an dieser Stelle wären konventionelle Bohrmethoden sinnlos gewesen. Davon abgesehen verlief ganz in der Nähe ein Meeresgraben, und man mußte befürchten, daß jede größere Aktivität in diesem Bereich ein schreckliches Erdbeben auslösen würde. So wurde *Tenchi* geboren, ein Roboter mit acht aus mehreren Gliedern zusammengesetzten Armen und Beinen. Er kann sich über jedes wie auch immer geartete Terrain bewegen. Er kann sehen, hören, ja sogar riechen. Er kann – und wird – das Öl aus dem Meeresboden holen, und zwar, indem er eine Rohrleitung anlegt, durch die dann Milliarden Barrel Rohstoff gepumpt werden, hinauf zur Wasseroberfläche und dort in die Bäuche der wartenden Supertanker.«

»Aber warum diese ganze Heimlichtuerei?« wollte Tanja wissen. »Das alles hätten sie doch am hellichten Tag entwickeln und vorantreiben können.«

»Vielleicht«, gab Nicholas zu. »Nur befindet sich das Ölreservoir nicht ausschließlich auf japanischem Boden, selbst wenn *sie* dieser Meinung sind.«

»Was soll das heißen?« fragte Tanja, und das Herz schlug ihr bis zum Hals.

»Seit jeher sind die Kurilen ein Zankapfel zwischen Rußland und Japan. Das weiß jedes Kind. Und daraus ergibt sich die Frage, wem das Öl wirklich gehört: Japan oder Rußland?« Er schaltete den Haartrockner aus und drehte sich zur Tür um. »Begreifen Sie jetzt, warum es Protorow so wichtig war, das Geheimnis zu lüften? Rußland wäre durch das Erdölvorkommen nämlich ebenfalls wirtschaftlich unabhängig geworden.«

Er verließ das Badezimmer und blickte sich um. Aber Tanja war nirgendwo zu sehen.

*

Minuten später wollte Nicholas sich gerade auf den Weg zu den Büros von Sato Petrochemicals im Shinjuku-Suiryu-Gebäude machen, als sein Telefon klingelte. Er ging an den Apparat. »Ja?«

»Das Wetter in Key West war großartig, Kumpel«, sagte eine Stimme dicht an seinem Ohr, »aber die Gesellschaft miserabel.«

»Croaker!« Nicholas spürte, wie seine Knie zu zittern begannen, und er mußte sich setzen. »Lew, das ist doch nicht möglich!«

»Und ob es möglich ist. Ich bin unten im Foyer. Ich wollte nicht, daß du eine Herzattacke kriegst, wenn ich einfach unangemeldet vor deiner Tür stehe. Kann ich raufkommen?«

»Ich bin gerade auf dem Weg in die Stadt. Ich treffe dich unten.« Tausend Fragen stürmten auf Nicholas ein. Lew Croaker lebte! Wie war das zu erklären?

»Nein, unter den gegebenen Umständen würde ich lieber zu dir raufkommen.«

»Okay, wie du willst.«

Es gab eine kurze Pause. »Bei dir alles in Ordnung?« Die Stimme war bärbeißig geworden.

»Nichts ist mehr wie früher«, sagte Nicholas. »Aber das ist es ja nie.«

»Hah! Davon mußt du mir erzählen. Ich bin gleich oben.«

*

Er war etwas schlanker geworden, die Haut jetzt sonnengebräunt, und mit den vielen neuen Falten sah er noch mehr wie Robert Mitchum aus. Nicholas musterte Croaker einen Moment lang, dann umarmten sie sich wie Brüder, und diesmal machte dem Lieutenant der Körperkontakt nichts aus. Er war überrascht, wie sehr er seinen Freund vermißt hatte.

»Was sind das für Verbände?« fragte er.

»Später«, sagte Nicholas. »Erst bist du an der Reihe.«

Und Croaker erzählte ihm die ganze Geschichte, von dem Moment, als ihn der geheimnisvolle Wagen in der Nähe von Key West von der Straße gedrängt hatte bis zu Alix Logans Enthüllungen.

»Also ist Minck für Angela Didions Tod verantwortlich«, sagte Nicholas nachdenklich. »Und Tomkin hatte gar nichts damit zu tun.«

»Er wußte lediglich darüber Bescheid«, fauchte Croaker. »Er hat lediglich die Killer in ihre Wohnung gelassen. Ich nehme an, das spricht ihn von aller Schuld frei.«

Nicholas verspürte tief im Inneren einen seltsamen Schmerz.

»Schade, daß er so schwach war. Er muß an das Leck gedacht haben, das sie bedeutete. Die nationale Sicherheit –«

»Für mich ist er immer noch ein Mörder«, unterbrach Croaker ihn scharf. »Nationale Sicherheit, du meine Güte. Große Sache!«

»Da bin ich nicht deiner Meinung, Lew.«

Croaker beäugte ihn argwöhnisch. »Was soll das heißen?«

»Du weißt, was ich meine«, sagte Nicholas leise. »Warum wärst du sonst hier?«

Croaker versank einen Moment in finsteres Grübeln. »Nationale Sicherheit«, sagte er schließlich mit einem Seufzen. »Tut mir leid, Nick.«

»Vergiß es, Lew. Das heißt lediglich, daß wir uns alle aufs Kreuz legen lassen, sobald jemand mit einer Fahne winkt.«

»Meinst du wirklich, das war der Grund, aus dem Tomkin sie hereingelassen hat?«

Nicholas blickte seinen Freund an. »Ich weiß es nicht, ehrlich.«

»Na ja, für Angela macht es bestimmt keinen Unterschied mehr. So oder so, sie liegt noch immer zwei Meter tief unter der Erde.«

»Du kannst dich nicht ewig und drei Tage mit einem einzigen Todesfall herumquälen, Lew. Nimm doch Vernunft an, du hast getan, was du konntest. Ich glaube, Angelas Geist kann jetzt zur Ruhe kommen.«

Croaker ließ sich schwer auf die Bettkante sinken und stützte den Kopf in die Hände. »Ich habe überhaupt nichts getan. Ich habe nichts aufgeklärt, nichts gelöst, bloß ein paar Kreise in Treibsand gezeichnet. Niemand wird für Angela Didions Tod bezahlen, weder jetzt noch später.«

Nicholas begann, sich ernsthafte Sorgen zu machen. »Was ist los mit dir, Lew? Ich meine, wirklich.«

»Ich weiß nicht, Nick«, sagte Croaker mit erstickter Stimme. »Verdammt noch mal, ich habe keine Ahnung.« Nicholas sagte nichts, denn so war Croaker gezwungen fortzufahren, um das bedrückende Schweigen zu vertreiben. »Mein Leben ist ein einziger Trümmerhaufen. Ich schätze ...« Er hielt inne und begann noch einmal von vorn. »Ich wüßte gern, was aus dem Jungen geworden ist, der die Akademie als einer der drei Besten seiner Klasse verlassen hat. Damals hatte ich das Gesetzbuch in der einen Hand und den Dienstrevolver in der anderen. Ich wußte genau, was ich damit anfangen mußte. Ich wußte, daß ich auf der richtigen Seite war, und *sie*, die Mörder, Vergewaltiger, Süchtigen, Räuber und Diebe, waren auf der falschen. Das ist verdammt lange her... zumindest kommt es mir so vor. In der Zwischenzeit muß ich irgendwo die Fähigkeit verloren haben, zwischen Gut und Böse unterscheiden zu können. So sicher, wie ich hier sitze, war ich davon überzeugt, daß

Tomkin Angela umgebracht hat. Ich habe mich geirrt... oder nicht? Ich weiß es nicht mehr. Minck hat ihren Tod sanktioniert, und ich wußte, ich mußte ihn zur Rechenschaft ziehen. Warum und wie, wußte ich nicht. Wollte ich ihn vielleicht eigenhändig umlegen, mich wie ein Anarchist über das Gesetz hinwegsetzen, das zu verteidigen ich geschworen hatte? Als ich ihm gegenüberstand, erkannte ich, daß ein Teil von mir tatsächlich dazu bereit gewesen wäre. Obwohl ich weiß, was für ein Miststück Angela war, und obwohl ich weiß, daß sie in der Lage gewesen wäre, Tomkins und Mincks Geheimniskrämerei ans Tageslicht zu zerren. Dennoch, es bleibt dabei, sie haben ein menschliches Leben ausgelöscht, sie haben Gott gespielt. Sie haben *zerstört*, Nick.«

Er hob den Kopf, und Nicholas zuckte zusammen, als er den Kummer in den rotgeränderten Augen bemerkte. Es sah aus, als hätte Croaker geweint, um sich selbst oder um eine andere verlorene Seele.

»Egal, was sie war, Nick, sie hatte ein Recht zu leben. Ich irre mich doch nicht, oder, wenigstens nicht in diesem Punkt?«

Nicholas setzte sich neben seinen Freund und legte ihm den Arm um die Schulter. »Ja, sie hatte das Recht zu leben, Lew.«

Croaker gab ein kurzes Bellen von sich, das Lachen eines verwirrten, zornigen Mannes. »Und statt Minck nun persönlich das Lebenslicht auszublasen, sitze ich hier und arbeite für ihn.«

»Das verstehe ich nicht.«

»In einer Minute wirst du es, das garantiere ich dir.« Croaker stand auf und begann wie ein Tiger im Käfig hin und her zu gehen. Er stand unter Hochspannung und konnte es nicht verbergen. »Der Grund dafür ist, daß dieser Bastard Minck selbst hereingelegt worden ist. Es scheint, daß der KGB ihm einen Maulwurf in die Organisation gesetzt hat, eine gewisse Tanja Wladimowa. Die hast du wohl nicht zufällig kürzlich hier herumlungern sehen?«

Nicholas war wie vor den Kopf geschlagen. »Tanja soll eine sowjetische Agentin sein? Aber warum hat Minck mich nicht persönlich informiert?«

Croaker deutete auf das Telefon. »Hast du dich in letzter Zeit mal erkundigt, ob jemand für dich angerufen hat?«

»Nein, ich hatte andere Dinge auf dem Herzen und bin erst vor einer halben Stunde wieder ins Hotel gekommen. Ich bin Tanja direkt in die Arme gelaufen. Sie –«

»Ja? Wo, zum Teufel, ist sie hin?«

Oh, mein Gott, dachte Nicholas. *Tenchi!* Ich habe ihr alles verraten, was ich vor Protorow geheimhalten konnte. Vielleicht hat er am Ende doch noch gewonnen. Aber dieser Gedanke, die Vorstellung, daß unter solchen Umständen aus einer Grenzstreitigkeit fast mit Sicherheit ein Krieg resultieren mußte, war zu entsetzlich.

»Los, komm!« rief Nicholas.

»Wohin willst du?«

»Nach Hamamatsucho.«

*

Nachdem Tanja Nicholas Linnears Zimmer verlassen hatte, lief sie die Feuertreppe hinunter, weil sie nicht auf den Fahrstuhl warten wollte. Auf der Straße, sieben Stockwerke tiefer, wandte sie sich nach rechts und entfernte sich rasch vom Hotel. Am liebsten hätte sie ein Taxi genommen, fürchtete sich aber davor, eine Spur zu hinterlassen. Drei Blocks weiter wußte sie, daß sie die richtige Entscheidung getroffen hatte. Der Nachmittagsverkehr verstopfte die Straßen, und sie kam zu Fuß viel rascher voran.

Am oberen Ende der Sakura-dori ging sie an der Haltestelle Toranomon die Treppe zur U-Bahn hinunter, löste ein Ticket und fuhr mit der Ginza-Linie bis zur nächsten Haltestelle. An der Shimbashi stieg sie in die J.N.R.-Linie nach Hamamatsucho um.

Dort verließ sie mit Hunderten von anderen Passagieren, hauptsächlich Touristen, den Waggon und wartete auf die Einschienenbahn zum Haneda Airport und einen Flug nach Hokkaido. Jetzt erst nahm sie sich die Zeit, vor einer Telefonzelle anzustehen und Russilow anzurufen. Als sie an der Reihe war, benutzte sie einen Spezialcode, der bedeutete, daß sie sich auf der Flucht befand.

Als am anderen Ende abgehoben wurde, sagte sie: »Fallschirm.«

*

Es war die Zeit in Tokio – nach der Mittagspause und vor Feierabend –, zu der die Situation auf den Straßen allein von den Launen der Götter abhing. Nicholas beschloß, ein kalkuliertes Risiko einzugehen und mit dem Taxi nach Hamamatsucho zu fahren. Es war ein Fehler. Schon auf der Sakura-dori saßen sie in einem Stau fest, und auf den anderen Straßen sah es nicht besser aus. In der Nähe der U-Bahn-Haltestelle Onarimon war seine Geduld zu Ende. Er warf dem Fahrer eine Handvoll Yen in den Schoß und sprang aus dem Taxi, dicht gefolgt von Lew Croaker.

Unter der Erde mußten sie zweimal die Linie wechseln, einmal an der Haltestelle Mita, um in die Toei-Asakusa-Linie nach Shimbashi umzusteigen und dort wiederum in die J.N.R. nach Hamamatsucho.

Als sie wieder in den nachmittäglichen Sonnenschein hinaustraten, sahen sie sich einer riesigen Menschenmenge gegenüber, die die beiden Rolltreppen auf der Abfahrtsseite der Einschienenbahn hinunterströmte. Ein Meer von Farben, Stimmen, Gesichtern und Körpern, eingehüllt in flimmernde Hitze.

»Sie kann hier überall sein«, meinte Croaker. »Sie kann aber auch zwanzig Kilometer weit weg sein.«

»Überschlag dich nicht gleich vor Optimismus«, antwortete Nicholas trocken, »und nimm die Rolltreppe dahinten. In genau drei Minuten fahren wir beide nach oben, du dort und ich hier. Irgendwo dazwischen auf dem Bahnsteig kriegen wir sie dann.«

Croaker wurde wieder ernst. »Du bist fest davon überzeugt, daß sie hier ist, was?«

»Du kennst Tokio nicht, Lew«, sagte Nicholas. »Sie muß so schnell wie möglich nach Hokkaido. Einen anderen Weg als den Flugplatz gibt es nicht. Und die Bahn hier ist wiederum der beste Weg nach Haneda.«

»Aber in jeder großen Stadt gibt es doch Dutzende von Straßen zum Flugplatz. Woher weißt du so genau, daß sie die Bahn nimmt?«

Nicholas rief sich Tanjas Gesicht in Erinnerung, die Überraschung in ihren Augen, als er ihr gesagt hatte, daß er *Tenchi* auf die Spur gekommen war. Diese Überraschung besaß jetzt noch eine zusätzliche Bedeutung für ihn. Er wußte, daß sie nicht darauf vorbereitet gewesen war, Hals über Kopf abreisen zu müssen. Worin immer ihr Plan bestanden hatte, als sie ihm im *Okura* über den Weg gelaufen war, jetzt, da sie über *Tenchi* Bescheid wußte, sah er anders aus.

»Lew«, sagte er, »sie geht nach Hause. Nach Rußland. Sie reagiert instinktiv, und der Instinkt diktiert ihr den direkten und schnellsten Weg. Es ist eine Ahnung, aber ich glaube, sie stimmt.«

»Okay, Kumpel«, sagte Croaker mit einem knappen Grinsen. »Ich habe schon die eine oder andere Erfahrung mit deinen Ahnungen gemacht. Wir treffen uns oben in der Mitte.«

*

Es war heiß und wurde immer heißer. So heiß, daß Tanja zu schwitzen begonnen hatte. Irgend etwas stimmte nicht mit der Bahn. Das Undenkbare war passiert: ein japanisches Massenverkehrsmittel war zusammengebrochen.

Inzwischen bedauerte Tanja, Nicholas Linnear nicht erschossen zu haben, als er vor seinem Badezimmerspiegel gestanden hatte. Allerdings wußte sie sehr genau, warum sie gezögert und sich dann dagegen entschieden hatte. Sie fürchtete sich vor ihm; fürchtete, daß sie es versuchen und er ihre Absicht irgendwie durchkreuzen könnte, bevor sie in der Lage war, *Tenchi* auf dem Gipfeltreffen zu präsentieren. Also tröstete sie sich mit der Tatsache, daß der Gipfel absoluten Vorrang besaß und wegen nichts gefährdet werden durfte.

Trotzdem tat es ihr leid, daß sie das Risiko nicht eingegangen war.

Denn jetzt befand sie sich auf der Flucht, und wer flieht, kann verfolgt werden. Der Gedanke an Nicholas Linnear als Verfolger erfüllte sie mit Entsetzen.

Und deshalb machte sie auch auf dem Absatz kehrt, als sie ihn an ihrem Ende des Bahnsteigs die Rolltreppe heraufkommen sah, und begann, sich durch die dichtgedrängte Menge zum anderen Ende vorzukämpfen.

Alle fünfzehn Sekunden hatte sie die Menschen vor und hinter sich einer scharfen Musterung unterzogen, genau wie es ihr auf Protorows Akademie beigebracht worden war, wobei sie sich stets an bereits vertrauten Gesichtern orientierte. Als sie Linnear den Bahnsteig betreten sah, wurde ihr Herz zu Eis. Er schien durch die schwitzende Menschenmenge zu gleiten, wo sie um jeden Zentimeter kämpfen mußte. Sie hatte das Gefühl, durch Treibsand zu waten, zu trampeln und zu trampeln und doch nicht voranzukommen. Treibsand oder ein Alptraum.

Aber Tanja wußte, daß es sich weder um das eine noch um das andere handelte. Also holte sie eine Beretta aus der Handtasche und entsicherte sie.

Sie blickte immer wieder über die Schulter hinter sich, genau wie Russilow das getan hatte. Jetzt konnte sie an dieser Geste, die ihr bei dem Leutnant so merkwürdig vorgekommen war, nichts Amüsantes mehr finden. Sie war so gebannt von ihrem Verfolger, daß sie dem, was vor ihr geschah, wenig Aufmerksamkeit schenkte. Die Menschen um sie herum waren ein Morast, den es um jeden Preis zu durchqueren galt. Sie hatten aufgehört, Individuen zu sein, und sich statt dessen in ein einziges aufreizendes Hindernis verwandelt. Sie wollte sie alle umbringen, wie Kraut und Rüben auf die Bahngleise stoßen, jene Schienen, die sich in einem großen Bogen vor dem Hintergrund des Fudschijama davonschwangen, durch den blauen Abgasnebel der Industrie und weiter bis zu dem rettenden Flugzeug, das vielleicht schon auf dem Haneda Airport ihrer harrte.

Etwas traf sie hart an der Brust, und sie erwiderte den Stoß, von Panik geschüttelt, weil sie Nicholas näher und näher kommen sah.

»Bleiben Sie, wo Sie sind, Genossin.«

Ein harter New Yorker Akzent. Ihr Kopf flog herum, die Beretta stieß hoch, ihr Zeigefinger krümmte sich um den Abzug.

»Runter damit«, sagte Lewis Croaker ihr direkt ins Gesicht. »Das nützt Ihnen jetzt auch nichts mehr. Sie sind erledigt, und das wissen Sie.«

Sie warf einen letzten Blick auf ihren Jäger, sah, wie er seine Hand nach ihrer Waffe ausstreckte und drückte instinktiv ab. Sie wollte gerade zum zweitenmal feuern, als ein einzelnes schwarzes Auge sich keine zehn Zentimeter vor ihrem Gesicht entfernt auftat und mit einer ohrenbetäubenden Detonation die Welt für immer auslöschte.

*

Croaker hängte den Hörer ein und sagte: »Wir sollen hierbleiben, bis Mincks Leute getan haben, was sie tun müssen.« Er wechselte einen Blick mit Nicholas. »Die Polizei ist bereits informiert. Niemand wird etwas gegen uns unternehmen.«

Nicholas sagte nichts. Er starrte auf die zugedeckte Leiche Tanja Wladimowas. Polizeibeamte drängten die Zuschauer von den Beteiligten zurück. Vor ein paar Sekunden hatte Nicholas kurz mit einem jungen Sergeant gesprochen. Es gab noch eine Menge Formalitäten zu erledigen.

Im Augenblick jedoch dachte er an andere Dinge. Er erinnerte sich daran, was sein Vater über das Böse in der Welt gesagt hatte und daß man es ausrotten mußte, wenn man ihm begegnete. Warum mußte man, um das eine zu erreichen, das andere tun? Gab es keinen anderen Weg? Hatte es in Tanjas Fall keine andere Möglichkeit gegeben?

Bei Protorow nicht, das wußte er; ebensowenig bei Akiko. Karma. Er wußte, daß er es noch immer nicht gelernt hatte, das Leben so zu akzeptieren, wie es war. Er nahm zu starken Anteil an seinen Mitmenschen. Oder wollte er einfach nicht die Kontrolle über seine Existenz verlieren? Das war sowieso ein Mythos. Das Leben ließ sich nicht kontrollieren. Und doch versuchte er es immer wieder.

Vielleicht war es an der Zeit, mit allem hier Schluß zu machen, dachte er.

*

Im Shinjuku-Suiryu-Gebäude suchte Nicholas zuerst Tanzan Nangi auf, obwohl man ihn darüber informiert hatte, daß Justine da war und auf ihn wartete. Er wollte wenigstens eine wichtige Angelegenheit in seinem Leben zum Abschluß bringen, ehe er sie wiedersah. Er mußte ihr vollkommen unbelastet gegenübertreten können, damit er sich ganz auf das zu konzentrieren vermochte, was sie im Sinn hatte.

Drei Stunden lang war er schwitzend in der heißen Stadt umhergestreift, nachdem er Croaker wieder gut aufgehoben im Hotel wußte, und jetzt hielt er ein in Seide eingeschlagenes Päckchen in der Hand. Ohne Verzögerung wurde er in Satos Büro geführt. Nangi verbeugte sich, Nicholas ebenfalls.

»Bitte, nehmen Sie Platz, Linnear-san.«

»Wenn es Ihnen nichts ausmacht«, entgegnete Nicholas, »so würde ich den anderen Raum vorziehen.«

Nangi blickte ihn erstaunt an und zögerte einen Moment, als hätte Nicholas ihn mit seinem Ansinnen ganz durcheinandergebracht. Dann aber nickte er und murmelte: »Natürlich.«

Sie gingen durch den kurzen Korridor, der die *tokonoma* beherbergte. In der schlanken Vase darauf stand eine einzelne purpurrote Päonie. Nicholas las das Gedicht auf der Papierrolle darüber: »Kein Regen fällt/Ohne Leben zu bringen/Den Blumen/In Berg und Tal.«

Nangi führte ihn an der kleinen Nische vorbei in einen anderen, kleineren Raum, der überhaupt nichts Büroähnliches an sich hatte. Es war ein Zwölf-*tatami*-Zimmer. Die Wände bestanden aus *shoji*-Schirmen, in der Mitte stand ein niedriger schwarzer Lacktisch.

Nicholas und Nangi knieten zu beiden Seiten des Tischchens nieder – der Bankier nur unter großen Schwierigkeiten –, und nach einer kurzen Pause sagte Nicholas: »Ich bin gekommen, um mein Versagen einzugestehen, Nangi-san.«

Nangi war neugierig. »Inwiefern, Linnear-san?«

»Während Sie fort waren, haben Sato und ich einen Handel abgeschlossen. Er wollte die Fusion unserer beiden Firmen so schnell wie möglich unter Dach und Fach bringen; ich wollte ihm – und Ihnen natürlich auch – gegen das *Wu-Shing* beistehen.«

»Also waren Sie und Seiichi-san der Meinung, wir hätten beide etwas von diesem heimtückischen Mörder zu befürchten?«

»Letzten Endes, ja. Wir waren beide überzeugt, daß Sie und er als letzte auf seiner Liste stehen müßten.«

»Haben Sie dafür irgendwelche Beweise?«

»Sato-san glaubte, daß etwas in Ihrer gemeinsamen Vergangenheit der Grund für diese Vendetta sein müsse.« Als Nangi nichts sagte, fuhr Nicholas fort. »Ich habe geschworen, ihn zu beschützen, Nangi-san. Deswegen bin ich mit ihm zu dem *rotenburo* auf Hokkaido gefahren, um den *ninja*, Phoenix, zu treffen. Aber Koten hatte uns an die Russen verraten. Sie haben den *ninja* getötet; und sie haben Sato-san getötet.« Er fuhr fort mit den Ereignissen in Protorows Zentrale auf der Insel. Von dem Treffen mit Akiko sagte er nichts.

»Phoenix war aus dem Tenshin Shoden Katori.« Nangi bemühte sich, ruhig zu sprechen. »Ist den Sowjets irgend etwas in die Hände gefallen?«

»Vorübergehend, ja. Aber sie hatten niemand, der es ihnen übersetzen konnte.«

»Ich verstehe.« Nangis Erleichterung war fast greifbar.

»Ich aber habe das Dokument gelesen, Nangi-san. Ich kenne *Tenchi* jetzt in- und auswendig.«

Für lange Zeit herrschte Schweigen in dem kleinen Raum. Endlich schloß Nangi die Augen. Er fühlte sich unendlich erschöpft, wie ein Langstreckenläufer, der gerade seine letzten Kraftreserven aufgeboten hat, um ins Finish zu gehen, und der an der Ziellinie erfahren muß, daß die Rennstrecke um einen Kilometer verlängert worden ist.

Dann öffnete er die Augen wieder und sagte mit brüchiger Stimme: »Jetzt haben Sie den Hebel, den Sie brauchen. Was werden Sie mit Ihrem Wissen anfangen, wenn ich mich Ihren Bedingungen für die Fusion nicht unterwerfe?«

»Ich habe am Telefon mit einem Mann namens Gordon Minck gesprochen, Nangi-san. Er arbeitet für die Regierung der Vereinigten Staaten. Ich kenne ihn leidlich und habe kürzlich einen Auftrag für ihn erledigt, der auch in meinem Interesse lag. Weil ich *Tenchi* retten wollte.«

Nangi nickte. »Vor den Russen, ja. Ich verstehe. Sie sind amerikanischer Staatsbürger. Und jetzt kennt der amerikanische Geheimdienst unser großes Geheimnis. Sie können uns auf immer und ewig nach ihrer Pfeife tanzen lassen.«

»Nangi-san«, sagte Nicholas sanft, »ich habe Minck erzählt, daß es den Sowjets nicht gelungen sei, hinter das Geheimnis von *Tenchi* vorzustoßen, und mir genausowenig. Sato-san hat mir einmal gesagt, daß er die Amerikaner in diesem Punkt mindestens genauso fürchtete wie die Russen. Damals wußte ich nicht, was er meinte, aber als ich die Dokumente gelesen hatte, waren mir seine Worte klar. Die Amerikaner möchten nicht, daß Japan unabhängig von ihnen wird. Ich bin da ganz seiner Meinung.«

Nangi war vollkommen überrascht. »Aber das ist doch unmöglich«, sagte er ganz verwirrt. »Sie sind Amerikaner. Sie sind –«

»*Iteki*? Haben Sie mich nicht von Anfang an so betrachtet, Nangi-san? Als einen Barbaren, ein Halbblut?«

Nangi senkte die Augen auf die Tischplatte, aber dort sah er nur sein eigenes Spiegelbild. Ich hasse diesen Mann, dachte er, und ich weiß nicht, warum. Er hat für meinen *keiretsu* gelitten, hat seine Geheimnisse bewahrt, wäre beinahe dafür gestorben. Er ist durch und durch loyal, und er hat versucht, Seiichi-sans Leben zu retten. Bei dem Gedanken an seinen toten Freund hatte er das Gefühl, als würde ihm ein Messer durch die Eingeweide gestoßen.

»Mein Wesen ist japanisch«, sagte Nicholas. »Sie brauchen nur mein *wa* zu spüren, um das zu merken. Sato-san hat sich damit nicht so schwergetan; er hat mich akzeptiert und ist mein Freund geworden.«

»Sato-san hatte eine ganze Reihe schlechter Angewohnheiten«, schnappte Nangi. Sofort neigte er den Kopf, bis die Stirn fast den Lacktisch berührte. Er schämte sich zutiefst. »Vergeben Sie mir, Linnear-san.« Seine Stimme klang schmerzerfüllt. »Sie verdienen nichts als Dankbarkeit für das, was Sie getan haben.«

»Es tut mir außerordentlich leid, daß Sie sie mir nicht entgegenbringen können.« Mit trauerüberschatteter Miene stand Nicholas auf. »Natürlich müssen Sie sich durch das Abkommen, das ich mit Sato-san getroffen habe, in keiner Weise gebunden fühlen.«

»Linnear-san.« Nangis Rücken war kerzengerade. »Bitte setzen Sie sich wieder.« Nicholas bewegte sich nicht. »Ich bitte Sie. Vergrößern Sie die Schande, die ich auf mein Haupt geladen habe, nicht noch. Wenn Sie jetzt hinausgehen, kann ich den Gesichtsverlust nie wieder wettmachen.«

Nicholas setzte sich. »Ich habe nicht den Wunsch, Sie zu beschämen«, sagte er in Erinnerung an das, was Sato ihm über Nangi erzählt hatte.

»Was immer Sie mit Seiichi-san für eine Übereinkunft getroffen haben, sie gilt auch für mich. Er und ich sind wie eine Wesenheit. Es ist mir ein Bedürfnis, sein Wort in Ehren zu halten.« Er fuhr sich mit der Hand über die Augen. »Ich bin im Geist des *kanryodo* aufgewachsen. Ich habe Ausländer gehaßt, als wären sie eine Krankheit.«

»Einige – die meisten vielleicht – sind es auch«, sagte Nicholas.

Nangi musterte ihn neugierig. »Ehrlich gesagt, habe ich nie ernsthaft versucht, Sie zu verstehen. Ich sah, was ich sehen wollte.« Er senkte neuerlich den Blick. »Und es hat mir mißfallen, wie gut Sie sich mit meinem Freund verstanden.«

»Deswegen hat er Sie nicht weniger geliebt, aber das wissen Sie bestimmt. Wenn Sie wollen, zünden wir gemeinsam Räucherstäbchen auf Sato-sans Grab an.«

»Ja«, sagte Nangi traurig. Sein gesundes Auge war feucht geworden. Dann gab er sich einen Ruck. »Was ist nun mit dem *Wu-Shing*?«

»Die Gefahr ist beseitigt. In dieser Hinsicht haben Sie nichts mehr zu befürchten. Die Tochter von Vizeminister Shimada ist zum Schweigen gebracht worden; die Erde hat sie verschlungen. Ihre Rache ist unvollendet geblieben.«

Nangis Gesicht schien in sich zusammenzufallen. Seine Stimme war ein Wispern. »Shimada-san hatte eine Tochter? Ich weiß nur von zwei Söhnen, die in Übersee bei einem Flugzeugabsturz ums Leben gekommen sind. Eine *Tochter*?«

»Von einer *tayu oiran* im *Yoshiwara*.«

»Oh, mein Gott!« Ein Muskel begann unter Nangis gesundem Auge zu zucken. »Jetzt erinnere ich mich an die Informationen, die ich über ihn gesammelt hatte. Da wurde tatsächlich eine Kurtisane erwähnt. Aber daß sie ihm ein Kind geboren hat!«

»Es kommt noch schlimmer, fürchte ich.«

»Wie das?«

»Shimada-sans Tochter war Akiko Ofuda Sato.«

»O Madonna, nein! Das ist doch unmöglich.« Nangi wischte sich den Schweiß von der Stirn. »Wußte Seiichi-san davon?«

»Nein.«

»Gott sei Dank. Sie muß alles von Anfang an geplant haben – die

Bekanntschaft, die Hochzeit. Und Seiichi-san hat sie so geliebt!« Er betrachtete seine Hände, fasziniert, daß er sich so wenig in der Gewalt hatte. »Sie ist tot, sagten Sie?«

Nicholas nickte. »Beim letzten Beben in einer Erdspalte verschwunden.«

»Sie hätte alles zerstören können. *Alles*!«

»Nahe dran war sie zumindest«, räumte Nicholas ein.

»Die Russen und die Amerikaner sind nicht die einzigen, die sich für Tenchi interessieren«, sagte Nangi nach einer Weile. »Jetzt, da wir Partner sind, habe ich die Verpflichtung, Ihnen zu erklären, warum ich überhaupt nach Hongkong gefahren bin. Ich habe mit Seiichi absichtlich nicht vor meiner Abreise darüber gesprochen, weil ich noch nicht wußte, wie die Sache ausgehen würde, und ich ihn nicht beunruhigen wollte.«

Nicholas lauschte Nangis Geschichte von Intrigen und Gegenintrigen in der Kronkolonie mit wachsendem Interesse.

»Doch am Ende habe ich alles gewonnen«, schloß Nangi.

Nicholas schwieg einen Moment, um das Gehörte verarbeiten zu können. »Ich frage mich...«, sagte er schließlich.

»Was fragen Sie sich, Linnear-san?«

»Ob Lo Whan wohl Grund haben könnte, Sie über seine Motive zu belügen?«

Nangi schüttelte den Kopf. »Nein, dazu hat er bei der ganzen Sache zuviel Gesicht verloren. Er hat mich geradezu angefleht, ihm das Geheimnis von *Tenchi* zu verraten.«

»Ich denke, wir sollten es ihnen geben.«

»Was?« explodierte Nangi. »Nach allem, was Sie eben gesagt haben? Sie müssen verrückt geworden sein!«

»Oh, ich meine ja nicht gleich. Binnen dreißig Tagen ist *Tenchi* unterwegs, das Öl fließt, und nichts kann uns mehr aufhalten. Sagen Sie Lo Whan, daß er in spätestens zwei Monaten bekommt, was er haben will.«

»Aber das ist Verrat! Die Kommunisten –«

»Möchten Sie lieber einen russisch-chinesischen Schulterschluß? Was meinen Sie, in was für einer Situation wir uns dann befänden? Ich glaube, dann könnte uns nicht einmal Amerika mehr retten.« Er breitete die Arme aus. »Verstehen Sie nicht, Nangi-san? Indem Sie Lo Whans Fraktion mit diesem einzigartigen Material versorgen, sorgen Sie dafür, daß Rußland und China weiter wie Hund und Katze bleiben, *und* Sie haben in Peking, der Verbotenen Stadt, einen Fuß in der Tür. Lo Whans Fraktion wird tief in unserer Schuld stehen. Und irgendwann werden sie diese Schuld zurückzahlen müssen. Dann bestimmen wir den Preis!«

»Aber es sind Chinesen«, protestierte Nangi, »Kommunisten!«

»Sie sind aber auch Asiaten.«

Nicholas legte das in Seide eingeschlagene Päckchen auf den Tisch. »Das habe ich Ihnen mitgebracht«, sagte er. »Im Licht dieser Diskussion erscheint es mir doppelt angemessen.«

Nangis gesundes Auge öffnete sich weit, und er verbeugte sich ein weiteres Mal, bis seine Stirn die Tischplatte berührte.

Vorsichtig öffnete er die Verpackung und enthüllte einen Kasten aus ölgetränktem Buchsbaum. Er hob den Deckel an und spähte hinein. Mit einemmal schien das Alter von seinem Gesicht abzufallen. Mit großer Zärtlichkeit griff er in den Kasten und holte zwei Schalen aus herrlichem, durchscheinendem Porzellan heraus.

»T'ang-Dynastie«, hauchte er. Er sah, wie die Tassen im Licht erstrahlten, und dachte an Oba-chama. »*Domo arigato*, Linnear-san.« Mehr zu sagen, wäre unangemessen gewesen.

Er betrachtete seinen neuen Partner lange. Auf seinen Lippen lag die Andeutung eines Lächelns. »Ich werde Ihren Vorschlag überdenken. Ich persönlich würde konstruktive Gespräche, die zu einer fernöstlichen Allianz führten, sehr begrüßen.«

Sie erhoben sich und gingen zur Tür. Nicholas fragte: »Dieser *kobun* arbeitet doch in Wirklichkeit gar nicht mehr im petrochemischen Betrieb, stimmt's, Nangi-san?«

Nangi lachte. »Ah, Linnear-san, ich glaube, unsere Partnerschaft wird mir viel Vergnügen bereiten. Wenn Sie nur hier bleiben würden, statt nach Amerika zurückzukehren. Sie gehören nach Japan, wirklich. Japan ist Ihre wahre Heimat. Aber ich bin sicher, damit sage ich Ihnen nichts Neues.«

Er lächelte wieder. »Aber um Ihre Frage zu beantworten: Nein, Sato Petrochemicals war zwar früher auf diesem Feld tätig, aber nach dem Ölschock von 1973 hat Seiichi-san erkannt, daß es mit der Petrochemie in diesem Land bald rapide bergab gehen würde. Die Regierung schaltete sich ein, in Gestalt des MIHI, dem ich damals noch als Vizeminister diente. Lange bevor Fujitsu, Matsushita und andere an künstliche Intelligenz und selbsttätige Maschinen dachten, haben Seiichi und ich schon über diese zukünftigen Entwicklungen gesprochen. Langsam, um kein Aufsehen zu erregen, haben wir unsere Ziele und Prioritäten von überkommenen Industriezweigen auf zukunftsträchtigere verlagert. Den alten Namen haben wir als Tarnung behalten. Und als Jahre später die Regierung das Projekt *Tenchi* in Angriff nahm, waren wir in einer einzigartigen Position und konnten ihr besser als jeder andere unter die Arme greifen.«

Er öffnete die Tür. »Eines Tages müssen Sie mal nach Misawa kommen und sich *Tenchi* in natura ansehen. Das Recht haben Sie sich wirklich verdient.«

*

Nicholas fand Justine im fünfzehnten Stock, in der Nähe des Pools, an dem Miss Yoshida getötet worden war. Man hatte sie also noch nicht über sein Eintreffen informiert.

Als er ihr zartes, sonnengebräuntes Gesicht sah, blieb er stehen; sein Herz flimmerte. Yukio gehört der Vergangenheit an, dachte er. Das hier ist meine Zukunft. »Du siehst gut aus«, sagte er.

»Nick!« Sie wirbelte herum. »Mein Gott, ich habe dich überhaupt nicht kommen hören.«

Er lachte. »Daran solltest du doch allmählich gewöhnt sein.« Er trat auf sie zu und wurde wieder ernst. »Hör zu, Justine, ich muß dir etwas sagen.«

Sie aber legte ihm die Fingerspitzen auf die Lippen. »Nein, Nick, bitte. Ich habe dreizehntausend Meilen zurückgelegt, um dir zu sagen, daß ich dich liebe. Ich habe mich wie ein verzogenes kleines Mädchen benommen. Ich war wütend auf mich selbst und habe diese Wut an dir ausgelassen. Das war nicht fair, und es tut mir aufrichtig leid. Ich weiß, daß ich dich verletzt habe, und dafür gibt es keine Entschuldigung.«

Er griff nach ihrer Hand, hielt sie fest. »Justine –«

»Was immer du mir sagen mußt, es spielt keine Rolle mehr. Begreifst du nicht, es gibt nichts, was du sagen könntest und was irgendeinen Einfluß auf meine Gefühle für dich hätte. Nichts könnte meine Liebe schmälern. Warum es dann überhaupt sagen?«

Er sah ein, daß sie recht hatte. Warum sollte er ihr von Akiko, von Yukio erzählen? Sie waren nicht mehr wichtig. Er entsann sich des Telefongesprächs, das sie kurz nach Satos Hochzeit geführt hatten. Wie gefangen war er damals noch von seiner Vergangenheit gewesen! Er schloß Justine in die Arme, und sie bemerkte zum erstenmal den Verband an seiner Hand.

»Was hast du denn da gemacht?« fragte sie.

»Ich habe versucht, mich einer anderen Frau zu nähern«, scherzte er. »Sie hatte einen schwarzen Gürtel in Karate.«

Sie blickte ihm in die Augen. »Die Wahrheit«, verlangte sie leise.

»Ich habe meine Nase in etwas hineingesteckt, und jemand ist sehr wütend geworden. Ehrlich.«

»Wirst du mir je die ganze Wahrheit sagen?«

»Justine«, meinte er, das Gesicht in ihr Haar vergraben, »es ist nicht so wichtig.«

»Wenn etwas dir Schmerzen bereitet, ist es sogar sehr wichtig für mich.«

Er streichelte sie sanft. »Jetzt habe ich keine Schmerzen mehr. Es ist alles vorüber.«

Mit geschlossenen Augen neigten sie sich einander zu, ihre Lippen öffneten und fanden sich, die Zungen liebkosten einander, und sie spürten, wie die alte Leidenschaft in ihnen erwachte.

»Ach, Nick«, murmelte Justine. »Ich bin so glücklich.« Sie dachte an das Paar, das sie bei ihrem morgendlichen Ausflug zum Haleakala-Vulkan beobachtet hatte. Jetzt habe ich, was sie damals zu haben schienen, dachte sie zufrieden.

Langsam, sacht begannen sie einander wieder zu erforschen, körperlich und emotional, zwei Blinde, denen die Sehkraft wiedergegeben worden war. Die Liebe wartete auf seinen Lippen, in dem Gefühl, das seine Zunge in ihrem Mund auslöste. Wie lange hatte sie auf diesen Augenblick gewartet? Sicher würde sie es nie wissen, aber vermutlich ihr ganzes Leben lang. Sie fühlte sich lebendig und frei zugleich, eine völlig neue Kombination. Einen Herzschlag lang ließ sie sich ganz in diesem Gefühl aufgehen, dann kehrte der Wunsch, mit ihm zu reden, zurück.

»Hast du erreicht, was du erreichen wolltest?« fragte sie.

»Wie meinst du das?«

»Für Tomkin Industries, natürlich.«

Nicholas musterte sie skeptisch. »Interessiert dich das wirklich?«

»Immerhin handelt es sich um die Firma meines Vaters, oder nicht? Und mein zukünftiger Ehemann leitet sie. Ich möchte meinen, das dürfte ausreichen, um mein Interesse zu erklären. Für mich steht schließlich auch einiges auf dem Spiel.«

Er lächelte angenehm überrascht. »Nangi hat der Fusion zwischen Sphinx Memory und Nippon Memory soeben zugestimmt. Aber ich bin sicher, binnen achtzehn Monaten – längstens vierundzwanzig – werden noch einige andere Abteilungen unserer Konzerne verschmelzen.«

»Nick!« rief sie aus. »Das ist ja phantastisch!« Sie fiel ihm um den Hals. »Mein Vater wäre so stolz auf dich gewesen.«

»Das hat sich also auch geändert«, meinte er mit einem Grinsen.

Sie nickte. »Ich habe viel über ihn nachgedacht seit der Beerdigung... über ihn und über mich. Ich empfinde keinen Haß mehr. Ich glaube, ich sehe ihn jetzt etwas objektiver, so wie er wirklich war. Ich sehe das Böse *und* das Gute. Es tut mir nur leid, daß er erst sterben mußte, damit ich ihn ganz verstehen konnte. Ich würde es ihm so gern noch sagen... und sein Gesicht dabei sehen.«

Nicholas blickte Justine ernst an. »Dein Vater war eine außerordentlich starke Persönlichkeit, Justine, und sogar den meisten Erwachsenen weit überlegen. Kein Wunder, daß er auf seine eigenen Kinder so übermächtig gewirkt hat. Die Hauptsache ist, daß du erkennst, wie wenig bewußt ihm das war. Er hat es nicht absichtlich getan. Er kannte nur keine andere Art zu leben.«

Sie nickte. »Das ist auch einer der Gründe, aus denen ich dich so liebe, Nick. Du verstehst mich... so wie du ihn verstanden hast.«

Sie küßten sich neuerlich, als könnten sie nicht genug voneinander bekommen. Nicholas erforschte sie mit seinem *haragei*. Zu seinem Erstaunen fand er die Flamme des *wa* – der vollkommenen Harmonie –, wo vorher nur Chaos und Dunkelheit geherrscht hatten. Einen Funken davon hatte er schon gesehen, als sie sich zum erstenmal in West Bay Bridge am Strand begegnet waren. Jetzt ist für uns beide die lange Reise zu Ende, dachte er. Und gleichzeitig hat sie gerade erst begonnen.

»Heute abend essen wir zusammen«, sagte er, nachdem er sie eine lange Zeit nur schweigend umarmt hatte.

»Und bis dahin?« fragte sie, die Augen von Lust und Liebe verschleiert.

»Mach einen Einkaufsbummel«, sagte er. »Kauf dir ein Kleid von Matsuda. Gib für heute abend ein Vermögen aus.«

»Aus welchem Anlaß?«

»Das kann ich dir noch nicht sagen«, meinte er lachend. »Es soll eine Überraschung werden.«

»Ach, komm, Nick.« Sie lachte jetzt ebenfalls. »Sag es mir.«

Er schüttelte den Kopf. »Ich kann dir nur soviel verraten, daß ich, während du unterwegs bist, um dich noch schöner zu machen, mit einem Freund zum Training gehe. Er scheint *aikido* lernen zu wollen, und ich habe ihm versprochen dabeizusein. In der Nähe des *Okura*, in dem wir wohnen, ist ein *dojo*. Dort treffen wir uns heute nachmittag. Gegen sieben sind wir dann wieder im Hotel.«

»Moment mal. Willst du damit sagen, dieser Freund ist die Überraschung?«

Nicholas zuckte grinsend mit den Schultern. »Keine Ahnung. Kann schon sein.«

»Das ist gemein, Nick! Um wen handelt es sich?«

»Ich baue dir eine Eselsbrücke. Es ist ein Amerikaner... jemand, den du schon lange nicht mehr gesehen hast. Und von dem du angenommen hast, daß du ihn nie wiedersehen würdest.«

Justine runzelte die Stirn. »Ich habe nicht die leiseste Ahnung, wer das sein könnte.«

»Na ja, es dauert nicht mehr lange, dann bist du klüger.«

»O nein!« rief sie. »Wenn du es mir nicht verrätst, muß ich den ganzen Nachmittag daran denken und kann mich auf nichts richtig konzentrieren.«

»Na gut.« Er beschloß, sie nicht länger auf die Folter zu spannen. Mit leuchtenden Augen sagte er: »Justine, Lew Croaker ist in Tokio. Er lebt. Wir haben uns vor kurzem wiedergetroffen.«

»Was? Ist das dein Ernst?« Sie musterte sein Gesicht. »Aber in den Zeitungen stand doch...«

»Die Nachricht war falsch. Es ist eine lange, verwickelte Geschichte, die im Kern darauf hinausläuft, daß jemand versucht hat, ihn umzubringen, aber ohne Erfolg. Lew ist ›tot‹ geblieben, damit er in Ruhe tun konnte, was er tun mußte.«

»Oh, mein Gott!« Justine fiel ihm in die Arme. »Aber das ist ja herrlich! Wenn ich ihn sehe, muß ich ihm einen Kuß dafür geben, daß er sich nicht hat umbringen lassen!«

Nicholas lachte. »Um sieben treffen wir uns im Hotel, und dann kannst du mit ihm machen, was du willst – innerhalb vernünftiger Grenzen, natürlich!«

Justine fiel in sein Lachen ein, überglücklich, daß die Zeit der Spannungen nun ein für allemal vorbei war.

*

Nicholas und Croaker trafen sich in dem kleinen, kunstvoll angelegten Park in der Nähe des *dojo*. Gemeinsam gingen sie die Treppe zu dem Gebäude im dreizehnten Block hinauf, das den kleinen Tempel und den Hügel von Atago überblickte.

Seit Nicholas' letztem Besuch hier schien eine Ewigkeit vergangen zu sein. Er und Justine waren inzwischen so anders. Und Croaker ging an seiner Seite.

Im Umkleideraum legten sie ihre Straßenkleidung ab. Nicholas fuhr in sein *gi*, Croaker in weitgeschnittene Baumwollhosen und eine entsprechende Bluse, die sauber zusammengefaltet in einem der Schränke lagen.

Es war sehr still im *dojo*. Für heute schien der Unterricht schon beendet zu sein. Weit und breit war niemand zu sehen, und so begaben sie sich auf die Suche nach Kenzo, dem *sensei*, der Nicholas beinahe besiegt hätte, als er zum erstenmal hier gewesen war.

»Ohne meine Kanone komme ich mir richtig nackt vor«, sagte Croaker auf einmal. »Du kennst uns Cops ja, Nick. Wir duschen nicht mal, ohne uns die Knarre unter die Achsel geschnallt zu haben.«

Sie hatten das eigentliche *dojo* bereits durchquert und befanden sich jetzt in den Räumlichkeiten des *sensei*, einer Reihe von kleinen Zimmern, mit *tatami* ausgelegt und durch Reispapierwände voneinander abgetrennt.

»Ich glaube, ich werde langsam zu alt für so was«, fuhr Croaker fort. »Ich sollte das Leben etwas gemütlicher angehen und mir eine gute Frau suchen.«

»Gelda?« fragte Nicholas.

»Gelda? Ich glaube nicht. Mir scheint, wenn sie es nicht aus eigener Kraft schafft, werden wir beide zusammen es auch nicht weit bringen. Ich tauge nicht zur Krücke. Über kurz oder lang würde ich sie hassen.«

Er dachte an Alix in der Wohnung von Matty dem Maul und daran, wie gut er sich fühlte, wenn er sich in ihrer Nähe aufhielt. Er hoffte inständig, daß sie noch da war, wenn er nach New York zurückkehrte. Er war erstaunt, wie sehr er es hoffte.

»Vielleicht hast du es auch nur satt, ein Cop zu sein«, sagte Nicholas.

»Wenn ich das wüßte«, meinte Croaker. »Aber ich weiß es nicht.«

»Als du dich Tanja gegenübergesehen hast, wußtest du es aber noch ziemlich genau«, sagte Nicholas.

»Stimmt«, pflichtete Croaker ihm bei. »Da wußte ich es.«

Hinter dem letzten Schirm zeichnete sich ein Schatten ab, der Ähnlichkeit mit einer menschlichen Gestalt hatte.

»Sensei?« rief Nicholas. Er bekam keine Antwort. Er streckte die Hand aus und schob den Schirm zur Seite.

»Herr im Himmel!« rief Croaker mit weit aufgerissenen Augen.

Kenzo, der Meister, hing an einer Nylonkordel, die um seine Fußgelenke geschlungen war, von der Decke herab. Seine Beine waren weiß wie Knochen, das Gesicht glühte rot wie ein Sonnenuntergang. Schwarz ragte seine Zunge zwischen den aufgequollenen Lippen hervor.

Nicholas sah die Wunde über Kenzos Herz, ein sauberer Schnitt, und wußte sofort, welche Waffe benützt worden war, um den *sensei* zu töten.

»Verdammt noch mal!« brüllte Croaker, »ich habe dir doch gesagt, ohne meine Knarre komme ich mir nackt vor!« Er drehte sich auf dem Absatz um und rannte zurück, vorbei an den Reispapierschirmen und die Treppe hinunter, um seinen Revolver aus dem Schrank im Umkleideraum zu holen, und während er das tat, dachte er, ja, ich bin ein Cop, und ich werde immer ein Cop bleiben, mit jedem Schlag meines Herzens.

»Nein!« rief Nicholas und wirbelte herum. »Bleib stehen, Lew!«

Aber Croaker hörte ihn nicht. Er war in einem fremden Land, und ohne seine Waffe fühlte er sich fürchterlich verwundbar. Nicholas rannte hinter ihm her und erreichte ihn genau in dem Moment, als er in den Umkleideraum stürzen wollte. Er packte Croaker an der Baumwollbluse und riß ihn zurück.

Aber es war schon zu spät. Ein schwirrendes Geräusch erklang, eine verwischte Bewegung ließ einen schwachen Lufthauch über ihre Wangen streifen.

»Mein Gott!« In Croakers Stimme mischte sich Überraschung mit Schmerz.

Blut spritzte auf den Boden, und Nicholas versetzte seinem Freund einen heftigen Stoß. Nur ein meisterhaft geschwungenes *katana* konnte Kenzo auf solche Weise getötet haben, und er wußte, daß der Schlag, von dem Croaker getroffen worden war, eigentlich ihm gegolten hatte.

Er sah den Lieutenant auf dem Boden knien und mit der rechten Hand ungläubig den Stumpf der Linken umklammern. Immer mehr Blut schoß aus der grauenhaften Wunde.

Wieder erklang dieser silbrige Ton in der Luft, ein tödliches Schimmern, begleitet von einem schwachen Luftzug, der sein Ende bedeutete, wenn Nicholas es zuließ. Aus dem Stand sprang er mit angezogenen Beinen in die Höhe, während die scharfe Klinge nur um Millimeterbruchteile unter seinen Füßen hindurchpfiff.

Koten lachte rauh. »Mit deiner Ninja-Akrobatik kommst du hier nicht weit. Ich habe das *dai-katana.*«

Nicholas' schlimmste Befürchtung war Wirklichkeit geworden; Koten stand ihm mit seinem eigenen Schwert, *Iss-Hogai*, gegenüber. Flüchtig fragte er sich, wann ein *yokozuna* – ein Sumo-Großmeister – wie Koten die Zeit gefunden haben mochte, *kenjutsu* zu lernen.

Er trug nur *montsuki* und *hakama*, als stünde er im Begriff, in den Ring zu steigen, um einen anderen Sumo in die Knie zu zwingen. Sein glänzendes schwarzes Haar war zu einem makellosen Knoten geflochten. Selbst das *dai-katana* mit seiner fast einen Meter langen Klinge wirkte dünn und zerbrechlich im Vergleich zu seiner Körperfülle. Es war ein riesenhafter Mann, und Nicholas wußte, daß er sehr auf der Hut sein mußte.

Koten hielt die Klinge mit ausgestreckten Armen in Brusthöhe und bewegte sich mit raschen, krebsartigen Schritten vorwärts. Er hielt sich dicht am Boden, fast in Kauerstellung, wo er am stärksten war.

Nicholas stürzte rückwärts durch einen der Schirme in den eigentlichen Übungsraum und hielt nach den Schwertern Ausschau, aber die Stelle, an der sie gewöhnlich zu hängen pflegten, war leer.

Koten ließ die Klinge herabsausen. Das *dai-katana* zerfetzte Papier und ließ Holz zersplittern, eine Sekunde nachdem Nicholas sein Bein aus dem Rahmen zurückgezogen hatte.

»Zuerst zerschneide ich dir die Fußknöchel«, sagte Koten, »und lasse dich ein bißchen schreien.« Er brach durch den ramponierten Schirm wie ein wilder Eber. »Ich habe schon *sumo* zum Schreien gebracht. Im *dohyo.*« *Iss-hogai* zerteilte pfeifend die Luft, erst von links nach rechts und dann umgekehrt. Die Klinge streifte Nicholas' Füße. »Du hast gedacht, *ozeki* geben während eines Kampfes kein Geräusch von sich. Das Publikum dagegen stellt sich vor, sie grunzten wie Tiere beim Kampf um ihr Territorium. Deswegen ist *sumo* so beliebt. Das Publikum begeistert sich an dem, was es zu sehen glaubt.«

Kotens Augen schimmerten wie Perlen. Seine mächtigen Beine

trugen ihn rasch vorwärts, die nackten Füße trommelten auf dem Holzboden. »Aber ich habe es gelernt, meinen Gegner innerhalb von dreißig Sekunden zum Schreien zu bringen, länger brauchte ich nicht. Das Tosen der Massen war so laut, daß nur ich es hören konnte, während ich seinen schwitzenden Körper umklammerte.«

Nicholas fintierte nach rechts, dann tauchte er unter Kotens Dekkung hindurch. Doch Koten ließ das Schwert mit der linken Hand los und hämmerte Nicholas den Unterarm gegen die Brust. Nicholas stürzte zu Boden.

Wieder lachte Koten. »Diesmal habe ich dich noch nicht schreien hören, Barbar, aber bald ist es soweit.« Das *dai-katana* fuhr herab, die Spitze seiner Klinge riß Splitter aus den polierten Holzbrettern.

Nicholas wußte sehr wohl, welchem Zweck diese Spöttereien dienten. Koten wollte ihn dazu verleiten, daß er seine Vorsicht vergaß und zum Angriff überging. Dann gebe ich ihm eben, was er haben will, dachte er.

Koten wieherte vor Vergnügen, als Nicholas auf ihn losging, ein menschlicher Berg, attackiert von einem Insekt, das schlimmstenfalls stechen konnte, mehr nicht.

Er parierte Nicks *oshi* und benutzte dazu das Heft des Schwerts, statt, wie Nicholas erwartet hatte, *oshi* mit *oshi* zu begegnen. Nicholas spürte den heftigen Schlag auf die Schulterspitze, Knochen knirschten, und Schmerzen rannen heiß wie Feuer seinen rechten Arm herunter. Die ganze Seite war wie gelähmt, die Schulter verrenkt.

»Musashi nennt das ›Die Ecken beschädigen‹, Barbar«, sagte Koten. »Ich werde dich mit kleinen Schlägen niederwerfen. Du wirst schreien, Barbar.«

Er stürmte auf Nicholas zu, fintierte mit dem langen Schwert und warf seinen Gegner jetzt selbst mit *oshi* zu Boden. Auf einem Knie kauerte er über ihm. Die Klinge sirrte herab.

Verzweifelt wand Nicholas sich zur Seite, riß den linken Arm hoch und hieb ihn Koten gegen den erhobenen Schwertarm, um den Schlag abzulenken. Wegen seiner Verletzungen an Schulter und Fingern gelang es ihm allerdings nicht, die *suwari-waza*-Figur so zu vollenden, wie er es sich gewünscht hätte.

Statt dessen mußte er Kotens Arm vorzeitig loslassen, um dem *sumo* mit dem linken Ellbogen einen Stoß gegen die Rippen zu versetzen, die unter der Wucht des Aufpralls krachend zersplitterten.

Koten schrie auf und wuchtete seinen Körper hoch und außer Reichweite, während er gleichzeitig mit dem *dai-katana* nach seinem Gegner schlug. Nicholas wehrte auch diesen Schlag ab, indem er mit seiner linken Hand blitzschnell nach Kotens Unterarm griff, die Finger über das Fleisch gleiten ließ, bis er die Unterseite des Handgelenks berührte und dann zudrückte. Da es sich um *aikido* handelte, kombinierte er seine eigene Kraft mit Kotens Schwung, und der daraus entstehende Druck reichte aus, um dem *sumo* das Handgelenk zu brechen.

Jetzt waren sie in gewisser Hinsicht gleich stark; Koten konnte das Schwert nur noch mit der linken Hand schwingen, während der rechte Arm schlaff herunterhing und das gebrochene Gelenk anzuschwellen begann.

Sofort ging der *sumo* wieder zum Angriff über und rammte Nicholas die Schulter in die rechte Seite. Nicholas stieß einen Schmerzensschrei aus, als der mächtige Körper gegen seinen ausgerenkten Arm prallte. Er stürzte zu Boden und rollte sich rasch weiter, denn er wußte, daß er verloren war, wenn Koten sich auf ihn warf, während er lag.

Das Schwert sauste knapp an ihm vorbei, er drehte sich noch einmal um die eigene Achse und kam taumelnd wieder auf die Füße. Er rannte genau in einen mächtigen *tsuki*, der ihm die Luft aus den Lungen preßte. Sein Kopf fiel herab, und er begann zu keuchen, als seine Lungen verzweifelt nach dem Sauerstoff schrien, dessen Zufuhr so abrupt gedrosselt worden war.

Ein zweiter bösartiger *tsuki* gegen sein Brustbein schleuderte ihn neuerlich zu Boden. Im nächsten Moment war Koten schon über ihm und ließ sich mit seinem ganzen Gewicht auf seine Rippen fallen, so daß Nicholas, der seinen Atem noch immer nicht wiedergefunden hatte, husten mußte. Galle sammelte sich in seiner Kehle.

Koten fuhr Nicholas mit der langen glitzernden Schneide über die Brust und zerteilte die schwarze Baumwollbluse mit einem glatten, horizontalen Schnitt.

»Beim nächstenmal wirst du bluten«, sagte der *sumo* mit seidenweicher Stimme. »Der dumme *iteki* Protorow wollte mich in Hokkaido nicht auf dich loslassen. Glück für dich; Pech für ihn. Aber jetzt habe ich dich. Pech für dich; Glück für mich.« Koten verstärkte den Druck auf Nicholas' Brust. »Als nächstes wird dieses *katana* dein Fleisch zerschneiden und später dann Knochen und Organe.« Er grinste wild. »Sag mir, Barbar, was ist das für ein Gefühl zu wissen, daß du von deinem eigenen *dai-katana* getötet wirst?«

Und damit fügte er Nicholas den ersten Schnitt zu. Blut trat hervor, dunkel und heiß. Die Haut rollte sich zurück wie die Schale einer Frucht.

Nicholas zwang seinen Geist, die Leere zu suchen, damit der Organismus ohne jede Beeinflussung arbeitete. Sein linker Arm schoß hoch, die Finger aneinandergepreßt und so steif wie eine Schwertklinge. Sein Ziel war die weiche Stelle, an der Kotens Kinn in die Kehle überging.

Nicholas schlug zu, wie man es ihm beim *kenjutsu* beigebracht hatte, wie er ein Schwert geführt hätte, mit allen Muskeln und aller Willenskraft. Er dachte nicht an Kotens Fleisch, sondern an das, was dahinter lag.

Mit einem einzigen Schlag der Handkante zertrümmerte er Koten den Kehlkopf, den Unterkiefer, die Mundhöhle und die Nebenhöhlen. Die Augen des *sumo* öffneten sich weit. Er empfand nur den Schock, für Furcht blieb ihm keine Zeit mehr. Er war tot, bevor irgendein Gefühl das Gehirn erreichen und dort registriert werden konnte.

*

Sirenen heulten. Im Inneren des Ambulanzwagens lag Lew Croaker bewußtlos auf einer Tragbahre. Die Sanitäter wollten die behelfsmäßige Aderpresse, die er sich angelegt hatte, nicht wechseln, weil sie fürchteten, daß die Blutung wieder aufbrechen könnte.

Nicholas saß neben ihm, eine Schulter grotesk herabgesunken. Er hatte eine schmerzstillende Spritze abgelehnt und konnte den Blick jetzt nicht von seinem verwundeten Freund und dem blutigen Stumpf wenden, der einmal eine linke Hand gewesen war.

Auf seinen Oberschenkeln lag *Iss-hogai* in seinem schwarzen Lackfutteral. Er umklammerte es so fest, daß die Knöchel seiner linken Hand weiß hervortraten. *Für das Leben.* Was für eine Ironie schien momentan in diesem Namen zu liegen. Jede in Japan geschmiedete Klinge birgt einen Zauber, hatte er Justine einmal gesagt. Aber was für einen Sinn hatte ein Zauber, der solche Verletzungen verursachte?

Vor dem Krankenhaus kletterte er mühsam aus dem Ambulanzwagen, nachdem Croaker in die Notaufnahme gerollt worden war. Er lehnte das *dai-katana* in eine Ecke, kramte eine Münze aus der Hosentasche und rief das Hotel an.

»Justine«, sagte er müde, als die Verbindung hergestellt war, »bitte komm zu uns. Wir sind im Toranomon-Hospital.« Er ließ die Stirn gegen die kühle Wand sinken. Ein Assistenzarzt näherte sich auf dem Korridor und rief seinen Namen.

»Es ist alles in Ordnung«, sagte Nicholas in den Hörer. »Aber du fehlst mir.« Er hängte ein und begann zu weinen.

Am Stadtrand von Tokio

Frühling, Gegenwart

An einem klaren Tag im späten Frühling, drei Wochen nach dem Zwischenfall im *dojo*, kehrten Nicholas und Justine vom Narita Airport zurück, wo sie Lew Croaker in seine Maschine nach Amerika gesetzt hatten.

Sein Arm heilte gut. Der Versuch, die abgetrennte Hand wieder anzunähen, war fehlgeschlagen. Zuviel Zeit war vergangen. Aber ansonsten gab es nur gute Neuigkeiten – keine Komplikationen, keine Infektionen. Die Aderpresse, die Croaker sich aus Fetzen seiner Baumwollbluse selbst angelegt hatte, war nach Meinung des Chirurgen lebensrettend gewesen.

Statt sich wieder in den chaotischen Verkehr der Innenstadt zu stürzen, umfuhr Nicholas Tokio in nordwestlicher Richtung. Auf dem Rücksitz des Nissan lag *Iss-hogai* in seinem schwarzen Futteral, allein durch seine Gegenwart ein bedrückendes Gewicht.

Sie fuhren an dem See vorbei, an dem Sato geheiratet und Akiko sich zum erstenmal gezeigt hatte. An dem Yukio aus dem Grab zurückgekehrt war. Strahlender Sonnenschein verwandelte das Wasser in Gold und Glas. An der Mündung des Flusses, von dem der See gespeist wurde, erhoben sich weiße Reiher, deren gefiederte Körper sich scharf vor dem leuchtenden Hintergrund abzeichneten.

»Was für ein herrlicher Ort!« rief Justine aus. Nicholas sagte nichts.

Vor dem Tor zu Itamis Besitz stellte Nicholas den Wagen ab, und sie stiegen aus. Den Rest der Strecke wollte er zu Fuß zurücklegen. Er hatte das Gefühl, den Boden zu entweihen, wenn er weiter mit dem Auto gefahren wäre. Hand in Hand schlenderten sie den Steinplattenweg hinunter.

»Wie geht es deinen Fingern heute?« fragte Justine.

»Besser«, sagte er, wie immer, wenn sie danach fragte.

»Hast du schon wieder ein Gefühl darin?«

»Sie sind besser geworden.« Seine Stimme war sanft. »Einfach besser.«

Justine blickte ihn an und fragte sich, wessen es noch bedurfte, damit er endlich Ruhe fand.

Sie kamen an einem Steinbassin in Form einer alten Münze vorbei. Es war rund, und der Rand wies vier Schriftzeichen auf, eins für jede Himmelsrichtung. Fels, Regen. Feuer. Wolke.

Justine wollte es sich ansehen, und sie verließen den Pfad. Das Bassin war mit klarem Quellwasser gefüllt; auf der Steinfassung lag eine Schöpfkelle aus Bambus.

»Ich habe Durst«, sagte Justine, und Nicholas tauchte die Kelle in das Wasser. Sie tranken beide. Das Wasser war kalt und süß. Auf dem Grund des Beckens konnte Nicholas ein weiteres Ideogramm sehen. *Michi*. Ein Weg; oder eine Reise.

Wunderbarerweise hatten Haus und Anwesen bei dem Erdbeben keinen größeren Schaden genommen. Eine Außenwand des Hauses war eingestürzt, und im Park waren ein paar Bäume entwurzelt worden; mehr nicht.

Trotzdem hatte die Atmosphäre sich sehr verändert. Ohne Itami und die Heerschar ihrer Dienerinnen wirkte das Anwesen verwaist. Während der anderthalb Tage, die Nicholas im Krankenhaus verbracht hatte, war sie still und sanft entschlafen. Das Begräbnis hatte zwei Tage nach seiner Entlassung stattgefunden. Sie war in der Nähe von Cheong und dem Colonel beigesetzt worden, wie sie es sich gewünscht hatte.

Langsam wanderten Nicholas und Justine über den Kiesweg zum Haus. In dem kleinen Raum, der ausschließlich der Teezeremonie vorbehalten gewesen war, ließ er sich auf die Knie sinken. Er zuckte leicht zusammen, als ein Schmerz durch seine Schulter schoß. Dann schüttelte er den Schmerz durch einen inneren Vorgang, der Justine völlig unbegreiflich war, ab, und sein Gesicht wurde wieder ruhig.

Sie kniete neben ihm nieder und warf einen Blick in den Garten, der zur Hälfte hinter einem Reispapierschirm verborgen lag. »Warum steht der Schirm da?« wollte sie wissen. »Draußen gibt es doch so viel zu sehen.« Aber selbst, als er es ihr erklärte, war sie nicht sicher, daß die verstand. Wenn man schon so einen schönen Garten hatte, warum sollte man ihn dann nicht genießen?

»Ich habe mich in der letzten Zeit ein paarmal mit Nangi getroffen«, sagte Nicholas. »Er möchte gern, daß wir hierbleiben, wenigstens eine Zeitlang. Es gibt soviel zu tun.« Er blickte Justine an. »Wärst du damit einverstanden, einen Monat oder sechs Wochen? Tokio ist gar nicht so schlimm, wenn man sich erst mal daran gewöhnt hat.«

»Aber ja«, sagte sie. »Es macht mir nicht das geringste aus.«

»Eigentlich möchte er ja, daß wir für immer hierbleiben, aber ich habe ihm gesagt, das käme überhaupt nicht in Frage.«

»Warum hast du das getan?«

»Warum? Es ist unmöglich. Und es würde dir auch nicht gefallen. New York würde dir fehlen. Und dein neuer Job ebenfalls.«

»Wenn wir nach Amerika zurückgingen und ich müßte mitansehen, wie du dich danach sehnst, hierzusein, dann würdest du mir noch weit mehr fehlen. Außerdem könnte ich Rick, glaube ich, dazu bringen, daß er mich hier eine Filiale der Agentur aufziehen läßt. Er ist fasziniert von den japanischen Werbemethoden.«

»Ich möchte nicht hier leben«, sagte er. »Außerdem, wo sollten wir wohnen?«

Sie lächelte. »Warum nicht gleich hier?«

»O nein«, sagte er sofort. »Hier gibt es zu viele Erinnerungen. Die Vergangenheit hängt in allen Ecken wie Spinnweben.«

»Mir gefällt es hier«, sagte sie und stand auf. »Schade, daß du es nicht magst.«

Auf dem Rückweg blieben sie stehen und blickten zum See hinunter. Vogelgezwitscher hing in der Luft, und die Luft roch frisch und rein. Justine streichelte den Rücken seiner verletzten Hand. »Warum lächelst du nicht einmal, Nick? Seit drei Wochen brütest du nur vor dich hin. Dein Zustand macht mir Sorgen.«

Nicholas breitete die Hände aus und senkte den Blick auf die Handflächen. »Schau sie dir an, Justine! Sie können nichts anderes als Schmerzen zufügen und töten.«

Sie legte ihre rechte Hand auf seine linke. »Sie können auch zärtlich sein, Nick. Sie streicheln mich, und ich vergehe innerlich.«

Er schüttelte den Kopf. »Das ist nicht genug. Ich muß immer wieder daran denken, was sie getan haben. Ich möchte niemand töten.« Seine Stimme zitterte. »Ich kann einfach nicht glauben, daß ich es wirklich getan habe.«

»Aber du hast es doch nicht darauf angelegt, Nick. Du hast ausschließlich in Selbstverteidigung getötet.«

»Trotzdem, die Disziplinen, das Training habe ich mir selbst ausgesucht, erst *bujutsu*, dann *ninjutsu*. Warum?« Verloren blickte er auf den See hinaus.

»Was für eine Antwort würde dich denn zufriedenstellen?« wollte Justine wissen.

»Das ist es ja gerade«, sagte er düster. »Ich habe keine Ahnung.«

»Ich glaube, das liegt daran, daß es keine Antwort *gibt*.«

Er senkte den Kopf. »Dann werde ich auch keine Erklärung dafür finden, warum ich meinen Freund verstümmeln mußte.«

»Ach, Nick«, sagte Justine und preßte die Lippen gegen seine

Wange. »Lew gibt dir keine Schuld daran; warum machst du dir selbst Vorwürfe?«

»Weil er ohne mich immer noch beide Hände hätte.«

»Nein, ohne dich wäre er tot. Und er hätte nie herausgefunden, wer Angela Didion wirklich ermordet hat. Du weißt, wie besessen er von dieser Geschichte war.«

Abrupt drehte Nicholas sich um und trat an den Wagen. Er griff durch das offene Hinterfenster und nahm das *dai-katana* vom Rücksitz. Dann sagte er zu Justine: »Ich bin bald wieder zurück. Warte auf mich.« Er küßte sie auf den Mund und ging dann, das Schwert in der gesunden Hand, zum Seeufer hinunter und weiter, bis das Wasser seine Knöchel umspülte. Es war ein angenehmes Gefühl, und er watete noch ein paar Schritte. Das Wasser stieg fast bis zu seinen Knien. Rings umher brachen sich kleine Wellen funkelnd im Sonnenschein.

Seine Kehle schmerzte. *Iss-hogai* war ein Geschenk des Colonels gewesen, zum Gedächtnis an den Tag, an dem er vom Kind zum Mann geworden war.

»Danke, Vater«, sagte er leise, während er das *dai-katana* mit der gesunden Hand hoch über den Kopf reckte und mit aller Kraft in den See hinausschleuderte.

Das Schwert traf die Wasseroberfläche genau mit der Spitze und verschwand ohne jedes Geräusch in der Tiefe.

Danach blieb Nicholas lange Zeit einfach nur am Seeufer stehen und atmete ruhig ein und aus. Allmählich merkte er, wie ihm leichter zumute wurde. Das Gefühl glich einer frischen Brise nach einem schwülen Sommertag. Es war längst Zeit gewesen, sich des tödlichen Spielzeugs zu entledigen, das sein Leben allzulang beherrscht hatte.

Endlich drehte er sich um und watete das kurze Stück zum Ufer zurück. Jenseits eines niedrigen Grashügels wartete Justine auf ihn. Es war gut, sie in seiner Nähe zu wissen. Und während er auf sie zuschritt, fragte er sich, ob sie nicht am Ende doch recht hatte, so wie vielleicht auch Nangi recht gehabt hatte. Japan war seine Heimat. Wollte er ihr wirklich jetzt den Rücken kehren?

Zum erstenmal verspürte er die ganze Kraft der Ruhe, die ihm in Itamis *chano-yu* – dem Teeraum – zugewachsen war. Dort hatte er wahre Ausgeglichenheit empfunden. Er konnte sich vorstellen, von dort aus den Mond zu betrachten, in seinen Wänden mit den traditionellen *mochi*-Reisküchlein Neujahr zu feiern und sich auf seinen *tatami* der subtilen Trauer der Kirschblütezeit hinzugeben, wenn das Leuchten der zarten, fallenden Blütenblätter zum Hohelied auf die Vergänglichkeit alles Lebendigen wurde. Schließlich waren *sakura* so vergänglich wie Männer und Frauen.

In Itamis Haus – *seinem* Haus, wenn er es wollte – hatte das moderne Japan noch nicht Einzug gehalten. Hier residierten noch immer die *kami* der Feudalzeit, stolz und siegreich und in ungetrübtem Glanz. Hier waren Ehre und Mut zu Hause.

Nicholas ergriff Justines Hand und dachte, daß es keinen besseren Platz auf der Welt geben konnte, um eine neue Seele den Sinn des Lebens zu lehren.